高子亮 ○ 著
高保华 ○ 整理

高子亮作品选（上）

中国戏剧出版社
CHINA THEATRE PRESS

图书在版编目（CIP）数据

高子亮作品选 / 高子亮著；高保华整理． — 北京：中国戏剧出版社，2023.8
ISBN 978-7-104-05368-2

Ⅰ．①高… Ⅱ．①高… ②高… Ⅲ．①中国文学－当代文学－作品综合集 Ⅳ．① I217.2

中国国家版本馆 CIP 数据核字（2023）第 116350 号

高子亮作品选

责任编辑：高　峰
项目统筹：康祎宁
责任印制：冯志强

出版发行：中国戏剧出版社
社　　址：北京市西城区天宁寺前街 2 号国家音乐产业基地 L 座
邮　　编：100055
网　　址：www.theatrebook.cn
电　　话：010-63385980（总编室）　010-63381560（发行部）
传　　真：010-63381560

读者服务：010-63381560
邮购地址：北京市西城区天宁寺前街 2 号国家音乐产业基地 L 座

印　　刷：徐州绪权印刷有限公司
开　　本：787mm×1092mm　1/16
印　　张：62.5
字　　数：730 千字
版　　次：2023 年 8 月　北京第 1 版第 1 次印刷
书　　号：ISBN 978-7-104-05368-2
定　　价：358.00 元（全三册）

版权专有，违者必究；如有质量问题，请与出版社联系调换。

讴歌时代新风
演绎人生舞台

贺高子亮先生戏剧作品集出版
壬寅年秋月刘俊严题

欣贺《高子亮作品选》出版！高子亮先生是徐州市知名作家、戏剧家，为徐州市的文化建设做出了很大贡献！高子亮兄也是我敬重的师友，在我担任徐州市文化局局长和徐州市戏剧家协会主席期间，每有重大活动，或电话提示，或面访警策，他都有建设性的意见！所有这些，均足以使高子亮先生和他的作品永垂不朽！

吴敢

2022 年 10 月 16 日

（中国《金瓶梅》研究会副会长兼秘书长，中国古代戏曲学会理事，中国戏曲表演学会理事，江苏省明清小说研究会副会长，徐州师范大学文学院教授、硕士研究生导师，中国矿业大学文法学院兼职教授、硕士研究生导师）

植根苏北沃土

繁荣淮索文化

祝贺高子亮作品集出版

岁在壬寅年 刘克宁

刘克宁：江苏邳州人，当代著名画家，中国美术家协会会员，中国书法家协会会员，中央国家机关紫光阁画院一级画家，北亨中国画创作中心主任，中国民间文艺家协会书画委员会艺术顾问，扬州八怪书画院名誉院长。

辰年龍女降凡塵屈指今宵正六旬載
風霜知冰冷笑冬任教識茶溫劬勞何
懼人衰死辛苦半生樹成林子孫繞
膝慶壽誕綺霞紅映滿堂春

戊辰年五月七吉日 戲墨 高事亮
綺霞六十壽辰 之慶

序 /王圣华

  空灵无垠的夜空，群星璀璨，那一颗晶亮的文曲星，就是老馆长高子亮先生！弹指三十五年，他立于上天，无时无刻不在注视着邳州文化的发展和进步；无时无刻不在注视着邳州群众文艺的活跃和繁荣！因为他用一生的心血，为邳州的文化艺术和群文事业不断地夯实基础、不断地添砖加瓦——直至溘然长逝！而今，他在天上笑了，他一生的努力没有白费，在他那一代人创造的基础之上，邳州文化艺术和群文事业有了长足的发展，为邳州的经济发展和精神文明建设做出了应有的贡献！

  我和老馆长相识相处近二十年。他的敬业、谦卑、吃苦、吃亏以及老黄牛精神着实令人敬佩！他一生从不去追逐名利、钻营权势，在馆长位置上一干就是三十六年！尽职尽责，披肝沥胆，无怨无悔，默默奉献！在那一代的邳州文化人中，他就是领头羊，也是有口皆碑的表率。

  高馆长一生事业辉煌，益在当代，泽被后人。20世纪50年代，他发动兴起的农民壁画活动，不仅在农民中广泛普及绘画艺术，培育出了一大批农民画家，还吸引了国家高层专家学者纷纷来邳，把作品推向国家级专刊、专集，荣获了许多奖项。代表性人物还被选拔参加全国文代会、群英会等，宣扬到世界，影响深远。

"春种一粒粟，秋收万颗子。"到了20世纪80年代邳州农民画发展到一个崭新的阶段，后来一批批作品在国际、国家、省（市县）级展览和获奖，并于1992年邳州被文化部命名为"农民绘画画乡"，在全国农民画领域占据了一席之地。而由此衍生出雕塑学习班，又培训出一批批雕塑艺人，办了玉雕厂，而后邳州玉雕名扬海内外！邳州农民绘画艺术代代传承、辈辈创新！

地方戏曲是我国独有的传统文化，其教化功能一直被历朝历代所重视。历史上农民的伦理知识、道德素养基本都是看戏听书学到的。新中国成立后我们各级政府十分重视戏曲的剧本创作和演出。高馆长深知抓好"一剧之本"创作的意义，带头深入生活，亲自创作，笔耕不辍。

著名剧作家萧伯纳（爱尔兰）在《怎样写通俗剧本》中说道："伟大的剧作家不仅是给自己或观众以娱乐，他还有更多的事情要做，他应该解释生活。"是的，高馆长的剧作不仅解释了生活，而且紧跟时代步伐，弘扬主旋律，弘扬新时代的新人物、新风貌、新思想！

比如《相女婿》（1958年），是与著名豫剧《朝阳沟》同时期创作的作品，主题都是歌颂知识青年下乡。《相女婿》精湛而完美地表现了高子亮先生戏剧创作的艺术风格。剧中用轻松活泼的语言，将不同年龄、不同性格的三个人物展现在舞台上。通过王大妈相女婿路遇未谋面的女婿牛娃所发生的故事，改变了王大妈一向轻视农民的思想，同时也对社会上的旧观念进行了批判。

《志群接鞭》（1964年）表现的是知识青年杨志群响应毛主席"知识青年到农村去"以及"农村是个广阔天地，在那里是大有作为的"的号召，扎根农村、献身农村的故事。剧中围绕杨志群回乡养牛和父亲杨老福产生的思想碰撞展开。杨老福望子成龙，不想让儿子养牛而自己却爱牛如命,最后通过杨志群用所学知识将牛的病治好而得到了杨老福的认可。其间还表现了杨志群对王三喜自私自利的思想的教育。剧中每个人物形象鲜明,刻画入微,尤其语言生活化,风趣幽默,给人物塑造增色添彩。《志群接鞭》当年赴南京参加全省会演大获好评,新华日报整版刊发了剧评剧照,后来巡回演出近百场。

《步步高》(1984年)是反映20世纪80年代改革开放初期,中国农村普遍存在文化匮乏,各种外来文化和不良思想渗透到农村文化阵地,群众渴望积极向上的民族文化和文艺作品。柳琴戏《步步高》以轻喜剧的形式,展现了文一忠、琴琴、吉大哥等一大批文艺爱好者如何组织群众自力更生搞养殖、以企养文;如何与以钱永富、孙友才为代表的落后思想争夺文化阵地;如何使孙友才的阴谋败露,进一步证明了社会主义精神文明建设对维护农村家庭和社会稳定的重要性。作品欢快厚重,语言风趣,但却不乏讽刺和辛辣。

高子亮先生终生酷爱戏曲艺术,从20世纪50年代到80年代,共创作了大小剧目四十余出,还有歌颂王杰的《一心为革命》、历史剧《华佗与曹操》及《闹捻营》、现代戏《红桃图》等,先后在《小剧本》《江苏戏剧》《徐州戏剧》《彭城艺苑》及邳州《大运河》等杂志上刊发,并搬上了戏剧舞台。他的剧作或上演获奖,或在各级刊物发表,都取得了广泛的社会影响。小戏《相女婿》不仅参加江苏省会演获好评,还被编印成单行本,又被选入《中国地方戏曲集成·江苏卷》和《江苏三十年小戏选》;他写的歌颂王杰烈士的小歌剧《一心为革命》先后被安徽、浙江、湖南、无锡、山东、河南等地移植,以不同形式进行演出。他后期以悲剧形式创作的作品对反面人物的刻画,虽语言简洁但形象生动,如《春雷》中胡为的伪善凶残，《闹捻营》中李文的阴险和《华佗与曹操》中曹操的奸诈自私，无不折射出人间百态，给观众留下了难忘的印象。

更难能可贵的是，老馆长高子亮先生一生都在不断地培养戏剧创作人才，几乎把每一个乡镇文化站长都培养成了写戏高手。每年"邳州之春"活动的重要内容就是戏剧会演评奖，每个乡镇都有自己编写的新戏上演，而且其水平逐年提高。不仅如此，他还经常举办业余作者培训班、改稿会，许多好的作品都是这样被发现、被加工脱颖而出的。每到春节前，老馆长带领我们去各个乡镇看戏、选戏，提出修改意见，所以春节后汇演就会有丰富多彩的剧目参加评奖。据不完全统计，全县的业余剧作者有近百人，其中涌现出有较突出成就的十余人。几十年来，一直在高子亮先生扶持下的邳州戏剧创作，取得了辉煌成果，曾在徐州地区有过"小戏之乡"的美誉，至今新人辈出、绵延不断！

高子亮先生闲暇时还写了不少古诗词，以抒怀、以纪实、民间文学及散文随笔和小说等以传播，为邳州留下了珍贵的文化艺术史料和可供欣赏的佳作。他的文笔简洁而隽永，流畅而情真，宣扬真善美，鞭打假恶丑，弘扬人间正气。

总之，高子亮先生在他的作品中歌颂和批判的所有人物形象和戏剧情景，都是从生活中提炼出来的，是老百姓所熟识的，具有浓郁的地方生活气息，也同时反映出高子亮先生对党的文艺路线的领会，对社会主义文艺的忠诚和对理想信念的坚持，这也是他一生所追求的人生写照。

高子亮先生（1927-1988），江苏省睢宁县双沟镇史庄村人，出生在北伐战争年代，成长在日寇蹂躏下的中国，经历了流亡和动荡的岁月，是在新社会共产党的培养下成长起来的文艺工作者。

他于 1985 年加入中国共产党。他曾是中国美术家协会会员、中国戏剧家协会会员、江苏省民间文艺家协会会员、徐州市戏剧家协会副主席、江苏当代知名剧作家。

高子亮先生是邳州市群众文化事业的开拓者和奠基人，将毕生精力都奉献给了邳州的文化事业。其子高保华，精心整理父尊遗稿，编辑出版，这不仅是他个人尽贤尽孝，也是奉献给邳州文化事业的宝贵财富！

江山代有才人出，长江后浪推前浪！后生晚辈们一定会继承老馆长遗志，推进我市的群众文化事业更上一层楼，步步登高！

王圣华

（副研究馆员、中国戏剧家协会会员、邳州戏剧家协会主席、原邳州文联副主席）

2022 年 8 月 14 日

自 传
/高子亮

我原叫高昭明,"子亮"是读中学时改的名字,也曾用"怒涛""天风"等笔名写过文章。

1927年农历五月十四日出生于江苏省睢宁县(原为安徽省灵璧县)双沟镇史庄村一个中农家庭。据母亲讲,我家原来很穷,至祖父和父亲才达到了自给自足的生活水平。村里人都说我父亲很能干,是我家的重要支柱,可惜壮年时得心口疼病死了,那时我才三岁。父亲原来的爱好很广,不仅忙时下田,闲时织布,还好养花、玩鸟、放风筝、看唱书。光他留下的唱本就有一大箱子,像《梅花三国》《响马传》《封神榜》《包公案》等都有。这些书是我童年时很好的课外读物,启发了我对通俗文学的爱好。

我六岁开蒙,在村中读私塾。当时的私塾先生已很开明,除四书五经外,也教"教科书"。我跟鲁邦良先生就读过八册小学课本。

八岁时,因我姑父卢钦之在双沟镇上完小任教,家里就让叔父和我随姑父到镇里的学堂上学。

卢沟桥事变那年,我已五年级了,常跟老师到街头宣传抗日,我们先表演武术,招徕观众,然后进行演说。因我个子小,常常是老师把我抱到桌子上去。有时也演文明戏,如《扫射》《放下你的鞭子》之类的街头剧。晚上还当"小先生"教农民识字。大家都很忙碌，俨然像个大人似的。后来日本的飞机轰炸了徐州东关，我们又宣传了一段防空常识。因局势动荡，人心惶惶，学校不得已解散了。光学校图书馆的藏书，就烧了三天三夜。老师还给我们讲法国都德的《最后一课》的故事，并认真地上了最后一节课，然后大家才哭着离开学校。这段往事我是永远也不能忘记的。它在我幼小的心灵中种下了热爱祖国的种子。

日本人来前后，我们村又开了私塾，这是村民们怕孩子忘了祖国的文化，而又能取得日本人同意的一种聪明做法。陆北清老先生是本村人，他根据我的文化基础，没让我背四书"扬脸歌"，而是叫边讲边读。这一时期，我讲读了《论语》《孟子》《诗经》《千家诗》，还学了写诗、对对子。在古典文学方面，帮我打下了很好的基础。后来，游击区又开办了学校，我参加县小学统考为前五名。通知去离家二十五里地的王集镇完小读书，这个学校只开了一个多学期课，便被日本人偷袭，六十多岁的老教师徐铭阁和其他三位老师被绑在汽车的大炮筒子上拖走了，学校因而又解散了。

1942年春天，我家因离双沟敌人的据点近。敌人经常下乡扫荡、抓夫。有一次，我跟祖父往湖里送粪也险些被抓了去。家中实在没办法蹲了，听说皖北太和成立了"战时中学"，便和几个同学跟贩盐的车子，连夜逃出了沦陷区，投考"战中"。

"战中"是国民党三十一集团军王仲廉（安徽萧县人）创办收容沦陷区学生的学校。学生考取后供吃穿、享受公费待遇，所以考的人很多，不久学校被教育部接管，改为国立第二十一中学。这个学校招有四十个班，共两千多名师生，规模还是很大的。平汉线失守后，因教育部经费供应不便，一批迁往河南镇平，将师范部和部分的初中班留下来。我是随校西迁的，辗转于秦岭山间，过了一段流浪的生活。最后才定址在陕西蓝田。当时因后方的学校少，知识分子多集中在这里。老师多是"西北联大"和"河南大学"毕业的，教学质量还算不错，只是理化课没仪器实验。为了克服环境上的困难。主课多在古庙或祠堂里上。也用山林的自然条件，教山水画，搞声乐合唱队，管弦乐队，也办过校刊和"大风"壁报周刊，培养学生写作。我在校刊上发表过诗歌和散文，当然都是很幼稚的。学校里还受当时"抗日戏剧"的影响，演过大型话剧《蜕变》、京剧《捉放曹》《四郎探母》等戏。在蓝田期间，一次就上演过进步戏剧家陈白尘的《结婚进行曲》《大地回春》《岁寒图》和夏衍的《法西斯细菌》等四五个大型话剧。引起学生很大的学习兴趣。我参加过《岁寒图》剧组，也曾学写过反映沦陷区青年苦闷的四幕话剧《顾燕南飞》。后又在马湾的初中部排演。这对我以后爱好艺术，从事戏剧创作起了奠基作用。

当时学校最糟糕的是在生活管理上，开始是"教官制"，一些落伍的旧军官也挤到学校里来了，他们和教学的老师有矛盾，管伙食搞贪污，压制体罚学生。在太和时我们就吃了两个多月的馊米饭，喝了一百多天的"麵汤"，瘦得皮包骨头，满身疥疮。一次我说了一句对生活不满的话，被教官陈农拉出去示众，打了六大板，当时手心开裂，一米多长的木板子被打断了三截。也有同学被关押反省的。我曾逃跑过一次，走蒙城被灵璧的办事处又送了回来，我的名字也就是当时改的。幸亏这种教官的统治延续不久，这个书才读了下来。

日本投降后的 1946 年，学校迁回徐州，后改为省立连云中学。因我当时是安徽籍，分配到省立宿县中学读到了 1947 年。这段时间里，学校曾扣过我们二十一中转来同学 180 人的公费待遇。大家选马建中同学和我去南京教育部去交涉过。我写过《学校机关化、恶风下》的呼吁文章，登在了当地的日报上，后来省教育厅才解决了我们的公费待遇问题。那时的公费待遇已减到每人每天八分钱菜金，每月三斗三升米了。

1948年春，我去铜山县房村小学教书，冬天家乡解放。1949年春，我筹办本村小学，后接房小复课的通知，仍回房小任教。算是正式参加新社会的革命工作了。1950年暑期，参加邳睢县教师学习班，听县委书记罗运来的报告"改造思想"懂得了为什么革命的一些道理，劲头大了。我和房小的教师演出了话剧《故乡》，县委很重视，后调我参加县土改宣传队去新区演戏宣传。演过宣传土改政策的歌剧《顾虑》《兄妹开荒》等，结束后仍回房小任教。业余排演了《白毛女》以及宣传抗美援朝的《血仇要报》等剧目，接着去八集新兵接待站，做抗美援朝新兵的宣传工作，画了一些宣传招贴画。又到县府住地土山街头画了八十幅壁画。还参加过县篮、排球代表队去淮阴比赛，为县夺得了篮球第三名，排球"亚军"。

1951年暑期，县调我去苏北扬州"体干班"学习体育卫生，回来因体委未成立。进邳睢县教育馆任教育股长。办了八个职工班，一个民校，我除教课外，主办了土山业余剧团，演出过《小二黑结婚》《光荣灯》《好军属》等宣传节目。1952年教育馆改文化馆，我做文化馆副馆长。是年冬，我在八集区搞了八十天俱乐部试点和文化站同志一起挑文化挑（当时称三机一挑，即是挑着收音机、留声机、幻灯机，后增加了图书、宣传画、乐器等改为用车拉的文化车）。下乡宣传科学文化知识、辅导建立了八个乡的俱乐部、业余剧团、省里很重视这一段的试点经验，后来又两次调我进扬州文化干校学习。提高业务水平和辅导能力。从此，我便和文化缔结了不解之缘，便终生做文化工作了。

1953年邳睢县划销，邳睢文化馆与邳县文化馆合并，我们由土山搬到邳县的官湖镇。1954年卢厚之馆长调萧县，聂克琛馆长转邳中任教，当时的县委常委宣传部长李华同志和我谈话，要我主持馆的工作，那时我还年轻，馆员都是老兵，光任过区文教助理的就有四人，其他还有当过宣传干事的，中苏友好协会秘书的，下面七个公办站（后发展为十二个）也均为馆的下属机构，联系着广大的业余组织。我深感负担和责任的重大。我不是大学生，业务技术上没经过专业训练，生怕工作搞不好，有一次动员干部上大学，我报了名，组织上以工作需要把我留了下来。还有两次专区调我进专业创作室，县里不想放，我都无条件的服从了。为了适应新局面的要求，我只好边干边学，上靠党的领导，下要同志们的支持和帮助，刻苦读书自学，业务上向专业人员请教，提高自己的绘画、文化创作和演出辅导等方面的技巧，致力发展文化事业。为求工作的踏实，这期间我除继续搞"俱乐部"试点外，还着手搞了八集李学明创作组，新营张友荣、张开祥美术组的试点。

　　1956年馆随县政府搬来运河，省拨给两万元经费新建馆址。1957年由文教科长丁啸波来馆宣布我做馆长，并配备刘克洲、孔昭勋两人副馆长，我有了帮手，不至于顾此失彼了，便甩开膀子大干起来，大胆全面地开展了馆的业务。由原来的重点搞宣传服务变为全面的艺术宣传辅导活动了。在这里要郑重声明一下，1956年至"文化大革命"前的一段时间中，地区和省文化工作会议，多数是来邳县开，馆可以说是个典型单位，在省、地是有影响的。这是党的领导和全体同志努力的结果。我只是尽到了我的力量，起到了组织、发动和推广的作用罢了。然而我个人的行动和创造都是为文化馆这个事业服务的。因而谈过去的"行踪"，不得不涉及对总的情况的说明。

1956年暑期，我去省听了吴白匋教授关于文艺创作的报告，感到群众文化活动没有自己的创作队伍和作品不行。年底，馆即办起了自己的刊物（原名"俱乐部活动材料"，后改名"文艺宣传活动材料"，最后定为"大运河"）。这个刊物是内部印发，以发表本县作者的文艺习作，培养和提高骨干的艺术水平为目的。多年来发表了不少文艺美术作品，确实培养了一批专业人才。骨干中有的参加了省文教群英会，有的参加了全国文教群英会，全国青年创作积极分子大会，全国美术工作大会等。有的骨干进了大学，也有的成了企业的艺术骨干。这都是很可喜的。我个人也受刊物的熏染，练习写作，从写新闻报道和通讯开始，在县、地、省三级的报刊上发表作品。为了推广先进典型，我还写过《快板诗人李学明》《曲艺战线上的一面红旗秦德林》《梁大娘美术组》《张友荣美术组》等文章，在《江苏文化》等报刊上发表过。

1958年，中央关于"鼓足干劲，力争上游，多、快、好、省地建设社会主义"的总路线的口号提出后，给业余文艺骨干以很大的鼓舞。这时，我们1955年培养的陈楼乡张友荣、张开祥美术小组在活动上对全县已有很大的影响，美术骨干队伍也壮大了许多，在省举办的农民画创作评奖中，一等奖三个我们得了两个，二等奖八个我们得了四个、三等奖十个我们得了六个，另外还有纪念奖。我们根据这个基础，结合邳县农民喜爱美术活动的习惯，提出了大搞壁画活动的规划，征得县领导同意，各乡党委的大力支持。全县美术教师的共同帮助，省艺术馆又派专家来辅导，这样就迅速掀起了壁画高潮。北京《美术》杂志在1958年9月号出专刊介绍邳县农民画，影响了全省和全国。有些国家的刊物也刊登邳县农民的画。人民美术出版社出版了《邳县农民壁画集》《邳县农民张贴画集》。南京、天津、上海等大城市的出版单位及各大小报刊都刊登了画,并出了画集、文集;还在北京、南京办了展览,省文化局来开过现场会。我在美术理论家王朝闻同志的帮助下,曾用宣传部的名义写过介绍《邳县的群众美术活动》的长文,还写过《农民画的提高问题》等文章发表在《美术》《东风》等杂志和报刊上。并在北京"全国美术工作会议",山西开的"全国群众文化工作会议",省的美术家协会,以及南师、南艺等大学和南京工人文化宫做过介绍和讲演。当年我被吸收为中国美术家协会江苏分会会员。这项美术活动虽然受当时共产风影响,出过一些"左"的偏向,但农民的艺术创作仍然是应当肯定和发扬的。在"文化大革命"中农民画停了一阵子,粉碎"四人帮"后总结经验教训又上了马,并在南京、济南办过大型展览,并都有录像放映。

  戏曲,是广大人民喜闻乐见的艺术形式之一。宣传效果好,人们的印象深刻,搞好戏剧创作和演出是馆历年来的重要任务。在这一工作上,我侧重抓了曲艺的整理和剧本的创作。我自己着手写曲艺唱段,大约在1955年,在当时的《徐州大众》报上发表过《撵驴》等近十篇曲艺的唱段。1957年徐州行署举办的第一届职业曲艺人会演,邳县艺人有六名获奖。我整理的几篇曲艺中,以大鼓《张聆锄奸》获曲艺节目整理奖。1958年还写过《福子姑娘》等新曲目,又参加了地区会演并发表。

  为了探讨戏剧创作的规律,提高自己对广大业余戏剧作者的辅导水平。1957年我试写了小戏《抢娃娃》,先在邳县的会演中表演交流,后发表在北京《小剧本》11月号上。

  1958年我写的中型柳琴戏《相女婿》由县柳琴剧团排练,经过徐州地区会演,省职业剧团会演,均评为优秀,省认为有一定的艺术水平,作为柳琴剧种的代表作,收入《中国地方戏曲集成江苏卷》里,后徐州地方出版社印成单行本出售。山东济南歌舞团王会然等同志带人来邳县学习，移植了这个节目，江苏三十年小戏选又选入版。

1958年至1960年间，我还创作了小戏《游公社》《新春渡口》《租车记》《红枣岭》（与馆创作组同志合作）、大戏《万紫千红第一枝》《莲子恨》等，参加了地区业余会演。

1964年，我和李昆同志合作了大型柳琴戏《志群接鞭》。经地区会演选拔参加省会演，评优秀。新华日报发表了省剧协秘书长凌竟亚同志的大块评论文章，肯定了这个戏。在会演的会刊上有白坚同志写的介绍文章，南京日报也发表了短评。当时即被夫子庙的一个剧团搬去上演。江苏省和徐州市的广播电台播放了录音。这个戏曾在徐州地区各县巡回演出了近百场。剧情曾改编过连环画脚本。长春电影制片厂副导演荣磊同志来联系，拟改为故事片拍摄，我和李昆同志在占城果园改了四个月，完成了电影文学剧本，县里又组织数人的班子审定。由于时间的耽搁和文化运动的影响，致使这个电影未能开拍，成为一大憾事。

1965年7月14日，王杰同志教民兵埋地雷在我县张楼公社牺牲，为宣传英雄业绩，我写了小戏《我们的好教员》进行宣传，后改为歌剧《一心为革命》，由音乐家时乐濛谱曲，在北京《小剧本》1966年1月副刊号上发表，后由通俗文艺出版社编入《王杰》专集出版。

"文化大革命"中，我因39件作品被错认为是"毒草"受了冲击，1970年起被定为"反革命"，受到残酷的折磨达五年之久。粉碎"四人帮"后才彻底平反。十年多的宝贵时光消逝了。20世纪70年代后期，又忙于农民画，宣传队恢复工作，邳县再度成为江苏省农民画之乡，小戏又在地区会演夺魁，我个人在戏剧创作上整整耽搁了十五年之久。其间我主要是帮助业余作者修改作品。

直到 1981 年，我才和李新銮同志合作了大型柳琴戏《红桃图》。由县柳琴剧团排练，参加省现代戏会演，评为创作三等奖，并在 1981 年 8 月在《江苏戏剧》上发表。省电视台放了录像。是年，我被吸纳为中国戏剧家协会江苏分会会员。

"文化大革命"前后，我还写过一些大戏和小戏，由于种种原因未得正式上演发表。计有：写古邳暴动的大戏《旧城风暴》、写艺人遭遇的大戏《春雷》、写古代医生的大戏《华佗》（和孙甦、马家科合编），写运河大桥的中型戏《彩虹飞架》、写淮海大战的大戏《运河飞渡》（与徐安义、陈登琴、苗生凯、解玉良合作），还有小戏《三请老石匠》《画乡回春》（与冯之臣、解玉良合写）、《革命鞋》（与张振德、陈厚杰合写）及大戏《野马滩》等。

1984 年，我根据自己在群众文化工作上三十多年的体会，创作了大型柳琴戏《步步高》，由县柳琴剧团排练，参加省青年新剧目创作调演，获好评，剧本在 1984 年 9 月号的《江苏戏剧》发表，江苏省群众文化处处长，江苏戏剧副总编柯彤文同志发表了专题评论，徐州日报、南京日报、新华日报、江苏戏剧报都发了照片和短评，省电视台放了录像，徐州市广播电视台和中央台放了评论录音和选段，我在县的劳模表彰大会上获记大功奖励。

在民间文艺的挖掘整理上，我也做了些工作，早期记录整理过《休丁香》等柳琴剧目，后期整理的民间故事《拜师学艺》原发表在《民间文学》杂志上，1984 年 2 月山海经丛书又收入专集再版，同时《彭城艺苑》还发表了《狗碑》等作品，1980 年我被江苏省民间文艺家协会吸收为会员，参加过省四次文代会。

我今年 60 岁了，从 1951 年踏入群众文化工作，已整整干了三十七周年，道路上虽然坎坷艰苦，精神上却是愉快的，首先是党和政府一直很信任。工作上放心给以重任，稍有成就又给以荣誉和鼓励，我为邳县历届人民代表，后又参加政协，1984年当选为县政协常委，文史资料委员会副主任，在文化艺术工作上，我为历届的县曲协和艺人协会副主任。1984年当选为邳县文联副主席，剧协理事长，后又当选为徐州市戏剧协会副主席，并批准为省群文协会会员。1957年我获得过县社会主义建设先进分子一等奖。1985年又受政府表彰给记了大功。县政协、县文化局又多次给了奖励。

我是旧社会过来的知识分子。参加革命工作后在党的教育下树立了革命的人生观，逐步对党产生了深厚的感情，信仰共产主义。1957年写了入党申请书，经过多年考验，1985年被接收入党，1986年已成为中国共产党正式党员。

现在我仍留在领导岗位上，领导为照顾我的身体，尽量减少我行政事务，给以更多的时间总结经验教训、研究文化艺术，进行文学创作，这是很使我兴奋和感激的，我一定不负党对我的期望，努力在学术上做些建树。争取在晚年时间，补上失去的年华，多写几部作品出来，为党的四化建设，为邳县的文化事业，再做些有益的贡献。

最后让我用一首小诗来表达我暮年的心愿。

> 生命日苦短，报国心更切。
> 负重添砖瓦，征途肩不歇。
> 伏枥骥虽老，高峰望飞越。
> 愿同有志士，共创千秋业。

1987年3月中浣草于运河

目 录 / Contents

· 上册 ·

序 ·· 王圣华 /001

自传 ·· 高子亮 /006

戏剧卷 / 001

相女婿 ··	004
万紫千红第一枝 ··	028
志群接鞭 ··	074
一心为革命 ··	141
战鼓催春 ··	162
彩虹飞架 ··	186
运河飞渡 ··	211
画乡回春 ··	268
春雷 ···	288

·中册·

华佗与曹操	355
红桃图	421
步步高	477
闹捻营	547
鸳鸯湖	612

·下册·

古体诗 / 645

民间文学 / 675

狗碑	677
华佗拜师	679
华佗与巫医	683
华佗龛	686
麻沸散的来历	689
乌鸡治病	692
乌饭草的故事	695
九女墩的故事	697
韩信的传说	702

小　说 / 707

胭脂 ·· 709
明天 ·· 728
老宗家 ··· 732
石敢当 ··· 747
星火 ·· 769

散文随笔 / 813

残废人的新生
　　——记业余戏剧作者刘振清 ······································· 815
有名高地无名炮
　　——赵万绪舍身炸敌堡 ··· 819
老树新花别样红 ··· 822
玄机悟透倍觉甜
　　——记冯梦白画展 ·· 825
沐浴光辉写新篇
　　——纪念《延安文艺座谈会上的讲话》发表 45 周年 ··· 827

学习研究 / 831

邳县的群众美术活动 ·· 833
我们组织了农民画壁画 ·· 850
邳县捻踪初探 ·· 852
邳县京剧团史略 ··· 859
柳琴戏的革新和发展刍议 ··· 867

文化馆站工作的历史经验及发展规律

〔在徐州市文化馆站长学习班上的讲课稿〕………… 880

附　录 / 903

这根牛鞭接得好

——评柳琴戏《志群接鞭》………………………… 906

纯朴可爱的"山虎"………………………………………… 909

洋溢着乡土气息的农村喜剧……………………………… 910

绚丽多姿　各具神韵

——谈《步步高》的人物塑造……………………… 916

邳州文化事业的开拓者

——高子亮先生印象记……………………………… 923

您是我戏剧创作道路上的一盏灯

——怀念高子亮馆长………………………………… 931

永远的怀念………………………………………………… 935

邳县群众文化的奠基人

——纪念原邳县文化馆馆长高子亮老师…………… 938

怀念高子亮馆长…………………………………………… 940

永恒的怀念………………………………………………… 945

是您帮我圆了童年的梦…………………………………… 949

三次流泪因亲情，一生无悔为事业

——忆父亲高子亮先生……………………………… 953

后　记 / 960

戏剧卷

高 于 亮 作 品 选

1958年小戏《相女婿》剧照，刘桂花饰演女儿，周桂香饰演妈妈

【提要】《相女婿》是反映农村生活的现代小喜剧。王玉花到农村参加劳动锻炼,住在勤劳积极的小伙子牛娃子家。两人在文化与生产技术上互相帮助,产生了感情。玉花的母亲一向轻视农民,认为泥腿子没出息,不同意玉花自己选择的对象,却要女儿许配一个大学助教,因为拗不过女儿,就决定亲自下乡去相女婿。走到中途,不识路径,腿酸脚疼,十分为难。牛娃子推着自己安装轴承的新车子进城参加劳模大会,看到王大娘行路为难,就主动推车将她送往幸福社。路上又向大娘介绍农村的新变化和自己的新创造,感动得王大娘转变了对泥腿子的错误看法;后经女儿介绍,才知推车送她的牛娃就是她要相的女婿。

相女婿

柳琴戏

编剧　高子亮

人　物　　王玉花
　　　　　牛　娃
　　　　　王大妈

第一场

〔幕启:早晨红云满天,王玉花兴高采烈地上。

王玉花　（唱）蓝蓝的天空染红霞,
　　　　　　　玉花早起回娘家。

社长准假我进城，
找妈把婚姻大事啦①。
想起我挑的好对象，
不由心中乐开花。
去年下放幸福社，
牛大娘家中来住下；
她家只有母子俩，
儿子年轻叫牛娃。
牛娃是个好青年，
工作积极人人夸，
创造轴承手推车，
促进实现水利化，
当模范，戴红花，
全村谁不佩服他。
他待人忠诚心眼好，
耐心教我种庄稼。
我跟他，学生产；
他跟我，学文化，
俺俩相处感情好，
我心中不觉爱上他，
今天回家对妈讲，
省得老人家常牵挂。
手提着礼物往前走，
来到门前喊妈妈。

---

① 啦：徐州方言，意思同"聊天"。

　　　　　　妈妈，妈妈开门来！
　　　　　〔王大妈上。
王大妈　（唱）忽听门外人声叫，
　　　　　　　　房中走出王大妈，
　　　　　　　　匆忙开开门两扇，
　　　　　哟！我当谁来，
　　　　　原来是闺女转回家。
　　　　　孩子，你来得正好，不然我还着人找你哩。哈哈哈……（拉王玉花进屋）
王玉花　（有些莫名其妙）妈妈，什么事？
王大妈　（唱）什么事！
　　　　　　　　怪不得昨晚结灯花，
　　　　　　　　今早喜鹊叫喳喳，
　　　　　　　　妈妈我算就有喜事，
　　　　　　　　果然是双喜临门在俺家。
王玉花　妈妈，看你高兴得！
　　　　　（唱）莫不是弟弟在部队又立功？
　　　　　　　　爸爸在厂里挂红花？
王大妈　（唱）不是你弟弟又立功，
　　　　　　　　不是你爸爸挂红花，
　　　　　　　　喜事出在你身上。
王玉花　喜事？我有什么喜事？你说得女儿心里糊里糊涂的。
王大妈　还不是我整天挂心的你的婚事吗？如今你……
　　　　　（唱）挑个对象顶呱呱。
王玉花　（误认为母亲已知自己和牛娃的事）妈妈！你怎么知道的？
王大妈　傻闺女，我怎么不知道呀！

	（唱）你舅昨天和我讲。
王玉花	啊！是舅舅和你说的？舅舅他怎么知道的呀？
王大妈	你舅他怎么不知道呢！
	（唱）是他给你找的对象，
	今早带到咱家来，
	特意让我来相相。
王玉花	呀！原来是这回事！
王大妈	孩子，这个人你不知有多好啊！
	（唱）这个人生得模样好，
	大学毕业文化高，
	做的工作也不错，
	现在学校当助教，
	每月工资百十块，
	吃喝穿花用不了。
	丫头你真算有福气，
	挑这个女婿真不孬。
	打着灯笼哪去找。
	这女婿我算看中了，
	他和你舅在东屋坐，
	来，丫头！（拉王玉花）
	我给你俩做介绍。
王玉花	（不高兴地）我不去，
	（唱）妈妈一旁瞎唠叨，
	玉花心中似火烧。
	你哪知女儿心中事，
	对象俺已经早挑好。

王大妈	妈，你……
王大妈	怎么样？孩子，你一定很满意吧？哈哈……
王玉花	（唱）妈妈疼儿儿都知，

       代挑对象不合适。

       俺俩从来未见面，

       没感情怎好配夫妻？

王大妈　（劝说）孩子，你真心细，不认识不要紧，今天一见面不就认识了吗？

   （唱）这人生来好脾气，

       包管他事事如你意。

王玉花　（着急地）我不是说这个，妈妈……

   （唱）他在学校当助教，

       我到农村去劳动，

       我会的活儿他不会，

       他会的技术我不懂，

       俺俩互相不了解，

       硬拉一起怎能行？

王大妈　这个事好办，你舅早已给你想到了！

   （唱）你舅曾经和他提，

       婚后接你到城里。

       同工作，同学习，

       同吃同住不分离。

       不会的事儿可问他，

       保险他用心来教你。

王玉花　（又气又急，唱）

       妈妈反正都有理，

	倒叫玉花心着急，
	还是和她明说好，
	妈妈呀！
	我已经有了好女婿。
王大妈	啊！你有了对象啦！我怎么不知道呀？这个人怎么样？
王玉花	（高兴地）妈妈，你问他吗？
	（唱）这人生长农村里，
	劳动生产数第一。
	工具改革他带头，
	创造了轴承土车得红旗。
	牛娃不光才华好，
	和气大方懂道理。
	今天送我回家转，
	他托我带来礼物孝敬你。
	忙把包袱来打开，
王大妈	（看看礼物不高兴地）
	（唱）妈妈我又笑又好气。
	别怪我笑他乡下人，
	送礼物也带泥土气，
	几穗小麦有啥用？
	几穗玉米啥稀奇？
	俺家又不喝稀饭，
	送来了几穗高粱干啥的？
王玉花	（唱）这东西是他亲手种，
	样样丰收了不起。

     小麦丰收像座山，

     玉米堆得比屋齐，

     就数高粱收得少，

     高产全县数第一。

     妈妈不要看不起，

     这些都是好宝贝。

王大妈 （生气地）哼！

    （唱）我当啥样好对象，

     "泥腿子"怎能和你配夫妻？

     就算他勤劳能生产，

     到后来能有啥出息？

     这些礼物我不要，

     原封给他退回去。（生气地把东西丢在桌上）

王玉花 （唱）妈妈封建旧意识，

     怎说"泥腿子"没出息？

     种出小麦吃白面，

     种出棉花好穿衣，

     工厂里边缺原料，

     也需农民来供给。

     劳动生产多光荣，

     怎比助教工作低？

王大妈 （劝说地）孩子，这样你就想错了，婚姻是终身大事，你不好好想想，万一错了，后悔就来不及了。

    （唱）玉花年轻不懂事，

     拿着婚姻当儿戏。

     牛娃他是乡下人，

　　　　　　　怎么能和助教比？
　　　　　　　助教能穿绸和缎，
　　　　　　　牛娃只穿粗布衣；
　　　　　　　助教吃鱼又吃肉，
　　　　　　　牛娃常吃粗东西；
　　　　　　　助教住的是楼房，
　　　　　　　牛娃住的草屋子，
　　　　　　　助教行动能乘车，
　　　　　　　牛娃他走路双脚磨破皮；
　　　　　　　助教工资一月百十块，
　　　　　　　够牛娃劳动一年的。
　　　　　　　你打打算盘合合账，
　　　　　　　助教"泥腿"谁合适？

王玉花　　我看还是……
王大妈　　还是助教合适罢！
王玉花　　还是牛娃合适。
王大妈　　（气极）啊！你这个丫头莫非疯了？
王玉花　　（唱）妈妈说话没道理，
　　　　　　　光从享受来对比。
　　　　　　　婚姻不是做买卖，
　　　　　　　什么钱多钱少的？
　　　　　　　如今农村大变样，
　　　　　　　娘的脑子也该晒晒太阳透透气。
　　　　　　　我的婚姻我做主，
　　　　　　　妈妈不用费心机。
王大妈　　（恼怒地）哼！你疯了？

　　　　　　（唱）再说婚姻讲自主，
　　　　　　　　　走错路我总不能由着你？
　　　　　　　　　今天有你妈妈在，
　　　　　　　　　要嫁牛娃我不依。
王玉花　　（恼怒地）
　　　　　　（唱）要嫁要嫁我偏要嫁！
王大妈　　（唱）不依不依就不依！
王玉花　　（唱）毛主席定的婚姻法，
　　　　　　　　　我自主婚姻有权利。
王大妈　　（唱）你的婚姻娘要问！
王玉花　　（唱）女儿的志向不能移！
王大妈　　死丫头，你可气死我了！（悲愤地）
　　　　　　（唱）妈妈千般为你好，
　　　　　　　　　丫头不知娘心意。
　　　　　　　　　我待你一片热心肠，
　　　　　　　　　你一瓢冷水泼在娘心里。
　　　　　　　　　想起从小拉把你，
　　　　　　　　　不知费了多少心机。
　　　　　　　　　擦一把来抹一把，
　　　　　　　　　怕冷怕饿为着你。
　　　　　　　　　好容易养你成大人，
　　　　　　　　　今天来惹娘生气，
　　　　　　　　　哭声天，盼声地，
　　　　　　　　　我家门不幸养了你这坏闺女。
王玉花　　（为难，犹豫地）
　　　　　　（唱）刚才说话性太急，

妈妈不要哭啼啼。

我挑的对象好不好，

你未见面怎知详细？

劝妈妈你去相相看，

保证妈妈你欢喜。

妈妈要是相不中，

咱娘俩那时再商议。

王大妈　　（无可奈何地）唉！闺女是我惯大的，叫我又有什么法子呀！

（唱）我和她再吵闹，

也难扭她的牛脾气。

若叫助教听见了，

会笑咱家没规矩。

东邻西舍若知晓，

传出去还成啥样子？

不如顺水且推舟，

找个机会再商议。

玉花……

王玉花　　什么事，妈妈。

王大妈　　（唱）如今妈妈且依你，

改日前去相女婿。

牛娃我若相不中，

那时你还要听我的。

王玉花　　妈妈，保你能相中。（跑下）

王大妈　　（唱）忍着气，东屋去，

找她舅舅细商议。（下）

第二场

［幕启：牛娃推车上。

牛　娃　（唱）万里无云好晴天，
　　　　　　　牛娃推车跑得欢。
　　　　　　　县里去参加劳模会，
　　　　　　　我带着自制车子去展览。
　　　　　　　想起造车心欢喜，
　　　　　　　多亏玉花帮助俺。
　　　　　　　解放思想造工具，
　　　　　　　滚珠轴承安在车上边，
　　　　　　　载得多，走得欢，
　　　　　　　推起土来多轻便。
　　　　　　　俺县实现车子化，
　　　　　　　不用手提和肩担，
　　　　　　　父老们个个心欢喜，
　　　　　　　齐选俺俩当模范。
　　　　　　　今天县里开大会，
　　　　　　　一同前去走一番。

今天到县里来的时候，玉花说大会介绍材料没有写好，叫我先走一步，她马上就来，我且慢慢地走着等她吧！

（唱）提起玉花我心中喜，
　　　像吃蜜糖甜在心里。
　　　这人不光有学问，

参加生产挺积极,

　　待人和气心眼好,

　　妈爱她真像亲闺女。

　　俺俩也算有缘分。

　　我把她时时记心里。

唉!俺胡乱想什么,人家是大学生,能看中咱这个庄稼人吗?(自思)那也说不定。

(唱)自她下放俺家里,

　　对我实在有心意。

　　那一天无人闲啦呱,

　　她喊我哥哥多亲密。

　　我送她一条花毛巾,

　　她送我一支新钢笔,

　　毛巾上面千条线,

　　两颗心儿连一起。

　　钢笔俺俩各一支,

　　配起来真像天生一对儿。

　　她有心,我有意,

　　不用月老把媒提。

　　只有一事常挂心,

　　听说她母亲不同意,

　　今天一起把城进,

　　看看她母亲探口气。

不觉走了八里多了,她要是赶不上又要着急。那边有棵大树,我且在那树下歇歇,等她一等。

(王大妈气愤地上)

王大妈　　（唱）路远天热心发急，
　　　　　　　　大妈我又恼又是气。
　　　　　　　　死丫头有福不知享，
　　　　　　　　偏偏爱上"泥腿子"。
　　　　　　　　"泥腿子"啥稀奇，
　　　　　　　　浑身上下牛尿气，
　　　　　　　　成天吃苦又受累，
　　　　　　　　你却拿着当好的。
　　　　　　　　今天特来相相看，
　　　　　　　　看他到底有啥出息。
　　　　　　　　但愿女儿输给我，
　　　　　　　　我劝她还跟助教成夫妻。
　　　　　　　　急急忙忙往前走，
　　　　　　　　只累得腿疼腰酸少力气。
　　　　　　　　两脚像有千斤重，（摸摸脚）
　　　　　　　　亲娘来，水泡起在脚心里。
　　　　　　　　前边又是岔路口，
　　　　　　　　不知走哪条才合宜。
　　　　　　　　见小伙子树下站，
　　　　　　　　走上前去问仔细。
　　　　　喂，小伙子！你可知道到幸福社走哪里？
　　　　　[牛娃正向来路上看玉花，大娘喊没注意，不作声。
王大妈　　（走向前）哎！小兄弟，到幸福社走哪里？（见牛娃仍不作声，生气地）看这个人年轻轻的，怎么耳朵就聋了！
牛　娃　　（醒过来）啊！大娘，对不起。

王大妈　　你在看什么？

牛　娃　　我……我等朋友。

王大妈　　你这朋友也真是，该来不来，把人家的眼都看穿了，心都想糊涂了。

牛　娃　　（不好意思地）哪里是这样，大娘你喊我做什么？

王大妈　　我问你到幸福社走哪里？

牛　娃　　问到幸福社去的路，这真是塑神匠里找菩萨，你可算问到家了。我正是幸福社的人，（指东方）你顺着我指的方向走，翻过这道山，过了那条河，向右爬个坡，过了灌溉渠，就是幸福社。

王大妈　　还有这么多弯弯！

牛　娃　　弯弯不要紧，一指就明。

王大妈　　还有多远？

牛　娃　　八里多。

王大妈　　啊呀！

　　　　　（唱）听说还有八里多，
　　　　　　　　大妈心里暗思索，
　　　　　　　　这一双脚儿不听话，
　　　　　　　　只疼得寸步也难挪。
　　　　　　　　脚又疼来腿又酸，
　　　　　　　　好像身被病来磨，
　　　　　　　　都怨丫头不听话，
　　　　　　　　连累为娘受奔波。

牛　娃　　（唱）看大妈，眉头皱，
　　　　　　　　心像有事在发愁？
　　　　　　　　大妈要有啥困难，

|王大妈|（唱）又是山，又是河，
道路弯曲摸不着，
身体疲倦行路难，
脚疼路远难死我。

牛　娃　　对呀！看她老人家这么大年纪，又没走过山路，着实困难，我不免送她一送。（考虑）不行，今天县里要开会，不能耽搁，还是开会要紧。（考虑）不好，不好，对老人家的困难，应当帮助解决，好在天还不晚，我不如推着她跑快点，回来再进城也不迟。（朝向大妈）大娘你坐上车，我送你去吧！

王大妈　　啊！你送我？咱们互不相识，那可使不得。
（唱）你要送我是好意，
妈妈我心中实感激。
只是耽误你进城，
又劳你推车费力气，
咱一无亲来二无故，
你来相送怎使得？

牛　娃　　（唱）大娘可别当作假，
我句句都是实打实。

王大妈　　（唱）怎好无故劳累你？

牛　娃　　（唱）照顾老人是应当的。
农村城市一家人
大妈不必太客气。

王大妈　　真想不到，还有这样的好人呀！
（唱）身体劳累行路难，

（前文：给我说说替解忧。）

     碰着小伙子好心意,
     无亲无故来相送,
     不惜自己卖力气。
     别看人家年纪轻,
     待人忠诚懂礼仪。
    小伙子,今天啥事要进城?
    怎么车上还插小红旗?

牛　娃　（唱）县里去参加劳模会,
     带这辆自制的小车展览去。

王大妈　（唱）展览怎不带珍贵物,
     小小车子啥稀奇?

牛　娃　（旁白）听!我们农村终天车子化车子化的,她还看不起这车子呢,得向她宣传宣传。
   （唱）别看这车子不稀奇,
     它的功劳了不起。
     车子上边安轴承,
     推起来又快又省力。
     俺社用它来运土,
     水利化提前实现起。
     你看看遍地旱田改水田,
     水稻长得真不离儿。
     车子化促进水利化,
     让大家生活早富裕,
     大娘啊,你想想看,
     亏不亏车子创奇迹?

王大妈　（唱）听他前后讲一遍,

　　　　　　　大妈我留神看仔细，
　　　　　　　遍地庄稼绿油油，
　　　　　　　稻子长得真不离儿。
　　　　　　　苗深足有五尺高，
　　　　　　　比比和我的头儿齐。
　　　　　　　穗子低垂沉甸甸，
　　　　　　　每个都有六寸二。
　　　　　小伙子，
　　　　　　　车子的用场真不小，
　　　　　　　是哪个专家想出的？
牛　娃　　（笑）哈哈……大妈！你要问这个专家吗？
　　　　　（唱）这个专家可不远，
　　　　　　　现在就在俺社里。
王大妈　　啊，你们社里还有这样的人才呀！
牛　娃　　这样的人才可不少，俺社里到处都可找到。
王大妈　　这些人都是从哪里来的？
牛　娃　　（唱）他们都是本社人，
　　　　　　　祖祖辈辈住这里，
　　　　　　　会耕田，会种地，
　　　　　　　日夜劳动满身泥。
　　　　　　　有了共产党来领导，
　　　　　　　解放思想创奇迹。
　　　　　　　新农具，大量造，
　　　　　　　事事大家来商议。
　　　　　　　自古道人多点子多，
　　　　　　　团结起来了不起。

王大妈　　　原来还是些庄稼人。

（唱）小伙子不要瞒哄我，

农民哪有这些本事？

牛　娃　　（唱）你说本事他们没有，

送你的车子哪里来的？

王大妈　　（羞愧地）

（唱）一句话问得我红了脸，

张口无言心着急。

新社会，新事多，

样样事都出了奇。

前天我参观一个展览会，

见一个玉米棒子三尺七。

有一个山芋实在大，

孩子们上去当马骑。

这个农民创造抽水机，

那个农民制成了风力犁。

当时我还不相信，

今天才知是真的。

往日看农民没有用，

现在越看越有出息。

怪不得闺女不由我，

对象找在农村里。

小伙子，你今年多大了？

牛　娃　　大娘，我今年二十三啦。

王大妈　　年纪不小了，有没有对象？

牛　娃　　（看看大妈，不好意思地）大妈，有是有，就是还未

王大妈	定下来。
王大妈	怎么的？
牛　娃	大娘啊！
	（唱）她能文，我能武，
	配起来真是一对好夫妻。
	只恨她妈老封建……
王大妈	怎么的？
牛　娃	（唱）她不让女儿嫁到农村里。
	大妈，你说她资产阶级思想多严重，毛主席领导咱们翻了身，她还看不起咱们劳动农民呢。
王大妈	啊！
	（唱）听他句句把岳母怨，
	我好像针头刺心上。
	我和她一个样，
	满脑子封建旧思想。
	牛娃要知道我的事，
	我有什么话和他讲？
	不如岔开装不懂。
	小伙子，咱光顾啦呱了，
	会不会耽误你把城上。
牛　娃	呀！该死，差一点把时间忘了，快上车子来吧！（扶大妈上车，推车前进）
王大妈	（唱）大妈一路好心急，
	〔牛娃正在想心思事，推车下坡，不小心，车子掉在路沟里。
牛　娃	（唱）不好了！

　　　　　　车子掉在路沟里，
　　　　　　我从来推车没出过丑，
　　　　　　今天真算丢脸皮，
　　　　〔牛娃推车正急躁，玉花手拿材料匆匆上。牛娃猛见玉花跑来。

牛　娃　　玉花，快来！
王玉花　　（唱）猛听见哥哥将俺喊，
　　　　　　急跑上前看仔细。
　　　　　　只见车子掉沟内，
　　　　　　妈妈她也在这里。
　　　　妈妈！妈妈！你来啦？
王大妈　　啊，原来是你，快帮着把车子拉上来！
　　　　〔玉花帮牛娃把车子拉上来，在路旁休息。
牛　娃　　（惭愧地）
　　　　　　（唱）一不小心翻了车，
　　　　　　牛娃心里实难过，
　　　　　　坐车的又是玉花娘。
　　　　　　叫我有口实难说。
　　　　　　未结婚的闺女婿，
　　　　　　摔了丈母娘怎么着？
　　　　玉花呀！你和大妈讲一讲，请她多多原谅我。
王玉花　　（笑唱）牛娃你也太莽撞，
　　　　　　心眼里到底把啥想。
　　　　　　幸亏摔了自家人，
　　　　　　要是别人可怎么讲？
　　　　牛娃催玉花和王大妈谈，玉花只是笑，最后向前。

王玉花	妈妈，人家摔了你在向你道歉呢！
王大妈	（拍拍身上的土）没什么，亏得这位大哥送我，我正要你去谢谢他呢。
王玉花	（俏皮地）摔了一跤，还谢他？
王大妈	孩子，你不知道，
	（唱）叫声玉花听我说，
	这人是个好小伙，
	待人和气多恩厚，
	在路上自愿来送我。
	要不是他把我来送，
	妈妈还在山那坡。
	咱就该好好谢谢他，
	好孩子，替妈妈谢谢人家。
牛　娃	（唱）牛娃听了更难过，
	叫声大妈别说了，
	再夸活活羞死我。
王玉花	（唱）看他们亲戚才见面，
	在一起啦得怪热火。
王大妈	（猛然想起相女婿的事）
	（唱）我光在这里闲话叙，
	忘了是来相女婿。
	叫玉花，我问你，
	你挑的对象在哪里？
	那个人到底怎么样？
	可跟得上这个小伙子？
王玉花	（故意地）你问他吗？

	（唱）这个人和他在一起，
	跟他本是亲兄弟，
	一样高，一般低，
	待人忠诚又和气，
	生产上面是能手，
	工作积极数第一。
	社里大搞水利化，
	他改造车子创奇迹。
	提高功效十倍多，
	评上了模范得红旗。
	今天县里去开会，
	推着车子上城里。
王大妈	（旁白）啊……怎么说来说去，跟这个小伙子一个样呀！
	莫非……不对不对！哪有这般巧的事？
	（唱）你的话，我犯疑，
	怎么和他一样的？
	他和牛娃比一比，
	哪个高来哪个低？
王玉花	（唱）他俩在乡里曾比试，
	分不开谁高和谁低，
	叫妈妈你相相看，
	像这样的人你中意不中意？
王大妈	像这小伙子一样的吗？……那我没意见。
	（牛娃暗笑）
王玉花	妈妈，你同意啦！

王大妈	同意啦!快带我去看看吧!
王玉花	不用看了,这个女婿相不成。
王大妈	怎么?
王玉花	女儿我不同意。
王大妈	为什么?
王玉花	妈妈呀!

    (唱)不同意有道理,
      牛娃是农民没出息,
      在农村,没文化,
      浑身上下牛屎气,
      吃穿不如助教好,
      经济收入又很低。
      妈妈到老没依靠,
      抱怨女儿担不起。

王大妈 (唱)孩子你别翻旧皇历,
      以前的错误是我的,
      老封建,旧脑筋,
      光在钱上打主意。
      女儿你以前说得对,
      农民一样有出息。
      婚姻还是由你做主,
      妈不再来乱阻止。
      好闺女,原谅我,
      妈妈给你赔不是,
      带我去把女婿相,
      好让娘儿完了这桩大心事。

王玉花	（唱）妈妈你要相女婿，
	这不是？……（指牛娃）
	哈哈，推了你半天还不识。
王大妈	是他？
牛　娃	啊……（热情地跑到大妈面前拉着妈妈的手）是我，大娘！我就叫牛娃，大娘！快请到俺家去吧，我妈终天念着你呢！
王大妈	（抚着牛娃的头）哦，好孩子……你俩还要去开会，咱们做伴回去吧，等你结婚时，再和亲家母啦呱不晚。
王玉花 牛　娃	好，咱们一起走。
	〔三人欢笑，牛娃推车，玉花拉车。
王大妈	（唱）妈妈下乡把女婿相，
王玉花	（唱）"泥腿子"如今也相当。
牛　娃	（唱）大学生爱中乡下人，
王大妈 王玉花 牛　娃	（合唱）互敬互助恩爱长。
	（锣鼓声中三人舞蹈下）

剧终

注：《相女婿》1958年参加徐州地区会演和江苏省职业剧团会演，被评为优秀剧目。1959年收入新中国成立十周年《中国地方戏曲集成·江苏卷》，1979年再次收入《江苏三十年小戏选》。

> **【提要】**秋收后，公社大会上，沙荒大队党支部副书记红芳和青年突击队长二虎夺了公社改造和尚荒的英雄榜。老队长认为改造和尚荒与三麦播种抢劳力，应先抢种后治荒，由此产生思想冲突。为保证治荒秋播两不误，红芳带领群众革新治荒工具和治荒方法，最后在县拖拉机站和兄弟大队的支援下，不但治好了和尚荒，而且全面完成了秋播任务，并保证了来年的增产增收。

万紫千红第一枝

五场柳琴戏

编剧　高子亮

时　间　1960年

地　点　苏北某县

人　物　红　芳　　沙荒大队党支部副支书

　　　　二　虎　　青年突击队长共青团书记

　　　　老队长　　沙荒大队队长

　　　　小　兰　　共青团员老队长之女

　　　　大　妈　　红芳的母亲

　　　　张大伯　　老社员

　　　　赵会计　　大队会计

　　　　余书记　　党委书记

　　　　石　刚　　县拖拉机站技术员

　　　　社员甲、乙、丙、丁若干人

　　　　邻队代表若干人

第一场　争辩

［秋夜，皓月当空。沙荒大队办公室里，老队长气冲冲地上。

队　长　唉……

（唱）大会上二虎夺了英雄榜，
　　　　要组织社员远征战沙荒；
　　　　秋收后急需抢种时间紧，
　　　　再抽人队里麦子种不上。
　　　　副支书也不全盘来考虑，
　　　　他们盲目请功瞎逞强。
　　　　会场上我把他们来阻止，
　　　　大家伙齐来批判我的旧思想。
　　　　依我看打肿脸把胖子充，
　　　　会弄得劳民伤财无下场；
　　　　回家来心里憋得满肚火，
　　　　不由人一阵阵地怨红芳。

（大妈上）

大　妈　（唱）一轮明月挂东山，
　　　　红芳未归我心不安；
　　　　闺女是娘的连心肉，
　　　　时时使我心挂牵。
　　　　她二叔开会已回转，
　　　　丫头怎么未回还，
　　　　留得饭凉菜又冷，

去找她二叔问一番。

（白）她二叔……

队　长　　哦！老嫂子，你坐。

大　妈　　红芳跟你去开会怎么还没有回来啊？

队　长　　有大喜事把她拖住啦！

大　妈　　（误会的）大喜事我怎么未听红丫头说呀？

队　长　　会场上新发生的事你怎么能知道。

大　妈　　（旁白）红芳呀，红芳这就是你的不对了，你和石刚恋爱，我是从心眼里赞成，今天你们结婚不该还瞒着，连妈妈我也不让知道。

队　长　　你看你想到哪里了，她不是结婚，是逞英雄夺了英雄榜。

大　妈　　她二叔，你怎么吞吞吐吐的，弄得嫂子糊里糊涂的，英雄榜到底是怎么回事呀？

队　长　　大嫂子呀！

（唱）东山下有一片和尚沙荒，
　　　鸟不落兔不往寸草不长。
　　　今年要种三麦扩大生产，
　　　埋飞沙换好土改良土壤。
　　　县里为此立了英雄榜，
　　　动员那英雄豪杰战沙荒。
　　　红芳她组织青年打了擂，
　　　夺了榜这副担子要承当。
　　　怎知道秋耕秋种时间紧，
　　　咱们队哪有力量战沙荒。
　　　耽误了三麦播种非小可，

　　　　　　　明年社员生活怎保障?
大　妈　（唱）红芳她年纪小做事莽撞,
　　　　　　　还要靠二叔你指示相帮。
　　　　　　　大小事要为着全队着想,
　　　　　　　她做事有偏差你要有主张。
队　长　唉!
　　　（唱）会议上我说声不能夺榜,
　　　　　　年轻人批评我右倾思想。
　　　　　　红芳她是支书不来做主,
　　　　　　却由着年轻人胡闹一场。
大　妈　（唱）叫二叔你心中不必气恼,
　　　　　　　且等她回家来教育一场。
　　　　　　[锣鼓声大作,内二虎声:"沙荒大队的父老乡亲,英雄们,远征沙荒的英雄榜被咱们夺来啦!"众声:"好啊,好啊……到大队部看榜去,到大队部看榜去……"
队　长　看,他们不是把榜抬来了吗?
　　　　（二虎、小兰抬榜上,众随之一拥而进）
群　众　咦,这是什么?
红　芳　社员同志们,这是大战沙荒誓夺高产保证十万亩丰产方大丰收的英雄榜。
　　　（唱）为跨淮河渡长江,
　　　　　　实现亩产千斤粮。
　　　　　　县委领导提措施,
　　　　　　组成个万亩丰产方。
　　　　　　连片种植大丰收,
　　　　　　明年丰收有保障;

　　　　　　东山下有块和尚荒，
　　　　　　它在丰产方的正中央。
　　　　　　沙深世代不下种，
　　　　　　一年到头溜光光；
　　　　　　妨碍连片种三麦，
　　　　　　修渠灌溉不便当。
　　　　　　两千亩土地无庄稼，
　　　　　　影响明年多收粮。
　　　　　　县委立了英雄榜，
　　　　　　组织豪杰战沙荒，
　　　　　　我们队都是英雄将，
　　　　　　这光荣任务不能让，
　　　　　　因此夺了英雄榜，
　　　　　　来跟大家细商量。

群　众　　对！
　　　　（合唱）咱队都是英雄将，
　　　　　　　　这光荣任务不能让。
　　　　　　　　支书呀，
　　　　　　　　你说擒龙咱下海，
　　　　　　　　你说伏虎咱上山岗；
　　　　　　　　不怕赴汤和蹈火，
　　　　　　　　天大的困难我们上。

红　芳　　好！
　　　　（唱）我打算组织远征军，
　　　　　　　吃住田头战沙荒；
　　　　　　　立志翻沙变好土，

		喝令飞沙献米粮。
		要咱们穷队大翻身，
		要叫鸡毛飞上天；
		大伙要有凌云志，
		不达胜利不还乡。
二 虎		（唱）我们突击员打先锋。
小 兰		（唱）先行官，
		还是我们大姑娘。
大 伯		（唱）我们黄忠队不服老。
大 妈		（唱）佘太君也要把阵上。
红 芳		（唱）个个都是英雄将，
		敢保胜利战沙荒。
		回头叫声老队长，
		请调兵遣将上战场。
队 长		（生气地）慢来。
红 芳		你不同意？
二 虎		真顽固，在大会上思想还未弄通。
队 长		填埋飞沙，叫荒沙变成良田，叫我们穷队大翻身，提前实现农业发展纲要四十条，跃马赶江南这是大伙的意志也是我的心愿。……不过干劲是干劲，可不能脱离实际呀，毛主席教育我们作风踏踏实实嘛。咱们条件差，人力和畜力不足，完成现有的秋播任务都有困难，哪有精力再去征服那块和尚荒？
红 芳		正因为和尚荒是我们丰产方高产的绊脚石，所以一定要克服它，别让它拖住后腿。
队 长		唉！你们不了解情况呀！

　　　　　（唱）提起和尚荒，
　　　　　　　　叫人把脑筋伤，
　　　　　　　　兔子不拉屎，
　　　　　　　　沙深草不长；
　　　　　　　　土薄地又远，
　　　　　　　　耕作不便当。
　　　　　　　　旱天飞沙迷人眼，
　　　　　　　　雨天涝泉水汪汪；
　　　　　　　　世世代代无人种，
　　　　　　　　一年到头溜溜光。
　　　　　　　　溜溜光，溜溜光，
　　　　　　　　因此取名和尚荒；
　　　　　　　　种它像水中捞月，
　　　　　　　　这块地难收米粮。

红　芳　（唱）千里运河是人开，
　　　　　　　　幸福果树是人栽，
　　　　　　　　三山五岳能让路，
　　　　　　　　怎不能，
　　　　　　　　喝令荒沙献宝来？
　　　　　　　　旧社会一家一户来生产，
　　　　　　　　没有力量把荒开；
　　　　　　　　今天咱，
　　　　　　　　集体经营力量大，
　　　　　　　　何愁飞沙不能埋？
　　　　　　　　咱们要有凌云志，
　　　　　　　　把地下乌金挖出来，

　　　　　　　和尚荒变宝地，
　　　　　　　拔去穷根把富贵栽。

队　长　（唱）雄心大志应当有，
　　　　　　　行动不能太荒唐。
　　　　　　　五七年成立高级社，
　　　　　　　我先带头种沙荒。
　　　　　　　从寒露到霜降，
　　　　　　　荒里的小麦才种上；
　　　　　　　有的下种未见苗，
　　　　　　　有的见苗苗不旺。
　　　　　　　东一片，西一片，
　　　　　　　像箩筐秃子头顶光。
　　　　　　　麦苗长有扎把儿深，
　　　　　　　穗像苍蝇头一样。
　　　　　　　忙收割忙打场，
　　　　　　　忙来忙去不够种粮。
　　　　　　　真正是，
　　　　　　　赔了夫人又折兵，
　　　　　　　想来我就把脑筋伤。
　　　　　　　红芳呀，
　　　　　　　失败的教训当记取，
　　　　　　　再去冒险不应当

二　虎　（不服地）
　　　　（唱）说什么改造沙荒是冒险，
　　　　　　　可知道今天的形势非寻常；
　　　　　　　人民公社大又公，

　　　　　　团结起来力量强。
　　　　　　咱不能老翻旧皇历，
　　　　　　看问题不能仅用老眼光。

队　　长　（气愤地）啊！你也说我老眼光！

会　　计　看，越来越不像话了，二虎你怎么动不动就搬新名词儿，咱们队长从一开始就领导我们搞互助组，办高级社一直到今天，往年糠菜半年粮半年，今年粮食能够自给了，这能是老眼光办出来的吗？过去的经验就不该接受吗？

队　　长　红芳，你现在当了副支书哩，一解放时你才这样高，（打手势）在这块和尚荒上你不知道咱们村花了多少劳力。就拿你父亲来说，种一辈子沙荒，也没从这穷地里爬起来。

红　　芳　（唱）过去的教训当记取，
　　　　　　今天的情况不相同；
　　　　　　公社化带来了丰产方，
　　　　　　三麦连片搞千顷；
　　　　　　往年光种未改土，
　　　　　　耕作粗放少加工，
　　　　　　八字宪法未用好，
　　　　　　无怪麦收落场空。
　　　　　　今年咱种植有经验，
　　　　　　多次外地取来经，
　　　　　　党的领导做保证，
　　　　　　怕什么沙荒无收成。

群　　众　对！（合唱）

　　　　　党像太阳天空照，

　　　　　咱是鲜花向日红，

　　　　　党的领导做保证，

　　　　　怕什么沙荒无收成。

队　长　　红芳你……你决定去远征沙荒吗？

红　芳　　这是我们沙荒队能不能由穷变富的关键问题，也是十万亩丰产方能不能平衡高产的问题。形势逼着我们，群众希望我们应该这样做。

二　虎　　我们就动手。

队　长　　（大声地）红芳你不能太荒唐，我们要对群众负责！

红　芳　　这就是县委的指示，我们要坚决完成。

队　长　　我建议马上召开支委会研究。

红　芳　　好，马上召开支委会。同志们，你们先回去枕戈待命，准备出发。

二　虎　　准备出发！

（幕急落）

第二场　远征

〔早晨红霞满天，远征队伍要集合出发了。村头红旗飘扬，幕后响着跃进鼓，二虎兴奋地敲锣上。

二　虎　　（唱）二虎我把锣敲，

　　　　　远征队伍细听着，

　　　　　支书马上就来到；

　　　　　出发东西要准备好，

　　　　　　扁担抬筐锨和锹，
　　　　　　两人一车不可少，
　　　　　　单等着一声命令下，
　　　　　　向沙荒进军围剿。

　　　　［张大伯扛锹上。

大　伯　（唱）莫欺我年纪老，
　　　　　　头发白银须飘；
　　　　　　英雄不怕岁数高，
　　　　　　黄忠七十能上阵，
　　　　　　赵云八十逞英豪。
　　　　　　我比古人年轻少，
　　　　　　不信俺比试三遭，
　　　　　　当场之上分低高。

　　　　［舞起锹来。红芳上。

红　芳　怎么张大伯在这里练起武来了？
二　虎　我说他年老不能参加远征军，他偏要耍威风呢！
红　芳　（给披上衣服）张大伯，外边风大，别受了凉。
大　伯　队长你看我老还是不老？
红　芳　不老。
大　伯　生产本领还行不行？
红　芳　全村人谁不知道你是第一把好手。
大　伯　那你为什么不准我参加远征呢？
红　芳　这……
大　伯　解放前我跟沙荒打过多年交道，因人单势孤总是吃败仗。今天是千军万马上阵要打胜仗了，我有信心了，你偏又不叫我去！

红　芳　叫你去，请你做参谋指挥大伙深翻。
大　伯　谢谢队长。
二　虎　还要回家跟大娘商量一下吗？
大　伯　她早就像青年人送丈夫参军一样送过我了。（众欢笑）

〔赵会计领大妈上。

会　计　红芳，大妈来了。
红　芳　啊！妈，你有什么事吗？
大　妈　这里有你一封信，
红　芳　嗯，（接过信旁读）

红芳，我们结婚的事组织上批准了，我马上要带拖拉机队去外地支援秋种，我们结婚的事就抓紧办吧。你立即到城里来。

二　虎　哪里来的？
红　芳　拖拉机站。
二　虎　什么事？
红　芳　（含羞地）你管不着。
二　虎　我晓得又是那个刚哥哥来的。这个人呀，真不争气，老是结婚结婚，拖我们远征元帅的后腿。
红　芳　调皮！
二　虎　张大伯，咱们是猫咬尿泡瞎喜欢，远征去不成了。
大　伯　为什么？
二　虎　未上阵元帅被擒，元帅要被小将石刚捉到城里去拜堂成亲了，咱们还不得散伙？
大　伯　真会吗？
红　芳　听他瞎扯！我这腿呀，谁也拖不住。

（众笑）二虎！

二　　虎	先行官二虎见过元帅。
红　　芳	你去检查一下队里的准备情况马上集合。
二　　虎	得令也。（跪下）
大　　伯	（风趣地）将军慢走，俺老汉张得胜随你一同前往。
红　　芳	（感动地）多么好的干劲呀！（回头看见赵会计仍然站立在那里）赵会计，你的东西都准备好了吗？
会　　计	我……我还去吗？
红　　芳	工地上的事务很多，昨晚会议上不是决定过你去的吗？还犹豫什么。
会　　计	（迟疑地）好，我准备去。（下）
红　　芳	唉！真是一个怕困难的胆小鬼。
大　　妈	红芳你也不小了，结婚的事也应该考虑考虑。

　　（唱）石刚来信催结婚，

　　　　　红芳你要细思忖；

　　　　　今年你已十八九，

　　　　　姑娘早晚要嫁人。

　　　　　你们二人成婚后，

　　　　　妈妈我也免挂心；

　　　　　依我看，

　　　　　今天你就把城进，

　　　　　也免得

　　　　　错过时机误良辰。

红　　芳	（唱）妈妈为儿多关心，

　　　　　并非女儿不愿嫁人；

　　　　　只因秋种时间紧，

　　　　　要改沙荒聚宝盆。

　　　　　　　女儿领队去远征，
　　　　　　　哪有时间把城进？
　　　　　　　我看婚期且推迟，
　　　　　　　先给石刚寄封信。
大　妈　（唱）你们结婚已批准，
　　　　　　　时间应当要抓紧；
　　　　　　　石刚不久要出发，
　　　　　　　推迟婚期冷他的心。
　　　　　　　倘若为此伤和气，
　　　　　　　知心朋友两离分；
　　　　　　　需要仔细多考虑，
　　　　　　　你不焦心娘焦心。
红　芳　（唱）他是工人觉悟高，
　　　　　　　公私应当有分寸；
　　　　　　　开荒播种时间紧，
　　　　　　　石刚哥哥知我心；
　　　　　　　真情不怕高山阻，
　　　　　　　海枯石烂爱长存。
　　　　　　　妈妈不要多费心，
　　　　　　　石刚不是那种人。
大　妈　（唱）石刚虽非薄情人，
　　　　　　　你到何时能结婚？
红　芳　（唱）远征胜利丰收后，
　　　　　　　梳洗打扮做新人。
大　妈　　　死丫头你就是牛脾气。（下）
　　　　　（红芳笑，小兰哭上）

小　兰　　红芳姐。

红　芳　　（见小兰满脸泪迹）小兰，你……

小　兰　　爸爸不叫我去了。

红　芳　　为什么？

小　兰　　（唱）昨夜里爸爸开会回到家，
　　　　　　　　怒气冲冲把火发，
　　　　　　　　说大伙不信他的话，
　　　　　　　　组织远征有偏差，
　　　　　　　　寒露将到时间紧，
　　　　　　　　两千亩沙荒难以治好它。
　　　　　　　　怕那时，
　　　　　　　　近田搞不好，
　　　　　　　　沙荒种不下；
　　　　　　　　明年丰收难保证，
　　　　　　　　社员生活无办法。
　　　　　　　　反对我参加远征军，
　　　　　　　　他要把我留在家。

红　芳　　啊！……（沉思地）
　　　　　（唱）老队长为社员忠心耿耿，
　　　　　　　　老眼光看事情是非不清。
　　　　　　　　战沙荒多种麦为了增产，
　　　　　　　　他一再怕困难阻止进行。
　　　　　　　　支部会批判他落后保守，
　　　　　　　　他那般牛脾气仍未搞通。
　　　　　　　　必须要多对他来说服，
　　　　　　　　耐心地既团结又做斗争。

小　兰	芳姐你让我去吧。
红　芳	（唱）小兰她一心要去远征，
	红芳我心里拿章程。
	小兰这好姑娘有谋有勇，
	战沙荒需要这女中英雄。
	有心要带她上工地，
	怕她父闹意见又把事生；
	倘若是不叫去上工地，
	姑娘的意志坚硬当赞成。
	罢、罢、罢，我且随小兰回家转，
	再去找老队长把思想打通。
	好，小兰，我到你家去看看。
小　兰	嗯。
	（二人欲行，二虎上）
二　虎	小兰。
小　兰	唉，二虎哥。
红　芳	你们就谈谈吧，我找妈妈去去就来。
	（下）
二　虎	小兰，你哪里去？
小　兰	回家。
二　虎	远征军马上就要出发了。
小　兰	父亲不叫我去了。
二　虎	（误会地）你！……
	（唱）听小兰要回家，
	二虎我怒气发；
	为啥现在变了卦，

　　　　　　虚情假意把名报，
　　　　　　党的面前说假话；
　　　　　　分明害怕去翻沙，
　　　　　　还向我花言巧语，
　　　　　　也不怕被人笑煞。

小　兰　　你不要冤枉人！

二　虎　　一点也不冤枉你！

　　　　（唱）小兰你不对头，
　　　　　　见困难就退后，
　　　　　　用你爸爸当借口，
　　　　　　临阵脱逃不知羞。
　　　　　　团员应做党的手，
　　　　　　事事应当先带头。
　　　　　　你今天错误严重，
　　　　　　要批评不能迁就。

小　兰　　你不该对我这样。

二　虎　　完全应该这样，你是共青团员，我完全有责任帮助你。

小　兰　　（委屈地）二虎！

　　　　（唱）二虎哥对我耍脾气，
　　　　　　小兰心中受委屈；
　　　　　　父亲不让我去远征，
　　　　　　二虎却骂我假积极。
　　　　　　有心和他翻了脸，
　　　　　　他口快心直是好意。
　　　　　　还是向他说明了，

　　　　　　　苦战沙荒志不移。

　　　　　　二虎，你怎么不容我说话呀？

二　虎　　你还有什么好说的？

　　　　　（老队长上）

队　长　　小兰，你怎么不回去呀？

二　虎　　远征军快要出发了，你叫她去哪儿？

队　长　　我的女儿你管得着吗？

　　　　　（唱）二虎，二虎你太不该，

　　　　　　　　在我面前啥气派，

　　　　　　　　不听我的话，

　　　　　　　　任意胡乱来；

　　　　　　　　秋收秋种时间紧，

　　　　　　　　哪有工夫把荒开？

　　　　　　　　种不好明年定减产，

　　　　　　　　弄得劳民伤财。

　　　　　　　　不能叫小兰跟你学坏，

　　　　　　　　她的事我另有安排。

二　虎　　好，你另有安排，你不执行支部会议的决议。

队　长　　对得起群众，我问心无愧。小兰，走！

小　兰　　爸爸……

二　虎　　小兰，你临阵脱逃，咱们支部会上见！

　　　　　（怒下）

小　兰　　二虎……

　　　　　（幕后红芳声："老队长……"）

队　长　　红芳，我正要找你。（气愤地下）

小　兰　　（犹豫刹那最后坚决地）二虎，二虎……

［跑下。

［锣鼓声大作，沙荒远征军的红旗招展。二虎带着队伍出发了，小兰边喊边跑追下。

（幕落）

第三场　工改

［中午，沙荒工地的一角，风起处沙雾迷蒙，号子声、口号声交织成一片，工地上人们紧张地劳动。赵会计拿测量工具上。

会　计　（唱）大风吹，工地上沙雾迷蒙，
　　　　　　　一霎时迷得人双眼难睁。
　　　　　　　五百人战沙荒已十天整，
　　　　　　　和尚荒连一角也未开成；
　　　　　　　屈指算离寒露为期不远，
　　　　　　　种三麦正适时需要下种。
　　　　　　　似这般到霜降地难整好，
　　　　　　　明年的大丰收怎能保牢？
　　　　　　　怪不得老队长不叫远征，
　　　　　　　果然要落一个劳而无功。

（张大伯及群众甲、乙、丙、丁抬土上）

甲　　　乖乖隆得咚，可累坏我了。

（丢筐擦汗）

众　　　赵会计你也在这里？

会　计　我来测量翻好的土地有多少，好来打点子呢！

甲	赵会计你说咱们的这个和尚荒啥时候能治好？
会　计	（摇头）难呐！
	（唱）要换土要深翻，
	还要块块整畦田，
	埂要六寸高畦要六尺宽；
	地平要如镜，
	土细要如面，
	大路要平又要宽。
	渠道规格不简单，
	一切都要高标准，
	连我测量也犯难。
	这工程
	做不到腊月二十九，
	也得腊月二十三。
甲	照你这样说今年的麦子是种不成了？
大　伯	不见得，我看我们支书心里在想点子呢。
乙	还有什么点子好想，寒露两旁看早麦，你没看看今天到几儿了？
丙	几儿了？反正到不了腊月二十九！
丁	到二十九也罢，不到二十九也罢，反正不下种就吃不到麦子。
乙	我早就打算好了。
众	打算怎样？
乙	请假回家去。
甲	你老婆也在工地上，回家找谁？
乙	把家前屋后的腊条簸箕柳割下来编筐。

众		干啥？
乙		准备明年上山东。
甲		解放前逃荒你还没有逃够！
乙		麦种不上，没得吃，还不逃荒怎么办？
众		落后鬼，对和尚荒连一点志气也没有。
甲		你看张大伯在干啥。
乙		（走过）老光棍在想媳妇呢？
大	伯	傻小子，你给大伯我开啥玩笑！
乙		你画的不是娶媳妇要用的花轿吗？
大	伯	去你的，大家看翻沙换土进度不快，我想能造一种长翅膀的东西让它飞呀，飞呀，把沙土送到湖里去，再把湖土搬到沙地上来，不就好了吗？
众		张大伯想变戏法啊！
会	计	戏法你尽可能变吧，要想迅速翻沙种上麦，要比你想媳妇还要难得多呢！

（众笑，二虎上）

二	虎	同志们，加油干呀，别的队要超过我们了。
众		干活。（起身）
乙		还干，不歇歇呀，人都是肉长的，谁没有个累！
二	虎	跃进一下吧，看妇女队都比我们工效高。
乙		谁工效高谁扛红旗，反正不能一筐沙给一筐粮食。
二	虎	（恼怒地）老九你这是什么态度？
		（唱）大伙搞深翻，
		干劲冲破天；
		老九你太落后，
		不该出怨言；

　　　　　　不满情绪到处散，

　　　　　　影响不好碍生产，

　　　　　　晚上开个辩论会，

　　　　　　严格批判不放宽。

乙　　　　二虎，你别大帽子压我。

　　　　（唱）天天搞深翻，

　　　　　　腿痛腰又酸。

　　　　　　麦子种不上，

　　　　　　不许我发言。

　　　　　　动不动扣帽子，

　　　　　　要把我来辩。

　　　　　　今天我回家，

　　　　　　翻沙就不干。（欲走）

二　虎　　（拦住）我看你走！

乙　　　　哼！我又不是反革命，你能把我怎样？

二　虎　　（愤怒地）你破坏深翻，看我治不了你？

会　计　　（拦住）二虎，你就这样对待群众的呢？

二　虎　　怎样？

会　计　　你不该向他发脾气。

二　虎　　他不积极干活，反说怪话影响大家的情绪。你是看到的，还来怪我？

会　计　　事情未做好，别怪人家有意见。深翻进度延缓，寒露下不了种这是事实，硬要翻沙劳民伤财，自己不去检查反怪群众。

二　虎　　这样说你也反对深翻喽！你呀，也是个落后分子。

会　计　　是的，我落后，大伙都落后，只有你积极，看你一个人干吧!

（乙与个别落后群众随声附和）走!

二　虎　　好，你领头闹事，咱见队长去。

会　计　　我不怕你发威。（下）

大　伯　　看，这闹成什么样子了。（追下）

（众随下）（大妈上）

大　妈　　（唱）儿行千里娘担心，

　　　　　　　　大妈沙荒把儿寻。

　　　　　　　　红芳出门十天整，

　　　　　　　　未见女儿转家门。

　　　　　　　　每晚依门思儿返，

　　　　　　　　望穿老眼不见人，

　　　　　　　　大队里边请个假，

　　　　　　　　来找红芳谈谈心。

　　　　　　　　匆匆忙忙往前走，

　　　　　　　　前面来了一个人。

　　　　　（白）那边有人来了，我且等他前来问上一问。（红芳上）

红　芳　　（唱）屋漏偏逢连阴雨，

　　　　　　　　工效迟缓愁在心；

　　　　　　　　眼看寒露难下种，

　　　　　　　　完不了任务急煞人。

　　　　　　　　社员中有人泄了劲，

　　　　　　　　闹着收兵回家门，

　　　　　　　　我岂能

　　　　　　　　放弃沙荒把兵收？

　　　　　　党是航行掌舵人，

　　　　　　混乱思想当整顿；

　　　　　　要提高工效找窍门，

　　　　　　突破难关找好路，

　　　　　　乘风破浪再前进。

大　妈　　红芳……

红　芳　　啊！妈妈，怎么你也到工地上来了。

大　妈　　几天未见，怪想念你的。红芳，过来让妈妈看看你。

红　芳　　（天真地）妈，你看吧，我长得高了吧？！

大　妈　　（端详地）你是瘦了！

红　芳　　没有。

大　妈　　（拉红芳手）你的手上怎么起了这么多的泡啊！

红　芳　　（着急地换手）没有呀。

大　妈　　这只比那只还多呢！

　　　　　（唱）女儿是娘连心肉，

　　　　　　　　见你吃苦我心难受。

　　　　　　　　你脸庞瘦了好几圈，

　　　　　　　　手上的血泡似黄豆。

　　　　　　　　沙荒世代无人问，

　　　　　　　　姑娘们怎好和它斗？

　　　　　　　　你不要硬着头皮把命拼，

　　　　　　　　不如快快把兵收。

红　芳　　娘呀！

　　　　　（唱）共产党领导咱们大翻身，

　　　　　　　　栽上富苗拔穷根。

　　　　　　　　粮食本是宝中宝，

　　　　　　　沙荒能变成聚宝盆。
　　　　　　　今天不吃苦中苦，
　　　　　　　怎叫沙荒献金银？
　　　　　　　为了丰产方得高产，
　　　　　　　为咱全队不受贫，
　　　　　　　皮肉磨烂血熬干，
　　　　　　　不能辜负党的一片心。
大　妈　（唱）妈妈不是糊涂人，
　　　　　　　知道你
　　　　　　　忠心耿耿为人民。
　　　　　　　只是秋种时间紧，
　　　　　　　怕你徒劳枉费心，
　　　　　　　沙荒地大人力少，
　　　　　　　何时能挖断这穷根！
红　芳　（唱）不怨天，不信神，
　　　　　　　创造世界全靠人。
　　　　　　　能引河水把山上，
　　　　　　　就不能
　　　　　　　喝令荒沙献宝银？
　　　　　　　只要咱
　　　　　　　大伙齐心找窍门，
　　　　　　　按党的指示做没有错。
　　　　　　　妈妈你要放宽心。
　　　　　（二虎拉赵会计上，众随上）
　　　　　（同时）支书，支书！
红　芳　　什么事，看你们闹成什么样子了！

　　　　　　（同时）支书，你听我说。

红　芳　　哎！一个一个说。

会　计　　（唱）二虎二虎太不该，
　　　　　　　　对群众态度耍起来；
　　　　　　　　深翻速度本不快，
　　　　　　　　寒露前和尚荒难开；
　　　　　　　　群众的心急不了解，
　　　　　　　　动不动帽子扣起来，
　　　　　　　　干群关系被破坏。
　　　　　　　　支书啊！
　　　　　　　　这事得把二虎怪。

二　虎　　支书。
　　　　　　（唱）赵会计不对头，
　　　　　　　　思想保守又落后，
　　　　　　　　他给群众作尾巴，
　　　　　　　　满腹牢骚没个够；
　　　　　　　　见到深翻害了怕，
　　　　　　　　对高标准眉头皱；
　　　　　　　　治沙荒没信心，
　　　　　　　　终天叹气又摇头；
　　　　　　　　群众面前说怪话，
　　　　　　　　支书呀！
　　　　　　　　他破坏生产要追究。

红　芳　　嗯！
　　　　　　（唱）二虎别性急，
　　　　　　　　事情弄仔细。

　　　　　　翻沙进度慢，
　　　　　　每天工效低。
　　　　　　眼看要种麦，
　　　　　　大伙着了急，
　　　　　　有人说怪话，
　　　　　　闹起小情绪。
　　　　　　群众的思想情况要掌握，
　　　　　　简单化地看问题，
　　　　　　动不动要处理，
　　　　　　群众和你闹对立。
　　　　　　这样会影响团结，
　　　　　　破坏了干群关系。
二　虎　　嗯！
会　计　　（自得地）我说你就不对头吗？
红　芳　　赵会计，主要影响斗志，破坏团结的还是你的右倾思想和消极畏难情绪。
会　计　　我？
红　芳　　（唱）赵会计思想太右倾，
　　　　　　新的形势认不清；
　　　　　　公社的力量你不相信，
　　　　　　怀疑深翻完不成。
　　　　　　不敢坚持高标准，
　　　　　　遇困难投降要收兵；
　　　　　　群众面前说怪话，
　　　　　　党的号召不能坚持来执行，
　　　　　　这种思想太危险，

		你要赶快来纠正。
会 计	嗯!	
红 芳	同志们,当前我们工作上是有问题的,那就是未能高速度战胜沙荒,保证小麦及时下种,但是前进中的困难,在党的领导下,在"三面红旗"的光辉照耀下,发挥大家的智慧是可以解决的。	
众	对,支书,你说怎么办吧。要擒龙我们能下海,哪怕眼熬瞎血熬干也要打胜这一仗。	
红 芳	大家有这样的干劲是好的,但是我们不能蛮干,还要巧干,要一人顶几个人甚至顶十几个人用,要高速度地战胜沙荒,首先要进行工改,大家看看能行吗?	
老 汉	行,我觉得我们工效不高的最大原因是运土路程远,费时间,如果能用车子推一定要快得多。	
会 计	沙地上能推车子呀?空身人在沙地走就陷脚!	
甲	怎么不行呀?在河工上有泥有水,我们照样能推车子。	
	(小兰上)	
小 兰	支书,根据你画的图样,飞虎车模型造成了。	
红 芳	给大家看看能行吗。(众围上)	
大 伯	这样铺上两条木铁轨道,车子就不会被沙子陷住,好,准行!	
小 兰	还要请张大伯你这个老木匠做技术指导加工赶制!	
红 芳	好,就这样办。张大伯,你帮助制造飞虎车,赵会计你回家运材料,物资保证供应,请老队长再从木工厂里抽出人来,二虎你通知各队在中午休息时来指挥所开会(赵下)。我们来一个大搞技术革新,消灭扁担	

人抬，提高工效，保证寒露前适时下种。

众　　好啊，我们一定响应党的号召。

［群情高涨，工地上一片欢呼声。

（幕落）

第四场　支援

［幕起：田头指挥所里电话铃响。

红　芳　（拿起电话）你那里，飞虎队怎么……工改进度不快啊……缺材料！好，一定设法供应你们一批，但应当着重发动群众自力更生，不能依靠支援……（小兰上）

小　兰　红芳姐。

红　芳　你们工改进度怎样？

小　兰　绞天犁和飞虎车都制造了一批，经试验质量很好，只是……

红　芳　只是原料不足。

小　兰　嗯，这次能拨给我们多少？

红　芳　唉……

（唱）秋耕播种抢时间，
　　　到处工改闹翻天；
　　　各队告急要原料，
　　　赵会计
　　　去运物资却不回还。
　　　莫不是
　　　老队长又闹牛脾气？

　　　　　　控制原料不支援？
　　　　　　真叫我心急如火焚！
　　　　　　秋种时间不饶人，
　　　　　　不下种保收难，
　　　　　　影响丰产方大丰收。
　　　　　　原料不足阻工改，
　　　　　　我岂能就此把兵撤？
　　　　　　要请示党委来支援。

　　　（向党委要电话）

小　兰　　支书啊，我们究竟怎么办啊？

红　芳　　不要怕，我们有党的领导和支援，群众的革新和创造任务一定能完成，困难一定能克服的。（二虎上）

二　虎　　支书，出事了，出事了！

红　芳　　什么事？

二　虎　　张大伯赶制飞虎车把手给碰伤了！

红　芳　　小兰，你等着县里的电话，我去看看去。（和二虎下）

小　兰　　嗯！（目视红芳感慨地）

　　　（唱）红芳姐一天到晚忙不闲，
　　　　　　为的是改造沙荒变良田；
　　　　　　遇到了困难带头上，
　　　　　　共甘苦她和社员心相连。
　　　　　　小兰我年轻经验少，
　　　　　　向她学习理当然；
　　　　　　坚决听从党的话，
　　　　　　不改好沙荒不回还！

　　　（坐守电话机旁。石刚上）

石　　刚　　（唱）在县里接受了机耕任务，
　　　　　　　　　代农民兄弟们大搞深翻；
　　　　　　　　　带来了拖拉机一个小队，
　　　　　　　　　高速度开沙荒战胜时间。
　　　　　　　　　急匆匆指挥所前来联系，
　　　　　　　　　见有个小姑娘细问一番。
　　　　　　（白）这里是指挥部吗？

小　　兰　　是，同志，你找谁？

石　　刚　　我找你们队长。

小　　兰　　支部不在这里。

石　　刚　　你能找一找她吗？

小　　兰　　你是哪里来的？

石　　刚　　县里拖拉机站。

小　　兰　　拖拉机站，你叫什么名字？

石　　刚　　我叫石刚。

小　　兰　　（旁白）石刚，他不是俺红芳姐的爱人吗？前些日子他写信给我红芳姐要结婚，姐姐没答应，现在他又来干什么？我得问问他。（问石刚）哎，石刚同志，你没接到给你的信吗？

石　　刚　　没接到，站里的秋耕任务紧，直到现在才来，她大概等急了吧？

小　　兰　　（旁白）装得倒像，（向石刚）那封信是不叫你来的。

石　　刚　　怎么，不要我来？
　　　　　　（唱）稀奇稀奇真稀奇，
　　　　　　　　　不叫我来无道理；
　　　　　　　　　这里深耕任务大，

　　　　　　寒露将至时间迟。
　　　　　　今年三麦不下种，
　　　　　　丰产方高产有问题，
　　　　　　我们有意来支援，
　　　　　　为啥偏说不必要；
　　　　　　莫是对机耕不习惯，
　　　　　　不爱机器爱老犁？
　　　　　　有心领队转回去，
　　　　　　不知是实还是虚；
　　　　姑娘呀，我要亲自问支书，
　　　　把事情一一问仔细。

小　兰　这人好烦呀！

　　　　（唱）他来找红芳姐为了结婚，
　　　　　　　小兰我心里暗自思忖。
　　　　　　　结婚后红芳姐跟他把城进，
　　　　　　　俺们队搞深翻没了带头人。
　　　　　　　我不免说假话把他哄走，
　　　　　　　叫他别再纠缠死了心。
　　　　同志呀，俺支书不在此地，
　　　　你就是踏破铁鞋也难寻。

石　刚　这么说我找不着她了？

小　兰　找不着，你回去吧！

石　刚　人未见，事未办，回去任务怎交代？我要在此等她。

小　兰　她今天不回来了。

石　刚　我等到明天。

小　兰　她明天也不回来了。

石　　刚　　我等到后天。

小　　兰　　她一直不回来了。

石　　刚　　我非等她不可。

小　　兰　　好大的火性，你就等吧。

〔二人怀着不同的心情，静场。此刻队长上。

队　　长　　小兰。

小　　兰　　嗯！

石　　刚　　他是谁？

小　　兰　　我爸爸，我们的大队长！

石　　刚　　（误会地）啊！你可把我等急了！

队　　长　　（莫名其妙地）有什么事吗，同志？

石　　刚　　我是来帮助你们深翻的。

小　　兰　　（不满地）这个人心眼好快，又变了一套。

队　　长　　谢谢你同志，不用了。

石　　刚　　怎么，你真的不要我们帮助了？

队　　长　　再帮助两天，就把我们整个大队的麦都耽误完了。

石　　刚　　咦！真怪！

队　　长　　这是事实。

（唱）秋风起黄叶飘寒露将至，
　　　你们都战沙荒在此胡闹；
　　　季节过下种迟难以保苗，
　　　明年的大丰收没有依靠。
　　　多次讲你们都不听劝告，
　　　只弄得劳民伤财太糟糕；
　　　我不能再忍耐要把人调，
　　　回家去搞近田沙荒全抛。

石　刚　　　这越发不对了！

　　　　　（唱）老队长为什么这般急躁，
　　　　　　　　说出话来无道理絮絮叨叨；
　　　　　　　　莫不是困难多使他急了，
　　　　　　　　还是他有右倾认识不高。
　　　　　　　　耐心多对他说服教育，
　　　　　　　　安下心战沙荒再立功劳。
　　　　　　　　队长啊，
　　　　　　　　十万亩丰产方三度连片，
　　　　　　　　这一块不种麦影响不好；
　　　　　　　　抛沙荒不播种面积减少，
　　　　　　　　会拉低丰产方产量不高；
　　　　　　　　望队长多从大田考虑，
　　　　　　　　小农的耕作制度全要抛。

队　长　　　（不耐烦地）同志，你少管闲事可好！

　　　　　（向兰）小兰，红芳呢？

石　刚　　　（旁白）啊，红芳，她也在这里？

小　兰　　　张大伯搞工改受了伤，她到十四队工地看张大伯去了。

石　刚　　　十四队工地，我去找她去！（跑下）

小　兰　　　回来，回来！糟糕，红芳姐的地址叫他知道了。

队　长　　　他是谁？

小　兰　　　石刚。

队　长　　　石刚，怪不得他向着她。

小　兰　　　哎……（红芳上）

红　芳　　　老队长回来啦！

队　　长　　来啦，沙荒搞得怎样了？

红　　芳　　还好，为了保证寒露前适时下种，达到指挥部要求的高速度高标准高质量，现在正在搞工具改革。老队长，赵会计把材料运来了吗？

队　　长　　我叫赵会计在家整地了，我到这里来看看。

红　　芳　　材料运来了吗？

队　　长　　不要运，请你们回家去改吧！

红　　芳　　那怎能行？

队　　长　　红芳，你还能糊涂几时呀？

　　　　　　（唱）红芳你不能再糊涂，

　　　　　　　　　影响生产要犯错误；

　　　　　　　　　沙荒本来难治好，

　　　　　　　　　事实面前要认输。

　　　　　　　　　赶快鸣锣把兵收，

　　　　　　　　　改种近田尚不误。

　　　　　　　　　贪多求大误农时，

　　　　　　　　　上埋下怨找吃苦。

红　　芳　　老队长，你是来叫我撤兵的？

　　　　　　（唱）队长你这是老眼光，

　　　　　　　　　满脑保守旧思想；

　　　　　　　　　老经验使你迷了路，

　　　　　　　　　看新事物不亮堂。

　　　　　　　　　丰产方是方向，

　　　　　　　　　有党领导有决心；

　　　　　　　　　群众拥护又支持，

　　　　　　　　　集中生产有力量。

>　　　　雄心倒海又翻江，
>
>　　　　怕什么小小和尚荒；
>
>　　　　保证及时来播种，
>
>　　　　队长你不必挂心上。

队　　长　　哼！别说大话啦，事实摆在这里，别说寒露，过了霜降你也下不了种！我问你工具不够怎么办？

红　　芳　　搞工改。

队　　长　　劳力不足呢？

红　　芳　　八方支援。

队　　长　　怎样达到高速度？

红　　芳　　土洋结合，人人献策献计，苦干、巧干。

队　　长　　有什么保证？

红　　芳　　党的领导、政治挂帅和群众路线。

队　　长　　为什么效率不高？

红　　芳　　有人阻挠工改。

队　　长　　是谁阻挠？

红　　芳　　这个人嘛，就是老队长你。

>（唱）你不该不支持从中阻挠，
>
>　　　怪什么搞工改效率不高；
>
>　　　工地上闹革新热情似火，
>
>　　　你却要冷水披头来浇。
>
>　　　赵会计运物资不让回转，
>
>　　　工地上缺东西不给材料；
>
>　　　我问你怎执行党的决议？
>
>　　　要解散远征军为的哪条？

队　　长　　你给我扣帽子！

红　芳　一点也没有夸大。

队　长　（好恼地）

（唱）我今天要来把人调，
　　　　放弃沙荒把近田搞。

红　芳　（唱）你的打算办不到，
　　　　要抽人且等把沙荒种好。

（二虎跑上）

二　虎　支书，余书记和兄弟队的代表们来了。

队　长　我们队是落后典型，给他们看什么呀？二虎，你将队伍集合带回去。

二　虎　（愤怒地）你要向困难低头，把远征军从沙荒撤回去……那办不到！（余书记上）

书　记　怎么，老队长，你要撤兵吗？

队　长　我是为明年的丰收着想，为党的事业群众的生活负责啊！

书　记　这正是不负责的表现。

（唱）群众搞试验田摸出经验，
　　　　要大办丰产方再求高产；
　　　　这本是穷变富必经之道，
　　　　你不该不支持反来阻拦。
　　　　战沙荒千般苦万重困难，
　　　　社员们有干劲积极乐观；
　　　　动脑筋找窍门大搞工改。
　　　　你为什么扣物资不做支援？
　　　　寒露近抓抢种是头一关，
　　　　你却要抛沙荒去搞近田；

		丰产方本是那党的决议，
		你不信只凭你过去经验；
		广阔的丰产路你不去走，
		却钻进小农经济耕作圈；
		严重的"右倾"思想不抛掉，
		你这个生产队长有危险！
队　长	嗯！（代表甲、乙、丙、丁上）
书　记	飞虎车你们看过了没有？
代　表	看过了。
书　记	怎么样？
代　表	好极了！

（唱）红芳姑娘有办法，
　　　政治思想把帅挂；
　　　想了个飞车运土法，
　　　四轮小车上面爬。
　　　千斤一人推如飞，
　　　提高工效十倍八；
　　　废除人抬和扁担，
　　　惊人创造实可夸；
　　　我们虚心来学习，
　　　回去一定推广它。

书　记　老队长，群众的创造不是很可贵吗？在这几天之内创造了土工具八十多件，不但提高了本队深翻工效，也使兄弟队受了不少启发和促进，看大伙都来学习你们的经验，而你——本队的领导人却为何不支援他们？

二　虎　老队长怕和往年一样沙荒种不好赔了夫人又折兵呀！

（众笑）

书　记　正因为他的经验主义毒害深，所以使他主观独断，不相信党的领导，看不见群众的创造。

队　长　我……（石刚上）

石　刚　啊！余书记也在这里。

书　记　石刚同志，你不是早来了吗？

石　刚　闹了半天，我还没找到他们的负责人呀！

小　兰　（拉红芳）红芳姐，死缠不走的就是他！

书　记　巧得很，都在这里，我给你们介绍介绍，这是老队长。

石　刚　已见过了！

书　记　这是支部副书记红芳姑娘，当代的花木兰。

石　刚　红芳，你在这里啊，可把我找急了。

红　芳　我在这里，可是我已写信给你不叫你来了！

石　刚　怎么？

红　芳　你提出的那个事？

石　刚　（会意地）我这次来呀，不是为了咱们结婚的私事，而是带拖拉机一个小队帮助你们深翻来了。

红　芳　欢迎你！

小　兰　嘿！你怎么不早说呀！（众笑）

书　记　十万亩丰产方充分显示了人民公社一大二公的优越性，看看，今天不仅是拖拉机站的工人老大哥支援来了，各兄弟队也都是支援来的呀。

代表甲　我们红旗公社东风大队来一个连帮你们深翻整地播种百亩。

代表乙　我们河口公社红旗大队包一百五十亩。

代表丙　我们河滩公社福沟大队包二百亩。

代表丁	我们是五庄公社的,也是生产中的老对手,今天全力支持。我们胜湖大队保证包三百亩,还带来了一批物资和十个工人帮助你们连夜赶制工具。
红　芳	那太好了!
二　虎	兄弟队都来支援我们,我们能落后吗?
众	不能!
二　虎	我们要打前锋保证寒露前适时下种。
众	好,保证提前完成任务。
书　记	还有什么困难吗?
队　长	(低头)……
红　芳	说干就干,我们马上就动手。
众	〔齐急下。
	〔幕后的号子声响起,和拖拉机的马达声形成了一曲交响乐。激烈的战斗开始了。
书　记	(脱下上衣拿起工具)我也看看去!(跑下)
队　长	余书记,余书记……(追下)

(幕落)

第五场　丰收

〔幕启:早晨旭日东升,沙荒大队的大场上麦草堆积如山,幕后一片丰收的歌声。

歌　词	共产主义是天堂, 人民公社是桥梁; 十万亩丰产方大丰收,

　　　　　　　连片种植是方向。
　　　　　　　人多心齐热气高,
　　　　　　　千年沙荒献米粮。
　　　　　　（小兰上）
小　兰　（唱）太阳出来红通通,
　　　　　　　照得大地放光明;
　　　　　　　万里河山飘锦绣,
　　　　　　　丰收美景今绣成。
　　　　　　　和尚荒今天变宝地,
　　　　　　　沙荒队人人是英雄;
　　　　　　　今朝丰收心高兴,
　　　　　　　像吃蜜糖甜心中;
　　　　　　　采朵红花头上戴,
　　　　　　　想起花儿面皮红。
　　　　　　　和二虎
　　　　　　　有约结婚丰收后,
　　　　　　　不知他何时把亲迎?（芳上）
红　芳　（唱）把亲迎,把亲迎,
　　　　　　　哪有那
　　　　　　　姑娘时时想相公?
　　　　　　　既然是
　　　　　　　织女想把牛郎会,
　　　　　　　我给你
　　　　　　　河间鹊桥来搭成。
小　兰　（见红芳,害羞地倒在红芳怀里）红芳姐。
红　芳　小兰,我找二虎说,马上就给你们二人把喜事办了!

小　兰　红芳姐,你呢?

红　芳　我……我不办。

小　兰　别嘴硬喽,那个刚哥现在不知道怎样着急了呢!

红　芳　(推开小兰)调皮。

（赵会计拿算盘上）

红　芳　赵会计产量数字合起来了没有?

会　计　一五得五,二五一十……全大队三麦总产比去年增加60%。

小　兰　咳,问的是那两千亩和尚荒。

会　计　和尚荒总产六十二万斤,平均单产三百一十斤,较十万亩丰产方平均亩产二百八十斤高产三十斤。

小　兰　赵大叔,你不是不相信和尚荒能丰产啊?

会　计　那是老皇历,现在翻不得啦!(笑)

（二虎上）

二　虎　支书,电话上讲余书记带着贺喜队马上就到咱们村上来了。

红　芳　我去迎迎去。卖粮的车子装好吗?

二　虎　一百二十万斤公余粮全部装好。

会　计　这是咱们队第一次向国家交粮啊!

红　芳　好,叫大家做好准备。(下)

（张大伯上）

大　伯　二虎,送粮的车子什么时候出发?

二　虎　支书叫等一等,他们来了马上就走。(众陆续上)

二　虎　我们就在此休息一会儿吧!

众　　　欢迎小兰唱个歌吧!

小　兰　还是请张大伯唱段书吧!

大　伯　　大丰收心里高兴，听说唱书不由就嗓子痒痒了，可是在紧要关头上大伙要帮帮腔呀！

众　　　　给你帮腔！

大　伯　　好！唱起来。

（唱）打起鼓来敲起锣，
　　　　听我老汉把书说；
　　　　往日说的辛酸事，
　　　　今天唱的幸福歌。

小　兰　　唱什么？

大　伯　　大战和尚荒。

众　　　　欢迎，欢迎！

大　伯　　（唱）咱们队有块和尚荒。

小　兰　　（唱）在十万亩丰产方正当央。

大　伯　　（唱）阵阵飞沙迷人眼。

小　兰　　（唱）沙深瘠薄草不长。

　　　　　（合唱）祖祖辈辈不下种，
　　　　　　　　　一年到头溜光光。

大　伯　　（唱）今年组织丰产方，
　　　　　　　　要叫沙荒献米粮。

小　兰　　（唱）大队出动远征军，

大　伯　　（唱）来了反对老队长。
　　　　　　　　老队长，老眼光，
　　　　　　　　思想保守不解放，
　　　　　　　　人家大步朝前走，
　　　　　　　　他却像
　　　　　　　　扭扭捏捏，扭扭捏捏，

		扭扭捏捏像个小脚姑娘。
小　兰	（唱）	秋季里来大战和尚荒。
大　伯	（唱）	抬雪轧麦人人忙。
众		老队长呢？
大　伯	（唱）	老队长害怕三类苗，
		说是丰收无希望。
小　兰	（唱）	春季里来大战和尚荒，
		灌水追肥把冻防；
		描龙绣凤管三麦，
大　伯	（唱）	老队长对管理不主张，
小　兰	（唱）	麦季里来大战和尚荒。
大　伯	（唱）	老队长来到田中央，
众		嗬！
大　伯	（唱）	十万亩三麦腾金浪，
		远田近田一个样；
		麦稞都有黄犊深，
		穗子个个扎把儿长，
		老队长满湖都跑遍，
		找不着不长麦的和尚荒。（众笑）
众	（合唱）	和尚荒变了样，
		穷地变成米粮仓。
众		老队长怎么样了？（队长上）
大　伯		您问问队长吧！
队　长	（众笑，老队长羞愧地）	
	（唱）	在事实面前开了窍，
		从今后再也不是老眼光。（众笑）

〔红芳和余书记上。

众　　　　余书记来了,我们沙荒队今年三麦大丰收,多亏了党的领导,我们向您报喜!

书　记　　这也是大伙的力量,我代表党委特来向你们贺喜!

（众鼓掌）

别队代表　庆贺沙荒大队大丰收,我们向您贺喜!

众　　　　感谢兄弟队的援助!

余书记　　好,现在告诉大家一个好消息。咱们的丰产方今年要大发展,不是十万亩,而是二十万亩,今后会是一片几万亩,几百万亩。……（众鼓掌）为了实现机耕,县委帮助我们建立了拖拉机站,石刚同志就留在这里了。

张大伯　　这就不怕你把我们的红姑娘拉走了。我看今天是好日子,就在这里结婚吧!

（红芳、石刚相视一笑）

二　虎　　别忘了,大家等着吃喜糖啊!

张大伯　　二虎,你这么一说,我又想起来了,你和小兰的事也办了吧,今天咱们是双喜临门啦!

（二虎、小兰相视一笑）

众　　　　好啊!你们两对新夫妻都笑了。

余书记　　由于你们巧战和尚荒获得了丰产,在十万亩丰产方中树起了一面沙荒孬地能高产的旗帜,促进了全县丰产方的发展,县委赠给你们一面红旗,希望你们再接再励,高产再高产把红旗举得更高,抓得更牢。（众鼓掌石刚迎旗,支书展旗）

红　芳　　（读）"万紫千红第一枝"

［锣鼓声中众欢欣起舞。

（合唱）丰产方是方向，

　　　　丰产丰收有保障；

　　　　继续跃进再跃进，

　　　　飞跃淮河渡长江。

剧终

1960 年 10 月

注：《万紫千红第一枝》1960 年参加徐州地区业余会演获优秀奖。

【剧情简介】 高中毕业生杨志群，冒火抢救国家财产，误了升学考试，回农村积极参加劳动，当了饲养员。杨老福望子成龙，对志群百般劝阻。杨志群在党的教导下，坚定了信心，虚心学习饲养经验和防疫技术，很快成长为一名有知识、懂技术的优秀饲养员，从而扭转了一些人对子女参加农业生产攻击、埋怨的不正确态度，同时也体现出我国知识青年在农村有广阔的天地和光明的前途。

志群接鞭

五场现代柳琴戏

编剧　高子亮　李昆

时　间	现代夏秋之际		
地　点	苏北农村人民公社某生产队		
人　物	杨志群	20 岁	共青团员，高中毕业
	杨大娘	52 岁	志群母亲
	杨月华	18 岁	高中学生，志群的妹妹
	杨老福	56 岁	老饲养员，志群的父亲
	吴秀梅	18 岁	生产队记工员
	陈玉山	40 多岁	共产党员生产队队长
	王三喜	42 岁	饲养员，曾做过牲口贩子
	吴大婶	50 岁	秀梅母亲，社员

序　歌

田野葱葱红日照，江山如画分外娇。
知识青年下农村，广阔天地任翔翱。
一杆红旗槽头插，献身农业志气高。

第一场　立志

［现代夏秋之交。
［杨志群家。
院内一棵枝叶茂密的老槐树，树下放着天然的石桌石凳。远处是具有北方特色的广阔的原野，绿油油的庄稼，连同矗立在河边的排灌站，构成一幅新农村的美丽图画。（音乐声中杨母扛锄上）

杨　母　志群！志群！（放下锄向屋内望了望）啊？他还没有回来呀？
这孩子考完大学回到家里来，一天到晚就是忙，总是见不到他的影儿！
（唱）（娃子）

　　向日葵，开了花，
　　志群儿，回来家。
　　终天忙着把田下，
　　又是耕地又锄草，
　　和大伙一起收庄稼。

考学的事儿未对我啦，

等会他，收工回家转，

我定要，细细问他。（进屋）

［幕后传来清脆高亢的号子声，接着一声响鞭，杨志群心情激动地挥舞着牛鞭上。

杨志群　　（唱）炸起牛鞭乓乓响，

一曲牧歌心里唱。

家乡美，非寻常，

到处一片新气象；

河岸上修起电力排灌站，

山坡下桃梨果树一行行；

池塘里荷花飘香鱼儿跃，

田野上银锄飞舞歌声扬。

志群我误考大学回农村，

决心建设好家乡。

挥牛鞭好似上战场，

喜看黄牛耕作忙。

开荒田，辟废壤，

犁花飞溅泥土香，

滴滴汗水结金谷，

瘠地变成米粮仓。

让家乡变得更美丽，

让祖国变得更富强，

我立志在农村献青春，

决不辜负党的培养。

［杨母上。

杨　母	志群，耕地回来啦？
杨志群	回来啦，娘！
杨　母	看你热成这个样子，快坐下歇歇，娘给你弄点水洗洗脸。
杨志群	娘，我自己来！
杨　母	（注视志群手里拿的牛鞭）志群！你怎么把你爹的这条牛鞭拿出来用了？他要看见又要生气啦！
杨志群	娘！我拿它练练耕地的本事，今后我还想用它哩……
杨　母	净说傻话，上大学还能用牛鞭？（将牛鞭从志群手中夺下）
杨志群	我要在家劳动呢？
杨　母	那倒行。可你爹这几年睡觉做梦，都盼你上大学呀！
杨志群	娘！我不是早就和你说过嘛，党号召青年学生，要有一颗红心，多种打算，上大学、回乡参加生产劳动，都是一样光荣的。
杨　母	这个道理娘知道，可你爹总是说，上了高中不上大学就白搭十二年功。
杨志群	娘！怎么能说白搭功呢？俺表哥高中毕业后回家生产劳动，不是干得很好吗？
杨　母	这我知道，娘也不是糊涂人，你要考不上大学，娘也会跟你舅舅一样，让你在家好好劳动！
杨志群	娘！你真好！
杨　母	可你这次考大学考得怎么样啊？
杨志群	娘，我正要跟你说说呢！

　　[秀梅急上。

| 秀　梅 | 大娘！大娘！ |

杨　母	秀梅，好闺女，你慌什么？
秀　梅	大娘，志群哥，您见到三喜叔了吗？
杨志群	他不在牛棚吗？
秀　梅	哼！他那样的饲养员！在牛棚里就是蹲不住！
杨　母	你找他做什么？
秀　梅	他喂的那头黄牛要下犊啦！
杨志群 杨　母	（惊喜）啊？！咱队又要添牲口啦！
秀　梅	是啊！这可是个大喜事呀！
杨志群	娘！咱看看去！
杨　母	志群！
秀　梅	大娘，志群哥！我再找找三喜叔去。

　　〔志群、秀梅分头跑下，杨母见自己手中还拿着牛鞭，进屋放鞭复上。

| 杨　母 | 孩子，等一等娘！（追下） |

　　〔饲养组组长杨老福从公社回来。他左手提着帆布包，右手提一个给新生小牛准备的小铃铛高兴地上。

杨老福	群他娘！哈哈哈，不在家呀？（吴大婶收工回来，路过老福家门。）
吴大婶	他大爷！你回来啦？
杨老福	回来啦！他大婶！
吴大婶	开的什么会呀？
杨老福	（幽默地）这还用问，干哪行讲哪行，咱是饲养员，开的就是饲养会！

　　（唱）（娃子）

　　　　到公社，把会开，

　　　　　新任务，带回来，
　　　　　要牲口满膘又满怀。
　　　　　确保安全防疾病，
　　　　　先进的经验要传开。
　　　　　还要我把徒弟带。
　　　　　开罢会，急忙回家，
　　　　　把工作，布置安排。
　　（白）他大婶，队长在家吗？我还没有汇报呢！

吴大婶　听秀梅说队长到大队开……支委会去啦！他大爷！我让你给秀梅扯布的事，办了吗？

杨老福　你不说我倒忘了。（掏布）瞧，扯来了，你看合适吗？

吴大婶　（看布）哎呀！他大爷，你可真有眼力，看看这花多好！俺秀梅见了准高兴！（发现包中的另一块布）哟！这一块是给谁扯的？

杨老福　他大婶，这还用问吗？给志群呗！

吴大婶　你怎么不给月华也扯一块？

杨老福　月华？等她明年高考后再说吧！

吴大婶　你这个老头子，真是偏心眼，光疼儿子不疼闺女。

杨老福　他大婶呀！

　　（唱）（娃子）
　　　　　水向低，人向高，
　　　　　志群他，把大学考，
　　　　　我心里高兴脸上笑。
　　　　　贫农家能出大学生，
　　　　　过去做梦也难想到，
　　　　　做件衣裳把心意表。

吴大婶	（接唱）志群他，准会高兴，
	你真是，想得周到。

（二人欢笑）

杨老福	他大婶，你不知道我多担心啊！光把大话说在头里，到时候要是考不上，那才叫人笑掉牙呢！
吴大婶	哎！这就用不着你发愁啦！
	（唱）志群他学习顶呱呱，
	十人提起九人夸。
	依我看，他准能中个洋秀才，
	过几天定有喜报送到家。

（二人笑）

杨老福	要是能这样就好了。哎，志群考学回来了吗？
吴大婶	你还不知道呀，你去开会的那天他就回来啦！（发现小铃铛）哟！你这么大年纪了，怎么还买小铃铛玩？
杨老福	他大婶别说笑话啦！这也是我的一桩心事。

〔杨母欢笑着上。

杨　母	大喜事呀！大喜事！这可真是大喜事！
吴大婶	什么喜事把你喜得成这个样子？
杨老福	什么大喜事呀？
杨　母	群他爹！你来得正好。
杨老福	到底什么喜事，你快说嘛！
杨　母	（风趣地）你猜！
吴大婶	（向老福）是不是志群……
杨老福	对！（向杨母）我一猜就猜中了，准是志群考上大学啦！
杨　母	看你猜到哪儿去啦！

吴大婶
杨老福　　（不解地）这……

杨　母　　黄牸牛下犊啦！

吴大婶　　真的？

杨老福　　那太好了！

杨　母　　（唱）黄牸牛，把犊下，
　　　　　　　　生了一个蟒疙瘩。
　　　　　　　　黑蹄子，白脑瓜，
　　　　　　　　圆溜溜的一身花，
　　　　　　　　四条小腿好像四根柱，
　　　　　　　　不长不短的小尾巴。
　　　　　　　　俺志群当了他的"接生婆"，
　　　　　　　　社员门围着齐声夸。
　　　　　　　　添头牛好像添台拖拉机，
　　　　　　　　您说说，这件喜事大不大？

杨老福　　（唱）可喜可喜真可喜，
　　　　　　　　我日日夜夜盼着它。

吴大婶　　（唱）如今你算如了愿，
　　　　　　　　几个月功夫没白搭。
　　　　　　　　快快快，走走走，
　　　　　　　　咱去看那个牛娃娃。

杨老福　　（取铃铛）
　　　　　　（唱）这铜铃就是为它买，
　　　　　　　　我给它挂在脖子上哗啦啦。

杨　母　　（唱）我烧桶小米汤让牸牛饮。

吴大婶　　我、我……我做什么？（略一沉思）

（唱）我去给志群送壶茶，

　　　接小牛他也有一功，

　　　到那里我得夸夸他。

〔三人欢笑，大婶下。杨母收拾东西进屋，秀梅拉三喜上。

秀　梅　　走！咱找志群哥评评理去！

王三喜　　（无赖地）哪里去？蛤蟆上树，你可能得不轻。官管官，民管民，上有队长，下有组长。哪有你管的闲事？

秀　梅　　杨大爷你回来啦？正好，三喜叔他……他偷牛料！

王三喜　　老组长，你别听她瞎扯。

杨老福　　有事慢慢说嘛！

秀　梅　　好，我说！

（唱）三喜叔，存私心，

　　　损公家，肥自身。

　　　又偷牛料好几斤，

　　　牛下犊他不管。

　　　在家看着猪食盆，

　　　偷料喂猪太黑心。

　　　对牲口，不管不问，

　　　不认错，还要骂人。

杨老福　　这是真的？

王三喜　　老组长，我冤枉啊！天地良心，我要是偷公家一粒料豆，我这个"王"字就倒着写。

秀　梅　　又赌咒啦，你偷了东西，想赖也赖不了。

杨老福　　三喜呀！大伙叫你喂牲口，就是对你的信任。你这样

王三喜　　老福哥！我对牲口可是没有二心。天地良心，我要是亏待牲口叫我这个"王"字……

秀　梅　　（接）倒着写……你这个"王"字不知倒写多少回了，你还好意思说哩！那天你偷豆子被志群抓住，口袋还放在队长那里呢！

杨老福　　这都是真的？

王三喜　　老福哥，这话你可不能信呐！志群和她是一个鼻孔出气，存心跟我作对。

杨老福　　志群？他跟你作对？

王三喜　　老福哥！

　　　　　（唱）志群回来这几天，

　　　　　　　他正本不唱唱闲篇。

　　　　　　　字不写，书不念，

　　　　　　　专来咱牛棚瞎胡缠。

　　　　　　　这也摸，那也干，

　　　　　　　找茬儿挑刺提意见，

　　　　　　　说这个把草铡得长，

　　　　　　　说那个槽边地不干，

　　　　　　　搅得牛棚乱糟糟，

　　　　　　　就剩下没叫牛槽底朝天。

　　　　　　　那天我拿点豆子把牛喂，

　　　　　　　他赖我偷料我真冤。

　　　　　　　我的组长啊！

　　　　　　　你叫他赶快把大学上，

　　　　　　　少来咱牛棚找麻烦。

秀　梅	哼！你怎么能说出口呀！这些天铡草、磨料、喂牲口、打扫牛棚、洒石灰水，哪一件不是志群哥干的？你呀！才真是冤枉好人！
王三喜	（理屈词穷地）我，我……我真受不了这些毛孩子的气。老福哥，你赶快打发你那好儿子上大学去吧！
杨老福	过两天，考上大学他自然会走的！

[杨月华上。

杨月华	爹！
众	啊！月华回来啦！

[大婶暗上。

秀　梅	你不是暑假留在学校的吗？回来有什么急事？
杨月华	（欲言又止）哥哥他——
杨老福	他怎么啦？
杨月华	哥哥他……他误了考啦！
众	怎么？
杨月华	（唱）大学考试正三天，
	哥哥他最后一日未考完。
	这件事他回校未曾对我讲，
	昨日里才听同学对我谈。
杨老福	啊？月华，这是真的？
杨月华	一点也不假。
杨老福	这，这——唉！
秀　梅	第三天他干什么去啦？
杨月华	我也不知道！
吴大婶	这真是头发怕燎，学生怕考，这下可完啦！
秀　梅	娘，你瞎扯啥呀？

王三喜　　　看看吧！都快娶媳妇的年纪啦，还逃学呢！
杨老福　　　（被激怒）唉！真气死我啦！我去找他去！（欲下）
　　　　　　〔志群上。
杨志群　　　娘！小米汤烧好了吗？
杨月华　　　哥哥！
杨志群　　　啊？月华！（发现老福）爹！你开会回来啦？
杨老福　　　（急不能待地问）志群，你快给爹说，你真把考大学的事给误了？
杨志群　　　这——
杨老福　　　你说呀！
杨志群　　　（若有所思地）是的！爹！
　　　　　　〔杨母暗上。
杨老福　　　啊！
　　　　　　（唱）忽听说志群误了考，
　　　　　　　　　好像是一盆冷水当头浇。
　　　　　　　　　志群啊！
　　　　　　　　　十二年我供你把书读，
　　　　　　　　　十二年学校老师费辛劳，
　　　　　　　　　我盼你能把大学上，
　　　　　　　　　党盼你能为人民立功劳，
　　　　　　　　　哪料我一片苦心付流水，
　　　　　　　　　谁知你太不争气误了考。
杨志群　　　爹……
杨老福　　　唉！
　　　　　　〔陈玉山上。
陈玉山　　　（见状吃惊）啊！这是怎么啦？

吴大婶	队长！（指老福）孩子误了考，在生气呢！
王三喜	老福哥辛辛苦苦一辈子，末了落得竹篮子打水一场空。
杨老福	队长啊！我供他上学多少年，就盼望他这一考能考好啊！谁知他倒给误了。
陈玉山	志群，真的吗？
杨志群	嗯！
陈玉山	（略沉思，想起报上的事）你误考的那一天可是7月23号？
杨志群	是！
陈玉山	还丢了一本书？
杨志群	（沉思）一本书？
陈玉山	雷锋日记！
杨志群	对！队长，你怎么知道的？
王三喜	哎！别扯那么远啦！一本书丢了再买一本，你上不上大学可是一辈子事啊！老福哥，你说对不对？
杨来福	唉！真没见过……
陈玉山	大叔！咱没见过的事情多着呢！（示意志群下场）我说件新鲜事你听听。
众	新鲜事？
陈玉山	（看报）你们听：
	（唱）新时代新国家培养新人，
	有一桩救火的事激动人心。
众	救火？
陈玉山	（唱）有一个奶牛场牛棚起火，
	许多人齐抢救紧张万分。

　　　　　　数头牛被围在火焰之内，
　　　　　　眼看着就要被烈火来吞。
　　　　　　人丛中跑出来一位青年，
　　　　　　提起来一桶水浇在自身。
　　　　　　说时迟，那时快，
　　　　　　他不顾危险进火门，
　　　　　　钢刀砍断牛缰绳，
　　　　　　赶着奶牛往外奔。

杨老福　　牲口都救出来了？

陈玉山　　（唱）还剩下最后一头牛，
　　　　　　又蹦又跳不出门。
　　　　　　那头牛把这青年来拖倒，
　　　　　　小伙子躺在地上昏沉沉。

众　　　　哎呀！

秀　梅　　糟了！

杨月华　　后来呢？

陈玉山　　（唱）大伙把他送医院，
　　　　　　救醒了这个年轻人。

秀　梅　　这就好了！

杨月华　　他是谁呀？

陈玉山　　（唱）护士长问姓名他不愿讲，
　　　　　　后来就出了院杳无音信。

杨老福　　这可真是个好小伙子！

王三喜　　（不以为然地）干的虽是一件好事，我看就是有点太傻了。

秀　梅　　怎么的？

王三喜	那还不是明摆着，干了这样大的好事，连个名字也不留，叫人家怎么谢他呀？
秀　梅	就是你精！
杨月华	这才是真正的英雄哩！
杨　母	玉山，那也该想法弄清他是谁才对呀！
陈玉山	大婶子，人是查出来啦！
杨老福	怎么查到的？
陈玉山	别人在火场上拾到他丢的一本书，书上还写着名字。
众	他叫什么？
杨志群	（上欲阻止）队长……
陈玉山	（笑指志群）志群！
众	（拥向志群）志群？！
杨月华	哥哥，这事你怎不告诉我呢？
吴大婶	志群！你回来也该给大伙讲讲呀！
秀　梅	志群哥，那天你怎么去的奶牛场？
杨志群	23号上午去考试，我路过奶牛场就遇上了这桩事。
杨　母	玉山，你怎么知道的？
陈玉山	已经登上报啦！大叔你生志群的气吗？
杨老福	这事我没说的，可是把大学耽误了可怎么办？
王三喜	（灵机一动，计上心来）老福哥，有办法了！
杨老福	什么办法？
王三喜	老福哥！

　　（数板）志群救火误了考，

　　　　　　也算是立了大功劳，

　　　　　　如今名字上了报，

　　　　　　谁不把他另眼瞧。

	拿上这张报，
	赶快回学校，
	上大学，不用考，
	找工作，给介绍。
	这真是一步登天交了好运，
	本钱虽少利钱高。
	你们说，是不是这个理？
吴大婶	三喜这脑瓜，到底是转得快啊！
杨老福	我说玉山，你看这样行吗？
陈玉山	志群，你说呢？
	（志群还未来及回答，秀梅已跑到志群面前问）
秀　梅	志群哥，你说呀！（志群摇摇头，笑笑，秀梅会意，向观众）我说呀！人家舍身救火，因公误考，不是想下本做买卖赚钱，谁要看有利可图，就拿报纸去吧！
	（众笑）
王三喜	你刺激谁呢？我这是好心好意！
秀　梅	我也是实话实说！
王三喜	你真是狗咬吕洞宾，不识……
吴大婶	（拦住三喜）三喜，她不知好歹，你别理她。
杨老福	志群，你打算怎么办？
杨志群	爹，我回来以后，就下决心要留在农村了。
杨老福	在农村？农村哪有你干的活？
杨志群	爹，我生在农村，长在农村，啥活不能干呀？
秀　梅	志群哥，你在农村打算干什么？
杨月华	哥哥。
杨　母	对呀！你说说你的打算吧！

杨志群	娘！我看咱队养牛缺人手，要牲口满膘满怀，也是个大事情，我就跟爹学养牛吧！
陈玉山	（看看三喜略沉思）好！
杨老福	什么？你要养牛？
吴大婶	上学十来年，熬个饲养员？！
秀　梅	（阻止娘）饲养员咋啦？
杨　母	我看也不错，孩子从小就爱牲口。
陈玉山	行行出状元嘛！志群，在农业战线上养好牲口，也是一件大事，你就好好地把这个担子挑起来吧！
杨　母	好！（下，拿牛鞭上）群他爹，这支鞭交给志群吧！（向志群）孩子，给！（交鞭）
王三喜	（向老福挑唆地）一肚子黑墨水没用了！
杨老福	（被激怒，向志群）你想养牲口就养了？你还想上天呢！我不同意！（夺鞭急下）
众	啊！

（幕急落）

第二场　养牛

〔次日。

〔中幕前，村头。

王三喜	（唱）志群当了饲养员， 　　　　他做事不肯讲情面， 　　　　那天为了几斤豆， 　　　　弄得我人前丢了脸。

　　　　晚上开会又提起,

　　　　翻过来,倒过去,

　　　　追根问底将我盘。

　　　　若不是老福把话打断,

　　　　还不知他能追到哪一年。

　　　　这孩子若在牛棚站住脚。

　　　　往后我难把便宜沾,

　　　　牛瘦的原因也要戳穿。

　　　　王三喜,心盘算,

　　　　志群不走我心不安。

〔秀梅扛着"果园喷洒虫药,禁止割草放牧"的牌子上,与三喜相撞。

王三喜　你……你干什么?

秀　梅　我插牌子去!

王三喜　都插到我的头上了。

秀　梅　(笑)那你看得更清楚点,"果园喷洒虫药,禁止割草放牧"。

王三喜　去去去,你啰嗦个啥?

秀　梅　(调皮地)偏要说,偏要说,向你们宣传"果园喷洒虫药,禁止割草放牧""果园……"

王三喜　算啦,算啦,谁有功夫听你瞎叽哇,我还得耕地去。

秀　梅　哟!人家都该收工了,你才下地,还能做多点活?

王三喜　你懂什么?牲口瘦你不知道?不少耕点能行吗?

秀　梅　我看你又是只顾忙私事,忘了出勤喽。

王三喜　(学秀梅)"忙私事忘了出勤喽"——哪来那么多废话?

　　　　(欲下)

　　　　　　　［杨月华提书包上

秀　　梅　　月华，你上哪去？

杨月华　　回学校！（三喜闻声停住，月华见三喜，故意地）爹叫我给俺哥写申请，要求补考大学。

秀　　梅　　（吃惊）真的？

王三喜　　（高兴地）那好哇！

秀　　梅　　志群哥不是说留在农村，不再考大学了吗？

杨月华　　可我爹不同意呀！

秀　　梅　　那大娘呢？

杨月华　　俺娘倒想叫哥哥在家像表哥一样参加劳动。

秀　　梅　　你打算怎么办呢？

杨月华　　我呀？（看三喜）我要去把情况好好向上级反映，叫爹娘都满意。

秀　　梅　　这……还是给志群哥说说吧。

王三喜　　（阻拦）你真多管闲事，（拉秀梅向月华）月华快去按你爹的意思办！你爹的脾气你又不是不知道！

杨月华　　嗳！俺爹的脾气你比我摸得还透啊？

　　　　　　（三喜推月华，月华向秀梅点头一笑跑下）

　　　　　　［中幕开。

　　　　　　［牛棚外，台右角露出牛棚一角，台左柳荫蔽日，远处可看到广阔的田野。

　　　　　　［幕开时，杨志群正忙着扫牛棚。

杨志群　　（心情激动地）（唱）

　　　　　　　　志群我留农村来把牛养，

　　　　　　　　不由人一阵喜心花怒放，

　　　　　　　　新工作新岗位我心情舒畅，

　　　　　　好像那新战士穿上新军装。
　　　　（读"毛选"）看一个青年人是不是革命的，就看他是不是愿意和工农兵群众相结合在一块……
　　　　（接唱）陈队长送这书意重心长，
　　　　　　　毛主席指出了明确方向。
　　　　　　　我一定努力学习把牛养好，
　　　　　　　决不辜负党的期望。
　　　〔幕后牛叫声铜铃声，志群下，杨老福上

杨老福　　志群！

杨志群　　爹！（上）

杨老福　　你在做什么？

杨志群　　我把牛棚打扫一下。爹！你看这样行吗？

杨老福　　嗯，我说志群啊，这些事你少操点心，你还是多看看书吧！

杨志群　　爹，我天天都在看。

杨老福　　那就好！（见志群满头大汗，丢了个毛巾给他）给！擦擦！（志群擦汗）看，天都晌午了，回去吃饭吧！

杨志群　　等三喜叔耕地回来了，我帮他喂了牲口，再吃饭吧！
　　　　（幕后牛犊叫声，铜铃声）

杨老福　　怎么？三喜耕地没把牛犊带去？它不存心想把它饿死吗？这个人真没办法！
　　　〔欲下看牛。

杨志群　　不怕，刚才我已经喂过它小米汤了。看，它正在蹦蹦跳跳地玩哩！

杨老福　　（望望牛棚）好！
　　　〔三喜耕地回来，汗流满面地上。

杨志群　　三喜叔，耕地回来了？

杨老福　　牲口卸了没有？

王三喜　　歇歇再说吧，哎呀，热坏了。

杨志群　　三喜叔，我帮你卸去吧！

王三喜　　那好哇！

杨志群　　我这就去！（欲下）

王三喜　　哎哎！别忙，卸完了你再帮我喂喂，等会儿我还得使。

杨志群　　行！（带走草跑下，三喜捧瓦罐喝了些水）

杨老福　　三喜！头晌耕了多少？

王三喜　　你断断吧，老福哥！

杨老福　　一亩？

王三喜　　你太保守了！

杨老福　　亩半？

王三喜　　你还不知道我这干劲吗？

杨老福　　到底是多少？

王三喜　　再翻一翻！

杨老福　　啊！三亩？

王三喜　　还不信？要不我能热成这个样子。

杨老福　　哎，你可不能光图多挣工分，不顾牲口的命啊！我去看看牲口去！

王三喜　　（急拦）哎呀！我的老组长，我使牲口你还信不过吗？（按老福坐下）你就放一百二十个心吧！

杨老福　　半天耕这么多地，能保住质量？

王三喜　　呵！这更用不着你烦神。（竖拇指）保质保量，又快又好！

〔秀梅上。

秀　梅　　三喜叔！你今天耕的地——

王三喜　　不坏吧，记工员？

秀　梅　　好坏你自己知道！

王三喜　　（自得的）当然喽！今天我耕得又快又好，准能得个满分。

秀　梅　　满分？别做梦啦！

　　　　　（唱）你耕地实在太毛糙，

　　　　　　　　为工分你光图快来不图好。

　　　　　　　　犁尖刚把土皮破，

　　　　　　　　秫秫疙瘩都未能耕掉，

　　　　　　　　犁沟弯弯像长虫爬，

　　　　　　　　地面上一块低来一块高。

　　　　　　　　这块地将来难下种，

　　　　　　　　保不住墒来长不好苗，

　　　　　　　　后晌还得去返工，

　　　　　　　　你真是存心瞎胡闹。

王三喜　　（接唱）你不要鸡蛋里头把刺挑。

杨老福　　我说三喜呀！你怎么还是那个老样子？

王三喜　　老福哥，你别听她的……

秀　梅　　大爷，你要不信，咱们一块看看去，他耕的地还不如锄的深呢！

王三喜　　你可真不能昧着良心说话呀！

杨老福　　甭叨叨啦！秀梅，咱们看看去！

王三喜　　（心虚地）这……（拦住）老福哥……

杨老福　　怎么？你到底耕得怎么样？

王三喜	我……
杨老福	哎，三喜，咱们种地可不能有半点含糊，地耕不好可要耽误一季子庄稼呀！
王三喜	这我知道。
秀　梅	知道就不该这样做！
杨老福	下午去返工！
王三喜	行，老组长啊！你的话我哪回没听？
秀　梅	哼！（下）
王三喜	呸！（志群上）
杨志群	三喜叔，你去看看，怎么黄牛老是不吃草啊？
王三喜	你没饮饮？
杨志群	饮过了，我刚才提了一大桶凉水放在它跟前，它也没抬头一气就喝干了。
杨老福	一气喝干了一大桶？
杨志群	可不是，看样子它还没喝过瘾呢！
杨老福	（有些生气）嘻！你准会把牲口饮伤了。（下。）
杨志群	（不以为然地）没听说过，喝水有喝伤的。
王三喜	高中生，念书你在行，喂牲口你还差得远哩！
	〔三喜欲下，吴大婶上。
吴大婶	她三喜叔，我想给你商议个事。
王三喜	什么事？
吴大婶	（拉过三喜）把牛借给我耕耕自留地行吧？
王三喜	我喂的那头牛还不知伤没伤呢？（暗示大婶向志群借）喏！你还是和人家说说看吧！
吴大婶	（生气）放着果子不吃，你还拿糖啊！借谁的不一样，

	（向志群）志群啊，把牲口借给我使使吧！
杨志群	大婶，现在活正紧，大田都耕不过来呀！
吴大婶	老亲老邻的，就当帮我个忙吧！
王三喜	是嘛！
杨志群	牲口吃不消啊，大婶！
王三喜	（挑唆地）看，怎么样？
吴大婶	（不满地）哟！新官上任三把火，话可怪难说哩！你一进牛棚牲口就不能借啦？
杨志群	大婶！
吴大婶	别喊啦，嘴头倒怪甜的！（气下）
王三喜	（幸灾乐祸地）针尖碰上麦芒啦！

[杨老福气冲冲地上。

杨老福	真胡闹，真胡闹！
王三喜	怎么啦？老福哥？
杨老福	到底把牛给饮伤水啦！
	（唱）不让你喂牛你心不甘，
	来在牛棚惹祸端。
杨志群	（委屈地）
	（唱）大黄牛浑身冒汗满口沫，
	清水解渴理当然。
杨老福	（唱）饮牲口哪能这样饮？
王三喜	（唱）你专会给俺添麻烦。
杨老福	（唱）牛伤水一时不能把工出。
王三喜	（唱）影响耕地误生产。
杨志群	（不服地）看！都怪起我来啦！
	（陈玉山扛锄从田里收工回，见状急问。）

陈玉山	志群，出什么事啦？
王三喜	他把牛给饮伤了！
陈玉山	真的？
杨老福	玉山呐！我早就料到了说他不能喂牲口，你偏说行，看吧，刚开头就惹出事来了。
陈玉山	大叔，这也难怪，新学乍练，他还没有经验呢！往后还得你老人家好好地教他。
王三喜	他只要想学，俺巴不得把他教会。（向老福）老组长，我给牛灌点姜汤去！
杨老福	嗯！（三喜下）
陈玉山	志群，你刚才是怎么饮牛的？
杨志群	我看大黄牛浑身汗，就提来一桶凉水，它一气就喝干了！
陈玉山	你错就错在这里，你看大叔也是这样饮牛的吗？
杨志群	（回想）这……爹饮牲口时总是让牛喝喝停停。
陈玉山	对！这样就不会伤水了。
杨志群	对呀，你就把养牛的经验给我讲讲吧！
陈玉山	这我可不如你爹（示意志群向爹请教）
杨志群	爹！
陈玉山	老福叔，你就给孩子讲讲吧！
杨老福	唉！

（唱）虽说喂牛并不难，

　　　可就是粗心之人不能干。

　　　对牲口冷暖饥饱要关心，

　　　不能怕起早贪黑半夜眠。

　　　保牲畜防疾病注意卫生，

	牛栏里常打扫去湿垫干，
	饲草管理最重要，
	不能让鸡把草翻。
杨志群	鸡子到草里找食吃怕什么？
杨老福	鸡毛混进草里，牲口吃了就会呛草。
杨志群	嗳！
杨老福	（唱）粗饲料细饲料插花搭配，
	先喂草后加料少拌勤添，
	寸草儿铡三刀容易消化，
	定时饮定时喂牲畜平安。
杨志群	这里面确实有不少学问呀！
陈玉山	以后要跟你爹好好地学。
杨志群	是！
	（唱）陈队长一番话把我提醒，
	喂牲口果然有一套宝经，
	只怪我平时未曾多留意。
	因此才饮伤水出了事情。
陈玉山	（唱）从今后要跟大叔多学习，
	把养牛的技术学精通。
	有文化又学习老农经验，
	青年在农村才有大用。
杨志群	陈队长，我一定记住你的话。
陈玉山	大叔啊，我还有一件事要给你说呢。兽医站要训练一批青年，党支部决定让志群去学习，你说行吗？
杨老福	行！
陈玉山	好！大叔我跟志群去看看牲口去！

　　　　　　　〔玉山、志群同下。

杨老福　　唉！〔三喜上。

王三喜　　老福哥，你说牛伤了水，不能耕地可怎么办呀？

杨老福　　唉！

王三喜　　老福哥，说呀！

杨老福　　那还有什么办法？

王三喜　　办法有的是，就怕你不答应。

杨老福　　你说说看！

王三喜　　老福哥，咱那头黄牛原来就瘦，如今又伤了水，怕不顶用，我看不如干脆倒腾出去，换条犍牛用。

杨老福　　换？

王三喜　　拿瘦牲口换壮牲口，也添不了几个钱，最多不过这个数。（习惯地向老福伸出袖筒）

杨老福　　看看，看看，讲牛行的那一套，你就忘不了。

王三喜　　嘿嘿……

杨老福　　才生了个牛犊我舍不得！

王三喜　　哎！没有牛犊，大牛还换不掉呢！老福哥，你盘算盘算看，老牛又病又瘦，牛犊又没奶吃，咱留着不是累赘吗？

杨老福　　我看你是想从中捞一把吧？

王三喜　　嗐！老福哥，我这可是为生产着想啊，天地良心，我要是想从这里沾一星油水，叫我这个"王"字倒着写……

杨老福　　算啦，算啦！〔志群上。

杨志群　　爹，什么事？

杨老福　　你三喜叔想把黄牛倒腾出来，换头犍牛用。

王三喜　　大侄子，这办法不错吧？

杨志群　　这怎么能行呢？

　　　　　（唱）（娃子）

　　　　　　　听换牛，心中气，
　　　　　　　这办法，使不得，
　　　　　　　换牛你是啥主意？

王三喜　　（唱）黄牛瘦，没有力，
　　　　　　　伤了水，不能使，
　　　　　　　换出去对咱有便宜。

杨志群　　（唱）你是想损人利己。

王三喜　　（唱）我这是为了集体。

杨志群　　哼！我看这就不对。

王三喜　　牲口瘦不能用，不换出去，难道还想留着吃牛肉？老福哥，你说是不是？

杨老福　　牲口是瘦点儿！

杨志群　　牲口为啥瘦呀？（问三喜）还不是因你扣牛料造成的？

王三喜　　这……

杨志群　　再说，牛瘦还可以复膘嘛！

杨老福　　也对呀！

王三喜　　（忽然抓住一点儿道理）就凭这牲口被你饮伤了水，不能用就该换掉！

杨志群　　伤了水怪我没经验，可这也不是什么大病，调治调治就会好的，恐怕你有别的打算吧？

王三喜　　看，咱好心成了驴肝肺了。（指志群威胁）好，老福哥，咱打开窗户说亮话，我先把丑话说在头里。这种

	牲口，干不好活又耽误挣工分，我不干！
	〔欲下
杨老福	（拦住）三喜，走什么，咱们再商量商量。
杨志群	（沉思一下，淡然地）爹，把我分工喂的那头大黑犍让给三喜叔，这头黄牸牛我来喂吧！
杨老福	你喂？
杨志群	我喂！
王三喜	（讽刺他）哈哈，我的洋学生，这可不是出风头的事！（向老福挑拨地）老福哥，你看你这好儿子可是个养牛的手？
杨老福	（迟疑点头）这……
杨志群	爹！就我喂吧！你不是常说"年驴月马十日牛"吗？只要加工喂喂，牛很快就会复膘的。我一定把他喂好！
王三喜	你可别后悔！
杨志群	一言为定，绝不后悔！
王三喜	你真敢换？
杨志群	换！（二人击掌）

（幕急下）

第三场　风波

〔半月后，中幕前吴大婶背青草上。

| 吴大婶 | （唱）为把牲口饲养好， |
| | 　　队里发动割青草。 |

五斤青草给一分，

这报酬定得实在高。

只因我没去开会知道得晚，

近处的青草都被别人薅，

我这边寻，那边找，

湖里坡上到处跑。

刚才我转到果园去，

见那里的青草长得密又茂，

嫩生生，绿娇娇，

哈哈……

我的运气真不孬，

一会儿我薅了几十斤，

五六个工分准拿到。

［高兴地欲下。三喜上。

王三喜	大嫂子，你喜得什么？
吴大婶	你少管闲事。
王三喜	哎！大嫂子，上回你没借着牲口，可不能冲着我生气呀！天地良心，那回要不是志群……
吴大婶	别提他，提起他来我就生气。
王三喜	对，我也跟你一样，提起他来我就生气。
吴大婶	光嘴不行，（向三喜）可志群如今把他喂的好牲口给你了，你能借给我使使吗？
王三喜	（讨好地）行！（低语）你可不能让志群知道啊！
吴大婶	你放心。
王三喜	嘿嘿……大嫂子，你不会让兄弟我白帮忙吧？
吴大婶	这……我打酒给你喝。

王三喜	你给菩萨上供,我就有求必应。
吴大婶	我去打酒!
王三喜	我去牵牛!

（二人笑。分下）

〔中幕开。

〔饲养室内有桌凳等简单用具。

〔幕开时,秀梅拿保健箱兴冲冲地上。

秀　梅	志群哥,志群哥。他到哪儿去啦?（张望）他挑水回来啦!（藏保健箱）

〔志群擦着汗上。

杨志群	秀梅,你下田回来了?
秀　梅	回来了。
杨志群	来这里有什么事?
秀　梅	队长叫我来给你送东西。
杨志群	什么东西?
秀　梅	你猜猜看。
志　群	书?
秀　梅	不是。
志　群	买的新牛笼头?
秀　梅	更不是。
杨志群	新买的犁铧?
秀　梅	还不对!
杨志群	到底是什么?
秀　梅	（举保健箱）这个!
杨志群	保健箱?
秀　梅	对!

杨志群	这太好了。
	（二人忙碌地翻看）
秀　梅	看！防牛炭疽病的疫苗！瞧！牛炭疽血清……志群哥，还有个针筒呢？
杨志群	（接过看看）好哇，平时常使用的东西，这里都有了，咱马上就给牛打防疫针吧。
秀　梅	这一下牛炭疽这种病就可以预防了。
杨志群	对呀！
秀　梅	志群哥，你真行，既会养牛，又会给牛打针，这才是新式的饲养员哩！

    （唱）自从你当了饲养员，
       咱牛棚的面貌大改变。
       人夸你养牛有办法，
       和三喜喂牛不一般。
       为了牛你走访老农学经验，
       为了牛你夜读养牛经验苦钻研，
       为了牛你兽医站里学技术，
       为了牛你搬进牛棚伴牛眠。
       如今你勤学苦练结了果，
       喂得瘦牛把膘添，
       小牛犊喂得肥又胖。
       它蹦蹦跳跳虎一般，
       咱全队老少都喜欢。

杨志群	（唱）这都是学习老农的好经验，
	我自己年轻幼稚有缺点。
	今后要更加多努力，

做一个名副其实的饲养员。

秀　梅　　志群哥,你的干劲真大!

杨志群　　大家都是一样,祖国各处都在轰轰烈烈地搞社会主义建设。农业生产发展得这样快,机械化、电气化、水利化,不是将来的事,现在已经开始了。党和人民对我们知识青年的要求也一天比一天高了。光做今天的工作还不够,还要为明天做好准备。团支部号召钻研科学技术,不就是为了这个吗?

秀　梅　　对!志群哥,以后你可要更好地帮助我!

杨志群　　咱们互相学习。你也要帮助我呀!

秀　梅　　行!现在有什么事情需要我帮助吗?

杨志群　　这就需要。(风趣地)秀梅同志,请你帮我把针筒和针头用开水煮一煮。(交针)

秀　梅　　是!(笑着拿针筒下。)

〔吴大婶背一捆草上

杨志群　　大婶,你也割草去了?

吴大婶　　知道了还问!

杨志群　　这草真嫩,正好给大黄牛吃!好让它更快地复膘。(抱草下)

吴大婶　　(没好气地)哼!〔欲下。秀梅喊上。

秀　梅　　志群哥,志群哥!(发现吴大婶)是娘!

吴大婶　　你在这干什么?

秀　梅　　志群哥要给牛打防疫针,我给他帮帮忙。

吴大婶　　你给他帮忙?他给咱帮了啥忙?给我回去!

秀　梅　　娘!

(唱)你把道理对我讲,

为什么不许我帮忙？

吴大婶　　那一天我向他借牛他不肯借。

秀　梅　　（唱）怪不得嘟嘟囔囔一后晌。

吴大婶　　哼！

（唱）屋搭山，墙连墙，

　　　为啥他不把咱帮！

秀　梅　　（唱）大田抢耕活正紧。

　　　借牛要看啥时光。

吴大婶　　（唱）他刚当上了饲养员，

　　　就把我的脸面伤。

秀　梅　　（唱）志群大公无私为集体，

　　　你怨恨人家不应当。

吴大婶　　哟！你可跟他学到本事啦，他跟他爹犟嘴，你也跟我犟起嘴来了？

秀　梅　　那也看在理不在理。

吴大婶　　什么理不理的，你给我走！

秀　梅　　就不走！

吴大婶　　啊！不信我连你也管不了啦！（拉秀梅）

秀　梅　　（甩开母亲）哼！就不走！就不走！

吴大婶　　（只好自收场）哎呀！你真是女大不由娘，翅膀硬了。不听我的啦，我看你还回家吧！（喊）三喜！三喜！

［志群上。

杨志群　　他不在——大婶！

吴大婶　　哼！（下）

杨志群　　秀梅，大婶跟谁生气啦？

秀　梅　　别管她，过会儿就好了。咱们还是给牛打针吧！

〔志群收拾保健箱。三喜上。

秀　　梅　　三喜叔！

王三喜　　啊！

秀　　梅　　三喜叔，你又喝酒了？

王三喜　　有人请我喝我不喝嘛！真是狗逮老鼠多管闲事。

杨志群　　三喜叔，你去干什么？

王三喜　　牵牛！

杨志群　　牵牛干什么？

王三喜　　给——给牛洗个澡儿！

秀　　梅　　（觉得三喜话里有点不对头）三喜叔，咱喂的不是水牛，洗个什么澡？

王三喜　　这……你管这么多干什么？

杨志群　　三喜叔，你别把牛牵走啦，我马上要给牛打防疫针啦！

王三喜　　喷喷喷！又出什么洋相，好好的牛打什么针？

秀　　梅　　打牛炭疽防疫针。

王三喜　　牛炭疽？我和牛打了大半辈子交道，还没有听说过这样的新鲜病呢！

杨志群　　牛得了牛炭疽病，就会发烧、抽筋、拉稀粪，粪里还带血。

王三喜　　算啦！算啦！你别吓唬我了。

杨志群　　三喜叔，这是真的！看，我什么都准备好了。

王三喜　　哟！你给我算了吧，我可不能拿好好的牲口给你瞎折腾，要打针给你自己喂的牛打吧。（欲下）

杨志群　　（上前拦住）三喜叔，咱们要相信科学，爱护好牲口，可不能麻痹大意呀。牛不打针，如果得了病，可要影响生产，使集体财产受损失。

王三喜　（推开志群）去你的吧！咱们分工包干，井水不犯河水，我管的牲口用不着你操心，病了也不找你。（欲下）

秀　梅　（生气地）你喂的牲口，就能随便不打防疫针吗？告诉你，打针是队委会的意见，大队党支部的决定，不打防疫针就不许你牵走！

王三喜　好！不牵就不牵。（进屋）硬想牵牛，牵不走，我就给他来个偷。（下）

杨志群　秀梅，我们先去看看针煮好没有？

秀　梅　走！

〔二人下。

（志群和秀梅抱保健箱过场）

（老福上，见桌上堆满了书，误认为志群在复习功课，顿时喜笑颜开。）

杨老福　（唱）杨老福见书本笑容满面，
　　　　　　　见志群苦读书我喜在心间，
　　　　　　　喜只喜这几日他回心转意，
　　　　　　　常见他拿书本左翻右翻。
　　　　　　　盼只盼月华儿快快来信，
　　　　　　　叫志群去补考我才把心安。

〔志群上。

杨老福　（望志群满意地笑）哈哈哈——

杨志群　（莫名其妙）爹！

杨老福　哈哈哈——

杨志群　爹！你笑什么？

杨老福	孩子，这些书你都背会了？
杨志群	爹，这些书会背还不行，还得会用。
杨老福	那是那是！
杨志群	不然就喂不好牲口。
杨老福	什么？这跟喂牲口有什么牵连？
杨志群	比方说，牛不倒沫，看了这些书，才知道原因很多，冷了、热了、黑了、吃得多了、饮得猛了……
杨老福	行了，行了，我问你这是些什么书？
杨志群	什么书？看，"养牛学""养马法""农村兽医技术"这是玉山哥给我的"新牛马经"，这是……
杨老福	算了，转了一百圈子你还在牛身上！
杨志群	这是队里分配我的任务，也是我的责任。
杨老福	你怎么老是迷着喂牛啊？
杨志群	爹，你怎么老是迷着叫我考大学呢？
杨老福	（唱）不是我逼你把大学考，
	自古道水向低来人向高。
	旧社会咱受苦受穷不识字，
	如今你衣暖饭饱进学校。
	想一想共产党为啥培养你？
	为叫你出力把国报。
	谁叫你高低不分回农村？
	好歹不识人耻笑，
	人笑你不求上进不成器，
	不爱读书爱牛槽。
	人笑你田头野草不打粮，
	檐下麻雀飞不高。

杨志群	爹，我明白了。
杨老福	你明白了？
杨志群	（故意地）是的，我明白了，种庄稼喂牲口还是低人一等。
杨老福	胡说！不喂牲口咋种地？不种地天会掉下来粮食？
杨志群	那你为啥不让我喂牛？
杨老福	谁让你上了高中呢？念书、种地自古就是两回事，该干什么干什么嘛。
杨志群	那为啥省里的干部、县里的领导还来咱公社参加劳动？
杨老福	（理屈词穷地）唉！你就别跟我胡缠了。
杨志群	现在是新社会，不同过去了，读书、种地没有高低贵贱的分别，将来咱们农民都有文化，有文化的人也能劳动。
杨老福	嗐，我说不过你。（气生抽烟。志群忙点烟）
志　群	爹，我还有一件要紧的事没和你谈呢。
杨老福	什么事？
杨志群	给牛打针的事。
杨老福	兽医站来人了？
杨志群	兽医站人少，顾不过来。
杨老福	那谁打？
杨志群	我打啊。
杨老福	（不信的）看把你能得，你要能打针，那兽医站都关门算啦。
杨志群	爹，我到兽医站学过，我会打。
杨老福	你还要给我惹祸呀？不行！

杨志群	爹,我已经打过了。
杨老福	(怒起)怎么你……你打过了?
杨志群	爹,因为你带人上山割草不在家,没来得及告诉你,我们就打啦。
杨老福	全打啦?
杨志群	除了三喜叔喂的那头大黑犍,别的牛都打过了。
杨老福	这……这准会出事的。(欲下)
杨志群	(拦住)爹,你放心,保证不会出错。
杨老福	你……唉!

（唱）听说打针我心忧，
　　　你冒什么尖出什么头。
　　　倘若打针出差错，
　　　防不了疾病伤了牛，
　　　到那时耽误生产众人怨，
　　　牲口受苦我添愁。

杨志群　（唱）爹爹不必担忧愁，
　　　　　打针技术我已学到手，
　　　　　疫苗来自兽医站，
　　　　　保证不会伤牲口。

（老福焦急地坐立不安）

〔幕后大娘喊"志群"声。

| 杨志群 | 爹,娘喊我了,我去看看去。 |
| 杨老福 | 去吧!(志群下) |

〔老福欲下,三喜上。

| 王三喜 | 老福哥,你可回来了,我正想找你哩! |
| 杨老福 | 什么事? |

王三喜	你的宝贝儿子给牛打针了。
杨老福	这我知道。
王三喜	这还不知道要闯多大祸呢,幸亏我把大黑犍牛牵走了,要不然,也被他们打上了。
杨老福	你为啥不拦住他们呢?
王三喜	他能听咱的吗?我看呀,志群再喂几天牛,还不知要出多少花样呢?
杨老福	真叫我没办法,月华走后也没音信。
王三喜	(故意地)老福哥,你还不明白呀,月华、志群和俺那个老嫂子是一个鼻孔出气的,说不定他早已变卦了。
杨老福	(着急)唉!
王三喜	(乘机)老福哥,兄弟我倒有个好办法,不知……
杨老福	啥办法?
王三喜	(掏信)看!
杨老福	信?
王三喜	对!你看连词都给你编好啦,我先念念,你听听,好吗?
杨老福	(稍加犹豫)那你就先念念吧。
王三喜	老福哥,你听啊!听了爹爹的劝告,决心再去补考,赶快替我申请,办妥快来电报。
杨老福	来电报?来个电话算了。
王三喜	这好改,办妥了快来电话把喜信报。
杨老福	(思索)这不是志群的亲笔,月华能信吗?
王三喜	(得意)那也好办,这个我早就想到啦。你听,后面缀着两句:

此信别人代笔，

因我突然病倒。

杨老福　呸！你这不是诚心咒人吗？

王三喜　（赔笑）嘿嘿，老福哥，就这样寄出去吧！

杨老福　（拿不定主意）这，叫孩子知道了……

王三喜　老福哥，没别的好办法了，你真忍心让志群捋一辈子牛尾巴呀？

杨老福　以后再说吧！我先看看牛去。

王三喜　就这样寄出去吧！

杨老福　（急躁的）那好吧！（下）

〔杨母和志群上。

杨　母　你爹呢？

杨志群　刚才还在这儿呢，他正因为我给牛打针的事生气呢。

杨　母　他生的什么气？

杨志群　他不相信我会打针。他说：我要能打针啊，那兽医站都关门啦。

（二人笑。）

杨　母　孩子，这也难怪。牲口就是你爹的命根子，你又是刚学，他怎么能放心让你打针呢？

杨志群　娘，你帮我劝劝爹吧！

杨　母　行行（拿出新做的衣服，给志群）试试合身吗？

杨志群　（穿衣）正合适——娘，还是别穿吧，爹要见了这件新衣裳，又该想起我考学的事啦。

杨　母　不要紧。

〔秀梅上。

秀　梅　志群哥！不好了！

| 杨志群 | 什么事？ |
| 秀　梅 | 糟了！ |

（唱）黄牛突然生了病，
　　　腹泻黄水不消停。
　　　三喜叔在把你埋怨，
　　　大爷他一见怒冲冲。

| 杨　母 | |
| 杨志群 | 啊！ |

杨志群　（唱）忽听秀梅报凶信，
　　　　　　好像霹雳破晴空，
　　　　　　心如火急我牛棚去……

（欲冲下）
（老福、三喜抱保健箱拦住志群）

杨老福　（唱）我万丈怒火往上冲。
　　　　　　你不知天多高地多厚，
　　　　　　胡乱摆治瞎逞能，
　　　　　　搞什么防疫打什么针，
　　　　　　好好的牛让你治出了病。

杨志群	牛现在怎么样？
王三喜	（放下保健箱，阴里阴气的）活不长啦。
杨　母	你别老是跟着火上浇油了。
杨志群	我去看看去。

（欲下，三喜拦住）

| 王三喜 | 老福早已用药灌过了。我说志群啊，往后你爹的话你也该多听点儿。 |
| 杨老福 | 他心里哪还有咱啊。 |

杨　母	你光说这些话有什么用？
王三喜	（故意地）老天有眼，我喂的那头大黑犍多亏被我拉出来了，要是落在他的手里打了针，哼！也得这么着。
杨志群	（经过一段思索）爹，牛打了防疫针，怎么也不会拉肚子呀。
杨　母	也是嘛。
秀　梅	大爷，志群说得对，牛泻肚子不一定是怨打防疫针。
杨老福	那怨啥？
秀　梅	打针那么多，怎么单单那一头牛泻肚子呢？

[大婶上。

王三喜	这理儿还不明摆着，黄牛身子虚发病快，不信你就等着瞧吧，打了针的牲口呀，都得一个一个地——病倒。
吴大婶	秀梅，你怎么还不回家呀？
王三喜	还回去呢，跟志群一起把牲口折腾病啦！
吴大婶	啊！
杨　母	他三喜叔，孩子也是不想叫牲口病啊。（向志群）孩子，你仔细想了，打针到底有没有出差错？
杨志群	要说打针有反应，也不会这种病状啊？
王三喜	喷喷喷，哪来那么多洋名词啊？咱没进过高中，听不懂。我看老福哥说得对，纸不戳不破，盆不砸不漏，好好的牛你不弄它就不会生病。
杨老福	对！
	（唱）你不动牲口就难生病。
王三喜	（唱）你别耍名词将人蒙。
杨　母	（唱）牲口生病常有的事。

杨志群 秀　梅	（唱）该把原因来查清。

[二人欲下。

吴大婶	（拦住秀梅）你上哪里去？
秀　梅	看看牛的病去！
吴大婶	（唱）张口牛，闭口牛， 　　　　是谁叫你管牲口？ 　　　　牛有病，你能治？ 　　　　是非窝里你少出头。 这里你别多事，家里还做着饭呢，你给我回去看着点！
秀　梅	娘，你……
吴大婶	你什么？你给我走！

[大婶拉秀梅下。

杨志群	大婶……
王三喜	老福哥！（示意撺志群）
杨老福	志群，你也给我走！回家复习功课，准备再补考大学！
杨志群	爹，如今牲口病了我更不能走。
杨老福	这不用你管！（拿药箱）从今往后，我不准你再踏进牛棚一步！（丢药箱）

（幕急落）

第四场　劝父

　　　　　　〔幕开
　　　　　　〔景同第二场，牛棚，月夜。
　　　　　　〔杨志群提米汤桶心情烦躁地上。
杨志群　　（唱）打针后黄牛忽然得了病，
　　　　　　　　好似乱箭刺我胸。
　　　　　　　　爹爹生气把我撵，
　　　　　　　　当场逼我离牛棚。
　　　　　　　　在家里我坐不安来站不稳，
　　　　　　　　翻来覆去睡不宁，
　　　　　　　　耳房总觉有黄牛叫，
　　　　　　　　像怪我不该把它扔。
　　　　　　　　烧好米汤来把牛看，
　　　　　　　　牛棚外听见爹爹的叹气声，
　　　　　　　　灯影摇晃他来回走。
　　　　　　　　志群悄悄把步停，
　　　　　　　　我若进牛棚把牛看，
　　　　　　　　老爹爹又要怒火升。
　　　　　　　　夜空里乌云遮住星和月，
　　　　　　　　牛棚外一墙阻隔万缕情。
　　　　　　　　但愿得，
　　　　　　　　风吹乌云散，
　　　　　　　　牛病能查清，
　　　　　　　　钥匙开心锁，

爹爹思想通。
志群安心把牛养，
农业战线干一生。
牛棚外我思前想后拿主意，
我定要把爹的思想来打通。

［志群欲进牛棚，老福出，志群隐立树后，棚内牛叫声。

杨老福　（唱）黄牛哀叫声音尖，
　　　　　　　疼得老福我心痛酸。
　　　　　　　地要抢耕急如火。

杨志群　（旁唱）牲口病了我犯难，
杨老福　（旁唱）耽误了生产责任重。
杨志群　（旁唱）我怎能对得起众社员？
　　　　唉！

杨老福　（唱）杨老福我心中忧愁口难言，
　　　　　　　谁叫我事到临头无主见。
　　　　　　　我若是早不让志群把牛喂，
　　　　　　　也免得给牛打针惹祸端。

杨志群　（旁唱）牛病一时查不清，
　　　　　　　　我心上压着一座山。

杨老福　（旁唱）一想起志群我就生气。
杨志群　（旁唱）见了爹爹我怎么谈？

［二人均沉思。

（齐唱）我想办法把志群（爹爹）劝。
　　　　他要养牛我心不甘
　　　　他不叫养牛我心不甘。

（牛棚内牛犊叫声、铜铃声）

杨老福　　（向牛棚喊）队长你好好地照管着牲口，我回家去烧点小米汤来饮牛。（转身欲下，无意碰到米汤桶，观看）啊？米汤？（用手试试）正温和（沉思）这是谁送来的？哎，这桶是俺家的，莫不是志群……（沉思）对！准是他，这孩子！要说是爱牲口，我倒没说的，就是牛弄病我可真有点……唉……

〔提桶欲下。

杨志群　　（上前）爹，我来提吧！

杨老福　　你来干啥？

杨志群　　看看牲口。

杨老福　　有我在这里，你回去睡吧。

杨志群　　爹，我想看看黄牛的病。

杨老福　　唉，病就病啦，看有啥用啊？

杨志群　　爹！

　　　　　（唱）为牛病爹爹心里焦，
　　　　　　　　孩儿也急得似火烧；
　　　　　　　　床上总是难入梦，
　　　　　　　　来看看牛病把原因找。

杨老福　　孩子！

　　　　　（唱）你打针后黄牛把病发，
　　　　　　　　急得我心里似猫抓。
　　　　　　　　我听了人家多少闲话，
　　　　　　　　人说你不懂装懂瞎逞能。

杨志群　　（唱）牛病孩儿我有责任，
　　　　　　　　也该找找发病的原因是什么？

杨老福　　（唱）还不因为把针打，

	都怪你无事找事瞎插插。
杨志群	（唱）打了针黄牛不会泻肚子，
	我心中结了个大疙瘩。
杨老福	（唱）你不来养牛哪来的事，
	养牛不行本事差。
杨志群	（唱）怕什么养牛的本事差，
	我用心学习克服它。
	盼爹爹对我多指点，
	我要在牛棚把根扎。
杨老福	说来说去，你还要来牛棚喂牛啊。这里用不着你！
	（提桶欲下）
杨志群	（拦住）爹！你不是常说嘛！
	（唱）米汤要一把把的柴来烧，
	楼房要一块块的砖瓦造，
	大海汇成是一滴滴的水，
	家乡建设要大伙来搞。
	孩儿我虽说无大用，
	一心一意把牛养好，
	饲养组增加一人一份力，
	怎能说是用不到？
杨老福	志群啊！
	（唱）好草苦屋我舍不得烧，
	盖牛棚用不上大材料，
	海大不在乎点滴水，
	高中生用不着守牛槽。
杨志群	爹！

杨老福	你就别说啦!(提桶下)
	〔陈玉山从牛棚出。
陈玉山	志群。
杨志群	陈队长。
陈玉山	怎么着急啦?
	(唱)志群不要太性急,
	牛病要细细查根底。
	遇困难慢慢来克服,
	碰钉子千万莫消极。
	好铁百炼能成钢,
	玉经琢磨方成器;
	海燕不怕风雨狂,
	松柏耐寒见骨气。
	希望你坚定意志破困难,
	做一匹负重远行千里驹。
	志群哪,饭得一口一口地吃,路得一步一步地走,牛病的原因得细细地找。
杨志群	是得动动脑筋。
陈玉山	那就在牛的吃食上多动动脑筋。
杨志群	吃食上?
陈玉山	比方水啊,料啊,草啊。
杨志群	比方水啊,料啊,草啊……
陈玉山	嗯!在这些方面好好地查一查,我向党支部汇报一下,并打电话给兽医站说一说。(下)
	(志群走至牛棚边,发现水缸无水)
杨志群	看水缸里空空地,明早怎么淘草喂牛啊?我去担些水。

（提桶下）

（三喜和老福边走边谈上）

王三喜	（故意地）老福哥，黄牛的病我看是难好啦。
杨老福	（勾起心事）唉！
王三喜	（乘机鼓动）老福哥，咱兄弟不外，我也不怕你生气，你也太信孩子啦。君是君，臣是臣。虽然是新社会，老子也该当点儿子的家呀。当初要不让志群喂牛，也不会来个打针注射，又哪来的牲口受罪人作难，耽误生产众人怨啊？
杨老福	算啦！算啦！你就少给我点后悔药吃吧！——哎！三喜，这头黄牛原来是你使的，后来志群给你换了，现在志群不喂牛了，以后还是你照管吧！
王三喜	我？
杨老福	行不行？
王三喜	那可不管呐！

（数板）黄牛如今正发病，

是死是活说不清，

得病的原因非寻常，

谁知是否还能把地耕。

老福哥，今天这牛不是伤了水压了食这些小病，这是打针打出来的病，你知道针药的劲头有多大，说不定五脏大肺都会冒烟啊！

杨老福	说来说去，你是怕挑责任，那就我自己喂。
王三喜	你喂，你喂就能把病治好了？
杨老福	你说怎么办？
王三喜	依我说，还是那个老办法。

杨老福	（生气地）你还想卖牲口呀？病牛还能卖？
王三喜	怎么不能卖？
	（唱）咱那牛蹄腿长得蛮周正，
	骨茬好，口又嫩，不愁无人来看中，
	志群他功劳没有苦劳在，
	这些天喂得黄牛添膘成，
	反正是病在皮里人不知。
杨老福	（生气地）唉！
	（唱）你想卖病牛把人坑？
王三喜	老福哥，这怎么能说是坑人哪，隔皮猜瓜，好坏碰运气，牛是管他看的，咱又不是纸包哄人。
杨老福	今天是集体对集体，再怎么说也不能把病牛当好牛卖给人家。
王三喜	是！是！——你说得都在理，可队里急等耕地，使不上牲口怎么办？
杨老福	这——
王三喜	（进逼）我的老组长，放着门路你不走，看着病牛，误了耕地，你怎么向大伙交代呀？
杨老福	唉！——（志群上，闻声放下水桶）
王三喜	（再进攻）老福呀，咱打开窗说亮话，牛是你儿子志群打针打伤的，出了问题你负责，你看着办吧！
	（欲下）
杨老福	卖牛要由队委会研究决定，找找队长说说去！（下）
王三喜	（望老福的背影）哈哈……不怕你不听我的，（口念）只要能倒腾牲口，我就能乘机揩油！（向牛棚）黄牛啊黄牛，看样子你要远走高升啦！

杨志群	（再也忍不住）三喜叔！
王三喜	（瞥眼看看志群，故意讽刺地）嗬！嗬！你就高升一步吧，咱这里笼小蒸不下你这个大馒头。
杨志群	（加重语气）三喜叔。
王三喜	（仍不理）好机会，你高升一步吧。

〔欲进牛棚。

杨志群	（拦住）三喜叔！
王三喜	哟嘿，高中生，你还没有走哇？
杨志群	你要我上哪儿去？
王三喜	高升大学呀！
杨志群	三喜叔，这些咱先不谈，卖牛可是个坏主意呀！
王三喜	这事你就别管啦，咱队里养不起这个好生病的富贵牛，也该找个主啦！
杨志群	三喜叔，不能这样办呀！
王三喜	哼，你管得倒也太宽了吧！
杨志群	对集体不利的事情，谁都该管！
王三喜	（无赖地）你少管这一回吧！
杨志群	今天我一定要问！（老福上）
杨老福	唉！队长也没找到。（见状）怎么啦？
王三喜	看你这宝贝儿子，又来管牛棚的事啦。
杨老福	志群——
杨志群	爹，这病牛可不能卖呀！
杨老福	谁讲卖啦，你又来管什么闲事。

（唱）你充什么能来冒什么尖，

　　　牛棚里离你塌不了天。

　　　你给我准备再把大学考，

	这里的事情不用你管。
杨志群	爹——
	（唱）黄牛千万不能卖，
	爹爹你要有主见。
王三喜	（煽动地）嘿嘿嘿——
	（唱）老子不当孩子家。
杨志群	（唱）你休想倒腾牲口把钱赚。
王三喜	看看吧，老福哥，你听他的，爱咋摆弄咋摆弄。好，咱就由着他吧，要是牛都死光了，咱就跟着吃牛肉。
杨老福	三喜，你咋单跟他一般见识——
王三喜	（进一步激老福）这还有人过的吗？你留你的好儿子吧，这饲养员我不干啦！
	（故作走状）
杨老福	（拉住）三喜，你别生气，我叫他走！（向志群）你给我回去！回去！回去！
	（志群被逼得后退）
	（三喜急下抱上志群的行李给老福，老福接过抛给志群）
杨老福	从今往后我不准你再回来！
	（三喜高兴地做个鬼脸下）
杨志群	爹！
	（痛苦地）（唱）
	想那日我把牛棚进，
	队长的嘱咐我记得清，
	叫我要听毛主席的话，
	要做毛主席的好学生。
	干革命不能怕困难，

　　　　　　　　牛棚里面也有斗争。

　　　　　　　　真金不怕烈火炼，

　　　　　　　　要学松柏耐寒冬。

　　　　　（白）杨志群啊，杨志群——

　　　　　　　　我定要坚定信心迎困难，

　　　　　　　　决不临阵当逃兵。

　　　［秀梅上。

秀　梅　　志群哥！

杨志群　　秀梅，你哪里去？

秀　梅　　我找大爷认错去。

杨志群　　你认什么错呀？

秀　梅　　（唱）牛病说你把冤蒙，

　　　　　　　　秀梅心里不安宁。

　　　　　　　　你爹爹为此起怒火，

　　　　　　　　硬要撵你离牛棚。

　　　　　　　　我悔不该催你把针打，

　　　　　　　　惹出这样大事情。

　　　　　　　　我去找大爷把错认，

　　　　　　　　千斤担子我担承。

杨志群　　这怎能怪着你呀？针是我打的，责应由我负。你先回去吧！我到兽医站再问问。

陈玉山　　（上）不要去啦！我刚从那里回来。

杨志群　　队长。

陈玉山　　我们分析了情况，他们认为应在牛的吃食上多查查。

杨志群　　吃食上？

陈玉山　　比方料啊、草啊。

杨志群　（猛然觉醒）对！我们要在这方面好好地查一查。

秀　梅　好！

（二人兴奋地点头）

（幕徐落）

第五场　接鞭

[次日清晨，杨志群家，秀梅手拿工分本急匆匆地上。

秀　梅　（唱）晨雾渐消太阳升，

　　　　　　露洗山净色更青。

　　　　　　从村西到村东，

　　　　　　我查问牛草忙不停，

　　　　　　大娘大婶全访遍，

　　　　　　弟弟妹妹都问明。

　　　　　　都说是听过宣传开过会，

　　　　　　无人薅草到果园中。

　　　　　　黄牛啊！

　　　　　　你有嘴为啥不讲话，

　　　　　　你到底为何把病生？

[转身欲走，大婶拿镰刀绳子上。

秀　梅　娘，你去哪？

吴大婶　割草去！

秀　梅　到哪里去割？

吴大婶　看看，你终天不问家里的事，这会儿又操的什么心？

秀　梅　（天真地）我偏要问问。

吴大婶　　好闺女，我对你说！

　　　　　（唱）这几日收草的工分定得高，

　　　　　　　　我特意去把青草薅。

　　　　　　　　一早晨能挣四五分，

　　　　　　　　干这活儿可真不孬。

　　　　　　　　有一个地方草多无人晓，

　　　　　　　　我就是在那里薅。

秀　梅　　是哪里？

　　　　　（唱）莫非是果园的梨树下？

吴大婶　　（唱）对！

　　　　　　　　叫你一猜就猜中了。

秀　梅　　娘，你怎么到那里薅草呢？糟啦！

吴大婶　　（惊）怎么啦？

秀　梅　　你惹祸啦！

　　　　　（唱）果树上喷药为了杀虫，

　　　　　　　　青草上沾药有毒性，

　　　　　　　　牛羊吃了要生病。

吴大婶　　（焦急地唱）我昨天送了一捆到牛棚。

秀　梅　　是不是叫大黄牛吃了？

吴大婶　　听志群说，给大黄牛吃了好复膘呢！

秀　梅　　（唱）大黄牛吃了药草把肚泻，

　　　　　　　　连累得志群哥蒙冤情。

　　　　　　　　娘啊娘！

　　　　　　　　果园我早把禁牌插，

　　　　　　　　你不认字也该问一声。

　　　　　　　　娘啊娘！

　　　　　　你闷头干活不去开会，

　　　　　　人家宣传你也不听，

　　　　　　为了多挣几个工分，

　　　　　　闹出了这样的大事情。

吴大婶　　（难过地）秀梅，这可怎么办哪？

秀　梅　　我快去找志群哥，把这事情说清楚，好想办法，救牛要紧。

吴大婶　　果园喷的什么药呀？还好治吗？

秀　梅　　喷的是"二二三乳剂"，先给牛灌些绿豆汤，能解毒性的。

吴大婶　　唉！（把镰刀、绳子摔下）孩子，你先去，娘烧好绿豆汤就送来。（下）

秀　梅　　（拿起镰刀，绳子）娘！娘！（下）

　　　　　[中幕开。

　　　　　[月华兴高采烈地上。

杨月华　　（唱）离开学校回家中，

　　　　　　月华我心中好高兴。

　　　　　　在学校，

　　　　　　把哥哥的情况和领导讲，

　　　　　　经上级反复研究作了决定，

　　　　　　给我写来信一封。

　　　　　　这封信，

　　　　　　要起它的大作用，

　　　　　　叫哥哥欢喜，娘高兴，爹爹他的思想通。

　　　　　（白）爹，娘！

杨　母　　啊！月华，你回来啦？

月　　华　　回来啦,爹和哥哥呢?

杨　　母　　唉!爷儿俩一夜都没回来!哎!月华,你进城这么些天,娘老是想着你,你……

杨月华　　娘!(见老福上,向杨母耳语)包你满意!(老福上)

杨老福　　月华,我可把你盼回来了,我叫你给你哥申请考学的事办了吗?

杨月华　　办啦!

杨老福　　(沉思)办啦?

杨　　母　　孩子,你先洗洗脸吧!(拉月华欲下)

杨月华　　娘——

杨老福　　快把那事说说吧!(拉回月华)

杨月华　　爹!

杨　　母　　孩子,吃饭去!

杨老福　　嗳嗳嗳,你能留点空让孩子说话吗?

杨　　母　　(故意地)也得让孩子歇歇嘛!

杨老福　　(阻止)我只要她回答我一句!(向月华)领导上怎么说的?

杨月华　　(指书包)看!领导来信啦!

杨老福　　信?

〔玉山,秀梅和志群上。

啊!月华?

杨月华　　(上前)队长,哥哥。

杨老福　　(高兴地)玉山啊,领导给志群来信啦!

陈玉山　　嗳……

杨志群　　(惊疑)来信啦?

杨月华　　对!

（唱）回校后把哥哥的事情讲，

　　　领导上关心哥哥非寻常。

　　　把情况反映给招生委员会，

　　　又和咱县里领导来商量，

　　　夸哥为公忘私精神好，

　　　同学们把俺哥哥当榜样。

杨老福　（心急地）申请补考的事呢？

杨月华　办啦！

（唱）接到了要求补考的那封信，

　　　领导上反复研究细商量，

　　　对爹的心情很了解，

　　　写来封回信这里面装。

（指书包。）

杨老福　（急不能待地）信呢？（月华把信交给老福，老福接信，心情激动地交给玉山）玉山，你快念给我听听吧！

陈玉山　还是叫月华把信念念吧！

（把信交给月华）

杨志群　（着急地）月华，谁叫你回校办这个事的？

杨月华　不是你写信叫我帮你写申请的吗？

杨志群　我？

杨月华　（掏出另一封信）看，你给我的信还在这儿呢？

杨志群　（从月华手中接过信念）

听了爹爹劝告，

决心再去补考，

赶快替我申请……

（白）这是谁冒我的名字写的信？

（众看老福，老福很尴尬）

杨老福　　（掩饰地）算啦，算啦！还不是为你好吗？（向月华）月华，你快把领导的信念念吧！

杨月华　　好！

（拆信读）老——老——

杨老福　　看！都上二年高中啦，连信还念不动，遇上拦路虎了是不是？

杨月华　　老福同志：

（老福与众人笑）

（唱）你儿子，杨志群，

　　　　为救火，不顾身，

　　　　品质高贵实可钦。

　　　　你是学生的好家长，

　　　　教育儿子有功勋，

　　　　能为国家育新人，

　　　　首先要向你祝贺，

　　　　你是个光荣的父亲。

陈玉山　　大哥，

（合说）你听听，表扬你啦！

杨　母　　他爹。

杨老福　　（得意地笑）再往下念！

杨月华　　（唱）杨志群，有决心，

　　　　　　不补考，回农村，

　　　　　　学习饲养和耕耘。

　　　　　　既然今年误了考，

　　　　　　可以让他在农村，

　　　　　　　经过一番劳动和锻炼，

　　　　　　　还能再考把大学进。

　　　　　　　有文化，能劳动，

　　　　　　　又能武，又能文，

　　　　　　　做一个红色的接班人。

　　　　　　　希望你对他多支持，

　　　　　　　培养个新式农民。

　　　　（老福越听越不对头，坐立不安，众互视笑）

杨老福　　再往下念呀！

杨月华　　（读）祝你健康！

杨老福　　念完啦？

杨志群　　（感激地）月华！

杨月华　　哥哥！（暗示队长）

　　　　（众笑）

杨老福　　这——

陈玉山　　大叔，你都听见了吧，学校的领导都十分赞成志群留在农村的要求，说将来有机会还可以再考！

杨老福　　玉山啊！你应该为你大叔想想。旧社会咱受苦受罪，捞不着念书。今天孩子能念书啦，可他上得半半拉拉的做不出一件像样的事来，我能不伤心吗？

陈玉山　　大叔啊！

　　　　（唱）大叔不要把心伤，

　　　　　　　要放开眼光向远望；

　　　　　　　旧社会咱农民不能把学上，

　　　　　　　新社会进学校为的是给人民出力量。

　　　　　　　上大学，当农民，

                两样事情都荣光。

杨老福　　玉山，我总是这样想，

　　　　（唱）虽说是读书种地都光荣，
　　　　　　两样事情不相同。
　　　　　　做大事需要有文化，
　　　　　　种地人没有文化也能行。
　　　　　　何况是，
　　　　　　喂牛本是俺粗人干，
　　　　　　哪能用着高中生？
　　　　　　他喝了些墨水没有用，
　　　　　　十二年上学白搭功。

陈玉山　　大叔啊！

　　　　（唱）牛棚里也要高中生，
　　　　　　喂牲口有文化更有大用。
　　　　　　搞生产黄牛就像拖拉机，
　　　　　　养好牛本是一件大事情，
　　　　　　要满膘满怀防疾病，
　　　　　　有不少科学的方法在其中。
　　　　　　没有文化怎钻研？
　　　　　　光靠老法怎能行？
　　　　　　志群他虚心肯学习，
　　　　　　大叔啊！
　　　　　　你养牛的经验他能继承。

杨　母　　玉山啊，他这样想就好了。你也亲眼见过，那天我刚把牛鞭交给志群，就被他夺过去了。

杨老福　　（唱）我不愿叫孩子执牛鞭，

　　　　　　　是有隐痛藏心间。
　　　　　　　旧社会俺世代替地主把牛喂，
　　　　　　　牛鞭上记下了仇和冤。
　　　　　　　爹爹他被地主害，
　　　　　　　临死时交给我一条鞭。
　　　　　　　血泪鞭，冤仇鞭，
　　　　　　　我带它受苦受难三十年。
　　　　　　　我要叫孩子上学争气，
　　　　　　　才不愿他使牛鞭。

陈玉山　　大叔，旧社会是给地主喂牛，受苦受罪。今天咱们翻了身，当家做主，是给咱自家喂牛啊！养牛也是农业生产一项重要的工作啊！怎能不让孩子干呢？

　　　　（唱）牛鞭是你的传家宝，
　　　　　　　你应该一代一代往下传，
　　　　　　　叫年轻人见鞭知道过去的苦，
　　　　　　　见鞭想到新社会的日子甜。
　　　　　　　认识觉悟能提高，
　　　　　　　才能够多用心，苦钻研，
　　　　　　　学习前辈的好经验，
　　　　　　　当一个新型的饲养员。

　　　　（老福点头沉思）

杨　母　　群他爹！玉山说得对呀！你一辈子的养牛经验，也该传下去呀！

杨老福　　志群平日对牲口还算细心，可是这回打针伤了黄牛，真叫我疼得慌！

陈玉山　　大叔，这事已经弄清了。

秀　梅	大爷！黄牛发病不怪志群哥，是俺娘的错呀！
杨老福	（愣）什么？你娘……
	［吴大婶提桶上。
吴大婶	他大爷！
杨老福	他大婶，你提桶干什么？
吴大婶	刚才给黄牛灌了点绿豆汤。
杨　母	（莫名其妙）啊？他大婶，你……
吴大婶	唉！他大爷！是我薅了果园里的草送给牛吃了。
杨老福	啊？（看看志群转向大婶）他大婶——你！
吴大婶	（走向志群）志群，大婶对不起你呀！
杨志群	大婶，你别难过，如今查清了牛病的原因就好治了，咱们都该高兴呀！再说你也是无意中出的错。
陈玉山	大婶子，往后咱们处处多想想集体，就会少干些糊涂事啦！哎，志群用什么药解一解毒啊？
杨志群	大婶灌了绿豆汤就可以解毒，再熬些"防风"灌一灌就更好了。爹你说对吗？
杨老福	（满意地望着志群）对！孩子！
	［三喜急上。
王三喜	我……我喂的大黑犍病了。
众	啊？
杨志群	我去看看去！（下）（众骚乱齐下）
王三喜	我的天啊！这可叫我怎么办哪！
	［老福上。
杨老福	三喜，你怎么还呆着呀？快去给兽医站打电话，请兽医来！
王三喜	噢！（下）（众上）

众	怎么办呀？怎么办呀？
杨月华	哥哥，你知道这是什么病吗？
杨志群	（沉思）这……
杨老福	这是串皮疯病。前年秋季队里的小蟒牛，就死在这个病上。
杨志群	爹，那头牛拉的粪里还带血，对吗？
杨老福	对呀！
杨志群	这是牛炭疽病！
众	啊！（志群急下）志群，志群！

　　[三喜急上。

王三喜	糟不糟，兽医站的人都到各队给牲口打防疫针去啦！
众	这可怎么办哪？
杨老福	（严厉地）三喜，你知道这头牲口得的什么病吗？
王三喜	（惊慌心虚地）老组长，我看着怎么好像串皮疯！
杨老福	还像哩！本来就是？
秀　梅	这是牛炭疽！
王三喜	（惊）啊？
陈玉山	这正是没打防疫针的缘故。
王三喜	（急）老组长快想个法吧。
杨老福	（摇摇头）难哪！（想起志群）月华！快找你哥哥来！
杨月华	哥哥！[志群提保健箱上。
杨老福	你到兽医站学过，知道怎么治吗？
杨志群	最好注射牛炭疽血清，咱这里有，先打一针再向上级报告，请兽医来治！
陈玉山	志群，那你就给牛打一针吧！
杨志群	（望着老福）爹？

杨老福	快去吧！
	（志群抱药箱下，众随下）
	（三喜欲下）
王三喜	队长，我错了！我不该不相信志群，不让他打防疫针，叫牛得了病！
陈玉山	不光这些，你应该狠狠挖你的思想根子！
	（唱）当年你贩牲口从中取利，
	近来你喂牲口又克扣粮食。
杨老福	（唱）贪工分你不顾牲口死活，
	搬是非撺志群费尽心机。
	你劝我把牛换不怀好意，
	想从中捞一把损害集体。
陈玉山	（唱）你还没铲除掉旧的思想，
	脑子里装满了自私自利。
王三喜	队长，我，我该死，我检讨！以后，我要是不好好地改，就把我这"王"字倒着写。
陈玉山	唉，又赌咒发誓！我看你应该好好检讨，痛改前非……
杨老福	玉山呐！你大叔我也错了！（声泪俱下）
陈玉山	大叔呀！别难过，只要想通了就好了。
	［众上。
众	可好了！可好了！［志群上。
秀　梅	志群哥给大黑犍打过牛炭疽血清以后，牛好一些了。
杨月华	（天真地）哥哥你真管[①]！

[①] 管：徐州方言，意思为能干。

吴大婶	三喜，好好谢谢志群吧！
王三喜	（对志群）大侄子，多亏你呀！
杨老福	（心情激动地拉着志群）志群！
杨志群	爹！
杨老福	孩子，爹爹思想通了！
	（老福忙进屋取鞭）
众	（虚惊）怎么啦？
陈玉山	（笑笑，转向志群）志群呐！好好地干吧！毛主席说过："你们年轻人，朝气蓬勃，好像早晨八九点钟的太阳，希望寄托在你们身上！"
杨志群	（兴奋地）我一定把工作干好！
杨老福	（拿鞭上，举鞭）孩子！给！
杨志群	（惊喜地接鞭）爹！
	（天幕上红日升起，彩霞万道）
	（幕后歌声响亮）
	（尾声）
	众口齐声赞志群，
	移风易俗志凌云。
	接鞭继业从今始，
	万里前程日日新。

（歌声中幕徐落）

剧终

1964年1月25日

注：《志群接鞭》1964年参加徐州地区和省会演被评为优秀节目，并被夫子届剧团移植成其他剧种搬上舞台。

> **【提要】**《一心为革命》讲述了在 20 世纪 60 年代中央军委提出大办民兵师的背景下,王杰同志被派往邳县指导某村地雷班训练发生的一件小事。
>
> 在夏季一个风雨交加的日子,民兵大刚怕苦畏难不想参加训练,躲在家中。王杰同志亲自上门为大刚补课,现场示范埋雷要领,帮助大刚克服了怕苦畏难思想。并通过大娘为王杰冲一碗鸡蛋茶和王杰借给大刚鞋和雨衣,反映了王杰同志舍己为人的高尚品德和军民一家亲的鱼水之情。

一心为革命

小歌剧

编剧 高子亮

时　间　　现代
地　点　　邳县某农村
人　物　　王杰　　解放军某部工兵班班长
　　　　　大刚　　地雷班民兵
　　　　　大妈　　大刚的母亲

幕　启　　大刚家

[后墙挂着毛主席像,旁边挂着一件军用雨衣,有桌凳等简单陈设,左是厨房,右是卧室。

[风雨黎明,音乐声起。

[大妈内声:"大刚!大刚!快起来!该去出操练武啦!"大刚内应:"哎!知道啦!"

[大刚睡眼蒙眬地上,匆匆出门,见风雨未停,止步。

（唱）昨夜大风雨，
　　　黎明还未停。
　　　满地泥和水，
　　　场上怎练兵？

不行！还得去！要不，赶明儿见了王教员，他准追根问到底："大刚，你为什么又缺课啊？"我怎么说呢？走！（转身拿雨衣，猛然想起）嗨，我好糊涂啊！王杰同志昨晚受了伤，他的雨衣还在我这儿哩，今天准不能去上课。对，这风又紧，雨又急，恐怕是不能再练兵了。我忙个什么劲儿呢！（把雨衣挂回原处）也该趁这阴天歇一歇啦！（转身坐下，瞧脚下一只张口鞋）天天这么练，鞋也练破啦，真是累！

（唱）布雷阵，挖雷坑，
　　　累得我两肩酸又疼。
　　　王教员也太认真，
　　　口口声声有"敌情"。
　　　催得急，练得紧，
　　　其实呀，
　　　敌人没踪影。
　　　白费力气白费工，
　　　白呀白费工！

现在中国这么强大，谁敢来？我国六亿五千万人口，一人一口唾沫，也把敌人淹死了。不是有人说如今是夜不闭户、马放南山的太平盛世吗，哪儿有什么敌情啊！敌人离咱们还远着呢！再说，万一真的打起仗来呀，哼！不是我吹！

（唱）指到哪儿，打到哪儿，

　　　叫牺牲来就牺牲！

　　　冲锋陷阵我是头一名，

　　　大刚我不是怕死兵。

　　　啊唷唷……

　　　就怕起早，就怕摸黑，

　　　成天成夜挖那个土坑坑。

　　　摸、爬、滚、打真费劲，

　　　真呀真费劲！

〔大妈拍打着灰尘，从厨房上。

大　妈　咦，你怎么还没去啊？

大　刚　上哪儿去啊？

大　妈　嗨！你年纪不大，忘性可不小。我问你，你当民兵时，给娘做的保证是哪三条？

大　刚　早起练武，积极劳动，勤学毛主席著作。

大　妈　现在都到什么时候啦，你为啥还不去地雷班学习？

大　刚　今天有特殊情况！

大　妈　什么特殊情况，准是你想趁天阴下雨，在家睡懒觉对不对？

大　刚　（调皮地）那……要把我淋病了，你又该着急啦……

大　妈　要是你爹还活着，看捶不死你！你怎么就不跟你爹学？你爹当民兵那时候……

大　刚　娘！你又提这个，一说就没完，昨天王教员受伤啦！你要我跟谁学去啊？

大　妈　（惊）啊！王教员怎么啦？

大　刚　（念快板）

      昨夜晚天阴黑云浓，
      王杰说："天黑正好练硬功！"
      课堂设在河东小桥旁，
      要把摸、爬、滚、打学精通。

大　妈　　王杰做得对！

大　刚　　（念快板）

      民兵小张粗心大意，
      一步踩空头重脚轻栽在水中。
      王教员飞身下桥去抢救，
      劈浪破水往前冲。

大　妈　　王杰真是好样儿的！

大　刚　　（念快板）

      不顾水里的木桩把人撞痛，
      不顾挂彩的胳膊把衣染红。
      救得小张脱了险，
      王杰的胳膊伤势重。

大　妈　　（急切地）然后呢？

大　刚　　（念快板）

      你扶我搀，前呼后拥，
      把他送回连队中。
      临走他再三嘱咐众民兵，
      "摔跤不折勇，苦练莫放松！"
     （指雨衣）这不，我回来的时候就下雨啦。他怕我们淋着，还给大伙每人借了件雨衣。

大　妈　　（感动地）怪不得村里都说他好呢！走，你领我去看看他。

大 刚	他不让大伙儿去看他嘛!
大 妈	他不让我也要去!人人都说王杰好,我还没见过他是啥样儿呢!对了,我拾掇点儿东西带去。
大 刚	带啥去呀!
大 妈	(唱)王教员舍己为人受了伤,

我捎点儿礼物去探望。

拾上一筐大鸡蛋,

再带上呀二斤糖。

和上块白面烙油饼啊,

放点葱花芝麻酱,

烤得焦酥喷喷香,

送给王杰尝一尝。

礼物虽薄情义重,

表表咱贫下中农一片心肠。

大 刚	人家解放军才不收你的礼物哩。
大 妈	咋啦?
大 刚	三大纪律八项注意上定得清楚,不拿群众一针一线嘛。
大 妈	哎哟,这怎么是拿呀,这是群众的心意。你甭管!我去跟他说。你快帮我和面烙饼去吧。
大 刚	行。(拖着张口鞋走了两步)娘,你自己去吧,我去不成了。
大 妈	怎么?
大 刚	(伸脚)瞧,也不给我做双新鞋。
大 妈	哟,鞋子大张口啦!你就不会自己动手补补?就知道伸手要新的啊?

大　刚　（笑嘻嘻地）嗯……人家天天练武、劳动、劳动、练武，多累呀，累都累够了，谁还有精神去补它呀！

大　妈　你呀，就是懒！（看鞋）这不还好好的吗？缝缝补补一样穿，脱给我吧！

大　刚　（递鞋。调皮地）敬礼！和面去啰！

　　　　（赤一只脚，跳跃下）

　　　　[音乐声中，大妈补鞋。眼花纫不上针。王杰提两个木壳教练雷，挟双布胶鞋，赤脚冒雨、神采奕奕地上。

王　杰　（唱）一夜风雨声，

　　　　　　　声声催人醒。

　　　　　　　烈火炼真金，

　　　　　　　风雨练精兵。

　　　　　　　水里爬，泥里滚。

　　　　　　　为革命，苦练兵。

　　　　　　　练兵场上不怕苦，

　　　　　　　战场上才能杀敌人。

　　　　（白）地雷班的民兵真是好样儿的！不怕苦，不怕累，雨越大，风越紧，越练得带劲。可惜大刚没有来，不知为什么。我去看看他，给他补补课。（进门）大娘！（放下雷、鞋）我帮你纫吧！（夺过针线）

大　妈　（端详）同志，你是……

王　杰　我是大刚的好朋友，大娘，来，我帮你老人家补吧。（坐下补鞋）

大　妈　（感激地）咱解放军同志就是好！同志，王教员好点了吗？

王　杰　王教员？

大 妈　　喏，就是教地雷班民兵的王教员——王杰。昨天，他为了救一个民兵，把胳膊撞伤啦。这不，我正叫大刚给他烙点饼，好领我去看看他呢。

王 杰　　（笑）好啦，好啦，没事。大娘，谢谢您啦！您老对咱们部队可真好。

大 妈　　嗨，看你说的，谢我啥呀！
　　　　（唱）解放军待咱情义深，
　　　　　　大妈我终生记在心。
　　　　　　提起你们的王教员，
　　　　　　谁不夸？谁不疼？
　　　　　　风里雨里，水里浪里，
　　　　　　不辞劳苦教民兵。
　　　　　　抢救同志奋不顾身，
　　　　　　舍己为人的解放军。
　　　　　　王杰的名字不离唇，
　　　　　　王杰的好事天天闻，天天闻。

王 杰　　大娘啊，王杰只不过是一个普普通通的工兵……

大 妈　　一个"兵"字值万金，解放军为国为民，哪一样都走在前头啊！

王 杰　　那是毛主席的教导，是咱解放军应尽的责任嘛！我们做得还很不够，差得还很远呢！
　　　　（旁唱）若把王杰比雷锋，
　　　　　　扪心自问差万分。
　　　　　　雷锋的好事千万件，
　　　　　　王杰的小事何足论。
　　　　　　董存瑞，邱少云。

>　　　黄继光，安业民，
>　　　多少先烈英雄汉。
>　　　鲜血铺路后人行，
>　　　王杰唯有——
>　　　一不怕苦，二不怕死，
>　　　兢兢业业，诚诚恳恳，
>　　　踏着前辈英雄的路，
>　　　为人民献出青春。

　　　　大娘，大刚今天早晨缺了一课，我是来给他补课的。

大　妈　我那大刚就是怕苦怕累，又懒又娇，你可得好好开导开导他。唉！全怨我做娘的有点心软，把这个孩子惯坏了。你帮我把他卡紧点！噢，
　　　　（呼）大刚！

〔大刚内应："哎！来啦！"上。

大　刚　（热情地）是你呀，王教员！你好啦？我娘正叫我给你烙饼呢！你怎么到我家来啦？（亲热地摸他胳膊）

大　妈　原来你就是王教员呀！（心疼地）你的胳膊还疼不？
　　　　（上前抚摩）

王　杰　只不过撞了一下，没什么，你看，（强伸）这不是好好的吗！

大　妈　（关切地）下这么大的雨，路泞泥滑的，你不歇着，又领他们去练啊？大刚这个懒小子还说你不能去了呢！

王　杰　这点小伤算什么？越是困难、艰苦，在风雨泥水里练，才练得出真本事！大娘，你说对不？

大　妈　（沉思）对倒是对呀……可是托斤举重的，你的伤不

痛？人不累？

王　杰　　（诚实地）大娘，说真格的，哪有不痛、不累的？（毅然地）但是一想起咱们老一辈人受的苦，想起罗盛教跳进冰窟窿里抢救少年的精神，想起阶级敌人时时都想来侵犯我们，什么苦累都忘掉了。只要带着阶级仇恨、敌情观念，用一心为了革命的精神来练武，再重的伤也不在话下。大娘，你说对吧？

大　妈　　对，对！不过你带着伤，给他比划比划就行了，别把你累坏了。我给你弄点火把衣服烤烤。

王　杰　　不用啦，我停会儿还要去站岗。

大　妈　　我先给你冲碗鸡蛋茶来暖暖身子。

　　　　　〔大妈下

王　杰　　大刚，准是你告诉大娘的，叫她老费心。

大　刚　　（忙夺过他手中鞋）这多不好意思，怎么好让你给我补呢。

王　杰　　（夺回）这有什么？我会补。（见大刚赤着一只脚，把胶布鞋扔过去）给，先穿上。（见大刚不好意思）穿上！你跟我还讲啥客气？（把鞋塞给大刚）

大　刚　　你不也光着脚！

王　杰　　我脚上有泥包着，比穿鞋还暖和。你先穿上吧！

大　刚　　行！（穿鞋）

王　杰　　（边补鞋）今天你没去学习，大家练得可热闹啦！

大　刚　　（自愧地）嘿嘿，我还当你不能去呢。我想正好歇一天……

王　杰　　歇一天？怎么，你累啦？

大　刚　　（舒舒胳膊）有点儿……不累！

王　杰　（笑笑）……你作业都练会啦？

大　刚　（自得地）那当然！

王　杰　要领都记住啦？

大　刚　记得滚瓜烂熟的啦！王教员，你的口诀可真灵，我照着一练呀……

王　杰　一练就会啦！

大　刚　哎！你不信？（抄起锹）我比划比划给你看。（边说边比划）"前两锹，后两锹，当中土，往外撂，四边一修就成了。"怎么样？不是吹吧！我早就背得熟熟的了，你呀，你考不倒我。

王　杰　口诀是为了帮助练习，真打起仗来，你这里念着，手里比划着，能把地雷埋上吗？

大　刚　那当然能喽！地雷都埋不上，算个什么民兵？

王　杰　好哇！（放下针线递过地雷）那你就真的做做看！

大　刚　行！（接雷）来就来！（望望院里积水）咱就在这屋里练吧。你喊口令！

王　杰　行！我给你看看表。预备！埋雷地点正前方两公尺。开始！

大　刚　（持锹起舞）

　　　　（唱）前两锹，后两锹。

　　　　　　　当中的土儿……当中的土儿……往外撂……

王　杰　咦？怎么不挖啦？时间也超过了！

大　刚　（唱）左一锹，右一锹。

　　　　　　　震得当当响，土硬实难刨。

　　　　　　　累得两肩酸又麻，

　　　　　　　浑身大汗似雨浇。

		（恳求地）我的好教员啊！
		（唱）屋里地壳硬，地势没选好。
		等到雨过天晴后，
		找块松土练给你瞧瞧。
王	杰	哈哈……我问你，敌人的坦克专挑土松的地方跑吗？
大	刚	（挠头）当然在公路上跑的多啰！
王	杰	公路的地硬，挖不动怎么办？
大	刚	那……那就慢慢地挖呗。
王	杰	敌人的坦克，不让你慢慢地挖，冲过来了怎么办？你能喊它"喂！你先别来，我还没挖好雷坑呢"？
大	刚	（不禁失笑）那……
王	杰	大刚同志，这就要咱们从难、从严、从实战需要来练，把基本功练到家。思想、技术都要过硬，打起仗来。才能战胜敌人，你说对不？
大	刚	对！不过要真打起仗来，我可不是你想的那么孬种！
王	杰	我知道你很勇敢，可是只有平时多流汗，战时才会少流血啊！咱们越吧功夫练得硬，就越能打的巧。可以多消灭敌人、又保存了自己。一个人什么本事也没有，光会拼个一死痛快，又算得了什么英雄呢？你说是不是？
大	刚	那当然！（沉思）
王	杰	（热烈地）今天咱们学的是托雷匍匐前进、卧姿挖雷坑，大家练得可带劲啦！
		〔大刚下意识地望望门外。
王	杰	我来就是为了帮你补上这一课，要不你就落下啦！
大	刚	（感激地）那……

王　杰	嗯，就是这样！（托雷示范）
大　刚	（见他举雷艰难）王教员，你的伤还没好，就不用示范啦！
王　杰	没关系，带着伤练，就更能练出过硬的本领。平时有锻炼，战时就能真正做到轻伤不下火线，重伤不叫喊！革命战士负了伤，也能把敌人坦克炸掉！ （将木壳雷托起）
大　刚	（感动地）对！
王　杰	好。大刚同志，你下口令，我先……
大　刚	不！（为难地）我看还是改天再说，这……这屋里也练不开呀！
王　杰	（坚定地）那就到院子里去！
大　刚	（一惊）院子里？院子里满是泥水！
王　杰	敌人不会单等晴天来，不会单挑干路走。有泥有水不正是锻炼的好机会吗？
大　刚	那你这身衣服……
王　杰	这有什么关系啊！多少前辈英雄为革命献出了宝贵生命，咱们还怕脏了一身衣服？大刚同志！ （唱）布雷练硬功，先要思想红。 　　　刻苦勤锻炼，敌情记心中。 　　　吃得苦，受得累， 　　　舍得脏，忍得痛， 　　　平时练，战时用， 　　　时时刻刻不放松。 （托起木雷壳往外走）来！咱们开始！
大　刚	（拦住王杰，夺下木雷壳）不，不！（感动地）王杰同

志！你别说了，我知道，我明白。你这么不顾伤口痛，不惜衣服脏，冒雨踩泥跑到我家里给我补课，是为了帮助我。我一定接受你的教育，从今往后好好下苦功练。今天说什么也不能叫你带着伤做示范，为了我受苦受累……

（唱）你为我登门传武艺，
　　　这番深情我感激。
　　　你为我忍痛做示范，
　　　说到天边我不同意。
　　　今日风雨急，满院水和泥，
　　　你的伤未好，托重不适宜。
　　　我向教员行个感谢礼！
　　　千谢万谢你的好心意。
　　　要不你就莫动手，
　　　用口指点我来练习。

王　杰　（唱）大刚，大刚，好兄弟，
　　　　　　练兵不是为我们自己。
　　　　　　今天风狂雨大天气好，
　　　　　　正是锻炼的好时机。
　　　　　　蒋介石还在磨刀，
　　　　　　美帝的侵略战争正在逐步升级。
　　　　　　带着敌情练硬功，
　　　　　　可不能麻痹大意放松警惕。
　　　　　　为祖国，为世界上阶级兄弟，
　　　　　　练就一身本领好去杀敌。

［王杰抄锹，托雷，精神抖擞、雄姿英发地屹立在风

雨中。

王　杰　　大刚同志！敌人的水陆两栖坦克从那边开过来了，你作掩护，看我炸掉它！

〔音乐声起，王杰托雷匍匐前进，游龙似的从左侧下。

〔大妈端碗热腾腾的汤上。

大　妈　　王教员，来喝碗热鸡蛋茶吧！（见大刚楞在院中）你怎么啦？站在雨里干啥？

大　刚　　（惊觉）啊！（指左方）你看！

大　妈　　（急放下碗、跑出来）

　　　　　（母子情不自禁地双手起舞）

大　妈　　（唱）雨中一工兵。

大　刚　　（唱）托雷匍匐行。

大　妈　　（唱）矫健似游龙。

大　刚　　（唱）敏如展翅鹰。

大　妈　　（唱）四面观敌情。

大　刚　　（唱）频频探动静。

大　妈　　（唱）挥锹挖雷坑。

大　刚　　（唱）掩迹不露形。

大　妈　　（无限感激地）孩子呀，孩子！你看看人家想想自己。你要好好地学王杰！赶王杰！赶王杰！

　　　　　（唱）他是毛主席的好战士，

　　　　　　　　他对党对人民赤胆忠心。

　　　　　　　　心比火红，人比钢纯，

　　　　　　　　他是贫下中农贴心人。

大　刚　　（仔细地回味娘的话）

　　　　　（唱）他是毛主席的好战士，

　　　　　　他对党对人民赤胆忠心。

　　　　　　心比火红，人比钢纯，

　　　　　　他是贫下中农贴心人。

　　　　[王杰带着汗水、泥浆、神采焕发上。

王　杰　　大娘，您也来看练武啦！我做的有啥缺点，您老给提个意见吧！

大　妈　　我的意见可多着呐！（心疼地）你坐下吧，我给你慢慢儿提！（递毛巾）给！快擦擦！（端碗）来，快喝吧！看累成什么样儿啦！

王　杰　　（放下碗擦汗）大娘，谢谢您啦！

大　刚　　（抚摸王杰胳膊感激地）伤口痛吧？

王　杰　　没关系。（坦然地）我都忘了。

大　刚　　（蓦然惊呼）血！王教员，你伤口又流血啦！

大　妈　　（忙把手巾缠在王杰臂上）看看，我早就跟你说，比划比划就行，你非得这么实打实凿地干！

王　杰　　（轻松地）不要紧，流点血怕什么？老人们不是常说"人不流血长不大"吗？大娘，你说对不对？树不剪枝不成材哩！

大　娘　　（突然抱怨起来）大刚呀大刚！你听听，你听听呀！

　　　　　（唱）听听王杰说的什么话，

　　　　　　　"人不流血长不大"

　　　　　　　　为什么——他舍得，

　　　　　　　　泥里滚、水里爬。

　　　　　　　　为什么——他就懂得，

　　　　　　　　人要苦练枪要擦，

　　　　　　　　种种苦累全不放在眼下。

　　　　　　人比人，心比心，

　　　　　　瞧瞧你，看看他，

　　　　　　孩子呀，孩子！你不想一想……

　　　　　　怎对得起您死去的亲爹，

　　　　　　怎对得起妈。

　　　　　　怎么对得起恩人共产党和毛主席他老人家。

大　刚　（悔痛低头）娘……

王　杰　大娘，大娘！

　　　　（唱）大娘莫把大刚怨，

　　　　　　大刚是个好青年。

　　　　　　从今后他定能，

　　　　　　勤把杀敌本领练。

　　　　　　我俩同是甜水里生来红旗下长，

　　　　　　没经过阶级斗争的考验，

　　　　　　没受过艰苦岁月的磨练。

　　　　　　曾记得，那一年。

　　　　　　部队冬训在深山，

　　　　　　北风吹，数九天。

　　　　　　一锹难挖四两土，

　　　　　　震得两手血飞溅。

　　　　　　那时节，我也曾，

　　　　　　也曾畏难不敢向前。

　　　　　　多亏了党的教育、同志们指点，

　　　　　　学习毛主席著作，擦亮我的眼。

　　　　　　千苦、万苦、千难、万难，

　　　　　　有了毛主席思想就不难。

　　　　　想起了先烈的道路苦也甜。

　　　　　革命前辈南征北战，

　　　　　抛头颅、洒热血换来今天。

　　　　　看看今天，想想从前。

　　　　　王杰从此才懂得，

　　　　　牢记过去苦，

　　　　　珍惜今日甜。

　　　　　硬功要从苦中练，

　　　　　松柏三冬不怕寒。

　　　　　心中若有阶级仇恨，

　　　　　上刀山，下火海，

　　　　　赴汤蹈火只等闲。

　　　　　愚公虽有移山志，

　　　　　怎比我们革命意志坚？

　　　　　胸怀世界的受苦人，

　　　　　革命的重担挑双肩！

大　刚　（**万分激动地**）王杰同志，你说得对！你这一课给我补得好！我就是忘记了过去的苦和仇，"敌情"二字没有放在心头。娘常跟我说，不要忘了日本强盗的杀父仇，咱贫下中农要吃大苦，耐大劳，勤练本事保家卫国！可是我……唉！

　　　　　（唱）对不起爹娘对不起党，

　　　　　过去的苦难全忘光。

　　　　　对不起日夜教我的王教员，

　　　　　没有下苦工把武练。

　　　　　贪舒服，讲条件，

　　　　　　和平麻痹满头脑。

　　　　　　王杰同志，王教员！

　　　　　　今后我一定不偷闲，

　　　　　　不怕苦来不畏难，

　　　　　　带着仇恨和敌情发奋苦练。

王　杰　　（一把紧紧抱住大刚）好同志！好兄弟！咱们互相帮助，彼此勉励。紧握手中枪，为你爹，为天下所有受苦，受难受压迫的工农群众报仇。

大　妈　　（喜泪盈盈）瞧这孩子……

王　杰　　（安慰地）大娘，你别难过……

大　妈　　我不难过，我是喜！我是乐！我看着这孩子今天的劲头，真有点像当年他的爹。

王　杰　　大娘，大伯是怎么牺牲的？

大　妈　　那是好多年前的事了。

　　　　　（唱）也是个黄梅阴雨天，

　　　　　　　日本强盗的坦克开到庄前。

　　　　　　　挨户抓人当向导，

　　　　　　　要打我军进西山。

大　刚　　（唱）我爹就在这里埋地雷，

　　　　　　　炸得敌人躺满院。

　　　　　　　掩护乡亲快转移，

　　　　　　　自己落进包围圈。

大　妈　　（唱）单身独人一把锹，

　　　　　　　劈死敌人一大片。

　　　　　　　刺刀穿胸还紧握锹，

　　　　　　　英勇牺牲色不变。

大　刚	（唱）我娘苦熬二十多年，
	盼我继父志，报仇冤。
	十多年来泡在蜜水里，
	忘了苦来也不知甜。
	党的教育，娘的规劝，
	还有王教员榜样在眼前。

娘呀！王杰同志！你们放心吧，大刚从今往后一定：
阶级仇恨永不忘，
终身决不把心变。
（毅然决然，托起木壳教练雷）王教员！你喊口令吧！

王　杰	大刚，你要干什么？
大　刚	带着阶级仇、练！（脱下王杰的鞋）
王　杰	（鼓励地）好！大刚同志，杀你父亲的敌人又把坦克开过来了！你说怎么办？
大　刚	炸掉它！
王　杰	这地上硬？
大　刚	不怕硬！
王　杰	这泥水脏？
大　刚	不嫌脏！
王　杰	这风雨急？
大　刚	没有我报仇的心情急！
王　杰	这地雷重？
大　刚	没有我民兵的决心重！
王　杰	好！（喊口令）做好准备！匍匐前进！布雷地点：正前方二十米，敌人坦克的跑道上！
大　刚	是！保、证、完、成、任、务！

王　杰　　开始!

〔大刚托雷匍匐前进,从左侧下。

大　妈　　(欢欣地)瞧呀,王教员,就跟他爹当年当民兵一模一样!

王　杰　　(观察他的动作)好!好!真不错!

大　妈　　王教员,这可多亏你来给他补课,把他怕苦、怕累的娇病给治好。我该怎么谢谢你呀!

王　杰　　大娘,你别谢我,我要谢谢你们。第一该谢大刚,到底是咱贫下中农的后代,根子正,觉悟快,第二该谢大娘你!

大　妈　　谢我?

王　杰　　谢您老给我也补一课,既是阶级教育,又是革命传统教育。您老真是个好妈妈!王杰向妈妈保证:我们一定接下老一辈手中武器,左手地雷右手锹,紧紧攥在手里边!永不忘本!永不变心!经得起任何风浪,接好革命的班!

〔大刚也带着汗水、泥浆,神采焕发上。

大　刚　　(敬礼)报告!胜利完成任务!

王　杰　　好!好!好!(解毛巾为大刚擦汗)(看表)呀,我该站岗去了!

大　妈　　(指碗)快喝了这碗鸡蛋茶!你再等一等!(匆匆下)

大　刚　　(拿鞋)你的鞋。我这脚上也包了泥,暖和了!
(嘻嘻憨笑)

王　杰　　不,我还没帮你把鞋子补完呢!你留着穿吧,我还有呢。

大　刚　　脑子补好了,鞋子我会自己补。你还是带走吧!(又

	拿起雨衣）还有雨衣！
王　杰	雨又下大了，你还要下田放水。（把雨衣披在大刚身上）等天晴了，再还给我好了。
	（赤脚，捧着木壳教练雷匆忙跑下。）
大　妈	（提一篮子东西）王教员，给！咦，走啦？
大　刚	（望王杰远去的背影，抚摸着王杰的鞋子，感激地）王教员，人真好！
大　妈	孩子呀！你穿了王杰的鞋，可得跟着王杰的脚步走啊！

（幕徐徐落）

注：这个小歌剧，也可以改作快板剧或地方戏演出。

此剧原名《我们的好教员》，柳琴戏后改为歌剧《一心为革命》由音乐家时乐濛谱曲，发表在北京《小剧本》月刊1966年1月副刊号上，并于1966年3月发表在徐州专署文教局共青团徐州编印的《文艺宣传材料》上。后被湖南、山东、安徽等多地剧团用不同戏种上演。

【提要】大队党支部委员徐大江和铁姑娘班班长张小侠响应县委号召，发扬"龙江"精神，组织湖滩生产队社员开展冬季农田基本建设，按照县里规划开挖大干渠，引运河水灌溉大滩洼三万亩农田，扩大水稻种植面积，实现粮食增产增收。为减少开渠占地损失，队委会决定在挖渠的同时，将滩内八十亩荒滩变为良田。生产队队长张治平认为开挖大渠既占用湖滩生产队土地，又挤占队里冬季农田施肥劳力，得不偿失，因此和徐大江产生了矛盾，后来在周大伯、二嫂等人的共同帮助下，转变了思想，团结一致，不但完成了开渠治滩任务，而且保证了农田施肥和春耕生产。

战鼓催春

小戏曲

编剧　高子亮

人　物　徐大江　　湖滩生产队政治队长，大队党支部委员
　　　　张小侠　　铁姑娘班班长
　　　　二　嫂　　妇女组长
　　　　周大伯　　贫农、老铁匠
　　　　张治平　　湖滩生产队队长，小侠的哥哥，二嫂的丈夫
　　　　男女社员若干人

时　间　初春

地　点　靠山湖野马滩上

幕　启　雪后的早晨，靠山湖银装素裹。远处，畦田方方，稻渠成网。

近处野马滩头，红旗招展。舞台一侧为工棚，有当桌凳用的石块，是战湖滩社员们休息的地方。跃进战鼓频催，社员们开滩运土，填洼造田，一派繁忙景象。歌声、号子声响成一片。

（合唱）战鼓催春春来早，

　　　　湖滩雪地红旗飘。

　　　　全县人民学大寨，

　　　　改天换地逞英豪。

（大江在高坡上正掀起一坯冻土，扶锹挺立，擦汗，远望湖滩，豪情满怀地）

徐大江　（唱）一面面红旗迎风摆，

　　　　　一队队人马铺排开；

　　　　　劈滩造田闹革命，

　　　　　山山水水重安排。

　　　　　野马滩它把那干渠阻碍，

　　　　　影响了兄弟社队搞稻改。

　　　　　俺们队支援邻队挑重担，

　　　　　治滩平洼把渠开。

　　　　　立壮志踏平荒滩降野马，

　　　　　喝令河水过滩来，

　　　　　让清清流水穿绿野，

　　　　　稻花千里向阳开。

［铁姑娘班长张小侠，提着一个刨缺的镢头跑上。

张小侠　　大江哥。

徐大江　　小侠啊！（走下坡）你找我做啥？

张小侠　　大江哥，你看。（举刨坏了的镢头）

徐大江	（接过，看后风趣地）嚯！啃硬东西把牙也磨坏啦！你这个铁姑娘班长，干劲可真大呀！
张小侠	为革命种田，支援兄弟队夺高产，谁不卖力呀！你看看。

（唱）突击队一个个精神饱满，
　　　读宝书学路线干劲增添。
　　　顶狂风冒冰雪日夜奋战，
　　　不怕苦不怕累不怕艰难。
　　　铁姑娘练成了铁肩膀，
　　　小伙子练成了铁脚板。
　　　李小兰车拉千斤如猛虎，
　　　健步如飞跑在前。
　　　王大锹赤膊撬冻土，
　　　七根铁撬都压弯。
　　　大伙说，大寨人能战胜狼窝掌，
　　　咱就能治平野马滩。

徐大江	好啊！
张小侠	可是也有人说：（学张治平的腔调）咱们靠山湖里的地都改种水稻了，剩下这点子荒滩还开啥？咱们队粮食跨《双纲》吃饭不用愁，今后么，咱们不骑马，不骑牛，骑着毛驴最自由。（笑）
徐大江	（笑）你是说你哥哥?
张小侠	不是他是谁？（猛抬头见张治平挑筐上）哦，哥哥。（又调皮地）队长同志，快来歇歇吧！
张治平	（好意地）调皮！你这丫头，又在背后出我什么洋相啊?

	（放下筐，小侠接过放在一旁）
徐大江	（笑）哈哈……她是在学你那天在队委会上的发言呢！
张治平	嘿嘿，还学啥！我这毛驴不是也赶上来了嘛！
众	（笑）哈哈哈……
张治平	大江啊！我特来告诉你一个好消息。
徐大江	什么好消息？
张治平	（掏出通知）你看，县委春季大生产会议马上就要召开啦！
徐大江	（接过通知看）那好啊，今年下面准备得早，县委会议再一开，就会像催春的战鼓一样，很快地掀起春耕大生产的高潮。
张小侠	对！
张治平	这一回兄弟队都要来咱队参观。咱们是红旗队，可总要先做好准备啊！我想……
徐大江	咱就是借这个东风，加快治滩的速度。
张小侠	是呀！我们铁姑娘班保证以实际行动迎接县委春季大生产会议的召开，（欲下）（看自己的镢头，为难地）这镢头……
徐大江	等周大伯回来就修理，喏！（指自己的镢头）把我的镢头拿去先用着。
张小侠	哎（跑过来换镢头，见大江的镢头柄上有血迹，惊叫）血！（激动地）大江哥，你的手磨破啦！
张治平	（关心地）磨破啦？
徐大江	（掩饰地）没有呀！
张小侠	你别哄人，给我看看。

徐大江　　（伸出另一只手）看，这不是好好的吗？
张小侠　　那一只呢？
徐大江　　不要看啦，都一样！
张小侠　　我偏要看。（抓住大江的右手）哎呀！虎口震裂，掌上一条条的口子，血都冻结在上面啦！我给你找东西包包。

（欲进工棚取布）

徐大江　　不用啦！
张治平　　（掏出手帕，丢过去）给，包上吧！
徐大江　　不用包，（送回）大寨人的一双铁掌就是这样磨出来的。
张治平　　你呀，还是那股子牛劲！
徐大江　　干革命没有股子牛劲还行？咱拉共产主义的车要一直拉到底啊！哈哈……
张治平　　（好意地打大江一拳）老伙计，我佩服你！哈哈……
张小侠　　我走啦！（扛镢头欲跑下）
徐大江　　回来！
张小侠　　做啥？
徐大江　　昨晚不是研究叫你把拖拉机开过来运土，加快咱们治滩的速度吗？
张小侠　　休息时我就去开来。
张治平　　这……是不是等一等，我回去看看再说。
徐大江　　（取笑地）你是怕嫂子那个妇女组长不给，拧你的耳朵啊！
张小侠　　嫂子才不像哥哥那样做事丝丝囔囔的呢！
张治平　　去去去……开了你的话匣子又没个完！

张小侠　　那我就去把拖拉机开来喽！哈哈……

（跑下）

（大江、治平并坐抽烟）

徐大江　　治平哥，怎么你的思想又犹豫啦？

张治平　　老伙计，不是我这个骑毛驴的思想又作怪，你看天寒地冻的，这滩还能开吗？而且咱们队水稻面积已达总土地的百分之八十以上，只要咱把那些地种好了，产量就能保得住，红旗就能插得牢，开不开这点子滩地……还不是大年午夜逮兔子，有它也过年，无它也过年么？

徐大江　　怎么能这样说呢？这野马滩地虽不多，开出来咱队只能扩大稻田八十亩，可它多年阻碍着咱们公社修大干渠，大干渠修不通，运河里的水就引不过来；水引不过来，邻近社队今年扩大湖洼稻田面积三万亩的任务就无法完成啊！

张治平　　别的队种稻，修水渠不能绕道走？犯得着咱为他们花那么大的气力？

徐大江　　外队绕滩引水，又要多占用多少地，多费多少工啊！治平哥！

　　　　　（唱）兄弟队的困难咱不能不管，

　　　　　　　　为革命就应当争把重担担。

（装上烟，欲和治平接火。治平丢过来火柴，走开。）

张治平　　嗐！

　　　　　（唱）你是咱湖滩队政治队长，

　　　　　　　　咋分不清哪边是咱队里的田？

　　　　　　　　滩里滩外你都管，

	我看你，
	官职不大可管得怪宽！
徐大江	哈哈……
	（唱）地是人民的地，
	天是人民的天，
	滩里滩外都是公社的田。
	干革命怎能分分内分外，
	说什么谁管得宽与不宽。
	我问你，
	今早咱学的啥文件？
张治平	（唱）《纪念白求恩》是头一篇。
徐大江	（唱）白求恩他是哪里人？
张治平	（唱）他是加拿大共产党员。
徐大江	（唱）加拿大离咱们中国有多远？
张治平	（唱）路途迢迢，阻隔着万水千山。
徐大江	（唱）白求恩来中国支援革命，
	难道说他也是管得太宽？
张治平	这……
徐大江	治平哥，咱们不能光想着自己队，也要看远些，要有站在泰山看日出的气魄。
张治平	（不以为然地）我说呀，咱们要实际点，站在野马滩上看日出已经不矮了。
	〔周大伯扛着几根钢钎子兴致勃勃地上
周大伯	大江、治平，你们看，（举钢钎）滩那边跃进大队的贫下中农，听说冰雪封滩，刨地困难，特给咱们送来了这些钢钎子……

徐大江　　太好了！（接过钢钎子，心情激动地）

　　　　　（唱）一根根钢钎表心愿，

　　　　　　　　它寄托着阶级深情在里边。

　　　　　　　　兄弟队急盼咱把滩治好，

　　　　　　　　修通干渠好扩大稻田。

　　　　　　　　咱岂能船到江心收篷转？

　　　　　　　　应当是快马加鞭不下鞍，

　　　　　　　　胸怀世界干革命，

　　　　　　　　担子越重咱越要担。

周大伯　　对呀！治平啊！队里为扩大今年的水稻面积，积的肥堆如山，您家他大嫂子要你回去一趟，研究一下送肥的办法呢。

张治平　　好！我去看看。（欲下）

　　　　　［内拖拉机声，张小侠跑上。

张小侠　　大江哥，大江哥！

徐大江　　拖拉机开来啦？

张小侠　　开来啦。

张治平　　好快呀！

张小侠　　可土运不成了！

　　　　　［男女社员群众随上。

徐大江　　怎么？

张小侠　　开滩遇上困难……

众　　　　碰上大石埫啦！

徐大江　　大石埫？

张治平　　唉！

周大伯　　准是碰上旧黄河淤积的山坡啦！

张小侠　　可不是！

　　　　　（唱）这一塯大石头卧在野马滩，

　　　　　　　　好像那水泥路铺在下边。

　　　　　　　　厚有数尺厚，宽有半亩宽，

　　　　　　　　刨也刨不动，剜也没法剜，

　　　　　　　　有人说要搬掉它像老虎吃天。

张治平　　（抱怨地）开吧！开吧！一冬天的工程白费啦！唉！
　　　　　（气下）

　　　　　（众以不满的眼光望着治平的背影）

徐大江　　怪不得这块滩多年种树不长，种庄稼不收，原来下面躺着这么个东西呀！

周大伯　　（愤怒地）

　　　　　（唱）大石塯呀，野马滩，

　　　　　　　　它折磨咱不知多少年。

　　　　　　　　旧社会穷哥们租债还不起，

　　　　　　　　地主就逼着来开滩。

　　　　　　　　臂折断，腰压弯，

　　　　　　　　多少人死在滩上边。

　　　　　　　　堆堆白骨仇和恨，

　　　　　　　　层层乌云遮住天！

徐大江　　（唱）解放后咱翻身刨穷根，

　　　　　　　　在野马滩上种旱田，

周大伯　　（唱）因为石塯隔断土。

　　　　　　　　庄稼不长苗不全。

张小侠　　（唱）现在咱们旱改水，

　　　　　　　　石塯又挡在咱面前。

众	（唱）它是咱们的死对头，
	新账旧账算不完。
周大伯	（唱）我恨不得一锤砸烂大石崤，
	叫野马降服听使唤。
徐大江	（唱）困难吓不倒英雄汉，
	志坚能使铁石穿。
张小侠	（唱）毛泽东思想威力大，
	咱山能移来海能填。
众	（唱）咱开滩就要开出新天地，
	把荒滩变成高产田，
	支援邻队旱改水，
	为人类造福万万年。
张小侠	大江哥，你说怎么办吧？
徐大江	有办法，（从工棚中搬出箱子，拿出导火索）你们看……
众	导火索……你是想炸掉它？
徐大江	对！我原是准备对付冻地的，现在出现了石头，不利条件就变成了有利条件。石头易崩裂，把石头炸掉了，泥土就容易分开了。大伙的意见怎样？
张小侠	刚才大伙也是这样想的。大江哥，你就决定吧！
众	你就决定吧！
徐大江	好，炸！
周大伯	（拿起钢钎）我去打炮眼！
一青年	大伯，你年纪大了，还是让我们去吧！（夺钢钎）
周大伯	（不给）怎么，你说我老啦！（抡胳膊）瞧，我这胳膊像钢钎一样结实，要和你们小伙子一起干到实现共产主义呢！哈哈……（跑下）

青　年	大江哥，你看？
徐大江	那就让周大伯指挥，大伙一块干。
青　年	是！周大伯，周大伯！（扛锤追下）
张小侠	那爆破的任务就交给我吧！王杰地雷班教了我们爆破技术，现在是一次现场实验。（拿过导火索欲走）
徐大江	不，为了预防危险，让我先去摸摸石崄的脾气。（拿回导火索欲下）
众	走！（齐下）

　　[二嫂气喘吁吁地跑上。

二　嫂	大江，大江！
徐大江	二嫂，你怎么来了？治平哥不是回去了吗？
二　嫂	回去啦，可他……
张小侠	他怎么着？
二　嫂	他左转转，右看看，见肥多塘满，堆积如山，算了算账呀……
徐大江	他就喜啦？
二　嫂	不，他发愁啦！
张小侠	愁啥？
二　嫂	愁肥多送不光呀！
徐大江	你该和他计划计划呀！
二　嫂	咳！别提啦！ （唱）刚才治平回到家， 　　　　冲我就把脾气发。
徐大江	为什么？
二　嫂	（接唱）说什么入春送肥任务紧， 　　　　悔不该把拖拉机给小侠。

张小侠　　不是队委会决定支援河滩运土的吗？哥哥怎么又变卦啦？

二　嫂　　（接唱）他说是碰上石堉没法治，

　　　　　　　　　开滩的任务得停下。

众　　　　停下？

徐大江　　那群众的意见呢？

二　嫂　　（接唱）因为大伙不同意，

　　　　　　　　　他跟我闹气来吵架；

　　　　　　　　　我特来滩上问一问，

　　　　　　　　　队委会为啥变计划？

　　　　　（白）大江，你说说，这野马滩到底还开不开？

徐大江　　咱们湖滩地区闹革命，旱改水是主要方向，怎能碰到困难就不开滩了呢？问题是治平哥他没信心。

二　嫂　　哦！我也琢磨到这点儿了。这样吧，我是吃了秤砣铁了心，不回去啦，就在这里和大伙一起干。

徐大江　　哈哈……怎么能不回去呢？二嫂！

　　　　　（唱）咱队里连年丰收成绩大，

　　　　　　　　治平哥自满的情绪露了芽，

　　　　　　　　保荣誉不敢大步闯，

　　　　　　　　见困难就想把马下。

　　　　　　　　好铁也得多锤打，

　　　　　　　　树经修理才更佳。

　　　　　　　　革命熔炉能炼红心，

　　　　　　　　春风会吹开满园花。

　　　　　　　　二嫂呀，

　　　　　　　　你不要光和他吵架。

	要热情耐心帮助他。
张小侠	是呀!
二　嫂	要不,你跟我回去一趟,咱们好好地和他谈谈。(拉大江)
张小侠	那怎么行呢?开劈野马滩遇到困难,大伙等着大江哥去解决呢。走吧!(拉大江)
周大伯	(上)大江啊!炮眼打好啦,就等着你去爆破呢!
徐大江	好!二嫂,你先在这里歇一歇,我到滩上去一下就来。(和小侠下)
周大伯	(拿起小侠的镢头)我去把这镢头给修一下,准备继续战斗。(进工棚)
二　嫂	(不安地)大伙都忙着大打农业翻身仗,我怎能坐得住呢?哎!(发现治平丢的桃子,担起)我准备和大伙一起运土去。(欲下)
张治平	(上)哎呀!我找了半天,她还跑到这儿来啦!(喊)孩子她娘,你哪去?
二　嫂	(回头)等石塥炸开后好运石挑土哇!
张治平	嗬!别狗咬耗子多管闲事啦!
二　嫂	怎么着?开滩造田夺高产是闲事?什么是正事?我又不是不劳动在家里看孩子?(放下挑子)
张治平	(走近)看看,看看,你想哪里去啦!我是说家里正等着运肥,你这个妇女组长能擅离岗位吗?
二　嫂	哼!你看着滩不想治,还想借送肥来拖大伙的后腿啊?不听你的!(挑起担子又走)
张治平	(拦住)你……
二　嫂	干什么?

张治平　　你还不回去？

二　嫂　　回去？没那么容易，你几时想通了我才走呢！

　　　　　（甩开又走）

张治平　　（抓住筐，拖二嫂）我偏叫你回去！

二　嫂　　（挣脱）我偏要走！

　　　　　〔二人纠缠不休。

　　　　　〔二嫂生气甩掉挑子，把治平闪倒。

张治平　　（怒欲发作）你……

　　　　　〔周大伯从内出，见状，上前扶起治平。

周大伯　　（幽默地）大侄子，你们这是唱的哪出戏啊？

二　嫂　　他……

张治平　　她……（冲向二嫂）

周大伯　　（拦住治平）看，家里吵完了又到湖里来吵，你这个当队长的，可要带头尊重妇女。

张治平　　（委屈地）谁欺负她啦？

周大伯　　那你发什么火呀？慢慢地说嘛！

二　嫂　　是啊！请周大伯评评理。

张治平　　大伯，你说说，春耕该不该送肥？

周大伯　　嗯！

张治平　　我叫她回去该不该？

周大伯　　嗯！

张治平　　怎么样？周大伯都没得说的，你还不回去！（拉二嫂）

二　嫂　　（甩掉）你那是一面理，我还没讲呢！

周大伯　　对！

张治平　　你讲。

二　嫂　　大伯，为了建成稳产高产田，你说这野马滩咱该不

		该开？
周大伯		该开。
二　嫂		炸开大石塝，修通大干渠，支援邻队旱改水。你说该不该搞？
周大伯		该搞。
二　嫂		他只看一点，不顾全局，光抓运肥想停止开滩。你说这事对不对？
周大伯		不对，不对，大大的不对。
二　嫂		（向治平）你听听……
张治平		大伯，刚才你对我的意见不是还"嗯嗯嗯"的，怎么？
周大伯		你刚才只说了个表面，我当然只好"嗯嗯嗯"。他二嫂说到了根本，我只觉得是个理儿，当然要说"对对对"喽！
张治平		（火起来）不管怎样说，我的决心是下定了。
周大伯		怎么着？
张治平		这开滩要坚决停工。
二　嫂		停工？
周大伯		停工？队委会讨论了没有？
张治平		没有？
周大伯		贫下中农通过了？
张志平		没有。
周大伯		党支部决定啦？
张治平		也没有。
周大伯		那你怎能自作主张呢？
张治平		大伯呀！

　　　　　　（唱）催春战鼓响咚咚，
　　　　　　　　　兄弟队要到咱队来取经。
　　　　　　　　　治荒滩目前是困难重重，
　　　　　　　　　对咱队收益少又多费工。
　　　　　　　　　倒不如集中全力把肥送，
　　　　　　　　　砍倒树捉老鸹保住产量才光荣。
　　　　　　　　　我再给支部和党委写申请，
　　　　　　　　　兄弟队大协作咱再动工。

周大伯　　这样做怎么能行呢？
　　　　　　（唱）停开滩不修渠怎么把水送？
　　　　　　　　　兄弟队大面积稻改咋完成？
　　　　　　　　　岂不是抓了芝麻丢西瓜，
　　　　　　　　　因小失大误春耕？

二　嫂　　（唱）怪不得人说你思想保守，
　　　　　　　　　像骑毛驴乱晃悠不敢大步冲。
　　　　　　　　　你只讲保荣誉不讲革命，
　　　　　　　　　怎不觉得面皮红？

张治平　　（委屈地）唉！
　　　　　　（唱）多少年我辛辛苦苦干革命，
　　　　　　　　　领社员旱田改水把产增。
　　　　　　　　　过去咱亩产从没过百斤，
　　　　　　　　　现在是亩产千斤还挂零。
　　　　　　　　　社员们户户银行有存款，
　　　　　　　　　队里边添了抽水机、粉碎机，
　　　　　　　　　还买来了铁牛把地耕。
　　　　　　　　　我一副肝肠队里挂，

		你说我不为革命难想通！
周大伯	（生气地）治平啊！	
	（唱）你不要在功劳簿上睡大觉，	
		动不动喊你的"功功功"。
		人家大江才是真正一心为革命，
		哪里艰险哪里冲。
		建电站带头破冰跳下水，
		修干渠一挑四筐还嫌轻；
		战荒滩铁锹辗长又磨短，
		撬冰冻震裂虎口不顾疼。
		十年如一日干革命，
		你见过人家在哪里摆过功？
	（白）要说有成绩，那也是党的领导，毛主席革命路线的正确，群众艰苦奋斗的结果，怎能归功于你个人呢？	
张治平	这……	

〔滩上一声炮响。张小侠跑上。

周大伯 二 嫂	（关切地）小侠，那石崎炸开了吗？
张小侠	没有。
张治平	我说是白费劲么！
张小侠	怎么能说是白费劲呢？这次试验，大江哥帮我们找到了石头的纹路，按照这个办法，再炸几炮就能炸开了。
张治平	炸开，炸开，等你炸开还不知要到什么时候呢！
张小侠	没有调查没有发言权，你不要光泼冷水。周大伯，导

	火索呢？
周大伯	（搬开箱子）在这儿。
	（张小侠欲拿）
张治平	（拦住）别拿了。
张小侠	为什么？
张治平	我马上和大江商议一下，把治滩的工程暂停下来，你先把拖拉机开回去运肥。
张小侠	停下来，你刚才不是同意把拖拉机开来的吗？
张治平	刚才是刚才，现在是现在。
张小侠	现在怎么样？
张治平	现在要集中一切力量抓运肥整地，你先把拖拉机开回去。
张小侠	你朝令夕改，碰着困难就止步，擅自改变队委会的决定，我才不听你的呢！
	〔拿起导火索就走。
	〔治平夺下。
张治平	走……
张小侠	我就是不走，就是不走！
张治平	你……
二　嫂	（支持小侠）别理他。
张治平	（气向二嫂）你……
张小侠	（支持二嫂）别怕他。
张治平	你们俩是串通一气对付我啊！
	〔徐大江上。
徐大江	怎么啦，治平哥？
张治平	看看吧！都不听我的啦！

张小侠 二嫂	你说得不对当然不听喽!
徐大江	到底是怎么一回事呀?
周大伯	他叫小侠把拖拉机开回去运肥,把劈开野马滩的任务停下来,叫我们下马。
徐大江	下马?
张治平	是,是应该下马。我已经给党委写了报告,(递报告,大江接过)你要同意就签个字。
徐大江	(看了看报告)我看这理由不充分。
张治平	怎么不充分呢?开滩和运肥是矛盾的,不停止开滩,怎么能集中力量送肥?
徐大江	不停止开滩也同样能送好肥,只要我们能抓住主要矛盾,一切问题就迎刃而解了。
张治平	你说说这主要矛盾在哪里?
徐大江	我看,是在你的思想上。
张治平	在我的思想上?
徐大江	嗯!由于咱队连续六年超《纲要》,今年亩产又跨《三纲》,你认为生产到了顶,就满足现状,产生了你的那"骑着毛驴最自由"的思想,不想继续革命。你思想上是个"满"字,行动上是个"保"字,而根子却是个"私"字。
张治平	我有"私"字?
徐大江	只顾本队,不顾全局。这就是放大了的"私"。
张治平	(不满地)你说我为"公"也罢,为"私"也罢。我总不能看着肥不送?我是生产队长,我要为生产负责。
徐大江	谁又不负责呢?难道根治野马滩,为子孙万代造福不

是负责吗？突击队顶风冒雪日夜奋战，两天土方一天完不算负责吗？妇女组多积肥支援扩大水稻面积，多打粮食，为革命多贡献，这也不算负责吗？你不要光为你个人负责，咱要为党负责，为革命负责啊！

张治平　看来拖拉机不能抽回去了？

徐大江　不能抽回去！

张治平　人不能调回去？

徐大江　不能调回去！

张治平　扩种水稻不能下马？

徐大江　不能下马！这"上马""下马"虽一字之差，却代表两种思想、两条路线啊！小侠，给！（递导火索）按咱们刚才研究的劈滩路线，用连环雷轰滩。

张小侠　是！

　　　　〔接导火索欲下。

徐大江　小侠啊！这次和试爆不同，连环雷要从滩那边一直炸到这里，要特别谨慎。让大伯帮助你，叫群众隐蔽好，我马上就去。

张小侠　是！这次一定要炸它个干净彻底！

　　　　〔和大伯同下。

二　嫂　小侠，咱们一道走！（追下）

徐大江　治平哥，咱们也去看看。

张治平　不，你是大队党支部委员，又是政治队长，今后全当没有我这个生产队长，你看着怎么好就怎么办吧！

　　　　〔向另一方向欲下。

徐大江　（严肃地）老张同志！

张治平　（惊立）

徐大江　　（走向治平）老张，你怎么能说这种话呢？

　　　　　（唱）咱们是两只苦瓜一个藤，

　　　　　　　　在旧社会同受苦难的阶级弟兄。

　　　　　　　　党培养咱一道工作参加革命，

　　　　　　　　为社会主义建设打冲锋，

　　　　　　　　遇到困难争着上，

　　　　　　　　两个人团结一心像一条绳。

　　　　　　　　五九年开垦湖滩搞稻改，

　　　　　　　　获得了旱田改水的好收成。

　　　　　　　　六四年又学习大寨扩大稻改，

　　　　　　　　你拼着命带头冲。

　　　　　　　　现在咱根治荒滩继续革命，

　　　　　　　　你为啥却反复阻碍想不通？

　　　　　　　　你把咱队看作你的小天地，

　　　　　　　　搞本位避艰险为的是自己名利。

　　　　　　　　同志啊，你要清醒，

　　　　　　　　要继续革命立新功。

　　　　　　　　要看到，

　　　　　　　　世界上还有多少阶级兄弟还未解放，

　　　　　　　　"帝修反"还和咱拼死斗争。

　　　　　　　　为了解放全人类，

　　　　　　　　要不畏艰险向前冲，

　　　　　　　　彻底埋葬帝修反，

　　　　　　　　赢得全球一片红！

张治平　　（沉思）

　　　　　〔张小侠跑上，大伯、二嫂随上。

张小侠　　大江哥,炮都点着啦!

徐大江　　点着啦?

周大伯
二　嫂　　是!

徐大江　　我去迟了。(向众)注意炮数,隐蔽!

　　　　　(众隐蔽)

　　　　　［滩上连珠炮响,硝烟滚滚,众数着炮:一、二、……三十。

徐大江　　怎么靠近的这一炮没响?

张小侠　　这……

周大伯　　我去看看。(欲下)

徐大江　　(阻拦)这危险,我来干!

张小侠　　我去!

徐大江　　服从命令,谁也不准离开工棚!(跑下)

二　嫂　　真糟糕!小侠,这一炮怎么哑啦?

小　侠　　刚才哥哥和我夺导火索,破漏了一点头,我以为能行,谁知……

二　嫂　　(冲向治平)你呀!……

周大伯　　(拦住)算啦!算啦!

张治平　　唉!(心情沉痛地)

　　　　　(唱)愈思想愈觉得羞愧满面,
　　　　　　　　又悔恨又悲痛心潮浪翻。
　　　　　　　　见队里大丰收我骄傲自满,
　　　　　　　　心中里不想再继续来治滩。
　　　　　　　　假借送肥来保产,
　　　　　　　　不愿对外队来支援。

>   我辜负了毛主席的教导党的培养，
>   辜负了贫下中农的心愿。
>   我要下决心破私立公干革命，
>   彻底改造世界观，
>   为革命，挑重担，
>   沿着毛主席的革命路线我永向前。

周大伯　看，大江上去了！

张小侠　点火啦！

张治平　（担心地，喊）大江，小心点！

周大伯　隐蔽！

　　　　［大江飞身跃下。
　　　　［一声炮响。
　　　　［众上。

众　　　成功了！成功了！

张治平　（走近大江，紧握大江的手，激动地）大江，你狠狠地批评我吧！

徐大江　你能认识错误，改正错误，就仍是好同志！

　　　　（二人紧紧地握手）

张小侠　大江哥，现在就按你的计划运土吧？

周大伯　什么计划？

张小侠　运土填洼，回来带肥，这样一举两得。

张治平　好，大江，你们点子真妙啊！我算服了你哩！

二　嫂　我们也有个计划。

张治平　什么计划？

二　嫂　运肥队从湖里回来，走滩上捎土填洼，这叫运肥不空担，时短效率高！

张治平	你这个半边天,真不简单啊!
二　嫂	这是大伙想的,我一个人怎能想出来?群众是真正的英雄嘛!
张治平	对!
徐大江	治平哥,你那个报告?
张治平	作废!(接过,撕碎)我这个骑毛驴的思想可再也要不得啦!(众笑)
徐大江	好!同志们,毛主席教导我们:"中国应当对于人类有较大的贡献。"我们要争分夺秒开滩运肥迎接春耕。
从	对!争分夺秒,开滩运肥,迎接春耕。(幕后锣鼓声)
周大伯	大江,你看滩那边红旗招展,书记带着兄弟队支援咱们来了。
张大江	好!
张治平	小侠,把拖拉机开到滩上去,(自己挑起四个筐)同志们随我来。

战鼓紧催,幕后唱前曲(众随大江亮相)

(幕徐落)

1972 年 10 月

【提要】李师傅和徒弟大桥吊装组组长陈大虎负责运河大桥的桥梁吊装任务，李师傅主张按照以往经验和施工工艺在运河上做支架封航道进行桥梁安装。这种办法施工周期长，航道无法通行，直接影响下游地区的经济建设，上级和航道管理部门不同意。为解决航道正常通行和大桥安装的矛盾，陈大虎提出吸收外地的成功经验，采用无支架吊装工艺，最终解决了吊装和通行的矛盾。

彩虹飞架

小戏曲

编剧　高子亮

时　间　1972 年秋

地　点　中运河上

人　物　陈大虎　　大桥吊装班班长，李师傅的徒弟，党员

　　　　丁师傅　　大桥吊装组组长，党支部委员

　　　　李师傅　　大桥吊装组副组长，设计人员

　　　　二　嫂　　航道员，李师傅的妻子

　　　　凌　云　　工人，联络员

　　　　工人群众若干

［运河大桥吊装工地一角，有简易工棚，内有电话、广播、桌凳。棚后，大吊塔巍然耸立，塔上有"鼓足干劲，力争上游，多快好省地建设社会主义"大字标语。）

［远处　大运河波浪起伏，一排桥墩矗立水面。
［幕启　工地上红旗招展，一派繁忙景象。
（工人们拿着撬棍等吊装器材走过）

凌　　（拿停航的信号灯上）

（唱）阳光灿烂战旗红，
　　　焊花飞舞机声隆。
　　　巍巍桥墩浮水面，
　　　高高吊塔耸云中。
　　　轮拖送料船来往，
　　　建桥工人忙不停。
　　　多快好省搞建设，
　　　喜看运河跨彩虹。（擦信号灯）

虎　　（内喊）凌云。

凌　　（望高空）哦！陈班长。

［陈大虎带查线工具英姿勃勃地上。

凌　　陈班长，你又上高空查线啦？

虎　　嗯！我把钢缆加固了一下，准备吊桥梁。

凌　　昨天李师傅听说你要这样架桥，气得又皱眉头又瞪眼，（学李声）大虎这孩子又要给我闯祸啦！哈哈哈……

虎　　李师傅对这种吊装法还未想通呢！

凌　　所以呀，他今早就要打桩架排架，（亮灯）叫升起这信号灯停航呢！

虎　　停航！（接过信号灯）这怎么能行呢？停了航，上下游的运输可都要受影响啊！

凌　　可李师傅说，内河架桥没有不停航的，非叫把停航的信号升起不可。

虎　　我看还是停一下吧！丁师傅说：这事得认真研究。
（把灯递给凌云）

凌　　好。（提灯欲下，李师傅从另一侧上）

李　　凌云呀，你怎么又把信号灯拿回来啦？

凌　　李师傅，刚才陈班长说……

虎　　（迎上）师傅，这停航的信号灯是不能升呀！

李　　为什么？

虎　　这运河港每天要过三四十个轮拖队，向上、下游运送两三万吨货物。

李　　你管得倒宽。咱们的任务是架桥，不停航不安全。（向凌）凌云，你还是把它升起去。

凌　　（犹豫地）这……

虎　　师傅，停航的问题，大桥指挥部党支部未决定，也未给有关部门商议，怎能就这样做了？

李　　这……（无词）（但不愉快地）就依你的。凌云，你先去航道站联系一下。

凌　　是！（把信号灯挂在工棚柱上，下）

李　　大虎子，你领人打排架去吧！

虎　　师傅，这次吊装，怎么还要打排架？

李　　我不是多次跟你说过么："吊装要把三道关，打好排架等好天，河不断航别架桥，免得吊装出危险。"

虎　　（重复一遍）嗬！这么多的条条道道。

李　　（自得地）这是我多年架桥的经验，你可得牢牢地记住呀，哈哈……

虎　　师傅，你这个经验，我有点想不通。

李　　　怎么想不通？

虎　　　就说这打排架吧，费工、费料、费时间，又阻碍航道交通，不能改变一下吗？

李　　　几百年都是这样干的，书上也写着哩！怎能改呀？

虎　　　（着急地）师傅！

（唱）大伙们对架桥日夜盼望，
　　　争分秒抢时间要尽快吊装。
　　　材料组顶风冒雨保供应，
　　　运输组日夜水上运料忙。
　　　拼装台铁工木工齐奋战，
　　　彻夜里焊花飞舞放银光。
　　　大吊机，在河上，
　　　伸着胳膊等着吊桥梁。
　　　咱怎能勒住骏马不撒缰，
　　　单膊摇橹慢慢晃晃？

李　　　"心急喝不了热乎粥。"路总得一步步地走么！

虎　　　全县百万人民，眼巴巴地等着大桥建成，好连接邳睢邳苍公路，便利两省的交通，咱吊装不能快点呀？

李　　　离了打排架，还能有什么好办法？

虎　　　我们大伙提的那个无支架吊装方案呢？

李　　　（摇头）不行呀，想不搞排架支撑，靠一根钢缆，吊装几吨重的桥梁，这不是瞎想么？

虎　　　瞎想，我看也不见得。丁师傅就同意这样吊装！

李　　　老丁虽然抗美援朝时在咱部队当过几年工兵，但也没搞过无支架吊装，怎能想到其中的困难？

虎　　　指挥部不是也多次来做过调查研究了吗？

李　　研究也不会批准的。

虎　　为什么？

李　　大虎！（唱）
　　　　　无支架搞吊装太冒风险，
　　　　　咱不能拿国家建设耍着玩。
　　　　　老年人走路离了拐棍，
　　　　　怎能不把筋斗翻？

虎　　（唱）无支架钢缆是铁腰杆，
　　　　　腰杆硬就不怕把筋斗翻。

李　　（唱）用这玩意儿咱没经验，
　　　　　小孩学步要慢向前。

虎　　（唱）小燕展翅就天上飞，
　　　　　咱不该春蚕做茧把自己缠。

李　　（唱）风浪里行船太冒险。

虎　　（唱）为革命不能怕激流险滩。
　　　　　要敢于创新大胆干。

李　　（唱）我不能容你来闹玄。
　　　　（白）大虎呀，生铁不能硬充钢，没样子不能造桥梁，走路应拣熟的走，轻车熟路才稳当。

虎　　师傅，生铁冶炼能成钢，桥梁没样咱能创造出桥梁，只要符合多快好省，新路为啥不敢闯？

李　　闯闯闯……我设计建了多半辈子桥，从没出过事，你要给我闯出事来，叫我这老脸往哪里搁？

虎　　师傅，咱也不能为了怕出事、顾面子，就不敢革新呀？！

李　　（不高兴地）你别跟我胡缠啰！我不同意你那样吊装！

虎　　（不满地）我找丁师傅去！（下）

李　　唉！这孩子哪点都好，就是闯劲上来了就没治。

凌　　（上）李师傅，停航的事谈不通。

李　　你跟他们讲讲咱们吊装的需要嘛！

凌　　我讲啦，可他们说大运河是一条重要的航道，停了航好几个省都要受影响啊！

李　　（不满地）哼！他们倒怪会强调部门业务。

凌　　人家说咱要停航才是本位主义思想呢！

李　　我本位主义思想，这是他们哪个领导说的？

凌　　还用人家领导说，一个航道员就把我给顶回来啦！人家还要来找你算账呢！

李　　找我算账，他是谁？

凌　　（故意逗趣）这个人和你很熟悉。

李　　（认真地）和我很熟悉……叫什么名字？

凌　　（忍不住）哈哈……就是你家二嫂。

李　　哦！是那个犟老婆子。

凌　　（故意逗趣）你可要小心啊，大婶正发你的狠呢，说你要不让通航，回家不给你饭吃，还要和你没个完。

李　　（不耐烦地）去去去……

凌　　（学舌）去去去……哈哈哈！

李　　调皮！（欲追凌，凌笑下）

李　　我得和他们领导谈谈。（拿起电话）接航道站，找负责人谈话。

［二嫂从李背后上。

嫂　　同志！（认出是李，向观众）还是他呀！（向李）哎！跟你联系个事儿。

李		等一等。
嫂		有急事嘛！
李		（不耐烦地）我的事更急！
嫂		你……
李		我怎么啦！（抬头见是嫂）啊！是孩子他娘啊！（又急向电话）不，别误会同志，我是跟我老婆说话，不是说你……嗯！航道站的电话不要了。（放电话）
嫂		你今天怎么啦？瞧你那个冲劲，像吃了爆仗药似的！
李		（赔笑）别生气，坐坐……我以为谁在逗我呢！
嫂		正经事都办不了啦，还有空和你闹着玩？
李		你准是来找我算账的吧！
嫂		账是要算的，可我们领导叫我带几只船来，支援大桥吊装，你先给我们分配一下任务吧！
李		（高兴地）孩他娘，你真会办事。我刚想布兵遣将，你这个先行官就来了！
嫂		嘿！你啰嗦个啥呀！快说叫我们干什么！
李		那就先帮助在水上打桩吧！
嫂		打桩？（唱） 　　俺接任务今晚上有船过港， 　　你却布置主航道水面打桩。 　　河道阻塞不通畅， 　　俺是停航还是通航？
李		那边不是留了一孔么！
嫂		（接唱）那孔道窄水又浅， 　　八百吨货轮怎过港？
李		那……那通知他们等七天以后再过。

嫂	七天以后？连一天也不能等啊，这轮拖装的是重要物资。
李	重要物资也不行呀，内河建桥，必须停航。
嫂	这是哪一级的规定？
李	这……这是我的设计。
嫂	你的设计，你呀！ （唱）你搞设计应该多为整体想， 　　　　眼光短该登上吊塔向远望。
李	（唱）我做衣衫总得合我自己的体， 　　　　你做鞋也不能把旁人的脚来量。
嫂	（唱）你下棋也能光顾一个子？
李	（唱）我总不能自己给自己把军将。
嫂	（唱）你本位思想太严重！
李	（唱）我为建桥负责有啥不应当？
嫂	（唱）你呀！真像个刨不开的榆木疙瘩。
李	（欲发作）你呀！
丁	（拿吊装方案上，幽默地）怎么老两口子又闹气啦？
李	（不好意思，掩饰地）没啥。老丁，她带船来支援咱们吊装的！
丁	那好啊！老嫂子亲自来参加战斗，你可要好好地安排哟！
嫂	还安排呢！我一来他就跟我接上火啦！
丁	接上火啦？
李	没什么，就是小问题。
嫂	是大事。
李	（急，不想让嫂说露）孩子他娘……

嫂　　公事公论！谁和你拉关系。
丁　　就让大嫂爽快地说吧！
李　　（不满地，白嫂）哼！
嫂　　老丁啊！你给俺评评这个理儿，他说主航道桥梁吊装要停航七天，大轮拖不能过，这怎么能行呢？
李　　七天，这还是跃进速度呢！按理在中运河二百多米宽的水面上架双曲拱桥，得要停航二十一天才行呢！
嫂　　你听他那个冲劲。老丁，港口的情况你熟悉，你说说不通航能行不？
丁　　是不行啊！停了航，货物运不出，下河地区人民的生活受影响，淮阴、扬州、镇江三大火力发电站供不上煤就要停电，这可是直接影响工业生产的大事啊！
嫂　　（旁白）这才像个理儿。
李　　他们不能走津浦路经长江转运？
丁　　津浦路运量已经超额，咱怎能再给人家增加负担？
李　　那就走陇海路由新沂转运也行啊！
丁　　转汽车运输，国家不又要多费财力、物力、人力？
李　　这不行，那不行，你说怎么办？
丁　　指挥部认为只有加快吊装速度。
李　　再快也得七天时间。不然，排架打不好，怎么吊装？
丁　　要是用大虎他们提的无支架吊装方案呢？（递方案给李）
李　　这……
嫂　　什么叫无支架吊装呀？
丁　　嫂子，你看，（指远处）这运河上不是横拉着一根钢缆吗？就用这道钢缆承担吊上来的桥梁重量，不搞木架

	支撑，这样省工、省料、省时间，又可以迅速通航。
嫂	这办法很好啊！
李	老丁啊！你不是开玩笑么！俗话说："塘里的小鸭难入海。"年轻人的设想，能靠得住吗？
丁	你没见"雏鹰展翅破长空"？年轻人只要为革命着想，是大有作为的。
李	你是党支部委员、吊装组长，责任重大，对这方案，可要认真考虑啊！
丁	老李（唱）

    我反复研究了这个吊装方案，
    年轻人有壮志令人喜欢。
    陈大虎为这事三访无锡，
    日夜里想办法刻苦钻研。
    找根据又通过具体实践。
    措施当方向明计划周全。
    指挥部决定采纳他的意见，
    彩虹飞架在今天，
    指派你我齐参战。

李	叫我也参加？
嫂	你是要参加，好解放解放（指头）这个哟！
丁	（接唱）带青年练红心在风口浪尖。
嫂	那吊装时间？
丁	今晚八点钟前合龙。
嫂	那就更好啦，航道问题能彻底解决啦！（激动地）老丁，等大桥合拢后，我犒劳犒劳你们，请你们到我家吃饺子！

丁　　（双关地）老李哥要同意，（撇李手中方案）我就准去。

嫂　　（向李）你，你想什么呢？说话呀！

李　　（正看方案，心不在焉地）我说什么呀？

嫂　　请老丁他们去咱家吃饺子。

李　　这个……（急点头）好好……

嫂　　（白李一眼）看你这丝囔劲儿……

丁　　哈哈哈……

嫂　　那我们今天的任务？

丁　　运桥梁吊装。

嫂　　好！（欲下）

丁　　可别忘了合龙后请客啊！

嫂　　忘不了。（笑下）

　　　　〔丁大笑，陈大虎上

虎　　丁师傅。

丁　　大虎，吊装准备得怎么样了？

虎　　准备好了，就等指挥部的批示。那方案……

丁　　老李，你跟他说。

李　　这……（递方案给虎）批准啦！

虎　　（接方案，心情激动地）

　　　（唱）我早也想来晚也盼，
　　　　　心情激荡似狂澜。
　　　　　三秋久旱飞来雨，
　　　　　润透禾苗心内甜。
　　　　　党支持使我浑身都是胆。

丁　　（唱）大虎呀！

> 　　要不怕苦，不怕难，
>
> 　　胆大心细冲上前，
>
> 　　用毛泽东思想指航向。

虎　　（接唱）定叫彩虹飞上天。

　　　（急不可待地）丁师傅，什么时候动手？

丁　　问你师傅。（向李）老李啊！我去全面检查一下吊装情况。

李　　（点头）（丁下。）

虎　　师傅，咱们马上就吊装吧？

李　　（沉思，犹豫地）我总觉得这太冒险了。

虎　　无锡建桥工人兄弟已为我们提供了无支架建桥的先进经验，这怎么能算冒险？

李　　无锡是无锡，咱县是咱县。他们用无支架吊装的只是一孔桥，咱们的大桥连跨水面三孔，河面宽二百公尺，这能相比吗？

虎　　问题不在于一孔三孔，关键是钢缆能不能受得住桥梁的重量。根据咱们在侧孔吊装的情况，钢缆是能承得住的。

李　　那是我搞得双排架起了作用。

虎　　桥梁合龙时三节大梁都是悬空的，说明排架并不分担力量。你不是亲眼看到了？

李　　这……这也得预防万一么！

虎　　万一是应当顾虑，但也不能忘了一万呀！

李　　什么一万？

虎　　以二百元一立方木料算，五十立方就是一万元。你开始主张满堂排案，得用四百立方木料，要八个一万

	元。后改成多排架，仍要用五十立方木料，还得一万元。咱要用无支架吊装呢，就省了这一万元，这笔账怎能忘了算呢？
李	这……（理屈，强词夺理）可是"吊装如玩虎"，为了保险，费几十方木料，多花几个钱也是值得的。
虎	师傅，我真不懂，县委要我们"多快好省"建大桥，你为什么偏要搞"少慢差费"呢？
李	（怒）你说我搞"少慢差费"？我辛辛苦苦地为大桥设计吊装，想不到你却给我扣了个不执行党的指示的罪名。好啦，你长了翅膀出飞啦，看不起你师傅了！你爱怎么吊装就怎么吊装吧！（甩方案进内）
虎	师傅……（止不住心情激动地）

（唱）一句话师傅跟我翻了脸，
　　　使这次吊装工作又添困难。
　　　我心急想加快速度把桥建，
　　　师傅他却怕这怕那不敢向前。
　　　说什么打桩停航才保险，
　　　重重关卡把我拦。（沉思地）
　　　矛盾和斗争难避免，
　　　大海无风也起波澜。
　　　我岂能望见高山就下马，
　　　碰到顶风就停船？
　　　党叫我胆大心细闯新路，
　　　我应该快马加鞭不下鞍。
　　　为全人类解放献青春，
　　　让五洲四海红旗展。

	（拾起方案）我还得找师傅谈谈去。〔丁师傅上
丁	大虎。
虎	丁师傅。
丁	你师父呢？
虎	他嫌无支架吊装不保险，留恋打排架，我说他违背了多快好省的精神，他就甩掉方案和我崩啦。
丁	他那个自以为是的老毛病又犯啦！
李	（从内出）哦！老丁也在说我呢！（听）
丁	大虎呀！
	（唱）你师父虽然有缺点，
	可为革命出了不少力和汗。
	淮海战役打蒋匪，
	他和我随解放军架桥支过前。
	解放后经手设计了不少桥，
	为社会主义把砖瓦添。
李	（内喜）这样么！才是老朋友对我的正确看法。
丁	（唱）现在他为保荣誉怕风险，
	怕出事，顾脸面，
	思想保守脚步慢，
	扭扭捏捏不敢大步冲向前。
李	这话说到我心里去了。
丁	（唱）话说透了他心自明，
	工夫到了铁石穿。
	思想问题不能命令，
	要耐心帮助你师父转过弯。
	用党的路线教育开心锁，

	团结他继续革命勇向前。
虎	是呀！
	（旁唱）丁师傅语重心长作指点，
	我不能性太急方法简单。
李	（内唱）老丁他一分为二把我看，
	我心服口服话难言。
虎	（旁唱）我得去把师父找。
李	（旁唱）我要和老丁细细谈。（走出）
虎	（迎上）师傅……
李	（避开，向丁）老丁啊！咱们是老朋友，你知道我的心。我不想搞无支架吊装，是为了大桥的安全，可不是不听党的指示。
丁	这我知道，可你是党培养的建桥工人，又是吊装组的副组长，党培养你，信任你，在吊装关键的时候，你却为个人意见被否定而闹意气，撂挑子，这对党是什么态度？不该好好地想想吗？
李	这……
丁	你觉得你是师傅，叫徒弟顶撞了面子不好瞧。这是旧思想在作怪。拿这次吊装设计来说吧。大虎的方案很符合咱们的实际需要，道路是正确的。"青出于蓝而胜于蓝"嘛！我们不该放下架子向青年人学习吗？要当好师傅必先当好学生啊！
李	这……
虎	师傅，你对我有什么意见就请当面批评吧！
李	（激动地）孩子，老丁对我的批评很对，你没错。
虎	（拿出方案）这方案……

李	就试试看吧！我做你的助手。
虎	（激动地）师傅……
丁	好！（递指挥旗给虎）你就大胆地干吧！
虎	丁师傅，我在桥上安装，你指挥大吊机起吊。李师傅负责观测。
李	是！

［凌云跑上。

凌	陈班长，找我干啥？
虎	你联络报告情况。
凌	是！
虎	（挥动红旗）起吊！

（丁、凌、虎下，李拿经纬仪观测。）

（马达轰鸣，大吊机吊着一付桥梁飞过。）

（幕后合唱）

  马达隆隆吊机响，

  大桥工人吊装忙。

  对对桥梁高空起，

  焊花闪烁映朝阳。

（李看经纬仪，不时发出"向左""向右""好好好"的喊声。）

（风起，凌云跑上）

凌	李师傅，不好啦！
李	（惊问）什么事？
凌	咳！（唱）你看那乌云起天气变化，
	气象站报告有七级风刮。
	指挥部来电话叫咱注意，

　　　　　　　让大伙采措施来想办法。

李　　哎！真不凑巧。你快把大虎和丁师傅找来。

凌　　是！（欲跑下）

李　　回来！

凌　　做啥？

李　　把你二嫂也喊来。

凌　　喊二嫂做什么？

李　　别打烂砂锅问到底，去你的。

凌　　是！（边跑边喊）丁师傅，陈班长，二嫂……（下）

李　　（擦汗）用无支架吊装就够冒险的了，偏又碰上这倒霉的天。（二嫂上）

嫂　　现在运送桥梁正紧张，你喊我有什么事？

李　　有重要的事先和你商量一下，不然你又得说我主观了。

嫂　　那你就爽快地说嘛！老夫妻了还用得着吞吞吐吐地？

李　　（唱）你看那风卷战旗哗哗哗，
　　　　　　俺接通知不久有七级大风刮。
　　　　　　眼看着吊装必须要停工，
　　　　　　特找你把停航的事儿先聊聊。

嫂　　怎么又要停航了？
　　　（唱）是不是指挥部已经做了决定？

李　　没有。

嫂　　（唱）老丁和大虎是啥计划？

李　　我着凌云去找他们了，还未来呢？

嫂　　（唱）一无决定二无计划，
　　　　　　我给领导汇报啥？

李　　　　（唱）看见天阴就该准备伞，
　　　　　　　　觉着风起就要把蓬下。
　　　　　　　　我关心你这航道员，
　　　　　　　　别事到临头没办法。

嫂　　　　（唱）现在是大伙正紧张地把桥架，
　　　　　　　　争分夺秒干劲大。
　　　　　　　　几个组拧成一股绳。
　　　　　　　　天晚合龙把里拿。
　　　　　　　　指挥人要敲前进鼓，
　　　　　　　　可不能鸣锣往后拉。
　　　　　　　　你不要说那泄气话，
　　　　　　　　遇困难要积极出谋想办法。

李　　　　看看吧！我的心又使到凉水里去了。

嫂　　　　好心也要看看效果嘛！我看你呀，还是由于对无支架吊装没信心，所以见风就想转舵。

李　　　　我看你是受大虎那个冒险方案的影响太深了，缺乏两手准备。

嫂　　　　你这叫什么两手准备呀！你这是消极情绪！

李　　　　你呀！唉！真是不识好人心。（看天）看，风更大啦！

虎　　　　（上）哦！二嫂也在这里。师傅，出了什么事啦？

嫂　　　　他说有七级风。

李　　　　是有七级风，指挥部要我们速想办法。

虎　　　　七级风……

嫂　　　　大虎，你准备怎么办？

李　　　　我看得马上停工。

虎、嫂　　停工？

李　　按安全条例规定，五级风以上就要停止高空作业。

虎　　师傅，现在桥梁正在吊装中，停工，桥就要受影响，更无法保证通航。

嫂　　是呀！

李　　可现在顾不得那么多了，我一再给你说，"吊装要把三道关，打好排架等好天。河不断航别架桥，免得吊装出危险"。你偏要闯闯……现在三关都撞上了，弄不好要犯错误的。

（走至棚柱边，拿下停航信号灯）我看呢，还是得按我说的路子走。

嫂　　哦！你真的是要开信号灯停航？

李　　这也是不得已的办法。

嫂　　那怎么行呀？

虎　　师傅，时代前进了，你那个老路子已不适合现实的情况了，得改改啦！

李　　怎么改？

虎　　改成"架桥不怕三道关，不打排架不等天。河不断航照架桥，多闯新路勇向前"。

嫂　　（点头）对！

李　　（白嫂）你懂个啥呀？大虎啊！说来说去，你还是想冒险呀！现在已火烧眉毛，我没空跟你辩理，先开信号灯停航，等风停以后再说。

嫂　　大虎呀！你可要拿个主见呀！

虎　　师父，你这样做不行！

李　　现在一无排架，二有风雨，再不停航，出了危险谁负责？咱不能硬往石头上撞。（提灯欲走）

虎　　（拦住）师傅，现在桥梁都是悬在钢缆上，停下来就更增加桥的危险。

李　　正因为危险，才得停航、卸梁、重打排架重吊装。

嫂　　你原来是想这样办？

虎　　师傅，风大吊梁危险，难道卸梁就不危险了吗？再说现在骤然停航，大轮拖来了怎么办？不仅乱了咱们港的航道计划，更为上下游造成了严重的困难，咱怎能这样干呢？

嫂　　大虎说得对！

李　　对又怎么办？

虎　　咱要既保大桥，又不能停航。

李　　（不以为然地）哪能有这么好的事啊！

虎　　有。风是逐级上升的，只要我们组织好力量，加快速度，就可以在大风前合好龙门，你就尽管吩咐。不管再大的风浪，保证通航。

嫂　　好！大虎，只要我们船工能做的，你就尽管吩咐！不管再大的风浪，你大婶我保证领他们干到底！

虎　　（点头，向李）师傅，现在群众的积极性很高，只要我们领导上能统一思想，正确指挥，就不怕天大的困难。

李　　这……听听丁师傅的意见再说吧！（凌云跑上）

凌　　陈班长，二嫂，你们都来了。李师傅，丁师傅说他正忙着起吊，大风来了，他的意见是争取在大风前合龙。

李　　（意想不到的）也是争取在大风前合龙。

虎　　对！在这关键的时候，干还是不干，前进还是后退，

虎　　这是两种思想，两条路线。我们要沿着革命的路线走！哪怕顶着七级风，冒再大的风险也要合好龙门，保证通航！李师傅，你看呢？

嫂　　你同意不同意呀？

李　　（点头）看来的我步子又落后了。

虎　　师父，你思想上停了航，步子怎能快呢？

李　　（深有所悟地）是呀！思想上停航，必然要产生行动的落后……（提信号灯，挂原处）

虎　　二嫂，你带船队及时运送材料。凌云，你及时报告大风上升的级数。师傅，你可得认真掌握时间呀！

凌 李 嫂　　是！

虎　　继续战斗！

（虎、嫂跑下，凌守电话机旁，李焦急不安）

（陈大虎带工人顶风起舞，做合龙门等动作过场）

（桥上焊花闪闪）

李　　凌云，怎么样了？

凌　　大风已上升到七级。

李　　不能再等了，这会我可得行动快些。凌云，广播停工。

凌　　是！（喊）吊装的同志们注意，停工下桥。

（陈大虎急上，丁从另一侧上）

虎　　怎么停工那么早？

李　　风已升到七级。

丁　　龙门合好了吗？

虎　　合好了。

丁　　焊接完成了吗？

虎　　完成了。只是因为收工太早，那吊塔上的吊索仍扣在桥梁上。

李　　（惊）哦！

丁　　这样大风晃动驳船，吊塔带动桥梁，马上就有倒塌的可能。外地支援我们的驳船和船上的数十名工人民工就要有生命的危险呀！

众　　怎么办？

丁　　只有顶风上去解下缆索。

虎　　这个任务就交给我吧！

李　　这，这怎么行啊？吊塔缆索在水上二十米的高空，浪疾风高，雨大桥滑，上去有生命的危险呀！

虎　　保卫祖国和人民的生命安全要紧！

李　　大虎！

　　　（唱）七级风登高解索太危险，
　　　　　　我怎能看着你不顾安全。

虎　　师父！

　　　（唱）咱不能看着大桥受损失，
　　　　　　阶级兄弟遭灾难。
　　　　　　共产党员要敢担风险挑重担，
　　　　　　就是那粉身碎骨我也要冲上前。

李　　老丁，你看。

丁　　（唱）革命者应有红心赤胆，
　　　　　　英雄行动决定于革命的人生观。
　　　　　　为活命就贪生怕死讲条件，
　　　　　　为革命火海刀山也敢上前。

　　　　　　　大虎他心红胆壮不畏艰难，

　　　　　　　对他的革命行动咱不要阻拦。

　　　　　　　让他在风口浪尖把红心练，

　　　　　　　攀高峰，向远看，

　　　　　　　五洲风雷装胸间，

　　　　　　　为世界革命献青春，

　　　　　　　干好革命接好班。

李　　　（点头沉思）

嫂　　　（上，关心地）老丁……

丁　　　嫂子，通航误不了。

嫂　　　这大桥……

丁　　　一定要保住。大虎，咱们走！

虎
凌　　　丁师傅，你……

丁　　　（幽默乐观地）哈哈，我没老，在革命的路上，咱要和青年人一道继续前进啊！

　　　　（丁率大虎下，嫂、凌注视桥面）

李　　　（沉思地）要和青年人一道继续前进！

凌　　　（唱）巍巍吊塔耸云中，

　　　　　　　霹雷闪电七级风。

　　　　　　　为保大桥解缆索，

　　　　　　　英雄壮志贯长虹。

嫂　　　（唱）大虎他不畏艰难跑上桥，

　　　　　　　老丁他继续革命打冲锋。

李　　　（唱）我却在革命途中掉了队，

　　　　　　　怕风险，顾虚荣，

	不敢大步向前冲，
	辜负了党的信任和培养，
	想到此又羞又愧心不宁。
嫂	（唱）运河水后浪不断催前浪，
李	（唱）我应当急起直追步不停。
凌	（唱）学英雄一心为革命，
	（众合唱）不怕雨，不怕风，
	不为利，不为名，
	笑迎艰险攀高峰，
	为世界革命多出力，
	喜看全球一片红。
凌	看！陈班长和丁师傅冲上去了！
嫂	大虎，抓住缆索啊！
李	（关心地）大虎子，小心啊！
	（众心情紧张地注视桥面）
	〔丁和大虎上。
虎	师父，缆索解下来了！
众	丁师傅！大虎！
李	老丁，（沉痛地）这次吊装，我犯了不少错误。
丁	认真总结经验教训继续前进嘛！老朋友，青年人已经跑在咱们前面了，咱可要使劲地赶啊！
李	对！（向虎）好孩子，今后还要靠你多帮助啊！
虎	（激动地）师傅！咱们和大伙共同前进！
丁	（看表）八点了。
	（幕后轮机声）

| 嫂 | 你看那大轮拖也过来了。 |

凌 李 　我去升通航信号灯。(跑下)

丁 　好！通航。

(天幕上彩虹飞架,通航信号灯闪闪发光。)

(幕后合唱)

   风卷红旗舞东风,

   建桥工人逞英雄,

   多快好省创大业,

   喜看运河跨彩虹。

(歌声中众造型)

(幕落)

1973年4月

【序幕】1948年11月上旬，淮海大战前夕。

天幕上战火纷飞，硝烟弥漫，我军大炮怒吼，敌机燃燃坠落……

匪军仓皇溃逃，踩上我民兵埋设的地雷，纷纷倒地。何三豹歇斯底里地命令匪兵："速到临河镇一带抢船，渡军部去碾庄向徐州靠拢。"

红旗前导，我人民解放军和民兵追击敌人，支前民工推车挑担随下。

大运河波涛汹涌。

红旗下赵书记振臂高呼："我们一定要架起船桥，迎接大军过河西进，歼灭黄百韬军团，完成中间突破！"

纱幕上出现剧名"运河飞渡"。

运河飞渡

六场　柳琴戏

编剧　高子亮　徐安义　陈登芹　苗生凯　解玉良

人　物	乔　成	水上乡民兵联防队队长
	乔　英	乡妇救会主任，乔成的姐姐
	赵书记	区委书记
	虎　子	民兵联防队副队长
	小　云	女民兵
	李大叔	我地下联络员，临河镇鱼行伙计
	大　娘	小云的母亲
	江爷爷	老渔民
	大柱子	渔民
	昤　子	女民兵

张排长	解放军某部排长
何三豹	国民党匪军某团团长
崔营长	国民党军部警卫营长
匪连长	何三豹的部下
位副官	何三豹的副官
赖　才	临河镇鱼行老板

男女民兵联防队队员若干人

解放军战士若干人

群众若干人

匪军若干人

第一场　重任在肩

［大运河上

［民兵划船舞蹈上场

［岭子领众合唱。

岭　子	（领唱）风吹河水卷巨浪
众	（合唱）卷巨浪。
岭　子	（领唱）军民并肩斩豺狼。
众	（合唱）斩豺狼。
岭　子	（领唱）大军战淮海。
众	（合唱）群众支前忙。
岭　子	（领唱）只打得蒋匪军抱头鼠窜，龟缩在碾庄。
众	（合唱）打倒蒋家王朝，翻身得解放。
虎　子	好啊！小岭子，你单独唱一个吧！

岭　子	等运完最后一船支前物资，回到村里，我给你唱个够。
虎　子	不行，那时我们将要接受任务，跟解放军打碾庄打徐州去喽！
岭　子	那就等淮海大战结束，打倒了蒋家王朝，解放了全中国以后，我天天唱，会会①唱。
虎　子	不行，那时候呀，新中国成立了，随着社会主义建设的需要，各人都有工作啦，说不定乔成同志还要送你到文工团当演员去了呢！
众	哈哈哈……

［幕后枪声顿起。

虎　子	枪声？莫非碰到了溃逃的匪军？乔队长在前面，我看看去。

（乔成划船上）

乔　成	同志们！
虎　子	队长，有什么情况？
乔　成	（唱）远处河边枪声响，
	滩上群雁高飞翔。
	好像逃敌把船抢，
	需要警惕做提防。
虎　子	抢船？
乔　成	在我大军的追击下，黄百韬兵团的残兵败将正狼狈向西逃窜。这船可是他们渡河的重要工具，咱们必须注意敌人的行动。

---

① 会会：指农村逢会，即农村农民将农副产品在集会上交易的日子。苏北地区逢会少则一天，多则三天。

虎　子		对！
岭　子		乔队长，那边划来一条渔船。
乔　成		（远望）哦！像是小兰
小　兰		乔成哥——

　　　　　　　　〔划船急上。

乔　成		怎么回事？
小　兰		（唱）乡亲们河里捕鱼忙支前，
		忽遇匪兵来抢船，
		横冲直撞把枪打，
		掠去就往水圩里关。
		乔英姐组织民船来抗暴，
		打得敌人乱叫唤。
		只因为敌众我寡悬殊大，
		不少乡亲遭劫难。
		乔英姐舍身掩护我，
		冲出敌群把信传。
虎　子		队长，咱们快去把敌人干掉，救回渔船和乡亲们！
众		对！
小　兰		叫他们知道咱水上乡民兵的厉害！
乔　成		慢！敌人来了多少？
小　兰		说是一个团，实际上只有几百人。
虎　子		咱们联合全区各乡联防队，准能把他们干掉！
乔　成		敌人已经把船弄进水圩，咱们必须摸清楚敌人的部署，请示区委再行动。
众		对！
岭　子		（指远处）看！有一股敌人往这边来了。

乔　成	虎子,你带人先把船隐藏好,我带人在这里打他个伏击战。
众	好!
	〔虎子带人划船下。
乔　成	准备战斗!(带人隐蔽下)
	〔众匪兵提着抢来的东西上。
匪连长	(踢掉匪兵抱着的包袱)他妈的,光顾着抢东西,快搜船!一定要抓住那个逃跑的姑娘!
	(乔成开枪,一匪兵倒下)
众匪兵	啊!有八路,快跑!(抱头鼠窜)
一连长	不准跑,顶住,顶住!
	〔众匪兵乱成一团。乔成率众跃上与敌开打,匪兵溃逃,乔成打伤匪兵连长,追下。小兰击毙一匪兵。岭子和两匪兵混战,一匪兵被击毙,另一匪兵向岭子欲开枪,赵书记上,开枪击毙匪兵。
岭　子	赵书记。
乔　成	赵书记,你来得正是个节骨眼儿呀!
赵书记	哈哈……(与乔成紧紧握手)你们这个伏击战打得好啊!
	〔众民兵持战利品上,虎子等亦上。
众	赵书记,乔队长,看!(举着战利品)
民兵甲	缴获敌人机枪一挺,
民兵乙	步枪两只,
民兵丙	手榴弹十个。
民兵丁	子弹……查不清呀!
众	哈哈……(众民兵纷纷举起战利品)

赵书记　　（幽默地）蒋介石这个运输大队长送东西真及时呀，知道咱们要打淮海战役，就把武器弹药都送来啦！

众　　　　哈哈……

赵书记　　小兰，你这次打死几个敌人？

小　兰　　三个半。

赵书记　　怎么还有半个？

小　兰　　我和乔队长共同打死了一个，所以只能算半个。

赵书记　　（笑）原来是这样呀！

众　　　　（哄笑）……

乔　成　　敌人突来水上乡抢夺船只，看动向是像运窑湾方面的敌军西逃。

赵书记　　对，目前我军从四面包围徐州，敌六十三军想和在碾庄的黄百韬汇合向徐州靠拢。我军的战略是把敌人分割包围在窑湾，同时渡河西进，围歼黄百韬兵团。

乔　成　　我们民兵的任务是……

赵书记　　架起船桥，迎接大军西进。

众　　　　好！

虎　子　　我们民兵常备船队保证全力以赴。

赵书记　　只是大运河水宽流急，需要五六十只船才能架起船桥，咱们的民兵常备船队的船可不够用啊！大家想想看怎么办！

（群众议论纷纷）

虎　子　　请示县委能不能从兄弟区抽调一些船只来？

乔　成　　不！兄弟区各有各的支前任务，我们必须自己克服困难。

赵书记　　说说你的办法。

乔　成　　赵书记！

	（唱）架桥船只是关键，
	时间紧迫不容缓。
	敌人水圩船最多。
	不需舍近来求远。
	我准备先进水圩去侦探。
	从敌人手中夺回船。
众	对！
赵书记	敌人在临河镇上下游抢夺了四十多条船，去水圩夺船确实是个办法，只是这个任务太艰巨啊！
乔　成	不怕！
	（唱）干革命还有颗红心赤胆，
	岂惧怕征途有万难千险；
	为了人类得解放，
	刀山火海只等闲。
	乡亲们又都在水圩里面，
	他们会对我作支援；
	依靠群众依靠党，
	定能够完成任务破难关！
赵书记	好！还需要带哪些人去？
乔　成	小兰对那里情况熟悉，她跟我去就行了。
赵书记	有什么情况可通过鱼行李大叔跟我联系，我发动全区民兵支援你们。
众	盼你们成功！
乔　成	好，小兰，咱们走！
	（亮相）

（幕落）

第二场　智取水圩

〔紧接前场。

〔临河镇鱼行，正门通客厅，一侧通内院，室内设有收卖鱼等用具。

〔幕启：厅堂内不时传来何三豹和赖才猜拳行令的声音。李大叔提水壶心情焦急地上。

李大叔　（唱）何三豹抢船抓人太凶残，
　　　　　　　乡亲们生命不知可安全？
　　　　　　　水圩子岗哨重重难进去，
　　　　　　　赖才又请主子吃酒定藏奸。
　　　　　　　心焦急不见亲人来联系，
　　　　　　　我炉前煽火暗盘算。

赖　才　（内声）老李头，水开了吗？

李大叔　正煽着哪！

何三豹　（内声）不用啦！

〔何带醉意上，匪兵和赖才随上。

赖　才　团长，把大衣穿上吧，别着了凉。

〔赖欲取大衣，匪兵已给何披上了。

〔赖瞥见李大叔。

　　　　老李头，去里面收拾一下。

李大叔　哼！（进内偷听）

何三豹　承蒙老哥盛情招待，我深表感谢！

赖　才　哪里，哪里，菜少酒薄，不成敬意，还望团长多包涵。

何三豹　好说。当年你在我家当账房先生，出了不少力，今天

	还望先生为我多帮忙呢！
赖　才	理当效劳。团长，你们是不是来这里不走啦？
何三豹	唉！不瞒你说，近年我军屡遭重创，共军追击甚急，军部叫我来此地抢船的目的是为了全军渡河，向徐州收缩，很快军部就要派人来带船。
赖　才	你们走了，共军到来，我这鱼行的产业，钱财岂不都完啦？唉！
何三豹	没法子呀！不过，我军如能迅速收缩到徐州，汇和各兵团与共军会战，加上美国盟邦的支持，胜利还是有希望的。
赖　才	但愿如此。
何三豹	目前，护住水圩里的船是关系到我军命运的大事。
赖　才	确实呀！
何三豹	你这鱼行是人来人往的地方，说不定会有共军混进来，你若发现形迹可疑的人，立即向我报告。
赖　才	是！是！
何三豹	只要你为党国效劳，是有你好处的，哈哈……
赖　才	（随笑）嘿嘿……

〔匪连长臂吊绷带慌张地上。

匪连长	报告团长。
何三豹	（见状一惊）啊？怎么啦？
匪连长	我们追赶那条逃跑的渔船，遭到民兵联防队的伏击，兄弟们伤亡很大。
何三豹	饭桶！你们手里拿着美国枪，又不是他妈的烧火棍，怎么连小小的联防队都对付不了？
赖　才	团长，你不知道这里的民兵联防队可厉害啦，来无

	影，去无踪，端这镇上的区公所就像捏豆沫似的。
何三豹	领头的是谁？
赖　才	听说是乔成。
何三豹	（回忆地）乔成？
赖　才	他就是当年闹短工杀死你父亲的那个青年。
何三豹	（凶狠地）啊！是他？我与他有杀父之仇，不共戴天，你帮助我抓住他！
赖　才	我多年来未敢出临河镇，就是见到他也认不出来喽！
何三豹	唉！
	［幕后汽笛声，位副官跑上。
位副官	报告团长，军部派崔营长带汽艇来拖船。
何三豹	好！你多挑点鲜鱼待客。（对赖才）我回去看看。
赖　才	送团长。
何三豹	不必了。（带匪兵下）
赖　才	（望着何的背影，心有所思地）要是真能帮助他逮住乔成，说不定我老祖坟还能冒股烟呢！嘻嘻……
位副官	（拍赖才）老板，有鲜鱼吗？
赖　才	（回首）有！有！（对内）老李头，出来卖鱼喽！
李大叔	（上）都是些臭鱼烂虾的，谁买呀？
赖　才	挑挑看嘛，这么大的鱼行还能挑不着好鱼？副官，走，到后面挑挑去。
	［赖才同副官进内。
李大叔	哼！［收拾鱼筐等用具。
	［乔成，小兰挑鱼上。
乔　成	（唱）扮渔民来赶集把情况侦探， 　　　　鱼行内联络好进圩夺船。

　　　　　　　不知道李大叔可在里面，

　　　　　　　我喊一声卖鲜鱼……把信号来传。

李大叔　　（闻声）哦？

　　　　　（唱）卖鱼喊声震耳畔，

　　　　　　　知是联络信号传；

　　　　　　　鱼行内现有恶狼在里面，

　　　　　　　要仔细保护亲人防敌奸。

　　　［李大叔出门见乔成、小兰。

乔　成　　大叔！

李大叔　　（示意屋里有人）成子，乡亲们被掠进水圩的事你知道吧？

乔　成　　知道了，我正是为这事来的。区委给咱们的任务是把水圩内的船和乡亲们救出来，架船桥迎大军，围歼黄百韬兵团。

李大叔　　太好啦！只是刚才位副官说匪军部来个崔营长带汽艇来拖船了。

乔　成　　这么说他们想逃跑？我和小兰必须马上到水圩去一趟，告诉乡亲们，并弄清敌人逃跑的时间，好进行夺船。

李大叔　　水圩内敌人岗哨层层，盘查很紧，他们自己出入都得带证件。

小　兰　　那我们等天黑干掉岗哨……

李大叔　　（急制止）小声点，后院有个副官正在挑鱼，赖才刚同何三豹在这里喝过酒，也当上敌人的耳目了。

乔　成　　哼！这条哈巴狗，他主人一来又要咬人了！

小　兰　　（愤恨地急从鱼筐内抽出枪）那就在这里把他们都干掉！

乔　成　　　不！这样做会打草惊蛇，咱们得想办法先把这个副官利用一下。

位副官　　（内声）他妈的，一点好鱼也没有！

李大叔　　位副官要出来了。

［乔成示意小兰，小兰仍把枪装进鱼筐底下。

乔　成　　（故意地）这些刚出水的鲜鱼，你们要不收俺就挑走啦！

位副官　　（闻声急奔出）什么鲜鱼？我看看！

乔　成　　看看吧！（掀开筐。）

乔　成　　（唱）今早上巧碰运河鱼花泛，
　　　　　　　　逮的鱼又多又好又新鲜。
　　　　　　　　红鲤鱼，噘嘴娃，
　　　　　　　　青混子，大黄鲶，
　　　　　　　　鳊花鲤鲦样样全，
　　　　　　　　大虾蹦蹦跳，
　　　　　　　　黄鳝上下翻，
　　　　　　　　黑鱼肥又大，
　　　　　　　　鲶鱼口垂涎，
　　　　　　　　螃蟹吐白沫，
　　　　　　　　老鳖大又圆。

位副官　　咋逮这么多好鱼？

乔　成　　（接唱）我们撒下拦河网，
　　　　　　　　把鱼鳖虾蟹一锅端；
　　　　　　　　鱼儿刚出水，
　　　　　　　　个个肥又鲜，
　　　　　　　　价钱又便宜，

	保你心喜欢。
位副官	好啊！红烧鲤鱼清蒸蟹，鳖汤炸虾炒鱼片，待客都是上等菜哟！哈哈……
李大叔	嗨！来得早不如碰得巧。老总，你买不买呀？错过这个村别想找那个店啦！
位副官	（高兴地）嘿嘿……咋不买。
李大叔	要多少？
位副官	都要了啦，多买点让弟兄们也沾沾光嘛。
李大叔	你真爽快呀！（向乔成）抬来过磅。
	〔乔成、小兰抬鱼过磅。
位副官	一共多少斤？
李大叔	两挑鱼共八十八斤八两。
乔　成	哎！自家逮的算这么真干啥，把零头去了吧！
位副官	嗬！小伙子你可真上道啊！
乔　成	交个朋友嘛！
位副官	好！你在这里等一下，我找车把鱼拖回团部就送钱来。
乔　成	团部离这里多远？
李大叔	就在水圩内，不过节把儿地。
乔　成	还用得着找车？俺姊妹俩给你挑了送去。
位副官	小伙子，你办事真热心呀！
乔　成	你照顾我的生意，我怎能不热心给你办事呢？
位副官	可是你不能去。
乔　成	咋啦？
位副官	那是军部的驻地，你又没有出入证件，岗哨盘查起来……
李大叔	岗哨盘查不有副官你么？

位副官　　我?他又不是圩内人,谁敢保他的险?

乔　成　　这么说更好办啦,我家的船就在水圩里面呢。

小　兰　　我妈也在里面呢!

位副官　　怎么?

乔　成　　俺只顾在河岸边拉网捕鱼,船被老总们弄到水圩去了。

小　兰　　那里船上的人都是俺亲戚邻居,谁不认识俺?

位副官　　这就行啦,我带你们进圩。

乔　成　　好!(欲拾掇担子)

　　〔赖才从内出

赖　才　　副官,挑好鱼啦?

位副官　　嗯,碰上两挑新鲜货。

赖　才　　(打量乔成、小兰,试探地)你们两个逮这么多好鱼可真不简单啊!

乔　成　　鱼有鱼路,虾有虾路,摸清了它们的脾气,怎么逮不住?

赖　才　　这么说你是逮鱼的能手喽?

乔　成　　渔家人水里淌,浪里滚,经见多了谁不懂几分?

位副官　　(不耐烦地)喂!团部还等着用鱼呢,你啰嗦个啥?

赖　才　　不!(拉住副官至一旁)刚才团长吩咐,见有形迹可疑的人,叫我盘问一下。

位副官　　(不以为然地)那你就去问去。

　　〔副官气坐一旁。

赖　才　　你们家在哪里?

乔　成　　水上村。

赖　才　　我咋不认识你?

乔　成	你是大老板嘛，上交官府，腰满金银，手下有伙计，从不下乡串村，你怎么认得俺呢?
赖　才	（向李）你认识他吧?
李大叔	认识。他来卖过鱼，你上次吃的醉蟹，就是他摸的呢。
位副官	这不就清楚啦！走吧，走吧！
赖　才	（拉位副官）慢！ （旁唱）这个人言语举动不寻常， 　　　　莫非是联防队来到鱼行。
乔　成	（向李大叔、小兰） （旁唱）赖才他奸诈又阴险， 　　　　真是一只狡猾的狼。
位副官	（旁唱）说他是游击队我看不像。
赖　才	（旁唱）不得不提高警惕多提防。
李大叔	（旁唱）赖才准会耍花样。
小　兰	（旁唱）我担心的是那筐内的枪。
乔　成	（旁唱）要察言观色看动向。 　　　　机智勇敢斗豺狼。
赖　才	老李头，这些鱼都过磅了吗?
李大叔	过完了，八十八斤八两。
赖　才	筐皮除几斤?
李大叔	按正常估计，每筐除皮五斤。
赖　才	不准确呀，把筐倒腾一下，重新除皮。 （顺手拉过小兰装枪的筐）
小　兰	（急拦）你干什么? 这样捣腾捣腾就把鱼捣腾糟了。
李大叔	也是嘛，吃鱼就图个鲜，把它捣腾烂了还有啥吃头?
位副官	对，赖老板，就算了吧，斤斤两两的没啥，人家还让

了八斤半零头呢!

赖　才　位副官,我怕这鱼筐内……

　　　　[暗比划枪状。

位副官　这……(急拔出枪)(小兰、李大叔一惊)

乔　成　既然老板多疑,就捣腾一下看吧!

　　　　(示意李大叔)拿个空筐来。

李大叔　好!(丢来一个空筐)

　　　　[乔成一手接过空筐掩饰敌人,趁势伸入鱼筐拿出枪插在腰间,然后放下空筐,将鱼倒入,丢筐。

乔　成　大家看看吧!

小　兰　(见没有枪了,吃惊地)咦?

赖　才　(见没有枪,吃惊地)哦?

位副官　(恨视赖才)他妈的就是你疑神疑鬼给我找麻烦。

　　　　[乔成、李大叔暗笑。

乔　成　就这样一个一个地过吧!

位副官　不,把鱼倒回来,跟我进圩!

　　　　[小兰收拾好挑子。

乔　成　鱼一斤一两不卖啦,小兰,挑鱼回家。

位副官　怎么?

乔　成　为我们俩挑鱼,给你招了那么多麻烦,要是跟你进水圩,赖老板还不知说你带进去什么人呢?你能担当得了吗?

位副官　别怕,我担保你。(掏枪走向赖才)你这个地头蛇,再敢给老子捣乱,我就毙了你!

赖　才　是!是!

乔　成　那咱就跟副官走!

〔乔成、小兰微笑挑担亮相。

〔李大叔高兴,赖才颓丧。

〔位副官愠怒,各具不同表情。

〔切光。

幕落

第三场　水寨怒火

〔当日黄昏。

〔敌水寨一角,近处一只渔船,远处桅杆渔火。

大　娘　（上）

（唱）暮色苍茫近黄昏,

　　　燕雀归巢鸟入林。

　　　小兰跑出把信送,

　　　直到如今无回音。

　　　情况不明心急躁,

　　　我时时刻刻挂在心。

乔　英　（挎篮子上）大娘。

大　娘　乔英,我正想问你,咱们跟民兵联防队联系上了吗?

乔　英　还没有,我心里正着急呢。

大　娘　是啊,联系不上就救不出乡亲们。这里的事你一人操持,担子不轻啊!

乔　英　只盼小兰妹能安全找到乔成就好啦。

大　娘　我也是这样盼着呢!

乔　英　大娘,小兰不在,您家的粮食又都被蒋匪抢光啦,我给您带点粮食来。
大　　娘　　匪军挨船抢粮，你也和俺一样，哪弄来的粮食？
乔　　英　　乡亲们凑的，你先烧点饭充充饥，以后再想办法。
大　　娘　　那怎能行，乡亲们也都很困难呀！
乔　　英　　大娘！

（唱）满园青竹根连根，
　　　阶级兄弟心连心。
　　　一家被劫百家恨。
　　　乡亲们互助互济慰亲人。
　　　粒粒米是大伙用生命鲜血保。
　　　颗颗粮无产阶级情义深，
　　　粮食虽少意义重，
　　　莫负大伙一片心。

大　　娘　　（激动地）

（唱）党的关怀春风暖，
　　　阶级情义重千斤，
　　　大伙对俺这般好，
　　　我心中激动热泪滚。

乔　　英　　大娘，这粮食您就收下吧！
大　　娘　　这……
乔　　英　　我给您先放在舱内！（进舱）
大　　娘　　这孩子……
江爷爷　　（上）他大娘。
大　　娘　　老哥哥，你也来啦，坐。
江爷爷　　乔英呢？
大　　娘　　在舱内，她给我送粮来啦。

江爷爷　　送粮？

大　娘　　嗯！

江爷爷　　她家的粮食也被抢了，她一天都没吃上饭啦。大伙凑了两份粮，一份送给她，一份送给您。我回去探听一下消息，没来得及给您送来，她倒把她那份给您送来啦。

大　娘　　哦，是这么回事。

乔　英　　（上）江爷爷，您探听的消息怎样？

江爷爷　　我看汽船上下，敌人行动仓惶，逼着乡亲们往船上抬东西，像是逃走的样子。

乔　英　　敌人想逃走，咱们一定要拖住他；江爷爷，你去告诉柱子他们，注意敌人动向，拖延给他们运送东西的时间。我到汽船那边去看看。

江爷爷　　好！（二人欲下）

大　娘　　（从舱内捧出竹篮）乔英。

乔　英　　（停住）什么事，大娘？

大　娘　　不该哄我呀，这粮……

乔　英　　我没哄你，这粮明明是乡亲们送的。

大　娘　　是乡亲们送的不错，可这粮是送给你的，你不该忍着饥饿把粮食送给我家来了。

乔　英　　大娘，小兰妹不在家，你家的困难比我多。再说，我年轻，身子结实，能顶得住，你就先留下吧。（急下）

大　娘　　（激动地）乔英，乔英！（见去远）唉！这叫我怎么办呢？（沉思）哎，我做点饭给她送去。（提篮欲进舱）

（匪连长带匪兵扛缆绳上。）

匪连长　　老婆子，把你家船上的人都喊下来链船去！

大　娘	（藏好竹篮，走下。）链船？你们想干什么？
匪连长	你别管，把人喊出来跟我走。
大　娘	我家里没有人。
匪连长	我不信。（对匪兵）过去看看。
匪　兵	是。（进舱）
匪连长	你家几口人？
大　娘	就我一个。
匪连长	就你一个能划船逮鱼？
大　娘	我闺女被你们逼着抬东西走啦，不是我一个人还有谁？
匪连长	胡说！抬东西的人已放工了。
大　娘	可她现在还没有回到家。
匪连长	没回到家？
匪　兵	（从舱内出）是的，船上一个人也没有。
匪连长	你瞎吵吵啥。先把这老婆子带走！
匪　兵	（不解地）带走？这把老骨头能干什么活？
匪连长	你懂个屁！（拉匪兵）咱在河上抢船时从船上跑走了一个姑娘，还没查清是哪个船上的呢，到那里对对看，是不是她闺女。
匪　兵	对！连长你真仔细。（指缆绳向大娘）扛走。
大　娘	我这么大年纪，扛不动。
匪连长	到那儿找你闺女替你嘛。嘿嘿！要是你闺女跑了，我就立马枪毙你。（把缆绳放在大娘身上）走。
	（大娘反抗，匪连长抽打大娘，大娘怒目而视。）
乔　英	（跑上，夺过鞭子）住手！
匪连长	哦！……你敢造反？

乔　英　　你凭什么抓人？

匪连长　　叫她去链船。

乔　英　　那是老年人能干的活吗？

（气愤地，唱）

老年人怎能和年轻人一样？
折磨她你们是什么心肠？
她年老力衰走路都摇晃，
怎能去链船把活扛？
你们若不把理讲，
俺拼死和你闹一场！

（白）把老年人放开！

匪连长　　放开不难，可得要把她女儿找来。

乔　英　　找她女儿干啥？

匪连长　　她从船上跑了，很可能是游击队。

乔　英　　在哪里跑的？

匪连长　　河边船上。

乔　英　　是哪条船你可认得？她又是什么模样？

匪连长　　这……

乔　英　　你说她是游击队有什么证据？你知道游击队现在什么地方？

匪连长　　这……

乔　英　　你是无根无据，信口胡说！

匪连长　　我胡说？她女儿没跑怎么不在这里？

乔　英　　在！（拍胸口）

匪连长　　你？

乔　英　　我！这还能假。

匪连长　　（走近大娘）你怎么不说？
大　娘　　我早就说俺闺女给您抬东西去了，你们不信嘛。
乔　英　　（走上前）娘。（将缆绳摔在地上）
大　娘　　（感动地）孩子！
乔　英　　你受苦啦，快进舱歇歇。
　　　　　〔扶大娘欲进舱。
匪连长　　慢，放了她，你跟我们链船去。
乔　英　　你们放了工怎么也不让休息。
匪连长　　这是长官的命令，有紧急公事。
大　娘　　催工不催食嘛。她还没吃饭呢！
匪连长　　不行，快走！
　　　　　〔逼乔英扛缆绳鞭挞着下。
大　娘　　孩子！（沉痛地）
　　　　　（唱）乔英为救我遭劫难，
　　　　　　　　我好似钢刀刺心间，
　　　　　　　　鞭打她身疼我心，
　　　　　　　　怎忍亲人受摧残。
　　　　　　　　盼只盼乔成和联防队早来到，
　　　　　　　　救出乔英护住船。
　　　　　〔大柱子带众船民跑上。
大柱子　　大娘，乔英姐呢？
大　娘　　刚被匪军逼着链船去啦。
大柱子　　哦！不能让敌人把船带走。
众　　　　一定得把乔英救回来。
大柱子　　对。
江爷爷　　（跑上）大柱子，敌人链船抓不到人，正在拷打乔英呢!

大柱子　　咱们和他拼啦!

　　　　　（唱）匪军想逃在今晚,
　　　　　　　　拷打乡亲逞凶残。
　　　　　　　　不怕死的跟我走,
　　　　　　　　前去救人并护船。

众　　　　（白）走。（欲下）

[乔成带小兰上。

乔　成　　乡亲们!

众　　　　乔队长!（乔成、小兰与众相见。）

大　娘　　大成子,大伙盼你眼都望穿啦,可把你盼来啦!

乔　成　　联防队的同志也都想念乡亲们,恨不得飞进水圩来。

大柱子　　乔英姐被敌人逼着链船,现在正受拷打呢。

乔　成　　哦!

江爷爷　　敌人链船甚急,今晚必逃走。

乔　成　　（沉思）

大柱子　　不能再拖延啦,快走吧!

众　　　　走,和敌人拼啦!（欲冲下）

乔　成　　慢,柱子,咱就这样和敌人拼吗?

大柱子　　不拼又怎么办?

乔　成　　敌人手中有枪,咱们双手空空,这样硬干得造成多大的牺牲啊!

大柱子　　怕什么?他们有枪,咱们人多势众!

乔　成　　他们船边的人虽少,可圩内却有数百名士兵。咱们这边动手,他们必来救应,弄得不好,船也护不住,人也救不成。

众	对呀！
大柱子	那咱该怎么办？
乔　成	咱们必须牵制住敌人，调开他的主力，给他来个声东击西。
众	声东击西？
大　娘	对！成子这么一说，我倒想起一件事来了。
众	（围住大娘）什么事，大娘？
大　娘	十多年前的一个麦季，何三豹的爹何秃头串通了碾庄一带的地主老财，压低了短工价，逼得咱们穷人给割一天麦，却连自己的肚子也吃不饱……
众	（气愤地）地主老财真狠毒！
小　兰	那咱们怎么办呢？
大　娘	（唱）共产党领导穷人闹革命，
	成立了短工会和地主斗争，
	要求提工价，
	村村闹罢工。
	麦子朽了头，
	地主眼干瞪。
	何秃子地头急得团团转，
	设法勾来国民党一个营，
	妄图镇压短工会，
	搜捕代表逼复工。
	有一个青年识破敌诡计，
	订巧计声东击西把敌蒙。
	在何家草园把火放，
	引敌人出去救火院内空。

乘机杀了何秃子。

地主们不得不把工钱增。

众	好啊!
大柱子	想这个办法的青年是谁?
大　娘	……（看了看乔成）
江爷爷	就是他。
众	是乔成哥?
	队长!
乔　成	（谦虚地）那是党的领导和大伙的智慧。
大柱子	这么一说，嗬! 咱的办法也有啦。
乔　成	什么办法?
大柱子	咱们去到匪团部闹事，牵住敌人兵力，暗地去人把他的汽船毁掉，敌人就无法拖船跑啦。
小　兰	好! 咱们把驾驶员收拾了，船也就走不动啦。
乔　成	对! 这样咱们既牵住了敌船，打破了敌人从窑湾西逃的计划，让大军把敌人歼灭在运河以东，又便于完成党交给我们夺船架桥的任务，保证大军飞渡运河，直捣黄百韬的老窝，留下汽船还能派大用场呢!
众	对!
大柱子	乔队长，你就分配任务吧。
乔　成	好。

　　　　　　（唱）江爷爷你带乡亲把敌扰乱，

　　　　　　　　举火把造声势四处呐喊。

　　　　　　　　引敌人到处跑兵力分散，

　　　　　　　　我们乘机把敌歼。

江爷爷	好!

乔　成	（唱）柱子你带人跟着我，
	装给敌人去链船。
	趁空飞上敌汽船，
	收拾敌人的驾驶员。
大柱子	好！
乔　成	乡亲们
	（接唱）关键时刻要勇敢，
	沉着冷静排万难，
众	（合唱）一切行动听指挥，
	克敌制胜在今天。

　　〔众分头下。
　　〔何三豹上。

何三豹	（唱）方才军部来急电，
	催拖民船送窑湾。
	不知船只可链好，
	我到船上去看看。

　　〔匪连长上

何三豹	一连长，船都链好了吗？
匪连长	到处抓不着人，只抓来几个妇女，打死也不顶用，我看到了天明也链不好。
何三豹	无用！快回去带一排弟兄来，咱们自己链。
匪连长	是。（跑下）
匪兵甲	（上）报告团长，东边有船民举火闹事，硬要退回咱抢来的粮食。
何三豹	哦！
匪兵乙	（上）不好了，团长，西边也有船民举火闹事，说不

发给粮食就不开船。

何三豹　　哦！

匪兵丙　　（上）大事不好，四面八方都有船民举火闹事，驱赶不动，眼看就要包围团部了！

何三豹　　这还了得！通知各营，挡住船民保护团部，我亲自去看看……

众匪兵　　是。〔分头跑下。

何三豹　　〔欲行又止，怀疑地

　　　　　（唱）今晚事情怪蹊跷，
　　　　　　　　船民四处把事闹，
　　　　　　　　莫非民兵进了圩？
　　　　　　　　想拖住大船不让我逃！

　　　　　（白）不能上他们的当，我得先到船上交代交代。

　　　　　（欲行）

　　　　　（幕后枪声，何闻之一惊。）

匪连长　　（跑上）大、大事不好。我刚带兄弟们来到，驾驶员就被船民砍死啦。

何三豹　　（惊叫）哦！（跌坐）

赖　才　　（上）团长，刚才有个进圩送鱼的人形迹可疑，好像是民兵联防队队长乔成！

何三豹　　乔成？唉！你咋不早说！就带来这一个驾驶员，现在被杀了，这批船今晚就走不了啦，军部催船急等过河，这，这怎么办呢？（急得团团转）

赖　才　　团长，那个形迹可疑的人……

何三豹　　（凶狠地）你和一连长一起逐船搜查，一定要把那个乔成给我抓住！

赖才	是！
	（灯暗）

（幕落）

第四场　巧扮船工

［夜。
［水圩内，远处汽艇一角。
［匪连长带匪兵扛东西过场。

匪连长	快！快！

［何三豹气急败坏地上。

何三豹	你们把这些东西往哪里扛？
匪连长	报告团长，按您的吩咐光将团部重要物资装上汽船，准备运走。
何三豹	妈的，笨蛋！驾驶员死了还装东西什么用？扛回团部好好看护。
匪连长	是！扛回团部，快，他妈的，扯蛋！
	（赶匪兵下场）
何三豹	（面对汽船，沮丧地）
	（唱）从鲁南到苏北节节败退，
	一路上丢盔卸甲夺路归。
	共军四面包围急，
	步步紧逼把命催。
	俺一天跑了一百五，
	汽车轮还跑不过共军两条腿。

> 抢来船只未运走，
> 驾驶员被杀真倒霉。
> 讲什么徐蚌来会战，
> 唉！
> 这失败的命运难挽回。

崔营长　（生气地上）何团长，我的驾驶员被杀，民船运不走，你看怎么办？

何三豹　这只能怪你防范不严，与我何干？

崔营长　你！你倒推得干净。

> （唱）我回军部把你告，
> 你护船失职罪难逃！

何三豹　（唱）杀头也不该先杀我，
> 你为啥早不来瞧瞧。

崔营长　（唱）事情出现在你眼皮下，
> 你满身是嘴也赖不掉。

何三豹　（唱）老鹰栓在鳖腿上，
> 我飞不动你也别想跑。

崔营长　那咱就军部见！（欲走）

何三豹　嘿嘿……要是军座知道这事，你就难免杀头之罪。

电话兵　（跑上）报告团长，军部来电话催船，命令火速启航。

何三豹　崔营长，军部是命你来带船的，你去给军长回电话。

崔营长　我到你这儿来拖船，你是主人，应该你去回电话的。

何三豹　哼！

崔营长　哼！

电话兵　前方吃紧，要迅速把情况给军部说说（幕后电话铃响）听，又催啦。

崔营长　（一横心）好！我去接！（欲下）

何三豹　慢！耽误了拖船时间这件事咱俩都有责任，是不是先说驾驶员急病，暂时不能开航。

崔营长　对对对！团长高见！我请求军部再派个驾驶员来。

何三豹　好！

崔营长　何团长，军座是您的老同学，以后这件事你在军座面前得对我多关照关照。

何三豹　只要你不告我失职之罪，这事有我了。

崔营长　好！咱们彼此关照。（二人笑）

[电话铃又响，崔急下。

赖　才　（上）何团长，我带兄弟们到处搜查那个卖鱼的可疑分子，就是没有搜到。

何三豹　继续搜查。万万不可叫他逃出水圩。

赖　才　是！（下）

崔营长　（上）何团长。

何三豹　怎么样，老弟？

崔营长　军部答应再给一名驾驶员，为了安全起见命令速去一只船把驾驶员接来。

何三豹　好！位副官。

位副官　（上）有。

何三豹　你去找两只船，挑两个船工，跟崔营长去窑湾接驾驶员。

位副官　是！

崔营长　可要挑两个老实可靠的。

何三豹　这你放心，挑好后我亲自过过目。

位副官　是。（下）

崔营长　　谢谢团长的关心。

何三豹　　老弟，又要你辛苦这一趟了。

〔二人笑。

〔暗转。

〔河边的一间茅草屋中。

〔乔成内上。

乔　成　　（唱）杀掉了驾驶员震惊敌胆，
　　　　　　　　何三豹魂魄丧惴惴不安。
　　　　　　　　又戒严又搜查一团混乱，
　　　　　　　　走不成停不得怨天恨地。
　　　　　　　　赵书记调集民兵将我等，
　　　　　　　　准备着里应外合夺大船。
　　　　　　　　召开个支部会研究方案，
　　　　　　　　集中那个大伙的智慧把敌歼。

〔小兰带大娘乔英、柱子上。

大　娘　　乔成！

大柱子　　乔成哥！

乔　成　　大伙都来啦，坐。

小　兰　　只有江爷爷被敌人找去，还没回来。

乔　成　　你到门外放一下哨。（小兰下）

　　　　　（向众）征求群众意见怎么样？

乔　英　　大家看，何三豹对驾驶员被杀、船拖不走必不甘心，会另耍花招，我们必须抓紧时间夺船。

众　　　　对！

乔　成　　怎么夺法？

大柱子　　咱们外面用民兵打进来，里面大伙划船往外冲，不怕

	船开不出水圩。
大　娘	这样硬打硬拼，损失太大。
乔　成	对！咱们圩内无武装保护，最好是能用智取。
众	智取？（纷纷议论）

〔江爷爷上。

江爷爷	我来迟了一步，狗崽子找到我头上来啦！
乔　成	什么事？
江爷爷	（唱）位副官拉我去出差，
	跟营长去窑湾接驾驶员来。
乔　成	去窑湾接驾驶员？你怎么说的？
江爷爷	（唱）你想想咱怎愿给敌人办事？
	因此就找了借口往外推。
	我说道老眼晕花不顶用，
	撑篙无力船难开。
	扛个跳板得人扶，
	怎能去出这趟差。
大柱子	对呀！
	（唱）咱杀掉了驾驶员为保船，
	怎么能给他再接一个来？
大　娘	对呀，绝不能再给他接一个驾驶员再把咱们的船拖走。
乔　成	不，我看这倒是一个可乘的机会。
众	可乘的机会？
乔　成	如果我们能随他去，在半路上截下营长，对民兵进圩夺船不比硬打强得多吗？
众	对！

江爷爷	当时我不愿意去,他还硬缠着我找两个年轻老实可靠的船工呢!
乔　成	那好!
大柱子	这么说我去,半路上我把他翻到河里去。
大　娘	看你这莽撞劲儿!人家还能没有押船的护兵?
大柱子	管他呢,只要给我这个任务拼死也得完成。乔队长,就把这个任务交给我吧!
乔　成	不,我觉得还是我去最好,因为我和位副官打过交道,他可能会要我,再说我去了也能和区委联系领民兵打进水圩。
乔　英	对!
	(唱)这任务你去最妥当,
	可得要加小心对敌提防。
大　娘	(唱)最好是能带着小兰同往,
	路途上也能够协力相帮。
乔　成	好!
	(唱)敌人若把我挑上,
	这里的事情您多承当。
	找李大叔来向区委去请示,
	三河口水上截豺狼。
乔　英	好!(带大娘大柱子下)
乔　成	江爷爷,咱们和小兰去找位副官去。
江爷爷	走。
小　兰	(跑上)位副官来了。
位副官	(上)江老头,你给我物色的船工呢?
江爷爷	这不是嘛,兄妹二人。

位副官　嘀！巧极啦，还是你们俩啊！

乔　成　一回生，二回熟，跟你打交道越来越多喽！

位副官　好哇！上次送鱼你帮了我的忙，这次你又帮助我完成任务。

乔　成　帮忙就帮到底嘛。

（赖才鬼鬼祟祟地出现在门口）

赖　才　哦！两个卖鱼人原来在这里啊！（欲进去，略思）不行，我进去副官准又和我争吵，我报告团长去。

（急下）

乔　成　副官，船什么时候走啊？

位副官　黎明时候。

（乔成示意江爷爷会意点头）

乔　成　你也同去吗？

位副官　不，是崔营长押船，为了安全起见，何团长还要亲自给你们谈谈呢。

乔　成　（沉思）

（何三豹带卫兵上）

位副官　啊，何团长。

何三豹　这是你挑的船工吗？

位副官　是呀！所有的船民都被我挑过了，就挑这两个。

何三豹　（注视二人）你们不是船上的人吧？

乔　成　咋不是呀，多年把舵撒网，老渔户喽。

江爷爷　（扶摩着偎依在身边的小兰）我们都是一家人。

何三豹　一家人？昨天怎么不同时进圩？

乔　成　挂着河湾拿鱼，谁知老年人已划船跟你们先到水圩来啦。

位副官　　（解释地）哎呀，准是赖老板给你讲的吧，这些事我昨天都问过啦。

何三豹　　不要多嘴。

位副官　　是！

何三豹　　你真是渔民？

乔　成　　你可以问问水圩里的群众，真金不怕火，真假自会分。

何三豹　　我问你，当时你俩在河边捕鱼，见到了联防队没有？

乔　成　　见到啦。

何三豹　　你们见到国军就躲，见到了他们为什么不跑？

乔　成　　哈哈……这还用问？他们不抢船，不抓人，还帮助我们捕鱼。跑什么？

何三豹　　这么说你跟联防队认识喽？

乔　成　　当然认识。

何三豹　　是怎么认识的？

乔　成　　联防队活动在广大农村，除了这临河镇的人，谁不认识联防队？

何三豹　　你见过他们的队长乔成吗？

乔　成　　见过。

何三豹　　他在哪里？干什么？

乔　成　　在群众中，领导大伙斗地主，反恶霸。国民党老财都害怕。

何三豹　　他怕不怕我们国军？

乔　成　　他说……

何三豹　　照实说，他怎么讲？

乔　成　　他说你们是什么瓮中之鳖、秋后的蚂蚱！

何三豹　　（怒）啊！我要抓住他就把他宰了。

乔　成　　（轻蔑地）哈哈……

江爷爷　　（担心地）看看惹团长生气了吧？你不会说话，别给我惹祸。

乔　成　　我说的都是实话。

何三豹　　对对对！我就喜欢这样的老实人。

　　　　　（旁唱）这个人心直口快怪老实，
　　　　　　　　　为什么赖才对他生怀疑。

乔　成　　（旁唱）抓住了敌人弱点狠狠斗，
　　　　　　　　　叫赖才献功枉费心机。

江爷爷　　（旁唱）我时时为他捏着一把汗，
　　　　　　　　　何三豹阴险狡猾在找茬儿。

小　兰　　（旁唱）乔成哥大胆沉着把敌斗，
　　　　　　　　　我今后得多多向他来学习。

位副官　　（旁唱）恨赖才给我争功来捣蛋，
　　　　　　　　　这船工挑后我找他算账去。

何三豹　　（旁唱）还不知出差他可是真心，
　　　　　　　　　我还得继续考问探虚实。

　　　　　小伙子，给我出差你愿意去吗？

乔　成　　我心里很高兴。

何三豹　　那好，出差回来我重重有赏。

乔　成　　只要能办好事，凭长官你赏就是。

何三豹　　（旁白）越说越看他是个忠厚人。

　　　　　（向乔）这次任务很紧，风高天黑地你路熟吗？

江爷爷　　他在这里土生土长，熟悉运河的水情，知道河道的情况，篙使得准，舵把得稳，大风大浪不迷航，准能送到地方。

何三豹	好!(向小兰)小姑娘,在河上要遇到八路军联防队打起枪来你怕吗?
小　兰	俺不怕。
何三豹	为什么?
小　兰	八路军联防队都不打老百姓。
何三豹	好,说的都是老实话。
位副官	我说团长,就这样定了吧?
何三豹	行!
乔　成	何时动身?
何三豹	明天黎明。
乔　成	那我们准备准备。
何三豹	(狡猾地)不,一切东西都给准备好啦,现在就去见崔营长。
江爷爷	啊!
乔　成	那好吧!家里的事里里外外您老人家要好好照料一下。
江爷爷	你放心,我会办好的。
乔　成	走!(与小兰扛桨亮相)
	(灯暗)

(幕落)

第五场　水上擒敌

　　[次日黎明。

　　[大运河上。

乔　成	(内唱)出水圩架轻舟运河之上,

[乔成撑篙，小兰摇橹，崔营长带一匪兵龟缩仓外，行船舞蹈上场。

（接唱）穿浓雾波涛汹涌浪花狂。
　　　　区党委已通过作战方案，
　　　　黎明前三河口擒敌干一场。
　　　　不料想敌人又耍新花样，
　　　　半夜行动船启航，
　　　　赵书记怎知这情况；
　　　　看起来截船计划要受影响，
　　　　对此事我曾经反复思量，
　　　　必须要慢行船拖时间，
　　　　才能水上擒豺狼！

崔营长　　快摇！

乔　成　　哼！原说天亮动身，忽然半夜开船，天黑路险，划快了可不安全呢！

崔营长　　前方吃紧，（觉失口急改）不，军令如山，快划！

乔　成　　不行，按我们船家的规定，夜间行船有三不开。

崔营长　　哪三不开？

乔　成　　第一风浪大不开。

崔营长　　第二。

乔　成　　夜雾浓不开。

崔营长　　第三。

乔　成　　河道险不开。

小　兰　　你看这风浪大，夜雾浓，河道险三条都碰上啦，这个舵我可不敢掌。

崔营长　　胆子放大些，碰上了又怎么样？

乔　成	轻则搁浅，重则翻船。
匪　兵	（惊恐地）我的天呢！（指舱内匪兵）俺这全班弟兄都完啦，这怎么办呢？
乔　成	（趁势地）我看还是等天亮再走。
崔营长	宁愿冒风险不能误时间，扯蓬！
乔　成	不管，风大浪急，船行似箭，撞上险处后果不堪设想呐！
崔营长	不管它。
乔　成	营长，咱有言在先，途中遇了事可不能怪俺。
崔营长	不怪你。
乔　成	（暗示小兰）小兰，掌好舵啊。
	（小兰会意，乔成点篙船行）
乔　成	（唱）风鼓蓬满船如箭，
	心潮滚滚逐浪翻。
	匪军不让把船停，
	得再想办法拖时间。
小　兰	（唱）队长心里急，
	我也犯了难；
	顺风又顺水，
	天亮到窑湾。
	错过时机怎么办，
	心里躁得直冒烟。
乔　成	小兰！
	（接唱）行船路线要看清，
	（示意小兰）掌稳舵把莫搁浅。
小　兰	（接唱）队长的心意我领会。

　　　　　　　　手握舵把暗盘算，

　　　　　　　　装作天黑看不远，

　　　　　　　　定叫船儿搁浅滩！

乔　成　　营长，这天黑看不清航道怎么走啊。

崔营长　　这路我走过，照直走没错。

乔　成　　小兰，听到没有，营长命令照直走！

小　兰　　（接唱）乔成哥定下巧机关，

　　　　　　　　我推舵瞄准冲向前，

　　　　　（船飞速前进，撞滩搁浅）

　　　　　（匪兵惊叫，舱内匪兵齐出）

众　匪　　我的妈呀，怎么搞的？

乔　成　　船搁浅啦。

崔营长　　（发火地）您怎么掌的舵？

小　兰　　你不是叫照直走吗？

崔营长　　你是有意捣乱！

小　兰　　我捣乱？哼！俺全家生活都靠这条船，你们不要命，俺还舍不得这条船哩！

众匪兵　　打死这个小丫头。（齐上前欲动手。）

乔　成　　（冲上前急护小兰）住手！你们真不讲理，蓬是营长扯的，路是营长指的，天黑雾浓，河道弯曲，搁了船还能怪她？

众匪兵　　这……（无言以对）

崔营长　　唉！

　　　　　（唱）倒霉倒霉真倒霉，

　　　　　　　　船撞浅滩行不得。

　　　　　　　　误了时间我吃不消，

	只好下水把船推。
	（对乔成，小兰）快下水推船！
乔　　成	俺下水？俗话说一篙顶千斤，点篙顶十人，谁会掌篙把舵我们就下水。
	（众匪兵摇头）
匪　　兵	都不会呀，这怎么办？船上这么多人何时才能推上来？
营　　长	这……（对乔成）还是你们点篙把舵，（对众匪兵）都下水推船！
众　　兵	我们下水推船？
营　　长	快！（众匪兵无奈只得下水。）
众　　匪	好冷啊！
匪　　甲	（唱）河水冷，北风吹。
匪　　乙	（唱）冻得我身子缩成堆。
匪　　丙	（唱）两排牙齿直打架。
匪　　丁	（唱）冻死了别想把家回。
崔营长	嘟囔什么？使劲推！
	（乔成、小兰假装点篙，众匪推船）
崔营长	使劲！使劲！他妈的！
众　　兵	（推船）哼唷，哼唷……
	（小兰暗笑，乔成以目制止）
崔营长	（旁唱）我觉得这件事有点不对，
	撑船人怎不知浅滩沙堆？
	开船时他们曾百般阻拦，
	船搁浅又把责任向我推，
	天晓得他们是渔民还是联防队？
	（注视着乔成）

	要提防上当倒大霉。
乔　成	（旁唱）看起来匪营长已生疑惑，
	必须要多小心察言观色。
崔营长	您怎么不用力撑啊？
乔　成	看，竹篙都撑弯了。

（船行，众匪兵爬上船）

匪　兵	唉！都冻成冰棍啦。
众　匪	怎么办呢？
乔　成	快进舱暖和暖和。
众　匪	对！（欲进舱）
崔营长	不行！刚才耽误了时间，现在要加快速度，都帮助划船！
众　匪	划船？
乔　成	哈哈……
崔营长	你笑什么？
乔　成	他们站都站不稳还能划船吗？
众　匪	对嘛！
崔营长	这……（无奈地）都滚进舱去。

（众匪进船舱）

乔　成	小兰，落蓬。
崔营长	为什么？
乔　成	刚才扯蓬搁浅，再要碰上暗礁，你们都完了！
崔营长	（惊恐地）落就落吧。要加劲划，前面的路你熟吗？
乔　成	熟啊！过了鲶鱼嘴，就是老龙潭，绕过三河口，一直到窑湾。
崔营长	你来领水，再要遇问题，哼！（拍了拍手枪）这家伙不

	客气啊！
乔　成	哈哈……你既然信得过我，我保证把你送到地方。
崔营长	快划。
乔　成	可是有一条，快慢要听我的安排。
崔营长	（沉吟半晌）就听你的。
乔　成	（旁唱）这家伙有意将我来考验，
	口说人话心藏奸。
	我定要堵住窟窿掏黄鳝，
	稳住他再叫他往虾笼里钻。
	眼看着船已穿过老龙潭，
	仍不见三河口上冒火烟；
	莫非民兵尚未到，
	我必须勒马收缰慢行船。
崔营长	怎么船又慢啦？
乔　成	前面河道拐弯，快了容易撞岸。
崔营长	前面是什么地方？
小　兰	三河口。
崔营长	听说三河口是共军联防队活动的地方，在此耽搁定有危险，你给我快速闯过。
乔　成	风大浪急，又是弯道。这可不行啊！
崔营长	哼！叫你快你偏慢，莫非你通八路，想等共军来截船？
乔　成	（大笑）哈哈……
崔营长	你又笑什么？
小　兰	笑你说话不在理儿。
崔营长	怎么？
乔　成	我们两人是何团长亲自挑选的，不可靠能让来吗？你

	说我通八路想截船，你有什么根据？你说说我是怎样通的八路？船又怎样截法？
崔营长	这……不管怎么说就得加快速度！勤护兵，你帮助摇橹。
匪　兵	是！帮助摇橹，船行加快。
	（乔成眼望前方，心情万分焦急。）
乔　成	（唱）眼望前方雾弥漫，
	耳听脚下涛声喧。
	风卷河水浪赶浪，
	水拍船头动心弦。
	时间如水流得快，
	一分分，一秒秒，催得我心似滚油煎。
	擒营长是进水圩夺船的关键，
	夺回船才能够飞渡运河把敌歼。
	临行时赵书记再三嘱咐，
	任务重军情急莫误时间。
	同志们满怀信心把我盼，
	盼望我完成任务夺回船。
	时间再过几分钟，
	棋晚一步失全盘。
	我恨不得喝令河水倒流转，
	顶住大船不向前，（沉思）
	紧急中毛主席的声音响耳畔。
	（白）愈坚决愈大胆就愈能胜利。
	（唱）一句话好似暖流涌心田，
	顿感到浑身上力量无限；

>   为革命千难万险只等闲,
>   甘洒热血把流水染。
>   喜看红旗遍河山,
>   下决心只身擒龙把海下,
>   准备着同志们不来就翻船。

（走近小兰）小兰，这三河口可是个逮鱼的好地方呀！

小　兰　　只怕是众船未到合不了网呢！

乔　成　　咱们一条船不也曾经逮过大鱼吗？

　　　　　（作翻船手势）

小　兰　　（领会地）嗯，那可得特别小心呀。

崔营长　　（走近，怀疑地）你们讲什么？

小　兰　　讲我们在这弯柳树下捕鱼捉鳖的事。

崔营长　　废话，快摇船，你们要是给我兜圈子，（掏出手枪）嘿嘿……

乔　成　　哈哈……（解开外衣）小兰，快到弯柳树下，外舵！

小　兰　　是！

　　　　　（三河口处烟火腾腾，一船飞来。）

乔　成　　（正欲跳水发现烟火）哦！火！

小　兰　　火！

崔营长　　哎，怎么来了一只船！

乔　成　　捕鱼的呗。

崔营长　　不对，船上有武装，停船！

　　　　　（众匪出舱）

乔　成　　水速流急，停不住了。

　　　　　［两船相近，众匪端枪惊视。

崔营长　　你们是哪部分的？

虎　子　（扮匪军官站立船头）你眼瞎，看不见我们是军部的船？

乔　成　哦，是接你们来啦！

崔营长　不对，你们是干什么的？

虎　子　送驾驶员去临河镇拖船。

乔　成　好啊，这可没我们的事啦。

崔营长　不！（急问）我还没回去怎么把驾驶员送来了？

虎　子　哈哈哈……军长叫你去带船，你偏偏把驾驶员弄病了。共军四面八方向军部包围，军长着急，才叫我把驾驶员给送来的。你要是再耽误时间可要小心你的脑袋！

崔营长　嗯？怎么来了这么多弟兄？

虎　子　为了保护驾驶员的安全。

崔营长　驾驶员呢？

赵书记　（站住，掏枪逼视）在这里。

崔营长　（大吃一惊）啊！

　　　　（欲回首命令匪兵顽抗）

乔　成　不许动！

崔营长　哦！你？……

乔　成　我是联防队乔成！

　　　　〔崔惊慌跳水欲逃，乔随跳水追下。

　　　　〔匪兵有的举手投降，有的跳水逃命。赵书记、张排长带兵民与敌水上开打。

　　　　〔乔成擒获崔营长。

　　　　〔赵书记张排长等分别擒获匪兵。

乔　成　（对崔）麻烦你再去会会你们的何团长。押入后舱！

　　　　〔战士们押俘虏下。

赵书记	（介绍地）这是来帮助咱们夺船架桥的解放军张排长。这是联防队队长乔成同志。
张排长	（与乔握手）你们辛苦了！
乔　成	首长辛苦！感谢你们的支持！
张排长	我们感谢你们对部队的支持！
赵书记	军民一家嘛。
众	哈哈……
赵书记	同志们，咱们大部队马上就要来渡河了，兵贵神速，咱们快速进圩夺船架桥！
众	好！

（合唱）

　　挥桨把舵长篙点，
　　乘胜进军夺大船。
　　四海云水鼓风帆，
　　飞兵水圩把敌歼。

（众造型）

（切光）

（幕落）

第六场　运河飞渡

〔黎明。

〔敌水圩门内。

〔远处河水扬波，近处有碉堡、破船。

乔　英　（持灰板等捻船工具上）

　　　　　（唱）装捻船到圩门察看动静，

　　　　　　　　见圩门添地堡又增哨兵。

　　　　　　　　敌人像惊弓鸟昼夜不宁，

　　　　　　　　提着心吊着胆怕我进攻。

　　　　　　　　临战前止不住心情激动，

　　　　　　　　等待着联防队来破敌营。

　　　（匪连长上。乔英在破船边调灰观察动静。）

连　　长　　谁的岗？

哨　　兵　　（从堡内上）连长，我的岗。

连　　长　　别迷迷蒙蒙的，多转悠转悠。

哨　　兵　　是！（打个哈欠下）。

连　　长　　（对乔英）你干什么的？

乔　　英　　给你们修船的。

连　　长　　这条小划子修到现在还没修好？

乔　　英　　俺船家的规矩是三分修，七分捻，接连还得油七遍。这样下水才保险哪！

连　　长　　我的天，这要修到什么时候？别磨蹭了，凡是破船今天一律修好，这是团长的命令。

乔　　英　　来不及。

连　　长　　前方吃紧，急等用船呢，多加几个人捻！（下）

乔　　英　　嗯！你就等着吧！

　　　（江大爷、大娘等渔民上，一青年监视着哨兵。）

众　　　　　情况怎样？

乔　　英　　敌人前方吃紧，还梦想把船拖走呢。

大　　娘　　咱们拼死也得保住船，一条也不许他们拖走。

江大爷　　哼！（眼瞅哨兵方向）狗崽子，我们的船一条也没有

	漏水，就是不让你们用。（众笑。）
乔 英	何三豹是秋后的蚂蚱，蹦不了几天啦。
大 娘	到咱们向他们讨还血债的时候了！
一青年	大军一到来，什么黄百韬何三豹的都得完蛋。
江大爷	那时候有毛主席给咱们撑腰，翻身做主人，谁也别想欺负咱！什么地主呀、渔霸呀都得乖乖听咱的！
大柱子	（急上）乔英姐！
众	大柱子。
乔 英	你和李大叔联系了？
大柱子	联系了，李大叔说这次截船解放大军也来支援参战了。
众	好啊！
江大爷	这叫军民一条心，消灭敌军。
乔 英	谈谈具体情况吧。
大柱子	（唱）赵书记，解放军。 　　　　三河口，把兵屯。 　　　　水上已把营长擒。
众	太好啦！
大柱子	（接唱）告诉咱们护好船， 　　　　　等候乔成进圩门。 　　　　　里应外合歼敌军， 　　　　　大部队就要来到， 　　　　　架船桥迎接亲人。
众	好啊！
大柱子	这一次非杀死何三豹不可！
女青年	哎，你杀死何三豹，别忘了把那豹子皮留给江爷爷吊皮袄啊！

众　　　　哈哈……

一青年　　何三豹来了。

〔何领连长上。

何三豹　　你们到这儿来干什么？

乔　英　　（举起灰板）修船！

何三豹　　谁叫你们到这儿来修的？

乔　英　　（指连长）他。

何三豹　　妈的，这儿是要地，懂吗？

连　长　　是！

何三豹　　我叫你在一号湾做的事怎样了？

连　长　　报告团长，已经完毕。

何三豹　　（对渔民）船不修了，快回去，把船统统集中到一号湾来。

众　　　　要干什么？

何三豹　　这……（掩饰地）发粮食救济你们。

众　　　　哼！

连　长　　快去，快去。

（何与连长进堡内）

江大爷　　老虎挂佛珠，他还假装善心呢。

乔　英　　（思考）我觉得敌人叫把船集中在一号湾，这里面定有阴谋。

大柱子　　我也是这样想。

乔　英　　（果断地）咱们越接近胜利，敌人越要作垂死挣扎，我先去一号湾看看情况，大家分头告诉乡亲们，拖延集中时间，护好船只，等候联防队来。

众　　　　好！（分两路下场。）

　　　　　　［何、连长上。

连　　长　　团长，船怎么不修了？
何三豹　　共军已在曹八集、大许家一带把我们去徐州的退路切断，我兵团被华东、中原野战军压缩在碾庄圩地区。情况危急，兵团部直接命令我们做好两手准备。
连　　长　　怎样两手准备？
何三豹　　万一共军逼近，这些船不能运往窑湾，就连船带人全部炸掉，凭河阻止共军渡河西进。
连　　长　　怪不得你早就布置修工事。
何三豹　　马上在一号湾暗道里填满炸药，接上导火线。
连　　长　　引头处？
何三豹　　（指堡跟前的石块）就在这下面。
连　　长　　（向后招手）扛炸药来！
　　　　　　［众匪兵扛炸药上。
何三豹　　将暗道内填满。
众　　匪　　是！（扛炸药下）
电话兵　　报告团长，与窑湾联络中断。
何三豹　　啊！一定是线被共军掐断，火速查线。
电话兵　　是！（下）
位副官　　（上）报告团长，接驾驶员的船已到码头。
何三豹　　嗯？（看表）来得这么快？
　　　　　　（唱）半夜营长才动身，
　　　　　　　　　黎明驾驶员到圩门。
　　　　　　　　　来得这么快，
　　　　　　　　　叫我起疑心；
　　　　　　　　　电话又中断，

　　　　　　　　一定有原因。
　　　　　　　　切莫上了乔成的当，
　　　　　　　　查清情况再开门。
　　　　　　（白）加强警戒。

连　　长　　是！（招呼四匪兵上场）
位副官　　　他们已经来了。
　　　　　［乔成与虎子扮敌军官上。
乔　　成　　何团长，开门吧，驾驶员已经接来了。
何三豹　　　哦……你是？
乔　　成　　军部警卫营二连长。
何三豹　　　有信件吗？
乔　　成　　电话早就已通知了，还要什么信件？
何三豹　　　崔营长呢？
乔　　成　　晕船了，正在舱内呕吐呢。
何三豹　　　那驾驶员——
虎　　子　　马上就到。
　　　　　［何怀疑地望着船上。
乔　　成　　军部还发给你三十箱军火，我们顺便给你捎来了。
何三豹　　　好好好，你们来得好快呀！
乔　　成　　军情紧急，怎敢耽搁？
虎　　子　　不信你可以打个电话问问军部，别这么盘三问四的。
电话兵　　　（慌张跑上）报告团长，两个兄弟去查线一去未回，看来电话是不能接通了。
何三豹　　　唉！（对连长）快增加一班流动哨！
连　　长　　是！（下，电话兵暗下）
乔　　成　　团长，情况紧急，你却把俺们关在门外，要误了军机，你要考虑考虑你的责任。

何三豹　　这……

虎　子　　他既然不相信，咱们就返回窑湾镇。

众民兵　　对！（幕后声：开船喽！）

何三豹　　停下，停下！

乔　成　　这停干什么？何团长，咱打开窗子说亮话，你是上级，可我不是你的下属。兄弟们辛辛苦苦、担惊受怕地给你送来驾驶员，你却把俺关在门外盘根问底，要误了军部过河的时间，你吃不了要兜着走！

何三豹　　唉！
　　　　　（旁唱）这事情搅得我心慌意乱，
　　　　　　　　他句句驳得我有口难言。

乔　成　　（旁唱）何三豹这老贼又刁又险，
　　　　　〔虎子欲动，手乔成制止。
　　　　　　　　若要是暴露早进圩困难。

何三豹　　唉！
　　　　　（旁唱）他究竟是真还是假，
　　　　　　　　我好比十五个桶打水，
　　　　　　　　七上八下心不安。

乔　成　　（旁唱）赵书记伏兵在河岸，
　　　　　　　　只等着水圩门开把敌歼。
　　　　　　　　在此久等会生变，
　　　　　　　　要逼他不能再拖延。

何三豹　　（旁唱）他若是民兵联防队，
　　　　　　　　错开圩门我完蛋。
　　　　　　　　不开门又怕误军机，

	军法处治不容宽。
乔　成	（旁唱）要仔细，要大胆，
	不让老贼把气喘。
	深掘陷坑擒虎豹，
	张网不让狡兔逃窜。
何三豹	（旁唱）我强作笑脸再试探，
	二位老弟别发烦。
	（白）请不要见怪，只因乔成在水圩内出没无常，我不得不防啊！
乔　成	哼！乔成在你眼皮底下你也认不出来，却怀疑起军部的人来了，真是有眼无珠，令人好笑。
何三豹	你我素不相识，请崔营长出来打个招呼好吗？
乔　成	真是老奸巨猾，把崔营长扶到这儿来。
一民兵	是！（用枪顶住崔后腰扶崔上场）
何三豹	老弟，你晕船好些了吗？
崔营长	（苦笑）啊，好……好些了，驾驶员已到，快开门吧。
乔　成	这你还有何说？
何三豹	好好！开门！（位副官开门）
乔　成	先把军火卸下来，送进圩。
	〔民兵扛军火进圩，分别盯住匪兵。
何三豹	驾驶员呢？
乔　成	用不着他了，这里的船由我们来开。
何三豹	（举头细看）啊！民兵联防队。
	〔何拔枪欲射，被乔成击伤逃下。
	〔匪兵被俘，位副官举手投降。
	〔乔英、江大爷、大柱子、大娘、小兰等分别持鱼叉、

	船桨等武器上。
众	乔成同志。
乔　成	乡亲们，解放军张排长带人支援咱们来了。
众	大家都盼着你们呢！（军民相见）
乔　成	姐姐，你和乡亲们护住船只，我们和张排长追歼逃敌。
众	是！

[分头下场，枪声大作。

[何逃上，匪连长随上。

何三豹	顶住，谁后退就毙了谁！（匪兵返回）
通讯兵	报告团长，碾庄兵团部电报说我军部被共军包围，消息不明。
何三豹	全完啦！（对连长）把船全部炸掉！
连　长	是！（欲点燃导火索，乔英从堡后跃上，持斧砍死连长）
何三豹	啊！女八路。
乔　英	何三豹，你的末日到了。

[挥斧劈向何。

[乔英在搏斗中中弹倒地。

[何点燃导火索，火舌喷出。乔英挣扎起身，推倒何，用斧头砍断正在燃烧的导火索。

乔　成	活捉何三豹。

[乔带民兵上，何从铁丝网下爬跑。

[乔英昏倒，小兰、小岭子扶住。

众	乔英，乔英！
岭　子	（泪水欲出）乔英姐！
乔　英	（指着铁丝网下边）快，快，追何三豹……
乔　成	江大爷，你带乡亲们把船立即开出水圩，其余人跟

我来。

［小兰、盼子扶乔英下。

［江爷爷领群众下。

［乔成带民兵翻铁丝网下。

［张排长带解放军战士追敌过场。

［暗转。

［河边芦苇丛中。

［何与赖从芦苇丛中伸出头来，见无人，二人方出。

赖　才　　何团长，咱们向哪边跑？

何三豹　　赖先生，请帮个忙，咱俩换换衣裳。

赖　才　　（惊）何团长，这……

何三豹　　（命令地）扒下来。

赖　才　　我穿上这黄皮死得快点，不，不能……

何三豹　　他妈的！（拔刀刺死赖才，急扒赖上衣穿上，钻进苇丛中。）

［两匪军逃上，大柱子持鱼叉追上。一匪转身欲射击大柱子，张排长急上，射中匪兵，追另一匪兵下。书记上枪打众匪，与大柱子押俘虏下。

［何从苇丛中钻出欲逃，乔成从高处翻下，二人短兵相战，何被打倒在地。

［解放军战士和民兵及群众上，何、崔被押在一角。

赵书记　　（上）押下去！（民兵押何、崔下）

众　　　　赵书记。

赵书记　　张排长，同志们，辛苦了。

［军民热烈握手欢跃。

［大娘、小兰扶乔英上。

赵书记	乔英同志,伤势怎样?
乔　英	没关系。
赵书记	好好养伤。同志们,我们胜利地完成了歼敌夺船的任务,(看表)再过两个小时咱们大部队就到了。
众	毛主席万岁!
乔　成	同志们,我们要发扬勇敢战斗、不怕牺牲、不怕疲劳和连续作战的作风迅速架起船桥迎亲人。
众	对!

〔军、民分队园场,持桨舞蹈,天幕上一桥飞架。

〔彩霞满天,红旗引路。我大军雄姿焕发,飞速过桥西进。

〔民兵推车挑担随军友前过场。

〔赵书记、乔成随支前大军和乡亲们挥手告别。

众合唱　　打得好来打得好,
　　　　　夺船飞架英雄桥。
　　　　　军民并肩来参战,
　　　　　坚决消灭黄百韬。

（歌声中大幕徐落）

剧终

草稿

1975年1月

画乡回春

柳琴戏

编剧　高子亮　解玉良

时　间　粉碎"四人帮"之后

地　点　苏北某农村

人　物　　双　庆　　曾受周总理接见的农民画家

　　　　　双庆嫂　　双庆的爱人

　　　　　新　花　　业余美术组女学员

　　　　　四　婶　　新花娘

〔冰雪初融，大地回春，某县村镇壁画满墙，五彩缤纷。

〔农民画家双庆家里，《周总理关怀农民画》的画幅十分醒目。

〔双庆嫂心情激动地捧出画籍整理桌椅，等候被"四人帮"关押折腾的双庆归来。

双庆嫂　（唱）喜迎春庆胜利锣鼓声喧，
　　　　　　　"四人帮"被粉碎人人喜欢。
　　　　　　　双庆他得自由要回家转，
　　　　　　　拨去俺心内愁闷开笑颜。
　　　　　　　今天等罢明天等，

　　　　　　望他望得双眼穿；
　　　　　　只捎信来人不见，
　　　　　　双庆啊！
　　　　　　你咋不早回早团圆？

　　　〔打扫卫生下。
　　　〔双庆手提画笔，豪情满怀地上。

双　庆　　（唱）春回大地阳光暖，
　　　　　　东风送我把家还。
　　　　　　半载坐牢经考验，
　　　　　　宁让骨碎腰不弯。
　　　　　　今日画笔握在手，
　　　　　　继续革命勇向前。

　　　　　（白）柱子他娘，柱子他娘。

双庆嫂　　（上，惊喜地）哦！双庆……你可真的回来啦！

双　庆　　回来啦！

双庆嫂　　（细看双庆，抚摩着双庆的伤痕）唉！半年时间，你竟被折腾成这个样子……

双　庆　　别难过，是钢就经得起敲打。

双庆嫂　　你不早就放出来了，怎么今天才回家？

双　庆　　在县里控诉"四人帮"的罪行，回公社研究对"四人帮"的批判呢。

双庆嫂　　快坐下歇歇，我给你煮了只母鸡，端来你吃点，补补身子。

双　庆　　不用啦！柱他娘，我的画箱还在吗？

双庆嫂　　（捧出画箱）看！给你保存得好好的呢！

双　庆　　好哇！（心情激动地接过画箱）我的老伙计，咱们又

双庆嫂　　　到一块啦！

双庆嫂　　　你被关押那阵子，他们来抢画箱作你的罪证。我冒着鞭抽棍打和他们死拼，他们没办法，就把画箱摔碎啦……

双　庆　　　这帮坏蛋！

双庆嫂　　　以后呀！我含着血泪一块一块又把画箱补起来……

双　庆　　　真难为你呀！这里面的东西？

双庆嫂　　　咱们家中三件宝，照片、画稿、画都不少。

双　庆　　　（翻看）好啊，（提笔铺纸）柱他娘，你就先帮我画起来吧！

双庆嫂　　　哎，哎……那个画迷劲怎么还没改啊！你要画什么？

双　庆　　　（唱）我要画党中央果断刚强，
　　　　　　　　　　领导咱全国人粉碎"四人帮"。
　　　　　　　　　　拨开海空层层雾，
　　　　　　　　　　革命征途不迷航。

双庆嫂　　　（唱）党中央英明办法好，
　　　　　　　　　　挽救了人民挽救了党。
　　　　　　　　　　消除冤狱把你释放，
　　　　　　　　　　恩比天高比海长。

双　庆　　　（唱）我还要画些批判画，
　　　　　　　　　　批判咱公社的小霸王。
　　　　　　　　　　唤起群众齐声讨，
　　　　　　　　　　勒令他缴械快投降。

双庆嫂　　　这……

　　　　　　（唱）这个人狡猾又阴险，
　　　　　　　　　　如今还把干部当。

	批他你要多考虑，
	免被暗算咱又遭殃。
双　　庆	柱他娘，你怎么一次被蛇咬三年咱怕草绳，顾虑那么多啊？
双庆嫂	不是我顾虑多，半年前血的教训，难道你忘啦？
双　　庆	我忘不了。

（唱）提起往事怒满腔，

　　　我恨透万恶的"四人帮"。

　　　一月间周总理不幸逝世。

　　　当时我心沉痛无限悲伤，

　　　清明节随大伙悼念总理。

　　　一夜中我画了这画一张。

（白）当时我手捧画卷，来到烈士碑前，满含热泪，缅怀着总理的教导。

双庆嫂　　（唱）谁料想小霸王秘密报告，

　　　诬这是反革命事件一桩。

　　　明着审查暗入狱，

　　　逼供打得你浑身伤。

　　　连俺娘们也没轻放，

　　　处处被他戳脊梁。

　　　半年来俺流了多少辛酸泪，

　　　满肚子苦水哪去讲？

双　　庆　　正因为受苦深，所以对"四人帮"更要揭得透。现在全国各地正轰轰烈烈地开展"革命大批判"，咱县农民画家都画漫画、办展览揭判"四人帮"的罪行。公社党委号召我们连夜搞一个批判"四人帮"的画展，

	我已叫新花他们青年美术骨干动手了。你我是五八年画壁画时的老骨干，咱们也要提起画笔，参加战斗！
双庆嫂	这个呀！谁愿画谁画，俺可不干！
双　庆	为什么？
双庆嫂	你要批的那个人，现在还是咱的顶头上司。这个蚂蜂窝，咱戳不得！
双　庆	为了彻底粉碎"四人帮"，弄清与"四人帮"有牵连的人和事，这个蚂蜂窝就得要捅！柱子他娘，你先帮个忙，（端碗）打点水来。
双庆嫂	我可没那工夫。
双　庆	嘿嘿，求人说破口，不如自动手，你不去呀，俺自己来。（端碗下）
双庆嫂	咳！他吃了秤砣——铁心啦！（指笔）我得把这画笔给他藏起来，叫他画不成。（拿笔试藏多处，最后藏于抽屉内）
双　庆	（端水上，欲调色）哎，画笔哪去啦？柱子他娘，你看见了吗？
双庆嫂	没有呀！
双　庆	（急找）这……这……
双庆庆	（掩口暗笑）嘿嘿嘿……
双　庆	（有所察觉）柱他娘，咱做夫妻都多半辈子了，我的急性子你还不知道？快把笔给我吧！
双庆嫂	看看，还有不沾手的官司来，你何时叫我给你当的保管员？
双　庆	那你笑什么？
双庆嫂	我高兴嘛！

双　　庆　　　那笔你真没看见？

双庆嫂　　　你找嘛！

双　　庆　　　咳！

（唱）奇怪奇怪真奇怪，

　　　　画笔能往哪里钻？

　　　　我这边找，那边翻。

　　　　里里外外打转转，

　　　　就是不见画笔的影，

　　　　我不信它能飞上天。

［欲抽抽屉，嫂急拦。

双庆嫂　　　哎哎哎，柱他爹，歇会儿再找吧！

双　　庆　　　这笔我是一时也离不开啊！

［又欲抽抽屉，嫂急拉庆。

双庆嫂　　　啊唷！我想起来啦！

（唱）你刚去灶房把水端，

　　　　咱柱子带来一群小伙伴。

　　　　一个要画王洪文，

　　　　一个要画姚文元，

　　　　一个要画白骨精，

　　　　一个要画狗头军师把扇扇。

　　　　想必是他们把笔拿了去，

　　　　到后院画画闹着玩。

双　　庆　　　那好啊！连孩子们都要画画批判"四人帮"，咱们的力量就更大啦！柱他娘，你去帮我把笔要来吧！

双庆嫂　　　等他们玩够，不就送来了？你还是先吃饭吧。

双　　庆　　　不行，得找到画笔再吃。

双庆嫂　　哈哈……看你那迂魔劲儿……要找你自己找去。

双　庆　　（略思）行，我自己去找，小柱子，小柱子……（佯装进内，略视嫂的动静）

（嫂拿出笔，欲换地方，见庆回首放回原处，以身挡住）

新　花　　（上）双庆哥，双庆哥！

双庆嫂　　（急阻止）哎，哎，你咋那么大的动静？

新　花　　我找双庆哥有事。

双庆嫂　　啥事呀！

新　花　　画画搞大批判呗！

双庆嫂　　您画您的，找他啥用？

新　花　　他是俺的美术组长，咋不找他？

双庆嫂　　哟！他坐牢时您咋不找他呢！快去吧！他不在家。

新　花　　哪去了？

双庆嫂　　溜达去了呗！

新　花　　俺不信。

双庆嫂　　我还能哄你。

新　花　　我得找找看（欲进内）

双庆嫂　　（急拦）死丫头，甭给俺找麻烦，您哥那么大的人，我还能藏着掖着？

新　花　　没藏就让我进去看看嘛！

双庆嫂　　不行。

新　花　　那我就再喊。

双庆嫂　　别喊，别喊，好妹妹，你哥刚回家来，你就让他歇一会吧！

新　花　　行呀！我只说一句话就走。

双庆嫂　　不能改天再讲？

新　花	事情急嘛。
	[花欲闯进，嫂左右拦挡。
双庆嫂	哎，哎，你咋恁不听话？
双　庆	别拦啦，我早就看到啦。
双庆嫂	你……
新　花	（上）拦不住了吧！哈哈……
	（唱）嫂子你真有意思，
	把俺哥哥来藏起。
	要想叫他不离家，
	干脆装在你袜筒里。
	走一步，跟一步，
	走到哪里都不分离。
双庆嫂	死丫头你疯啥？（追打花）
新　花	（急躲）我改！我改！
双　庆	（趁势抽开抽屉取出画笔）人藏不住，这画笔就更不用藏喽！
双庆嫂	你……（欲抢笔追庆，庆躲未得到）
新　花	有意思，有意思！（向外喊）小柱子，看你妈和你爸捉迷藏喽。
双庆嫂	（不悦地）去你的，哼！（进内）
双　庆	哈哈哈哈………
新　花	双庆哥，是怎么回事？
双　庆	你嫂子把笔藏起来不让我画画呢！
新　花	嫂子她怎么也和俺娘一样啊！
双　庆	你娘咋啦？
新　花	双庆哥

	（唱）俺娘今天也出了奇。
	就是不让我摸画笔。
	听说是你叫我画批判画，
	皱着眉头咕叽叽，
	说黄毛丫头逞啥能，
	不许你这样充积极；
	若是不听老娘的话，
	画成画了我也要撕成泥。
	我跑出找你来商量，
	快快帮我拿主意。

双　　庆　　你妈过去是喜欢画画的，今天为啥变了呢？

新　　花　　还不是因为批的是俺表舅嘛？

双　　庆　　对呀！你妈和咱批的那个小霸王是表兄弟亲戚，一方面打不开情面，另外恐怕还会受他唆使，这倒得注意点。

新　　花　　我想起来了，早上他还找俺妈咕咕叽叽的呢。我得找俺妈问问去。

　　　　　　（欲下）

双　　庆　　别忙啊！得先开导开导你妈的思想，把事弄清楚，我去找你妈谈谈去。

新　　花　　好！咱们走！（二人下）

双庆嫂　　（内出）柱子他爹，柱子他爹。（见没人）咳！又去了！真叫人没有办法。

四　　婶　　（提着新画箱，喊新花上）新花，新花……

双庆嫂　　是四婶子，快屋里坐。

四　　婶　　不用啦，新花没来吗？

| 双庆嫂 | 刚来过，又跟那个老画迷走啦！
| 四　婶 | （故意地）啊！大侄子回来啦！是大喜事啊！我一是来找新花，二是给您贺喜来的。
| 双庆嫂 | 有劳四婶子关心。（拉凳让婶坐）你找新花妹做啥？
| 四　婶 | 咳！她嫂子，

（唱）提起新花我气炸肺，
　　　这丫头简直气死俺。
　　　不知她中了哪道邪，
　　　一心画画搞批判。
　　　对上批，对下连，
　　　不顾亲朋不怕官。
　　　连她表舅也要批，
　　　不知她能管多宽。
　　　我怕她给俺闯了祸，
　　　找回家去把她拴。

| 双庆嫂 | 四婶子真会说笑话，新花妹那么大的人还用拴着？回去劝劝就是了。
| 四　婶 | 俺劝她，她听不进去哟！这事可都在双庆身上。
| 双庆嫂 | 怎么在他身上？
| 四　婶 | 是他叫新花画的嘛！俺那孩子是一条肚肠通到底，直来直往，就听她组长的，所以俺想求求你给双庆说说。
| 双庆嫂 | 我也是主张不让双庆画啊！
| 四　婶 | 对呀！双庆和公社里俺那个表弟有点不对头，可事过半年了。俺表弟也觉得对不起双庆，说过去把双庆的画箱砸坏了，今天找木匠做了一个，叫俺送来也算是给双庆赔礼吧！

		（递画箱）
双庆嫂		俺可不希罕他这个。过去他诬陷逮了双庆，砸了画箱，现在又来这一套。快给他提回去！
四　婶		（放箱）她嫂子，杀人不过头点地，他向您认错就行了呗！再说人家还在台上，有错也不过检讨检讨就啦！人家的汗毛都比咱的腰粗，胳膊扭不过大腿，弄不好还是咱受罪，您也不能不为双庆和全家人想想啊！万一……
双庆嫂		四婶子，你别说啦，等双庆回来，这批判画我一定不让他画就是啦。
四　婶		这我就放心啦！（看一眼画箱下）
双庆嫂		哎，四婶子，箱子你咋不拿着？（见去远丢桌子底下）哼！我找柱子他爹去。（欲下）
双　庆		（上）我不是来了嘛！
双庆嫂		你见四婶子啦？
双　庆		没见到，我给支部汇报了一下情况，支书要去做她的工作。
双庆嫂		她刚来过啦。
双　庆		想做什么？
双庆嫂		小霸王托她送这画箱赔你，求讲个人情。
双　庆		哦！你收下啦？
双庆嫂		谁理她了？是她硬丢在这里的，我给她送回去。
双　庆		先放这里吧！怪不得支部说小霸王很不老实，破坏大批判。我得赶快把画画出来，揭穿他的阴谋。（提笔欲画）
双庆嫂		（夺笔）你别再闯祸啦！

	（唱）你不是干部不是官， 　　　　为何偏把闲事管。
双　庆	（唱）我画他为的揭黑线， 　　　　把"四人帮"阴谋来戳穿。
双庆嫂	（唱）人家还在台上坐， 　　　　又有势力又有权。
双　庆	（唱）真理握在咱们手， 　　　　不怕权势不怕天。
双庆嫂	（唱）胳膊扭不过大腿， 　　　　你咋偏开顶风船。
双　庆	（唱）党中央给咱把舵掌， 　　　　何惧激流和险滩？
双庆嫂	（唱）俺怕你得罪了人再受苦。
双　庆	（唱）为革命粉身碎骨也心甘。
双庆嫂	这么说你一定要批？
双　庆	一定要批！
双庆嫂	果然要画？
双　庆	果然要画！
双庆嫂	你，你画吧！俺眼不见心不烦，不再跟你受牵连。你在这里俺走！（摔画笔进内）
双　庆	柱子他娘，柱子他娘……（拾笔沉思心潮起伏） （唱）柱他娘摔笔进内不回转， 　　　　我心中思潮起伏波浪翻。 　　　　为画画她陪我历尽艰苦， 　　　　害怕我得罪人再受熬煎。 　　　　四婶子想叫我不搞批判，

为亲戚作掩护把罪要隐瞒。
原只想画乡逢春遍地暖,
未想到春寒陡峭有微寒。
仰望总理音容浮想联翩,
抬头仰望总理面,
心情激动话难言。
总理啊!
你生前对俺多关怀,
亲切的教导我记心间。
紧握画笔干革命,
苦干实干十几年。
一手拿锄头,
一手握笔杆。
挥笔绘宏图,
努力搞生产。
大伙育新苗,
骨干万万千。
奋起除"四害",
革命意志坚。
农民画遍布城乡金光闪,
前进中斗争激烈也有困难。
想到您俺浑身顿增千钧力,
坚持斗争,迎考经验,
顶风破浪勇向前。

新　花　　（上）双庆哥,党委催问画画的情况。明早要开批判会呢!

双　庆	各组都正在进行，只是你……
新　花	我妈已受支书的批评，让我画画啦！你呢？
双　庆	我……

　　　　　〔嫂抱包袱从内出。

新　花	嫂子怎么啦？
双　庆	她怕俺画画得罪人，再受罪，要给俺分家呢。
新　花	哦！那怎能行？（夺包袱）嫂子，你真的要走？
双庆嫂	不走咋着，俺在这里碍他画画。
新　花	嫂子。
	（唱）嫂子嫂子你别发火，
	为画画两口子吵架用不着。
双庆嫂	（唱）他想画画由他画，
	俺离开这里倒利索。
双　庆	（唱）刚才的事情也怪我，
	没把那批判的意义说明确。
新　花	（唱）现在谈明也不晚，
	您两人啦啦呱好合作。
	我把包袱后面送，
	让您俩当面鼓来对面锣。

　　　　　〔抱包袱进内。

双　庆	（唱）柱子他娘你请坐，
	你提提条件看咋着。
双庆嫂	（唱）只要你不画批判画，
	什么事情都好说。
双　庆	（唱）你说这事难应允，
	我不能放下武器把笔搁。

双庆嫂　　（唱）你不同意就拉倒，

　　　　　　　　晚散伙不如早散伙。

　　　　　　［提画箱欲走。

双　庆　　（拦）柱子他娘，柱子他娘，你咋把画箱提走啦？

双庆嫂　　这是俺娘家陪送俺的梳妆盒，我爱往哪提往哪提。

双　庆　　是是是。可这箱子里的宝贝得交代清楚呀！

双庆嫂　　都给你还不行吗？

双　庆　　不行，要分就分清嘛！

双庆嫂　　好！（激动地）

　　　　　（唱）不提这里我不生气，

　　　　　　　　提起画箱我痛心哩。

　　　　　　　　那年结婚我把门过，

　　　　　　　　就知你是个画画迷。

　　　　　　　　任何嫁妆我都不要，

　　　　　　　　专要这梳妆盒给你盛画具。

双　庆　　（唱）里面我加上三层板，

　　　　　　　　盛着咱家的好宝贝。

　　　　　　　　头一层放着咱敬爱的总理像。

　　　　　（捧出总理的相片）

　　　　　（白）你当时是咋说来。

双庆嫂　　（唱）我叫你把总理的嘱咐牢牢记。

双　庆　　对，（接唱）

　　　　　　　　第三层放着咱合作的画。

双庆嫂　　（拿画稿）

　　　　　（唱）画题是要把革命进行到底。

双　庆　　是呀！（接唱）

	最下面放着咱俩的奖状。
双庆嫂	（唱）还放着各种颜料和画笔。
双　庆	（唱）我白天墙上画壁画。
双庆嫂	（唱）我跟你把画箱提。
双　庆	（唱）我夜里灯下来画画。
双庆嫂	（唱）我端水磨墨等着你。
双　庆	（唱）咱们一起来画画。
双庆嫂	（唱）互相研究同商议。
双　庆	（唱）我遭迫害把牢坐。
双庆嫂	（唱）我护住画箱等着你。
双　庆	（唱）你曾讲一生和我同战斗， 为什么你今天闹气要分离？
双庆嫂	这……这俺还不是为着你嘛！
双　庆	柱他娘，咱们是革命夫妻要一心为革命，不能光想着个人呐。拿四婶送来画箱看，这两个画箱两条路，一条要将革命进行到底，一条要我们跟"四人帮"妥协，走哪一条路难道不应当深思吗？
双庆嫂	（沉思）……
四　婶	（上）大侄子。
双　庆	四婶子，你来啦。
四　婶	回家看到你留的信，我还能不来吗？哈哈……
双　庆	今天你倒怪忙活哟！
四　婶	哪里话，为亲邻的事我还能怎么办？她嫂子，那画箱的事你给大侄子说啦？
双庆嫂	（不悦地）说了！
四　婶	大侄子你看怎么样啊？

双　庆	他叫你送来的正是时候。
双庆婶	人家也知道你等用嘛！他表舅还跟我说，只要你不画画批他，今后有要他帮忙的地方他保准办。
双　庆	那就要谢谢他的好心喽！
双庆嫂	柱子他爹，你怎么？
双　庆	人家不也和你一样不准俺画画嘛！
双庆嫂	这么说，你要把他的画箱收下？
双　庆	是要收下。
双庆嫂	你……
四　婶	她嫂子，大侄子说得对，还是收下的好。
双　庆	这是很好的批判材料啊！
四　婶 双庆嫂	哦！
四　婶	大侄子，我看批判的事就算了吧，都亲亲道道的。 （唱）俺和他家沾点亲， 　　　不得不求你讲情分。 　　　过去他把事做错， 　　　今天你莫再认真。 　　　结交一人一条路， 　　　得罪一人是祸根。 　　　低头不见抬头见， 　　　得饶人处且饶人。 　　　我是为了您家好， 　　　大侄子， 　　　切莫辜负我的心。
双　庆	四婶子，你的好心俺知道，可小霸王却是利用你来调

四 婶	和阶级矛盾，企图掩盖他跟"四人帮"反对周总理、打倒老干部、搞打砸抢的罪行，破坏革命大批判哪！
四 婶	是这样？
双 庆	不错，他被突击入党做官，过去为什么不找你叙亲戚？再说，他诬陷我坐牢时，还逼我供认悼念总理的人员，连新花妹也列在上面哪！不是党中央一举粉碎了"四人帮"，不知得有多少人无辜受迫害呢！
四 婶	原来是这样！我真糊涂，还为他说情呢！
双庆嫂	你快把这画箱给他退回去。（递箱）
四 婶	是。（接箱）
双 庆	不要这样，应带到大会上去揭发批判。
四 婶	对！（放箱）（愤愤地下）
双 庆	柱子他娘，这两个画箱两条路，一条要将革命进行到底，一条要我们跟"四人帮"妥协，走哪一条道不应当深思吗？
双庆嫂	（沉思）……
双 嫂	柱他娘，你看这是谁？（指画）
双庆嫂	这是我们敬爱的周总理。
双 庆	这是1960年8月13日晚上7点，敬爱的周总理在人民大会堂宴会文联代表，我以县农民画家的身份向他老人家敬酒，当时总理神采奕奕，用炯炯有神的目光望着我，铿锵有力地说："你们县壁画搞得好，要坚持生产、坚持业余、扩大队伍。"当时我心情万分激动，怕总理身体不好，请求他老人家干半杯，总理却兴奋豪迈地说："这杯酒我一定喝下去，干杯！" （唱）聆听总理的嘱咐我心潮涌，

　　　　　　　　不由人一阵阵热血沸腾。
　　　　　　　　下决心按总理指示的方向走，
　　　　　　　　立誓言紧握画笔战斗终生。
　　　　〔新花暗上。
新　花　（唱）回家来传达了总理指示，
　　　　　　　　全县美术界个个欢腾。
　　　　　　　　学"毛选"学理论武装头脑，
　　　　　　　　为社会主义建设战斗冲锋。
双　庆　（唱）"四人帮"迫害咱敬爱的总理，
　　　　　　　　画家们哪一个心不悲痛？
　　　　　　　　含泪继承总理志。
新　花　（唱）誓死和"四害"作斗争。
双　庆　（唱）党中央领导咱们继续革命，
　　　　　　　　"四人帮"的流毒要全部肃清。
　　　　　　　　严寒已过春风暖，
　　　　　　　　春回大地冰雪融。
　　　　　　　　咱要把毛主席的旗帜高高举。
　　　　　　　　办展览、放红灯，
　　　　　　　　画漫画、把敌攻。
　　　　　　　　使敌人胆颤又心惊。
　　　　　　　　板报专栏村村搞，
　　　　　　　　壁画百里耀天明。
　　　　　　　　万千画家忙不停，
　　　　　　　　人人都冲锋陷阵，
　　　　　　　　咱怎能放弃斗争？
双庆嫂　　（悔恨地）柱子他爹，怪我觉悟不高一时糊涂，拖了你的腿。我对不起周总理，不该放下画笔，应当和您一起战斗。

双　庆　　（激动地）我的好——同志。

新　花　　嫂子你想通啦？

双庆嫂　　想通啦！我想画一张《画箱的背后》漫画，揭批小霸王的罪行。

新　花　　并把这箱子带到大会上去作证。

双　庆　　对，咱们快一起画起来。

众　　　　好！

（合唱）东风送暖气象新，
　　　　群情振奋志凌云。
　　　　深揭猛批"四人帮"，
　　　　喜看画乡又回春。

剧终

徐州

1977年11月1日四稿

注：此剧参加1978年邳县春节会演并获奖。

【提要】人生最宝贵的就是生命，艺术家对艺术同生命一样珍惜，当艺术家失去了用艺术为人民服务的条件时，其痛苦更甚于死。

菊芬是某市剧团的名演员，石坚是戏剧院校毕业生，两人同受过总理的接见，立志做一个革命的文艺工作者。"文化大革命"期间，石坚因其父被诬陷为叛徒，自己以九种人的身份被下放到牛棚劳动，和靠边站的市委书记住在一起。这位老干部搞"四化"的英雄行动触发了石坚的创作激情，写成了《春雷》剧本，菊芬拿来上演，全市轰动，为"四化"起了宣传鼓动作用。石坚的老同学市公安局副局长胡为在"四人帮"的授意下，想把这个戏纳入"阴谋文艺"的轨道。因此对石坚和菊芬进行了迫害，先找人闹事打伤了石坚，又勒令修改剧本。石坚不从，与之决裂。胡为为把菊芬抓到手，使用了伪装、欺骗、威胁、逼婚等手段。菊芬在石坚的启发下认清了胡为的真面目，进行了抵制。最后胡为狗急跳墙，用镪水毁了菊芬的面容，踢死了菊母，逮捕了石坚，使菊芬成了一只孤雁，漂泊在天涯海角。直到党中央粉碎"四人帮"，才为菊芬整了容，恢复了艺术生命，石坚的冤案也才得到了昭雪。

春 雷

八场柳琴戏

编剧　高子亮

时　间　粉碎"四人帮"前后。
地　点　某城市。
人　物　菊　芬　周总理曾接见过的名演员，女，二十多岁
　　　　石　坚　戏剧院校下放学生，《春雷》剧作者，男，二十多岁

菊　　母　　菊芬的母亲，老艺人，五十多岁

胡　　为　　市公安局副局长，市革委会常委，男，
　　　　　　三十多岁

阿　　虎　　胡为的把兄弟，原剧团开除人员，男，
　　　　　　四十多岁

二　　嫂　　医院女护士，三十多岁

爷　　爷　　贫农老大爷

玲　　铃　　女学员

牛　　牛　　男学员

演员甲、乙

胡为的打手甲、乙

工农兵群众若干人

场序

第一场　　演出风波
　　　　　1975年秋，红星剧场后台。

第二场　　圆亭会
　　　　　前场后半月，公园凉亭旁。

第三场　　报警
　　　　　接前场，菊芬家里。

第四场　　惜别
　　　　　次日上午，石坚劳动的农村牛棚里。

第五场　　花烛夜
　　　　　次日晚，胡为住处。

第六场　　探亲人

　　　　　　半月之后，医院病房。

第七场　　孤雁

　　　　　　粉碎"四人帮"前夕，菊芬家里。

第八场　　欢腾

　　　　　　粉碎"四人帮"后，景同第一场

第一场　演出风波

〔某市红星剧场后台，化妆桌上有镜子及各种化妆用品。茶几上一盆秋菊，娇艳欲滴，芳香阵阵。

〔幕前合唱。

　　艺海茫茫春复秋，
　　悲歌代代唱不休，
　　何日春雷震天响，
　　百花开放满枝头。

〔幕启时，前台正演出革命现代戏《春雷》，时而传来美妙的歌声、动人的音乐声、观众的鼓掌、喝彩声。

〔演员有的上场，有的换衣卸装。往来如梭。

〔菊母整理折叠着服装，铃铃提"水牌"上。

铃　铃　　大娘，《春雷》这个戏可真好，报子一出，五天的票全都抢光了。

菊　母　　哦！这可是几年来没有的事。

众　　　　太好啦！太好啦！

牛　牛　　（幽默地）这下啊，我这个样板戏派票员得失业了！

铃　　铃　　那就改改行吧！把这牌子上的字改改。

　　　　　　［丢牌子

牛　　牛　　（接过）改啥呀？

铃　　铃　　哎！在这里（指上演革命现代戏《春雷》"1—5日客满"字样前）加上"连续上演"四字。

牛　　牛　　这是谁的命令？

铃　　铃　　（调皮地）我……

牛　　牛　　你？（示意不干）

铃　　铃　　我传达菊芬姐的指示！

牛　　牛　　那……照办！（加字）

众　　　　　（哄笑）……

演员甲　　　别欢喜得太早了，还不知叫演几天呢！

牛　　牛　　怎么？

演员甲　　　过去咱一上演新戏，就说冲击样板戏，你忘啦？

牛　　牛　　哼！冲击样板戏，冲击样板戏，八亿人口的中国，几千年来的遗产就只剩下八个戏，还叫什么"百花齐放"？

演员甲　　　嗬！你上啥火呀？有意见找当权的提去，小心人家专你的政。

牛　　牛　　我可不怕那一套，大不了开除我学员籍罢啦。

菊　　母　　嘘！小声点……

铃　　铃　　这次咱不怕，听菊芬姐讲，这个本子周总理都看过。

演员甲　　　看过有啥用？总理叫写的电影《创业》不是也批了？俗话说，不怕官，就怕管，唉！

牛　　牛　　你就是树叶掉下来都怕砸伤了脑袋。胆小鬼，把头缩紧些。（拍演员甲）（演员甲做鬼脸）。

众　　　　（哄笑）哈、哈……

〔牛牛挂上写好的水牌。

〔幕后传来菊芬的歌声。

铃　铃　　听！菊姐唱啦！

众　　　　（听）真好，真好！

铃　铃　　（拉菊母）大娘，你也来听听你女儿唱的呀！

菊　母　　我听得可熟喽！这几天她睡在梦里都唱。

铃　铃　　那你是听烦啦？

菊　母　　不，我越听越想听。

〔众人欢笑，静听。

〔幕后菊芬唱：

　　东风驱寒流，

　　春雷震九州。

　　主席绘蓝图，

　　老将先带头。

　　俺跟着前辈脚印走，

　　哪怕汗流干，身熬瘦，

　　万险阻，刀割头，

　　不实现四个现代化不罢休。

铃　铃　　（激动得手舞足蹈）多好啊！多好啊！

菊　母　　嘘……

〔示意莫影响前场，铃掩口，众欢笑。

〔幕后传来暴风雨般的掌声。

〔菊芬从容地退入后台。她是这个剧团的名演员，身体健壮，体态优美，水灵灵的大眼睛，放射着青春的光芒。

菊　母　（迎接女儿，爱抚地送过一杯茶去）排这戏呀，可把俺孩子累坏啦！

菊　芬　娘！这是大伙的功劳。（饮茶）

〔石坚上，他是艺术院校下放的学生，《春雷》剧的作者，豪壮洒脱，具有文人的风度。

石　坚　（激动地）菊芬同志。

菊　芬　哦！石坚。

〔二人亲切地握手。

石　坚　祝贺你演出成功！

菊　芬　这是你剧本写得好，说出了人民心里话。

菊　母　卸了妆慢慢谈吧！（递毛巾）

〔菊芬接过，递给石坚，端过镜子，照见她和石坚的双双身影，兴奋地微笑。

〔幕后热烈的掌声。

石　坚　演出中观众情绪很高。文化局对剧本有什么反映？

菊　芬　反映良好！只是公安局的一个副局长偏要剧本，说他们要审查。

石　坚　笑话！前几年是军管，现在这里又变公安问了。文化部门一点权力也没有，还谈什么艺术民主？！

菊　芬　这个人说是什么革委会常委，分管这个工作。

石　坚　噢！但愿中央搞整顿之后，艺术上能有个"百花齐放"的好局面。

〔幕后掌声和欢呼声再起。

铃　铃　（望后台）菊芬姐，观众仍不愿退席，鼓掌要求和演员见面。

石　坚　菊芬，快谢幕去。

菊　芬　　嗯！（匆匆下）

　　　　　〔众演员随下。

石　坚　　大娘，你好！这次演出成功，也有你这退休老艺人的一份心血。

菊　母　　说哪里话，为四个现代化搞宣传，我不该出份力量啊！

石　坚　　大娘可真是个老积极啊！

菊　母　　（倒茶）别夸啦，小石，喝茶吧。

　　　　　〔石坚接过。

　　　　　〔阿虎上。他是胡为的把兄弟、心腹打手。

阿　虎　　（凶狠地）谁是这个戏的作者？

石　坚　　我就是，有事吗？

阿　虎　　想找你谈谈，提点意见。

石　坚　　那好。欢迎你！（递茶）坐下谈吧！

阿　虎　　（不接）大伙都在那边等着，（指台侧）走！

　　　　　（强拉石坚下）

　　　　　〔热烈的掌声后，菊芬从另一侧上。

菊　芬　　娘！石坚呢？

菊　母　　阿虎拉他到那边去了。

菊　芬　　（惊）做什么？

菊　母　　说是提什么意见，我看阿虎醉醺醺气汹汹的，准没啥好事。

菊　芬　　（不安地）我得看看去。（欲下）

菊　母　　（拉菊芬）这世道，还是少管闲事的好，你快卸妆吧！

　　　　　〔爷爷上。

爷　爷　　菊芬。

菊　芬　　老爷爷，您老又来看戏啦！（拉凳）快坐下歇歇。

　　　　　　［倒茶。
爷　爷　　听说你们上演了石坚写的新戏，俺村的姑娘、小伙子们都被轰动了，满满登登地来了一拖拉机。
菊　芬　　好啊！感谢你们的支持。您老提提意见吧！
爷　爷　　我说不出什么道道，只觉得您说了我们要说的话，演了我们要干的事，心里怪舒坦，哈哈……
　　　　　　［幕后传来吵闹、打骂声。"你是歌颂走资派""你是搞右倾翻案"……
铃　铃　　（跑上）菊姐，一群人在打石坚同志。
菊　芬
菊　母　　（惊）哦！……
爷　爷
菊　芬　　快找胡副局长来。（铃铃跑下）我得看看去。
　　　　　　［菊母、爷爷随菊芬欲下。
　　　　　　［被打得头破血流的石坚，从幕侧被推倒在舞台上。
众　　　　哦！石坚！（菊芬急扶石坚）这是怎么啦？
　　　　　　［爷爷、菊母帮忙递水，石坚从晕厥中慢慢苏醒。
石　坚　　这群恶棍，他们诬赖我歌颂走资派，搞右倾翻案。
菊　芬　　啊！（气愤而痛心地）
　　　　　　（唱）一声霹雳惊头顶，
　　　　　　　　　石坚他，
　　　　　　　　　无辜被打多伤情；
　　　　　　　　　一道道伤痕一滴滴血，
　　　　　　　　　一块块伤口惹人疼。
　　　　　　　　　写《春雷》分明是把党歌颂，
　　　　　　　　　鼓舞人为四个现代化立大功，

　　　　　　　怎能说老将都是走资派？

　　　　　　　怎能讲宣传是搞"翻案风"？

　　　　　　　天气突变邪风起，

　　　　　　　乌云片片遮日明。

　　　　　　　他们的诬陷之词不公正，

　　　　　　　菊芬我去跟他们把理评。

石　坚　（支撑着站起）菊芬！

　　　　（唱娃字）且停步，莫激动，

　　　　　　　　擦干泪，忍悲痛，

　　　　　　　　是非曲直我心里明。

　　　　　　　　自古文坛多风浪，

　　　　　　　　革命岂能无斗争？

　　　　　　　　天大责任我担承，

　　　　　　　　任凭它风狂浪猛，

　　　　　　　　下决心顶风航行。

　　　　〔欲冲下。

菊　母　（拉石坚）小石，好汉不吃眼前亏。阿虎是从俺团里开除出去的流氓，你闹不过他们。

石　坚　我，我要去告发！

爷　爷　对！

　　　　〔阿虎带两打手上。

阿　虎　嘿嘿，姓石的，刚才便宜了你，你不来烧香摆供，偏要到太岁头上动土。

石　坚　咱到公安机关去讲理。

阿　虎　哈哈，你当我怕你呀？老子也不是无来头的。

石　坚　那咱们一道儿去。（抓阿虎）

阿　虎　　弟兄们！（示意）再重重教训他！

　　　　　[两打手上前欲打。

菊　芬　　（挺身而出）你们不得无理。

阿　虎　　小丫头，你演坏戏的账，还没跟你算呢。

　　　　　（提笔在水牌上打个叉）这戏要给我立即停演。

菊　芬　　谁给你这么大权力？

阿　虎　　我，我代表群众的意见。

爷　爷　　你是哪庙的小鬼。能代表谁？

阿　虎　　嗬！老家伙，你也想尝尝拳头的滋味！

　　　　　[卷袖欲打爷爷。

菊　芬　　（挡住阿虎）你敢撒野？！

菊　母　　（拉爷爷）咱们喊人去。（同下）

　　　　　[阿虎打菊芬一拳，菊芬闪过。石坚掩护菊芬，斗阿虎，开打。两打手揪石坚，被石坚踢倒一个。

　　　　　[菊芬扑向阿虎，两打手又围上。菊芬力不能敌，被打手打倒。另一打手举起菊花盆欲砸菊芬。胡为上，演员群众随上。

　　　　　[胡为是公安局的副局长，造反起家，阴险狡猾，常装着笑脸，给人以假相公的感觉。

胡　为　　住手。

　　　　　[打手放下花盆。胡为扶起菊芬，阿虎带两打手欲逃。

爷　爷　　别让他们跑了。

众　　　　（气愤地）哪里走？！

　　　　　[四面合围，阿虎和打手四面碰壁，冲不出去。

胡　为　　（解围地向阿虎）你们这些混蛋，怎么在我管的地方胡闹啊？到局里去听候处理。（示意）滚！

［阿虎等一哄而散。

［群众不满地望着胡为。

牛　牛　为什么把他们放走啦？

铃　铃　你放心，他们跑不了。

牛　牛　哼！

菊　芬　胡副局长，亏你来救了我。

胡　为　（假惺惺地）菊芬姑娘，我来迟了一步，让你受惊啦！

菊　芬　还好！

铃　铃　菊姐，石坚同志的伤很重。

菊　芬　（扑向石坚）石坚……

胡　为　（故惊）哎哟！咋被打成这个样子了，快抬到医院抢救。

［铃铃和演员乙抬石坚下。

菊　芬　胡副局长，你看我们该怎么办？

胡　为　把戏停演。

演员甲　看看，怎么样，叫停演了吧！

菊　芬　停演？这怎么行？

胡　为　要尊重群众意见哟！

爷　爷　难道我们就不算群众？咋不听我们的？

胡　为　为了防止再闹事，先停止演出。

［众议论纷纷。

牛　牛　难道他打人就算了？！

［众哄动，怒不可遏。

胡　为　大家安静，安静。暂停演出，以后再议。关于凶手打人的事，我来惩处。大家回去吧！

［众议论着下。

菊　芬	胡副局长，你可要给俺做主啊！
胡　为	菊芬姑娘，为了你，为了保卫我管辖地区的安全，我会大力支持你的。
胡　为	谢谢胡副局长。

［菊芬向胡投以感激的目光，胡微笑点头。

| 胡　为 | 嘿嘿嘿…… |

（幕徐落）

第二场　园亭会

［前场后半月。

［某公园水榭，内有石桌、凳供游人休息吃茶。亭外有假山石，桂树飘香，一侧有回廊通向远处，湖水清彻，菱荷衰老，一幅深秋景象。

［远处青山隐隐，游园情侣的歌声、划桨击水声时隐时现。

［幕起时，铃铃引菊芬上。

菊　芬　（唱）园亭碧水接蓝天，
　　　　　　　菱荷花榭叶枯残。
　　　　　　　丹桂空飘香清远，
　　　　　　　伊人不见心愁烦。
　　　　　　　石坚他身负重伤进医院，
　　　　　　　我每次前去探望都心酸。
　　　　　　　白日里安慰他人强欢笑，
　　　　　　　夜晚里泪湿枕巾难睡眠。

以后戏该怎么演？

我心乱好像麻一团，

今日特约园亭会，

等石坚前来好商谈。

铃　铃　　菊姐，咱们到水榭里歇歇吧！

菊　芬　　好！

　　　　　[二人进水榭。

铃　铃　　菊姐，你看这湖光山色多美啊！

　　　　　（唱）秋水楼台碧瓦鲜，

　　　　　　　　青山隐隐水接连。

　　　　　　　　怪石参天多精巧，

　　　　　　　　秋菊色艳傲霜寒。

　　　　　　　　鱼群阵阵赛游泳，

　　　　　　　　情侣双双荡划船。

　　　　　　　　到处里歌声笑语人不断，

　　　　　　　　你为何双眉紧皱无笑颜。

菊　芬　　我！……（掩饰地）我不正在看着呢！

铃　铃　　你看的啥呀？

菊　芬　　我看那湖中的残荷。

铃　铃　　残荷都枝叶凋零了，有什么好看的？

菊　芬　　那看什么好？

铃　铃　　看那郁郁葱葱的青山，

菊　芬　　云雾缠绕看不清爽。

铃　铃　　看这洁白如镜的湖水，

菊　芬　　湖水平静无有生机。

铃　铃　　闻闻桂花的香味吧！

菊　芬　　我连日感冒，嗅觉不灵。
铃　铃　　看那精巧的假山。
菊　芬　　无非人工堆砌，没啥意思。
铃　铃　　怪呀！往日咱俩到公园来，你说这也美，那也妙，山也欢，水也笑。今天，这公园里的景物依旧，怎么都不称你的心了？你到底在想啥呀？
菊　芬　　我除了想今后的演出，别的还能想什么？
铃　铃　　姐姐，你哄我。
菊　芬　　谁哄你了？我看呀，咱们敲锣弹琴各随方便，谁爱看啥就看啥吧！
铃　铃　　行。

　　　　　〔二人均沉思。铃铃忽然发现一对鸳鸯游来，故意逗趣地。

铃　铃　　姐姐，你要看的东西来啦。
菊　芬　　（疑是石坚来了，急问）在哪里？
铃　铃　　在那里。
菊　芬　　什么呀？
铃　铃　　一对戏水的鸳鸯。
菊　芬　　（失望地）唏！水鸟有啥看头？
铃　铃　　难道你不想成对成双？
菊　芬　　贫嘴丫头，看我不打你！

　　　　　〔追打铃铃，铃嬉笑地逃跑。

铃　铃　　怎么样，笑了吧！说中你的心事喽！
菊　芬　　（捉住铃铃）看你还敢多嘴！
玲　铃　　不敢说了，好姐姐，你饶了我吧！
菊　芬　　（放开铃铃）去！看你的鸳鸯去吧！

铃　玲　（正经地）我才不想看什么鸳鸯呢，我是逗你高兴呢！哎！刚才牛牛去接石坚，不知来了没有，我看看去。

〔菊芬点头，铃铃跑下。

菊　芬　（面向湖水，心情激动地）

（唱）铃铃已去人影单，
　　　凭借湖水照容颜。
　　　往日丰润人娇艳，
　　　今日骨瘦影堪怜。
　　　好戏停演心惆怅，
　　　石坚伤重梦常牵。
　　　幸喜英雄已脱险，
　　　倾诉衷肠在今天。

〔欢喜，微笑，一群鱼儿游来。

（白）看，这群小红鲤鱼游得多有意思。

〔从提包中掏出碎点心丢入湖内，群鱼争食。一只鹭鸶飞过，猛扑鱼群。

菊　芬　啊！鹭鸶！

〔拣石击水，水花四溅。

〔水榭下"哎哟"一声，冒上个湿漉漉的人，他是胡为。

〔胡为从小船上持桨一跃，蹿入水榭。

菊　芬　哦！是你呀，胡副局长。

胡　为　（边擦着脸上的水）菊芬姑娘，你的手真准，一石头正打在我的脑门上。（捂头）

菊　芬　（不好意思地上前看视）哟！打破了没有？

胡　为　嘿嘿……幸亏我躲过去了，不然，脑袋不被打个窟窿才怪呢！

菊　芬　　（抱歉地）怪我没向桥下看，差点伤了你，很抱歉。
胡　为　　哈哈，就是打着了也没啥。我可是宽洪大量。
菊　芬　　谢谢胡副局长。
胡　为　　今天星期天，我到你家找你，听大娘说你已跟铃铃出来了，我算着你一定会在这里。
菊　芬　　嚆！胡副局长，你还会算呀！
胡　为　　我这搞公安工作的，虽不如刘伯温能掐会算，但也能料事如神。
菊　芬　　别骗人了！你说我到公园来是干什么？
胡　为　　这我一说就准。
菊　芬　　你说吧！
胡　为　　（故弄玄虚地掐指头）嗯！……是想划船。
菊　芬　　死水泛舟有啥好玩，不对。
胡　为　　那就是赏菊花。
菊　芬　　这公园里的最好品种，我家都有，何必来这里看？还不对。
胡　为　　那……
菊　芬　　甭这个那个的啦！你是凭空瞎想。
胡　为　　我不瞎想，你是约会情人哟！
菊　芬　　（生气地）谁？
胡　为　　这……（觉不妥）我是给你开个玩笑。
菊　芬　　哼！为什么要开这个玩笑呢？就是我有了爱人，难道还违法吗？
胡　为　　这……菊芬姑娘，你别生气呀。跟我说说，你来找谁？
菊　芬　　我，我早就打算找你。
胡　为　　找我？（误解地）那好哇！嘿嘿……

菊　芬　　我要问问你，殴打石坚的凶手，为什么你现在还不处理？

胡　为　　（明白过来）这个呀，等调查清楚就处理了。

菊　芬　　还有什么值得调查的，打人就犯法，就该负法律责任。

胡　为　　责任是要负的，但起因是什么，目的是什么，打的是什么人，他们的出身好坏，都要弄清了才能决定。

菊　芬　　你不是很熟悉这些人吗？为什么要拖下去，我真不懂。

胡　为　　算啦，算啦！今天是星期天，咱不谈这个。看，我把游船都租来了。

（递桨）先上来划一会吧！

菊　芬　　我身体不好，不能陪你。

胡　为　　那就随我一同赏赏这湖光山色，解解闷儿。

菊　芬　　这些我早看腻了。（转身欲走）

胡　为　　你去哪？

菊　芬　　我去找铃铃。

胡　为　　铃铃丢不了，她会来找你的，你等等。听说你早饭未吃，早饿了吧，我去买点好吃的来。我还要跟你谈谈继续演戏的事呢。（强递桨跑下）

菊　芬　　胡副局长（见去远）这……这可怎么办呀！

（焦急地唱）

　　　思念之人不得见，
　　　胡为偏又来纠缠。
　　　铃铃、牛牛不见影，
　　　是走是留两为难。

〔铃铃和牛牛上。

牛　牛　　报告菊芬姐，（调皮地敬礼）石坚同志马上就到。

菊　芬　（不好意思地）调皮……

铃　铃　（远望）嘻嘻，你看石坚同志不是来啦？菊芬姐，去接待一下吧！

牛　牛　还用你说，看，菊芬姐把游船都租好了。

菊　芬　这是胡为租的，他买点心去了。

牛　牛　那咱（示意铃铃）先上去划一会。

铃　铃　好！（二人跳上船）

菊　芬　不行呀，我也不能久在这里，船得还给人家。

牛　牛　没关系，胡副局长的脾气我摸得透，他不会生气的，光许他终天跟咱要优待票送人，咱就不兴沾他一次光。哈哈……

〔二人欢笑着划船下。

石　坚　（上）菊芬。

菊　芬　石坚，咱们到假山后面谈谈吧！

石　坚　好！

〔二人到假山旁坐下。

菊　芬　你的伤完全好啦？

石　坚　（活动一下）完全好啦！

菊　芬　（掏出与石坚合照的照片）看，牛牛给咱俩拍的照片，怎样？

石　坚　（接过）很好。

菊　芬　咱们的事，你给你妈讲了？

石　坚　写信讲过了，我还请她把这次上演《春雷》的遭遇，转告我那在牢里的爸爸。

菊　芬　你爸爸还在坐牢呀？

石　坚　有人诬陷他是叛徒，可查不到任何根据。又说他在抗

菊　芬	敌演剧队跟田汉一起活动过,是"四条汉子"的帮凶。 这些人真不讲理。
石　坚	就因为这,我爸爸被撤销了戏剧教授职务,关在牢里。我这叛徒和帮凶的儿子也就被下放在这里劳动改造了。
菊　芬	原来是这样!怪不得胡为处理这次闹事问题,总是不果断。
石　坚	他不是不果断,而是态度很鲜明。"文化大革命"前期,他在戏校诬陷过我父亲,被开除了学籍,回来后造反起家,飞黄腾达,现在他怎能放过我这个知情的眼中钉?为了不连累你,我打算今天就回农村劳动。
菊　芬	那演《春雷》的事就算啦?
石　坚	不,城里禁演,我想带到农村宣传队排练。爷爷前天来看我时,已经商量过了。
菊　芬	我抽空去帮助排练行吗?
石　坚	当然好!只是会给你带来麻烦,我心里不忍。
菊　芬	怎能这样说呢?那年在北京会演时,我们一起听总理的报告,要"做一个革命的文艺工作者"。我绝不会当逃兵。
石　坚	好同志!让我们一起接受实践的考验吧!
	(二人亲切地握手)
菊　芬	(激动地)
	(唱)语言不多分量重,
	丹心向党心相同,
	遭挫折我怕你心灰意冷,
	搁下笔不再写逃避斗争。
石　坚	(唱)我怕你因停演挫伤锐气,

　　　　　　　　辜负了工农兵期望心情。
菊　芬　（唱）我要你多写工农心里话。
石　坚　（唱）我要你演出英雄真感情。
菊　芬　（唱）农村城市心相连。
石　坚　（唱）革命情深志趣同。
菊　芬
石　坚　（合唱）真金不怕烈火炼，
　　　　　　　　宝剑越磨刃越青，
　　　　　　　　患难相扶为革命，
　　　　　　　　赤胆忠心向阳红。

　　　　［胡为上。

胡　为　哎哟！菊芬姑娘，你在这儿会客，叫我在亭子里等得好苦啊！
菊　芬　我送送石坚同志。
胡　为　（故作惊讶地）哦！石坚，原来是你，我的老同学。
石　坚　（冷冷地）你当副局长了，还能记得我？
胡　为　我们同在戏剧系学习过，怎么能不记得？
石　坚　可我那天挨打的时候，你在跟前怎么就忘了？
胡　为　这……哎呀！实在是误会呀！那天我真不知道是你，只以为是打了一个普通群众。
石　坚　难道普通群众就不该受法律保护，可以让人任意打骂吗？
胡　为　这……怪我当时处理匆忙，只注意了菊芬姑娘，请原谅。（掏出酒和点心）来来来，就在这里喝一杯，我向老同学陪礼。
石　坚　我要回去劳动，不能奉陪。

胡　为　　饮一杯再走，我还有要事同你俩商量。菊芬姑娘，你看老同学该不该赏光。

菊　芬　　我……

　　　　　（旁唱）胡为他欲释嫌拉我圆场。

石　坚　　（旁唱）看透了他又来耍花腔。

胡　为　　（旁唱）赔笑脸，故装作热情模样。

　　　　　（夹白）哈哈，菊芬姑娘，你咋不说话呀？

菊　芬　　（唱）这件事，石同志自作主张。

石　坚　　（忍气地）好！

　　　　　（唱）既然老胡豪情壮，

　　　　　　　我陪饮一杯也不妨。

　　　　　　　菊芬你将酒来斟上，

　　　　〔菊芬斟酒，石坚与胡为碰杯。

　　　　　你要碰几杯咱全喝光。

　　　　〔连碰数杯，胡为胆怯。

胡　为　　石兄海量，我不能比。今天得与大作家、名演员相遇同饮，是件大快事，菊芬姑娘应唱上一段以助酒兴。

菊　芬　　戏被禁演，嗓子也坏了，我唱不出来。

胡　为　　哎呀！那多煞风景，凑合着唱几句吧！

石　坚　　你既要听，我倒愿献丑。

菊　芬　　（不解地）你？

胡　为　　（意想不到，立即奉承地）不晓得石坚兄也能唱，真是才华出众、写唱双绝啊！

石　坚　　徒有虚名，其实难符。唱后请你指教。

胡　为　　好！

石　坚　　（唱）东风驱寒流，

　　　　春雷震九州。
　　　　主席绘蓝图，
　　　　老将先带头。
　　　　恨贼子破坏四个现代化，
　　　　我，我，我……
　　　　我愤怒扬眉把宝剑抽。

　　〔怒视胡为，胡为畏缩。

菊　芬　好啊！（鼓掌）
胡　为　哎！你这唱的啥呀？
石　坚　《春雷》中"歼敌"一段，你不爱听吗？
胡　为　我……觉得这个戏群众反映太大，需要改一改。
石　坚　先听听你的高见。
菊　芬　怎样改呢？
胡　为　把歌颂走资派变成批判走资派。
石　坚　我根本没有写什么走资派，我只写了个为"四化"献身的老干部。
胡　为　老干部是民主派，民主派到走资派是社会发展的必然规律，难道你不懂？
石　坚　这从马克思的理论著作中找不到根据，只能是你们的"创造"！
胡　为　剧中的李正究竟是谁？
石　坚　艺术的典型绝不是塑造某一个人，他是许多为"四化"献身的老干部的综合形象。
胡　为　说具体一点，他很像和你一起劳动的那个市委书记。
石　坚　要是真像他，就说明你们打他走资派打错了。试问身在牛棚不离群众，带病搞农业机械化建设，难道这样的老干部能是走资派?

胡　为　这……你这是右倾言论，是违反首长指示精神的。老同学，为了爱护和帮助你，我把剧本给你改了一下，你看看吧！（丢剧本给石坚）

石　坚　那就谢谢你的关心喽！

〔翻阅剧本。

菊　芬　未想到胡副局长还能改剧本。

胡　为　（自得地）嘿嘿……过去虽学过一些，后来因为忙于行政事务荒疏了。这次改戏，是按照上级的指示，无产阶级专政的需要。菊芬姑娘，你跟我一起合作吧！

菊　芬　这……原剧是石坚写的，要尊重作者的意见。

石　坚　（看剧本气愤地）

（唱）看改本不由我心肝气炸，
　　　胡为他真会玩阴谋手法。
　　　老干部被他改成走资派，
　　　"四化"的功勋全抹煞。
　　　假成真，真成假，
　　　真假不分乱混杂。
　　　把鱼眼充当珍珠卖，
　　　凤凰丑化成乌鸦。
　　　良药里把砒霜放，
　　　毒害人民和国家。
　　　我不能昧着良心说假话，
　　　任他把艺术事业来糟塌。

胡　为　怎么样啊，老同学？

石　坚　我不同意。（丢改本给胡为）

胡　为	（阴险地）嘿嘿，我这是爱护你，给你立功赎罪的机会，你可要珍惜你的前途！
石　坚	我宁愿在牛棚劳动一辈子，也不愿说假话对人民犯罪！（下）
菊　芬	石坚、石坚……

〔石坚头也不回地走去。

胡　为	别书呆子了，菊芬姑娘，跟我合作吧！（拉菊芬强将剧本塞在菊芬手中）
菊　芬	不行呀！胡副局长，我得好好考虑考虑。

（幕落）

第三场　报警

〔接前场，菊芬家里

〔室内布置整洁，墙上挂着总理画像，桌上有台灯，菊花盆景。这里是菊芬学习和办公的地方。一侧通内室。

〔幕启时，窗外细雨蒙蒙，菊芬正在灯下翻阅剧本。她时而愤怒，时而沉思，思想中充满着矛盾和斗争。

〔壁上时钟敲打了一下，菊芬揉揉睡眼，心神不安地唱。

菊　芬　（唱）壁上时钟一点敲，
　　　　　　　夜已深沉静悄悄。
　　　　　　　细雨蒙蒙寒夜冷，
　　　　　　　腹内惆怅心内焦。
　　　　　　　对孤灯把两个剧本相对照，

　　　　　　我面前同时出现路两条，

　　　　　　一个是热情澎湃要把"四化"来搞好，

　　　　　　一个是大泼冷水疯狂叫嚷糟糟糟。

　　　　　　前条路当权者反对我碰壁不少，

　　　　　　走条路群众怒骂违背良心脸发烧。

　　　　　　石坚他坚强果断人称道，

　　　　　　我却是风里行舟乱动摇。

　　　　　　总理啊！我不能辜负了您的教导，

　　　　　　我要做革命者，得学石坚挺起腰。

　　　　〔菊母端饭上。

菊　母　孩子，半夜了，快吃下这碗面睡觉去吧！

菊　芬　娘，我不饿。

菊　母　唉！又是不饿，不饿。两天来黄汤白水不沾唇，是铁人也饿断筋了，快给我吃下去。

　　　　〔菊母挪开剧本，递筷子给菊芬，菊芬勉强地咽一口。

菊　芬　娘，我实在吃不下去！

菊　母　唉！（忧虑地）

　　　　（唱）从戏停演到如今，

　　　　　　　你终日忧愁让我担心。

　　　　　　　看到你百灵小嘴不讲话，

　　　　　　　海水的眼睛起红云。

　　　　　　　夜半孤烛不睡觉，

　　　　　　　凭窗远眺没精神。

　　　　　　　娘怕你忧虑成疾得了病，

　　　　　　　不能为艺术事业献青春。

　　　　　　　娘怕你一旦有个好和歹，

		我孤苦伶仃靠何人。
		闺女啊！你有啥心事对我讲，
		娘虽老也能为你分分心。
菊　芬	没什么大事，娘，你快睡吧！
菊　母	唉！看起来又得坐上一夜了！

[收拾碗筷下。

[铃铃披雨衣跑上。

铃　铃	菊姐，开门。
菊　芬	谁呀！
铃　铃	我是铃铃。
菊　芬	（开门）铃铃，你冒雨半夜跑来干啥？
铃　铃	姐姐！

　　　　（唱）你没去剧团这两天，
　　　　　　　革委会派来个阿虎掌了权。
　　　　　　　拿着胡为的修改本，
　　　　　　　逼着演员来排练。
　　　　　　　说什么首长指示任务紧，
　　　　　　　要配合大揪走资派做宣传。
　　　　　　　谁不愿排就批判，
　　　　　　　又打又骂把演员来摧残。

| 菊　芬 | 那角色都定了？ |
| 铃　铃 | 唉！ |

　　　　（唱）主角还要你来演，
　　　　　　　通知你明天就把房子搬。（递通知）

| 菊　芬 | （接看）怪呀！排戏搬房子干啥？ |
| 铃　铃 | （唱）说是你住得太远不方便， |

菊　芬　　叫我搬到哪里？

铃　铃　　（唱）你的房子和胡为住处紧相连。

菊　芬　　这是为了啥呀？

铃　铃　　这……

菊　芬　　你说呀！

铃　玲　　唉！

菊　芬　　看来明天我就得搬过去喽？

铃　铃　　姐姐，你可搬不得呀！

菊　芬　　怎么？

铃　铃　　这……（欲言又止）

菊　芬　　（怀疑地）

　　　　　（唱）见铃铃吞吞吐吐不愿谈，
　　　　　　　　料想到必有隐情在里边。
　　　　　　　　铃铃啊，你自幼跟我来学戏，
　　　　　　　　咱姐妹相处情深骨肉般。
　　　　　　　　你有病时我心痛，
　　　　　　　　我愁烦时你愁烦。
　　　　　　　　你常说无话不可对我讲，
　　　　　　　　为什么今晚突变不直言。

铃　铃　　姐姐……（沉痛地）

　　　　　（唱）铃铃我有话从不将姐瞒，
　　　　　　　　可这事提起怕你心痛酸。
　　　　　　　　今晚上胡为和阿虎把酒饮，
　　　　　　　　他们在酒醉之后露真言。
　　　　　　　　说什么为了把你抓到手
　　　　　　　　给他的首长服务作宣传，

　　　　　　　把你家搬到一起好控制，
　　　　　　　还准备下一步就把婚事谈。
　　　　　　　嫁胡为不管你情愿不情愿，
　　　　　　　进染坊想保清白难上难。
　　　　　　　我窗外偷听心打颤。
　　　　　　　姐姐呀，
　　　　　　　你要早拿主意切莫上贼船。

菊　芬　　啊！（愤怒地）
　　　　　（唱）胡为胡为好阴险，
　　　　　　　做事欺人难见天。
　　　　　　　虎带佛珠伪装善，
　　　　　　　满肚毒水蛇蝎般。
　　　　　　　怪不得剧场闹事他不处理，
　　　　　　　怪不得他暗派阿虎打石坚，
　　　　　　　怪不得他假充内行把剧情改，
　　　　　　　怪不得他对我献媚要抓剧团。
　　　　　　　一桩桩，一件件，
　　　　　　　件件上下紧相连
　　　　　　　黑心人要做黑心事，
　　　　　　　还想把我的青春来摧残。
　　　　　　　用枯骨铺平他的通天路，
　　　　　　　换取他主子欢心好掌权。
　　　　　　　情况紧急该咋办？
　　　　　　　我越气越乱心越烦。

菊　母　　（上）菊芬！
菊　芬　　娘！

菊　母　　孩子，铃铃和你讲的事，我都听见啦。

铃　铃　　大娘，你们快想想办法吧！

菊　母　　（摇头）难呀！

菊　芬　　暂且不管他，我不相信他们敢来逼我、赶我、抢我！

菊　母　　唉！那可说不定。

　　　　　（唱）见此情不由我心中害怕，
　　　　　　　　想起了当年事心如刀扎。
　　　　　　　　那一年我和你爹把戏演，
　　　　　　　　来了个国民党黑衣警察，
　　　　　　　　逼着给局长唱堂会，
　　　　　　　　晚上留宿不让回家。
　　　　　　　　你爹爹闻听说肝胆气炸，
　　　　　　　　带领着徒弟们闹了府衙。
　　　　　　　　我虽被救出虎口，
　　　　　　　　你爹却被他们暗杀，
　　　　　　　　好容易将你养活大。
　　　　　　　　今天啊！
　　　　　　　　飞来横祸咱又要倾家。

菊　芬　　娘，那是旧社会。今天咱们艺人翻身了，我量他们不敢！

菊　母　　可现在局势很乱，人家又权大势大，咱惹不起人家。

菊　芬　　那我就远走高飞了吧！

菊　母　　跑不了人也跑不了家，咱们的户口、住地都属他管辖。

菊　芬　　能不能找市委或局领导想想办法。

菊　母　　过去的老领导都被他们当走资派打倒或靠边站了，找

|菊　芬|那……难道就屈服他们？|
|菊　母|孩子！（悲伤地）|

　　　　　（唱）你是娘生来是娘养，

　　　　　　　　女儿遇难娘悲伤。

　　　　　　　　我岂能睁眼看你火坑跳，

　　　　　　　　割断了你和石坚好情肠。

　　　　　　　　我岂能让你青春来葬送，

　　　　　　　　对艺术不能再发热和光。

　　　　　　　　我打算连夜去把胡为找……

菊　芬　　找他怎讲？

菊　母　　（唱）就说是你患急病卧在床，

　　　　　　　　求求他大发慈悲将你放，

　　　　　　　　躲过了这场演出再拿主张。

铃　铃　　大娘，你这一去，他们会立即找医生来诊断，有病无病岂能瞒过医生？

菊　母　　这……

菊　芬　　更重要的是怕暴露了铃铃，他们会对铃铃迫害。

菊　母　　这……这可没有办法了。

　　　　　〔三人沉思。

菊　芬　　我看这样吧！铃铃，你先回去，讲通知送到。

铃　铃　　是！

菊　芬　　我连夜去找石坚商议办法。

菊　母　　也只好这样啦，孩子你可要快去快回哟！

　　　　　〔给菊芬披上雨衣，菊芬依恋地离开母亲。

　　　　　〔铃铃随下。

菊　　母　　唉！

　　　　　　[一声闷雷。

（幕急落）

第四场　惜别

[石坚劳动的农村牛棚里。这里是平时放耕作用具的地方。一块铺板，两只石凳，石坚就在这里住宿和学习。一侧通牛栏，一侧通饲料室。

[幕启时，石坚刚打扫完牛栏，扛扫帚上。

石　　坚　　（唱）喂好牲口扫牛栏，
　　　　　　　　　起早贪黑不停闲。
　　　　　　　　　勤劳动把我的筋骨锻炼，
　　　　　　　　　经风雨磨炼得意志更坚。
　　　　　　　　　社员们是我的良师益友，
　　　　　　　　　新生活开阔了我创作源泉。
　　　　　　　　　抽时间辅导业余宣传队，
　　　　　　　　　排《春雷》把英雄事迹来宣传。
　　　　　　　　　只盼望"四化"建设能实现，
　　　　　　　　　就是那再苦再累我也心甜。

　　　　　　[放下扫帚，提起草篮。

爷　　爷　　（上）石坚，你要做什么？

石　　坚　　薅草啊！

爷　　爷　　我去吧！给你换换工。（夺过篮子）

石　　坚　　为什么？

爷　爷	小伙子们要教唱腔，姑娘们要练台步，我这个老团长可干不了。你快去。
石　坚	我一个人也难分成两半啊！要是菊芬能来就好了。
爷　爷	你先凑合着带一下，我找人请菊芬去。（拉石坚下）
菊　芬	（内唱）翻山越岭如飞燕，
	赶来牛棚找石坚。
	（喊）石坚，石坚……
	（唱）几声呼唤人不见。
	急得我汗流湿衣衫，
	且坐石上喘一喘……
	娘呀！
	才知鞋底已磨穿。
	〔擦汗，整理鞋。
	〔石坚上。
石　坚	（唱）匆忙未把曲谱带，
	只好回来把老本翻。
	哎！
	是哪个姑娘床边坐。……
	（白）人都练功去啦！你咋还呆在这儿？
菊　芬	（抬头）石坚。
石　坚	是菊芬啊！
	（接唱）你来正好帮帮俺。
	（白）菊芬，你来得正好，宣传队又要练功，又要教唱、排戏，我一人哪能来得了？爷爷正要去请你呢！
菊　芬	石坚，我……
石　坚	我知道你是来帮我排戏的，快喝口水，洗洗脸，跟我

菊 芬	（唱）	只见他热情忙把戏排练，
		我满肚子的话儿又不忍谈。
	（白）	石坚，你就住在这儿呀？
石 坚	是呀！	
菊 芬	（关心地）冷不冷呀？	
石 坚	嘿嘿……我年轻轻的，火旺着呢。	
菊 芬	你的剧本就是在这儿写的？	
石 坚	是呀！生活给我增添了激情，爷爷给我搬来石凳。有这么好的条件不写作，岂不辜负了人生？	
菊 芬	（怜悯地）你觉得苦吗？	
石 坚	苦和乐是相对的。周总理长征时，沐雨栉风映着雪光还写文件，发指示呢！这比那时好得多喽！菊芬啊！等实现了四个现代化，农民摆脱了体力劳动，干活用机器，居住有楼房，咱们搞艺术的和劳动人民一起合作，我跟他们一块创作，你和他们同台演戏，那该多好啊！	
菊 芬	那当然好喽，可眼前……唉！	
石 坚	眼前不过是暂时的困难，咱们要坚持下去。	
菊 芬	嗯！	
	（唱）	牛棚里寒风呼呼刺骨寒，
		石坚他心想"四化"干劲添。
		好思想好作风不讲条件，
		这样的好人儿谁不见怜。
		怕只怕说出我事他心搅乱
		他身瘦哪堪再摧残？
		这件事不给他讲又咋办，

		我，我，我，话到嘴边难开言。
石　坚	（觉菊芬神色不对）菊芬你怎么啦？
菊　芬	我没什么！
石　坚	莫非是走路受了风寒？（摸菊芬头）
菊　芬	不是。
石　坚	准是累了，快歇歇吧！
菊　芬	不累。
石　坚	那就是饿了。我给你烧点饭来。
菊　芬	我不饿。
石　坚	那你是怎么啦？

（唱）只见她寡言少笑双眉皱，
　　　两颊红晕似含羞。
　　　一双大眼噙泪水，
　　　脸上似蒙一层愁。
　　　菊芬啊！
　　　自从园亭分别后，
　　　我为着你的处境常担忧。
　　　料想到胡为会逼你把戏演，
　　　又怕那阿虎捣乱再寻仇，
　　　虽然那艺术民主是主席讲，
　　　但没有法律保护志难酬。
　　　我为你做过多少惊险的梦，
　　　我为你常常失眠到五更头。
　　　对照片多次问你难答话，
　　　望遥空枉飞鸿雁书难投。
　　　我想你盼你，

盼到跟前你咋不开口？

你为何长嘘短叹，

千愁万结恨悠悠？

菊　芬　（唱）石坚的话，情深意浓使我心难受，

我几番欲语又哽喉。

这样的赤诚男儿真少有，

我情愿与他偕老到白头。

谁料想好花偏遭严霜打，

怕苍天多雨它却阴云愁。

石坚啊！你怎知菊芬就要落虎口？

若没法今后一切全罢休。

强忍悲痛擦干泪，

定定神把事给他说从头。

石坚……

[爷爷上。

爷　爷　石坚，大喜事呀，你的家信来啦！

石　坚　哦。（接信）

菊　芬　爷爷。

爷　爷　我道是谁，原来是菊芬姑娘。演员们天天催我去接你来排戏，你竟自己来了，我得好好招待你。

菊　芬　用不着客气呀！爷爷。

爷　爷　嗯！石坚来了家信，你又送艺上门，这是大喜事儿！昨天我在河里捞了两条红鲤鱼，贺贺喜，哈哈……

（笑下）

菊　芬　（见石坚看信悲伤，急问）石坚！大娘来信说了些什么？

石　坚　（读书信惊坐）唉！（信落）

菊　芬　（拾起，心情激动地念）坚儿，来信收到，愿你和菊芬互相帮助，共同战斗。你的爸爸不能再读你的剧本了，他已被害。胡为曾来调查你，找过你爸爸。这人狠毒，你爸要你注意……

菊　芬　（悲痛地）啊！……石坚，这到底是怎么一回事呀！

石　坚　（沉痛地）

（唱）读家信不由我珠泪双倾，
　　　爹爹他被害含冤儿心疼。
　　　前几年开展了"文化大革命"，
　　　大学里乱定那叛徒罪名。
　　　胡为他媚上级私整材料，
　　　爹发现面对面与他斗争。
　　　胡为在实验室偷来镪水，
　　　准备着对爹爹报复行凶。
　　　群众齐把爹保护，
　　　胡为阴谋未得逞。
　　　有一个理论权威将他庇护，
　　　明开除暗安排他步步高升。
　　　又把我下放在这里劳动，
　　　拘留爹做审查说问题未弄清。
　　　胡说我写《春雷》是爹主使，
　　　想给爹再加罪定了现行。
　　　爹爹他生性刚强骨头硬，
　　　宁折不弯不贪生。
　　　天啊！石坚只要不丧命，
　　　纵是那黄河的浑水也要澄清。

菊　芬	（同情地唱）
	听得石坚把往事表，
	铁石人闻也同情。
	叹只叹他的老母无人养，
	怕只怕胡为对他再行凶。
	我和他两只苦瓜一条藤，
	命运同系一根绳。
	风雨同舟战恶浪，
	何时能盼来天亮太阳开。
	〔幕后汽车喇叭声，爷爷急匆匆跑上。
爷　爷	菊芬，胡为追你来了，快躲一躲。
石　坚	哦！这个恶魔。
爷　爷	你且忍耐一下，骗走了他们再说。（拉菊芬进饲料室）
	〔胡为带阿虎上。
胡　为	哈哈，老同学，你在这儿好啊！
石　坚	（扫地不理）
阿　虎	胡副局长已是革委会副主任了，荣升不忘旧友，特来看你，你咋不说话呀？
胡　为	是呀！
石　坚	咱这牛棚肮脏，别冲了你的官气。
胡　为	我也是劳动人民出身呀，不怕不怕。
	〔阿虎搜索床头，摸出石坚家信欲看。
石　坚	（夺过）拿来。
胡　为	是什么宝儿呀！
石　坚	一封家信有什么看的。（撕碎）
阿　虎	你……（欲发作）

胡　为　（制止）哎！人民有通信的自由！为啥要看人家不让看的东西。

［阿虎拾信纸的碎片。

石　坚　还要搜查什么吗？

胡　为　哪里！我来找一个人，顺便看看你。

石　坚　找谁。

胡　为　菊芬。

石　坚　她犯了法啦？

胡　为　不，是找她回去排戏。

石　坚　哈哈，找人排戏，也要你这副主任亲临，你对艺术太"关心"了。

胡　为　为了宣传事业嘛！跑点路怕啥，这不是团长也来了。

石　坚　呵呵，团长。

阿　虎　别阴阳怪气地。我问你，菊芬在哪里。

石　坚　没见。

胡　为　那就找找看吧！

［同阿虎四处搜查。

阿　虎　那是什么地方？

石　坚　牛栏，（打开门）想帮着劳动出粪吗？请。

胡　为　（拱鼻子煽风）唏。……

阿　虎　这是什么地方。

石　坚　饲料室。

胡　为　有人没有？

石　坚　莫非你们想尝尝饲料。

胡　为　少废话，打开。

［阿虎猛地拉开门。

［石坚欲拦不及。

［蓦地爷爷摇喷粉器出，呛得胡为和阿虎直咳嗽流泪。

胡　为　老东西，你干啥？

爷　爷　消灭过冬的跳蚤苍蝇。

阿　虎　（夺喷粉器摔下）你把主任呛死了。

爷　爷　啊！我当什么主任，原来是荞犍疙瘩。你爹走出咱庄赘婿，生了你这个贵小子。今天开车回家祭祖来的吧，我带你挨门磕头去。

胡　为　去你的。

爷　爷　看看吧！刚升官就六亲不认了。

阿　虎　你……（欲打爷爷）

爷　爷　你还当在城里搬门框，你敢动我一指头，全庄人揍不扁你。

胡　为　算啦，算啦！老人家，我们是找菊芬来的，她在这里吗？

爷　爷　没见呀！

胡　为　那进去看看。

［带阿虎欲进。

爷　爷　小二啊，你在屋里把药多打点。

［室内，喷出一阵六六六粉末。

阿　虎　老东西，你叫停下。

爷　爷　俺这可是队里规定的任务，完不成你给工分啊？

阿　虎　你是有意捣蛋！（转向胡）我看菊芬准在里面啦！

胡　为　算啦，算啦！（示意阿虎，转向石坚）老同学，咱们到外面聊聊。

［拉石坚下。

爷　爷　　（急向内喊）菊芬，他们走啦，快出来换个地方。

　　　　　［菊芬出。

胡　为　　哈哈哈哈……（笑上）老东西，我料想到你有这种想法，猴子再能还是跳不出如来佛的手心的。

爷　爷　　你……

胡　为　　阿虎，把他带出去，和石坚押在一起。

阿　虎　　（上）是！（押爷爷下）

菊　芬　　他有何罪？

胡　为　　私藏逃犯。

菊　芬　　我犯何法？

胡　为　　抵制宣传。

菊　芬　　法律上没这条规定。

胡　为　　我是管政法的，我的话就是法律！

菊　芬　　哼！这又与石坚何干？

胡　为　　他要给他的叛徒父亲翻案。

菊　芬　　有何为证？

胡　为　　她母亲的来信。

菊　芬　　在哪里？

胡　为　　（拿出碎信纸片）这不是！

菊　芬　　拼凑的字句不足为凭。

胡　为　　你以为他毁掉了信就能抵赖吗？看（掏照片）我们早就把原文拍成照片了。

菊　芬　　这……

胡　为　　嘿嘿……你要想保他，我可以成全你一次，立即与石坚绝交，跟我回去结婚。

菊　芬　　这……

（悲愤地唱）

　　　　胡为胡为你太狠心，

　　　　阴谋毒计伤害人。

　　　　咋不念过去同学曾相识，

　　　　咋不念他父亲教你师徒的恩，

　　　　咋不念他娘无靠伶丁苦，

　　　　咋不念他身体瘦弱患病的身。

　　　　也罢！

　　　　只要你不把石坚来迫害，

　　　　我愿意随你回城做新人。

胡　为　好啊！那你就给石坚讲清吧！

　　　　〔走出牛棚，石坚上。

菊　芬　（伤心地痛哭）

石　坚　怎么，菊芬，你要跟胡为结婚？

菊　芬　嗯。

石　坚　你这次来就是为了与我绝交？

菊　芬　嗯！

石　坚　今天我才认清你也是趋炎附势的软骨头贱人……

　　　　〔掏照片撕下一半丢给菊芬。

菊　芬　（痛苦地）石坚！

　　　　〔阿虎上。

阿　虎　太太，主任在等你上车呢！

　　　　〔幕后汽车喇叭声。

　　　　〔菊芬悲痛欲绝，阿虎拉菊芬下。

石　坚　（愤怒地一拳砸在石桌上）唉！

（幕急落）

第五场　花烛夜

［次日晚上，胡为住处。

［室内灯火辉煌，布置得很富丽，正中挂着"双喜"，中堂，两旁配着对联"胡为东都新才子，菊芬南国俏佳人"。

［下有桌椅盆景，茶几上放有专线电话，

［一侧通大厅，不时传来喜乐声、贺客的喧笑声，另一侧通洞房。

［幕起时，胡为西服革履，大背头，公子哥儿打扮。

胡　为　（喜滋滋地上）

（唱）客厅喜乐闹声喧，
　　　洞房花烛在今天。
　　　立功荣升副主任，
　　　又得佳人伴睡眠。
　　　双喜临门天厚我，
　　　我喜呀！滋呀！
　　　自在得好像活神仙。
　　　只要那上级垂青眼，
　　　我走红运一步能上一重天。

［电话铃响。

胡　为　（接电话）北京二号首长吗？我，我是胡为……对，首长夸奖，我一定为你尽忠……怎么，要加快步伐，鼓动揪走资派。好！名演员菊芬已抓在我的手里啦！立即就可以上演。对，要放重型炮弹……嗯嗯……

［阿虎上

阿　虎　　首长来指示啦！

胡　为　　嗯！拼命地干吧！只要首长大权到手，官有你我哥儿们的。

阿　虎　　全仗主任提拔。

胡　为　　贺喜的客人都到齐了没有？

阿　虎　　到齐啦，剧团全体人员和各机关单位的代表全到，礼物都摆在前厅，主任过过目吧！

胡　为　　你收下就是了。

阿　虎　　是。

胡　为　　酒席都布置好啦？

阿　虎　　好啦！四十桌客席，贺客已就坐。就等新郎新娘敬酒了！

胡　为　　菊芬换好衣服没有？

阿　虎　　还没有呢！总是哭哭啼啼地，我担心……

胡　为　　到手的鸟儿还怕她飞了？（蓦地抽开抽屉拿出镪水瓶）她要再闹，我这个可饶不了她！

阿　虎　　（接着）啊！镪水，哪用得着这个？女人嘛！哄哄说说就行了，别冲了你的喜气。

［推胡为把镪水放入抽屉内。

胡　为　　通知铃铃带她快换衣裳，我到前厅看看。（下）

阿　虎　　是！（内下）

［菊芬上。

菊　芬　　（唱）救石坚我甘心把虎穴来闯，

　　　　　　　　上刀山下火海俺一人承当。

　　　　　　　　身后边戒备森严看管我，

前厅中贺客满堂闹嚷嚷。
我若不忍屈负辱给他来服务，
免不得会遭杀戮或坐牢房。
石坚啊！我爱你之心你不知晓，
你当面骂我下贱我多情伤。
母亲啊，你只知女儿离家去，
哪知我又落虎口做羔羊？
演员们气我骂我我无法讲，
我只好忍气吞声，
把黄连苦水咽下肠。
总理啊！我算辜负了你培养，
没完成艺术任务为国增光。
天啊天，你见死不救不言讲，
枉受那人们的祈祷和颂扬。
危难中叫地不灵空惆怅，
作斗争还得自己拿主张。

[铃铃捧衣服。

铃　铃　菊姐，你换换衣裳吧！

菊　芬　我换它做啥？

铃　铃　你不换衣裳，阿虎又要打我……

菊　芬　好吧！你把我自己的衣裳拿来。

铃　铃　是！（换衣）

菊　芬　给我梳梳头发。

铃　铃　是！（梳头）

菊　芬　拿镜子照照我美不美。

铃　铃　（见菊芬忽然反常）菊姐，怎么你？

菊　芬　铃铃，咱姐妹相处多年，难道我要你办件小事，你能不答应？

铃　铃　（惊惧地）姐姐，你可不能……

菊　芬　你放心，我是不会轻易死的。好妹妹，我还有一事托你。

铃　铃　啥事？

菊　芬　你要想法送信给爷爷，叫石坚迅速逃走。

铃　铃　是。

［胡为上。

胡　为　准备的咋样啦？

铃　铃　好啦！（取衣物下）

胡　为　菊芬，今天是大喜的日子，你怎么打扮得这样朴素？

菊　芬　我一贯喜欢这样，难道你不知道吗？

胡　为　这……我不勉强你，那咱走吧！

菊　芬　做什么？

胡　为　举行婚礼。

菊　芬　哈哈哈……我何时跟你谈过恋爱呀？

胡　为　在乡下你不是亲口答应的吗？

菊　芬　可有结婚手续？

胡　为　哼！我早料到你会来这一手。看，这不是结婚证？

菊　芬　（接看）这上面可不是我的手印呀！

胡　为　这……对不起，我叫阿虎给你代按上啦。

菊　芬　哼！真是古今奇闻，连结婚登记也能代替，那你就同按手印的人结婚吧！

［转身欲走。

胡　为　（急拦）菊芬，怪我性急，办事不周，我向你赔罪。

菊　芬　　无耻!（气愤地）

　　　　　　（唱）手拿这结婚证我满腔怒愤，

　　　　　　　　　胡为你欺人太甚黑了心。

　　　　　　　　　空学法律不讲理，

　　　　　　　　　执法却做犯法人。

　　　　　　　　　婚姻法上咋规定，

　　　　　　　　　你竟敢违法乱纪硬逼婚。

　　　　　　　　　怒气不息我将贼打……

　　　　　（打胡耳光）

　　　　　　　　　横下心我跟你以死相拼。

胡　为　　你，你好不识抬举，竟敢打起我来了！来人呐！

　　　　　［打手甲、乙上。

胡　为　　把她给我吊起来打。

打手甲、乙　是!（打手二人欲上前）

　　　　　［幕后一阵大乱。

阿　虎　　（跑上）慢动手。主任，贺客等急了，一定要新娘子菊芬出去见一见，不然闹到这里来，就不好看了。

胡　为　　那怎么行？你就说，菊芬有急病……

菊　芬　　我不是好好的吗？骂我干啥，我去。

阿　虎　　好好好，还是太太……啊，还是菊芬姑娘懂礼，你这一去贺客就都满意啦。

胡　为　　这……

菊　芬　　走!（拿结婚证，昂然下）

阿　虎　　主任，你不同去吗？

胡　为　　我怕她胡扯。快听她说些什么。

　　　　　［示意打手去控制菊芬。阿虎随下。

　　　　　　〔胡为侧耳静听。
　　　　　　〔幕后掌声雷动。

菊　芬　（内声）客人们，我是演员，是人民代表，但是我却享受不到人民的权利。胡为这个公安副局长，知法犯法，竟假造结婚证，逼我结婚。这种违法行为大伙能容忍吗？！我现在宣布，这个婚礼是非法的，结婚证作废……

　　　　　　〔撕碎的结婚证纸片，像雪花般撒落在胡为头上。
　　　　　　〔前厅一片喧笑。
　　　　　　〔阿虎推菊芬上。

阿　虎　局长，她疯啦，把底都给你兜出来啦！
　　　　　　〔前厅嘈杂，有人推门欲入。

胡　为　阿虎，挡住客人，宣布散席。

阿　虎　是！（跑下）

胡　为　（凶狠地拿出镪水瓶）嘿嘿嘿，我的新娘子，你功劳不小，我祝贺你，请你喝下这瓶酒。

菊　芬　哦！杀人的镪水，你想杀我。

胡　为　我要你喝。

菊　芬　（严历地）放下它！老刽子手，你不怕犯罪？

胡　为　哈哈，这片天地是我的，杀了你一个人抵不上打死一只鸟，（威逼）你要怕死就顺从我。

菊　芬　这办不到！

胡　为　你还想等着石坚吗？告诉你，他已被宣布戴帽管制了，你想做反革命家属也登不上记！

菊　芬　坏蛋！你们是吃人不吐骨头的狼！

胡　为　我对你可是有善心呢！你以为我非要娶你吗？不是，

		我是要你给我宣传。你真不愿结婚,我还可以退后一步。你做我的情妇也行,只是你要立即上演我修改的剧本《春雷》。
菊 芬		我是不会昧着良心去干的!
胡 为		你自寻死路,那就别怪我心狠啦!
		〔上前抓菊芬,菊芬躲过,还手。二人拳击抢瓶,最后胡为将镪水洒在菊芬脸上。
菊 芬		(惨叫)……
胡 为		(冷笑)嘿嘿,你想演石坚的戏,怕再也演不成喽!
		〔牛牛蓦然闯入。
牛 牛		(高呼)胡为杀人啦!胡为杀人啦!
		〔胡为惊惧地缩做一团。

(幕落)

第六场　探亲人

〔距前场半月后的一天。

〔医院中,菊芬养伤的病房布置得十分整洁,白色的鲜花衬着绿色的松柏盆景,显得很雅致,墙上贴有"救死扶伤,实行革命的人道主义"的标语。下面大日历翻到1976年1月8日。

〔幕起时,菊芬躺在病床上,头和脸上缠着纱布,嘴上戴着口罩,一双娥眉和一对透明的大眼睛仍是那样清秀动人

〔女护士二嫂拿病历表、药物上。

二　嫂　　菊芬、菊芬，醒一醒，服药喽。

　　　　　[菊芬仍憩睡。

二　嫂　　（爱怜地）

　　　　（唱）菊芬住院半月多，

　　　　　　　伤势沉重受折磨。

　　　　　　　头额烧焦像蜂窝，

　　　　　　　高烧晕迷常不醒。

　　　　　　　饭不能吃水难喝，

　　　　　　　可怜人比黄花瘦。

　　　　　　　我心疼眼泪肚里落，

　　　　　　　姑娘！

　　　　　　　往日里你像鲜花万人赏，

　　　　　　　今后呀！

　　　　　　　咋上舞台过生活。

　　　　（擦泪喊）菊芬，菊芬！（插体温表试体温）

　　　　　[菊母端水上。

菊　母　　他二嫂，你查病房来啦？

二　嫂　　是！大娘，昨晚菊芬睡得可好？

菊　母　　（摇头）睡不着，哼哼哟哟地直喊痛，望着我老流泪儿。

二　嫂　　（怜悯地擦泪，看体温表）

菊　母　　体温多高？

二　嫂　　42度。

菊　母　　有危险吗？

二　嫂　　大夫说，或许有救，只是……

菊　母　　恐怕难上舞台了，是吧？

二　嫂　　唉！（不语）

菊　母　　告诉我吧，他二嫂，这孩子最关心的就是她的艺术生命啊！昨夜她睡梦中喊着"娘，我又能上舞台演戏喽"，听了多痛人哪！

二　嫂　　我们尽量想办法吧！大娘，菊芬怕刺激，可要多多安慰她。

菊　母　　是！（喊）菊芬，菊芬。（菊芬微睁开眼）你看，二嫂给你送药来了。

菊　芬　　二嫂。

二　嫂　　好妹子，睡醒啦？

菊　芬　　嗯！二嫂，我还能演戏吗？

二　嫂　　这……

菊　芬　　你替我求求大夫，给我把伤治好，我要演戏，我要演戏啊！

二　嫂　　菊芬，你能演戏，能演戏……菊芬！

　　　　　（见不应）又晕过去了！（忙扎针抢救）

菊　母　　孩子啊！（悲痛地）

　　　　　（唱）每听得孩子喊叫把戏演，
　　　　　　　　娘心悲痛似箭穿。
　　　　　　　　孩子啊！
　　　　　　　　咱世世代代都演戏，
　　　　　　　　人拿咱不值一文钱。
　　　　　　　　爷爷冻死古庙里，
　　　　　　　　奶奶被逼债跳深渊。
　　　　　　　　解放后，我生你长在红旗下，
　　　　　　　　党对你，时时刻刻把心关。

> 金鸡未叫喊你起，
> 学唱练嗓在河边。
> 披星戴月把武练，
> 熬过多少酷暑严寒。
> 你随团进京去会演，
> 周总理照相还拉你在身边。
> 只望你为革命演戏多贡献，
> 谁料想你被害得那么凄惨。
> 闺女若有长和短，
> 你娘我也活命难。（痛哭）

二　嫂　　大娘，哭是没有用的。我已扎针使菊芬苏醒了，等会你把这药给她服下。

菊　母　　是！

　　　　　［二嫂进服务室。

　　　　　［铃铃带爷爷和牛牛上。

爷　爷　　菊芬好些了吗？

菊　母　　嗯！（哭泣）

爷　爷　　菊芬。

牛　牛　　（齐扑上前）菊芬姐……

菊　芬　　（睁眼）（掀起口罩）爷爷、牛牛、铃铃，你们都来啦！

众　　　　都来看你。

菊　芬　　好！你们坐。

爷　爷　　菊芬啊！我们特来告诉你一个好消息。

菊　芬　　什么？（闪烁着有神的眼睛）

爷　爷　　胡为这小子停职检查啦！

菊　芬　　是吗？

铃铃牛牛		是的。
爷爷		那天胡为害你之后,大家恨他入骨。我们联合了工农群众和市里的文化单位,来了一个联名公诉。
菊母		怎么样啊?
爷爷		我先去找了他们公安局的正局长。这位老干部很支持,立即签字把报告转给市委,决定拘留凶犯。
牛牛		可胡为这家伙很狡猾,先说什么是酒后误事,又说什么他害你是为了爱你。
菊芬		这个流氓!
爷爷		我听后把肺都气炸了!我说你父亲赘婿,你是俺赵门的骨血养的,我也疼爱你,请你把镪水自己喝下去吧!
牛牛		爷爷顶得好!这小子眼睛巴嗒巴嗒得哑巴啦!
众		(笑)妙啊!哈哈哈哈……
爷爷		菊芬啊!还有一件使你更高兴的事。我偷偷把石坚带出来了。
菊芬		石坚在哪里?
爷爷		他马上就到。铃铃、牛牛,咱们找二嫂聊聊你菊姐的情况去。
铃铃		(会意地)好!(三人下)
菊芬		娘!你扶我起来一下。
菊母		你还是歇着吧!
菊芬		睡得太久了,我想活动身子。
菊母		嗯!(忍悲扶起菊芬)
菊芬		娘!给我梳梳头吧!

菊　母		唉！怎么梳呀！（伤心地抚摸菊芬的头，假作梳头）
菊　芬		娘！有镜子吗？
菊　母		要那干啥！
菊　芬		我要照照脸，看伤好得怎样了。
菊　母		（伤心地）孩子！镜子没带来，改日再照吧！
菊　芬		（撒娇地）我要照照呢，我要照照呢。
菊　母		好闺女，别闹，我找二嫂给你借去。

（悲痛地唱）闺女连声要照镜，
　　　　　　娘心酸痛泪双倾。
　　　　　　花遭严霜早枯萎，
　　　　　　此刻哪堪照颜容。

菊　芬		娘，你快去呀！快去呀！
菊　母		去去。（起身下）

　　　　　〔石坚上。

石　坚　　（唱）爷爷带我到医院把菊芬探望，
　　　　　　走进门心沉重，无限悲伤。
　　　　　　想那日牛棚内我把话错讲，
　　　　　　菊芬她忍悲痛屈断肝肠。
　　　　　　她投身虎穴为救我，
　　　　　　我错怪她不应当。
　　　　　　今日登门来请罪，
　　　　　　只觉得脸发烧、心发跳，
　　　　　　脚步沉重口难张。

　　　　　〔犹豫。

菊　芬　　石坚，他咋还不来呀？
石　坚　　（唱）听到她轻声唤我，我的心已碎，

　　　　　　看到她容颜被毁我多悲伤。
　　（急步上前）
　　　　　　菊芬啊！
　　　　　　你为我受苦命险丧，
　　　　　　我怨你骂你不应当。

菊　芬　你，你说那些干什么呀？

石　坚　菊芬啊！你骂我打我，我心才好受！我，我是个粗心汉子，有罪之人，无情的郎！

菊　芬　那撕毁的照片你带来了吗？

石　坚　带来了。

　　〔菊芬拿出照片，把它对在一起。

菊　芬　嘻嘻……

石　坚　（唱）照片我撕开她对起，
　　　　　　心中已创一层伤。
　　　　　　她无限真情把我原谅，
　　　　　　我越想往事我越荒唐。
　　　　　　满天云雾今朝散，
　　　　　　菊芬啊！
　　　　　　我要去找总理为你诉冤枉。

菊　芬　好啊！石坚，你看我还能演戏吗？

石　坚　这……（悲痛地）
　　　　　　（唱）我话哽喉，箭穿心，
　　　　　　安慰的话儿难出唇。
　　　　　　菊芬伤势重，
　　　　　　容颜尽遭损。
　　　　　　若说真情话，

　　　　　　　怎忍伤她心。
　　　　　　　菊芬啊！
　　　　　　　花儿开谢年年有，
　　　　　　　严冬过去就是春。
　　　　　　　春雷震天响，
　　　　　　　东风扫残云，
　　　　　　　一轮红日当头照。
　　　　　　　到那时，
　　　　　　　咱长歌曼舞，为党宣传报党恩。

菊　芬　唉！看来我是难上台演戏了。
石　坚　不会的。等我见了总理，他老人家一定会给你想办法。
菊　芬　唉！就这一线希望啦！
　　　　［蓦然哀乐声起。
菊　芬　石坚，是什么声音？
石　坚　我看看去。（下）
　　　　（众哭泣着上）。
菊　芬　怎么啦？
　　　　［众不语。
石　坚　（悲痛地上）菊芬，我们敬爱的周总理与世长辞啦！
菊　芬　（沉痛地）！我们的希望………完啦！
　　　　［晕过去。
众　　　哦！菊芬，菊芬……
　　　　［哀乐声继起。
　　　　［众哭泣。
　　　　［稍顷，二嫂慌张地上。
二　嫂　（惊慌地）不好了，胡为带人来逮石坚了！

众	（惊）啊！
爷　爷	（怀疑地）不对呀！胡为不是被拘留起来了吗？
二　嫂	听说上头的那个首长对胡为包庇，说什么"杀人未死，情有可原，反击右倾翻案风有功，不准纠办"。
菊　母	天哪！这是哪家的王法？
石　坚	那些糟践法律的人，总有一天会自食其果的！
菊　芬	（醒过来）石坚，你走吧！
石　坚	总理逝世了，我去找谁呢？
菊　芬	找党中央，找毛主席，找那些维护法律的老将！
众	对！你走吧！
石　坚	菊芬！（紧握菊芬的手）
二　嫂	（前面脚步声紧促）前门走不出去了。（打开后门）走这里！

［石坚欲下。

［胡为持枪出现在面前。

［阿虎带众打手从前门上。

胡　为	嘿嘿，老同学，咱们又见面啦！
石　坚	哼！你不配跟我这样称呼！
胡　为	我还高抬了你呢！我是堂堂的主任，革命新生力量。你是反革命！
石　坚	哼！说我是反革命有何为证？
胡　为	你滥制词曲，煽动群众反党！
石　坚	哈哈，众目睽睽，我煽动哪个反党啦？
胡　为	住口！
牛　牛	扣什么大帽子，我看违犯法令的就是你！
阿　虎	牛牛，你怎么顶撞领导啊！快跟铃铃回去排戏。走！

　　　　　　［逼牛牛、铃铃下。

胡　　为　　回去给我狠狠地整。（吩咐打手）把石坚带走。
二打手　　走！
菊　　芬　　（悲痛地）石坚！
石　　坚　　（意味深长地）菊芬啊！实践证明。没有革命的法律保护，艺术民主只是一句空话。要记住，革命者是压不倒、杀不绝的！乌云不能永远遮住太阳，严冬总会过去，春雷会响起来的！
菊　　芬　　是！
　　　　　　［众打手推开菊芬，爷爷扶菊芬，
　　　　　　［石坚从容不迫地下。
菊　　母　　胡为，你，你要还我女儿！
　　　　　　［与胡为撕打。
胡　　为　　去你的！
　　　　　　［踢倒菊母，带打手下。
爷　　爷　　他大婶……
菊　　芬　　娘！
　　　　　　［扑倒在母亲身上。

（——幕落）

第七场　孤雁

　　　　　　［菊芬家里，过去幽雅的书斋，现在变成了停放菊芬母亲灵柩的灵堂。菊母在医院被胡为踢倒之后，伤重吐血，菊芬也被当作废料驱赶回家。政治上的陷害和经济

上的压迫，使菊母惨死。

［幕启时，菊芬全身缟素，孤守灵堂。

［爷爷上。

爷　爷　菊芬！

菊　芬　爷爷！

爷　爷　你娘终于没熬过来……

菊　芬　唉！

（唱）自那日母被踢伤在医院，

胡为又密令团中不付药钱。

逼得菊芬没办法，

只好和娘搬回还。

母亲伤重鲜血吐，

为买药我把衣物全卖完。

杯水救不得满车火，

我娘她缺医少药赴黄泉。

爷　爷　那剧团对后事怎样安排？

菊　芬　唉！

（唱）他们不准人来看，

不给救济不借钱。

我要求先把工资领，

他们讲研究研究再商谈。

今天我问推明日，

明日再问推后天。

说什么执行制度要从严，

最后还是不借款。

铃　铃　这真是太残忍啦！

菊　芬　（唱）等了七天我去把款领，
　　　　　　　算算账工资被他们全扣完。
　　　　　　　我娘的尸首久停发霉烂，
　　　　　　　血水滴在地平川。
　　　　　　　一滴血水一滴泪，
　　　　　　　我一声娘亲一声天。
　　　　　　　只哭得星星无奈光眨眼，
　　　　　　　月儿伤情躲到云里边，
　　　　　　　檐下宿鸟不忍看，
　　　　　　　水中的鱼儿沉深渊。
　　　　　　　夜漫漫我独对孤灯把灵守，
　　　　　　　日头出我街头卖唱募化钱。
　　　　　　　好心人丢下钱几个，
　　　　　　　坏心人不让唱曲又发烦。
　　　　　　　我满腔苦水肚里咽，
　　　　　　　心肠破碎泪哭干。
　　　　　　　好容易凑了纸薄棺材板，
　　　　　　　还没人敢来帮忙把棺运下田。
　　　　　　　爷爷呀！
　　　　　　　旧社会艺人死活无人管，
　　　　　　　今天啊，为啥照样遭奇冤？
　　　　　　　毛主席他老人家可知晓，
　　　　　　　周总理，怎能安心在九泉？

　　　　　[菊芬泣不成声。

爷　爷　（痛苦地唱）
　　　　　　　听菊芬诉衷情我心痛伤，

　　　　　这一群狗东西丧尽天良。
　　　　　穿衣衫虽打扮像人模样，
　　　　　黑心肝黑肺腑黑透心肠。
　　　　　擅自杀人不偿命，
　　　　　空呼口号冠冕堂皇。
　　　　　这号人若是把权掌，
　　　　　红色江山难久长。
　　　　　那得海瑞把书上，
　　　　　为民除害平冤枉。
　　　　（白）菊芬啊！我看这样吧！我把你娘的尸首拉到农村安葬，你收拾收拾随我一起走！

菊　芬　（感动地）爷爷。
　　　　〔牛牛，演员甲、乙等齐上。
爷　爷　怎么，你们都来啦？
众　　　都来啦！看看大娘和菊芬姐。
菊　芬　谢谢大家，阿虎怎放你们出来的？
众　　　我们是跑出来的。
菊　芬　哦！
牛　牛　大伙听说大娘死了，都要来吊丧，可阿虎老瞅着我们排戏，不准请假。大伙急死了，给他来个调虎离山，哄着他去接电话，一哄而散都跑出来了。
菊　芬　这样咋行，他会来找你们的！
牛　牛　找来又怕啥，反正我们人多势众，弄不好就给他拼！
菊　芬　这么一拼，你们不怕跟我一样受迫害？
演员乙　顾不得那些了，跟他们当演员，也是活受罪，不是挨打，就是挨骂，祖宗八代都不安。哪里黄土不埋人，

　　　　　　下农村去干活不照样吃饭。

爷　　爷　　你要是到农村去，俺宣传队请你们当老师。

演员甲　　打个杂儿还行，当老师可不管，那还得请菊芬姐。

菊　　芬　　唉！不行啦！（伤心地）

　　　　　（唱）自被镪水烧伤面，

　　　　　　　　我九死一生受熬煎。

　　　　　　　　平时不敢照镜看，

　　　　　　　　容颜似鬼见人难。

　　　　　　　　不能够重上舞台把戏演，

　　　　　　　　不能够化妆为党作宣传。

　　　　　　　　没条件教你们练功把武练，

　　　　　　　　没条件上堂教课带学员。

　　　　　　　　我的那艺术生命已断送，

　　　　　　　　空留尸骨在人间。

　　　　　[众悲痛。

　　　　　[铃铃跑上。

玲　　铃　　阿虎来找你们了。他讲，菊芬姐在这里是你们不安心排戏的根子。他请示胡为，要把菊芬姐驱逐出境。

众　　　　　啊？

牛　　牛　　好狠毒的家伙！

众　　　　　我们和他拼了吧！

爷　　爷　　慢，在他的管辖下硬拼不好。

众　　　　　反正一人只有一条命，我们揍死一个够本，揍死两个赚一个！

爷　　爷　　不行呀！这样大家会吃更大的亏的。

牛　　牛　　那咋办？

爷　爷		我看这样。（向牛耳语）
牛　牛		好，咱们这样对付。（与众耳语，众点头）
爷　爷		我和菊芬先到后边收拾收拾。（带菊芬下）

［阿虎上。

阿　虎		你们怎么都到这里来了？
牛　牛		祭奠大妈啊，团长，你不是也来祭奠的吗？
阿　虎		这……是呀！我也来看看。（假惺惺地）唉！人既死啦，也不必太悲伤，看后就回去排戏去吧！
牛　牛		行呀！那你就快祭奠吧！
阿　虎		这……
牛　牛		临丧不哀，成什么体统，你给我跪下！（按阿虎下跪）
阿　虎		你要干什么？
众		要你活祭灵堂。
阿　虎		你们反了，快放开我！实话告诉你们吧，我是来要房子赶菊芬出门的。弟兄们都在外面，我只要喊一声，他们就会把你们都逮去坐牢。
牛　牛		哈哈，你的弟兄们也看透了你们的阴谋，不敢再来啦！你先在这里委屈一时吧！（绑阿虎）
众		（踢打阿虎）
牛　牛		把他关到后边去。
众		好！（押阿虎进内）

［爷爷和菊芬上。

爷　爷		准备好了，牛牛你带人解灵柩，菊芬我们先走。
菊　芬		谢谢大家，爷爷，我不能再连累你们了，我自己走！
爷　爷		孩子，你孤身一人，走向哪里去呀？
菊　芬		我要走遍天涯海角，向人民倾诉我们艺术界的苦难。

众	菊芬姐。
菊　芬	再见吧。

〔她身穿重孝，怀抱柳琴，像位圣洁的天女傲然地走下。

〔幕后歌声。

　　天涯海角鸣孤雁，

　　歌声凄楚令人怜。

　　何日《春雷》震天响，

　　百花开放春满园。

〔众悲愤，依恋地望着菊芬远去的背影。

〔歌声缭绕，余音不绝。

（幕徐落）

第八场　欢腾

〔粉碎"四人帮"之后的春天。

〔红星剧场后台，布置得十分整洁，上面悬着"百花齐放"横匾，下衬着百花盆景，绚丽夺目。

〔演员职工们忙碌着装台，往来如梭。

〔幕启时，牛牛在写着"重新上演革命现代戏《春雷》"字样的水牌。

〔铃铃跑上。

铃　铃	牛牛哥，《春雷》又要上演啦？
牛　牛	你看，我不正写牌子么。
铃　铃	"闹事"那场戏你练熟了？

牛　　牛　　熟啦！不信你看，我当"四人帮"的爪牙。

铃　　铃　　我配保护老干部的姑娘。

牛　　牛　　（滑稽地整装，摇晃着上）唉！你这个丫头，敢护走资派！

铃　　铃　　他过去跟毛主席长征，推翻三座大山，现在响应党的号召，为四个现代化立功，他有何罪？

牛　　牛　　这，这，这……我不和你讲理，吃打……（开打，最后被铃铃踢中，小翻筋头，从上来的石坚头上翻过）唔呀呀呀……

石　　坚　　（笑）哈哈……你们练得好。

　　　　　　〔二人欢笑。

牛　　牛　　石坚同志，你这次回来可别走啦！

铃　　铃　　傻瓜，人家全家都沉冤昭雪了，落实政策，转来文化局工作还能再走？

石　　坚　　嘀，铃铃成了小灵通了！哈哈……

铃　　铃　　石处长，菊芬姐去北京整容，啥时侯来呀？

石　　坚　　你说呢？

铃　　铃　　（摇头）不知道。

牛　　牛　　傻妹子，看，我已写好了牌子，她不来，这主角你演？（铃铃羞）

石　　坚　　妙呀，牛牛也学得更聪明了！

　　　　　　〔众笑。

石　　坚　　（正经地）我正是来给你们布置任务的，牛牛。

牛　　牛　　（调皮地立正）有。

石　　坚　　你骑摩托去车站把菊芬接来。

牛　　牛　　是！（跑下）

铃　铃　（孩子似撒娇）石坚同志，我也去，我也去！

石　坚　你另有任务，把这后台布置得好好地迎接菊芬姐。爷爷和大伙，我们开个欢迎会。

铃　铃　（调皮地）得令也。

石　坚　调皮的丫头！（笑下）

铃　铃　（在欢快的音乐声中整理着场地）。

（心情激动地唱）

　　百花开放喜迎春，

　　东风阵阵暖人心，

　　收拾迎接菊芬姐。

　　我喜呀，我笑呀，

　　喜得我一直合不上唇。

　　这两天不知怎么常做梦，

　　梦见菊芬姐到来临。

　　今天美梦成真事，

　　菊芬姐呀

　　你苦尽甜来可见了亲人。

［爷爷领众人上。

爷　爷　铃铃呀，你菊芬姐回来了吗？

铃　铃　牛牛接去了，马上就到。

众　　　好啊！

［牛牛领菊芬上。

［通过整容，她比过去更美丽了，双目灿灿，容光焕发。党的温暖关怀，燃起了她青春的火焰，愁苦的面容消失了，总是笑盈盈的。

铃　铃　菊芬姐！（扑在菊芬怀里）

菊　芬　　我的好妹妹！（抚摸着铃铃）
众　　　　菊芬，我们欢迎你！
菊　芬　　谢谢大伙！
　　　　　〔她用眼光四处寻找，仿佛找一件最心爱的东西——是找她的难友石坚。
石　坚　　（跑上）菊芬。
菊　芬　　石坚同志。
　　　　　〔二人紧紧地握手。
菊　芬　　胡为那个魔鬼怎样了？
石　坚　　已被人民押上了历史的审判台。
菊　芬　　我们终于又获得了新生。
石　坚　　祝贺你重新回到革命的艺术队伍中来。
菊　芬　　这是大伙的支持，党的挽救，共产党给了我第二次生命。
石　坚　　市委决定，明日就重新上演《春雷》！
菊　芬　　好！
众　　　　（欢腾起舞，合唱）
　　　　　　　艺海茫茫春复秋，
　　　　　　　悲歌代代唱不休。
　　　　　　　今朝喜听春雷响
　　　　　　　百花开放满枝头。
　　　　　　　　　　　　（合唱声中幕徐落）

剧终

1979 年 9 月 22 日

注：《春雷》剧本刊发在 1979 年邳县《大运河》杂志上。

高子亮 ○ 著

高保华 ○ 整理

高子亮作品选

（中）

中国戏剧出版社
CHINA THEATRE PRESS

【提要】东汉末年，丞相曹操患脑疾，遍寻良医屡治无效。尚书荀彧举荐好友神医华佗为其诊治。华佗为解病人痛苦，按黄帝《内经》所述用曼陀花制成麻醉剂麻沸散，建议用破颅之法为曹操根治脑疾，引曹操猜疑并将华佗囚于相府，想只为己所用。华佗心系民众疾苦，宁死不从，引起曹操不满，怕放出华佗为敌方所用，将其杀害。

华佗与曹操

新编历史剧（七场梆子戏）

编剧　高子亮　孙甦　马家科

时　间	东汉末年
地　点	徐州、谯郡、许都一带
人物表	华　佗　　东汉名医
	华　妻　　华佗妻子
	樊　阿　　华佗的弟子
	郑老爹　　贫苦渔户
	雪　梅　　郑老爹的孙女
	曹　操　　汉末丞相
	曹夫人　　曹操的妻子
	如夫人　　曹操的侍妾
	荀　彧　　曹操的谋士
	侍　医　　曹操的私人医生
	谋士、武士、歌女、狱吏、刀斧手

第一场　犯病

时　　间　　东汉末年秋

地　　点　　许都丞相府

[曹操卧房

[曲牌中启幕。曹操微服，头裹纱巾，曹夫人、如夫人搀扶上，雪梅、侍女同上。

曹　操　　唉！

（唱）头痛不愈心烦乱，
　　　　寝不宁席坐不安。

曹夫人　　（唱）但愿丞相早康复，
　　　　　妾烧高香谢苍天。

如夫人　　（唱）只要丞相病体好，
　　　　　俺乌猪白羊敬老天。

曹　操　　（唱）霸业未竟志未酬，
　　　　　忧虑病重已暮年。

曹夫人　　（唱）万望丞相多保重，
　　　　　切莫惆怅胸放宽。

如夫人　　是呀！

（唱）弈棋弹琴逛花园，
　　　　听歌赏舞悦心玩。

曹　操　　唉哟！

曹夫人　　丞相，想您连年征战，备受军旅之苦，心机操碎，为了江山大业，以致积劳成疾，万望您要放开心胸，保重贵体啊！（荀彧上）

侍　　女　　荀尚书到。

荀　　彧　　参见丞相、夫人。

曹　　操　　免了。

曹夫人　　给荀尚书看座。（侍女给荀彧打座）

荀　　彧　　谢座。不知丞相病体可有好转？荀彧时刻挂怀。

曹　　操　　我这头疼之症，屡治无效，愈犯愈重，实在是令人……唉！（忧伤）

荀　　彧　　丞相你……

曹　　操　　荀尚书！

　　　　　　（唱）非是本相胸量浅，
　　　　　　　　　桩桩心事把愁添。
　　　　　　　　　只怕我病难诊治，
　　　　　　　　　霜染鬓发年已残。
　　　　　　　　　看眼前吴蜀之盛尤未破，
　　　　　　　　　三足鼎立势依然。
　　　　　　　　　尚未能晏清四海靖守内，
　　　　　　　　　尚未能成一统万里江山。
　　　　　　　　　开创的千秋霸业谁人继？
　　　　　　　　　是何人支撑这半壁河山？
　　　　　　　　　我忧伤"壮志未酬身先死"，
　　　　　　　　　常使英雄泪湿衫。

曹夫人　　唉！（伤心）

荀　　彧　　丞相，休得如此忧伤，想你一向是雄才大略，志壮三山五岳，气吞江河湖海，天下哪个不知，何人不晓？想当初您平豪强、讨董卓，一举而定中原。

曹　　操　　此乃操之初志也！

荀　彧	而今是抗东吴，抑西蜀，巍巍然雄居江北，纳治国用兵之良将，举知名之文贤，握雄兵百万，统战将百员，文功武治，天下哪个不惧，何人不尊？	
曹　操	（喜悦地）是啊，何人不惧？哪个不尊？	
荀　彧	丞相可记得，你率雄师挥戈北上，远征乌桓，登高山，临大海所作之诗句吗？	
曹　操	唔，唔，（吟诵《观沧海》）"东临碣石，以观沧海。水何澹澹，山岛竦峙。树木丛生，百草丰茂。秋风萧瑟，洪波涌起。日月之行，若出其中。星汉灿烂，若出其里。幸甚至哉，歌以咏志。"	
荀　彧	壮哉，真是气吞宇宙气象！我也曾读过你的另一首诗《龟虽寿》。（吟诵）"神龟虽寿，犹有竟时；腾蛇乘雾，终为土灰……"	
曹　操	唔，不错。……	
荀　彧	（接着吟诵）"……老骥伏枥，志在千里。烈士暮年，壮心不已……"	
曹　操	（高兴地）是呀是呀！	
荀　彧	（接着吟诵）还有"盈缩之期，不但在天；养怡之福，可得永年。"呀！	
曹　操	（兴奋）唔，好。	
荀　彧	丞相要振奋精神，一如既往。再就是巧以调养，亦可延年益寿。	
曹　操	（兴奋极）……烈士暮年，壮心不已……养怡之福，可得永年……哈哈…… （由于兴奋，而又头疼）哎哟……哎哟…… （急扶）丞相，丞相。	

曹夫人　　　雪梅，快请侍医！

如夫人　　　快请侍医！

雪　梅　　　（对内）有请侍医爷！

侍　医　　　（内应）来了。（上）

　　　　　　（念）为侍医身在相府，
　　　　　　　　　研医术苦读经书，
　　　　　　　　　望闻问切下功夫，
　　　　　　　　　求得应手把病除。

侍女甲　　　侍医爷，丞相的头疼又发作了！

侍　医　　　哦！

　　　　　　（接念）听说丞相发病，
　　　　　　　　　　心中如撞小鹿。
　　　　　　　　　　此病久治无效，
　　　　　　　　　　怨我医浅学拙。
　　　　　　　　　　丞相，夫人……

曹夫人　　　快与丞相诊病上来。

侍　医　　　是。（切脉）

曹夫人　　　你要精心仔细，诊清病源，对病下药。

侍　医　　　（切脉毕）从脉象上看，丞相的病是因为……

曹夫人　　　因何而得？

侍　医　　　是因为偶中风寒，心情不适。先服些镇定药剂，而后慢慢调治也就是了！

曹　操　　　还慢慢诊治？

曹夫人　　　又是这个治法。

侍　医　　　再增加些营养；如参茸、银耳、燕窝汤。

曹　操　　　你就再无良方了吗？

侍　医　　我也为丞相久病不愈，翻阅经书，尚未查有效方。

曹　操　　（不耐烦地）喊……哎哟……

侍　医　　唉！（丧气）

曹夫人　　这如何是好呀？

荀　彧　　丞相，我几次向你提过，在你家乡谯郡，有一人名叫华佗，字元化，一名旉，人称神医。

曹　操　　唔！

曹夫人　　尚书说到此人倒提醒了我，我年轻在谯郡时曾传他治过病，是医道高明呀！

荀　彧　　不妨叫他前来，丞相意下如何？

曹　操　　我也闻得此人，医名远扬。他东吴医过周泰……

荀　彧　　不错。

曹　操　　樊城医过关羽……

荀　彧　　是有此事。

曹　操　　这个嘛……

荀　彧　　丞相的意思……

曹　操　　人言他游医四方，混迹于乱民，来与本相治病，不知他……

荀　彧　　……噢……丞相放心，我与华佗，曾是故交，他不但医术超人，而且为人诚厚，品端德贤，为人治病，不惜余力。

曹　操　　这只是听尚书之言呀！

荀　彧　　如此说来，难道丞相对我……

曹　操　　不不，荀尚书伴曹某多年，深知你的为人。我对你毫无他想，只是说华佗……

荀　彧　　请丞相放心，俺荀彧愿做荐保，请丞相命俺把他找

|曹夫人|既然如此，就烦尚书把他请来吧！
|曹　操|唔，不知他现在何处？
|荀　彧|他游方行医，无一定去处，如不在谯郡，就去徐国、沛国寻找也就是了。
|如夫人|说来乃一行脚的乡野医生，焉能治得大病？
|曹夫人|虽走乡串野，采药治病，可经多见广呀！
|侍　医|如不在故乡，四方寻找，可就难了。
|荀　彧|纵然千山万水，俺荀彧万难而不辞！
|侍　医|就是找到，焉知他愿意前来？
|荀　彧|侍医先生！

（唱）他与丞相同乡里，
　　　荀彧和他是故交。
　　　只要能把他找到，
　　　料会前来把病疗。
　　　他来不妨你医道，
　　　荀彧定去请一遭。

|曹夫人|荀尚书说得是。
|曹　操|既然这样，荀尚书备骏马百金，去找华佗。
|荀　彧|是。
|曹　操|如见到他，就说我曹某有请，你代我……
|荀　彧|我自巧言之。（下）
|曹　操|（头疼）哎哟……（曹夫人、如夫人扶操，侍医下）

（幕落）

第二场　请佗

［彭城郡内。

［山峦起伏，树叶枯黄，一片秋色。

［曲牌声中，华佗内唱。

华　佗　　负青囊采百草游医徐郡……

［樊阿背药葫芦，摇虎刺，雀跃至台前，欢快地眺望。

樊　阿　　噫，霸王山、九里山，真的九里山。师父，快来看，俺这彭城老家又到了，（无应，内望……）（急入内）

［稍静，鞭响处，华佗跨毛驴，背青囊，左手持《内经》入神地看着，右手拿曼陀罗花轻舞。

华　佗　　（接唱）麻沸经引得我醉心入神，
　　　　　　　曼陀罗泡老酒定要成饮……

樊　阿　　（惊）有毒，有毒。（夺过曼陀罗）俗话说"臭麻子，开白花，对半绵羊药死仁"，师父你……免了吧！

华　佗　　樊阿，（示书）黄帝《内经》中说曼陀罗药草能使病人醉麻，切肌剖腹减痛。
　　　　　（接唱）能解除病人苦方舒我心。

樊　阿　　好好，等咱进了彭城，沽上二斤上好老酒把这花泡上，你就先歇会儿吧。（扶佗下驴）

华　佗　　樊阿呀！
　　　　　（唱）只因为连年征战烽烟滚，
　　　　　　　瘟疫流行通乡村。
　　　　　　　师父我自幼习医道，
　　　　　　　聊况这银针药草驱瘟神。

切肌剖疮病人苦，

病人痛好似痛我身，

只盼麻沸早成药，

解痛除苦济世人。

樊　阿　　我担心曼陀罗毒性太大，有伤师父。

华　佗　　我知道你的心意啊！樊阿，咱们走！

[二人欲走，郑老爹内声：先生慢走，上。

郑老爹　　你可是华神医？

樊　阿　　他就是神医，我师父华佗。

郑老爹　　拜见华神医。

华　佗　　老人家免礼，你……

郑老爹　　神医呀。

（唱）尊神医你听俺告禀，

俺姓郑，住在郑家营。

听说你刚才行医俺村内，

治病免灾医道精。

先给小儿治腹痛，

又给老人针腰疼。

手到病除好得快，

人人争夸传美名。

我今背上生疮痛，

特请神医看病情。

华　佗　　唔，待我看来。（看郑老爹背上），哎呀呀，此乃恶疮，肉已腐烂，需要把腐肉割去，再敷上药，方可生肌痊愈。樊阿，助我动手。

（从青囊中取出小利斧，给郑老爹割疮）

郑老爹　　（疼痛地）啊……啊……哎呀！（樊阿扶住老爹）
华　佗　　老人家，你……你要忍受点儿啊！（复割疮）
郑老爹　　啊……啊……疼煞我也……（昏厥）
樊　阿　　老人家……（扶住不忍看）
华　佗　　好了好了！（割毕，忙从葫芦中取出药敷上，包好）
郑老爹　　（清醒）哎哟……多谢神医……能不能就好啦？
华　佗　　唉！（难过地）

　　　　　（唱）听一言，满面羞，
　　　　　　　　好似火团灸心头。
　　　　　　　　老人剧痛难忍受，
　　　　　　　　佗也伤心把泪流。
　　　　　　　　樊阿呀！
　　　　　　　　研制麻沸须趁早，
　　　　　　　　解民痛苦除我忧。

　　　　〔又从葫芦里取药包好，给郑老爹。
　　　　　老人家，拿上这药，回家再换上两次就会好的。
郑老爹　　这……（不接）
华　佗　　拿着……拿着呀！
郑老爹　　（仍没接）神医呀！

　　　　　（唱）未开言，心痛酸，
　　　　　　　　尊师父，活神仙。
　　　　　　　　皆因为天灾兵祸连年不断，
　　　　　　　　百姓的日月实艰难。
　　　　　　　　给我治病恩不浅，
　　　　　　　　医治之情，无以为报，再给药嘛……

华　佗　　（寻思）噢。没有钱是吧？没钱也要治病呀！

医和药不取半文铜钱。

拿着吧。（把药交给老爹）

郑老爹　拜谢神医！（跪）

华　佗　哎呀呀，使不得，使不得。（吃力地挽起老爹。老爹艰难地，脚步有点踉跄）老人家，怎么你一人前来，没人照理呀？

郑老爹　（伤心地）原来我家三口，老伴病故，小女雪梅被乱兵劫去，至今未还呀！

华　佗　噢。

郑老爹　先生，想你到处游医，如能帮俺查听一下她的下落，或见到她，给俺捎上个信儿，俺死了也不忘先生的大德！

华　佗　（寻思）好吧，我可以帮你查听！你女儿她……

郑老爹　噢噢！她今年一十八岁，白净面皮，有酒窝，大眼睛，双眼皮，右耳下有颗黑痣儿。

华　佗　待俺记下。（幕后马蹄嘚嘚）

樊　阿　（内望）师父，那边有官兵来了。

华　佗　（对老爹）老人家，回家去吧。

郑老爹　谢神医。（下）（荀彧带武卫甲乙、二曹兵上）

荀　彧　哈哈哈，踏破铁鞋无觅处。元化兄，别来无恙吗？

华　佗　哦，荀尚书。

荀　彧　元化兄，谯郡一别年余，喜得今日在徐土相逢，俺荀彧这厢有礼了。

华　佗　不敢当，不敢当。

荀　彧　元化兄啊！

（唱）曹丞相礼贤士四海闻名，

　　　　　　辟疆土统中原文治武功。
　　　　　　四方豪杰重礼聘,
　　　　　　天下谋臣归闻风。
　　　　　　常念和你乡土情,
　　　　　　又慕兄医术有神能。
　　　　　　特遣荀彧将你请,
　　　　　　去谯郡走沛国不见仙踪。
　　　　　　喜只喜今日里徐土相逢……
　　　　元化兄,请你速随我同去相府,
　　　　　　贵比乡野有前程。

华　佗　荀尚书,丞相他文德武才,志在四方,图强励事,佗很敬佩,只是我四方游医,志在为民治病啊。
　　　　(唱)华佗生来志量短,
　　　　　　只爱这虎刺不爱官;
　　　　　　百草银针解民痛,
　　　　　　强似那食禄庙堂图清闲。

荀　彧　这……元化兄!
　　　　(唱)不愿做官不做官,
　　　　　　重馈送你衣锦还。
　　　　　　皆为丞相把病患,
　　　　　　委屈先生去一番。

华　佗　怎么?你说丞相原是患病求医?

荀　彧　是啊!丞相患下头疼之症,屡治屡犯,特派俺请先生前往治病啊!

华　佗　哎呀呀,既是丞相患病,何不早讲?却是做官呀,馈赠呀!

尚书你……

荀　彧　哦，哈哈，元化兄，我是怕你推辞不就呀！

华　佗　哎，哪里话来，医家之道，原是救死扶伤。况丞相素有贤名，素负重望，既是求医，焉有不去之理。

樊　阿　师父……

华　佗　给丞相治病之后，立即就回。

荀　彧　是啊，不久便回。

樊　阿　那，师父，也带我去吧！

华　佗　樊阿，你师奶奶年老多病，你师母体弱，要你回去探望。再者，乡亲疾病，要你医治。你回谯郡去吧！

樊　阿　是。（给过葫芦，虎刺）师父，我给你备驴。

荀　彧　不用了，来时丞相就赐下骏马金鞍，你就骑上那驴回谯郡吧。

武卫，快与先生牵马上来。

[武卫牵马上。

荀　彧　元化兄，请。

华　佗　尚书请。

樊　阿　师父保重。（众上马下，樊阿目送）

（幕落）

第三场　医操

[距前场几天之后。

[二幕前，曲牌声中华佗、荀彧并肩上。

荀　彧　（念）午门爰髻离征鞍，

华　佗　（念）相府一派好威严，
荀　彧　（念）先生且到府前候，
　　　　　　　待我禀报去一番。
　　　　　元化兄，进得府去，你可要依路上嘱言，看荀彧眼色行事啊！
华　佗　请你放心，医人讲的是切脉治病，当讲的一定要讲，不当讲的半句不说。
荀　彧　对啊，哈哈。（二人下）

　　　　　［二幕开，曹丞相客厅，曹夫人上。

曹夫人　（唱）丞相病患不好转，
　　　　　　　时刻呻吟不成眠。
　　　　　　　荀尚书去请华佗没音讯，
　　　　　　　他一日三问我心神不安。（如夫人侍医上）
如夫人　荀尚书怎么还没有回来呀？
曹夫人　是呀，实实令人焦躁。
侍　医　华佗无一定行止，到哪里去找，真是远井解不了近渴啊！
曹夫人　可近井太浅，它没有水呀！

　　　　　［侍医尴尬，荀彧高兴地上。

荀　彧　见夫人。
曹夫人　荀尚书辛苦了，那华神医……
荀　彧　丞相福音，那华神医请到了。
曹夫人　（喜悦地）谢天谢地！
如夫人　那可好了。
曹夫人　快快有请。
如夫人　有请。

曹夫人　　咱快去禀告丞相。(同如夫人下)

荀　彧　　有请华神医。

华　佗　　(内应)来了！(挎青囊、葫芦、带虎刺上)

　　　　　(念)一路风尘,

　　　　　　　趋医相府门。

　　　　　　　但愿应手能除病,

　　　　　　　千般苦累也称心。

侍　医　　华神医。

华　佗　　这位……

荀　彧　　侍医先生。

华　佗　　哦,原来是侍医爷,同行啊,同行。

侍　医　　是呀,同行是……是朋友啊。久闻神医大名,如春雷贯耳。神医此来,丞相的病就要好了。

华　佗　　哎,尚未诊病,不敢妄断。侍医爷,丞相的病……

侍　医　　患头疼之疾,看来是中风所得。

华　佗　　不知侍医爷作何医治?

侍　医　　还不是镇静、营养而已。

华　佗　　唔。

侍　医　　不知神医此来,是久留还是暂住?

华　佗　　丞相之病,若能治愈,佗即告去。

　　　　　[曹夫人、如夫人搀操上,雪梅、侍女随上。

荀　彧　　禀丞相,荀彧奉命,华神医请到。

华　佗　　参见丞相。

曹　操　　快快请坐。

华　佗　　谢坐。

曹　操　　华佗神医,本相今日想,明日盼,到底把你盼来了,

		快快动手与俺诊病，哎哟……
华	佗	待我诊来。（切脉，看面色）
侍	医	（旁白）且看他诊断如何？
曹夫人		华先生，你看丞相之病？
华	佗	（切脉毕）丞相头面多汗，恶风，是为脑风之证。
众		哦？
华	佗	风之伤人也，或为寒热，或为热中，或为寒中，或为疠风，或为偏枯。故风也，其病各异，其名不同。丞相往日，风气循风府而上，故为脑风之证。
曹	操	我这病因？
华	佗	依我看这病因有二！
曹	操	请道其详？
华	佗	这一，丞相年多劳累，外感风寒，或因营卫不知。
曹	操	（点头）唔，唔，华夫子，这二呢？
华	佗	这二嘛？恕佗直言，是丞相胸臆狭窄心多忧郁，猜疑尤重，由燥而起。
曹	操	唔，唔……
众		哦！（惊）
荀	彧	（惊怕地旁白）哎呀呀，他怎么说出这些话来？元化兄，你可要仔细诊断，慎重推敲啊！
侍	医	（假惺惺地）华先生，这其二，在脉象上我怎么没诊断出来呢？
曹	操	嗯……（背）呀！
		（唱）华佗果然是神医，
		诊脉断理名不虚。
		低下头来暗思虑……

		唔，哈哈……华夫子
		本相从来无猜疑。
华　佗	丞相。	
	（唱）诊病不能讲假话，	
	脉象病因瞒不得。	
曹　操	（思念地）哈哈……	
	（唱）有没有但凭夫子治。	
荀　彧	（焦急地）元化兄，请快快据症下药吧！	
华　佗	好！（取出银针）	
	（唱）银针一下保安逸。	
曹　操	啊！	
众	针？	
华　佗	要针。	
曹　操	这……	
曹夫人	丞相，华先生是出名的好针术啊！	
荀　彧	不错，是好针法。	
如夫人	本来头疼，再加上针疼，那还了得！	
侍　医	脑门上如何下得那么长的针啊？	
华　佗	斜扎"鱼腰"啊！（指自己的眉）这小小银针，有何怕的？	
曹　操	这……哈哈……华夫子，你就针吧！	
华　佗	丞相不怕我就下针了。	
	（唱）小小银针明又亮，	
	捻在手里放毫光。	
	选穴"鱼腰"和"攒竹"……（扎针）	
	全神捻下不慌忙。	

　　　　　　　左捻三圈循循进，
　　　　　　　右捻三圈除病殃。
　　　　　　　丞相感觉怎么样？
曹　操　　哦，好，好。
　　　　（唱）只觉得又酸又麻又舒畅，
　　　　　　　堪称那扁鹊又在世。
　　　　　　　华夫子神医妙手果然强。
侍　医　　强！
曹　操　　强，强，比你强。
　　　　（唱）要向神医多请教
　　　　　　　好好再把学生当。
　　　　　　　华夫子
　　　　　　　谢你给俺除病殃……
华　佗　　慢，今日虽暂解病痛，还须请丞相记住二款。若不然嘛，
　　　　（唱）病再发，前功付汪洋。
曹　操　　啊！你讲哪二款？
华　佗　　第一款且忌猜疑应放海量。
曹　操　　啊……啊……（众面相观）
侍　医　　丞相，华先生的话，你听清楚没有？
如夫人　　就是不要猜疑。
曹　操　　（闭目寻思）唔，华先生，这二款呢？
华　佗　　这二款嘛？不要过于疲惫、过于急躁，将息静养。
曹　操　　啊！华先生，我若不如此呢？
华　佗　　（唱）怕的是今后病入膏肓。
曹　操　　呀！

　　　　　　（唱）听得华佗一番讲，
　　　　　　　　　心思辗转意彷徨。
　　　　　　　　　信他真为俺除病恙，
　　　　　　　　　可讲的尽是逆耳腔。
　　　　　　　　　疑他此来心怀异……
　　　　　　　　　又怕误病某有伤。
　　　　　　　　　细思忖，有主张，
　　　　　　　　　莫露声色暗提防。
　　　　　　哈哈，华神医，念咱乡里之谊，你要救俺一救，此病可有根治之术哇？

华　佗　　丞相，
　　　　　（唱）根治尚须细酌量，
　　　　　　　　药术待研且从长。

曹　操　　哦，医术药味，华夫子还在琢磨之中。

华　佗　　是啊！
　　　　　（唱）请丞相清心涤虑且静养，
　　　　　　　　牢记二款料无妨。

曹　操　　（唱）夫子言语记心上，
　　　　　　　　禁忌绝不当耳旁。

荀　彧　　啊！
　　　　　（唱）这一阵才把我的悬胆放。

侍　医　　（唱）丞相他今日里菩萨心肠。

曹夫人　　（唱）喜只喜丞相病根治有望。

如夫人　　（唱）是真是假还要待时光。

曹　操　　（唱）来来来，将盛宴摆设在内厅上……

华　佗　　这是……

曹　操	（唱）本相我要重重酬谢好乡党。
荀　彧	对对对，是要重重酬谢啊！
华　佗	慢！
	（唱）不劳丞相盛宴赏，
	无须相府上下忙。
	惦记老母多病恙，
	华佗告辞回故乡。
曹　操	哎！那如何使得，我还要留先生在此斟酌根治病痛呐。
华　佗	丞相，非是华佗不愿久留，怎奈老母年迈多病……
荀　彧	丞相，华先生是家有老母，体弱易病。
曹　操	哎，我也是头症易犯啊！
荀　彧	丞相，华先生来时曾有言在先，给丞相诊病之后，立即回乡。
曹夫人	丞相，尚书之言……
如夫人	怎么？倘若丞相犯病，如何处之呢？
侍　医	华先生要去，又怎好相强啊！
曹　操	哈哈哈……厅堂快快摆宴。
华　佗	丞相，使不得，使不得。
曹　操	使得的，使得的，让夫子安置在这厅堂之内，下边的，要用心伺候了。
华　佗	荀尚书……
荀　彧	既然如此，就请盘桓它几日吧！
曹夫人	雪梅，给华夫子内厅备茶。
雪　梅	是。（下）
华　佗	（背）雪梅……（望雪梅背影）

曹　操	夫人搀我来，哈哈……（二夫人搀曹操下）
侍　医	华先生，请。
荀　彧	元化兄，请吧！

（幕急落）

第四场　试药

[距前场一月之后。

[景同前场，二幕前。

[曲牌声中，曹操上，侍医随上。

侍　医	丞相，丞相，您看华佗给您治病，可是真心？
曹　操	唔，你看呢？
侍　医	那华佗刚来相府时就曾言讲，不愿久留，诊病后即去。
曹　操	唔！
侍　医	后来丞相以礼相留，他还执意要去，若不是相强，早就去了。如此怎能说是真心呢？
曹　操	他惦念老母，也是有的。
侍　医	自从他留在相府，对丞相的病，不思根治之术，每天看书，凝思，谁知他想些什么！
曹　操	嗯，你敢担保他不是为我琢磨根治之术。
侍　医	丞相不可忘记，他说的第二病因，又说的切记之款啊！
曹　操	（有所思地）哦！
侍　医	丞相！

曹　操　　你且下去。

侍　医　　是。（下）（曹操踱步思考着。荀彧上）

荀　彧　　丞相，华佗母亲病危，他弟子樊阿送来急信，现被阻于门外。

曹　操　　唔，谁知他们是真情还是假说。

荀　彧　　不会假的，不会假的。

曹　操　　荀尚书，你看华佗自留相府以后，他……

荀　彧　　他每日里翻书览经，欲为丞相之疾求得根治。

曹　操　　唔，他母病讯，他母病讯不要告诉于他。

荀　彧　　这……

曹　操　　我自有令。（下）

荀　彧　　哎！（下）

（音乐起，二幕升，华佗览经书上，转入沉思，继而自言自语）

华　佗　　麻沸……利斧……可以破颅取涎……

　　　　　（唱）连日怏怏多惆怅，

　　　　　　　　心思重重有万桩。

　　　　　　　　丞相头风求根治，

　　　　　　　　权衡利害寻术方。

　　　　　　　　读"风篇"又对"伤寒论"

　　　　　　　　多少个通宵达旦日临窗。

　　　　　　　　丞相他一统大业担肩上，

　　　　　　　　怎能让他身患沉痛为国忙？

　　　　　　　　细想这破颅去风经书讲，

　　　　　　　　施手术还需要麻沸汤。

（辗转思来，拿起青囊，掏出曼陀罗花）

　　　　　　曼陀罗啊，曼陀罗，不知何时你才能为病者所用啊！
　　　　　　（凝思）（二武卫捧官衣上）

武卫甲　　华神医，丞相奏请议事，封你为相府侍医，并为你讨来这爵命袍服，请夫子……
　　　　　　（华佗不理）

武卫乙　　这……（给甲使眼色放下，二人下）
　　　　　〔二侍女捧盘，盛佳肴美酒上。

侍女甲　　华夫子，丞相贺你封官加爵，命俺送来这羔羊美酒。

侍女乙　　请夫子受用了吧。（华佗不理，二侍女对视，放下盘，下）

华　佗　　曹丞相啊！
　　　　　（唱）这封利禄我不要，
　　　　　　　　解人疾苦是第一条。
　　　　　　　　这锦袍，这佳肴，
　　　　　　　　这银壶美酒，啊，美酒，美酒，
　　　　　　　　曼陀罗泡美酒试上一遭。
　　　　　（从青囊中取配料）
　　　　　　　　曼陀花配上药儿料，
　　　　　　　　揉碎忙拌老酒浇。
　　　　　　　　经书讲麻沸有神效……
　　　　　　　　我亲自尝试见分晓。
　　　　　〔放药入壶，双手摇晃，雪梅捧盘上。

雪　梅　　华神医，请来用饭。

华　佗　　（看雪梅一眼）啊！（放下酒壶，上下打量雪梅，又凝视她右耳下的黑痣）

雪　梅　　（不知情地）这……

华　佗　　姑娘，你叫雪梅？

雪　梅　　哎，哎……

华　佗　　你姓郑？

雪　梅　　哎，哎，你怎么知道的？

华　佗　　雪梅姑娘，

　　　　　（唱）我行医路过郑家营，

　　　　　　　　曾给你爹治疮痛。

　　　　　　　　我问他，有病怎无人照顾……

　　　　　　　　他说有一女儿雪梅，

　　　　　　　　被兵劫去无影踪。

　　　　　　　　他托我游医作查听，

　　　　　　　　今日巧遇相府中，

　　　　　你爹告诉我，那雪梅白净面皮，小酒窝儿，

　　　　　双眼皮儿大眼睛，右耳下有个黑痣。

雪　梅　　是的，是的（指右耳下）。

华　佗　　我已经看见了。

雪　梅　　华师父，我爹爹他……（哭泣）

华　佗　　别哭，别哭，你爹爹的疮已经好了。

雪　梅　　拜谢师父。

华　佗　　不用，不用。有机会给你爹捎个信儿，以免他挂念。

雪　梅　　（哭泣）呜咽咽……

　　　　　（唱）听一言痛断肠，

　　　　　　　　不由两眼泪汪汪。

　　　　　　　　自从雪梅进相府，

　　　　　　　　侍奉夫人在身旁。

　　　　　　　　时刻我把爹爹想，

　　　　　　睡里梦中思故乡。

　　　　　　有心给爹捎个信，

　　　　　　怕的人心未识难提防。

　　　　　　笑脸中有豺狼，

　　　　　　怕吐真情送无常。

华　佗　（唱）雪梅不必太悲伤，

　　　　　　谨慎小心理应当，

　　　　　　愿你父女能团聚……

雪　梅　（唱）雪梅祷告谢上苍。（拭泪）

　　　　师父，曹夫人念你有治病之恩，特命送上亲制的美味佳肴，请你用饭吧！

华　佗　治病济命，医家本分，何须她劳谢呀！

雪　梅　师父，曹夫人心地良善，比不得如夫人呀！

华　佗　唔！

雪　梅　师父，丞相要你想个根治疾病之方，所以才不让你走的。

华　佗　是哇，我正在琢磨这根治之术。

雪　梅　唔，你可知道，那个侍医虽没有多大本事，可是他为人奸诈，丞相又多忌好疑，师父要千万小心呀！

华　佗　哎，我好心给丞相治病，怕者何来？

雪　梅　依我看，在这里长了，恐有不利，还是尽早离开这里为好。

华　佗　这个……

雪　梅　师父呀！

　　　　（唱）雪梅久在相府中，

　　　　　　各人的心肠看得清。

　　　　　　昨日我在内堂过，

　　　　　　丞相夫人议病情。

　　　　　　你那日厅堂直言讲，

　　　　　　揭得丞相疮疤疼。

　　　　　　你说他急躁猜疑重，

　　　　　　整得丞相疑心生。

　　　　　　他疑你此来心有异……

华　佗　　唔！

雪　梅　　那侍医又在丞相面前说你的坏话，加盐加醋！

　　　　（唱）谗言伤人古来同，

　　　　　　对你暗防明里敬，

　　　　　　师父呀！雪梅说给你知情。

华　佗　　雪梅！

　　　　（唱）只要我一片真心诊治病，

　　　　　　不怕人在我背后暗扎钉。

　　　　　　俗语说"为人不做亏心事"，

　　　　　　半夜敲门心不惊。

雪　梅　　我的好老师！那也不得不防，还是设法离开的好呀。

华　佗　　我也惦记老母年迈，众民多病，少人医治，不知何时才能走啊！

雪　梅　　师父

　　　　（唱）你要小心多提防，

　　　　　　免遭不测惹祸殃。

　　　　　　保重身体加饭量，

　　　　　　留得青山绿水长。

　　　　　　相府有我雪梅在，

       寻时机，共商量，助师父出相府共奔故乡。

    师父，今后只要有用我之处，你就请讲。

华　佗　　啊，正有一事，要和你商量，雪梅。

   （唱）适才我配就药一方，

      起名叫它麻沸汤。

      因为要知药物性，

      我想亲自尝一尝。

雪　梅　　尝药，可要我做些什么？

华　佗　　（唱）请你助我力一膀，

      身前身后细了望。

      且记住不让生人闯……

    还有当紧的一件，

      心要细胆要壮遇事莫慌。

雪　梅　　师父，尝药不妨事吧？

华　佗　　不妨，你放心吧！

雪　梅　　嗯！

华　佗　　（唱）我这里双挽袖。

雪　梅　　（唱）我这里掩风帘。

华　佗　　（唱）我这里把药拌。

雪　梅　　（唱）我这里把壶端。

华　佗　　（唱）不用小杯换大盏。

雪　梅　　（唱）满斟一杯捧上前。

华　佗　　（唱）我一饮而进喉中咽……

雪　梅　　师父别喝了，尝过就行啦！

华　佗　　要喝要喝，还没尝出药性呢！

雪　梅　　再少喝一点吧！（斟了半杯）

华　佗　斟满，斟满。

雪　梅　（又斟）师父……

华　佗　（又一饮而尽）唔……唔！

（唱）一阵头晕二目眩。（药性起，佗软坐）

雪　梅　啊！师父！（扶佗，佗醉不醒，大惊）

啊……（滚白）尝啥麻沸散，平地起祸端，

大意铸成错，饮毒全身瘫，我，我好心的师父啊……

（唱）心内惊，胆又战，祸来天半。

　　　　叹好人，偏寿短世事倒颠。

　　　　为病人自尝药肝胆可见。

　　　　雪梅我心悲感两眼泪连。

我的师父啊……（焦急得团团转，摸佗胸口，发现佗呼吸。梅惊喜，又轻扶佗，佗动了一下身躯，梅高兴地）

师父！师父……

华　佗　（伸了下双臂，打了个哈欠睁眼）哦……雪梅！

雪　梅　我的师父，快把我吓死啦！

华　佗　水！

雪　梅　（斟水给佗）师父，你觉得怎么样？

华　佗　（漱了漱口）悠悠忽忽就睡着了。好，好！

雪　梅　还好呢，我的魂都快掉啦！

华　佗　哈哈……雪梅，试成麻沸汤，你也出了力。雪梅，我想请你，再拿些酒来，多泡制些。

雪　梅　哎！

华　佗　别人问你拿酒……

雪　梅　……我就说给你喝的。

华　佗　　好姑娘。（雪梅下）

华　佗　　好啊！

（唱）亲尝麻沸有成效，
　　　　心中欢畅喜眉梢。
　　　　如今有了麻醉剂，
　　　　与丞相根治病能否开一刀！

〔来回踱步思考，雪梅提大酒壶上。

雪　梅　　哎呀！师父，不好了！

华　佗　　啊！雪梅何事惊慌？

雪　梅　　方才我去取酒，听说你徒弟前来送信，被阻门外，说是家中奶奶病危，盼你立即回去……

华　佗　　啊！这……

雪　梅　　曹丞相怕你闻讯逃走，传下谕令，加强防卫。

华　佗　　这……这如何是好啊？

雪　梅　　师父啊！是我刚才趁那个守门的老人熟睡，盗来钥匙一把……

〔取出，放桌上。

华　佗　　这……

雪　梅　　趁守卫没提防，赶快逃走了吧！

华　佗　　慢呀！

（唱）我来本是他们请，
　　　　私自逃怕的是贻笑大方。

雪　梅　（唱）什么大方不大方，
　　　　奶奶病危等你煎药浆。

华　佗　（唱）拜谢姑娘有胆量，
　　　　舍己救人好心肠。

雪　　梅	（唱）	客套话儿无须讲，
		快快帮你整行装。
华　　佗		这……
雪　　梅		哎呀！走吧！
华　　佗		还是走的好？
雪　　梅		走的好！快呀！（二人准备收拾东西侍医上二人惊）
侍　　医		华先生，你好呀？
	（唱）	自从夫子来府中，
		少来问候请宽宏。
		得遇先生三生有幸，
		望今后多指教传授医经。
华　　佗		哪里，哪里！
侍　　医		先生能久居在此，我也好常受教益。
华　　佗		不敢，不敢。
侍　　医		人称先生"神医"，果然名不虚传。那日厅堂之上，见先生给丞相诊病，切脉断理，针术妙手，真乃是"三部脉治心腹病，一囊药占四海春"。
华　　佗		过奖了，过奖了。
侍　　医		不知先生给丞相根治头疼之术……
华　　佗		正在研酌之中。
侍　　医		（发现桌上有酒菜）唔！华先生今天雅兴哇……雪梅姑娘伺饮，哈哈……
雪　　梅		（严肃地）侍医爷，稳重些，这是夫人命我送来的酒饭！
侍　　医		噢！噢！（走近桌前，发现钥匙）
		（雪梅发现桌上的钥匙，欲拿，被侍医按住，猛翻雪

	梅的手,拿出钥匙来)
雪　　梅	啊!
侍　　医	这哪来的园门钥匙?
雪　　梅	是我刚才捡到的。
侍　　医	捡到的!哼哼……
华　　佗	这是我取得的,与雪梅无关。
侍　　医	嘿嘿,华先生,丞相对你以礼相待,锦衣美食,你不感激却心怀不义,是想私自逃走对吧?!嗯,好,那就开门走吧!(掷钥匙,见二人不动)哈哈……华先生,实不相瞒,我是奉丞相之命来伺候你的,这前门有岗,后门加哨,(从怀中示出相谕)没有丞相这个相谕,就休想出府。
华　　佗 雪　　梅	啊!
侍　　医	(见桌子酒菜)华先生,请,咱同饮几杯。
华　　佗	那……
侍　　医	怎么?不准喝,来呀!(华佗没动)
雪　　梅	那个……
侍　　医	什么这个那个的,来,给我斟上。
雪　　梅	唔,哈哈!……侍医爷要喝,好,用这个大杯。(斟酒)别醉了。
侍　　医	醉不了!(一饮而尽)斟!
	(雪梅又斟一杯,侍医又一饮而尽,药性起,软坐)
雪　　梅	(摇侍医)侍医爷……(又摇)
华　　佗	这……
雪　　梅	(急从侍医怀中取出相谕)师父,这谕令是他送来的,

		快快逃走了吧！
华　佗	（接相谕）咱一块走！	
雪　梅	我逃不得！	
华　佗	啊！	
雪　梅	侍医醒来，必带人追赶，那时咱休想逃走一个，你快走吧！这里我来应付。	
华　佗	哎，如此说来，还是你走，这里我来对付。	
雪　梅	师父呀！想俺深受师父的大恩，如今你家老奶奶病危在床，命在旦夕，你就快快逃走了吧！	
	（唱）师父莫再意彷徨，	
		我来帮你整行装。
华　佗	（唱）虎刺串铃挽臂上，	
		药草经易放青囊，
		摘过墙上药葫芦，（把酒壶的酒灌入葫芦）
		珍惜多藏麻沸汤。
雪　梅	师父，	
	（唱）拜托一事记心上，	
		帮我捎信到故乡；
		告诉我爹爹多保重，
		就说我在相府免挂心肠。
华　佗	我一定把信捎到，你也要多自爱惜身体，诸事小心。	
雪　梅	哎，师父，时辰不早，快走了吧！	
华　佗	哦！雪梅（耳语）……待我写来。	
雪　梅	嗯！（捧笔砚，佗写毕，放侍医怀内）快，快走！	
华　佗	雪梅啊……（下）（雪梅目送华佗下）	
侍　医	（渐醒，霍地站起）啊！华先生……华佗哪里去了？	

雪　　梅　　走了呗！

侍　　医　　啊！（大惊）走向哪里？

雪　　梅　　说是谯郡老家，探望母病。

侍　　医　　啊！是何人放走？

雪　　梅　　不是侍医爷你吗？

侍　　医　　啊！（摸摸怀内，放心地以为开玩笑）胆大的雪梅竟敢将侍医爷灌醉……

雪　　梅　　侍医爷，那酒可是你自己要喝的呀！

侍　　医　　你……

雪　　梅　　哈哈！侍医爷，丞相手谕，可带在你的身上，快快去找华佗吧！（欲下）

　　　　　　〔紧急风中操、荀、夫人等上。

曹　　操　　华佗何在？

侍　　医　　哦！在……在……华佗哪里？华佗……

曹　　操　　喳，谁将华佗私自放走的？

侍　　医　　（摸摸怀内）没，没，走不了，他。

曹夫人　　丞相谕令何在？

侍　　医　　在，在这儿！（从怀中取出，荀接过）

荀　　彧　　（看忤）啊！这……这不是谕令！

侍　　医　　啊！没错！

荀　　彧　　华佗留言。

曹　　操　　快！快念来我听！

荀　　彧　　（念）华佗多拜上，
　　　　　　　　告知曹丞相；
　　　　　　　　老母病重危，
　　　　　　　　不辞回故乡。

> 侍医赠谕令，
>
> 回敬麻沸汤。

侍　医　　他……

雪　梅　　你自饮的呀！

众　　　　啊！

曹　操　　喳！喳！（连锁反应，头剧痛）哎哟！……
　　　　　丞相，丞相！

侍　医　　来人，给我追！

荀　彧　　慢！丞相，看来华佗还是诚心愿意为丞相治病的，无奈母命垂危，思亲心切，才走此下策，若强追回来……

曹　操　　唔，唔，（对侍医）呸！荀尚书，就着你跟去谯郡劝说华佗，若其愿回，赠红豆八十斛，彩缎十端。

如夫人　　尚书听着，华佗若是不回，你们就……

荀　彧　　这个……

曹　操　　嘿嘿！荀尚书自处之，登礼去吧！

荀　彧　　是！（下，二武卫随下）

曹　操　　哎哟哟，我头痛难支，夫人搀我来。

　　　　　〔二夫人搀操下，雪梅欲跟下。

侍　医　　站住，（众等停）丞相，这雪梅……

如夫人　　押下去，押下去。（如夫人搀操下，侍医、武卫架雪梅）

侍　医　　……你的酒力厉害啊！

雪　梅　　哈哈……

（幕落）

第五场　别妻

〔接上场几天之后。

〔中幕前,曲牌声中,华佗内唱。

华　佗　（唱）离相府思高堂归心似箭,（上高坡）
　　　　　　　望谯郡,路不远。
　　　　　　　涡水波,粼光闪;
　　　　　　　茂草黄,岸柳残,
　　　　　　　不由人心事重重思绪万千。（行进）
　　　　　　　若不连年兵灾苦,
　　　　　　　哪来的满目饥饱馑年!
　　　　　　　若不是连年兵灾苦,
　　　　　　　哪来的灾民受颠连!
　　　　　　　若不是连年兵灾苦,
　　　　　　　哪来的路途商旅断?
　　　　　　　若不是连年兵灾苦?
　　　　　　　哪来的千里疫病传!
　　　　　　　群雄纷争天下乱,
　　　　　　　曹孟德有志在定业中原,
　　　　　　　鼓励农耕赋税减,
　　　　　　　功绩一件青史传。
　　　　　　　我此番探母归故里,
　　　　　　　亲侍汤药在堂前。
　　　　　　　孝道医道游子愿,
　　　　　　　母身康复儿得安。

　　　　　　　等老母饮食增添寿体健，
　　　　　　　即刻登程不留连。
　　　　　　　惦记着谯郡徐国多疫难，
　　　　　　　广陵琅琊瘟疫延。
　　　　　　　但愿世间人无病，
　　　　　　　不求囊中有余钱。（樊阿内喊：师父）
　　　　　　　正行间忽听人呼喊……（樊阿追上）

樊　阿　师父！师父！

华　佗　樊阿，是你呀！

樊　阿　（唱）你看我追你累得汗透衣衫。
　　　　师父，听说你逃出相府，我都追赶你三天三夜了。

华　佗　哦，樊阿，你师奶奶的病？

樊　阿　危在旦夕，咱们快快走吧。

华　佗　嗯，走！（幕后传来哭泣声，佗止步）

樊　阿　师傅，走啊！

华　佗　何来的哭声？

樊　阿　哎！哪里管得许多，咱们快走啊？

华　佗　走，走。（幕后哭声又起，佗又止步）

樊　阿　师父……

华　佗　樊阿，你去给我看来！

樊　阿　不能再耽搁了。

华　佗　不，你去看上一看。（樊下，片刻复上）

樊　阿　有一家长者，也是患头疼风之症。

华　佗　也是头疼之病？

樊　阿　师父不是说头面多汗恶风，多是头疼之症吗？

华　佗　这里有麻沸散，咱速去看来。

樊　阿		师父，咱们爱莫能助，还是快走了吧。
华　佗		救急要紧快给长者治病。（下）（樊追下）

〔二幕开，华佗家，灵堂，华妻戴孝上。

华　妻　（念）老母故堂上，

　　　　　　我奴碎心肠。

　　　　　　家书频频催，

　　　　　　华佗！夫君，你……你……你怎么至今不还乡啊！

　　　　（唱）晨昏柴门空惆怅，

　　　　　　盼夫翘首古道旁。

　　　　　　盘行人辨过客心思神惘，

　　　　　　盼望你似归燕快回旧梁。

　　　　　　华佗夫！

　　　　　　你可知老母病故草堂上，

　　　　　　临终泪眼呼儿郎。

　　　　　　小樊阿飞鸿一去不回转，

　　　　　　屈指算至如今半月时光。

　　　　　　却说是惜才好丞相，

　　　　　　难道不放你还乡？

　　　　　　莫非是途中染病急？

　　　　　　难道说归程跋涉路正长？

　　　　　　莫怪为妻胡乱想，

　　　　　　迟迟不回费猜详。（哭在灵堂，华、樊上）

华　佗　哈哈……

　　　　（唱）樊阿莫把为师怪，

　　　　　　见死不救违心怀。

	饮麻沸破颅取风效且快，
	为长者根治头风解除病灾。
樊　阿	（唱）徒儿不敢把师怪，
	只担心奶奶病危实难挨。
华　佗	哈哈！（抬头）到家了！（进门，看灵堂惊呆）
樊　阿	师母，师父回来了！（进门，见灵堂，华妻戴孝）
	啊……师奶奶她……
华　妻	娘啊……
华　佗	啊……（扑到灵前）啊……我的老娘啊……（哭泣）
	（唱）一步来迟终生憾，
	未尽孝道在娘前。
	老母亲啊！
	你不能再看儿一眼，
	你不能再与儿说一言。
	娘病中儿未能亲奉汤一碗，
	儿未能亲手给娘把药煎。
	孩儿不该离娘远，
	怨儿归来路程耽。
	今后除非梦中见，
	母亲啊！
	华佗终生恨绵绵。
华　妻	婆母她，
	（唱）天天想，夜夜盼，
	呼儿叫儿泪眼穿。
	母丧你不在空遗憾，
	只能两眼泪不干。

华　佗　　（唱）空遗憾，泪不干，
　　　　　　　　怪我异乡多留连。
　　　　　　　　早知今日离别苦，
　　　　　　　　插翅也要度关山。

华　妻　　（唱）想来是曹府重眼看，
　　　　　　　　想来是丞相恩厚宽。
　　　　　　　　想来是绿酒红灯日华筵，
　　　　　　　　想来是宿住玉堂锦衣穿。

华　佗　　这……贤妻呀！
　　　　　（唱）千怨万怨把我怨，
　　　　　　　　连累贤妻受艰难。
　　　　　　　　你替我伴母常箕帚，
　　　　　　　　你替我承欢母膝前。
　　　　　　　　尽孝道，你蚕、桑、磨、灶、针而线，
　　　　　　　　母病中，你风雨晨昏，露冷霜寒，
　　　　　　　　煎汤熬药历尽辛酸。
　　　　　　　　贤妻呀！
　　　　　　　　曹府荣华我不恋，
　　　　　　　　我没忘母德妻贤归家园。
　　　　　　　　我也曾面见丞相求回转，
　　　　　　　　我也曾几托荀彧进良言。
　　　　　　　　怎奈是丞相之病没根治，
　　　　　　　　强留我，迟迟不让佗回还。
　　　　　　　　多亏了丫环雪梅义照肝胆，
　　　　　　　　她助我取相令逃回故园。

华　妻　　哦！呀……

（唱）夫君不必太悲叹，

　　　豪门从无信义谈，

　　　来来来，共议快把婆母殓……

［华佗、妻、樊下，二武卫引荀彧上。

荀　彧　（接唱）华家门前下雕鞍。
武　卫　哎！家中有人吗？
荀　彧　哎，不可鲁莽，元化兄开门来！
华　妻　（上）谁呀？（开门）
荀　彧　（见穿孝服）啊！你……噢！嫂夫人！
华　妻　你？
荀　彧　不认识得了？我乃是元化兄的好友荀彧。
华　妻　荀尚书！你来此？……
荀　彧　这……哦！闻得伯母归天，曹丞相命俺连夜登程吊唁来了。
华　妻　小民担当不起呀！
荀　彧　说哪里话来，丞相深感元化兄治病之情，有恩当报是受得起的。来呀，把红豆、彩缎抬上。（武抬）
华　妻　你错了吧！这红豆彩缎怎可做得吊仪？
荀　彧　啊！哦！这……（华佗上）
华　佗　荀尚书，来得好快呀！这些怎做起吊仪来了？
荀　彧　这个……元化兄，事到如今，也只好明讲了。只因当初您曾面许丞相头风根治之术，而今丞相病犯，命俺专程来请啊！
华　佗　且慢！我好心给丞相治病，他却留我不放，以致贻丧老母，如今我是不能去呀！
荀　彧　元化兄，我是受命前来，是万不得已呀！

武 卫	哼！哼！丞相病重，你怎推却不去？！
华 佗	嗡！（寻思地）就俺这老母亲灵堂上，尸骨未寒，纵然丞相有病，也该等俺送母归茔，节哀百天，微尽孝道。
荀 彧	元化兄……唉！
武 卫	如今丞相着实病急，你要速速前去。
华 妻	夫君，你若前去，再不让回……你要三思呀！
樊 阿	是呀！
荀 彧	嫂夫人啊！

  （唱）嫂夫人，放宽心，
    不必忧虑多挂牵，
    此番请得佗兄往，
  俺荀彧担保，
    领君去啊送君还。

武 卫	你要知道，我们来者不等。
荀 彧	嗯……（武卫退）
华 佗	怎么讲，邀医治病，还要相强吗？
荀 彧	元化兄！

  （唱）丞相从来无戏言，
    何况病在危急间。
    求只求元化兄莫计前嫌，
    重医道济病痛再走一番。

华 佗	嗯！（又思忖地）即使前去，也得宽些期限，等我守孝百日。
荀 彧	使不得，使不得。
武 卫	三天也容不得。

| 荀 彧 | 丞相是病重难支呀！
| 华 佗 | 这……
| 武 卫 | 还是马上就走吧。
| 荀 彧 | 元化兄，这可实在难为你了。
| 华 佗 | 看起来今日一定要去？
| 荀 彧 | 嗯！嗯！给丞相治病之后，立即就回，俺荀彧押上这个官儿不做，一定担保！
| 华 佗 | （唱）既然尚书出此言，
再去相府走一番，
丞相他靖中原沥肝胆，
怎忍他病魔把身缠。
| 华 妻 | 夫君！
| 樊 阿 | 师父！
| 华 佗 | 为尽快给丞相解除病痛，就去了吧！
| 荀 彧 | 元化兄，请你收拾青囊药物，俺在外厢等候了。

（同武下）

| 华 佗 | （转身拜母灵）老母亲啊！
（唱）生没尽孝亡未殓，
来去匆匆又一番。
娘生前，教儿严，
教诲的言语犹在耳边。
娘常说："学医常想病民苦，
救死扶伤人称贤。
可不能只医富贵不医贱，
不医黎民只医官。"
母亲若是有灵验，

你看佗遵娘言。

等给丞相治病转，

立即游医去乡间。

终生为民除病患，

慰母亲含笑九泉。（转对妻）

贤妻啊！

此去相府家乡远，

撇下贤妻受清寒。

家中事，千斤担，

全凭娘子一身担。

佗去后你给娘坟多添几锹土，

多给娘坟化纸钱。

坟前栽上松柏树，

松柏荫下母长眠。

坟前栽下垂杨柳，

给娘坟遮风把雨拦。

华　妻　（唱）叮嘱的言语牢牢记，

桩桩件件莫挂牵。

去相府诸事要谨慎，

直肠快语惹人嫌。

愿你一去速回转，

妾在家乡盼夫还。

樊　阿　师父，咱又得分别了！

华　佗　（从手背上脱下虎刺，给樊戴上）樊阿呀！

（唱）小小虎刺圆又圆，

亲与徒儿戴腕间。

　　　　　　　虎刺常响人不忘，

　　　　　　　与民治病不偷闲。

　　　　　　　多与师母分忧虑，

　　　　　　　家中事儿要承担。

樊　阿　　师父，（唱）

　　　　　　　师母就是生身母，

　　　　　　　家计生活一身担。

　　　　　　　众民有病我去治，

　　　　　　　只盼师父早归还。

华　佗　　好好，樊阿，还有一事，就是那个雪梅，你给她爹爹、徐郡郑家营的郑老汉捎个信儿，就说雪梅现在相府，以免挂念。

樊　阿　　一定做到。（荀彧、武卫上）

荀　彧　　元化兄，时候不早，请！

华　佗　　就走，就走啊！（佗走，妻、徒送）

　　　　　（唱）走一步，一回首，拜别母灵殓，

　　　　　　　　走两步，两回首，刚聚又别心内酸，

　　　　　　　　走三步，三回首，千言万语意不断……

荀　彧　　武卫，给华夫子带马。（卫带马）

　　　　　　元化兄，请！

华　佗　　请！（牵马）

　　　　　（唱）又去相府上雕鞍。

华　妻　　夫君……保重！

樊　阿　　师父……保重了！（华、荀、卫下）

　　　　　　　　　　　　　　　　　　　　（幕落）

第六场　生疑

[距前场几天之后。

[许都丞相府客厅。

[华佗幕后低吟，幕后伴唱。

　　　　废寝忘食苦钻研，

　　　　朝暮思原不消闲。

　　　　甘为丞相沥肝胆，

　　　　根治之术想周全。（荀彧上）

荀　彧　（唱）为丞相请华佗两经往返，

　　　　愿头风能痊愈不辞苦艰。

　　　　但不知元化他做何准备，

　　　　去客厅询详情细问一番。

　　　　元化兄……（见无人，入内，片刻扯华上）

华　佗　荀尚书你……

荀　彧　元化兄你……你这是为何？

华　佗　准备给丞相治病。

荀　彧　哦！那……那你磨这寒光闪闪的利斧何用啊？

华　佗　为丞相治病。

荀　彧　（惊吓地）治病用此利斧？！

华　佗　用这小小利斧与丞相破颅驱风嘛！

荀　彧　什么？破颅……劈脑袋呀？！

华　佗　是呀！

荀　彧　（惶恐地）哎呀！……你算了吧！元化兄，你此番来府，丞相仍是宽厚相待，安置在这华堂之上，又表许

	你放出雪梅，这一些难道就换你一斧吗？
华 佗	哈哈哈！（提出酒壶斟酒）文若弟，我看出你真是一个好人呀！来来来，咱喝上一杯，边喝边谈嘛，喝，（同饮）文若弟。
	（唱）几经寒暑知冷暖，
	历尽沧桑知人心。
	感君忠厚与人善，
	愿献至诚谢友人。（引弦）
	再饮一杯。（二人又饮酒）
荀 彧	元化兄，你这破颅之术？
华 佗	（唱）破颅取风书有载，
	利斧切病有前人。
荀 彧	怎么？利斧破颅，经书有载？
华 佗	是呀！
荀 彧	切病取风医过前人？
华 佗	不错。
荀 彧	不要啊！不要！我看此法，还是免用的好，非但不用，提也不要提起啊？！
华 佗	这是为何呀？
荀 彧	这个……元化兄，千万不要提起啊！（操幕后："挽我来。"）快把利斧收起。（急入内）
华 佗	收不得啊！（急追入内）（曲牌声中侍医架操、夫人等上）
曹 操	（唱）病发连日头裂炸，哎哟……
	痛处难挨咬碎牙。
	盼只盼神医莫违造化，

侍　医　　（唱）唯恐他怀揣二心不一家。
曹　操　　你是说……
侍　医　　丞相，你可记得，上次他与你治病说了些什么？你以礼相待，把他留在相府，他几次要求回乡，后来竟私自逃走，这些都是为何呢？
曹　操　　唔！
曹夫人　　丞相，华佗母亡未殁，又来相府，荀尚书不是亲眼见他用心钻研医术，为的给你治病么？
曹　操　　唔！
如夫人　　丞相，还是用心戒备的好啊！
曹　操　　（唱）传说华佗无伪诈，
　　　　　　　前后行迹似有差。
　　　　　　　是真是假，是信还是诈？
　　　　　　　辗转思绪乱如麻。
　　　　　　　罢罢罢，我把戒心且按下，
　　　　　　　哈哈哈……
　　　　　　　谁用您七嘴八舌把话插。

〔荀或出，忘手中斧，及觉已晚，急塞入青囊。华佗上。

曹　操　　哈哈哈，华夫子，往日操有负于你，今日略备薄宴，聊作洗尘，摆宴席上来。（武卫摆齐）
华　佗　　哎呀！丞相，佗不敢当！
曹　操　　夫子太谦了，请坐，请坐。
荀　或　　元化兄坐啊！
华　佗　　谢坐。
曹　操　　素酒薄酌，太也寡味，如夫人，安排歌舞一番。
如夫人　　（不高兴地）这……

曹　操　　嗯……

如夫人　　是，歌女们走上。（众歌女鱼贯上）

众歌女　　奴婢伺候了。（舞起，如夫人领舞，毕，令其退下）

曹　操　　哈哈哈……撤了残席！（众撤）华神医，此番请夫子前来，为的是本相头风，求得根治，不知先生有何良术？

荀　彧　　唔……唔（看华）

华　佗　　丞相，此番真想求得根治吗？

曹　操　　哎呀呀，求医治病，还能有假？

华　佗　　既是这样，佗愿与根治。丞相啊！

（唱）治病要听医安排，

　　　对症投药理应该。

曹　操　　（接唱）如何理治要快讲！

　　　良药妙方拿出来。

华　佗　　丞相，你这头疼之症，乃阴寒引起，风症入颅，欲求根治嘛……

曹　操　　怎么样哇！

荀　彧　　（急接）银针！银针！

曹　操　　用过了，没能根治。

华　佗　　丞相……

荀　彧　　对对，是如何用药？如何补养啊？

曹　操　　荀尚书倒成名医了。

侍　医　　不，成了神医了。

曹　操　　华夫子请讲。

华　佗　　欲求根治，必须用一利斧……

曹　操　　啊！

众	啊！
荀　彧	啊！啊！华夫子，说用药，必须用一二十服。
华　佗	我说是准备一把利斧？
曹　操	准备一把利斧？！
荀　彧	不！不！华夫子你……你吃醉了？
华　佗	我清醒的很，（从青囊中取出小利斧）就是这把利斧。
众	啊！
曹　操	（接过利斧）要它……何用？
华　佗	切开头颅，取出风症。
荀　彧	（惊呆）啊……啊……
曹夫人	华佗，你真的醉了！
侍　医	丞相！
曹　操	这头颅乃六阳之首，焉能用利斧劈得？
华　佗	不妨事，丞相……
曹　操	嘿嘿嘿，先生莫非与本相取笑？
华　佗	哎！我是呕心沥血，哪个取笑不成？
曹　操	这破颅取风之说，来自何处？
华　佗	前人之验，载于医经。
曹　操	那何为证？
华　佗	佗半生心血，青囊积方有凭。
曹　操	可有前例？
华　佗	有有有，就在谯郡涡河之滨，曾给人医治。
曹　操	嘿嘿，华夫子，有也罢，无也罢，这破颅取风之术本相是不用的了。
华　佗	啊！丞相，俺有亲试麻沸散，保您……
侍　医	你说的是那个药酒吧？厉害，我只饮了这么两杯，几

乎晕死！丞相，那个万万用不得！

曹　操　（制止侍医）华夫子，请你屈身许都不离曹某左右。

华　佗　却是为何？

曹　操　我病发，请夫子随时用针，减我疼痛。

华　佗　这……华佗医术乃学之于民，用之于民。岂可终身伺候丞相，忍心弃众于民啊？！丞相不愿根治，我只好告辞了。

曹　操　华佗，你真的要走？

华　佗　不医则走，去心已定。

曹　操　去向何处？

华　佗　广陵、徐国、琅琊、谯郡。

曹　操　干何事？

华　佗　采药炼丹，除病救人。

曹　操　哈哈哈！这倒使我想起一个人来！

华　佗　丞相说是哪个？

曹　操　太医杏平！

华　佗　杏平？

曹　操　就是那个杏平，假医道之便，借济众为名，内结国戚，外勾乱民，反背朝廷，谋计叛逆，谋害本相。

华　佗　啊！丞相，你说我华佗……

曹　操　早年闻知你樊城医关羽，东吴医周泰，出没彭城混迹乱民。今日乃撒出破颅取风之邪说，岂非效杏平下鸩酒之故技吗？

华　佗　哈哈哈……

曹　操　走！

（唱）喝声华佗好大胆，

> 谋害本相行反叛。
> 如今你的歹心现，
> 看你还有何辩言。

华　佗　　哼哼！

（唱）行叛逆，勾乱民，
> 欲诛何乏罪加人。
> 分明你直言纳不进，
> 反疑忠谏是异心。
> 华佗清白无邪念，
> 岂像你猜疑重臆度他人。

曹　操　　啊呀呀……（暴怒）武卫！
武　卫　　（上）在！
曹　操　　将华佗推出去斩了，斩了！（华佗凛然，武卫推下）
荀　彧　　啊！刀下留人，丞相，那华佗万斩不得！
曹　操　　荀彧，你有何话讲？
荀　彧　　丞相呐！那华佗人直心耿，医精术强，民多颂扬。丞相若怒而斩之，不但良才可惜，亦恐对丞相求贤之名不利啊！
曹　操　　难道让他白白谋害我不成？
荀　彧　　丞相，那华佗分明言道，破颅取风已有前例。
曹　操　　那是一派胡言，分明是谋害！
荀　彧　　不如把他暂压狱中，他若愿留在丞相身边，为丞相所用更好。不然也应查明实情，按律治罪，以服人心。丞相意下如何？
曹　操　　这已事实俱在！那华佗留不得的！
如夫人　　是呀！留不得，留不得。

曹夫人	丞相，我想荀尚书之言极是，望丞相三思！
曹　操	唔……就依荀尚书之言，将华佗暂押监中。
荀　彧	是！（下）
侍　医	这！

（幕落）

第七场　狱中

〔距前场半月后。

〔许都丞相府，曹操病榻。

〔曲牌声中启幕，如夫人给操捶背，曹夫人煎药。

曹夫人	丞相，那华佗是咱乡里，他自幼从医，治病济众，赠药施针，远近颂扬，焉能谋害丞相？
曹　操	华佗从医云游，阴起祸心。那黄巾贼首张角，不正是打着医人的幌子妖言惑人，聚众造反吗？那华佗要用利斧给我劈脑取风，不是谋害又是什么？
曹夫人	丞相啊！

（唱）想当初定中原威高望重，

　　　礼贤士纳忠言聚来群英。

　　　采良将爱庶民三军听命，

　　　威加四海扬颂声。

　　　至如今啊！

　　　忠言直语你斥远，

　　　隐去英才折良弓。

　　　是非端底要查证，

切莫要流言蜚语扰视听。

如夫人　　哎呀呀！丞相你听！堂堂丞相夫人竟当面斥责丞相庇护华佗！哼……

曹　操　　大胆夫人，竟敢信口雌黄，毁誉本相，不念往日分上，定将拿下治罪！来呀！将她轰了出去！

（侍女上，胆怯地不敢近前）

曹夫人　　哼哼！丞相呀丞相，你不听妾言，反要将我轰了出去，想你往日从谏如流，闻过则喜，才使宏图大展，贤才云集，而今你耽于功德，堵塞言路，贤士远避，妾为丞相忧心如焚啊！

（唱）华佗也曾当面讲，
　　　真心为你治头风。
　　　破颅取涎有先例，
　　　理应派人去查明。

如夫人　　（唱）侍医亲自去查证，
　　　　　纯属华佗造的空。
　　　　　真心诚意全是假，
　　　　　蓄心谋害已查明。

曹夫人　　（唱）何不派荀彧去查对，
　　　　　免使好人陷冤坑。

如夫人　　哎呀！丞相你听，你竟冤枉好人！

曹夫人　　你……

曹　操　　你……你出去！将她轰了出去！

（如夫人示意侍女，将曹夫人轰走）

曹夫人　　这……（怒视曹操、如夫人甩袖）咳！……（下）

曹　操　　嘿！（荀彧上）

荀　彧　　丞相！

曹　操　　荀尚书！

荀　彧　　恕荀彧再进一言，华佗为丞相根治头痛，确实是查经据典，曾有先例，绝非是谋害丞相！

如夫人　　荀尚书怎么打折胳膊往外弯呀！

曹　操　　破颅之先例，侍医已经查过证是捏造！（侍医上）

侍　医　　丞相，那华佗一不愿留在相府伺候丞相，而头病除破颅取风之外，别无根治之术。

曹　操　　荀尚书你可曾听见，他与本相作对到底？你给我聘请的好医生啊！留此鼠辈何用？斩，斩！（荀彧急下）

侍　医　　华佗还在写呀，画呀！

曹　操　　干其何事？

侍　医　　说是传写青囊医经，治病济众，不如把他拿来，为丞相所用。

曹　操　　嗯！取来以后，立斩！（灯光暗转）

（许都廷尉狱神庙）

（凄凉的曲牌声中幕启，北风怒吼，大雪纷扬，华佗对空凝望）

华　佗　　呀！

　　　　　雨打雪扑风更狂，

　　　　　冰肌彻骨透狱墙。

　　　　　惆羁许都归不得，

　　　　　心曲烦乱不成章。

　　　　　曹操啊，曹丞相，咱往日无仇，近日无恨，诚心给你治病，不过讲了真情，提出个实方，倒惹你疑心重重，将我下在监狱，有业从不得，有家归不得！唉！

　　　　　我真！不解啊！

　　　　（唱）人言曹操疑心大，

　　　　　　　今日看来果不差。

　　　　　　　华佗问心无罪过，

　　　　　　　难道将我绳一法。

　　　　　　　屈身囹圄莫虚过，

　　　　　　　半生医经写缣帛。（伏案拈笔，磨墨）

　　　　（念）七寸笔在手，砚池磨墨浓，

　　　　　　　笔啊！笔！靠你书写青囊经。

　　　　（唱）华佗自幼把师从，

　　　　　　　苦学针法百草经。

　　　　　　　奇药妙方广收采，

　　　　　　　民间验方要理清。

　　　　　　　这本是学前辈心血结晶，

　　　　　　　一位穴一剂方点滴书成。

　　　　（引弦中，华佗边思边书）

　　　　（伴唱）囚室寂寂悄无声，

　　　　　　　济世书写青囊经。

　　　　　　　雪花凝寒铁窗冷，

　　　　　　　心血点点上笔锋。

华　佗　　（边说边写）头风之症，恶风多汗，乃阴寒引起，饮之麻沸散，利斧破颅取出风涎，根愈也。（老狱吏，端小火盆上）

老狱吏　　华夫子，谢谢你给我治好腰痛。天这么冷，又下了大雪，我点了一盆儿火，你取取暖吧！（放火盆）

华　佗　　谢谢老伯。（烤了烤手）

老狱吏　这半月来，你瘦多了，当心身体呀！

华　佗　没事儿，教你治腰的"五禽戏"，我天天练。

（做了个雄鹰展翅）它能舒筋活血、健壮身体呀！

（武卫上，狱吏急出）

武　卫　华佗，你妻子看你来了！

华　佗　啊！（华妻上，武下）

狱　吏　唉！（下）

华　妻　夫……君……（扑过去哭泣）

华　佗　贤……妻……（落泪）娘子，你怎么来的呢？

华　妻　是荀尚书送信与我才来的呀！你……你……你叫人好恨呀！

华　佗　啊！

华　妻　（唱）恨你不听妻相劝，

　　　　　　恨你直肠太痴憨！

　　　　　　你千万不该进相府，

　　　　　　你不该相府吐真言。

华　佗　哦！你……你恨我吧！

华　妻　我……哎呀……（哭泣）

（唱）只见他须发蓬蓬人憔悴，

　　　铁镣响处见血斑。

　　　我无限悲伤心穿箭，

　　　热泪交流滚腮边。

　　　夫君啊！

　　　自你离家妻心碎，

　　　昼夜担惊不成眠。

　　　一恐你太忠厚易受人骗，

　　　　　　二恐你心地实宁折不弯，
　　　　　　三恐你谈吐耿难说难劝，
　　　　　　四恐你是与非喜劝直言。
　　　　　　不听医，你就请立即回返，
　　　　　　果然你直言快语惹祸端。
　　　　　　华佗夫啊！
　　　　　　别据理，别执拗啊！
　　　　　　咱庶民草命没势权。
　　　　　　人家说咋办咱咋办，
　　　　　　夫君啊！图之图你能得早日出监。

华　佗　　贤妻啊！
　　　　（唱）贤妻为人心良善，
　　　　　　千里看夫历辛酸。
　　　　　　妻呀妻，莫悲叹，
　　　　　　为夫胸间自坦然。
　　　　　　我清白方医无邪念，
　　　　　　医众济民记心田。
　　　　　　民有病，咱医民，
　　　　　　官有病，咱医官。
　　　　　　病源病忌直言讲，
　　　　　　医治方术不隐瞒。
　　　　　　丞相疑心生邪念，
　　　　　　罗织罪名是枉然。
　　　　　　他要监禁让他禁，
　　　　　　无罪人何惧刀剑横面前。

华　妻　　我怕的是再加害于你呀！

华　佗　　他究竟害我何来呢？不必猜疑了吧！

华　妻　　但不知何时才能让你出去呀？

华　佗　　丞相他一旦转念过来，会让我出去的。

华　妻　　但愿如此了。

华　佗　　哎！娘子，你来了，咱那徒儿樊阿现在何处啊？

华　妻　　哎呀！几乎忘了，他和我同来看你，怎奈他们不叫徒儿进来，他现住在小旅店。

华　佗　　哦！他也来了，好，好！待我快快写来。

华　妻　　还写些什么？

华　佗　　贤妻呀！

　　　　（唱）半生习医又游方，

　　　　　　　采药治病访学忙。

　　　　　　　从来乏有回顾时，

　　　　　　　难得有益教儿郎。

　　　　　　　牢房瞬间不虚度，

　　　　　　　为济世人写青囊。

华　妻　　写青囊？

华　佗　　是啊！把这毕生得来的医术药经统统记了下来，存入青囊。

华　妻　　有何用处？

华　佗　　请贤妻带出，交给徒儿樊阿，以济世人呀！（写毕妻坐一旁凝思，荀彧提一大酒壶，忧心忡忡地上）

荀　彧　　（唱）丞相做事无道理，

　　　　　　　却使好人遭冤屈。

　　　　　　　华佗心地太诚厚，

　　　　　　　尽吐实言耿且直。

　　　　　侍医污言行奸计，
　　　　　丞相疑重动杀机。
　　　　　华佗啊！我的好神医，
　　　　　蒙在鼓里还不知。
　　　　　荀彧难忍这愧心事……
　　　　　一壶酒我与他生别死离！
　　　元化兄，元化兄，（边说边进门）小弟备水酒一壶，
　　　来来来，咱喝上几杯，（转见华妻）嫂夫人，你……
　　　你来了。

华　妻　　荀尚书，不是你叫人送的信吗？
荀　彧　　哦，哦，不错，不错，元化兄，来来咱饮酒。（斟酒）
华　佗　　我在书写青囊医经，哪有闲心饮酒呀！
荀　彧　　还写那作甚！
华　佗　　我半生积累的验方，包括这根治头风之术。
荀　彧　　哦！
华　佗　　待我写成医书，出狱之后，交给弟子，交给世人，习
　　　　　学医众啊！
荀　彧　　你出狱之后……啊！且放一边，来饮酒。（拉佗同饮）
华　妻　　荀尚书，你看俺这如何是好呀？
荀　彧　　这个……
华　妻　　荀尚书，他的为人你是知道的啊！
荀　彧　　知道！知道！
华　妻　　荀尚书，
　　　　　（唱）我深深一拜求求你，
　　　　　　　　求你为朋友费心机。
　　　　　　　　快去善言曹丞相，

荀　彧　　　我……我……

华　妻　　　（唱）要去你就快些去，
　　　　　　　　　不要耽搁再迟疑。
　　　　　　　　　你看这狱中日月怎么过？
　　　　　　　　　阴阴冷冷毁身躯。

　　　　　　荀尚书，我拜谢你了！（一拜）你就去美言几句吧！

荀　彧　　　嫂夫人……我……

华　妻　　　你去吧！

华　佗　　　贤妻，不要如此之急呀！

荀　彧　　　嫂夫人，哎，我的心比你……比你还急呀！元化兄端。（又饮）

华　妻　　　既然这样，何不快去？

荀　彧　　　唉……

华　妻　　　怎么？难道你不愿去？

荀　彧　　　是你不知，我已说过几次了，怎奈……唉！

华　妻　　　难道是丞相不准？

荀　彧　　　哎哎哎……这叫我怎么说呢！

华　妻　　　（惊）哼！哼，荀尚书……荀彧！你、你做的好事呀！

华　佗　　　贤妻！贤妻！（欲止之）

华　妻　　　（唱）荀彧做事理不端，
　　　　　　　　　我胸中好似火一团。
　　　　　　　　　你两次三番把俺请，
　　　　　　　　　说给曹操治病患。
　　　　　　　　　前次进府不让回转，
　　　　　　　　　贻误婆母命归天。

母亡草堂犹未殓，

又是你啊！立逼我夫把相府还。

你也曾面许担保立誓愿，

你曾说领君去啊送君还。

谁料到你的话儿全是假，

却把我夫领进监。

你堂堂尚书说空话，

难道你就不害羞惭？！

你害好友入图圄，

难道你的心能安？

看你可笑又可叹，

看你可悲亦可怜。

可笑你身居高官无信义，

可叹你言而无信人笑谈。

荀　彧　呀！

（唱）她句句讲的真情话，

字字叫我动心弦。

我无地自容空流汗，

满面发烧如坐针毡。

她怎知我几次进言曹丞相。

怎奈是逆耳不能纳谏言。（又饮酒）

华　佗　贤妻呀！这不能怪他呀！

（唱）你不要错把尚书怨，

这事怪他理有偏。

文若的为人我明鉴，

他上命难违实作难。

| 华　妻 | 荀尚书

（唱）我今与你把人要，

　　　你今就让他出监。

| 荀　彧 | 嫂夫人

（唱）千错万错我的错，

　　　都怪荀彧太不贤。

　　　任你打来任你骂，

　　　打骂倒使我心宽。（拜华佗、妻）

| 华　佗 | 文若弟，你说到哪里去了，这岂能怪你呀！

| 华　妻 | 唉！（哭泣）

| 荀　彧 | 元化兄，咱再饮上几盏，喝他个一醉方休（合饮）……惭愧呀！惭愧！

| 华　佗 | 文若弟！

（唱）文若不必多哀叹，

　　　佗心无邪岂怕奸？

　　　钢刀快不杀无罪人，

　　　丞相他还能不让我回还？

| 荀　彧 | 唔！唔！

| 华　佗 | 我真心给丞相治病，他会知道，我说破颅取风引起他的害怕，一时生疑，将我下狱；他若害怕，不治也就算了，他会叫我出去的。

| 荀　彧 | 出去！唔，唔，那我提前给你饯行来了，来，我敬你三杯。（斟酒举杯）

（唱）一杯酒敬君心诚厚，

　　　荀彧感佩两泪流。（华饮一杯）

　　　二杯酒敬君是妙手，

	我举贤才无人识面自含羞。（华饮二杯）
	三杯酒请君咽下喉……（啜泣）
华　佗	文若你？
荀　彧	我祝你出……出狱后，清风相伴，飘飘洒洒，四方仙游。喝！
	（二人碰杯同饮，荀涕泪交流地）元化兄，嫂夫人，我实在对不起您呀！（跪倒在地）
华　佗	哎哎！文若，你……你喝醉了吧？（急扶起荀彧）
华　妻	荀彧弟，你喝醉了，刚才怨我一时性急，你……你要包涵呀！
荀　彧	哪里哪里，都怪我呀。（坐下）
	［侍医、曹操、如夫人、武卫上。
侍　医	哈哈……华神医，丞相看你来了！
曹　操	华佗，我看你还是留在相府，本相病时，能及时针治。
华　佗	我不能留在相府，还要给众民医病啊！
曹　操	不用破颅取风之法，你另想根治之术。
华　佗	除此之外，别无根治之方。你不愿根治，就让我回去也就是了。
曹　操	唔，你真是一心谋害本相了。押上来！（武押雪梅上）
如夫人	华佗，你看这是何人？
华　佗	啊！雪……雪梅……
曹　操	华佗，想当初雪梅放你逃走，罪至难赦。如今只要答应本相所说两款，曹某本好生之德，即刻把你及雪梅放出，录以重用，倘若吐半个不字……哼……
侍　医	（示意打雪梅）打！（武鞭打雪梅）

华　佗　雪梅……

雪　梅　（沉静地）华神医，雪梅一念你医父之恩，二念你热情济众，才拼一命，放走先生。自雪梅下狱之日起，早把生死置之度外。曹操呀，曹操，你不识好人难免众怨呀！

　　　　（唱）虚假小人受荣耀，
　　　　　　　好人反而把祸遭。
　　　　　　　雪梅不顾受凌辱，
　　　　　　　甘洒热血对屠刀。（夺刀欲自刎，武拦）

曹　操　拖下去，拖下去！（雪梅被武拖下）

华　佗　雪梅啊！

曹　操　华佗，你蓄心谋害本相，与本相作对到底了？

华　佗　是你疑心生奸啊！

曹　操　啊，将华佗推出去……

侍　医　丞相，青囊医经？

曹　操　取来。

华　佗　慢！

　　　　（唱）急闻要取青囊经，
　　　　　　　华佗心中有章程，
　　　　　　　呕心沥血难济众……

　　　　你们想亵渎青囊医经吗？

侍　医　拿过来！

华　佗　哼！（投入火盆燃烧）

　　　　（唱）化作青烟绕长空。

侍　医　（急抓出一个纸片儿）破颅取风，根治也啊！

曹　操　喳！喳！将华佗推出斩首。

荀　彧	丞相，我已派人去查访破颅取风之人，你……
曹　操	不为我用，必为我祸，我不负他，他必负我，推出去斩了。
荀　彧	唉！（匆匆下）（华佗凛然迎风出，走向刑场）
华　妻	夫君……（急追下）

（幕急落）

全剧终

　　　　　　　　　　　　　　　　1980 年 4 月 19 日脱稿

　　　　　　　　　　　　　徐州地区文化局《华佗》创作组
　　　　　　　　　　　　　　　　　　1980 年 7 月 5 日

1980年《红桃图》剧照
曹金霞饰演山花,李新亚饰演赵青松

【提要】在新长征开始后的一个春天,桃花峪果园的新一代女青年庄山花在果树专业学校毕业了。她找到幼年时的同学、战友赵青松,研究用"天敌"治虫,攀登科学技术高峰。山花赠青松的"红桃图"寓意着两人共同的理想和真挚的爱情。

然而,人生的道路并不像青年人想象的那样平坦;原造反起家的果园副书记郭文成,不重视科学试验,他过去就曾迫害过赵青松,现在又依仗权势、弃旧迎新、想占有山花。他通过调离青松、用计毁坏"天敌",使山花和青松蒙受极大的痛苦。戏剧通过这对青年在事业和爱情上的波折,歌颂了科技人员高贵的革命品质,鞭挞了郭文成一类人的丑恶灵魂。

红桃图

八场柳琴戏

编剧 李新銮 高子亮

人 物	庄山花	果技专业学校新毕业的女技术员
	赵青松	果园技工、科研组长,山花对象
	郭文成	果园党委副书记
	吴玉侠	郭文成的妻子
	庄山虎	果园驭手、山花的大哥
	庄山豹	工区食堂会计、山花的二哥
	大 娘	赵青松的母亲

第一场　惊变

［春，桃花峪果园。

［青山叠翠，松柏成片；果树成林，桃花怒放。近处，一棵玉露红桃，花繁色艳，妖娆多姿。这是山花在家时和青松共同培植的新品种，现已满山红遍。树旁有一天然石块，可供行人坐卧休息。

［幕启：晨光熹微，鸟儿欢歌。刚从果树专业学校毕业回来的庄山花兴致勃勃地上。

山　花　（唱）身轻如飞进果园，
　　　　　　　　三年渴望今回还。
　　　　　　　　红桃盛开香满峪，
　　　　　　　　青松雨洗色更鲜。
　　　　　　　　春风拂面心中暖，
　　　　　　　　我盼松哥来面前。（摘下书包擦汗，坐石上休息。）

［青松上，用《红桃图》蒙花眼。花惊，取图，寻人，追松。二人嬉笑，花跌倒，松急扶。

青　松　山花，摔疼了没有？

山　花　（娇嗔地）调皮！（发现"天敌"盒）哦，你在捕逮"天敌"？

青　松　嗯！你来信不是说要搞以虫治虫，用害虫的天然敌人来吃害虫吗？

山　花　是呀！像这些花大姐、小土蜂、草蛉虫就很好。现在国际上都在攻这门科学，试验成功了，咱们的果树就可以不打药或者少打药。这对防止环境污染、保护人体健康可大有好处。搞"天敌"越冬试验了吗?

青　松　搞成啦,待会请你去我家鉴定一下。

山　花　好啊。今年就在咱们培植的这片玉露桃上放"天敌"!

青　松　希望你来完成这个任务!

山　花　那你?

青　松　唉!我要改行啦。

山　花　改做什么?

青　松　去黑虎岭育林。

山　花　哦?这能是真话?

青　松　是真话,我还能骗你?

山　花　那……你什么时候动身?

青　松　一两天就动身,今天,我是特来向你告别的。

山　花　啊!

青　松　别难过,山花!随着形势和条件的变化,我是你的一个不合格的伴侣,因此我考虑再三,还是把这图送还给你。

山　花　哦,(惊愕、激动地)青松哥,你明白当初我送你这幅《红桃图》的意思吗?

青　松　我知道。

山　花　你读读这首诗!

青　松　我……

山　花　你读呀。

青　松　(念)红桃一枝初绽开,
　　　　　　　园丁辛勤细培栽。
　　　　　　　且待玉露香满峪,
　　　　　　　双双蝶舞随春来。

山　花　（重复后两句，心情激动地）为什么在我们理想和爱情将成为现实的今天，你却要离去呢？

青　松　山花呀！
　　　　（唱）重读旧句春风暖，
　　　　　　　诗情画意我了然。
　　　　　　　红桃栽培凝心血，
　　　　　　　相爱情深一线牵。
　　　　　　　你赠我这图明心愿，
　　　　　　　鼓舞斗志待今天。
　　　　　　　如今啊！命令催我离桃花峪，
　　　　　　　怎忍心让你等我虚度时间。
　　　　　　　而且咱俩条件相差远，
　　　　　　　松配山花愧无颜。
　　　　　　　你学成专业技术当干部，
　　　　　　　俺是普通一社员。
　　　　　　　高低不称难相伴，
　　　　　　　使你委屈俺心难安！

山　花　（唱）情深能结不解缘，
　　　　　　　攀高权贵非俺愿。
　　　　　　　鸟遇同心比翼飞，
　　　　　　　人逢知己才相欢。
　　　　　　　志投何须讲条件？
　　　　　　　爱真哪怕时间拖延？
　　　　　　　咱两人志同道合心连心，
　　　　　　　山花俺愿依青松过百年。

青　松　（感动地）山花！（二人握手，情意缠绵）

　　　　　　　[蓦地一声枪响，一只喜鹊落地，花惊愕。

山　花　　这是谁干的？看，把多好的喜鹊打死了。

青　松　　莫非是郭文成？（拾起鸟儿，怜惜地）真缺德！
　　　　　（扔出喜鹊，正好砸在乐呵呵提枪上来的郭文成身上）

郭文成　　（惊退）哎呀！

山　豹　　（上、讨好地）谁瞎眼啦，看把书记的衣服都弄脏了。

郭文成　　没啥，没啥。（发现山花）哦，山花！

山　花　　郭秘书，二哥……

山　豹　　小妹，郭秘书现在是咱果园的副书记喽！张书记去党校学习，他就是一把手。

山　花　　噢，我还没到场部报到，不知你已高升了呢。

郭文成　　哈哈哈……没忘你上学还是我给你填的推荐表吧？

山　花　　嗯，没忘。郭书记，这好好的喜鹊，你怎么把它打死了？

郭文成　　本来我瞄的是斑鸠，可结果……

青　松　　（讽刺地）枪法不准，打偏喽！

郭文成　　（尴尬地）啊，呃！山花，你这个果树学校毕业的技术员一回来，咱们果园的科研重担你可要挑起来噢！

山　花　　青松原是科研组长，我应当和他合作。

郭文成　　不，不，青松已另有安排了。

青　松　　郭书记，我是学习果树的，怎么让我改行去黑虎岭育林呢？

郭文成　　哈哈，果树、育林，反正都是跟树打交道嘛。你这个土专家，应该做个多面手啊！

山　豹　　（逢迎地）就是嘛，领导叫咱干啥就干啥，听领导的没错。

山　花	郭书记，从发挥个人专长考虑，你这样安插不太合适吧？	
郭文成	我已做了决定啦。	
青　松	也该听听个人的意见嘛。	
郭文成	（斥责地）民主还有个集中呢！	
山　花	郭书记……	
山　豹	小妹，你刚回来，情况不了解，跟着瞎插插个啥呀！	
山　花	你……	
郭文成	山花呀，晚上到场部来一下，我要跟你谈谈工作。	

（鸟叫）

山　豹	郭书记……你看……（指鸟）
郭文成	我去打点野味，今晚给你接风。

（带山豹下）

青　松	（气坐）哼！
山　花	青松哥，晚上我给郭书记再说说，一定要把你留下来。
青　松	给他再说也没有用！
山　花	为什么？
青　松	（激动地露出身上的伤疤）难道你忘了这个？
山　花	青松哥，别这样，虽然他以前整过你，咱可要向前看，不能去纠缠历史的旧账呀！
青　松	那今天的事又如何解释呢？
山　花	也许是领导安排不当，考虑不周。
青　松	嘿嘿嘿，三年的学校生活，使你增长了专业才能，可是，如何认识生活中的人，我体会得可比你深刻得多。

　　　　　　（拿"天敌"盒气下）

山　花　　青松……

　　　　　　（拿起《红桃图》凝神呆立，思绪万千……）

（幕落）

第二场　生疑

　　［夜。

　　［场部，郭文成的住处。

　　［幕启：郭文成整理房间，等待着山花的到来。山豹内喊："郭书记"……跑上。

山　豹　　郭书记，你要的花我给弄来了，你看满意吧？

郭文成　　（换花、满意地）哈哈……你算会办事，饭菜准备得怎么样啦？

山　豹　　按照你的吩咐，家乡名菜珍泉酒，清蒸野兔烧斑鸠，外加一个鳖鱼汤，都备齐了。只要我妹妹一到，就可以开怀畅饮啦。

郭文成　　行，不错，有两下子。

山　豹　　嘿嘿，还不是靠书记你的培养嘛！

郭文成　　哈哈……

山　豹　　嘻嘻，郭书记，我给你说的那事……

郭文成　　噢，你只要听话，那个事我忘不了。

山　豹　　郭书记，我对你可是一片忠心，你叫我上东我绝不上西，叫我打狗绝不撵鸡，往后有啥事你只管吩咐，我尽力照办。

郭文成	好，到时候我提拔你到场部水果罐头加工厂当厂长。
山　豹	（激动地）郭书记，你真比我的亲哥哥还亲！（讨好地）我到厨房看看去。
郭文成	好好好，去吧！去吧！（豹下）

（唱）时光飞逝近黄昏，
　　　鲜花初放香喷喷。
　　　遇事逢迎领导喜，
　　　官星高照上青云。
　　　百事皆能随我意，
　　　唯有妻室不称心。
　　　费心机总算把山花调进，
　　　巧安排讨好这位意中人。
　　　今晚约她来谈话，
　　　找个机会表表心。

（幕后喊：郭书记，有人找你。）

| 郭文成 | 准是山花来了。（急整装准备出迎。） |

（玉侠背包裹上，郭文成误喊：山花……）

玉　侠	我叫玉侠，怎么，你连我的名字也忘了？
郭文成	这……
玉　侠	快帮我把东西接下来，哎哟，把我的膀子都累断了！

〔放包裹，擦汗，成不屑地把包裹挪向暗处。

| 郭文成 | 你怎么来了？ |
| 玉　侠 | 想你呗！ |

（唱）自从你外出做了官，
　　　我和咱娘多喜欢。
　　　年年盼你把家探，

> 谁知你书不捎来信不传!
> 咱娘想儿常生病,
> 我依门等你把眼望穿。
> 春天不回等到夏,
> 夏季不回等秋天,
> 黄叶飘飘不见影,
> 瑞雪纷纷又过年。
> 留红枣等你等得变霉烂,
> 咸鲤鱼一晒再晒崩崩干。
> 咱娘气急把你骂,
> 我心疼左哄右遮拦。
> 偷空前来把你看,
> 问清情况我的心也安。

郭文成　有什么情况,还不是工作忙嘛!

玉　侠　再忙连封信也不能写?算啦,算啦,亲的摘不掉,假的安不牢。咱娘一听说我来呀,就把你爱吃的东西拾掇了一大包裹,看,白果、栗子、大红枣、鸭蛋、咸鱼、红辣椒、花生、蚕豆、萝卜豆,爱吃哪样尽你挑。(抓了一把红枣)先尝尝吧!

郭文成　哈哈哈……这里的蜜桃、水果都吃不完,谁还吃这个?

玉　侠　啊!(拿出一双布鞋)来时我连夜给你赶做了一双鞋。你穿穿看,可合脚?

(欲给文成穿鞋)

郭文成　哼,皮鞋我都穿不了,还要这土货。

(丢鞋)

玉　侠	（惊）哦，你变啦！	
郭文成	这有什么大惊小怪的，生活提高了嘛！	
玉　侠	你……	
郭文成	（看表）我看这样吧，你先到后面休息一下，吃点东西。（掏钱）这有五十元钱，你带着，马上我派人给你买车票回去。	
玉　侠	怎么，我老远路跑来看你一趟，不能住几天？	
郭文成	我忙着开会。	
玉　侠	我不影响你的工作。	
郭文成	我还要出发。	
玉　侠	我可以等你回来。	
郭文成	我不能留你住。	
玉　侠	为什么？	
郭文成	因为……因为咱们已经没有感情。	
玉　侠	没有感情？（内心激动地）那我来问你，咱们的婚姻是父母包办的？	
郭文成	不是。	
玉　侠	是我逼迫你的？	
郭文成	不是。	
玉　侠	那么，结婚后我身上有什么短处？	
郭文成	也不是。	
玉　侠	既然这也不是，那也不是，你说咱们感情不好有啥根据？	
郭文成	没感情就是没感情，要啥子根据？	
玉　侠	没感情？你没有，我可有！（取镜）	
玉　侠	（唱）这是咱结婚前你送的小镜，

　　　　　　我时刻带着它记在心中。
　　　　　　当时因国家困难农校停办，
　　　　　　你回家当农民咱上工同行。
　　　　　　你见了俺爹喊表叔，
　　　　　　见我就把表妹称，
　　　　　　常献殷勤把俺称颂，
　　　　　　换得俺对你表同情。
　　　　　　那一晚你送俺这定情物，
　　　　　　满口里说不尽海誓山盟，
　　　　　　你说是：今后谁若把心变，
　　　　　　定叫他不得好死落骂名。
　　　　　　镜后面你嵌上咱新婚合影，
　　　　　　两条边我编了双蝶红缨。
　　　　　　你出来工作把官做，
　　　　　　它日夜伴我好几冬，
　　　　　　如今人在情物在，
　　　　　　你为啥说咱没感情？（放镜）
郭文成　　那时是那时，现在是现在。
玉　侠　　不用说是你现在的地位变了，我配不起你了？
郭文成　　玉侠啊，我们身处两地，天各一方，有什么幸福？为了减少各自的痛苦，我看……
玉　侠　　你说怎么办？
郭文成　　我们只有离婚！
玉　侠　　啊！离婚……（哭泣）
郭文成　　（看表，急）别哭，别哭……
　　　　　[山花上。

山　花	郭书记……
郭文成	山花……
山　花	你叫我来研究工作？
郭文成	（尴尬地）是，是有些事要研究，咱们到外面去谈谈。
山　花	到外面？
郭文成	对，到外面。
玉　侠	（忍悲）何必要到外边去谈呢？如果你们不方便，我走！
山　花	你是……
玉　侠	我……
郭文成	她是俺老家来的表妹。
玉　侠	啊！
山　花	哟，从北山到这里好远啊，多时到的？
玉　侠	刚到。
山　花	吃饭了没有？我到伙房去看看……
郭文成	你二哥已去伙房准备去了。
山　花	那你就洗洗脸，先喝杯茶吧！
玉　侠	（唱）这姑娘待人热情又大方，
	对文成好像亲人一个样。
	年轻貌美才华好，
	不由玉侠暗思量。
山　花	（旁唱）他们是多年未见的表兄妹，
	为什么今日相见冷若冰霜？
	莫非其中有隐情，
	令人不解费猜详。
郭文成	（拉花）坐，坐。（递茶给玉侠，侠不接）

　　　　　　（旁唱）阴差阳错时间巧，
　　　　　　　　　　我约会被她来赶上。
　　　　　　　　　　两边的话儿都不好讲，
　　　　　　　　　　弄不好罐破要露汤。
玉　侠　　（旁唱）为什么文成说我是他表妹？
山　花　　（旁唱）为什么书记见她那么紧张？
玉　侠　　（旁唱）为什么要叫她到外面去谈话？
山　花　　（旁唱）为什么她两眼狠狠把我望？
玉　侠　　（旁唱）莫不是文成要离婚是她作祟？
山　花　　（旁唱）我看她不像他表妹像妻房。
郭文成　　（旁唱）急得我心跳头上直冒汗，
　　　　　　　　　用何法周旋应付这一场？
玉　侠　　文成……
　　　　　（同山花走近郭文成）
山　花　　郭书记……
郭文成　　啊！啊！（手忙脚乱）
　　　　　（山豹跑上）
山　豹　　郭书记，饭菜都摆好啦。
郭文成　　（乘机推侠）先吃饭去吧！
玉　侠　　小妹妹……
山　花　　大姐，别客气，请吧！（成推侠下）
山　豹　　郭书记，我妹妹她……
山　花　　我已经吃过饭了。
郭文成　　（推豹）你去吧。
山　豹　　这……（下）
山　花　　郭书记，风大春寒，你怎么满头大汗呀？

郭文成　　我，我身子有点虚弱。

山　花　　噢，莫非工作太劳累了？那你歇着改天再谈吧！（欲走）

郭文成　　慢，（推开窗子，惋惜地）多么美好的花好月圆夜，我陪你去院子里逛逛吧。

山　花　　郭书记，你不是说身子虚弱吗？

郭文成　　这……

山　花　　有什么事你就说吧！

郭文成　　山花呀，你刚刚开始工作，经济上不宽裕，我给你买了几件衣服。（送衣）

山　花　　（接着）嘀，毛呢衫裤连衣裙，哈哈哈……

郭文成　　你笑什么？

山　花　　你是要我做百货公司橱窗里的模型啊！（丢衣给成）

郭文成　　（失望地）这么说你不满意喽！山花呀，为了调你到这里工作，我不知到上级人事部门跑了多少趟，你可不能辜负我的心啊！

山　花　　谢谢。工作上还要请你多支持。

郭文成　　那还用说，我是最喜欢科技人员的，对你吃的、穿的、住的、用的，我样样都想到了。瞧，连青松办公室的那间房子，我都调给了你。

山　花　　这么说，你是为我来才把青松调走的喽？

郭文成　　嗯！不，是为了工作的需要。

山　花　　为了工作需要就应当把青松留下来。

郭文成　　为什么？

山　花　　他搞果树多年，在实践中取得了丰富的经验，而且繁殖了越冬"天敌"，今后搞以虫治虫试验正需要他。

郭文成　　为什么你偏要热衷那个土包子呢？他走了，你不照样

	可以搞"天敌"试验嘛！明天就在那间房子里给你搞个试验室，喂养"天敌"的什么蜂蜜、白糖、麻雀肉等等的饲料，我都保证供应，当你的后勤部长行不行？
山　花	何需劳你书记的大驾。不过我不明白，为什么不能把青松留下来工作呢？
郭文成	（不悦地）这人思想落后，做事别扭，目无领导，不可迁就。
山　花	这么说，你还是记"文化大革命"中青松提你意见的那笔账？
郭文成	不，不，我是想让他多学点本事，将来好成个人才。
山　花	但愿你能心口如一。
郭文成	你放心吧。（递茶给山花）我的科学家同志，我们是会想到一起的。
	（拍花，花惊，茶泼洒，花无意掏手绢，拿出了《红桃图》，被成发现）
郭文成	那是什么？（夺图欲看）
山　花	不许看！（夺过）
郭文成	我偏要看！（二人追逐夺图）
	〔青松拿一束被虫咬的桃梢上，窥看，见状，生气地扔下。
青　松	食心虫发现了！
郭文成	（惊怒）赵青松，你还没走？
青　松	我会走的，可我要站完这最后一班岗。（下）
山　花	青松！（拾起桃梢，拿《红桃图》下）
郭文成	山花……

玉　侠	（上）好啊！你跟我离婚，原来是另有他爱？
郭文成	另有他爱怎么样？咱们俩从此一刀两断！（摔镜子）
玉　侠	（悲痛地拾起破镜）一刀两断，没有那么容易！我要找你们领导讲理去！
郭文成	哼，找领导讲理！（凶狠地）我就是领导，这就是理！（打侠耳光）
玉　侠	啊，你，你，我跟你拼了！
郭文成	哼！（再抓打侠）我叫你拼！

（幕落）

第三场　议婚

［次日上午，山花家院内。

［幕启时：山花正用放大镜检查桃梢上的害虫，心绪烦乱，拿起《红桃图》，浮想联翩。

山　花　（唱）满怀壮志回家乡，
　　　　　　　偏遇坎坷愿难偿。
　　　　　　　搞事业没人合作成孤雁，
　　　　　　　寻挚友不能团聚空神伤。
　　　　　　　郭书记调离青松是咋想？
　　　　　　　青松哥昨晚又为何气满腔？
　　　　　　　看桃图浮想联翩增惆怅，
　　　　　　　心里边又急又气又彷徨。

（放图）

［幕后一声鞭响，山虎持鞭上。

山　虎	（唱）赶车运肥收工晚，
	持鞭急步把家还。
	过水库正赶上春潮鱼汛
	买两条红鲤鱼回家炸煎。
	今日是山花妹她的生日，
	无爹娘哥应当让她喜欢。
	（白）山花。
山　花	哎，大哥，你收工回来了？
山　虎	回来了。（举鱼）给。
	［赵大娘拿"天敌"盒上。
赵大娘	山花呀！你把你大哥打扮成这样，像是要办喜事喽？
山　花	大娘，俺大哥丧妻多年，就等着你给提媒续娶呢！哈哈……
山　虎	傻妹子，还不快让大娘坐。
山　花	大娘，请坐。
山　虎	大娘，有事吗？
赵大娘	唉，青松忙着准备上山，叫我送些他喂的"天敌"来，看看这些治虫能用上不？
山　花	那太好啦。（接盒细看）
山　虎	（看）不都是些花大姐吗？
山　花	也叫二星瓢虫，正是这批蚜虫的对头，恰好使用。
赵大娘	那就好，我回去再多逮些送来。
山　花	待会我自己去取吧！我还准备送些麻雀肉给青松哥喂"天敌"呢？
赵大娘	那更好。
山　虎	大娘，今日是俺小妹的生日，我去煎鱼，请你老人家

　　　　　　陪俺妹妹欢乐欢乐。（提鱼下）

赵大娘　　哎呀，我怎把这事儿给忘啦，我回去拿些鸡蛋来。
　　　　（欲下）

山　花　　（按大娘坐）大娘，你咋这样客气呀？
　　　　（唱）乡亲好比同林鸟，
　　　　　　　常在一起莫客套。
　　　　　　　爹娘死，俺兄妹三人无依靠，
　　　　　　　你常来俺家多操劳，
　　　　　　　洗洗缝缝，补补连连，
　　　　　　　数不清有多少，
　　　　　　　梳头洗脸，拉扯我长大，
　　　　　　　你用尽心血来灌浇。
　　　　　　　虽然两姓非亲眷，
　　　　　　　你比俺亲娘不差半分毫。

赵大娘　　（高兴地）好孩子！
　　　　（唱）孩子孩子你真好，
　　　　　　　你待我的深情难忘掉。
　　　　　　　我有病，不知你长夜熬多少？
　　　　　　　还为我求药问方
　　　　　　　满山跑遍把药刨。
　　　　　　　家中无柴把柴送，
　　　　　　　缸里无水把水挑。
　　　　　　　你离家三年把学上，
　　　　　　　还常常给我把信捎。
　　　　　　　你回来咱山村多了一桩宝，
　　　　　　　大娘我更心喜笑上眉梢。

	俺儿憨直性情暴，
	还望你耐心帮助把心操。
山　花	大娘，甭说啦。（羞涩地偎依在大娘怀中）
赵大娘	山花呀！你和青松昨晚闹气啦？
山　花	没有呀！
赵大娘	这孩子昨晚回家像有啥心事似的。
山　花	他到场部报虫情，丢下虫枝就走，我追他喊他也不应。
赵大娘	唉！这孩子就是闷，待会你去，好好说说他。
山　花	嗯！（山豹提包上）
山　豹	（唱）郭书记交代我事情一件，
	叫我给山花把婚事来谈。
	不答应他是顶头上司我受他管，
	答应他，又怕小妹把脸翻！
	前也不是后也不是，
	反贴门神我左右难。
	唉！（进门）
山　花	二哥回来了。
山　豹	嗯！（发现大娘）啊，大娘来了，有事吗？
赵大娘	闲串门儿，顺便送这"天敌"来。（示盒）
山　豹	"天敌"？（看，讽刺地）哎哟，儿子喂虫娘送虫，你一家都迷在虫上啦。（拿"天敌"盒）我想请教一下，大娘，这虫子好吃？
赵大娘	不好吃。
山　豹	好喝？
赵大娘	不好喝。

山　豹	好卖?	
赵大娘	不好卖。	
山　豹	既然一不好吃,二不好喝,三不好卖,你送虫来俺家,想害俺咋的?	
赵大娘	你这是什么话?	
山　豹	干焦[①]老实话,那年青松为这事受批,眼下你想拉俺家垫底?	
赵大娘	(怒)小豹子,你……(拿"天敌"盒欲走)	
山　花	别生气,大娘,咱们到后面啦呱去。(白山豹一眼)哼!(拉大娘进内)	
山　豹	山花,山花……	
山　虎	(上)你做什么,老二?	
山　豹	我喊山花说个事儿。	
山　虎	都老大不小的了,别咋唬喊叫的,你知道今天是什么日子?	
山　豹	是……郭书记高升一周年。	
山　虎	哼,你就忘不了你那个派性头头郭文成!今天是咱小妹的生日,咱们当哥哥的应该让她高兴高兴。	
山　豹	对,我正要给小妹报喜呢。	
山　虎	什么事?	
山　豹	嘿……我给山花找了个对象。	
山　虎	是谁?	
山　豹	(唱)这个人,有名声,	
	有才华,有知识,	

[①] 干焦:苏北方言,意思为实事求是,有一说一,没有虚伪废话。

山　虎	锤敲金钟当当的。
山　虎	那么好啊！
山　豹	（唱）他革命积极把官升，
	现在已当副书记，
	真是有权又有势。
	提起名如雷贯耳，
	跺跺脚地陷三尺。
山　虎	你别绕弯子了，老实说他到底是谁？
山　豹	是咱果园的副书记郭文成。
山　虎	他……他不是有老婆吗？
山　豹	最近已离婚了，大哥！
	（唱）人家是走红运的副书记，
	掌握实权有势力。
	山花若是嫁给他，
	等于摸到了升官梯，
	亲讲近，房讲寸，
	咱哥俩沾光不用提。
	你不要赶车再跟牛马走，
	我也能不当食堂小会计。
	打光棍的日子算到了头
	俊俏的好媳妇，任咱挑来任咱剔。
山　虎	这像什么话？哼！
	（唱）你枉读书识文字，
	做人的道理都不知。
	郭文成地位变了思想变，
	行为不正品德低。

　　　　　　　果园中哪个不戳他脊梁骨，
　　　　　　　你还要强攀坑害咱自己。
　　　　　　　这几年你官迷心窍拍马屁，
　　　　　　　脑子里淤满黑骚泥。

山　豹　　我……

山　虎　　快给我滚！哼。（气下）

山　花　　（上）吃饭啦！二哥，俺大哥呢？

山　豹　　气走了。

山　花　　气走了，为啥？

山　豹　　为了我给你提的亲事。

赵大娘　　提亲事？（静听）

山　花　　是谁？

山　豹　　就是咱的郭书记！

山　花　　郭书记？

山　豹　　嗯，你看，他给你买的衣服我都给你带来了。

山　花　　哦，你……

赵大娘　　唉！（急下）

山　花　　大娘！（欲追）

山　豹　　（急拦）小妹，你看不错吧？

山　花　　你……
　　　　　　（唱）你做事糊涂惹人气，
　　　　　　　　怎么乱把亲事提？

山　豹　　（唱）人家是堂堂的副书记，
　　　　　　　　难道跟你配不起？

山　花　　（唱）我不攀高官职位显，
　　　　　　　　只求人才能中意。

山　豹　　（唱）你中意的对象他是谁？

山　花　　（唱）赵青松，俺多年合作投脾气。

山　豹　　哈哈……

　　　　　（唱）赵青松是个泥腿子，

　　　　　　　　身在农村啥出息？

山　花　　（唱）我不嫌他是庄稼汉，

　　　　　　　　喜欢他忠厚性耿直。

山　豹　　（唱）郭文成比他天和地，

　　　　　　　　如同凤凰比草鸡。

　　　　　　　　天上的凤毛珍贵卖高价，

　　　　　　　　地上鸡毛轻贱谁愿拾？

山　花　　（唱）东西好坏看真假，

　　　　　　　　人从品格比高低。

　　　　　　　　郭文成居官图乐私心重，

　　　　　　　　赵青松忠诚事业肯用力。

山　豹　　（唱）你切莫感情来用事，

　　　　　　　　靠着金山有饭吃。

　　　　　　　　你跟书记把婚配，

　　　　　　　　我也能沾光弄个好差事。

　　　　　（白）小妹你就答应了吧。

山　花　　你，你无耻！

　　　　　（唱）你厚颜无耻媚上级，

　　　　　　　　献殷勤捞上个食堂小会计。

　　　　　　　　今日又拿我作礼品，

　　　　　　　　升官发财当阶梯！

山　豹　　小妮子，你敢骂我？

| 山　花 | 你没当哥的材料，我就该骂你！
| 山　豹 | 我帮你提亲，还不是为你好？
| 山　花 | 我看出了你的坏心，更不要这些赃物！

（把包袱向豹扔去）。

| 山　豹 | 我打你个犟嘴！
| 山　虎 | （上）你敢！
| 山　豹 | 她敢骂我，我就能打！

（豹打花，拾包袱。虎气，摸过赶车鞭。鞭声响处，豹惊，急拿《红桃图》护头跑下。）

| 山　虎 | 从今后，你别进这个家！（扔下鞭子）。
| 山　花 | 大哥！（痛苦地扑向虎）

（幕落）

第四场　中计

［接前场。

［赵青松家，绿竹青翠掩映着的农家小院，引人注目的大纱窗，使观众看出这是"天敌"饲养棚的一角。

［幕启：郭文成拿《红桃图》气汹汹地上。

郭文成　（唱）小山花拒婚姻令人好气，
　　　　　　　她热恋赵青松已着了迷。
　　　　　　《红桃图》拴她俩情深义厚，
　　　　　　　搞试验两颗心相连亲密。
　　　　　　　想良策把他们情丝斩断，
　　　　　　　才能够收杆逮住这美人鱼。

　　　　　　　［见青松出，急下。

青　松　（上唱）风起云涌天色暗，
　　　　　　　　　心头迷雾把人缠。
　　　　　　　　　多年盼望山花回，
　　　　　　　　　同心协力搞科研。
　　　　　　　　　谁料好事难成愿，
　　　　　　　　　郭文成急急催我去上山。
　　　　　　　　　那一晚场部去把虫情报，
　　　　　　　　　见他与山花夺图扭成团。
　　　　　　　　　莫非是郭文成把坏心起，
　　　　　　　　　还是那山花轻佻把心变？
　　　　　　　　　左思右想难判断，
　　　　　　　　　等娘回来再问一番。

　　　　　　　［大娘心情沉重地上。

青　松　娘，你回来了。
赵大娘　回来啦！
青　松　"天敌"送去咋样？
赵大娘　"儿子喂虫娘送虫，一家都变成虫子迷啦！"
青　松　啊？还说什么？
赵大娘　"一不好吃，二不好喝，三不好卖，你送虫来俺家想害俺咋的？"
青　松　（怒）这是什么话？！
赵大娘　"干焦老实话，那年青松为了这事受批，眼下你想拉俺垫底。"
青　松　（跳起）这是谁说的？
赵大娘　是山花她二哥山豹。

青　松	哼！也只有他这个官迷心窍不爱科学的人才会说这混账话。那山花怎样说？
赵大娘	她说这"天敌"正好使用。
青　松	这才像话。他咋没跟你一起来取"天敌"呢？
赵大娘	这……
青　松	她现在忙着什么？
赵大娘	这……
青　松	娘，你今天莫非碰到什么事了？
赵大娘	没有。
青　松	听到什么话了？
赵大娘	也没有。
青　松	（旁白）我娘今天说话怎么吞吞吐吐呢？ （唱）娘往日对孩儿无话不谈， 　　　今日里却为何不敢直言？
赵大娘	（旁唱）这孩子对山花痴心一片， 　　　讲出来又怕他心里痛酸。
青　松	（旁唱）莫非是山花她真的有变， 　　　娘怕我受刺激才把我瞒。
赵大娘	（旁唱）儿性急我怕他病再气犯， 　　　苗儿嫩怎再经风雨摧残？
青　松	（旁唱）不能让娘委屈损坏康健，
赵大娘	（旁唱）怜儿身这痛苦我且自承担。
青　松	娘！你别瞒我啦！我猜到啦。
赵大娘	你猜到什么？
青　松	准是山花另找人了。
赵大娘	啊，你？……

青　松	是不是郭文成？
赵大娘	这……孩子，你要想得开啊！
青　松	哎！人往高处走，水往低处流，现在人家地位变了，我早料到她不能跟咱常在一起。
赵大娘	不，山花是个好姑娘，待会她来，你细细跟她说说。
青　松	说那干啥呢？娘，你帮我通知一下上山的人，我去联系车辆。
赵大娘	怎么，你今天就要走？
青　松	唉！待着没意思。
赵大娘	孩子……
青　松	娘，你别说了。（急下）
赵大娘	青松！（追松下）

〔山花和山豹，各拿麻雀肉从舞台两方上。

山　花	（唱）二哥提亲……
山　豹	（唱）为妹说亲……
山　花	（唱）真可气！
山　豹	（唱）真晦气！
山　花	（唱）大娘被气走……
山　豹	（唱）回去又挨骂……
山　花	（唱）我心里急！
山　豹	（唱）我心更急！
	（同唱）来送麻雀肉，
山　花	（唱）见大娘说明情况免猜疑。

〔山花放麻雀肉于饲料盒内，喊"大娘，青松！"进内

山　豹	（唱）我摸不透这里面有啥奥秘。
	（白）哎！拍马讨好也不容易，

（接唱）当官的扬鞭我怎敢不抬蹄？

〔将麻雀肉倒进饲料盆内，发现郭在监视，喊郭书记跑下。

山　花　（内出）咦，大娘和青松哥怎么都不在家？

（端起饲料盒进饲养室喂"天敌"。青松上）

山　花　（出）青松哥，你上哪去了？

青　松　联系车子去了。

山　花　干嘛走得这么急呢？

青　松　在家里憋得慌。

山　花　唉！郭书记也太固执了，不管我怎么说就是不愿把你留下。

青　松　哼！

山　花　（安慰地）青松哥，我知道你心里难过。其实，我的心情完全和你一样。不过，事已至此，只好暂时服从，以后再慢慢想办法。

青　松　谢谢你的好心。以后，还不知道要把我怎么样呢？哼！

（猛击桌）

山　花　青松……

青　松　算了，不谈这些了。山花呀！这批越冬"天敌"是我费尽心血养大的，希望你能管好它，用好它。

山　花　嗯！我一定会使你满意的。

青　松　（掏出记录本）这是我饲养繁殖和使用"天敌"的记录手册。上面有成功的经验，也有失败的教训，给你作为将来试验的参考。

山　花　好！我一定继续完成我们的试验。

青　松	山花呀！咱们两家相处多年，我母亲待你情同骨肉，但愿我走后，你早晚来看看她，不要因我们的关系变了，对她疏远。（急进"天敌"室）
山　花	哦？青松哥，你怎么这样说？（推门，门已关闭）
青　松	你叫我怎么说呢？
山　花	青松哥，青松哥……
青　松	（见"天敌"中毒，惊叫）山花，这是怎么搞的？
山　花	（急问）什么事？
青　松	（捧"天敌"盒出）"天敌"全死光啦！
山　花	啊！
赵大娘	（上）出了什么事？
青　松	唉！（心痛之极）
赵大娘	青松，青松……
青　松	（悲痛地）

（唱）看"天敌"全死光心中悲痛，

　　　一年的心血又化成空。

　　　为试验俺把那住房让出，

　　　为试验俺到处寻找益虫，

　　　为试验娘让出取暖的炉火，

　　　为试验搞温室让"天敌"过寒冬，

　　　为试验钻技术熬过多少不眠夜，

　　　为试验俺常对孤灯到天明。

赵大娘　　（接唱）有时我心痛他做块肉饼，

　　　　　谁知他偷偷地喂了虫虫。

　　　　　那年他因搞试验，

　　　　　被打入牛棚受苦刑，

　　　　　　　　身被摧残鲜血吐，

　　　　　　　　九死一生我心疼。

　　　　　　　　我多次劝说算了吧，

　　　　　　　　他为了"四化"要再立功。

青　松　（接唱）实指望这次能如我心愿，

　　　　　　　　谁料想飞来横祸把人坑。

山　花　（接唱）这横祸难道出自我的手？

　　　　　　　　现在我满身是口也难说清。

青　松　（接唱）天啊天，为啥降这无情剑？

　　　　　　　　好事多磨总难成。

　　　　　（白）山花，刚才你在饲养棚里可见有人来过？

山　花　没有。

青　松　"天敌"可有病情发现？

山　花　都好好的。

青　松　你喂了什么东西？

山　花　我带来的麻雀肉。

青　松　你在肉里放了什么？

山　花　什么也没有放。

青　松　那为什么"天敌"都死了呢？

山　花　这，真奇怪呀！

青　松　我看，并不奇怪。这"天敌"死得好！

山　花　你说什么？

青　松　我走之后，你可以另行试验，郭书记不就更放心地支持你的工作了？

山　花　啊！大娘……（扑向大娘）

大　娘　孩子，你叫我该说什么好呢？你要是真的不愿意和青

　　　　　松好，大娘我也不勉强，可不能因为郭文成今天一向你求婚，你就……

山　花　　大娘，你怎么也……

青　松　　（发狂地）明白了，明白了，我一切都明白了！哈哈哈（怒砸"天敌"盒。吐血，晕厥）

　　　　〔郭文成暗上。

山　花　　啊，血！

郭文成　　（上前、假意地）哦，青松怎么啦？

赵大娘　　准是内伤又犯了！天呐，这可怎么得了呀！

郭文成　　快送医院抢救！

　　　　〔成背松，切光。

（幕落）

第五场　绝情

　　　　〔半月之后，青松家门前。

　　　　〔幕启：山花提药上。

山　花　　（唱）青松犯病半月多，

　　　　　　　　心中悲痛泪暗落。

　　　　　　　　他见我不理又常发火，

　　　　　　　　怜他病只好暗暗来送药。

　　　　　　　　事故真相未弄清，

　　　　　　　　我满腹哀怨向谁说。（把药挂门口欲下）

　　　　〔大娘上，花躲过，娘发现药。

赵大娘　　山花，山花……

山　花　　　大娘。

赵大娘　　这些天可委屈你啦，走，到屋里坐。

山　花　　不，俺还有事！

赵大娘　　别瞒我啦，好孩子。

　　　　　（唱）这次青松把病犯，

　　　　　　　　你日夜操劳把心血熬干。

　　　　　　　　白天要劳动又把"天敌"来试验，

　　　　　　　　晚上还帮我熬药做饭洗衣衫。

　　　　　　　　送药来从不让青松看见，

　　　　　　　　你怕他心窄、性暴，再要犯病我作难。

　　　　　　　　心中悲痛却要强欢笑，

　　　　　　　　满腹苦水还得把人怜。

　　　　　　　　看你这样我心咋忍，

　　　　　　　　我定要劝说青松解疑团。

山　花　　（唱）大娘别说这些话，

　　　　　　　　你越说俺心里越羞惭。

　　　　　　　　青松为"天敌"把病气犯，

　　　　　　　　俺心如刀绞多痛酸。

　　　　　　　　枕边擦不尽腮边泪，

　　　　　　　　噩梦常惊三更天，

　　　　　　　　为让他专心来养病，

　　　　　　　　天大的痛苦我愿承担。

　　　　　　　　只要青松病能好，

　　　　　　　　俺就是冤死累死心也甘！

赵大娘　　好孩子，大娘知道你的心，青松他对不起你！

山　花　　大娘，你别说了！（欲走）

赵大娘	今天你说啥也不能走,你帮我熬药,我去把青松找来,叫他给你赔个不是。
山　花	大娘……
赵大娘	这回说啥也得听我的,啊!

〔大娘下,山花无奈进屋熬药。

〔青松拿化验单上。

（唱）细化验麻雀肉毒药发现,
　　　只气得我心里直冒火烟。
　　　娘怨我任性一时错怪人,
　　　她哪知山花变心内藏奸?
　　　今日实据手里攥,
　　　不怕你山花再隐瞒。

〔郭文成上。

郭文成	青松。
青　松	哦,郭书记,你来干什么?
郭文成	这几天工作太忙,没空来看你的病,今天特来道歉。
青　松	谢谢你的关心。（欲下）
郭文成	哎,青松,病怎么样啦?
青　松	快好啦!
郭文成	可喜呀,可喜。总算好了!
青　松	噢,我明白你的意思,你是来撵我上山的。
郭文成	我是想留你暂不上山。
青　松	为什么?
郭文成	身体是革命的本钱嘛!我要让你在家好好地休养休养。
青　松	我劳动惯了,闲着倒觉得闷得慌。

郭文成　　那你能不能帮我办件小事？

青　松　　什么事？

郭文成　　你的书法在全果园是数一数二的，你能不能帮我写个条幅？

青　松　　我还是头一次听到书记欣赏我的字画呢！不知道你要在条幅上写什么内容？

郭文成　　（念）红桃一枝初绽开，

　　　　　　　园丁辛勤细培栽。

　　　　　　　且待玉露香满峪，

　　　　　　　双双蝶舞随春来。

（松更气，胸疼）

郭文成　　青松，你这是怎么啦？

青　松　　没什么，郭书记，不知你的条幅要写什么字体？

郭文成　　就按这《红桃图》上的字体写吧。（递图）

青　松　　好，这条幅我给写，这《红桃图》你留下来。

郭文成　　这可是我朋友送我的一件珍品，你要给我保管好。千万别弄丢了，到时候你可要去喝喜酒啊！（狂笑下）

青　松　　（急拿《红桃图》细看，愤怒地）哼，这一切不都全证实啦？

（唱）看诗句使我心好恼，

　　　　山花这丫头她……品德孬。

　　　　她赠图给我曾发誓，

　　　　海枯石烂不动摇。

　　　　如今又赠郭文成，

　　　　可见她攀高结贵、

　　　　水性杨花无节操。
　　　　怪不得郭文成推荐她把学上，
　　　　怪不得她来我职务被撤销，
　　　　怪不得那晚夺图那么热火，
　　　　怪不得她喂"天敌"把毒药抛。
　　　　半月来还假献殷勤谅我不知晓。
　　　　要结婚还瞒我，她的诡计要得有多高，
　　　　真不知孬！
　　　　我拿这诗句将她找，
　　　　骂她个人不像人、鬼不像鬼、
　　　　不人不鬼、不守信用的狐狸妖。

〔山花提药上。

山　花　青松哥，来吃药吧！

青　松　药……你还想要我的命！（摔药壶）

山　花　青松哥，你干嘛对我发这么大的火？

青　松　哼！装什么蒜，难道你不知道？

山　花　我半月来，都蒙在鼓里，我清楚个啥呀？

青　松　你，你应该清楚！

山　花　唉！你怎么变成这样了？

青　松　变的不是我，是你！

山　花　我，我有啥对不起你？

青　松　你忘情负义！

山　花　这从何说起？

青　松　我有根有据。

山　花　你拿出来？

青　松　好，我问你，郭文成是你什么人？

山	花	领导。
青	松	哼！他送你什么东西？
山	花	没有，他送我衣服我没要，托人说亲我也没答应！
青	松	不怕你抵赖！我再问你，你喂"天敌"到底在饲料里放了什么东西？
山	花	我没放什么呀！
青	松	没放什么，怎么化验出来有毒药！（丢化验单）
山	花	（拾起看）这是怎么回事呀？
青	松	很清楚，你和郭文成狼狈为奸，害死了我的"天敌"，使试验中断，好证明我赵青松在科研上无能、郭文成过去整我正确。你们把我赶走，可以再试验成名，重建你们的幸福天堂！
山	花	住口，你不能这样胡说！
青	松	胡说？你和郭文成快结婚了还瞒着我？
山	花	不，这是造谣。
青	松	难道你赠他的这《红桃图》也是造谣吗？（示图）
山	花	《红桃图》是二哥给我提亲那天丢失的，我一直在找。
青	松	胡说，明明是你送给了情人！这图是郭文成刚刚送来要我给她写结婚条幅的！
山	花	不，不，这不可能……
青	松	算了吧，把你的假面具收起来吧，多年来我真诚地对待你，却一次又一次地遭到你的戏弄，今天我才看清了你的真面目，你庄山花并不是一朵洁白鲜艳的香花。
山	花	（气极）赵青松，你不该侮辱人！
青	松	我不会说假话！

山　花		我问你,我赠郭文成《红桃图》你可有人作证?
青　松		没有。
山　花		你说我在麻雀肉里放毒,你有没有亲眼看见?
青　松		也没有。
山　花		那你为什么捕风捉影、主观臆断、信口栽赃?
青　松		巧言诡辩,代替不了铁的事实。
山　花		事实要有足够的证据,在没有弄清真相之前你怎么能轻易伤害一个相处多年的朋友、同志?
青　松		这……
山　花		我知道你心里对我有怀疑,有疙瘩,半月来对我冷漠无情,不愿理我,不愿见我,用冷笑来讥讽我……我念你在病中,不愿给你增添烦恼。我强忍屈辱,含着眼泪在做着我应该做的一切,可是并没有得到你的信任与谅解。你,你这样对待我难道不感到有愧吗?
青　松		我!
山　花		爱情,本来就是建立在志同道合、相互信任、相互尊重的基础上的,如果连起码的信任与尊重都没有,还谈到什么爱情!你走吧,走得越远越好,你赵青松有本事,就一辈子别来见我!(气下。)

〔赵青松呆立沉思。

〔电闪雷鸣。切光。

(幕落)

第六场　路遇

［前场同时。

［幕启。

［果园河边路上。

［阴霾、狂风骤起。

玉　侠　　（内唱）怒冲冲恨悠悠山路奔走，
　　　　　　　　　风呼呼路茫茫无门可投。
　　　　　　　　　郭文成心狠毒恰似狼狗，
　　　　　　　　　忘前情逼离婚强把俺丢！
　　　　　　　　　不回家在生地无亲无眷，
　　　　　　　　　回家去怕人耻笑脸上羞。
　　　　　　　　　心绪烦乱无主见——

　　　　　［山豹内喊："吴大嫂……"

玉　侠　　（唱）又有人追我在后头。
　　　　　（侠躲藏，豹上，寻人不见，下。）
　　　　　　　　　我往哪里逃，
　　　　　　　　　我朝哪里溜？
　　　　　　　　　苦处向谁诉，
　　　　　　　　　下场如何收？
　　　　　　　　　倒不如跳河一死随流水，
　　　　　　　　　免在世上苦和愁。（欲跳河）

　　　　　［幕后鞭声响亮，山虎背伞赶车上。

山　虎　　（惊）啊，不好，有人跳河。
　　　　　（急刹车，勒马下水，扶侠上。）

山　虎　　大嫂，你这是怎么啦？

玉　侠　　你，你干什么要救我？

山　虎　　大嫂，你年轻轻的，干嘛要走这条路啊？

玉　侠　　我……（欲挣脱）

山　虎　　大嫂，你究竟为啥呀？

玉　侠　　你别问啦！

山　虎　　大嫂，你叫什么名字？

玉　侠　　吴玉侠。

山　虎　　你家在哪里？我送你回家吧。

玉　侠　　我家……我没有家。

山　虎　　怪啦，哪有人没有家的！看来你准是闹气出来的，管你有家也罢，无家也罢，你把事给我说说，我也许能给你想想办法。

玉　侠　　唉！

　　　　　（唱）你问起俺家乡心难受，

　　　　　　　　俺的家……

山　虎　　你的家住在哪里？

玉　侠　　（唱）我的家住在北山卧虎沟。

山　虎　　哦？那地方我赶车去过，离这里好远呢！你怎么到这里来的呢？

玉　侠　　（唱）只因为丈夫在外当干部，

　　　　　　　　离家多年未回头。

　　　　　　　　我出门来把丈夫找……

山　虎　　找到了吗？

玉　侠　　唉！

　　　　　（唱）谁料他变心负义把俺丢。

山　虎　（同情地）唉！这个干部也是呀，你当干部就当干部喽，丢老婆干什么呀？我说大嫂你也太死心眼了，现在又不是闹"四人帮"那阵子，大小干部都有人管了，你不能找她的领导？

玉　侠　唉！

　　　　（唱）他就是这里的副书记，

　　　　　　　机关里无人敢问敢插手。

山　虎　哦？他叫什么名字？

玉　侠　郭文成！

山　虎　哼！除非是他，俺这里大大小小的干部哪有像他那样的！我看呀，他给你大风起，你就给他来个不开船，不跟他离，他也没有办法。

玉　侠　唉！可俺已经离了呢！

山　虎　唉！你咋轻易就同意啦？！

玉　侠　（唱）原先我本不同意，

　　　　　　　拼着挨骂挨鞭抽。

　　　　　　　谁料想他清茶暗把迷药放，

　　　　　　　霎时间我神经麻木昏悠悠。

　　　　　　　醒来时离婚书上落下我手印，

　　　　　　　我恼恨砸得他一件东西也没留。

山　虎　砸得好！

玉　侠　（唱）他怕俺再闹影响大，

　　　　　　　私派人押送我回卧虎沟。

　　　　　　　愁只愁今后的日子不好过，

　　　　　　　所以才逃出把河投。

　　　　　　　大哥呀，你救人本是来行好，

|山　虎|可是我，活着比死还难受！
唉！

（唱）听得大嫂把真情讲，

不由我心酸热泪流。

我怜她一片热情逢冰冷，

我怜她虽然有家无处投，

我怜她冤同海深无处诉，

我怜她身如萍草无人留。

救人应该救到底，

怎么救法我也挠了头……

（白）这可怎么办呀？

［豹内喊："吴大嫂……"

玉　侠　你听，他派人找我来了，还是让我跳河死了吧！

（欲跳河，虎拦）

山　虎　你且躲在石后，我把他哄走再说！

［侠躲石后，豹喊上。

山　豹　大哥！

山　虎　你又帮谁叫啥子魂儿？

山　豹　是，是郭书记离婚的老婆跑了，叫我追回去。

山　虎　怎么，你又跟着姓郭的干坏事啦？

山　豹　没有，没有……郭书记怕她在这里闹，影响不好，叫我送她回家，可她偷偷跑了，我要找不回去，郭书记咋能饶恕我？……

山　虎　哼！人你是找不着了。

山　豹　怎么？

山　虎　她跳河死啦！

山	豹	啊！真的？
山	虎	这还有假？（拾起包裹）你认认这包是她的吗？
山	豹	是她的。哥，你见她跳河啦？
山	虎	可不，我跳下去救也没救上来。
山	豹	这，这可咋办呀？
山	虎	哼！平时好说歹说不让你跟姓郭的腚后边转，你就是不听，今天闹出人命案了，我看你咋收拾？！
山	豹	哥，这又不是我逼的。
山	虎	死人头上有浆子，你也不利索，要坐牢也少不了有你一份。
山	豹	坐牢？哥！（跪虎）
山	虎	我问你，你给姓郭的出力卖命，他给你什么好处？
山	豹	这……他要提拔我当果品加工厂厂长。
山	虎	当厂长？你也不尿泡尿照照脸，看你哪有当厂长的料？
山	豹	我知道错了。
山	虎	说的是真话？
山	豹	是真话，往后我要跟姓郭的腚后转，你就揍断我的腿，我要……
山	虎	算了，走吧。
山	豹	走？那……
山	虎	叫你走，你就走！
山	豹	噢。（欲下）
山	虎	回来！
山	豹	哥！
山	虎	把这包裹拿着，去告诉郭文成，就说他媳妇跳河了！

山 豹	嗯。
山 虎	记住,我今天饶了你,往后要再胡来,可别怪当哥的不留情面!
山 豹	是。(下)

［玉侠从石后出。

玉 侠　大哥,他是你的弟弟?

山 虎　哎,这几年跟郭文成可学坏了。大嫂,我看这样吧,你衣湿身冷,风又起大了,我家离此不远,你不如到我家去烤烤衣服,暖和暖和身子,吃些饭,过一夜,明天我拉你进城告状。你看怎么样?

玉 侠　这……

山 虎　你顾虑什么?我家还有个小妹妹,你和她住在一起也方便。

玉 侠　那……

山 虎　别犹豫了,你看雷鸣电闪,马上就要下大雨,在这山野中咋行,快快上车吧。

玉 侠　谢谢大哥。

山 虎　别客气,(扶侠上车)坐好,我要开车喽。

　　　　唷,哦!(鞭响马奔)(二人舞蹈)

玉 侠　这位大哥真好啊!

　　　　(唱)死里逃生遇好人,
　　　　　　身上虽冷暖在心。

山 虎　(唱)大嫂大嫂你坐稳,
　　　　　　免得车颠闪了身。

玉 侠　(唱)这人脾气那么好,
　　　　　　说话和气又体贴人。

山 虎　　（唱）眼看风大雨又紧，

　　　　　　　大嫂呀，快撑起伞来防雨淋。

　　　　　（递伞，侠撑伞）

山 虎　　坐好啊，我要开快车喽。

　　　　　〔鞭响，马奔，车颠，侠欲倒，虎急扶。

玉 侠　　（唱）看起来嫁汉还是庄稼汉，

　　　　　　　他比那文成个孬种强十分；

　　　　　　　风雨扑面脑清醒。

山 虎　　（唱）我扬鞭催马，

　　　　　（二人合唱）咱往前奔。

　　　　　〔鞭声再响，二人愈舞愈快，下。

（幕落）

第七场　鞭挞

　　　　　〔紧接前场。
　　　　　〔夜，山花卧室。
　　　　　〔幕启时，玉侠在炉边烘烤衣服。

玉 侠　　（唱）炉火熊熊满屋温，

　　　　　　　外边风雨室内春。

　　　　　　　玉侠绝处逢生路，

　　　　　　　大哥热情暖人心。

　　　　　　　听他讲这里住的他小妹，

　　　　　　　为什么到这时刻不见人？

　　　　　〔山花上。

| 山 花 | 你是谁？
| 玉 侠 | （转身）啊！是你！
| 山 花 | 是她，（旁白）这不是郭文成说的他那个表妹吗？
| 玉 侠 | （旁白）这不是那天见到的那个技术员吗？
| 山 花 | （旁白）她怎么跑到这儿来了？
| 玉 侠 | （旁白）我咋跑到这儿来了？
| 山 花 | 你来有事吗？
| 玉 侠 | 我，我这就走……（欲下）
| 山 花 | 哦……

　　　　　［山虎端着鸡蛋面上。

| 山 虎 | 吃饭喽！（见状）哦，小妹回来啦！（放碗）我给你俩介绍一下。（向侠）这是我妹妹庄山花。（向花）这是我路上碰到的吴大嫂。
| 山 花 |
| 玉 侠 | （同声）我们早认识啦。
| 山 虎 | 那更好，我去再盛碗面来你俩一起吃。
| 山 花 | 我在场部吃过啦。
| 山 虎 | 那，大嫂你吃吧！
| 玉 侠 | 俺不饿。
| 山 虎 | 客气，山里人没啥好招待，我只给你打了两个荷包蛋，吃吧！
| 玉 侠 | 我实在吃不下去。
| 山 虎 | 这……山花呀，吴大嫂心里不舒服，你劝她吃点饭，晚上就跟你住。

　　　　　唉！（下）

| 山 花 | 怎么跟我住？

玉　侠　　不，我这就走。（欲走）

　　　　　（雷雨风声）

山　花　　大嫂你看外面风大雨急，天黑路滑，你到哪里去呀？

玉　侠　　我……

山　花　　大嫂，你先住一晚，有事明天再说。

　　　　　（旁唱）今日事好奇巧令人不解，
　　　　　　　　　哥为何把她领进俺家来。
　　　　　　　　　郭文成说和她是表兄妹，
　　　　　　　　　分明是胡乱诌怕我疑猜。
　　　　　　　　　我和她俩人同遭一人害，
　　　　　　　　　今日里竟同她又相逢一处，
　　　　　　　　　真是天公巧安排。

玉　侠　　（旁唱）千不该来万不该，
　　　　　　　　　俺不该跟他到她家中来。
　　　　　　　　　她正跟文成谈恋爱，
　　　　　　　　　如今是他们得意俺遭灾。
　　　　　　　　　我怨她恨她还得跟她住一块，
　　　　　　　　　这真是冤家路窄天缘凑巧躲也躲不开。

　　　　　（白）俺还是走！（欲走）

山　花　　（拦住）你怎么又要走啊，大嫂，是不是嫌俺这里条件不好，住不舒服？

玉　侠　　不是。

山　花　　哥哥和我慢待你啦？

玉　侠　　也不是。

山　花　　那你莫非要去找郭书记？

玉　侠　　我找他干嘛？

山　花　你不是他的表妹？

玉　侠　表妹？哼！

山　花　你若一定要去找他，就吃了饭等雨停停再走。（递碗）

玉　侠　你，你何必这样折腾我？（打掉碗）

山　花　（唱）你为何要对俺大动肝火？

玉　侠　（唱）俺不愿再受你耻笑折磨。

山　花　（唱）我待你如上宾有什么错？

玉　侠　（唱）你做事自明亮还用人说。

山　花　（唱）心无病不怕你把事说破，

玉　侠　（唱）你不该拆散俺夫妻把俺的丈夫夺。

山　花　哈哈哈……原来你是怕丢了丈夫，依我看你那个丈夫该丢，丢得好！

玉　侠　那可就称你的心啰！

山　花　你也该高兴。

玉　侠　亏你说得出口！

山　花　大嫂……

玉　侠　别理我！（欲走）

山　花　你别走，听我把话说完。

玉　侠　你干嘛苦苦缠住我？老实说，俺们已离婚，你想和郭文成那个流氓好，你们就好去，你们就谈去，你们就欢乐去，我干涉不了。不过，我想告诉你，以后有你哭的时候！

山　花　哈哈哈……你还蒙在鼓里。

玉　侠　我蒙在鼓里？

山　花　事实真相你以后会明白的。

　　　　　［郭文成带着酒意，冒雨打伞上。敲门。

山　花　　谁?

郭文成　　我。

玉　侠　　(惊)是郭文成来了。(横心)我跟他拼了。

山　花　　傻嫂子,你能拼得过他吗?

玉　侠　　那……

山　花　　既然他来了,就应该认真对待,一切你都会明白,现在你应该听我的。(推侠上床,放下帐子)

(成敲门,山花开门)

山　花　　郭书记,你黑夜到这里来有急事吗?

郭文成　　我要核实你药死"天敌"事件的材料。

山　花　　啊!罪还怪重!

郭文成　　那要看你的态度喽!

山　花　　还不靠你书记决定嘛!

郭文成　　哈哈哈……(进内)山花呀,这屋里就你一个人?

山　花　　就我一个。

郭文成　　你大哥呢?

山　花　　早已睡了。

郭文成　　噢。(左右窥视)

山　花　　你堂堂一个果园党委副书记,因公来到群众家,为何那样鬼鬼祟祟呢?

郭文成　　啊?呃……

山　花　　有啥话你就说嘛。

郭文成　　山花呀!

　　　　　(唱)自从咱有缘得相见,

　　　　　　　我事事为你把心关。

　　　　　　　你上学我为你填过推荐表,

	培养你成国家干部技术员。
	由于俺夫妻不合把婚离，
	叫山豹给你曾把婚事谈。
	谁料你对俺的多情不理解，
	弄得俺茶饭不思夜难眠。

玉　侠　　（偷听）还是这么回事？

山　花　　这么说，你是真心地爱我喽？

郭文成　　当然，山花，不知你对我？……

山　花　　我一直对你很尊重。

郭文成　　好，嘻嘻嘻……

（唱）赵青松抛弃你上黑虎岭，
　　　落得你一人受孤单。
　　　孤雁最知失群的苦，
　　　你失恋的空白我补填。

山　花　　可你那个表妹吴玉侠怎么办？

郭文成　　我们已经离婚，她也跳河死了。

玉　侠　　坏蛋！

山　花　　你不怕有人告你的状吗？

郭文成　　上哪告？想跟我这个书记打官司，她就别想赢！山花，你就放心吧！

［郭文成欲动手调情。

山　花　　规矩点，我还有话问你。

郭文成　　你就说吧！

山　花　　（唱）你既然真心将我恋，
　　　　　　我问你不得有虚言。

郭文成　　嗯！

山　花　　（唱）青松调离上高山，

　　　　　　　你可是有心安排的巧机关？

郭文成　　这……

山　花　　（唱）毁"天敌"可是你的好主意？

郭文成　　这……

山　花　　（唱）《红桃图》你咋弄到手里边？

郭文成　　这……

山　花　　（唱）你若不把真情讲，

　　　　　　　休怪山花把脸翻。

郭文成　　唉，山花，你问这些做啥？

山　花　　核实事件真相啊！到关键的时候了，我总得弄个明白。

郭文成　　明人何必细说呢？

山　花　　那么说都是你干的？

郭文成　　啊！不，不……

山　花　　你既然对我真心，何必吞吞吐吐？

郭文成　　山花，这一切还不都是为了爱你，你应该理解我的一片苦心啊！

山　花　　你干得可真漂亮！

郭文成　　成就爱情总得付出一点代价嘛！我不用这一手怎么成？山花，该说的，我都说了！

山　花　　那你该走啦！

郭文成　　今天晚上呀，我不走喽！（欲上床）

山　花　　（急拦）你……

郭文成　　好妹妹你就答应我吧！

山　花　　（怒打成耳光）无耻！

（唱）他实情吐露俺气冲天，

　　　　郭文成你不该阴谋欺负俺。

　　　　你说爱科研又把"天敌"害，

　　　　你说重人才又把青松赶上山，

　　　　你知法又把法来犯，

　　　　害大嫂、害青松，又使人企图破坏俺的好姻缘。

　　　　你道貌岸然多奸诈，

　　　　算什么干部算什么官。

　　　　恨不得将你来砸烂。

（成欲躲，侠从床后跃出）

玉　侠　　打得好！（拾起洗衣棒槌打成）

　　　　（唱）俺生吃你几口也不解馋。

郭文成　　是你！你咋在这里，不说你早已死了吗？

玉　侠　　你想叫我死，可天不叫我亡！

（用棒槌追打成）

郭文成　　我打你个疯婆娘！

　　　　〔成欲打侠，侠、花合力打成。成欲逃。虎迎上，用鞭欲抽成。成呼救，狼狈不堪。

郭文成　　好啊，我要治你藏匿疯妇行凶罪，咱走着瞧！（逃下）

山　虎　　别装虎吓人，法律容不得你！

玉　侠　　大哥，会不会连累你们？

山　虎　　怕他什么！走，我带你们告状去！

（幕落）

第八场　喜庆

〔秋收季节。

〔果园中果实累累,一片丰收景象。

〔卧牛石旁的那株玉露桃,结的桃子大得喜人。

〔幕启时,社员们忙碌着采果装运,满山遍野一片歌声。

〔幕后合唱:

　　丰收果园好风光,

　　果实累累飘清香。

　　苹果青、鸭梨黄,

　　水灵灵的葡萄诱人尝。

　　玉露桃大甜如蜜哎,

　　别馋得口水流多长。

〔歌声中,山虎和山花扛筐走来。

山　虎　山花,看,你和青松培植的这片玉露,长得多大多喜人,咱们摘一筐到党委报喜去!

山　花　报啥子喜哟,新书记,老书记,连县长都来帮咱们摘果子啦!这可是多年来第一个大丰收啊!

山　虎　是呀!(摘一个桃子细看)这片树没用药,也没见一个虫子,你用"天敌"灭虫的办法总算成功了!

山　花　明年呀,以虫治虫,以菌治虫的办法可以大面积推广喽!

山　虎　小妹呀,你真行,哥哥我佩服你。

山　花　还不是大伙的功劳。玉侠嫂呢?

山　虎	人家到县里跟郭文成对质去了。
山　花	看来这官司你帮她打赢了,侠嫂来信谢你呢。(递信)
山　虎	这……(不好意思拆信,笑下)
山　花	哈哈哈……(高兴地抚摸着树。)

　　　　　　（唱）手扶桃树笑颜开,

　　　　　　　　想起当年把树栽。

　　　　　　　　哥哥剪枝妹嫁接,

　　　　　　　　玉露良种长成材。

　　　　　　　　红桃经风雨,

　　　　　　　　科技鲜花开;

　　　　　　　　如今丰收结硕果,

　　　　　　　　妹想采摘等郎来。

青　松	（上）山花。
山　花	（欲答话,又故意不理）
青　松	（唱）前情尽知悔已晚,
	怪俺思想太简单。
山　花	（唱）你跟俺一刀已两断,
	过去的事儿不用谈。
青　松	（唱）俺一时心急上了当,
	谁知郭文成使的奸。
山　花	（唱）你长着脑袋做啥用?
青　松	（唱）怪俺无知见识浅。
山　花	（唱）如今你想怎么办?
青　松	（唱）我赔礼道歉在你面前。
山　花	哼!(故作生气转身)
青　松	（转到另一旁赔礼）

山　花　（仍不理）

青　松　（无奈走去）

山　花　站住！（松停）

山　花　坐下！把眼闭上！

（松坐，花用《红桃图》蒙松眼，推松，松解开见图。）

青　松　山花！（二人追笑）

〔玉侠和山虎上。

〔花与松隐到树后。

山　虎　你回来啦？

玉　侠　回来啦！

山　虎　县里对郭文成是怎么处理的？

玉　侠　撤销职务，回场劳动，听候处理。

山　虎　好！

玉　侠　（拿出布鞋）穿上试试。

山　虎　（穿鞋）正合脚。

（山花、青松在树后大笑。虎、侠惊。四人追打）

（山豹和大娘上，郭从另一侧上。）

山　花　郭书记，你回来啦？

郭文成　嗯。

青　松　郭书记，今天该我请客了。

山　花　我们俩要结婚。

青　松　请你喝喜酒。

郭文成　这……

玉　侠　我们俩也要结婚。

山　虎　请你吃喜糖。

（双笑）

郭文成	唉！（欲下）
山　豹	站住！（递筐）摘桃子去！
	（豹给花、松、侠、虎、娘拍照。给郭单拍一张，郭羞躲）
众	（大笑）哈哈哈！
	（在欢乐的音乐声中幕落）

全剧终

（江苏戏剧）1981年第8期

1980年12月

注：《红桃图》1981年参加省现代剧会演获创作三等奖。

高子亮作品选

邳县柳琴剧团演出

六场现代戏

《步步高》

编　剧：高子亮

导　演：刘志林

（柯俭　摄）

【提要】考艺术学院落榜青年文一忠,见山乡文化生活贫乏,封建迷信严重,赌博成风,提出办俱乐部搞精神文明建设,和团支书琴琴在吉大哥家办起了青年俱乐部。赌头钱永富不满,逼女儿百灵给一忠退亲,挑唆吉大嫂撵俱乐部搬家。文一忠请公社孙主任支持,孙主任觉得"弹弹唱唱打不出粮食",坚决不管。一忠没法,改办了"文化车"进行宣传。当娱乐招来了广大群众,钱永富的赌场被拉撒了;永富狗急跳墙,挑唆主任的儿子孙有才对文一忠栽赃陷害,砸了"文化车"。孙主任误以文一忠用黄色书籍放毒,责令一忠检查。复杂的斗争、加深了文一忠的生活感受,他重新修改了考试时编的唢呐曲《步步高》,继续组织骨干排练,参加县青年文化比赛;孙主任恼火,要处理一忠。刘委员抓赌抓了孙有才,供出了事实,真相大白。孙主任领悟到搞精神文明占领思想文化阵地的重要,按中央〔81〕31号文件精神。建议公社党委把公社新楼改办成文化中心。群众欢腾,《步步高》乐曲响彻山乡。

步步高

七场现代柳琴戏

编剧　高子亮

时　期	现代
地　点	北方的一个偏僻的山区
人　物	文一忠　　男,大山乡文化中心的创业人,22岁
	琴　琴　　女,业余演员,22岁
	百　灵　　女,文一忠的未婚妻,20岁
	吉大哥　　文艺爱好者,养鸡专业户,28岁
	吉大嫂　　吉大哥的妻子,26岁

文老汉	文一忠的父亲，50岁
文大婶	文一忠的婶娘，50岁
孙主任	男，大山公社主任，49岁
孙　妻	孙主任的妻子，40多岁
刘委员	男，宣传委员，30多岁
孙有才	男，主任的儿子，21岁
钱永富	男，公社饭店采购员，50多岁
男女社员、文艺骨干若干人	

第一场　山乡喜讯

〔20世纪80年代一个丰收之后的深秋。

〔大山公社街头一角，公社饭店门口。

〔幕启时，服务员琴琴心情烦躁地跑上，钱永富一瘸一拐地追上。

钱永富	琴琴，你怎么跑啦？回来呀！
琴　琴	都下班了，还喊我做啥？
钱永富	有才不是正和小兄弟们喝酒嘛，要你唱支小曲给他们解解闷儿。
琴　琴	我不会。
钱永富	嘿嘿，谁不知你是个业余演戏的明星？要不，俺那会计有才还不会看中你呢，快来吧！（拉琴琴）
琴　琴	（甩开）我不干。
钱永富	傻孩子！
	（唱）你和有才已经喝过订亲酒，

		姑娘家对丈夫要体贴温柔。
琴　琴	（唱）	我看不惯他酗酒赌博吆五喝六，
		人面前出洋相我实在害羞。
钱永富	（唱）	你来饭店工作亏他给你找，
		可不能将恩不报反为仇。
琴　琴	（唱）	我不能任他当作笼中鸟，
		供人玩乐不自由。
钱永富	（唱）	订了婚已经是花成蜜就，
		不让他称心如意怎能欢乐到白头？
琴　琴	（唱）	大事情怎能够忍让迁就，
		我不愿和他去应酬。
		他若逼我我不理，
		任凭婚事一笔勾。
钱永富	哈，真是个犟丫头，你算算这个账，他爹是公社主任，你跟了他还能吃亏吗？	
琴　琴	我可不贪这个便宜，你看他好怎不把闺女许给他呢？	
钱永富	（生气地）你……	
琴　琴	（哭）你为了讨好领导，瞒三哄四，欺骗了我爷爷，也欺骗了我，我上了你的当啦！	
钱永富	看看吧！我好心倒成了驴肝肺，你倒怪起媒人来了，真不识抬举。	
	哼！（下）	
	〔吉大哥拿着张大红喜报乐哈哈地上。	
吉大哥	琴琴，你怎么啦？	
琴　琴	（忙揩泪）没什么，吉大哥。	
吉大哥	是受委屈了吧？不然怎么哭呢！	

琴　琴　　　（掩饰地）是我掏火被烟熏了眼睛。

　　　　　　（强作欢笑）吉大哥，你咋那么高兴呀？

吉大哥　　　你猜。

琴　琴　　　准是你养鸡成了冒尖户，得了奖了！

吉大哥　　　得奖啥稀罕，那是我一家喜，这可是大家喜哟！

琴　琴　　　哦？

吉大哥　　　（唱）土地承包粮丰收，

　　　　　　　　　家家户户喜悠悠。

　　　　　　　　　刘委员找一忠去把戏来请，

　　　　　　　　　叫我把大红喜报贴上街头。

琴　琴　　　噢！一忠哥在学校里教书，哪来的空啊？

吉大哥　　　趁星期天呗！

琴　琴　　　请啥剧团呀？

吉大哥　　　（接唱）请的是县里的柳琴戏。

琴　琴　　　（高兴地）太好啦，太好啦！

吉大哥　　　咋样，你也欢喜了吧！

琴　琴　　　我欢喜啥？

吉大哥　　　（逗趣地接唱）

　　　　　　你也能嗯哎哟嗯哎哟……跟着学唱"喝二油"。

琴　琴　　　去你的。

吉大哥　　　（接唱）乡亲们听了个个都高兴，

　　　　　　　　　大妹子，

　　　　　　　　　你也该赏我喝一瓶。

琴　琴　　　馋猫，在家里俺嫂子不准你喝酒。这里，守着个大饭店，我有酒给你喝。

　　　　　　（她调皮地刮了一下吉大哥的鼻子）

［二人欢笑。

［贴喜报。上写"特大喜讯：县柳琴剧团来我社庆丰收演出"。

［众上观看，欢喜、议论。

［文大婶提着个小板凳上。

文大婶　怎么说咱山里来戏啦？

琴　琴　是的，大婶。

文大婶　哟！十来年没来喽，就在您饭店院里唱吗？我可得先占个地方。（欲进）

吉大哥　（拦）大婶，你好性急，剧团还没到呢！

众　　　那得什么时候来呀？

吉大哥　（眺望）看，一忠去接戏不是回来了。

［文一忠骑毛驴跑上

文一忠　（唱）黄叶飘飘金风起，

　　　　　　一忠我扬鞭催驴归来急。

　　　　　　山乡里文化活动也太少，

　　　　　　乡亲们见个耍猴的也稀奇。

　　　　　　丰收后家家盼着想看戏，

　　　　　　央求我进城接班趁星期。

　　　　　　吉大哥给我找了个毛驴骑，

　　　　　　天没亮就进城兜了几圈子。

　　　　　　好话说有两筐半，

　　　　　　没想到还是碰得卷了鼻。

　　　　　　闷悠悠地我往回走，

　　　　　　毛驴它低头不撒欢也懒抬蹄。

　　　　　　唉！

吉大哥　　一忠。

文一忠　　哎！

吉大哥　　你咋还慢腾腾的，等得大家好苦啊！看，我眼都看穿了，脖子也累歪了。

文一忠　　（逗趣地）真的？那嫂子要我赔人，我可交不了差啊！

吉大哥　　（好意地打一忠一拳）去你的。戏你接来了吗？

众　　　　剧团在哪儿呀？

文一忠　　唉！这可是马尾穿豆腐——提不得啦。

　　　　　（唱）咱县里今年处处大增产，

　　　　　　　　各地都忙着接剧团。

　　　　　　　　邀请书团里就收了几十件，

　　　　　　　　谁先谁后天天吵得没个完。

　　　　　　　　团长急得团团转，

　　　　　　　　排日期咱摊到明年三月三。

众　　　　啊！（议论）

吉大哥　　那怎么行，咱们是先挂了钩的。

文一忠　　人家比咱挂得还早呢。

吉大哥　　你也太老实了，我再去！

文一忠　　你想咋办呀？

吉大哥　　他不来我砸他的戏箱。二牛子，跟我走！

　　　　　（夺驴欲下）

文一忠　　（拦）不行呀，打架闹事是犯法的。

吉大哥　　这喜报已经贴出来了，咋办？

琴　琴　　能不能到外公社请个宣传队来。

文一忠　　我路过几个公社，人家都忙着庆丰收巡回演出呢。

吉大哥　　（略思）哎！那山下的平原公社是咱们孙主任的老家，

	去那里准行。
文一忠	咳！去年那里的剧团在咱这儿演出，叫孙主任撵走了。这回我去请他们，您猜人家咋说？
众	咋说？
文一忠	要孙主任一步一个头磕下山来请。
众	哈哈……
文大婶	这也太欺负人了！
吉大哥	唉！（撕下喜报）那大伙散了吧！
	［众议论纷纷。
二牛子	（逗趣地）不行，吉大哥刚才还跟我打赌呢，说戏要是请不来，罚他学驴叫。
众	（逗趣）是不是呀，老吉？
吉大哥	这……
	［幕后一声鞭响，钱永富持马鞭赶车上。
钱永富	闪开，闪开。（众让）
吉大哥	（幽默）瘸采购，你去哪？
钱永富	你小子贪嘴，等我送孙主任进城看戏回来，哼！（炸一响鞭）我打死你个烈骡子。
	［众笑。
二牛子	那咱们都趁车进城看戏去好不好？叫孙主任请客。
众	好啊！（乱抢着上车）
	［钱永富左右拦挡。
文大婶	永富，也得带着我啊！
钱永富	你也不行！（推大婶倒地，略惊；见众怒，甩鞭打马急下）
	［刘委员急上扶大婶，众齐上。

刘委员	摔伤了没有？大婶。
文大婶	这个天杀的！

（唱）钱瘸子，老混蛋，
　　　拿俺老娘耍笑玩。
　　　你眼里只有孙主任，
　　　俺趁车看戏也给钱。
　　　欺负我老婆子心眼坏，
　　　叫你山沟里把车翻，
　　　石头单撞你瘸狗腿，
　　　葛针光刺你脚指尖，
　　　打针吃药不管用，
　　　我叫你，娘呀娘呀地喊三天。
　　　呸！

[众笑。

刘委员	大婶，骂两句出出气算了吧！
文大婶	我还没有看成戏呢，这口气咋消？委员啊，你在公社管啥呢？
刘委员	大婶，你咋明知故问呀！大叔在世的时候，我在文化站跟他学文化。眼前工作需要，让我在公社管文化、宣传……
文大婶	哦，原来你是个文化头儿，这场戏我可得找你要。
众	对，找委员要。
刘委员	（尴尬地）我……
吉大哥	（逗趣地）委员啊！你刚才叫我贴喜报我也吹了牛，现在傻眼喽，咱们还是一起学驴叫吧！
众	（欢笑）好啊！

刘委员	这……
文一忠	（劝解地）算啦算啦。婶子，刚才我回来时骑在驴背上琢磨了一段词，叫"小两口看戏"，回家我唱给你听行了吧。
二牛子	不行，得在这里唱，让大伙都听听。
文大婶	也好。
文一忠	我还没有配角呐！
吉大哥	什么角色？
文一忠	唱花旦的。
吉大哥	给你找一个演员行不行？
文一忠	哪里找啊？
吉大哥	（拉琴琴）这不是吗？
琴　琴	（犹豫地）叫我…………
吉大哥	怕有才那小子不叫你唱是不是？他要来干涉，我给你当保镖。
琴　琴	这……
文一忠	那就凑合着唱两句吧！（递词）这词是你的。
琴　琴	（接词看）好！（扮旦）哥哥，俺的孩他爹！
文一忠	（扮生）哎！
琴　琴	你牵驴来哟！
文一忠	（牵驴）来喽，来喽！
吉大哥	我嘴打锣鼓又弹琴，齐格隆咚锵，隆格……
琴　琴	（唱）丰收后在家中闲着没事， 　　　　忙收拾巧打扮要去赶集。
文一忠	（唱）憨哥哥我听了心中欢喜， 　　　　顺手儿牵过了咱的小毛驴。

琴　琴　　（唱）你可知我进城想干啥事？
文一忠　　（唱）我猜你准是进城买东西。
　　　　　　　　咱今年丰收存款千把块，
　　　　　　　　我给你买吃买穿的。
　　　　　　　　吃的穿的都买齐，
　　　　　　　　把你打扮成花滴滴。
琴　琴　　（唱）我不要穿不要吃，
　　　　　　　　用的东西咱家也齐。
　　　　　　　　自幼我爱看春会喜听唱，
　　　　　　　　我要你陪我进城看看戏。
文一忠　　（唱）哦！
　　　　　　　　听说看戏我猛一愣。
　　　　　　　　孩他娘，
　　　　　　　　这事咱还得好商议。
　　　　　　　　主任他就烦社员把戏看，
　　　　　　　　他怕咱耽误生产着了迷。
琴　琴　　（唱）他这说法不公正，
　　　　　　　　谁不知看戏娱乐又学习。
　　　　　　　　他自己常坐车进城把戏看，
　　　　　　　　为什么咱要看戏他不依？
文一忠　　（唱）咱农民甭管官家的事。
琴　琴　　（唱）他管咱们也没道理！
　　　　　　　　山下边村村都有锣鼓响，
　　　　　　　　就咱们山上冷凄凄。
　　　　　　　　男人们无聊喝酒把钱耍，
　　　　　　　　女人家，溜家串户磨嘴皮，

	死抱着炕头哭啼啼。
	你若也学老封建，
	恼了我生气就给你把婚离。
文一忠	（唱）听说离婚我害了怕。
琴 琴	（唱）若害怕你就快扶我上驴。
文一忠	哎！
	（唱）咱俩路上再辩论。（扶琴上驴，气抽一鞭）
	我抽一鞭，小毛驴撒开了四只蹄。
	〔二人跑驴，舞蹈。
	〔众鼓掌叫好、欢笑。
吉大哥	一忠、琴琴，我敲锣打鼓嗓子都快喊哑了，你们怎么光跑不唱了啊！
琴 琴	没词啦，我咋唱？
吉大哥	一忠，你给她说呀！
文一忠	我还没编呢！
吉大哥	唉！那就编好了再唱吧！
众	好。（散去）
刘委员	一忠啊！亏你帮我解了围。
吉大哥	还得想法接戏去呀！
刘委员	我看呀，到外地磕头，不如自己动手。
吉大哥	你是想咱公社自己也成立个剧团？
刘委员	我想成个宣传队，歌舞、戏剧、宣传、娱乐都搞。
吉大哥	那敢情好！
刘委员	眼下上级有精神，不光成立宣传队、办文化站，还要搞文化中心呢！
吉大哥	好呀！生产年年好，生活步步高，就叫一忠当咱们的

候补站长吧！

文一忠　别开玩笑啦！吉大哥。

刘委员　群众既然拥护你，我看，你就学大叔那样在咱山乡办个文化站吧！这办宣传队的事……

琴　琴　就怕孙主任不同意。

刘委员　这我去说。

吉大哥　还没人编导呀。

刘委员　请文老师业余帮个忙。

文一忠　好吧！我帮助。

琴　琴　上哪去排练呀？

吉大哥　在我家。

文一忠　大嫂要不愿意呢？

吉大哥　嘿，她还能不听我的？（竖拇指）

刘委员　好！说干就干。

众　　　咱们走！（齐下）

〔孙有才醉醺醺地上。

孙有才　琴琴。

琴　琴　（停下）干什么？

孙有才　回去热饭。

琴　琴　下过班了，这是业余时间。

孙有才　客还没走呢！

琴　琴　你的客你招待，要我去做啥？

孙有才　叫你去唱个小曲你不唱，却疯疯癫癫地在外头唱起野戏来了。

琴　琴　大伙儿娱乐，咋是唱野戏呀？你想叫我去给你那伙赌鬼陪酒取乐，我才不干呢！

孙有才　　我是你的丈夫，懂吗？
琴　琴　　我和你登记结婚啦？
孙有才　　传了启，过了红帖就算。咱大山乡祖祖辈辈就是这个规矩。
琴　琴　　这我可不承认。
孙有才　　呸！我今天就教训教训你！

〔孙抓打琴，琴倒地。
〔文一忠上，推开孙有才。

文一忠　　有才，你怎么打人呀？（扶起琴琴）
琴　琴　　（委屈地）一忠哥。
　　　　　（唱）他酗酒赌博不正干，
　　　　　　　　要我作陪耍笑玩，
　　　　　　　　干涉我自由不讲理，
　　　　　　　　多次打人耍野蛮。
　　　　　　　　往日我眼泪只往肚里咽，
　　　　　　　　今天咱当众评理辩一番，
　　　　　　　　你爹是官我也不怕，
　　　　　　　　你看看头上还有青天。
文一忠　　有才，你咋能这样呢？
孙有才　　嘿！
　　　　　（唱）骡子马得属主人管，
　　　　　　　　她是我聘过的媳妇我打她有权。
文一忠　　（劝说地）有才，
　　　　　（唱）封建礼法欺压妇女，
　　　　　　　　新社会应该尊重人权。
　　　　　　　　说什么聘过的媳妇能打骂，

	就是结过婚，
	虐待妻子法律也难容宽。
孙有才	哼！
	（唱）说你是官没有印，
	说你是神没庙安，
	闲猫不把老鼠逮，
	（夹白）小小的代课教师，
	（接唱）你管得也太宽，
	我没功夫理你。（拉琴）你给我走
琴　琴	我就不走！（僵持）
孙有才	我揍断你的腿！（又欲打）
文一忠	（卷袖）你敢！（护琴琴）
吉大哥 刘委员	（同上）有才，你敢行凶打人？
孙有才	（见势不妙）哼！（向琴琴）咱走着瞧！
	［孙有才下。
琴　琴	一忠哥，刘委员。（哭）
刘委员	（安慰地）琴琴！
文一忠	全国都在搞精神文明，咱山乡还这么落后，怎么得了啊？
刘委员	对呀！必须赶快把文化宣传搞起来。
吉大哥	看来琴琴是难参加了。
琴　琴	（揩泪）不，我豁出去啦！
文一忠	（决心地）那咱们就一起干吧！走！
	［三人下。刘委员点头赞许。

（幕落）

第二场　丢鸡赔鸡

［数日后的清晨。
［养鸡专业户吉大哥家。
［幕启；吉大嫂唤鸡上。

吉大嫂　　（唱）时运不济点子低，
　　　　　　　　弄得栏内光跑鸡。
　　　　　　　　俺的他贪玩好看戏，
　　　　　　　　招来个俱乐部真扯皮。
　　　　　　　　地方小人都挤得墙上挂，
　　　　　　　　常有人蹲在我床头下象棋。
　　　　　　　　小伙子又吹喇叭又打锣鼓，
　　　　　　　　闹得俺半夜难休息。
　　　　　　　　少了鸡蚀了本，
　　　　　　　　借永富的钱咋能还得起？
　　　　　（吉大哥上，见妻子正生气，欲躲开；吉大嫂的气一下泄在丈夫身上）你躲什么，鸡找全了没有？
吉大哥　　我觉得差不多啦！
吉大嫂　　你从小吃了鱼籽，心里没数是不是？那"来克吭""二八八""澳洲黑"三只良种鸡哪去啦？
吉大哥　　（故作吃惊）哦，还真的少了，我再去找找去。（欲走）
吉大嫂　　站住！回来！你说咋办吧？
吉大哥　　跑了鸡不找，还能咋办？
吉大嫂　　依我说，宣传队得搬走！
吉大哥　　搬走？

吉大嫂　　嗯！

吉大哥　　搬走不就不热闹了吗？

吉大嫂　　你就图个热闹！

吉大哥　　你以前不是也喜欢热闹？你忘了，那年咱们参加文大叔办的宣传队，跑竹马，"叽叽嘎"，"叽叽嘎"，多有味！要不，咱俩还不能成两口子呢！

吉大嫂　　你光图热闹，也不想想对咱有啥好处？！

吉大哥　　好处不小啊！

（唱）宣传队只占咱家一间房，
　　　为咱们服务可不瓤。
　　　哪只鸡防疫针不是--忠打？
　　　还教我配饲料，学习管理找良方，
　　　介绍水孵和电炕。
　　　买鸡的，订蛋的，
　　　哪天不来一大帮？
　　　没事时听段喇叭"百鸟朝凤"，
　　　高兴时跟着唱段"拉魂腔"。
　　　人常欢乐能长寿，
　　　你可甭嘴巴撅有尺把儿长！
　　　一忠办队为大伙想，
　　　摆在咱家里咱先沾光！
　　　这样的日子多好过，
　　　你可甭撵他，我的孩他娘！

吉大嫂　　再玩几天，咱的鸡都跑光喽，那借永富的钱怎么还？先让他们搬走再说。

吉大哥　　（小声和解地）你叫他们搬到哪里去呀？

吉大嫂	这我不管！
吉大哥	我看怎么也不能搬！
吉大嫂	就得搬！就得搬！（二人争吵）
吉大哥	（装怒）看看吧，给你个好脸，你能得上西天了！人家都是男子管老婆，咱家却是母鸡打鸣，你管起我来了！要不是怕一忠说我不文明，哼！我真得打你两下子！ （举鞋子）
吉大嫂	给你打，给你打！（推大哥倒地）
吉大哥	你真叫我打，我还舍不得呢。（笑）
吉大嫂	（疼爱地）起来。你给我先找鸡去，今天要是找不全鸡，我和你没完！

〔嫂提饲料桶和大哥下。百灵上。

百　灵	（唱）厂里得信急回转，
	匆匆忙忙把家还。
	一忠哥帮助乡亲们把队办，
	学校里说不务正业将他嫌。
	通知把他来辞退，
	爹爹又逼我退姻缘。
	我难学女娲炼石把天补，
	只能效精卫衔石把海填！
	吉大哥家里把一忠找，
	有多少心里话想和他谈。
	（唱）一忠哥，一忠哥。

〔一忠上，提自家的三只母鸡，正欲往鸡栏里放。

文一忠	百灵。
百　灵	一忠哥，你拿三只鸡干什么？

文一忠　　丢鸡还鸡！

百　灵　　怎么？

文一忠　　（放鸡篮）

（唱）昨晚上组织剧团搞排练，

　　　　戳了个漏子真难堪。

　　　　锣鼓响惊得公鸡咯哒叫，

　　　　喇叭吹吓得母鸡乱扑扇，

　　　　蹿出圈，跳过栏，

　　　　屋里屋外到处钻，

　　　　锅碗瓢勺蹬倒了一大摊，

　　　　弄淌了油，蹬撒了盐，

　　　　五香佐料掺一起，

　　　　辣酱陈醋泼到了地上边。

　　　　吉大哥左右为难不好讲，

　　　　吉大嫂心疼得团团转，吵了没个完。

　　　　折腾一夜我把鸡找，

　　　　有几只母鸡还未找全。

　　　　无奈何婶娘家中把鸡逮，

　　　　还给吉大嫂心才安。

百　灵　　哈哈哈，一忠哥，你这是偷鸡赔鸡呀！

文一忠　　百灵，你在厂里怎么样啊？

百　灵　　还好。

文一忠　　我被辞退的事……

百　灵　　（阻止）先别谈这个，一忠哥，我给你买来一件东西。

文一忠　　什么东西？

百　灵　　你喜欢的。（取出围巾一亮）给。（一忠跑开）你哪

	去？站住，围上试试。
文一忠	这么花花绿绿的，围上它像个业余华侨，我可不要。
百　灵	哎，城里有不少青年都喜欢这样的，你别老土包子。
文一忠	土包子就土包子呗，反正我不围。
百　灵	我偏要你试试！（拿围巾往一忠头上套。一忠闪，有才暗上，围巾错套在有才脖子上）
孙有才	表妹你真好！
百　灵	（哭笑不得）调皮，你来干什么？
孙有才	我来找琴琴，你没见到？
百　灵	我没见到。（有才欲走）哎，把围巾还我。
孙有才	表妹送了我还要？染坊缸里哪能倒出白布来！
百　灵	你还我！
孙有才	哎！（闪开，无意丢下一本书《少女的心》）
百　灵	（拾起书，念）少女的心……咋看这样的坏书？
孙有才	（急抢过书）你少管闲事！（向百灵）古得拜也。（"再见"的意思）

　　[孙有才急下，百灵欲追。

文一忠	（拦住）算了吧。
百　灵	有才这个人呀，越来越不像样了。
文一忠	青年人没有正当的娱乐，就会胡来。我们宣传队打算征集一些好书给大家看。百灵！你能支持一些书吗？
百　灵	那当然可以。我一定去把围巾要回来。
文一忠	难喽！这条围巾干脆就转让给他算了！
百　灵	你说什么？
文一忠	转让给他算了。
百　灵	（生气地）你！

（唱）你这个土包子真正气人，

　　　　为什么这样憨不懂我心？

　　　　我爱你送围巾表我心意，

　　　　转让的这句话你不该出唇。

文一忠　（唱）你的心情我理解，

　　　　你可知我是一个被辞退的人。

百　灵　（唱）辞退事俺爹已对我言讲，

　　　　要我退了这门亲。

　　　　急得我一夜没睡觉，

　　　　哭湿了被角和枕巾。

　　　　爹嫌你回家务农与我不相称，

　　　　我跑断了腿，费尽了心，

　　　　你的出路我才找到了门。

文一忠　什么出路呀？

百　灵　（接唱）俺厂里工会搞活动，

　　　　缺少个能写会画的人。

　　　　领导同意把你聘，

　　　　签订合同就领薪。

　　　　咱们俩手拉手把城进，

　　　　一起工作不离分。

文一忠　这……谢你的关心。

百　灵　你同意了？

文一忠　不。

百　灵　为什么？

文一忠　百灵啊，你知道我从小就受叔父的影响，喜爱文艺活动，在学校我教孩子们唱歌跳舞，把心给了孩子。现

		在我搞宣传队，已把心交给了家乡的乡亲。
百　灵	你为啥不珍惜自己的前途呢？在学校你都快转正了，却轻易丢了它，难怪人家说你"不务正业"……
文一忠	什么是正业呢？我专心搞教学，业余搞活动，没跟不三不四的人鬼混，不过给社会多出了把力……如果你也这样认为，那去工会搞文化活动还不是一样？所以我是王小盖猪圈——一定门朝南。
百　灵	一忠哥，你不听我的劝，我父亲要退婚，我可难以挽回，你不要辜负了我的心。
文一忠	好妹妹，你的心我理解，你也应该理解我的心呀！

（百灵哭泣，一忠劝，琴琴暗上）

琴　琴	百灵妹。
百　灵	一忠哥……（见是琴琴，羞涩地）你……（欲下）
琴　琴	你怎么来了就要走啊？
百　灵	人家不欢迎，他是信鬼不信人。
琴　琴	死丫头，你说的什么呀，弄得我也糊涂啦！
百　灵	城里找好工作他不去，偏要在这里蹲鸡窝办宣传队。这不是鬼迷心窍嘛？哼！（急下）
琴　琴	她到底是怎么了？
文一忠	（掩饰地）没什么，琴琴，她好耍孩子脾气，难道你不知道？
琴　琴	嗯。鸡全找到了？
文一忠	算是全了。赔吉大嫂油盐酱醋什么的，都买来了吗？
琴　琴	嗯。买来了。（向内喊）吉大嫂，你的鸡都找到了。
吉大嫂	（闻声上）在哪？
文一忠	在这里！（亮鸡）

吉大嫂	嘿！（接着，辨认）这……这不是我家的……
文一忠	怎么不是你家的？你看"来克吭""澳洲黑""二八八"，不正好三只吗？
吉大嫂	一忠兄弟，这鸡你是在哪找到的？
文一忠	是……
吉大嫂	说啊！
文一忠	是在那边草窝里。
吉大嫂	真的吗？我看是在你家鸡窝里吧？
文一忠	吉大嫂，你别胡说。
琴　琴	（怀疑）一忠哥，这到底是怎么回事？
文大婶	（内喊）一忠！（一忠闻声藏于琴琴身后，大婶上问）琴琴，你见到一忠了吗？
	（琴琴摇摇头）
吉大嫂	大婶，你找一忠兄弟吗？
文大婶	嗯。
吉大嫂	您找他有啥事呀？
文大婶	我家的三只良种鸡不见了呢！
吉大嫂	（对证篮内鸡）哎，大婶，那这鸡……
吉大哥	（拦）大婶，可能是被黄鼠狼给拖走了呢！
文大婶	大白天哪来的黄鼠狼子，再说它一下子也不能拖走三只呀，一忠……
吉大嫂	大婶，那恐怕是被人偷去了吧！
文大婶	嗯！这准是哪个不怀好意的人给偷去了。我要逮着他，可饶不了他！
	（看篮内鸡）
	哎，这鸡……是你家的？

吉大嫂	这鸡……大婶,你认得?
文大婶	我当然认得!
吉大嫂	这是?……
文大婶	这是我才买的三只良种鸡,怕它飞到菜园里吃人家的菜,我把翅膀都给剪了。哎,你的鸡也剪翅膀了?
吉大嫂	这鸡吗?(吉大哥制止,嫂坚决地)哎!大婶,那偷鸡的人,在这里!(拉出一忠)
文大婶	一忠,这是怎么回事?
文一忠	婶子,昨晚排练,吓跑了大嫂的三只良种鸡。我,我把咱家的鸡拿来还大嫂的!
吉大嫂	哈……实招了吧!
文大婶	你这孩子!还你大嫂鸡,咋不给我说一声!您嫂子,给你!(婶和嫂互相推让)
琴 琴	(拉一忠)这不公正,我是演员,演戏弄跑的鸡应由我来赔!
文一忠	该由我赔!
琴 琴	哎,由我赔!
吉大嫂	嗨!都别争啦!我看这损失谁都赔不起!
文一忠 琴 琴	哟,得多少钱?
吉大嫂	你听! (唱)我的鸡是新品种, 　　少了一只也不成! 　　少只鸡就少下一百八十八个蛋。 　　少个蛋就少孵一只鸡出笼, 　　鸡下蛋,蛋孵鸡,鸡鸡蛋蛋,

	蛋蛋鸡鸡，
	数目一直往上升。
	甭看你俩文化高，
	翻腾下来你算不清！
吉大哥	我的乖乖隆的咚，这真是小孩穿他娘的褂——还真有点大失了！
文一忠	大嫂，你真会开玩笑，账哪能这么算呢！
吉大嫂	大兄弟，这个账就得这么算，咱打开窗子说亮话，你办宣传队要动，俺喂鸡要静。咱两家冰火不相容，到啥时候也合不到一块！
文一忠	那该咋办呀？
吉大嫂	这次的损失算我倒霉。宣传队，你得想法搬走！
文一忠	搬走？
吉大嫂	对，搬走！
吉大哥	孩子他娘！（大嫂扔出部分宣传活动工具，气得把跳舞用的娃娃头戴在吉大哥头上）
琴　琴 吉大嫂	这，唉！

（幕落）

第三场　求援碰壁

［接上场。

［次日清晨。

［公社孙主任家。

　　　　　　　［钱永富提装彩礼的包上。

钱永富　　（唱）鱼靠水，鸟靠林，
　　　　　　　　　发家得靠有权的人。
　　　　　　　　　表姐夫公社当主任，
　　　　　　　　　有棵大树能遮荫，
　　　　　　　　　我自觉翅膀（那个）硬三分。
　　　　　　　　　自那日琴琴挨了有才打，
　　　　　　　　　她哭哭啼啼骂媒人，
　　　　　　　　　彩礼不要退回门。
　　　　　　　　　我手提包袱把表姐夫找……
　　　　　　　　　见机行事再献殷勤。

　　　　　　（白）表姐！

孙　妻　　（挎菜篮上）哎哟，是永富呀！这几天又进城啦。

钱永富　　嗯！刚回来。表姐夫在家吗？

孙　妻　　才开完会，我叫他在里面睡一会儿。

钱永富　　表姐夫掌管公社几万人的大家，是够累的，可要关心关心他的身体啊！你看（掏出人参），我带来两棵人参，特送给他补养补养。

孙　妻　　哎呀！这东西挺贵的，我只叫你买点蜂蜜什么的就行了，这得多少钱呀？

钱永富　　要啥钱啊！

孙　妻　　那咋行？老孙要知道，准会骂我的。

钱永富　　表姐，咱们是谁跟谁呀。再说，这东西是朋友从东北弄来送我的，我也不能拿着卖钱呀！

孙　妻　　你朋友送你这样重礼，你怎报答人家？

钱永富　　这你别管，他们无非是想买点水泥、木材什么的。你

		给表姐夫说说，照顾他们点不就得了！
孙　妻		这……
钱永富		表姐，有才侄和琴琴的婚事……
孙　妻		不是已传过启了吗？
钱永富		可琴琴把彩礼又退回来喽！（亮包袱）
孙　妻		哦？这为什么？
钱永富		她说有才赌博浪荡，不务正业！
孙　妻		青年人嘛，玩玩乐乐又算得了什么？
钱永富		还说有才以势压人对她虐待！
孙　妻		男尊女卑，古来常理。小夫妻，吵两句打两下也算不了大事。
钱永富		她说现在搞"五讲""四美"、精神文明，她不愿接受这买办婚姻。
孙　妻		哟！什么"文明"啦，"买办"啦，还不都是那么回事？！我看她是文明过了头喽！自己不过是个小小的饭店营业员，那么大的火性！
钱永富		（挑唆地）我觉得这里面有人捣鬼！
孙　妻		谁？
钱永富		还不是那个文一忠！他不好好教书，回来办什么宣传队，把琴琴也引动心了。
孙　妻		哈哈哈……真是不自量力，老孙最烦青年人在一起唱呀蹦呀的。你跟一忠说说，这没他的好！（拿包袱）把这还给琴琴，就说她婆婆我不同意！
钱永富		（为难地）这……
孙　妻		永富！
		（唱）你快去找琴琴把话转告，

>　　就说我不愿意，她甭不知好歹。
>　　若再退亲来胡闹，
>　　好比虎口来拔毛，
>　　是啥下场她知道。
>　　恼了我和她闹，闹得不开交！

（拿起菜篮中的瓜欲咬）

钱永富　　表姐，这强扭的瓜不甜呀！

孙　妻　　那又咋办呢？

钱永富　　我就不信俺有才表侄这么好的条件就找不到个好媳妇。表姐，你问问有才，还看中了谁家的姑娘，我给保媒。

孙　妻　　谁知他又看中谁了呢？（忽然想起）哦，我想起来了，昨天有才拿了个花围巾回来，乐得喜笑颜开，也不知是哪家姑娘送的。（下，拿围巾上）

钱永富　　哦！（拿过细看）唔，（高兴地）这围巾是俺家妮子百灵在城里买的，俺爷俩真是想到一块儿了。表姐，我看咱俩孩子蛮般配的，你要不嫌弃，咱们就来个亲上加亲！

孙　妻　　这……百灵不是和一忠好吗？

钱永富　　哼！百灵嫌一忠固执难处，我可不能把水灵灵的闺女往泥坑里推。

孙　妻　　这……我得先给老孙说说。（提人参进内，永富见文一忠从远处来）

钱永富　　真是冤家路窄，越怕见他越要碰上他。

（忙拿帽子遮住脸）

文一忠　　（唱）吉大嫂催搬家我东奔西走，

　　　　　　　走到哪里哪里愁。
　　　　　　　又不是砖头瓦块容易弄，
　　　　　　　谁家有空闲房子把宣传队留。
　　　　　　　无奈何我把主任找，
　　　　　　　求他援助分分忧。
　　　　　（喊）孙主任！（欲进内，见有人坐）

钱永富　　他不在！

文一忠　　那我在这里等他。（坐凳，等待。起身，板凳偏重，钱永富倒地）

钱永富　　哎哟！

文一忠　　（扶）原来是钱大叔！

钱永富　　（气）还大叔呢！你想把我当山芋摔熟了好捏着吃。

文一忠　　真对不起。

钱永富　　哼！还对不起呢！你来这里做啥？

文一忠　　向孙主任请示办宣传队的事。

钱永富　　（讽刺地）嗬！真是门里出身，你叔叔搞宣传队唱呀跳呀一辈子，眼下又轮到你啦！你领导有方，多才多艺，宣传队办得不错啊！可真发财发福了啊！

文一忠　　宣传队只是把业余爱好的人组织起来，为大伙搞点活动，有什么财可发的？不像大叔你当"买办"，走江下河，东拉西扯，一本万利。

钱永富　　你这孩子说话怎么带刺儿？

文一忠　　大叔，我说的都是实话。

钱永富　　真话也罢，假话也罢，这阵子你可总跟大叔我过不去啊！

文一忠　　怎么？

钱永富　　我问你，你办宣传队，勾去了俺饭店的营业员琴琴，是何道理？

文一忠　　琴琴她爱好文娱活动，又都在业余时间，有啥不可？

钱永富　　你干涉有才和琴琴的婚姻，弄得人家家庭不和，又该咋讲？

文一忠　　琴琴反对封建婚姻是她个人的自由，与我何干？

钱永富　　嘿嘿，你怕是存心不良吧！

文一忠　　众目共睹，自有公论！

钱永富　　好啊！咱见了孙主任再说。

文一忠　　我没做亏心事，见谁也不怕！

〔孙主任上。

孙主任　　永富，这个人参我不要……

钱永富　　（急拦）表姐夫。

文一忠　　钱大叔，你不是说孙主任不在家吗？

钱永富　　（狡辩）我是怕影响孙主任的休息。

（进内搬椅给孙主任坐）

孙主任　　一忠，你来了，坐，坐。

文一忠　　孙主任，关于办宣传队的事……

孙主任　　刚才我还和刘委员研究呢！你不是想要几本书吗？我已经让刘委员买了。

孙有才　　（进来，见一忠，不满地）哼！

孙主任　　有才，怎么刘委员去整顿饭店说你的账不清，饭店老本都快吃光了？

孙有才　　没，没有呀！

孙主任　　还没有？看，（掏本子）光你自己和朋友喝酒就欠五百块。这是厨师和营业员的联合揭发，还有假？

孙有才　　这……

孙主任　　从现在起，你的工资和奖金都别领了，年终扣不够，拿我的工资补上。

孙有才　　嗯。（欲下）

孙主任　　回来！（有才转回）怎么听说你还偷偷地赌博，看坏书，搞不正当的娱乐活动。

孙有才　　没有的事，没有的事，爸爸……

孙主任　　你要不说实话，被我查出来，我可饶不了你。滚！

［有才溜下。

孙主任　　一忠，啊，你要谈什么事啊？

文一忠　　我想问问俺那宣传队活动规划的报告。

孙主任　　哦，那报告嘛！（周身乱摸，最后掏出个撕了半边的纸）咳！叫我不小心弄坏了，你再说说吧！

文一忠　　主任啊！

　　　　　（唱）社员们闲暇要求搞活动，
　　　　　　　　办一个宣传队移俗易风。
　　　　　　　　社员家房子挤工作不便，
　　　　　　　　请主任多支持把事办成。

孙主任　　你们打算咋办呀？

文一忠　　（唱）公社已把大楼盖，
　　　　　　　　让两间旧屋行不行？

孙主任　　剩下的平房我已安排，扩大干部宿舍喽！

文一忠　　（唱）要是房子不好腾，
　　　　　　　　可修修街头的砖瓦棚。

孙主任　　得多少钱呀？

文一忠　　（唱）买料钱不过两千块，

		社员们愿出义务工。
孙主任	可是公社没钱呀！
文一忠	（唱）没钱请给贷一笔款。
孙主任	那利息谁付？
文一忠	（唱）利息由我来承担
孙主任	那本钱呢？
文一忠	（唱）以后咱以文养文有收入， 慢慢把款来还清。
孙主任	哈哈，你想得倒美，一个小小的宣传队，就是搞点收入，到猴牛马月也还不清贷款，这样做银行也不会同意！
文一忠	我到农行讲了，他们很支持这个工作。请主任批准签个字吧！（递贷款报告）
孙主任	签什么字！哎！一忠啊，我看这事缓点办，等咱们粮食亩产双千斤，工副业年利千万元，那时候呀，我按中央 31 号文件精神，盖上一幢文化大楼，办个像样的文化中心不好吗？
文一忠	好是好，只是远水解不了近渴呀！
孙主任	慢慢来嘛！先物质后精神，位置摆错了，会乱套的。
文一忠	物质精神一起抓，也乱不了套。我们只要两千元，不过是黄牛身上一根毛，咱们公社连年大丰收，这点钱是能办到的。
孙主任	哈哈哈，钱虽不算多，你可知道，两千块钱能买十来吨化肥，撒下地又能增产几万斤粮食啊。我的同志，给你们办宣传队，能打出粮食来？
文一忠	精神的能量，怎么能用粮食来计算呢？你还是先签个

字，解决点实际问题吧！

孙主任　哼！说得倒轻巧，这个字我不签，我不能不负责任，把国家的钱往水里扔

（唱）办事要分急和缓，

　　　　轻重不好一担担。

　　　　不搞文化啥要紧，

　　　　产量也照旧往上翻。

　　　　不想教书你就把活干，

　　　　出啥风头你冒的啥尖？

　　　　青年们男男女女在一起，

　　　　出了事情谁承担！

文一忠　孙主任，你这是什么话？

钱永富　（冲上）这才是干焦老实话，男女混杂，还能办出好事来？对吗，表姐夫？

文一忠　俺办什么坏事了？

钱永富　自己心里明白，还用说！

〔琴琴上，听到他们讲话、气极。

琴　琴　钱采购，你别跟着煽风点火，冤枉好人！

钱永富　你来做什么？（向孙主任）看，一刻就离不开了。还说我冤枉好人呢！

琴　琴　你造谣！

〔孙妻从内上。

孙　妻　嚷嚷什么？琴琴，你说俺有才哪点儿不好？

琴　琴　这，这让他自己说。

孙　妻　说什么？高攀你啦？对不起你啦？

孙主任　你瞎嚷嚷个啥呀！

孙　妻	她不是退亲退到咱家里来了吗？我倒要问问我这个家、我这个儿子和你哪点儿配不上？你别"这山巴望那山高，攀上个穷山没柴烧"，知足点吧！
文一忠	大婶，他们的婚事以后慢慢地再说吧。
孙　妻	你插什么嘴？
钱永富	是呀！你插的啥嘴！
文一忠	（气）你……
琴　琴	（痛苦、坚定地）这事不用旁人说，我自会做主，谁也干涉不了。孙大婶，我们家虽然没有你家的门槛高，可我没高攀你，更不乞求你！我不要什么富贵、地位，要的是人品端庄，行为正直。你的孩子你自己知道，我不需多讲。
孙　妻	俺有才哪点不好？
钱永富	是啊，哪点不好？我看是有人暗中搞鬼！
文一忠	你别从中挑唆！
钱永富	（不怀好意地）你才是从中挑唆呢！丢了书不教，来办什么宣传队，把琴琴也勾去，挑唆琴琴退回彩礼，破坏人家的婚姻，这不是往俺表姐夫脸上抹灰吗？！
琴　琴	钱永富，你……
文一忠	（气）你血口喷人！
钱永富	你别有用心！
文一忠	你！
钱永富	你！
孙主任	吵什么？都给我走！
钱永富	都走！给我走！
文一忠	走就走！

琴　琴	那咱们办队要钱的事？
文一忠	活人总不能被尿憋死，咱们自力更生，想办法！
	（同琴琴气下）
孙主任	永富，你也给我走！
	［钱永富愕然。
孙　妻	老孙，你看他俩像什么话！（下）
钱永富	（乘机献好）表姐夫，你看琴琴和一忠，打得火热，跟有才的亲事是无望了，俺百灵现在在丝绸厂工作，我看百灵跟有才……
	……
孙主任	（严肃地）孩子们的事以后再说。你也少带那些小青年胡闹鬼混捞油水，饭店要垮了，你也逃脱不了责任。你把这人参拿回去！
钱永富	这……

（幕落）

第四场　创业养队

［半月后。
［文大婶家。
［文一忠在打扫旧锅饼炉。
［文大婶提点心上。

文大婶	一忠。
文一忠	啊！大婶。
文大婶	你一个人在这里鼓捣啥？

文一忠　　看看您老的锅饼炉。

文大婶　　咳！陈年古董，满身窟窿，灰尘满布，蛛网蓬松，有啥好看的！

文一忠　　宝物不厌旧，去垢见光明，淮海战役那阵子，你和二叔用它打的烧饼慰问解放军，还立了大功呢！我就是爱看它。

文大婶　　哟！你是想给学生讲家史？

文一忠　　我连书都不教了，还讲给谁听？

文大婶　　你是想把它改造成鸡笼养鸡？

文一忠　　铁丝编的比这个好。

文大婶　　那你想做什么？

文一忠　　也打烧饼。

文大婶　　学做家乡特产，你想发家致富？

文一忠　　不，我是想自力更生，赚钱养宣传队。

文大婶　　唉！孩子，

　　　　　（唱）你为办队受折腾，

　　　　　　　　大婶我眼见心也明。

　　　　　　　　排戏赔鸡又受气，

　　　　　　　　要房子碰得头发懵。

　　　　　　　　手里没钱难活动，

　　　　　　　　你领大伙苦经营。

　　　　　　　　卖辣汤包子把四集赶，

　　　　　　　　不怕人笑你脸皮红。

　　　　　　　　我知道你借来了小麦有了本，

　　　　　　　　又琢磨扩大营业卖烧饼。

　　　　　　　　为乡亲谋取福利把牛劲使，

文大婶　　大婶我看到想起你都心疼。

文一忠　　大婶，这么说你都知道啦？

文大婶　　你那两下子还能瞒过我？实话告诉你吧，你爹可不同意你这么干。

文一忠　　那大婶你呢？

文大婶　　我呀！

（唱）你热心为人我心高兴。

文一忠　　好大婶。

文大婶　　（接唱）不忍看你再次受折腾。

你叔也和你一样，

积劳成疾早丧生。

我每到夜静难入梦，

才想出了一个好章程。

文一忠　　你想怎么办呀，大婶？

文大婶　　（唱）我买来了四包点心两瓶酒，

带你去跟胡校长赔个情。

他过去曾和你叔同患难，

求求他撤回辞退通知信一封。

文一忠　　那可不行呀，大婶。

文大婶　　唉！不这样咋办？看着你受苦失业，我怎能对得起你死去的叔父？

文一忠　　大婶呀！

（唱）我叔父生前一心为革命，

当站长艰苦奋斗对党忠诚。

他担着文化挑入村活动，

为社员送去了党的春风。

　　　　　　　在站里常宣传农业科技，
　　　　　　　领乡亲学科学产量陡增。
　　　　　　　办夜校培养人才多有用，
　　　　　　　为祖国搞建设立了大功。
　　　　　　　他教我读书写字，
　　　　　　　常熬到夜深人静，
　　　　　　　讲革命故事打动我
　　　　　　　幼小的心灵。
　　　　　　　他排戏我跟着把红旗打，
　　　　　　　他画画我帮着把墨磨浓。
　　　　　　　吹打弹拉是他把手教给我，
　　　　　　　我立下誓要把他的事业来继承。
　　　　　　　今天啊，
　　　　　　　乡亲的要求像旱苗望雨，
　　　　　　　吃苦受累我也不能把事业一旁扔。

文大婶　　（心情激动地）

　　　　　（唱）听忠儿一番话我心激动，
　　　　　　　　不由人一阵阵暗自伤情。
　　　　　　　　他叔叔积劳成疾丧了命，
　　　　　　　　埋葬在望山崖死不瞑目。
　　　　　　　　忠儿继承遗志事业搞，
　　　　　　　　不负他叔叔一片情。
　　　　　　　　我劝他反被他所动，
　　　　　　　　止不住心潮澎湃浪翻腾，
　　　　　　　　罢罢罢，我把遗物全相赠。

　　　　　（拿遗物）忠儿。

文一忠	大婶。
文大婶	（唱）今天对你把事讲清，
	这张琴是你叔叔亲手做，
	弹起它高山流水传乐声。
	这支笔是群英会发的奖，
	你叔用它写出了党的意愿、群众情。
	这唢呐你叔曾拿它当号角，
	吹起它穿迷雾、破云层，
	声调激昂万谷鸣。
	盼望生活步步高，
	山乡到处百花红。
	我珍藏你叔的遗物整三件，
	年年月月被尘封。
	你拿它办宣传队也许有用，
	尽点心意你甭嫌礼轻。
文一忠	多谢大婶。（跪接）
	〔吉大哥上。
吉大哥	怎么？大婶，莫非这烧饼炉你不愿借？
文大婶	借。你们抬走吧。
吉大哥	那打烧饼的技术？
文大婶	我去教。
吉大哥	好大婶！敬礼！（和一忠抬炉下）
	〔文老汉拉车，钱永富左右拦挡上。
钱永富	哎，大哥，这车我还急等买菜，你咋往你家里拉呀？
文老汉	（气）我不拉你的车，你还不跟我来呢！今天你得把话说清楚，咱两家孩子的亲事到底咋办？

钱永富	我不早就说过了吗，俺百灵不同意！
文大婶	不会的，百灵和一忠要好多年了，上次还给我说一忠干啥工作她不在乎，永远在农村也一样过。
钱永富	那会是那会，现在是现在。
文大婶	我看这是你变卦了！
钱永富	谁变都一样，我的孩子我当家！（欲下）
文老汉	（拉永富）你不能走！
钱永富	你啦得怪热乎，想留着管饭吃不成？行，不走啦！
文大婶	永富，亲家呀。

（唱）心里虽气我装笑脸。
　　　亲家你坐下咱慢慢谈。
　　　孩子们从小同学在一块，
　　　咱两家相处也不少年，
　　　这亲事是你上门亲口许，
　　　为啥今天又把俺嫌？
　　　悔亲不怕人笑话咱？

钱永富　（唱）凤凰只栖梧桐树，
　　　　　　野雁才愿落沙滩。
　　　　　　咱两家孩子不般配，
　　　　　　大米怎把黑豆掺？

文老汉　（唱）谁是凤凰谁是雁，
　　　　　　一时谁也难看穿。
　　　　　　处事为人心要正，
　　　　　　可不能歪歪斜斜路走偏。

钱永富　哟哟哟，揭我短呀！俺腿残坏，可路走得正。行了，还是好好管管自己的孩子吧。

文大婶　　亲家——
钱永富　　谁是你的亲家？！
文老汉　　这么说亲事你退定了？！
钱永富　　那还用说！
文老汉　　（气）那好，拿来！
钱永富　　什么？
文老汉　　钱！
钱永富　　啥钱？
文老汉　　办儿女婚事的钱！
钱永富　　那又不是彩礼钱，我退什么？我是帮你买砖瓦木料盖房子的！
文老汉　　那砖瓦和房料呢？我等着用！
钱永富　　嘿嘿，早交给窑厂和木料厂了！
文老汉　　货呢？
钱永富　　慢慢取！
文老汉　　啥时候？
钱永富　　说不定，你等着吧，老哥少不了你的。
　　　　　（拉车欲走）
文老汉　　你想耍赖！先把车子留下！（夺车）
钱永富　　（无奈）好，就算借给你两天，我预先声明，用一天得给一天的钱！
　　　　　（下）
文老汉　　（欲追）你！
文一忠　　（上）爹，你跟谁生那大的气呀？
文老汉　　（气极）我跟你那个还没定下来的老丈人钱永富！
文一忠　　咋啦？

文老汉	哼！
	（唱）钱永富老混账不讲情理，
	又刁又赖把人欺。
	见你被学校来辞退，
	翻脸悔亲挑唆闺女。
	过去他鼓动我把房子盖，
	现金骗去了一千七，
	砖瓦未给钱他用。
	我去要钱他要赖皮。
	没法拉来他车一辆，
	我砸了它烧火也出出气！（大婶、一忠阻拦）
文一忠	爹，你甭气啦，这钱他赖不了！
文老汉	那你去要？
文一忠	行！
文老汉	好！不蒸馒头也争口气！他闺女再好咱也别要啦！
文大婶	你说得不对，百灵是好孩子，不跟他爹一样。
文老汉	胳膊扭不过大腿，她能顶得住她老子撺掇吗？我看呀，打官司告状，上县上省上中央，咱也得把钱要回来！
文一忠	爹，要回来这钱你想做啥呀？
文老汉	哼！你爹我都是快爬烟囱的人了，还能做啥？还不是给你盖屋娶媳妇？（自语地）我就不信，俺孩子不瞎不跛的，就说不上媳妇打光棍？
文一忠	爹，咱家的屋晚盖两天行不行？
文老汉	你想做啥？
文一忠	我想把钱先用一下，修修街头的两间破瓦棚，办宣传队。

文老汉　　（意想不到地）哦，转来转去，你是想要我那两个钱啊！这不行！

文一忠　　怎么不行呢？

文老汉　　哼！

（唱）听说你办宣传队我心气炸，
　　　骂一声小忠儿做事太差！
　　　公家不办就作罢，
　　　你何必逞能自己把钱拿？
　　　有的人早就给我讲，
　　　说你憨，怨你傻，
　　　是一个不懂世故的榆木疙瘩。
　　　这样的傻事咱不干，
　　　你给我老老实实蹲在家，
　　　帮爹干活把田下，
　　　咱搬坷垃头子种庄稼，
　　　也省得受他娘的窝囊气，
　　　宣传队办不办咱不管他！

文一忠　　爹。

文老汉　　爹、爹喊得那么甜，我只要你说一句，你听我的话不？

文大婶　　大哥，不要逼孩子，你也得让他说说道理啊。

文老汉　　还有什么道理，放着书不去教，偏要去街头打烧饼、卖辣汤，办什么宣传队！把咱文家的人都丢尽了，这不是放着日子不过拉枪攮驴嘛？

文大婶　　那也得看孩子办得正不正呀！

文老汉　　什么正斜的！这好，连媳妇也难说上门了。他婶子，他叔还不是干这一行累死的，你还不知厉害？现在咱

	两家只有这一个孩子，你还宠着他，难道要叫咱文家断香烟吗？
文一忠	爹……
文老汉	我没你这个儿子！（气下）
文大婶	大哥！（追下）
	［琴琴哭上。
文一忠	琴琴，又怎么啦！
琴 琴	一忠哥，我退婚，钱永富和有才把我从饭店开除啦……
文一忠	哦？他们做得好狠毒啊！（安慰地）琴琴，别怕，生活本来就是复杂的，世上没有救世主，委曲求全往后也过不好日子，他们开除了你，你就在咱宣传队里干，我要你。（与琴琴揩泪）
	［百灵暗上，见状误解，欲走。
文一忠 琴 琴	百灵，你还未走呀？
百 灵	哼！我走了，你们这出好戏不就看不到啦？
琴 琴	哦……（委屈）
文一忠	百灵，你胡说的啥？
百 灵	我没发烧，不害病，头脑清醒得很！（欲走）
文一忠	百灵你别走，咱们好好谈谈。
百 灵	还谈啥？我在这里碍你们的眼……
文一忠	你——！
琴 琴	百灵，我的傻妹妹，你想到哪里去啦？
百 灵	哈哈哈——我是傻，我是石碑烤火一面热，一片痴心碰上个无情人！（哭下）
	［吉大哥上。

吉大哥	这又是唱的哪出戏啊？
文一忠	小误会。炉子支好了！
吉大哥	好是好了。可钱永富说咱给他们饭店捣蛋，争生意，把饭店拉垮了。没有营业证不准咱开业。
文一忠	营业证我找刘委员去办。
吉大哥	可演员现在都闲着呢？
文一忠	按咱们的计划先排戏，搞街头宣传。
吉大哥	行！刘委员给咱买的一批书，已送来了。（拉起车子）琴琴，跟我去准备宣传车。
琴　琴	好！

（幕落）

第五场　飞来横祸

［数日后，街头。

［文化车布置得美观大方。

［文一忠推车，琴琴拉车，在欢快音乐声中舞蹈上。

文一忠	（唱）推起小车，
琴　琴	（唱）吱扭吱扭，
	（合唱）一呀么一溜烟！
文一忠	（唱）街头巷口，
琴　琴	（唱）巷口街头——
	（合唱）咕噜咕噜，
	跑呀么跑得欢！
文一忠	（唱）要问俺卖的是啥货哟？

琴　琴　　（唱）不是油，不是盐，

　　　　　　　　　不是杂货和酒烟。

　　　　　（合唱）这里的货色，

　　　　　　　　　你一看准喜欢。

琴　琴　　（唱）姑娘们来呀来呀。

文一忠　　（唱）青年们！到这边。

琴　琴　　（唱）老人家来呀来呀。

文一忠　　（唱）小伙子快来看。

　　　　　（合唱）大伙都来看哟，

　　　　　　　　　读书、看报、下棋、拉唱，

　　　　　　　　　样样不收钱，

　　　　　　　　　俺们办的文化车，义务搞宣传！

　　　　　〔吉大哥上。

琴　琴　　吉大哥，今天你怎么来晚啦?

文一忠　　（逗趣地）准是嫂子生气不让你来，又揪你的耳朵了。

吉大哥　　去你的，这回呀，我没让她母鸡乱叫，来了个公鸡打鸣！她也乖乖地跟着来看咱们演出了。

　　　　　〔众笑。

琴　琴　　吉大哥，咱们快宣传吧！

文一忠　　对，咱们吹打起来。

吉大哥　　来！（拍起圆鼓，伴着节奏）

琴　琴　　（弹琴）

　　　　　〔文一忠拿起唢呐，登上车吹。

　　　　　〔乐声激昂，群众闻声上。

　　　　　〔文一忠、琴琴根据群众的要求散书籍、乐器、象棋、扑克，众欢乐。

文一忠	吉大哥,来一段老柳琴,热闹热闹。
众	对,来一段热闹热闹!
吉大哥	好,我先开个头,你俩用好戏压轴。(自弹自唱)

　　　　我唱一段哎嗨哟哎

　　　　小小车儿摆在前。

　　　　它的作用不简单,

　　　　帮助咱学习文化搞科学,

　　　　闲时娱乐有处玩,

　　　　打打扑克争上游,

　　　　下盘象棋智慧添;

　　　　还有那养鸡养鸭养貂养兔

　　　　喂猪放羊的新经验,

　　　　请看咱一忠画的展览片!

　　　　展览画片,哎嗨哟哎……

〔一忠、琴琴扯展览图片。钱永富上。

钱永富	(拉一青年)你怎么来了,有才不正等你玩牌吗?三缺一,正等你呢!
一青年	你们赌博哄人,我不干了!到这里来多热闹。
钱永富	哦。(他左拉右拉,没人理睬)
吉大哥	你拉倒吧!(推开永富)

　　　　(唱)文化车不简单,

　　　　顶散了你们的赌博摊。

　　　　从今你再不能把人骗,

　　　　在这里你不受欢迎你快滚蛋。

　　　　快滚蛋哎嗨哟哎……

〔众笑。

　　　　　　［钱永富连滚带爬下，见有才，忙迎上。
钱永富　　有才，你怎么也来了？
孙有才　　被他们这一闹，玩的几个人都被拉来啦！
　　　　　　［琴琴忙着给一忠递水递毛巾擦汗。
钱永富　　（不怀好意地）有才，你看琴琴和一忠多亲热！
孙有才　　（悻悻地）哼！
钱永富　　（挑唆地）咋啦，你这有名的小霸王，怎么今天也软了？
孙有才　　（烦闷地）甭说了！人家退还了彩礼，工作也不干了，我还能……
钱永富　　这口气能不出吗？
孙有才　　我是要报报仇。（掏出坏书《少女之心》示意栽赃陷害。钱永富点头，溜下）
　　　　　　［百灵上。
百　灵　　有才，你找我做啥？
孙有才　　我妈要你回厂给买几条丝绸被面儿。
百　灵　　行。
孙有才　　表妹，你提这书？
百　灵　　宣传队要我捐献的。
孙有才　　你好积极啊！马上他们就会表扬你，我跟你去看个热闹吧！
　　　　　　（拉百灵到文化车前）
百　灵　　（见一忠和琴琴在一起，不悦）哼！我不去，你替我送给他们吧！
孙有才　　好，我去！你等着我，我还没有给你被面钱呢！喂！大伙听了！我献书来了。

吉大哥	（接书）你小子往脸上贴金，这书明明写的是百灵赠的嘛！
孙有才	这叫借花献佛！
文一忠	好，我们也欢迎！

　　[众鼓掌，争看新书。

　　[孙有才乘机，将《少女的心》暗插在书捆内。

琴　琴	（不满地）哎，孙有才，你乱翻什么？
孙有才	干嘛？这是文化车，兴人家看，就不兴我看！（继续翻书）
吉大哥	（劝阻）有才……

　　[有才不屑地推吉大哥。

| 文一忠 | 有才，你要看什么书我给你拿？ |
| 孙有才 | 《青春之歌》！ |

　　[一忠忙找书，吉大哥不屑地哼曲，唾了一口，有才示意二青年上前闹事，并拿出暗放的《少女之心》。

二青年	啊！《少女之心》！
孙有才	什么？！（接过）《少女之心》！好呀，文一忠，你竟敢在光天化日之下，利用文化车公开传播黄色抄本，毒害青年！
文一忠	别胡扯！我们车上根本没有坏书。
孙有才	还想抵赖，百灵，你来看。
百　灵	（接着）一忠哥，你怎么能……
文一忠	这根本不是我们车上的书！
孙有才	那你说是哪来的？难道百灵会送坏书给你们？表妹，你说。
百　灵	天哪！这太冤枉人了，我一片好心……

琴　琴	百灵，这事会查清楚的。
孙有才	乡亲们！这《少女之心》是政府早就禁读的黄色抄本，文一忠他们利用文化车，私传坏书，公开放毒。这是什么文化车，这是放毒车！
二青年	对！不如把它砸了算了！

[动武，众乱。有才打一忠，百灵护。

百　灵	不能这样呀！

[打手们砸车，众劝阻，混乱。

[孙主任闻讯赶来，钱永富随上。

孙主任	闹什么！闹什么！
琴　琴	孙主任，有才带人寻衅闹事，打了一忠哥，还砸了文化车！
孙主任	有才，过来！你又给我惹祸闹事啦？
孙有才	爸爸，你看，文一忠竟利用文化车传播坏书《少女之心》，公开放毒。
孙主任	啊！（拿书）一忠，这是怎么回事？
文一忠	孙主任，这根本不是我们车上的书。
孙有才	别赖！百灵妹不是也亲眼看到的吗？她能坑你？
孙主任	百灵，是吗？（百灵点点头。）
二青年	对！我们亲手在你车上翻出来的。
孙主任	老刘哥，是这么回事吗？
一老人	书是从车上翻出来的，谁知到底是咋回事？
孙主任	（向众）你们都看见了吧？
群　众	看是看见了，只是……
孙主任	这车是谁砸的？谁打的文一忠？
群　众	（指有才和二青年）是他们。

孙主任　　胡闹！发现坏书你们应向公社汇报嘛！谁叫你们乱打人，砸车子？一忠啊！你吃亏就吃在不听领导的话，上回叫你别忙搞文化活动，党委正在研究如何执行中央31号文件精神，考虑办文化中心的事，可你等不及。搞就搞呗，我也不反对，可你不该拿黄色抄本放毒！

文一忠　　孙主任……

孙主任　　一忠，这传播黄色抄本可是个严重问题，公社一定要认真追查依法惩办；宣传队立即解散，我限你三天之内写好检查，听候处理。

〔众议论纷纷。

孙主任　　嚷嚷啥，吵什么？都回去！

钱永富　　回去！百灵，凑什么热闹？！（众散）

〔百灵沉思。钱永富拉有才，竖拇指，赞许。二人窃笑。

琴　琴　　孙主任，你没调查清楚，怎么勒令人家检查，解散我们宣传队？

孙主任　　哼！你们宣传搞的啥呀！（气下）

钱永富　　对，你也有责任，也得好好检讨！（拉百灵下）

〔琴琴扑在车上哭。

〔吉大哥抱断琴弦伤痛。

〔文一忠带伤收拾残局，心情沉痛。

文一忠　　（唱）小车被砸我心似箭穿，

　　　　　　　　火热的心肠冰窟里填。

　　　　　　　　一页书碎一滴泪，

　　　　　　　　一面锣破心刀剜，

　　　　　　　　琴弦扯断我肝肠断，

　　　　　　唢呐声哑我痛心间。
　　　　　　我办队为把落后面貌改，
　　　　　　扶正祛邪育青年。
　　　　　　孰料险关层层阻，
　　　　　　前进一步都困难。
　　　　　　难难难，创业难，
　　　　　　步步难于登高山。
　　　　　　个人受辱我能忍耐，
　　　　　　事业被毁我心痛酸。
　　　　　　自幼读书立誓愿，
　　　　　　愿效枫叶傲霜天，
　　　　　　且整残局迎风雨，
　　　　　　夙愿未酬心不甘。
　　　　（招呼琴琴和吉大哥收拾破车）
文老汉　　（气冲冲地上）一忠，你又给我惹祸了！
文一忠　　爹！
文老汉　　不听老人言，吃亏在眼前。你给我回家！
　　　　从今以后我不准你再办什么宣传队，给我走！（强拖文一忠）
　　　　[琴琴、吉大哥愕然。
　　　　[琴琴推车，吉大哥拖着沉重的脚步拉车。
吉大哥　　（痛苦地）
　　　　（唱）难难难，办点好事真正难……
　　　　　　唉……

（落幕）

第六场　深谷泉鸣

〔接上场，黄昏。

〔大山峡谷，望山崖畔。

〔文老汉、文大婶从两方喊一忠上。

|文老汉|（唱）喊忠儿只喊得山谷颤动。
|文大婶|（唱）却不见孩子他答应一声。
|文老汉|（唱）鸟投林鸦归窠山野寂静，
|文大婶|（唱）唯有那松涛吼深谷泉鸣。
|文老汉|（唱）这望山崖是我弟安息墓地，
|文大婶
文老汉|（唱）他生前常在这教导一忠。
　　怕孩子思往事感情冲动。
　　若有那好和歹，
　　对不起他叔的亡灵。
　　转来转去把一忠找，
　　孩子呀！
　　你可知爹娘爱你心里疼。

〔二人见面。

文老汉　他婶子，你找到一忠了呢？

文大婶　找到了我还找吗？你呢？

文老汉　（失望地）唉！也没找到呀！

文大婶　大哥，你咋找到这里来了？

文老汉　他叔长眠在这里，我怕他……

文大婶　唉！我也是这样想呀。（埋怨地）都怪你，孩子受了

	委屈就够难受的了,你还逼他……
文老汉	谁逼他了?我只叫他回家,又没舍得戳他一指头。
文大婶	你那个炮仗脾气哟!保不准,万一孩子要出了事…… (哭)
文老汉	(安慰地)莫哭,孩子刚强着呢!咱们再找找去。(同下)

〔文一忠上。

文一忠	(唱)飞来横祸心烦闷, 迎风消愁趁黄昏。 耳边厢只觉得山风阵阵, 峡谷中泉鸣淙淙像叔父在弹琴。 山路崎岖荆棘隐, 石级步步高入云。 登高欲把苍天问, 青山何故生荆榛。 望山崖畔且站稳, 细细考虑思绪难平。

〔钱永富手捧彩礼包袱醉醺醺地上。

钱永富	哈哈哈哈…… (唱)心高兴只吃得酩酊大醉, 手捧着彩礼包袱把家回。 俺闺女和有才是天生一对, 我攀上了这门亲永不吃亏。 找一把大红伞遮风挡雨, 就是哪出了错也不会倒霉; 嘀!一忠小子前面站, 我先给他来个下马威。

　　　　　　　　哈哈哈哈……

　　　　　　[一忠见状恶心，欲躲。

钱永富　　一忠，你过来呀！
文一忠　　大叔，你要做什么？
钱永富　　我要请你吃喜酒。
文一忠　　（不解地）哪来的喜酒啊？
钱永富　　百灵和有才订婚。
文一忠　　（惊）哦！（冷静、沉思，不信）醉话。
钱永富　　我没醉，彩礼都在这里，还能假。
文一忠　　你是信口开河，百灵不会同意的。
钱永富　　她同意。不信你随我去问问嘛！
文一忠　　（气）哼！你给我走。
钱永富　　逗啥能？（炫耀地）你敢动我公社主任的亲家？
　　　　　（笑下）

　　　　　[文一忠气坐。

　　　　　[琴琴拿行李卷上。

琴　琴　　一忠哥。
文一忠　　琴琴，你要去哪里？
琴　琴　　回家。
文一忠　　顶不住啦？
琴　琴　　一忠哥。

　　　　　（唱）琴琴我自幼儿命途多舛，
　　　　　　　　动乱年死去了我的父亲。
　　　　　　　　俺娘她被逼得活不下去，
　　　　　　　　舍了我亲生女嫁了他人。
　　　　　　　　跟爷爷哼曲唱戏把日子混，

他年老多病我又举目无亲。
没法给我把婆家找，
又遇上孙有才这个混世的人。
他爱我无非是容颜娇嫩，
喜听我唱唱曲儿寻开心。
我看透了若是跟他来鬼混，
厌恶时他蹬了我，
不过像泼出洗脚水一盆。
我不愿忍辱对他强欢笑，
参加了宣传队想做一个自由的人。
他对我干涉常打骂，
我被逼无奈和他退了婚，
在饭店他扣发工资我和他争论，
他仗权势将我开除撵出门。
蒙你收留把事业搞，
我真像枯木又逢春。
有才他为此怀私恨，
刁难你桩桩件件连在我的身。
砸车诬陷心肠狠，
是非颠倒黑了心。
百灵妹偏又猜疑我，
嘲笑讽刺拿我不当人。
我夜流泪、暗伤心，
委屈往肚里吞，
割肉解不了你心上的痛，
死了洗不净你的身，

	上告又无回天力，
	也只好一走解仇慰亲人。（哭）
文一忠	琴琴，这么说你是为我而走的？
琴 琴	不走又有啥办法？
文一忠	傻妹妹，你以为你一走有才对我的恨就解了？就安生了？恰恰相反，文明和封建落后的社会势力是永远矛盾的，时时都要争人、夺阵地，靠妥协换不来幸福。你走正好帮助他们拆垮咱们宣传队呀！
琴 琴	人都散了，哪还有什么宣传队？
文一忠	哦……
琴 琴	一忠哥，我是最后离开宣传队的，这唢呐我给你带出来了，愿今后你能重整旗鼓！请原谅我吧！
	（鞠躬，哭下）
文一忠	琴琴……（追下。）
	〔百灵喊一忠上。
百 灵	（唱）闻听说一忠哥出走不见，
	百灵我心里像万箭齐穿。
	急匆匆顾不得崖滑壁险，
	找亲人哪怕是踏遍青山。
	多年来我一直把一忠哥恋，
	我爱他心真挚才貌双全。
	实指望调进城朝夕相伴，
	谁知他脾气犟扭不转弯。
	更可恼半路杀出个琴琴姐，
	搅得那静静河水起波澜。
	现如今爹要给我另婚配，

　　　　　我好像断线的风筝失舵的船。
　　　　　忍悲且把一忠找，
　　　　　但愿得风吹雾散月重园。

　　　　[文一忠忧郁地上。

百　灵　　一忠哥。
文一忠　　百灵啊，你来做什么？
百　灵　　我来找你。
文一忠　　找我？
百　灵　　嗯！一忠哥，你吃了苦啦！
文一忠　　（悲痛地）人都散了。
百　灵　　"路遥知马力，日久见人心"呀！
文一忠　　你不嫌弃我？
百　灵　　（温情地）嗯。这块"望山石"可以作证，多少次呀，我们在这里约会，我说过爱你，永远地爱你。
文一忠　　可现在情况变喽！
百　灵　　没变，一点也没变。
文一忠　　（感动地）谢谢你啦！百灵。

　　　　[二人依偎。

百　灵　　（劝说地）一忠哥，你还是随我走吧！快离开这使你烦恼的地方，我会医治好你心灵上的创伤。
文一忠　　到哪里去啊？
百　灵　　进城呀，我们厂工会的宣传工作在等着你，到那里你是会幸福的。
文一忠　　哦！（醒悟，推开百灵）现在这局面我更走不了呀！
百　灵　　没什么，一个人犯了错误只要能改，那私传禁书的事我可以求俺爹跟表姑夫孙主任说一说……

文一忠		哦！原来你也以为我犯错误啦？
百　灵		你呀，吃亏就吃在犟上。有才和琴姐已经订过婚了，好坏由人家自己过，你不该插手。我能原谅你，人家能原谅你吗？
文一忠		（气）甭说啦，我不愿再听。
百　灵		一忠哥，你那牛脾气就不能改一改吗？我这可都是为你好……
文一忠		（坚定地）谢谢你啦，我的同志，看来咱们得分手喽！
百　灵		（惊）怎么，分手？
文一忠		（坦率地）是呀，咱们想不到一块儿。
百　灵		难道你真的变啦？
文一忠		变的不是我。
百　灵		（悲愤）你太狠心了！
文一忠		狠心的是你！
百　灵		（惊）我？
文一忠		百灵啊！过去我们热恋过，那是在互相理解、互相尊重、互相帮助、热爱事业的基础上。自从我办了宣传队，你就和我的意见分歧，琴琴因受不了有才的折磨和我在一起，你却讽刺挖苦她，你连我和你的老同学都不相信，这不叫狠心难道叫热情吗？
百　灵		这……
文一忠		那天孙有才第一次到文化车上借书偏巧就出现了坏书，你是特来为他作证呢，还是巧合呢？
百　灵		我……
文一忠		我自被学校辞退，你父亲就嚷着和我退亲。当时我不相信你会变，可现在你已和有才订婚来请我吃喜酒

了，怎么你还瞒着我？

百　灵　　哦？这是没有的事！

文一忠　　事实胜于雄辩。

百　灵　　谁说的？

文一忠　　你爹。

百　灵　　有何根据？

文一忠　　彩礼都拿到你家里去了还能有假？

百　灵　　啊！（旁白）原来爹要我另嫁的人就是他……

文一忠　　事实我清楚，你爹想攀高结贵，你是弱不禁风，逆来顺受。

百　灵　　一忠哥，我……

文一忠　　这用不着多作解释，婚姻自主嘛，爱谁，你有你的自由，我没权干涉。失恋当然痛苦，可我还能顶得住。你如果想要我去，我可以用唢呐奏喜歌，为你们祝福

百　灵　　一忠哥，我说……

文一忠　　还有啥可说的呢？你家里人在等着你，我不会打扰你们，祝您幸福……

　　　　　（伸出手）

百　灵　　哦！（惊呆、缩回手、转身欲下）

　　　　〔孙有才迎上。

孙有才　　百灵，你咋跑到这儿来了，你爹和我摆好了酒菜等着你呢！

百　灵　　（气极）卑鄙！（打有才耳光，哭着跑下）

　　　　〔孙有才追下。

文一忠　　（一再蒙受强烈刺激，伤痛难耐，他踉跄地向前倾倒，手扶望山崖畔的巨石，悲痛地）

（唱）望山石你为何视而不见？
　　　叔父啊，你为何无声长眠？
　　　你教我对人忠诚照肝胆，
　　　为什么有的人却腹内藏奸？
　　　你教我对事业拼命苦干，
　　　为什么办点好事这么难？
　　　山风你不要空发喊，
　　　泉水你不该声呜咽，
　　　旱苗切盼及时雨，
　　　应化甘霖润心田。

［刘委员上。

刘委员　　一忠。

文一忠　　刘委员。（痛哭、晕倒）

　　　　　［文大婶、文老汉急上。

文大婶
文老汉　　一忠、刘委员！

刘委员　　事情我都知道了，党委会正确处理的，快扶一忠回去！

　　　　　［众扶一忠。

（幕落）

第七场　群英夜会

［数日后，夜。

［文一忠家卧室。

［文一忠正伏案写检查。

文一忠　　（心情烦闷地）

　　　　　（唱）月光如水透纱窗，
　　　　　　　　夜寒人静心里凉。
　　　　　　　　检讨无词空伏案，
　　　　　　　　飞来义愤满胸膛；
　　　　　　　　孙有才对我报复我能理解，
　　　　　　　　孙主任这样处理太不应当。
　　　　　　　　爹将我关在家怕再生事，
　　　　　　　　婶支持来解劝火热的心肠。
　　　　　　　　刘委员连日来明察暗访，
　　　　　　　　至如今无结论难明真相。
　　　　　　　　无辜之人遭陷害，
　　　　　　　　坚信正义能伸张。
　　　　　　　　党有真理心明亮，
　　　　　　　　暂受挫折又何妨！
　　　　　　　　坎坷更添创作志，
　　　　　　　　忍痛命笔谱新章。

　　　　　〔低吟、疾书、吹奏，腹部伤痛，拿热砖捂肚，继续写作。

　　　　　〔文老汉上。

文老汉　　一忠，你又在写啥？
文一忠　　孙主任不是叫写检讨吗？
文老汉　　写他个屁！宣传队咱又不干了！
文一忠　　吉大哥还要给写一疙瘩词儿。
文老汉　　多揽闲事，咱不管那些，治好病要紧，快休息。（熄灯）

　　　　　〔琴琴上。

琴　琴	（唱）刘委员亲自下乡把我找，
	一忠哥伤痛重令我心焦。
	悔不该将私事对他干扰，
	匆匆地来探望解他烦恼。
	（拍窗喊）一忠哥。
文一忠	（开灯）啊，琴琴，你到底回来了。
琴　琴	我不该干扰你，使你气坏了身体。
文一忠	没什么。你瞧，我又写了词儿。
琴　琴	戏词呢还是歌曲？
文一忠	是春会唱词，反映乡亲们对文化生活的意愿。
琴　琴	哦！（接看）
	（念）包产年年好，
	生活乐陶陶。
	人心关不住，
	歌声涌如潮。
	山乡锣鼓响，
	齐唱"步步高"。
	……
	（白）头儿开得不错，有些人一心搞垮咱们的宣传队，咱偏要不倒、不散，给他来个步步高。快写下去，今晚就要排练！
文一忠	那当然，我要写出咱们办队的苦衷，和大伙的信心。你这个业余演员可要站稳脚跟，带好头啊！
琴　琴	是！大伙合计好了，不管怎样碰壁，也不准逃跑，不再哭鼻子。
文一忠	好啊！琴琴有进步了嘛！

〔二人欢笑。

〔文老汉上。

文老汉　（见状，顿时来气）哼！

琴　琴　大爷。

文老汉　嗯！你来干啥？

琴　琴　大爷，我来找一忠哥说说今晚排练的事。

文老汉　还排练呢！头回排练赔了鸡，二回排练砸了车，再要排一回俺一忠就得坐牢喽。

文一忠　爹！

文老汉　你甭说话，快休息。

琴　琴　大爷。

文老汉　天不早了，该回家睡觉去了。请吧！

琴　琴　大爷，您听我说。

文老汉　还说啥，别给俺孩子造罪了！

文一忠　爹！

文老汉　没你的事。（关灯下）

〔琴琴欲走，百灵上，见琴琴尴尬。

琴　琴　百灵，你又是来看我们的戏的吧？

百　灵　（羞怯地）不，我是来找刘委员。

　　　　（欲下）。

琴　琴　（拦）刘委员可不在这里住啊！鬼丫头，你别走，我早就有话要和你说。

百　灵　（忐忑不安地）那，你就说呗。

琴　琴　（诚恳地）百灵呀

　　　　（唱）百灵你不必疑心重重，

　　　　　　　我早就想找你叙叙衷情，

　　　　　　过去咱同桌、同床、同学三年整，
　　　　　　情似同胞一母生，
　　　　　　遇事互相来体谅，
　　　　　　不争不吵不脸红。
　　　　　　你和一忠哥感情好，
　　　　　　我纸糊灯笼心里明。
　　　　　　自从我跟一忠哥办了宣传队，
　　　　　　死妮子，你对我态度就不同，
　　　　　　多次朝我使小性，
　　　　　　面如冰霜话难听，
　　　　　　以为我夺了你的爱，
　　　　　　小嘴撅得能挂醋瓶。
　　　　　　别人污蔑我能理解，
　　　　　　你对我怀疑我多伤情。
　　　　　　我气你不讲同学面，
　　　　　　我气你不该负一忠。
　　　　　　今晚咱当着忠哥的面，
　　　　　　谁是谁非讲讲清。

百　灵　（羞愧地）
　　　　（唱）琴姐你不必把气生，
　　　　　　往事我已心里明。
　　　　　　悔不该错听爹的话，
　　　　　　心眼窄伤了姐妹情。
　　　　　　一忠他恼怒和我要分手，
　　　　　　弄得我进不得来退不能。
　　　　　　姐姐呀，我求你帮我说句话，

	劝劝他，原谅小妹我还年轻！
琴　琴	死妮子，你真叫人没办法。
	〔故意地羞百灵，百灵捶打琴琴。
琴　琴	百灵，你今晚哪儿去？
百　灵	刘委员找我对证那本坏书的情况。
	〔向琴耳语
琴　琴	对。一定要弄他个水落石出。
	〔百灵点头下。
	〔吉大嫂上。
吉大嫂	琴琴，你和百灵在这里嘀咕啥？咋不进去呀？
琴　琴	大爷他不欢迎。
吉大嫂	我来。（向内喊）一忠兄弟。
	〔文老汉上。
文老汉	又是谁呀？
吉大嫂	哟！是我。
文老汉	他嫂子，你来有事？
吉大嫂	（故意地）俺是来找一忠兄弟算账的。
文老汉	（恼火）看看吧，不就在你家里办了几天宣传队吗？你的损失账就算不清了？他嫂子，你爽快一总算吧！只要是俺孩子欠的，摔锅卖铁我都赔。
吉大嫂	可我要找一忠兄弟当面算。
文老文	行。一忠，你出来跟她算。
文一忠	（走出）大嫂。
吉大嫂	那次我光算少了三只鸡，可没算你给鸡打针、配料钱呢，鸡连一个也没病、一个也没死。
文老汉	（不解地）你这咋算？

吉大嫂　　大爷啊，一只鸡生一百八十八个蛋，十只鸡就生一千八百八十个蛋，我几百只鸡，你说多生多少蛋吧？这几天，我光拾鸡蛋就忙不过来了。今天，我特地挎来一篮子鸡蛋，给俺一忠兄弟补补身子。

文老汉　　（清醒过来）噢！你算了半天，还是耍我这老头子啊？

吉大嫂　　要不，你怎么能叫一忠兄弟出来啊！

〔众笑。

〔宣传队员拿舞蹈道具齐上，文大婶亦上。

文老汉　　你们这是干啥？

琴　琴　　大爷，县里的文艺会演快要开始了，大伙急等着一忠哥给排练呢！

文老汉　　这怎么行，一会儿孙主任还来要一忠的检讨呢！

吉大嫂　　检啥讨，人都说那本坏书不是俺一忠兄弟放的。咱还能找罪领？

文老汉　　也是呀！

文大婶　　那就叫一忠帮他们排练去吧？

文老汉　　不行，他还有病呢！

文一忠　　爹，我已经好了。

文老汉　　好了还用砖捂着肚子。（抽出一忠包的砖头）

〔众面面相觑。

〔文一忠向吉大哥眉眼示意。

吉大哥　　大爷，论跑竹马、玩落子，你是咱县顶呱呱的老把式，那就请你指点指点吧！

文老汉　　（意想不到地）哦！要我指点，开玩笑！

吉大嫂　　（激老汉）算啦，算啦，你看俺大爷那么大一把年纪了，他还能跳得动吗？

文一忠	再说，俺爹多年没玩了，恐怕早就忘光了。
众	大爷，你真的老得没用了吗？
文老汉	（不服气地）哼！你们这些孩子，真是门逢里看人——把我给看扁喽！今天，我卖卖老，偏要跳给您看看。

〔众笑。

〔文老汉一把夺过莲蓬，率众起舞。

〔孙主任上，不小心被文老汉扫腿绊倒。

孙主任	老哥哎，你都这么大岁数了，还跟青年们一起瞎闹乎？
文老汉	咳！这咋是瞎闹乎呢？解放那阵子咱俩不也一块儿玩过？
吉大哥	主任啊！县里搞会演的事，不还是你向我们传达的嘛？
孙主任	这……桥归桥、路归路，文一忠私传坏书的错误必须严肃处理。一忠，你的检讨写好了吗？
文一忠	我的检查……（递纸）你看看吧。
孙主任	（接着）怎么满纸的戏词儿，还注着1234567…… （众笑）
孙主任	（怒）戏词儿能当检讨吗？你咋不写？
文一忠	我没法写，而且也不该我写。
孙主任	那该谁写？

〔刘委员上。

刘委员	孙主任，那传播坏书事件，调查组已经查清了。
孙主任	到底是咋回事？
刘委员	让有才他们自己说吧

〔孙有才上。

| 孙主任 | 有才，你给我照实说。 |
| 孙有才 | （惧怕）我…… |

〔百灵跑上。钱永富追上。

| 百　灵 | 一忠哥。 |
| 钱永富 | （威胁地）死妮子，你要干啥？快跟我回去！ |

〔拉百灵，百灵甩开永富，坚强地。

百　灵	（唱）纸头不能包住火，
	坏事自有人论说。
	你虽是我的生身父，
	我岂能昧着良心隐邪恶？
	黄色书本是有才放，
	害一忠，他也从中来挑唆。

〔指永富。

众	啊！
孙主任	原来是这样，有才、永富，可是真的？
孙有才 钱永富	（低头）嗯！
孙主任	（气极）哎！（欲打，刘委员制止）
孙主任	（气愤地）
	（唱）面对着亲生子又气又恨，
	恨不得扒你的皮来抽你的筋。
	咱家中条件那么好你不学好，
	总在外干丑事给我丢人。
	永富你还把他往茄棵领，
	算什么长辈算什么亲！
	你俩做事咋这样狠？

孙有才	（唱）我恨一忠占我阵地、拉我伙伴，
	夺了供我玩乐的人。
钱永富	（唱）我知你对文化从不过问
	才挑唆鹬蚌相争、坐图渔利、
	好和你亲上再加亲。
孙主任	（唱）知法犯法难容忍，
	我定要严加惩办他二人。
	（唱）滚回去听候处理。
	［有才、永富下。
刘委员	主任啊！
	（唱）依法严惩事易办，
	需要弄清肇事的根。
	你不重视文化宣传他们钻了空，
	才搞起歪门邪道祸害人。
	看起来物质精神要齐抓并举，
	要大抓思想，夺取阵地、
	用共产主义道德情操育新人。
孙主任	是要很好接受这个教训！
文老汉	孙主任，那俺一忠的检查……
孙主任	老哥，谁错谁检查，我错我检讨。（向一忠）
	一忠啊，你干得对，我……
刘委员	孙主任那就请你宣布昨天党委会的决定吧！
孙主任	你已提了职，又是分管这项工作的，你说说吧！
刘委员	你是老领导，还是你谈好！
孙主任	好，根据咱山乡文化落后的情况，党委研究决定：拿出公社新楼办文化中心，并把公社饭店交宣传队经

	营，以文养文，以队养队。一忠，你就领着大伙好好干吧！
众	好啊！（热烈鼓掌）
刘委员	这才真叫"步步高"呢！
文一忠	党委支持我们，大家尽情地唱吧、跳吧！
	[众欢腾，文老汉邀主任、委员同跳。
孙主任	好！
	[文一忠吹唢呐。
	[孙主任陪大家起舞。
	[吉大哥、大嫂跑竹马，文大婶骑毛驴，文老汉赶驴跑上。

（伴唱）

　　　包产年年好，
　　　生活乐陶陶。
　　　人心关不住，
　　　歌声涌如潮。
　　　山乡锣鼓响，
　　　齐唱"步步高"。

[唢呐声激昂。众狂舞、欢笑。

剧终

1984 年 1 月 16 日

注：《步步高》1984 年参加省青年新剧目创作调演，同年剧本在《江苏戏剧》1984 年第 9 期刊发。

【小引】捻军——是太平天国前后北方的一支巨大的农民起义队伍。公元1855年秋在雉河集（今安徽涡阳）会盟成军，并与太平军联合作战，给满清王朝以沉痛打击。这支军队以皖、苏、豫、鲁边区为中心，纵横数千里，人员百余万，历经十八年之久。在中国农民革命史上写下了光辉的一页。

张宗禹是捻军中有卓越成就的领导人之一。本剧是写他的青年时代，咸丰七年奉命打捎①、严整军纪、促进捻军内部团结的故事。

闹捻营

新编七场捻军故事剧
（张宗禹传奇之一）

编剧 高子亮

人 物

张乐行	捻军盟主，太平天国沃王
张宗禹	绰号"小阎王"，捻军青年将领，张乐行族侄
任 柱	捻军蓝旗主，太平天国鲁王，乐行的把兄弟
乐 婶	张乐行的妻子，后军统帅
洪 姑	烈士女，乐婶的女将，鲁王的养女，宗禹的爱人
五 孩	宗禹的亲兵侍卫
阿 秀	民兵，花鼓灯演员，任柱的外甥女
小 青	捻军女兵

---

① 打捎：捻军口语，称赴远地征集军粮为打捎。

青面虎	洪姑的哥哥，蓝旗头领
李　文	诨号"饿狼"，蓝旗头目，捻叛
李　忠	诨号"花斑豹"清将

捻军各旗首领，捻军男女若干人。清兵若干人

场　次

第一场　奉命出征

第二场　镇逃杀亲

第三场　闻讯结仇

第四场　庆功闹营

第五场　寻证识叛

第六场　止乱遇刺

第七场　除叛祭捻

第一场　奉命出征

［清咸丰七年春。

［雉河集，涡河岸边，柳林一角，远处可看到捻军烈士荒冢。

［一阵民间锣鼓，伴着院北花鼓灯的音乐，唢呐声传来，使舞台呈现出欢乐和谐的气氛，乐声渐远……

［小青引洪姑驰马上。

洪　姑　（唱）柳林中试马往来驰骋，

　　　　　　　雉河集又迎来一度春风；

　　　　　　　联天国夺六安阵阵得胜，

前方的捷报传喜满后营，
踩高跷跑旱船歌舞尽兴，
擂起鼓，敲起锣，
吹起喇叭吹起笙，
战士们扭呀，跳呀，
玩起俺地方的花鼓灯。
只可惜宗禹负伤来休养，
难陪我跃马去踏青，
逢春荒我无有好物侍奉。

〔见一只野兔跑过，欣喜地。

且打只野兔儿表表俺心情。

〔从囊中抽出雌雄飞刀，甩手刺兔。
〔一人忽跃上，随刀倒地。洪姑吃惊地。

哎呀！什么人被我的飞刀刺中了。小青儿，快去看来。

小　青　（看示，惊）哎呀，姑娘，你刺的是俺未来的姑爷张宗禹。

洪　姑　哦！（急趋前看示，着急地）这、这、这可怎么得了呀！（上前哭抱）

张宗禹　（挺身跃起）哈哈哈哈……好刀法！（一手举刀，一手持兔儿）洪妹，我给你拾兔儿来了。

洪　姑　（定了定神，破涕为笑）你呀！……
（追打宗禹，宗禹绕树逗趣，忽被洪姑捉住，羞怯地捶打。宗禹甩兔给小青，丢刀，抱洪姑狂吻……小青暗笑隐避）

洪　姑　你呀，就会耍笑人！

张宗禹　（正经地）我向你赔礼行不？敬礼！（洪姑笑打宗禹，

臂痛）哎哟！

洪　姑　（爱怜地扶禹）你伤还未好，出来干啥？
张宗禹　我是找你来辞行的。
洪　姑　啊！你想去哪？
张宗禹　打捎出征。
洪　姑　去什么地方？
张宗禹　五河县。
洪　姑　哦！
张宗禹　洪妹呀！

（唱）叫洪妹，听我说，
　　　五孩弟，来找我，
　　　叔命打捎去五河。
　　　攻打六安缺粮饷，
　　　怎杀清妖把城夺？
　　　军需济养急如火，
　　　婶命俺，立即出征，
　　　时间紧，不能耽搁。

洪　姑　呀！

（唱）你负伤，流血多，
　　　缺补养，身子弱，
　　　我打野味才刚找着。
　　　此去五河路程远，
　　　哪堪长途再奔波！
　　　怎忍让你再受折磨？
　　　我情愿替你打捎，
　　　这任务，可交给我。

张宗禹　　那怎么能行呢？

（唱）你虽是女英雄武艺不错，

打捎事你不熟悉环境又险恶！

我虽负伤筋骨壮，

水乡不利女娇娥。

洪　姑　（唱）男人们能干的事俺也能做，

说出征论打仗俺从未示弱。

穆桂英曾破天门阵，

俺杀清妖也杀得血流成河。

你莫要轻视女人小看我，

且等那得胜回我叫你没话说。

（欲下）

张宗禹　　洪妹，你去哪里呀？

洪　姑　　我去找乐婶请命。

张宗禹　　哈哈……洪妹呀！

（唱）你随婶娘领后军如同掌舵，

护老巢全仗你压住阵脚，

岂能够因私废公光顾我？

要顾全大局识整体，

求你莫把我的腿来拖。（又欲施礼，洪姑阻止）

洪　姑　　这么说你是一定要去喽？

张宗禹　　我一定要去。

洪　姑　　我替你不行？

张宗禹　　不行。

洪　姑　　唉！

（唱）咱二人虽订婚可未曾一天把安乐享，

　　　　　　　总是那你东我西像牛郎织女隔天河。

　　　　　　　你回来养伤刚聚首，

　　　　　　　今又出征要离别。

　　　　　　　桃花难留蜂儿住，

　　　　　　　绿柳迎风腰空折。

　　　　　　　柔肠百转我情难舍，

　　　　　　　恰似杜鹃空啼血。

　　　　〔悲痛地偎倚宗禹，宗禹为之拭泪。小青引乐婶上。

乐　婶　（唱）帮乐行掌后军老营里坐，

　　　　　　　扩捻众筹给养用上了俺这管家婆。

　　　　　　　俺张家老坟冒了三把火，

　　　　　　　夫为王妻为帅侄儿也领兵把官印摸。

　　　　　　　太平军和俺结一伙，

　　　　　　　同心把清妖的江山夺。

　　　　　　　调齐了众杆子我来找宗禹，

　　　　　　　打捎事还需要细细嘱托。

　　　　　　　我看宗禹侄儿在哪里？

小　青　喏！乐婶，他和姑娘在那儿呢。

乐　婶　（见状）哈哈哈哈……

张宗禹　（惊觉）婶娘。

乐　婶　嗯！

洪　姑　（忙拭泪）乐婶！

乐　婶　洪姑呀，你两人在一起应该高兴才是，你怎么哭啦？

洪　姑　（掩饰地）没、没、没有呀！

乐　婶　甭哄我啦，你的眼泪还未擦干净呢！莫非禹侄欺负你了。

	我会打他给你出气的。（故意地，欲打宗禹，洪姑往护，一笑）
张宗禹	婶娘，她，她是为我去打捎出征哟！
乐 婶	呃！孩子，你是舍不得呀！
	（唱）莫因为送出征难分难舍，
	打捎是大喜事应乐哈哈。
	雄鹰志壮翔千里，
	弱兔无能才守老窝。
	好钢需在炉中炼，
	弄潮身要下海学。
	咱造反为推倒清妖宝座，
	拼死为的是把命活。
	真正的刚硬汉能有几个，
	你应为宗禹刚强引以为荣。
	祖宗在地下也应乐。
洪 姑	是呀！婶娘，我去给宗禹整理一下行装。
乐 婶	好！（洪姑欲下）
张宗禹	洪妹，你的雌雄飞刀……
洪 姑	（拾刀）这刀赠给你防身，但愿能雌雄常会，祝你旗开得胜，马到成功！
	（赠刀，下）
乐 婶	（望着洪姑的背影）这才是我的好侄媳呀！哈哈哈哈……
张宗禹	婶娘，这次打捎，叔父拨给我多少人马？
乐 婶	从各旗抽调了五百杆子。
张宗禹	何人压运粮草？
乐 婶	洪姑的哥哥，你任柱叔的义子青——面——虎。

张宗禹　　哦！你怎么派他？

乐　婶　　是你任柱叔所派。

张宗禹　　看来，孩儿我这次去不得了。

乐　婶　　为何？

张宗禹　　原因有三。

乐　婶　　这一？

张宗禹　　任柱的蓝旗捻子与咱黄旗捻子曾因争功不和，他派青面虎来无非是想监督为侄，争分财物，这于战斗不利。

乐　婶　　这二呢？

张宗禹　　青面虎这人生性残暴，骄横无理，道德堕落，不守军纪，怕难听我调遣。

乐　婶　　嗯！

张宗禹　　第三是各旗捻子一向互不统属，今日拼凑成军，没有军规，如何统带？

乐　婶　　也是呀！但军事紧迫，无法再派他人，你叔也料到你年轻资浅，指挥困难，特草手令一张，命"凡不遵命者可杀之"。你应慎重行事，我也要和虎儿讲讲。

张宗禹　　是！

（青面虎酒醉，啃着只狗骨头，扶李文上）

青面虎　　乐婶，此番打捎，谁和我同往？

乐　婶　　沃王命禹侄统帅，你押粮草。

青面虎　　（嫉视宗禹）嗬！原来是派你这个"小洋娃"！

张宗禹　　原来做我副手的是你这头青面虎。

青面虎　　嘿嘿……

张宗禹　　哈哈……

青面虎	哼哼！
乐　婶	嗯！虎儿呀，我看你猫尿又喝多喽！
李　文	虎爷是多喝了几杯！
乐　婶	你既随行，要劝他少饮。
李　文	是！
乐　婶	虎儿呀，这次打捎，你们兄弟要同心协力，不能滋事生非，这有盟主沃王手谕，你自看来。
青面虎	（接手谕读）"一切由宗禹指挥，凡不遵令者可杀……"（回头看李文，李文做杀头手势）这……知道了。（将手谕扔给宗禹）
张宗禹	（捧谕）你知道就好，速速准备。
青面虎	嗯、嗯、嗯……哇、哇、哇……
	（搓手愤下。李文心情不悦地随下）
乐　婶	禹儿啊，此行出征，情况复杂，你要多加小心！
张宗禹	孩儿记下。（收起手谕）
	（乐婶下）
张宗禹	五孩在哪里？
五　孩	（上）禹哥。
张宗禹	擂鼓聚捻，我去祖坟一祭，咱们立即出征。
五　孩	是！（下）
	（幕后鼓声大作）
	（宗禹精神焕发，整衣，下）

（幕落）

第二场　镇逃杀亲

〔拂晓。

〔五河码头，桅樯如林。

〔张宗禹带捻军五河打捎获胜，捻众正忙着往船上搬运粮食，财物。

（幕后合唱）

    捻子来哟，众发财哟！
    捻子到哟，穷人笑哟！
    赃官吓破胆哎，
    叛逆跑不掉哟！
    打得财粮扩人马呀。
    联合天国杀清妖哟！
    哎嗨，哎嗨，哎嗨哟！

（二捻军抬一箱珠宝过场，下堤时各走向相反方向。）

捻军甲　　你怎么啦？往那边走吗？

捻军乙　　这箱珠宝是我们红旗捻子得的，应当上红旗船。

捻军甲　　哼！不是宗禹哥带咱们百里驰骋、夜袭五河县，你们能得宝啊？私心可真不小！上黄旗大船吧！

捻军乙　　我得听俺头领的。

捻军甲　　盟主老乐叔的手令不是说过了吗，"一切听少帅的"。

捻军乙　　哪个少帅呀？

捻军甲　　甭装糊涂，少帅就是盟主的侄儿张宗禹嘛！

捻军乙　　他说归说，"在哪捻属哪管"蓝旗捻的虎爷不是刚把钱财都分了？

捻军甲	分了也不行，后来也得归公。
捻军乙	我看得归私。
捻军甲	归公！
捻军乙	归私！（二人争吵）
	（饿狼李文上）
李　文	吵什么，吵什么？
捻军乙	啊！饿狼叔，你给俺评评理，我们红旗捻子打的这箱珠宝，他说要归公？
李　文	什么珠宝？（伸手从箱里取出一根金项链观赏，高兴地）啧，好珍贵的项链，这准是贵妇人戴的。我看呀，应当归我。（将项链揣入怀内）
捻军甲	怎么，你？
李　文	（嬉皮笑脸地）你们是鹬蚌相争，我可是渔翁得利哟！哈哈……
捻军甲	你……
捻军乙	你……
李　文	（变脸）我又咋样，我是蓝旗头领青面虎的营官，他打捎得了个娘儿们，我总得为他成亲送点礼物吧！再说，我以后升了官，也少不了你们俩的好处呀！快把这箱珠宝抬着，跟我走！
捻军甲 捻军乙	这……你想大鱼吃小鱼？
李　文	（抽出短刀，威胁地）我小鱼就能吃你们这些"虾米"，给我走！
	（五孩引张宗禹上）
五　孩	（踢飞饿狼手里的刀）混蛋，少帅在此，不准撒野！

| 李　文 | （惊，忙跪倒）少帅！
| 张宗禹 | 怎么欺辱起弟兄们来啦，你哪还有捻子的味儿？
| 李　文 | 嘿嘿，（掩饰地）少帅，我是逗他们玩的！（献项链）
| 五　孩 | （接过）我宰了你这只贪财的饿狼！
| 张宗禹 | 慢，饿狼呀！

（唱）咱奉了盟主命五河打捎，
　　　夜飞驰趁着那月黑风高。
　　　大伙一鼓作气把县衙捣，
　　　杀赃官劫粮仓打开了囚牢。
　　　穷人分粮声载道，
　　　土豪劣绅跪求饶。
　　　仁师不怕兵马少，
　　　士得人心斗志高。
　　　像你这损公肥私瞎胡闹，
　　　民心军威一旦抛，
　　　若不认罪服管教，
　　　按军法惩处定不饶。

| 李　文 | 我服罪，我该死！少帅，你念我是虎儿哥的营官，就饶我这一回吧！
| 张宗禹 | 哼！下次再犯，定不轻饶，还不和兄弟们装船去！
| 李　文 | 是！（二捻子抬珠宝下，五孩随下。李文欲下）

（青面虎手捧酒葫芦，醉醺醺地推着被绑着的阿秀上）

| 青面虎 | 饿狼弟。
| 李　文 | 虎儿哥，你怎么才来呀？
| 青面虎 | 把她给我带上船去，我再受用受用。
| 阿　秀 | 野兽！

青面虎　　给我打……

李　文　　这……（摆手示意宗禹在此）少帅……

青面虎　　啊！原来是洋娃子来了。（向宗禹）这回你未让我强攻，侥幸偷袭取胜，回去要升官发财了，还认得你虎儿哥吗？……（举葫芦）来一口吧！嘿嘿……

张宗禹　　唉！你咋又醉成这个样子了，来时婶娘交代的话你忘了？我问你，你带的是何人？

青面虎　　清将花斑豹李中的小老婆！

张宗禹　　带她哪去？

青面虎　　回去受用。

张宗禹　　怎能这样做呢，虎哥？

青面虎　　他花斑豹能玩人家的老婆，我难道就不能玩他的老婆？

张宗禹　　他是助清妖作恶的魔鬼，咱们是替天行道的捻子，怎么能这样干呢？放开她吧！

青面虎　　你，少管闲事。（命令饿狼）带她走！

李　文　　是！

张宗禹　　（拦住）快把她放开。

李　文　　（机灵地）是！少帅。（放阿秀）

阿　秀　　（感激地）谢少帅救命。

青面虎　　哼！（打饿狼耳光，拔刀猛砍宗禹，宗禹躲过）小洋娃，你坏俺的好事，算哪庙的神仙？

张宗禹　　我是打捎捻军的统帅。

青面虎　　谁封的你？

张宗禹　　我叔张乐行。

青面虎　　他算什么？

张宗禹	捻军的盟主。
青面虎	哈哈……捻子自雉河集起事以来就互不统属,他管你们黄旗捻,我是蓝旗捻子,你管不着我。
张宗禹	虎儿哥,你错啦,咱们家乡有句老话,"和尚不亲帽子亲,各捻都是一家人"。咱们都跟天国联合打过仗,人家太平军的纪律你不也见到过?
青面虎	他是他,咱是咱。
张宗禹	没有纪律,何以成军?你既跟我来了,我就不能看着你错下去!
青面虎	嘿嘿……你能把我怎样呢?打开窗子说亮话,义父鲁王是派我来监视你的。
张宗禹	"身正不怕影子斜",我公事公办,怕何监督?希望你改过自新,回营认罪。
青面虎	哼!洋娃子,你连你大舅子我的面子都不给了。

(青面虎挥刀直取宗禹,宗禹拔剑还手。只数回合青面虎被踢倒,恨恨地跑下。饿狼随下)

张宗禹	(向阿秀)你走吧!
阿　秀	谢少帅。

(她步履艰难地往后跑了几步,忽掩面大哭,转身跑回)

张宗禹	(惊奇地)你怎么啦?
阿　秀	少帅,我没处去,你收下我吧!
张宗禹	我?
阿　秀	少帅呀!

　　(唱)少帅,你可怜可怜收下我,
　　　　放回去,阿秀我也不能活;

张宗禹　　　怎么？

阿　秀　　　（接唱）我本是卖唱女流浪卖艺从此过，
　　　　　　　　　　被官家盘查截留在五河。
　　　　　　　　　　清将花斑豹心毒狠，
　　　　　　　　　　诬我爹是天国的密探把头割。
　　　　　　　　　　我娘被绑当活靶打，
　　　　　　　　　　又逼我做他三十二房小老婆！
　　　　　　　　　　我大仇未报强忍受，
　　　　　　　　　　今夜晚碰捻子来打捎我得逃脱。
　　　　　　　　　　哪料想又被恶人来绑架，
　　　　　　　　　　我脱了虎口又进狼窝。
　　　　　　　　　　你是好人救了我，
　　　　　　　　　　泾渭分明我知清浊。
　　　　　　　　　　少帅呀，
　　　　　　　　　　杀人要杀个死，
　　　　　　　　　　救人要救个活。
　　　　　　　　　　杀我留我随你便，
　　　　　　　　　　难道你忍心让我再受折磨？！（跪拜）

张宗禹　　　哦！原来是这样，苦妹子，你起来。

阿　秀　　　你留下我了？

张宗禹　　　不，你快找个地方躲起来，我们要行军打仗，怎能带个女的！

阿　秀　　　那你们捻子有女兵又怎么说？

张宗禹　　　这、这不是一码事，那是群受苦的姐妹。

阿　秀　　　难道我是享福的阔人？

张宗禹　　　你可知道我们造反的人若被皇家捉住是要杀头的？

阿　秀	我不怕死！
张宗禹	你不会打仗。
阿　秀	我能学，眼下我就能给你割草喂马，挑水做饭，我还会跳花鼓灯，能用歌舞劳军。
张宗禹	好妹子，你的心我领了，你还是先躲一下，等我们捻军远征淮南时，我收下你这个女兵。
阿　秀	（希望破灭，转悲为笑，坚强地）哈哈……我原以为少帅是位刚强果断的英雄，却原来你是个优柔寡断的懦夫！唉！我还是投河自尽了吧！（欲下）
张宗禹	你回来。（阿秀转回）
	（幕后战鼓咚咚，火把通明，人喊马嘶，由远而近）
	（五孩急上）
五　孩	禹哥，清将花斑豹带二十营兵船追来了。
张宗禹	传我命令，粮船先走，各旗捻军，集合待命，随我返棹迎敌。
五　孩	是！（欲下）
阿　秀	恩人呀，此是生死关头，你不留我，花斑豹知我失身也会把我杀死的，倒不如你先杀了我吧！
张宗禹	（略思果断地）五孩，把她随粮船带走。
五　孩	是！（带阿秀下）
	〔各旗捻子混乱，划船逃窜，五孩追上，难以制止。
张宗禹	咳！
	（唱）追声渐近杀声高，
	捻子弟兄在奔逃，
	各保实力不听命。
	士不同心咋破妖？

　　　　　　我誓死得把粮船保，
　　　　　　不能让打捎之功一旦抛。
　　　　　　叔父啊！
　　　　　　捻子的陋习需改掉，
　　　　　　儿必须明赏罚、严军纪，
　　　　　　对违法之人不能饶。
　　　　　〔拔剑高喊："集结，备战！"
　　　　　〔饿狼、青面虎带捻子划船跑上。
张宗禹　　（挥剑）停船。
青面虎　　洋娃子，你要咋样？
张宗禹　　我要你返棹迎敌。
青面虎　　哈哈……你打你的，俺走俺的，咱们井水不犯河水，各走各的道。饿狼，咱们走！
　　　　　〔李文被宗禹逼视，无所适从。
张宗禹　　虎子，刚才你抢人倒凶，遇敌却成了胆小鬼，比兔子爹跑得还快，可耻，可恨，呸！
青面虎　　哼！我可不跟你卖命，（甩酒葫芦给宗禹）你先喝口壮行酒，等花斑豹来杀头吧！
　　　　　〔青面虎自率船走，五孩划船来截。
　　　　　〔青面虎刺五孩，夺路逃。
　　　　　〔张宗禹气极，抓葫芦喝一气酒，然后丢葫芦，拔出飞刀。
张宗禹　　虎子！你若再逃走，可别怪我按军法办事了。
青面虎　　什么军法，屁！能奈我何？（又逃）
张宗禹　　（掂刀）洪姑呀！恕我容不得他了。
　　　　　〔张宗禹甩出飞刀，青面虎惨叫落水。

〔青面虎的亲兵欲救，和五孩砍杀。
〔张宗禹跳上船，连杀数人。
〔逃捻吓住。

张宗禹　　捻子弟兄们，听我命令，临阵脱逃者斩，徇私违纪者罚，投敌叛变者杀！
〔众应声，重上三条。

张宗禹　　不怕死的跟着我返棹迎敌！
众　　　　返棹迎敌，杀尽清妖！
〔捻整队，宗禹率队下。
〔花斑豹率清兵划船上。

花斑豹　　唔呀呀……将士们速夺回粮草、珠宝、美人，追杀捻寇。
〔众清兵喊"杀"冲下。
〔捻军和清兵开打。
〔张宗禹打败花斑豹。
〔清兵遗尸而逃，捻军胜利。

张宗禹　　弟兄们，扬起风帆，回军雉河集。
〔众欢乐声雷动。
〔曙光破晓，红霞满天。
〔天幕下白帆点点，乘风破浪。
〔唱原幕后曲。

（幕徐落）

第三场　闻讯结仇

[数日后的早晨。
[雉河集后军女营，洪姑住处。
[红桃凝碧，旭日生辉。
[洪姑便装内上。

洪　姑　（唱）早带女兵勤操练，
　　　　　　　归来露收霞满天。
　　　　　　　桃花含情迎人笑，
　　　　　　　我盼宗禹打捎还。
　　　　　　　他出征我难舍心怀留恋，
　　　　　　　他在外我在家魂梦常牵。
　　　　　　　做女红忘记了穿针引线，
　　　　　　　练厮杀我忘把战裙来穿。
　　　　　　　闭起眼就看到他的笑脸，
　　　　　　　梦幻中总和他讲武论拳。
　　　　　　　如痴如梦心思念，
　　　　　　　对镜自惊瘦容颜。
　　　　　　　花儿懒得栽，
　　　　　　　饭也不想餐，
　　　　　　　胭脂从不染，
　　　　　　　好衣不愿穿，
　　　　　　　日夜为他把心担。
　　　　　　　起风怕他身上冷，
　　　　　　　落雨怕他受饥寒，

见人总想问个信儿，
　　　心里害羞又不敢言。
　　　我被他只搅得心思闷倦，神魂颠倒，
　　　日日夜夜睡坐不得安。
　　　唉！
〔幕后欢乐的民乐锣鼓声忽起，洪姑振奋。
　　　猛听得民乐锣鼓声喧闹，
　　　准是捻军打捎还。
　　　宗禹会来把我看，
　　　快回房中换衣衫。
　　　我发髻重梳理，
　　　新衣身上穿，
　　　走路像风摆柳，
　　　打扮如花一团。（照镜）
　　　镜中人我问你，
　　　他见我可喜欢？
　　　你为啥只傻笑呀？
　　　问又不答言！
　　　呆呆地看着俺，
　　　看得俺好羞惭！
〔饿狼李文背酒葫芦上，叩门。
　　　外面有人声，
　　　轻轻叩门环，
　　　你且等一等呀，
　　　俺绣鞋还未穿。
〔饿狼又叩门。

　　　　　　　我心里咚咚跳，
　　　　　　　轻轻拉门闩，
　　　　　　　我且躲一躲。（躲于门后）
　　　　　　　跟他耍笑玩。

　　　　　［饿狼推门闯进，洪姑急上捂来人眼，饿狼惊叫，洪
　　　　　　姑呆，打饿狼耳光。

洪　　姑　　哟！狗东西，
　　　　　　你敢耍笑俺？
　　　　　　（又上前欲打）

李　　文　　别打别打，我的洪姑奶奶，我是来报事的。

洪　　姑　　哼！你咋不叫小青通报？

李　　文　　我，我心里急嘛！

洪　　姑　　呸！分明是你狗胆包天，想来占你姑奶奶我的便宜。
　　　　　　（抽飞刀）我要宰了你这只人面兽心的狼崽子！

李　　文　　哎呀！姑娘你且慢动手！你若宰了我，虎爷的冤仇就
　　　　　　永沉海底了！

洪　　姑　　你是怎讲？

李　　文　　这事上关少帅，下关虎爷！

洪　　姑　　哦！既然如此，你咋不早说？（插刀）

李　　文　　姑娘，你迎头就这样（比画上述），可未让我说话呀！

洪　　姑　　（一笑）那你就快讲吧！

李　　文　　姑娘呀！
　　　　　　（唱）我和虎哥随少帅五河打捎，
　　　　　　　　　宗禹他仗叔势气扬趾高。
　　　　　　　　　虎儿哥掠来的女人他想要，
　　　　　　　　　不惜兄弟动枪刀，

　　　　　　杀蓝旗十八人他还嫌少，
　　　　　　　甩飞刀刺虎哥血染征袍！
洪　姑　　哦！竟有这般事？（略思）这不可能，这不可能！
　　　　　（唱）饿狼你莫来谎报，
　　　　　　　宗禹和俺哥有深交。
　　　　　　　我和宗禹又相好，
　　　　　　　月老早扯线一条。
　　　　　　　他不看同捻义，
　　　　　　　私情也难抛。
　　　　　　　我爱他信他非一日，
　　　　　　　你甭想借风撑船乱下篙？

李　文　　（唱）姑娘你若不相信，（摘下葫芦，抽出短刀）
　　　　　　　你验验这把带血的刀。（献刀）

洪　姑　　（细看）哦！
　　　　　（唱）果是宗禹的刀，
　　　　　　　"雄"字柄上标。
　　　　　　　我赠他留防身，
　　　　　　　却杀我同胞。
　　　　　　　哎呀！（悲痛地）
　　　　　　　我手捧凶器魂吓掉，
　　　　　　　痛断肝肠哭号啕！
　　　　　　　哥哥呀，
　　　　　　　咱父母同丧在清妖手，
　　　　　　　剩下俺兄妹苦根苗。
　　　　　　　任柱叔抚养咱成人传武艺，
　　　　　　　随盟主造反报仇杀清妖。

     我怕你纵酒任性瞎胡闹，

     打捎前我千嘱咐万叮咛，

     你却不以为然把头摇。

     夜里边我为你担心睡不好觉，

     梦中常惊醒汗如潮。

    （疯狂地）哥哥呀，你现在哪里？

李　文　他、他、他已死在宗禹这飞刀之下了。

（拭泪偷笑）

洪　姑　（惊回）哦？杀他是用这刀？

李　文　是这把刀！

洪　姑　虎哥真是无辜？

李　文　实属故意加害！

洪　姑　咳！（愤恨地唱）

    刀、刀、刀

    我恨难消，

    你断恩情。

    杀同胞，

    造成千古恨，

    我岂能把他饶？

    张宗禹啊，张宗禹……

    你负心待我存虚假。

李　文　（唱）他口蜜腹剑暗藏刀。

洪　姑　（唱）他多年的情义全忘了。

李　文　（唱）他杀亲为的谢罪冒功劳。

    洪姑啊！

    杀兄之仇你可敢报？

| 洪　姑 | （唱）我把他碎尸万段也恨难消。
（扔刀在地） |
| --- | --- |
| 李　文 | 有骨气，像咱蓝旗捻子的样儿！ |
| 洪　姑 | 冤有头，债有主。我一定要找宗禹弄个明白。 |
| 李　文 | （阴险地）嘿嘿……姑娘，你可别为这点小事儿断了你和宗禹的私人恩爱啊！ |
| 洪　姑 | （气恨地）哼！滚！（踢饿狼） |
| 李　文 | （小翻滚地）姑娘啊，我怕你身单力孤不是宗禹的对手，我去禀告鲁王助你。 |

〔幕后喜乐声大作，渐近。
〔洪姑怒极，持刀欲冲出。
〔乐婶上，饿狼急溜下。

乐　婶	洪姑。
洪　姑	（藏刀）乐婶。
乐　婶	你要去哪？
洪　姑	听说宗禹凯旋，我去给他贺喜。
乐　婶	好啊！我正为这事而来，你先知道了？
洪　姑	知道了。
乐　婶	知道了更好，捻军得了此次打捎的粮饷，士气兴旺，一举拿下了六安。你乐行叔高兴，回后营摆酒庆贺，等会儿咱娘俩同去。
洪　姑	不，我要先行一步。
乐　婶	急什么？庆功会上你还愁见不到宗禹？
洪　姑	大婶，你且先稍坐，我去去就来。
（欲下）
乐　婶	回来，我还要问你事呢！（洪姑转回）看你一脸寒霜，

哪像贺喜的样儿？准有什么事。

洪　姑　没有。

乐　婶　我不信，你手拿何物？

洪　姑　这……什么也没有呀！

乐　婶　我倒要看看。

　　　　（上前看视，洪姑将刀左右换手，最后刀被乐婶发现）你带这做甚？

洪　姑　贺喜防身。

乐　婶　要防哪个？

洪　姑　杀害我哥的仇人。

乐　婶　仇人是谁？

洪　姑　（忍耐不住）你侄儿张宗禹。

乐　婶　你咋得知？

洪　姑　李文所报。

乐　婶　啊！（略思）有啥为证？

洪　姑　这带血的飞刀。

乐　婶　哦？饿狼李文呢？

洪　姑　他找任柱叔去了。

乐　婶　啊！……（又沉思）我着人找他来问清情况，你再走也不迟。

洪　姑　我等不得。（欲走）

乐　婶　（拦）休得莽撞！眼前敌我交锋，情况复杂，你若错杀了人，可就活不了啦！况且他是你的未婚夫。（夺刀）

　　　　（洪姑闪避不给，二人争抢）

洪　姑　乐婶。你莫非想袒护你侄儿宗禹？

乐　婶　　我从不护短。
洪　姑　　那拦我为何?
乐　婶　　我有三事不明,
洪　姑　　这一?
乐　婶　　饿狼既带凶器回来,为何不先到大营报我,而先来你处献刀?
洪　姑　　这二?
乐　婶　　我进门时饿狼尚在,若无蹊跷,他为啥不当我面说明,却偷偷溜走?
洪　姑　　这三呢?
乐　婶　　宗禹既无故杀了人,犯了大罪,众必怀恨,俗话说"路不平有人踩",咱们的老捻子向来爽直,不会为他隐恶的。刚才我见了不少旗主捻将,为啥未听到议论?
洪　姑　　这……
乐　婶　　洪姑呀!
　　　　　(唱)宗禹是我侄并不假,
　　　　　　　你娘也和我有姊妹情。
　　　　　　　半斤八两一般重,
　　　　　　　我对你俩一样疼,
　　　　　　　少个孩子像少块肉,
　　　　　　　你哥死我也像刀刺胸。
　　　　　　　后营里你乐叔正摆庆功宴,
　　　　　　　我帮你当着大伙把事问明。
　　　　　　　有仇就要报,
　　　　　　　有冤就要鸣,

　　　　　　　　是非曲直要弄清。
　　　　　　　　孩子呀！
　　　　　　　　大婶的为人你知晓，
　　　　　　　　我一辈子疾恶如仇，
　　　　　　　　对谁我也不留情。
洪　姑　　（激动地丢刀跪拜）大婶，你可得给俺做主啊！
　　　　　[大婶痛苦地搂着洪姑。

（幕落）

第四场　庆功闹营

　　　　　[接前场，捻后军行辕。
　　　　　[舞台上张灯结彩，幕后鼓乐声声。
　　　　　[张乐行头戴王冠，身穿红袍，风趣滑稽地走鸭子步上。

张乐行　　（唱）得粮饷下六安前线获胜，
　　　　　　　　弟兄喜、士气高回营庆功。
　　　　　　　　行辕内摆酒筵歌舞助兴，
　　　　　　　　奖侄儿也显一显俺张门的威风。

　　　　　（走方步上座，内喊）
　　　　　　　我说当家的。
乐　婶　　哎！来喽！来喽！
张乐行　　酒菜歌舞可曾齐备？
乐　婶　　倒也齐备。
张乐行　　盟兄盟弟们可曾到齐？

乐 婵	就差鲁王任柱兄弟。
张乐行	那就不等了,来晚的要罚他多喝两碗酒。兄弟们就座。
诸 捻	谢座!
张乐行	唤宗禹来。
五 孩	有请禹哥。

〔张宗禹披红挂彩,胸前戴着一朵大白花上。

张宗禹	拜见沃王叔父。
张乐行	(惊)哦!侄儿呀,今个为你庆功,乃是大大的喜事,你胸戴白花为什么呀?
张宗禹	打捎之战虽胜,弟兄们却有死伤。今日庆功,应不忘死者之情。
张乐行	对,对,对……到底你比我多喝了点墨水,想得怪周到的!俺张门有幸,有了你这样的好孩子,实在不错!
诸 捻	少帅果断英明,可喜可贺!
张乐行	哈哈哈哈……(诸捻同笑)侄儿呀!给你庆功,为叔我当敬你三碗酒。
张宗禹	侄儿此次获胜,一靠盟主声威,二靠士卒同心,三靠诸捻兄弟们的帮助。功乃大伙之功,侄儿不该独享,应普天同庆。
张乐行	好一个普天同庆,那就大家一起喝!喝不干的,就是对我老乐不赏脸。

(侍卫捧罐倒酒)

张宗禹	谢叔父!(端碗)父老、兄弟们同干!
众	同干!

〔宗禹为大伙倒酒。

张乐行	当家的,用啥助兴呀?

乐　婶　　老规矩，咱俩来段淮北花鼓！

张乐行　　哈哈……那是我贩盐时住你店里的旧事了，眼下你我都那么大年纪，再扭呀唱呀的，人不说咱不正经嘛？还是让孩子们跳花鼓灯舞吧？

乐　婶　　好！俺还新物色了个跳花鼓灯的主角呢！

张乐行　　那就快带上来。

［五孩领阿秀彩装上。

阿　秀　　见过沃王盟主。

张乐行　　嘻，好样儿的，就跳起来吧！我来擂鼓。

［脱袖，赤膀，站高处擂鼓。

［五孩、阿秀领身穿黄衣红杉彩扮的舞队起舞。

［饿狼李文跑上。

李　文　　报盟主，鲁王派来贺喜的舞队。

张乐行　　好啊！

乐　婶　　大王，这些小事，何劳鲁王又送舞队祝贺，我看就辞了吧。

李　文　　舞队既来，却之不恭。盟主，还是受了的好！

张乐行　　既然如此，叫他们共同献艺，让大家看个痛快！

李　文　　是！

［洪姑彩扮，率身穿素服胸带蓝花的舞队上。

洪　姑　　（唱）行辕中庆胜利社鼓频敲，
　　　　　　　　　洪姑我思报仇气冲云霄。
　　　　　　　　　眼下里且忍耐强作欢笑，
　　　　　　　　　待时机抓宗禹我定不轻饶。

张乐行　　李文啊，他们来贺喜却穿这样的服装，怕有点不吉利吧！

李　文	艺人嘛，总好穿奇装异服，以引人注目，今天舞队多，服饰多样，色彩迥异才好分出舞（武）技的高低啊！
张乐行	嗯……
乐　婶	（向宗禹）看来来者不善啊！
张宗禹	为防意外，我来代叔父擂鼓。（换乐行）
	（鼓起，两队分舞，后两队合舞互穿花。）
张乐行 诸　捻	好啊！（鼓掌）

　　[饿狼忽指挥蓝色舞队逼近宗禹。
　　[五孩示意红色舞队护住宗禹。
　　[宗禹察觉。
　　[乐婶担忧，示意宗禹停鼓。宗禹假装不知。洪姑邀宗禹陪跳，走进宗禹。阿秀亦邀宗禹陪跳，插入其间，宗禹左右照顾应酬。
　　[鼓声愈紧。
　　[饿狼示意洪姑引蓝队走进幕侧时，忽换花棍儿为枪。
　　[五孩示意阿秀退回，红队接近幕侧，众换鼓槌儿为刀。
　　[两队刀枪起舞，混战在一起。

张乐行	（大惊）怎么真打起来了？给我停下！ 停下！ （舞队不听） （张宗禹停鼓跳入两队之间） （洪姑欲打宗禹，被宗禹隔开） （饿狼欲刺宗禹，被五孩用刀架住） （众大惊）

张乐行	（大呼）住手！
	［两队齐跪倒。
五　孩	叔父，他们想杀禹哥。
洪　姑	盟主你要给俺哥和蓝旗捻做主啊！
张乐行	且莫胡闹！
李　文	报盟主，蓝旗捻鲁王到。
张乐行	（气愤地摆手）都先退下。
	（舞众下）
	［任柱袒臂持短刀上。
任　柱	（唱）昨听饿狼报凶信，
	宗禹小子太欺人，
	竟把蓝旗兄弟杀，
	究竟安的什么心？
	怒气不息把后营进……
	找老乐算账把命拼。
张乐行	嗬！任柱老弟，你咋这般模样？
任　柱	俺幼做长工，生来就是这个莽劲儿，到你这里来喝酒，难道还需打扮不成？
张乐行	看看，看看，你既来庆功喝酒，却持刀为何呀？
任　柱	我找你老乐讨账来了！
张乐行	哦！难道缺你粮草？
任　柱	不缺。
张乐行	少你刀枪？
任　柱	不少。
张乐行	欠你军饷？
任　柱	不欠。

张乐行　　哎呀呀，既然不缺、不少、不欠，你向我讨的什么账呀？

任　柱　　你欠我人命！

张乐行　　咳！老弟，我看你是酒喝多了，大白天说梦话，谁欠你的命呀？

任　柱　　你侄儿宗禹。借打捎为名，杀我义子洪顺和蓝旗捻十八人，难道不是命债？

　　　　　（气扔刀于案。）

张乐行　　（略惊）哦！出征打仗，死伤常有，怎么能会光杀你蓝旗捻子？

任　柱　　这事可问宗禹。

张乐行　　好，传宗禹来见。

张宗禹　　（上）拜见叔父。

张乐行　　宗禹啊，我来问你，这次打捎你可杀过蓝旗捻子？

张宗禹　　杀过。

张乐行　　多少人？

张宗禹　　一十八个。

张乐行　　有没有你任柱叔的义子洪顺？

张宗禹　　有！

任　柱　　怎么样，你听清楚了吗？

张乐行　　（气）咳！（打宗禹耳光）小畜生！

　　　　　（唱）听杀了蓝旗捻子我心气炸，

　　　　　　　　怪不得你任柱叔把脾气发。

　　　　　　　　人叫你"小阎王"果然不假！

　　　　　　　　竟敢擅自把亲人杀？

　　　　　　　　带下去重把四十军棍打……

［诸捻欲求情，乐行摆手阻止。
［侍卫拖宗禹下，打介。
［随着一五一十的拷打声，乐婶心疼，诸捻惊诧。

乐　婶　　盟主，我看算了吧！
（乐行转看任柱）
任　柱　　我看打得还不够。
乐　婶　　我觉得打得不公。
任　柱　　怎么不公？
乐　婶　　未让宗禹说出杀人的情由！
任　柱　　擅杀亲人，还有何说？
乐　婶　　纵然有罪也该让他说个明白呀！
众旗主　　言之有理。
张乐行　　是呀……把宗禹放回。
　　　　　［宗禹被架着上。
张宗禹　　（唱）打得我……皮开、血淌、肉开花。
　　　　　　　　来席前我刚说杀人一句话，
　　　　　　　　叔打我耳光又把军棍加。
　　　　　　　　看起来这庆功之宴非好宴，
　　　　　　　　也不知他们想干啥。
　　　　　　　　事不亏心人不怕，
　　　　　　　　再问我还照实答。
张乐行　　宗禹，今天叔父我打你屈是不屈？
张宗禹　　不屈。
张乐行　　冤不冤？
张宗禹　　冤。
张乐行　　咳！既然不屈又何喊冤？

张宗禹	我杀了自家兄弟,伤了叔父心、兄弟情,自己也觉难受,因而你打我不屈;但我杀人,事出有因,又是遵叔命而行,遵命受责,怎说不冤?
任 柱	哦!张老乐,你还有何说?
张乐行	他是一派胡言!
张宗禹	我言而有据。
张乐行	据从何来?
张宗禹	你的亲笔手谕。(展乐行于谕)
任 柱	好、好、好,拿来我看,抓书,读……"打捎由宗禹指挥,凡不遵将令者可杀。"这?
张宗禹	叔父啊! (唱)叔命孩儿把捎打, 　　　拨给我是拼凑的人马旗色杂。 　　　怕我年轻不服众, 　　　故颁手令严军法。 　　　蓝旗捻子不听令, 　　　我只好遵命含泪把人杀。
张乐行	(唱)我何曾叫你杀咱亲兄弟?
张宗禹	(唱)天下的捻子不都是一家? 　　　你下的令、定的法。 　　　我遵令惩凶怎该又受罚?
张乐行	这……
任 柱	哼!我明白了,张老乐呀,张老乐。你不要装腔作势了,分明是怕俺蓝旗捻子人多势大,不利于你的统治,才叔侄同谋,排除异己,这个账俺任柱定要给你清算!

张乐行	贤弟不用猜疑,你我结盟,情同手足,蓝旗黄旗已成一家,大伙正合力抗清,我岂有他想?
任　柱	结盟之时你立过三条捻规:吞财者罚,背义者责,杀友者死。现宗禹背义杀友,应立即斩首,为我义子报仇!
张乐行	这……
张宗禹	侄儿有辩。
张乐行	你说。
张宗禹	捻规是原先结义时所定,现捻已成军,人马数十万,不立军法如何统带?
李　文	军法应由统帅制定,现盟主不知,柱叔不晓,你咋有权?
张宗禹	我是打捎将领,盟主授权,立法应变又不违捻规,这有何不当?
乐　婶	说得好!
任　柱	我看你们是串通一气,矢口狡辩!(拔刀,掀桌,揪乐行。众拦,乐婶挡住任柱)
乐　婶	话未问明,你莫无理取闹!
任　柱	还有何事不明?
乐　婶	宗禹杀人的原因!
任　柱	为啥?
张宗禹	畏敌潜逃。
任　柱	哈哈,打了胜仗,咋还会有人逃走?
张宗禹	柱叔呀!

　　(唱)在五河打捎归清将追赶,
　　　　蓝旗捻不听令四处逃窜。

　　　　　　眼看着打捎功毁一旦，

　　　　　　我只好含泪斩叛逆，

　　　　　　重整旗鼓斗敌顽。

　　　　　　军纪严明齐备战，

　　　　　　方保全胜转回还。

任　柱　此事可真？

张宗禹　有目共睹。

任　柱　谁能作证？

五　孩　（上）我。打捎之时饿狼贪财，青面虎霸女，清军追赶时他们又畏敌潜逃。禹哥制止不听，方忍痛杀叛整军，迎敌取胜！二位叔父您说禹哥所做，哪点不当？

张乐行　是呀！

任　柱　哼！片面之词，何能为凭？饿狼，你说。

李　文　鲁王呀，五孩所言并无此事。虎哥掠得花斑豹的老婆，宗禹争要，虎哥不依，他乃仗势欺人，杀了虎哥及蓝旗捻子十八人。这是我亲眼所见，望鲁王做主。

任　柱　老乐哥，事已俱明，你应执行捻规速杀宗禹为我儿和众捻子抵命！

张乐行　他们各道短长，怎好定罪呀？

张宗禹　饿狼是一派胡言颠倒是非！

任　柱　人证俱在，你犯法之人无权狡辩。

乐　婶　任柱，你敢集合众捻一议？

李　文　议多了，他们也会串通一气的！鲁王，眼下不能再啰嗦了。

任　柱　对呀，蓝旗捻集合。

　　　　　　（蓝旗捻列队，气势汹汹）

乐　婶	任柱呀，你想乘机火拼，岂能容得！五孩，叫黄旗捻集结防变。

（黄旗列队，两队渐渐逼近，剑拔弩张）

张乐行	哎哎哎……快退下，退下。倘若咱们两大捻旗互相残杀，捻军不就全完啦！
任　柱	哼哼！也罢，限你三日，如不按捻规把宗禹斩首，就别怪兄弟我无情了。以后咱们各走各的路，我跟你拔——香——根！（丢刀）
张乐行	唉！暂将宗禹关在牢营，听候处理。
任　柱	其所带打捎捻众，应由李文代管。
张乐行	（让步地）就依你言。
李　文	（高兴地）盟主有令，打捎捻军属我管辖喽！

（众不理）

李　文	（趾高气扬地走近宗禹）哼！
张宗禹	（蔑视不屑地）哼！

（任柱下，饿狼随下）

五　孩	盟主，这……
张宗禹	叔父，这……
乐　婶	乐行……
张乐行	唉！

[拾刀沉思，摇头下。

[众惊。

[在紧锣密鼓声中蓝旗捻逼黄旗捻退，押阿秀等舞队人员下。

（幕落）

第五场　寻证识叛

［两日后，捻营李文住处。

［灯光阴暗，一幅《秃鹫探爪图》挂在显眼的地方，烘托着舞台的气氛。

［饿狼李文提酒壶边饮边上。

李　文　　哈哈哈哈……（得意忘形地唱）
　　　　　　我伸妙手来它个翻云覆雨，
　　　　　　把张家只弄得哭哭啼啼。
　　　　　　小宗禹想整人却被我整，
　　　　　　失军权遭棒打关进牢狱。
　　　　　　闹捻营任、张两家伤和气，
　　　　　　趁势儿我来个顺手摸鱼。
　　　　　　打捎军我执掌杀刮随意，
　　　　　　再逼阿秀诬宗禹他必死无疑。
　　　　　　这算盘倘若能打得如意，
　　　　　　我将要换门庭步上天梯。

　　　　　（狂笑，不意酒壶儿跌落，踢、坐）
　　　　　（呼喊）来人呐！

侍卫甲　　（上）在！

李　文　　唤那艺人阿秀到我这里来一趟。

侍卫甲　　是！（下）

侍卫乙　　（上）代少帅。

李　文　　大胆，什么代少帅？我现在成了打捎军的统帅了，不许再用"代"字。

侍卫乙	是,统帅。盟主传令叫各打捎首领前去问话。
李　文	哼!又是什么盟主、盟主的!我看你是石灰脑袋,眼下我只听鲁王任柱的。
侍卫乙	是,我去回话。(欲下)
李　文	回来,甭竹筒倒豆子直捅到底。你就说鲁王叫各首领们操练去了,不在家,不能去!
侍卫乙	是!(跑下,又回)
李　文	你又回来干啥呀。
侍卫乙	刚才我还忘报一件事,后军统帅乐婶要找阿秀谈谈。
李　文	哦?(略思)你想怎么说啊?
侍卫乙	我,我……谁知你想叫我怎么说?
李　文	傻瓜蛋,你就说阿秀是艺人,好跳呀,唱呀的,不知道哪儿背词练舞去了,找不着就行了!
侍卫乙	知道啦!(下)
李　文	哼!真是头笨驴,教个曲都唱不来。

(沉思地)

(唱)老乐叫捻首要问话,

　　　乐婶找阿秀把呱啦。

　　　以我看问话、啦呱都是假,

　　　分明是想掏底儿不愿把宗禹杀。

　　　时间若是拖延久,

　　　包子露馅事复杂。

　　　我得捷足先下手,

　　　怂洪姑去把宗禹杀。

哈哈哈哈……

(洪姑暗上,猛拍一下饿狼的肩膀。饿狼惊,后看)哦!

　　　　　　原来是姑娘你呀！吓了我一大跳。
洪　姑　　心里无鬼不怕人，你怕啥呀？
李　文　　我当然没啥可怕的，可是老鼠见不得猫，我是你和鲁王的下属，一见你心里就不由地敬畏起来了！
洪　姑　　少废话，我问你，阿秀呢？
李　文　　你找她做啥？
洪　姑　　跳舞那阵子，她总挡着我，使我对宗禹下不得手。我要问问那个贱货真情，你把她找来。
李　文　　还找啥？那事还不明摆着？可这事也怪不得她，她不是受五孩和宗禹的摆布吗？
洪　姑　　嗯！我要问清虎儿哥和宗禹的事，让他也死个明白。
李　文　　这事还用问，酒席前我不都说了！只是情况复杂呀，我看虎儿哥的冤仇难报了！
洪　姑　　为啥？盟主和乐婶不都说查明处理的吗？
李　文　　哼！你怎么信哪些！"亲的摘不掉，义的安不牢。"宗禹是盟主和乐婶的侄儿，他们能杀他吗？说是关进牢也不过搪人眼目罢了，也许会放他跑了呢。
洪　姑　　那咋行？义父鲁王也不会愿意的。
李　文　　你莫糊涂，我看盟主和鲁王貌合神离，黄旗大有吃掉蓝旗之势。到时候别说是为虎哥报不了仇，怕连你我自己也保不了！
洪　姑　　哦，为今之计咋办？
李　文　　我能控制住阿秀，鲁王可以拿她与乐行对质，你需今夜去牢房把宗禹杀掉，这就叫先下手为强。
洪　姑　　这……
李　文　　舍此可别无办法了。姑娘，我可是赤胆忠心，为保鲁

		王，给虎爷报仇啊！
		（假哭）
洪	姑	嗯……
李	文	（假意地）天哪！（跪地）我心天可明鉴，姑娘若不信，我愿剖出来你看。（拿刀，做要剖腹状）
洪	姑	（拉住）谁不信你！如此，我夜进牢营，刺杀宗禹！那阿秀嘛，就由你处理吧！（下）
李	文	嘿嘿！看来事态紧急，如不从速处理，事有变化，我就无藏身之地了！我且写封信给俺哥，来他个双管齐下，才能万无一失。
		[急取纸条，浓墨书写。
		[阿秀忽被从门外推入，脚步踉跄地闯至饿狼桌旁。
李	文	（闻声急转身跳起，抽刀）谁偷看我写信？
阿	秀	哦！……（惊恐地手足无措，手竟无意地后按在刚写的纸条上，急辩解）我，我未有看什么呀！
李	文	（愈怒）你！（手推阿秀，不意因浓墨未干，那纸条被粘在阿秀的手上）你咋不叫侍卫先通报？（步步进逼，阿秀后退转圈）
阿	秀	是，是他们推我进来的呀！
		（纸条脱手飘下。李文接过，觉阿秀未察觉，收刀，擦汗）
李	文	嗯！那就不知者无罪吧！（将纸条揣入怀中）
阿	秀	谢统帅。
李	文	（得意地）你呀！不愧为艺人，可真会说话。
阿	秀	不知帅爷要我前来何事？
李	文	（笑）闲聊聊，闲聊聊呗！你不要害怕，坐，吃茶。（倒茶）

阿　秀　（心情不安地旁唱）
　　　　　　　进门来他忽抽刀似要杀人，
　　　　　　　顷刻间露笑脸又献殷勤。
李　文　（旁唱）我刚才误会她看我书信，
　　　　　　　倒杯茶且叫她定神安心。
阿　秀　（旁唱）他写的什么信我不知晓，
　　　　　　　只觉得是大事我心起疑云。
李　文　（旁唱）想用她害人需笼络。
阿　秀　（旁唱）我可处处得留神。
李　文　（唱）我端茶笑把阿秀叫。（示意用茶）
阿　秀　（唱）谢谢统帅你多费心。
李　文　谢什么，吃茶，吃茶。
阿　秀　嗯！
李　文　（向前凑）阿秀呀，帅爷我对你可好？
阿　秀　（退避）不错！
李　文　那张宗禹待你咋样呢？
阿　秀　也好呀！
李　文　（不悦地）哎！他怎能和帅爷我比呀？他打捎时把你掠来是想纳你为妾，我把你救出，是还你自由，对吧？
阿　秀　不，帅爷你说反了，少帅把我带来是怜我苦命，许我入捻，还我自由。统帅你把我押来，是关我监禁，打我筋骨，毁我青春……
李　文　哼！你敢这样说？（欲发作，又忍住）哎呀，我可未叫人关你打你呀，以后他们要再这样我会罚他们的！
阿　秀　这我可又得谢谢你喽！

李　文　谢啥？阿秀呀！民间有句老话，"识时务者算英雄，人随王法草随风"。眼下我是掌权的帅爷，宗禹是有罪的囚犯。你可能掂出这里面的分量啊？

阿　秀　我明白你的意思，在你这里"墙倒一溜歪，顺从免祸灾，碟子也是碗，黑白颠倒来"啊！

李　文　嗯？不……不管怎样，你帮着我说，自然会有你的好处的。

阿　秀　那你想叫我说啥呀？

李　文　我就干脆告诉你吧！

（唱）若有人询问你五河事件，
　　　你就说张宗禹对你不端。
　　　他丢洪姑想娶你心存邪念，
　　　虎爷他为救你他们才把脸翻。
　　　别的事儿你不用管，
　　　我自会保你的命儿全。
　　　想要金银我也有，
　　　要天我也能许你半边。

阿　秀　啊！（旁唱）
　　　饿狼的一番话我心里明鉴，
　　　他想要我害少帅私报仇冤。
　　　恩与仇怎能够互相颠倒，
　　　人做了亏心事天不容宽。
　　　我有心直说出我不愿干，
　　　饿狼他心狠毒定把脸翻。
　　　如若我昧良心帮助他干，
　　　少帅屈含冤死多么可怜。

　　　　　　人世间路不平诸多恩怨，

　　　　　　我应当怎么办呀，站在哪边？

　　　　　　心急搓手偷眼看，

　　　　　　哦！饿狼他信上的字印在我手间，

　　　　　　他勾结花斑豹甲子杀捻……

　　　　　　怎能够制服叛贼，

　　　　　　把少帅和捻子来保全？

　　　　　　我在清营听过李忠酒后讲，

　　　　　　他兄弟的事儿也有闻传。

　　　　　　对照这字来判断，

　　　　　　他定叛捻心藏奸！

　　　　　　眼下我不如乘势把他骗，

　　　　　　想法再给乐婶谈。

　　　　　　纵然事败遭他害，

　　　　　　也不能让少帅冤，

　　（夹白：对！）

　　　　　　拼着一死我假变脸。

　　（抽袖、整衣、大步走向上座。）

李　文　　你考虑得怎么样了，阿秀？

阿　秀　　（拍桌）大胆！

　　　　　（接唱）你对嫂我竟敢直呼名出不逊言！

李　文　　（猛惊）哦！你咋啦，怎么能这样对待你的统帅？

阿　秀　　你按公是统帅，按私你是我的小弟。

李　文　　（变脸）你少胡说，我和你男人花斑豹不是一家！

阿　秀　　忤逆的东西，真昧良心。连一家人都不认了，别忘啦，你是和李忠同吃一娘奶的。

| 李 文 | 他是叛贼，我是捻子，你竟敢胡拉扯，我得宰了你。
（抽刀威逼）

| 阿 秀 | 哈哈哈哈……你倒装腔作势啦。你以为我不知道你的底细呀，你若动我一动，你哥就会找你算账。

| 李 文 | 哦？（外强中干地）你知道我的什么底细？

| 阿 秀 | 你真要听我就说些你听吧！
（唱）你在捻他在清貌似冤家，
　　　你弟兄却常常勾勾搭搭；
　　　在清营你哥最喜我你可知晓，
　　　什么呱他都对我啦！
　　　头回里你哥拿着一封信，
　　　在枕边轻轻给我说悄悄话。

| 李 文 | 他说什么？

| 阿 秀 | （接唱）他说你饿狼要降清。

| 李 文 | （急抽刀示威）少乱说！（又巡视四周门门）

| 阿 秀 | （唱）约他合围把捻子杀。
　　　你哥说事成保你把高官做，
　　　帽子后能把带眼的花翎插。
　　　因为你总是拖延不下手，
　　　上头疑心要对他追查。
　　　他要我趁乱找你来联系，
　　　今天你不认尊嫂眼真瞎。

| 李 文 | 啊！原来是这样！（狡猾地）我只知你是我大哥李忠的妻妾，可不知你是为这事来找我的。

| 阿 秀 | 这么说你是不信为嫂了。

| 李 文 | （变脸）既是来找我，何以为证？

阿　秀		（略思）我装被掠而来，带着书信不便，身上有你哥金印为凭。
李　文		在哪？
阿　秀		你来看！（蓦地扯开上衣，臂上现出烙印）
李　文		（细看）哦！李忠……难道她真是？
阿　秀		还怀疑为嫂吗？
李　文		不敢，嫂嫂。

（门外喊："统帅，乐婶找阿秀来了。"）

（同声）哦！

李　文		（急顶房门，抽刀，阴险试探地）现在有两条路可走，一条，你投向乐婶告我隐密，使老乐杀我；一条，你到我后房中隐藏起来，万一被发现，也不过说我和你乱来而已，不碍大局。这两条路你可以选。
阿　秀		（审势略思）我当然走后一条路了。既被揪出，也会按交代的说的。你别老是小心眼。（坦然地走向内室）
李　文		（放心地）哈哈，真是自家人！

（外又拍门）

乐　婶		李文，阿秀在此吗？
李　文		（装醉）没有呀，侍卫说，说她背词练舞去了。
乐　婶		怎么到处找不到呀？天未黑你闩门做什么？
李　文		哦！我酒醉在……睡觉。

（众声"快开门"）

（李文强作镇定地开门）

（众涌入进内搜）

李　文		（惊）她确未在这里呀。乐婶你找她何事？

乐　婶	没什么，她们想跟她学点唱儿，你咋活撒①哩?
李　文	我，我酒后有点发冷。
	（众涌出，向乐婶示意未找到。）
乐　婶	（训斥地）就是不学好，以后要少喝点儿！找到阿秀，快给我送去。
李　文	是，乐婶！
	（乐婶挥手，众下）
李　文	（急跑进去看视）大嫂，大嫂。（复出）怎么窗子开着，阿秀没了
	（沉思）哎呀！不好，来人呀！
侍卫乙	（上）小人在。
李　文	（掏出字条）速将此条送出，不得有误，（耳语）
侍卫乙	（点头）是，急下。
李　文	唉！我得赶快追找阿秀去！
	（灯暗。）

（幕落）

第六场　　止乱遇刺

［紧接上场。

［夜。

［阿秀左隐右避，急匆匆地跑上。

阿　秀	（唱）躲过了饿狼追，脚步匆匆，

---

① 活撒：苏北方言，意思为颤抖。

　　　　　　　树安眠、万籁寂，满天繁星。
　　　　　　　苦命人亏少帅救出性命，
　　　　　　　纵身死我也要报他的恩情。
　　　　　　　适才我冒险把饿狼哄，
　　　　　　　巧碰书信我知他要降清。
　　　　　　　急奔后营把消息送，
（忽见五孩和洪姑两人的黑影各从面前闪过，急躲）
呀！
前面有人，我且进牢营。
〔跑下。
〔中幕开。
〔囚宗禹处。
〔一更鼓响。张宗禹上。

张宗禹　　（唱）牢营鼓响打一更，
　　　　　　　囚室睡坐心不宁。
　　　　　　　孤灯独对自身影，
　　　　　　　静听墙角小虫鸣。
　　　　　　　春寒涡河水声冷，
　　　　　　　隐隐如闻战鼓声。
　　　　　　　适才间迷迷糊糊入梦境，
　　　　　　　只觉身在自家中。
　　　　　　　严父拈髯对我笑，
　　　　　　　慈母抚额留温情。
　　　　　　　弟爬我身骑大马，
　　　　　　　妹推小弟把怀争。
　　　　　　　好一幅风俗画天伦乐景，

阖家欢喜乐融融。
　　猛听炮响如雷动，
　　清妖围村室内冲。
　　父亲刀下死，
　　母逼上了绳。
　　弟弟追贼喊，
　　被扔涡河中！
　　我奋勇来相救，
　　官兵的子弹又穿我胸。
　　我喊呀，杀呀……
　　惊醒才觉棒伤疼，
　　为什么总驱不散清妖的魔影？

（幻觉：清妖围杀，宗禹浴血御敌，捻众伤亡）

　　为什么总觉有虎嚎狼哼？

（幻觉：青面虎"哇哇"怪叫地举刀向己猛刺，饿狼李文白着眼向己哼哼地怪笑）

　　为什么弟兄无义相吞并？

（幻觉：任柱提着老乐的人头抛掷玩耍，五孩按倒活着的任柱咬啃）

　　为什么有情的情人却无情？

（幻觉：穿着素衣的洪姑正和自己追逐喜笑，拥抱时，洪姑忽变脸猛刺他一刀）

（幻觉回）

　　霎时间天旋地转身摇晃……

（疲乏欲倒。五孩破门而入，抱住宗禹，定神又觉浑身轻）

五　孩		禹哥，我是来接你的。
张宗禹		哦！（恢复知觉）你要做什么？
五　孩		我特来救哥哥逃走！
张宗禹		嗬！你要叫我到哪里去？
五　孩		转移一个地方。
张宗禹		去做啥呀？
五　孩		重新举旗聚捻。
张宗禹		为什么？
五　孩		目前饿狼奸狡，任柱偏信，真相混淆，禹哥被冤，蓝旗捻大有吞并黄旗捻之势，我来救你出去，一防你被他们暗算，二可集中咱们的队伍对他们兴师问罪，免有后顾之忧。
张宗禹		这样一来，不就更难免自相残杀了？
五　孩		哥哥，他们能不仁，咱就可不义！我去和各旗捻子联系，重举义旗，等消灭蓝旗捻子后，再杀清妖。
张宗禹		五弟呀！这可使不得，古云"兄弟阋墙，难御外辱"，到头来会两败俱伤的。
五　孩		不这样又怎么办呢？
张宗禹		我想盟主会想办法澄清是非的。
五　孩		乐叔重江湖义气，又怕任柱势大人多，万一诸捻再不主持正义，屈杀了你，后悔不就晚了？！哥哥，你就听小弟我的话，跟我走吧！
张宗禹		（沉思）不行，我若出走，任柱就会抓住把柄，说乐叔私放了我，把事弄假成真，后果就更不堪设想了。为弄清真相，顾全大局，我是不能走的！
五　孩		任柱逼着在三日之后杀你，明儿已到期。饿狼控制去

打捎的诸捻首领，又藏了阿秀，若找不出实据证明，你必死无疑！我，我，我怎么能看着你含冤死掉啊！

（跪哭）

张宗禹　　好兄弟。

（唱）你的情义哥心领，

忍痛你莫放悲声。

纵然哥我含冤死，

正义的捻子也会同情。

眼下咱前方作战正得胜，

岂能后方再动刀兵？

自乱会被敌利用，

兴捻反清一场空。

形势要好得安定，

且不可闹事自己乱了营。

饿狼伙虎子常起横，

打捎中又挑唆闹事我疑他想降清。

关键时刻需冷静，

莫中清妖的计牢笼。

你联诸捻要加强戒备把后营保，

我力争把真相事实来弄明。

外御其侮内安定，

敌人耍花招就枉费功。

五弟呀！

你爱哥要听哥的话，

为团结御敌，

哥愿做最大的牺牲！

　　　　　　（跪谢）
五　孩　　唉！弟只好依你之见了！（跪扶）
张宗禹　　我的好兄弟。（爱抚地）速去吧！
　　　　　　（五孩下）
　　　　　　（宗禹欲关门，阿秀忽闪入）
阿　秀　　（跪步……）少帅！
张宗禹　　哦！是阿秀，快请起。（拉阿秀）你来做什么？
阿　秀　　我有要事禀报少帅。
张宗禹　　何事？
阿　秀　　（示印字的手）这……
张宗禹　　（细看，读）豹哥……甲子、合围……弟狼！啊！……
阿　秀　　少帅呀！（唱）

　　　　　　　　自那日筵前打斗我心纳闷，
　　　　　　　　不知道俺队为啥又换了主人？
　　　　　　　　今日里饿狼传我把事问。
　　　　　　　　我被推拥一头闯进了他房门。
　　　　　　　　哪知他提笔正写信。
　　　　　　　　跳起抽刀要杀人，
　　　　　　　　被惊吓身体后倒我手后按，
　　　　　　　　这字儿恰巧印上了我手心。

张宗禹　　嗯！
阿　秀　　（唱）饿狼他逼我做证把你害，
　　　　　　　　我对证这字生疑云。
　　　　　　　　李文的哥哥叫花斑豹，
　　　　　　　　是逼我做妾的那强人。
　　　　　　　　饿狼本是他的弟，

　　　　　　　往来之事我早耳闻。

　　　　　　　我疑他兄弟勾结来叛捻，

　　　　　　　对少帅存有不测杀你的心。

张宗禹　　那以后呢？

阿　秀　　（唱）我假冒他哥命我来将他找，

　　　　　　　他果然和我认了亲。

张宗禹　　哦！

阿　秀　　（唱）他对我也曾三考并六问，

张宗禹　　你凭啥做证呀？

阿　秀　　（唱）我忍辱害羞，赤胸袒臂。

　　　　　　　露出印记他果相信认为真。

张宗禹　　啊！（蓦然变脸）这么说来你真是清营奸细？

阿　秀　　不，不，我是骗饿狼的！

张宗禹　　（逼问）什么是骗饿狼的，你分明是来骗我！我问你，饿狼派你来为何？目的何在？（怒视阿秀，步步逼近）

阿　秀　　少帅莫误会，我骗饿狼是为了不使他疑我，方好寻机报告乐婵和少帅，以谢少帅救我的一命之恩哪！

张宗禹　　（严肃地）那你身上的烙印，又做何解释？

阿　秀　　花斑豹那贼残忍无比，将他的三十二名妻妾都烙上了有他名字的印记，以示由他占有。此系独出心裁，外人不知，因而我敢用此印记哄骗饿狼，倘若少帅不信，可以观看。（欲解衣）

张宗禹　　（阻止）那就不必了，不过你尚年轻犯不着为我卖命呀！

阿　秀　　少帅呀！（唱）

　　　　　　　我虽然自幼卖艺生苦命，

　　　　　　　也懂得是非曲直做人的情。

　　　　　　我父母无辜尽丧清妖手，
　　　　　　我也被打入地狱十八层。
　　　　　　人心向善往高处走，
　　　　　　我决心入捻为了再求生。
　　　　　　捻兴捻和我日子好过，
　　　　　　捻衰捻乱我又得跳火坑！
　　　　　　你主正义我尊重，
　　　　　　草木之心与人同。
　　　　　　为争少帅免一死，
　　　　　　纵被那千刀万剐，
　　　　　　只要能扶正祛邪。
　　　　　　死后我也能把目瞑。

张宗禹　　好！我的好妹妹，我们细细谈谈。

　　　　（二人对坐细语，阿秀不时伸出有字的手比画着）

　　　　（洪姑持刀上）

洪　姑　（唱）寅夜翻墙闯牢营，
　　　　　　为报兄仇把冤平。
　　　　　　见室内烛光摇动显双影，
　　　　　　听里面叽叽喳喳有人声。
　　　　　　我舔破窗纸看动静，
　　　　　　哟！
　　　　　　他对面正坐着那个女妖精！
　　　　　　怪不得他对俺哥下毒手，
　　　　　　果然是迷恋妖妇才下绝情。
　　　　　　我先杀宗禹再除妖妇，
　　　　　　今晚定把账算清。

　　　　囊中飞刀我暗抽出,
　　　　瞄准宗禹他的前胸。
　　　　哦!
　　　　为什么刀掷出我手发软,
　　　　洪姑我想起了他和我过去的情。
　　　　俺二人共同盟誓同兴捻,
　　　　并肩作战杀妖兵。
　　　　同读诗书同练武,
　　　　志同道同兴趣同。
　　　　他不穿衣我觉冷,
　　　　我不吃饭他心疼。
　　　　那次我受风得了病,
　　　　他陪我熬夜熬得眼儿红。
　　　　多年来心心相印的好伴侣,
　　　　今晚上我咋忍心下绝情?!
　　　　心绪烦乱直发愣,
　　　　风吹身冷神又清。
　　　　也罢!
　　　　若不杀宗禹,
　　　　兄仇报不成!
　　　　他先绝了义,
　　　　我何再留情?
　　　　狠狠心肠我要下手……
　　　　哟!
　　　　不慎脚下起了响声。

张宗禹　　(警惕地)谁?

（洪姑蒙面急躲）

（窗忽开，宗禹跃出）

（二人打斗）

（洪姑败逃，宗禹追）

（洪姑回首甩飞刀刺宗禹）

（阿秀惊上，护宗禹，中刀倒地）

（宗禹跃上，踢倒洪姑，撕开蒙面）

张宗禹　　哦！原来是你？

洪　姑　　我既被擒，报不了仇，你杀了我吧！

张宗禹　　（上前举剑又放下）洪姑，你认错了仇人，上当受骗了！你哥为何被杀，阿秀是最好的证明人，你咋不好好地问问她呀？我知道你是受人指使，总想杀我报仇，这是咱俩的私事，我原谅你。

（递给洪姑剑拍胸，洪姑后退）

（阿秀痛苦地挣扎，伸出有字的手，拔刀猛砍，手断落，死）

（张宗禹急转身）

张宗禹　　（抱起阿秀）秀妹！

洪　姑　　（呆呆地愣着）

（幕落）

第七场　除叛祭捻

[黎明。

[鼓声咚咚，大地颤抖。

〔任柱穿蓝色捻王服，带饿狼上。

任　柱　（唱）黎明鼓声阵阵催，
　　　　　　　蓝旗捻子抖神威。
　　　　　　　三日已过我要把仇报，
　　　　　　　不杀宗禹我誓不回。
　　　　（白）李文。
李　文　在。
任　柱　刑场可已准备停当？
李　文　报鲁王，我已着人高筑刑台……
任　柱　哎！这是捻内事，不用那么啰嗦了，就在那烈士坟前，杀宗禹一祭便了！
李　文　是！
　　　　（任柱下，饿狼李文随下）
　　　　（二幕开）
　　　　（涡河岸边，柳林深处，捻军烈士坟前）
　　　　（张乐行、乐婶各心情焦急地从舞台两方上）
张乐行　（唱）几天来搅得我头晕脑乱。
乐　婶　（唱）为侄儿杀捻事我寝食不安。
张乐行　（唱）饿狼告他任性杀人把捻规犯。
乐　婶　（唱）宗禹讲临阵杀逃理当然。
张乐行　（唱）我找捻首做证未得见。
乐　婶　（唱）那阿秀又不知被饿狼藏到哪边？
张乐行　（唱）任柱弟逼杀宗禹给我要把香根断。
乐　婶　（唱）那洪姑为报兄仇多次求我哭黄天。
张乐行　（唱）妻为救侄三番两次把我劝。
乐　婶　（唱）事未明若杀宗禹实太冤！

张乐行	（唱）弄不好蓝旗翻脸造我的反。	
乐　婶	（唱）若屈杀黄旗结仇不共戴天。	
张乐行 乐　婶	（合唱）自相杀，互相残，	
	捻子个个难保全，	
	清妖再来谁阻挡，	
	捻军的大业就此完。	
	咳！	
	今朝碰上这麻烦事，	
	翻贴门神左右难。	
	（张乐行瞥见乐婶，乐婶也瞥见了乐行，二人同声）唉！	
张乐行	当家的，你一大早来这里做啥呀？	
乐　婶	我的大王盟主，你也来此做甚呢？	
张乐行	今日是甲子日，任柱要杀宗禹的限期已到，我……	
乐　婶	你已找诸捻把事弄明了，要等任柱到来，当场辨明是非，释放侄儿宗禹是不是呀！	
张乐行	夫人呀，你说找到了阿秀，是非自明，你可找到了没有呀？	
乐　婶	我是问你？	
张乐行	我是问你？	
乐　婶	哼！	
张乐行	唉！	
乐　婶	看来咱们都没有把事弄清，为今之计你欲咋办？	
张乐行	我正为这事苦恼，想到哥嫂坟前一祭，等诸捻到来，把事问明。	
乐　婶	对！说今日杀人，诸捻必来，如此我陪你一祭。	

张乐行　　怎么哥嫂的坟前已经有人来了？

乐　婶　　（看）像是宗禹，在重造新坟……

张乐行　　这样不好，他这样擅出牢营，若被任柱看到，必会怨我有私，应立即叫他回去。

乐　婶　　唉！他生死在即，还是容他这一回吧！甭怕这怕那的。

张乐行　　也是。如此你我同前看来。（同下）

（张宗禹手提纸箔，上）

张宗禹　　（唱）连夜给秀妹把新坟造，
　　　　　　　手提纸箔泪双抛。
　　　　　　　弱女救我存厚义，
　　　　　　　明辨是非不混淆。
　　　　　　　烈士坟前又添一座，
　　　　　　　后人莫忘其品德高。

（欲焚化纸钱）

（乐行、乐婶上）

张乐行
乐　婶　　（同声）侄儿！

张宗禹　　（回顾）啊！叔、婶。

张乐行　　这里掩埋的是何人？

张宗禹　　平民弱女，何劳动问。叔父，婶娘，您大早到此为何？

乐　婶　　你叔要对你的亡父亡母一祭！

张宗禹　　如此侄儿我也陪祭。

乐　婶　　好！咱们同祭！

五　孩　　（上。摆香、烛、礼、酒）禹哥，我捉到了内奸一名。

张宗禹　　哦！要查明真情，相机行事，

五　孩		是！（下）
张乐行		（端酒）

（唱）手端酒祭亡哥和阵亡诸捻，
　　　不由我张乐行一阵心酸。
　　　涡河岸今日里荒冢连片，
　　　死多少我的好兄弟父老年残。
　　　无辜被清妖来杀害，
　　　我哥嫂也在这里边。
　　　乐行我，造反要为您把仇报，
　　　沙场战死也心甘。
　　　亡灵不瞑亲眼见，
　　　九泉之下您把心安。（泼酒）

乐　婶　　（持酒）

（唱）二杯酒我祭俺亡哥亡嫂，
　　　端酒盅想往事珠泪双抛。
　　　您守家不幸被清妖来杀害，
　　　我带宗禹在外征战恨难消。
　　　决心给您把仇报，
　　　联合天国杀清妖。
　　　大业未成您身先死，
　　　抚今思昔我泪如潮。（将酒洒坟头）

张宗禹　　（端酒）

（唱）端起了这杯酒我哈哈大笑。

张乐行　　哼！宗禹，祭奠当哭，哪有大笑的，你是疯了还是醉了？

张宗禹　　（接唱）我笑那涡河浪摧打船摇，

　　　　　　想平静你就不该惹风暴。

　　　　　　空喊造反为哪条?

　　　　　　只弄得田园荒无人烟少,

　　　　　　荒坟成群长蓬蒿。

张乐行　　咳!这又怎么能怨造反呢?那是官逼民反嘛!

张宗禹　　(唱)若怕敌人就该跑?

　　　　　　咋不磕头降清妖?

张乐行　　投降怎行?

张宗禹　　咋不行呢?

　　　　　　(唱)遇敌投降身无罪,

　　　　　　制止立法就犯律条?

张乐行　　哦!……(沉思)

张宗禹　　(唱)逞强出头惹烦恼,

　　　　　　家破人亡命难逃。

　　　　　　这个坑就埋咱张家一百零三口,

　　　　　　皆因逞强祸自招!

　　　　　　爹娘啊!

　　　　　　孩儿的现状你可知道?

　　　　　　连乐叔也违正义不把我饶。

张乐行　　啊!原来你是恨我的呀!

张宗禹　　叔父啊!

　　　　　　(唱)我恨你怨你还嫌少,

　　　　　　怕的是捻军你越带越糟糕。

　　　　　　没有纪律成乌合众,

　　　　　　见敌势大就会逃。

　　　　　　当年雉河那场败,

张乐行	啊！（唱）

      血的教训你还未记牢！

      侄儿的一席话将我提醒，

      想当年的教训顿觉脸红。

      我造反多年如春梦，

      几起几落总不成。

      雉河被围时我虽骁勇，

      可有人只顾己军令不听。

      人心不齐遭惨败，

      涡河水被血染红。

      侄儿呀！

      你杀逃叛行得正，

      你叔我已心里明。

乐　婶　　那你就应该主持公道，立即赦免宗禹。

张乐行　　单等诸捻一议！

   （幕后鼓声大作，任柱上）

任　柱　　哎呀！大哥，宗禹今应服刑，你怎么还不把他绑起？

张乐行　　因其证据不足。

任　柱　　何为证据不足？

张乐行　　当事的诸捻未问，受害人阿秀没来，饿狼、五孩的证明各执一端，怎么定法？

任　柱　　这……

李　文　　鲁王，看起来盟主要赖账了。

张乐行　　哼！你这小辈，敢妄自多口？

   （饿狼惊吓后退）

任　柱　　嘿嘿……我若再找出证人，你如不杀宗禹，我定要给

	你拼个你死我活。
张宗禹	哼哼,今天我奉陪到底,必须弄个水落石出!
任　柱	好!咱们同审同问。(二人同上座)
	擂鼓聚捻。
	(鼓声紧敲。)
任　柱	饿狼。先把那艺人阿秀带来一问。
李　文	这……
任　柱	哼!咋不去带?
李　文	她、她昨晚失踪。
任　柱	怎不找回?
李　文	找而未见。
任　柱	呸!既然如此,且唤打捎的捻首来。
乐　婶	这不行,阿秀在打捎军里系你叫拨归饿狼管带的,人员失踪,不作报告,其中定有蹊跷,得追根问底。
张乐行	是呀!得追根问底!
李　文	我实不知其人何在!
张宗禹	哈哈……你可扒开那座新坟,看看里面是谁?
李　文	哦!……
张乐行	你说是谁?
张宗禹	阿秀!
任　柱	咋掩埋了?
李　文	嘿嘿,我明白了,分明是被他杀人灭口了?
张宗禹	哈哈,您看,这条狼又要咬人了?你有何证她是我所杀呢?
李　文	这……你又怎么知道是阿秀呢?
任　柱	那就开坟检验。

洪　姑　（疯了似的跑上）义父，那不必了！
任　柱　是怎么回事？
洪　姑　义父呀！
　　　　（唱）报兄仇我夜进牢营刺宗禹，
　　　　　　　见阿秀在那里我心中生疑。
　　　　　　　未料脚下响声动，
　　　　　　　宗禹出来我着了急。
　　　　　　　我飞刀是把宗禹砍，
　　　　　　　不想她为护宗禹被我刺。
任　柱　啊！
洪　姑　（唱）宗禹不杀我存大义，
　　　　　　　是我把阿秀埋这里。
李　文　哦！杀阿秀的凶手原是你。
　　　　（抽刀欲刺洪姑，宗禹把饿狼挡住）
洪　姑　（气）饿狼呀！
　　　　（唱）如今我才认清你，
　　　　　　　你、你、你颠倒黑白把人欺（气晕，被乐婶扶住）
李　文　他是在说疯话！（欲溜）
张宗禹　别想走，这才是你想乱捻杀人的铁证。
　　　　（举阿秀的断手。）
李　文　这……
　　　　（任柱、乐行往看）
任　柱　（读）豹哥……甲子、合围……弟狼。
　　　　哦？
张宗禹　这是饿狼勾结其哥花斑豹、想杀捻降清的密信，巧被阿秀按在手上。

张宗禹	叔父呀,你知那阿秀是谁?她就是当年被清兵追散的任柱叔的外甥女秀妹,有她手上的戒指做证。
任　柱	哦!(拿断手认戒指,大哭)我的外甥女呀!
张乐行	弟兄们,拿下饿狼,杀叛祭捻。
众	是!(抓饿狼)
	(鼓声爆震)
李　文	(喜)我哥兵来了,你们必败。
张宗禹	哈哈,我已早叫五孩埋伏柳林等着掘井擒豹了。
	(五孩押饿狼的侍卫乙上)
侍卫乙	(向饿狼)这回连你哥都全完啦!
李　文	唉!(低头)
	好呀![齐挽宗禹手贺喜道歉!
	[众呼 "杀叛祭捻,同灭清妖!"
	[在鼓声,欢呼声中。

(幕徐落)

全剧终

1987 年 5 月　四稿
徐州戏剧 1987 年 2 期刊发

鸳鸯湖

中篇琴书选回

编剧　高子亮

第一回　虎口余生

鸳鸯桥侠母收女
春城夜荷花遇凶

（唱）俺唱的是大雪纷飞寒风刮，
　　　天气冷河里能冻死连毛鸭。
　　　鸳鸯湖夜色漆黑人寂静，
　　　忽然间一个女人往桥上爬。
　　　难道说她是疯魔不觉冷？
　　　难道说她是野人没有家？
　　　除夕夜家家都围炉把酒饮，
　　　她一人孤单单的为什么？
　　　莫非想跳水投湖寻短见？
　　　因何故狠心舍了爹和妈？
　　　纵然她有事不能遂心愿，

也应该多找亲朋想办法。

眼下里湖水疯狂正咆哮，

她竟能拿血肉之躯来喂鱼虾？

眼看着这女子要寻死，

这时候能有何人来救她？

（白）　借着雪光反照，只见那女人头发蓬松，眼喷怒火，手扶鸳鸯桥栏，迎风而立。她看看远处的松山，青山无语；又瞧瞧脚下的鸳鸯湖，湖水翻滚。她仰天长叹一声，便毅然地登上了桥栏，身躯直立，像跳水运动员一样，张开双臂，就要往下扑。"哎呀，不好！"……就在这女人要投湖自杀之际，忽从桥上蹿上来一人，急三步"嗖嗖嗖"赶到那女人的身后，一伸双手，"呵"……揪住了那跳湖女人的脚脖子，只听"咕咚，哎哟……"一声，咋的？"咕咚"是来人用力把那女人拉下桥栏摔倒的声音，"哎哟！"是那女人的一声惊叫。明公，这时是天黑夜冷，四野无人，那女人只顾寻死怎想到被人从背后抓住脚脖子拉下桥栏，摔倒桥上，你说她怎能不惊、不喊、不叫呢？那女人先是心里害怕，惊叫了一声，毛发直竖。哆哆嗦嗦身上一阵战栗。继而定了一定神，一想"不好！"，来人莫非是仇家的埋伏？又想不对，他们不会知道我来这里，但这抓我的人能是谁呢？哎哟，糟了，我面前的那个人不是要截路，便是想强奸，若不是个强贼也准是个暴徒；眼下在雪夜的旷湖里，自己孤身一人，难免要受辱，怎么办呢？她连忙骨碌爬起，撒腿就想跑。哪料膀子竟然被来人有力的手腕抓住，像吸铁石一样，使她挣脱不得。她索性豁出去了，蓦地一转身，乓的一巴掌朝来人扇去。哪知那人只一架，"哎哟"……她顿时觉得手臂酸麻。她想这下子可完了，只有任其摆布吧。唉……就在她山穷水尽之时，倏的一束电光照在她的脸上、身上，她借电灯的余光瞥一瞥来人，"啊"……两人不觉同时叫了一声，"原来你是个妈妈？""原来你是个姑娘？""嗯""啊"……

这位妈妈本是这里的渔民，她约有四十开外的年纪，自幼闯荡江湖，风里生，浪里长，身强体壮，练就了一身打渔的本领；不仅能用丝网麻套，钩卡捕鱼，还能夜划舢板跳白鳝，在黑夜之中辨鱼虾。因为今天是除夕，明天大年初一开市晚，所以她把一天捞的鱼虾到天黑时才送到松山下的小镇；卖了鱼，割了肉，打了油，买些过年用的佐料，还和熟人唠叨了一阵子。这时天已很晚了，好在她带着电筒，湖边的路又熟，渔船又泊在鸳鸯湖桥下不远处，便摸黑踏雪，来到桥边。正要捏手电照着过桥，忽见桥上站着个人影，不觉一愣，心想：这几年公安搞得不错，怎么会出现截路的了？忙隐身桥旁，察看动静。那女人在桥上的一举一动，都被她看在眼里，暗叫一声："不好她要投湖了！怎能见死不救呢？"因而她轻轻放下篮子，抢步上前救下了那人，现在发现原是个小姑娘，心里奇怪，她手捏电灯，仔细地打亮起来。

（唱）渔妈妈打开电灯闪银光，

　　　仔细地上下打量这位姑娘。

　　　她个子不高又不矮，

不瘦不胖正相当。
松散的头发如墨染,
脸皮儿白得像雪上霜。
鹅蛋脸盘尖下颚,
飞蛾眉毛眼上装。
眸子深沉似海水,
一对大眼睛泪汪汪。
红扑扑的小嘴绷得紧,
正配个不钩不翘、端端正正、
正正端端的小鼻梁。
有一条素色的围巾脖子系,
巧绣着莲湖戏水的两鸳鸯。
上身穿件时髦对襟的花棉袄,
一排排鸳鸯蝴蝶扣安中央;
下身穿条麦绿色的薄棉裤,
裤脚儿不肥也不长。
有一对短筒胶靴脚上穿,
在雪地里黑白分明亮堂堂。
这姑娘俊得像张美人画,
只就是眼神忧郁心里悲伤。
是何原因俺摸不到,
渔妈妈只好开口问端详。
姑娘啦!
你家住在哪村和哪镇?
家中可有爹和娘?
莫非你和兄弟姐妹怄了气?

　　　　　　　还是为婚姻配得不相当？
　　　　　　　莫非是有啥恶人欺负了你？
　　　　　　　还是为你想上大学未考上？
　　　　　　　或许是家中出了天灾人祸？
　　　　　　　还是那碰上了薄幸的无情郎？
　　　　　　　或许你身上有啥难治的病？
　　　　　　　我觉得你定有隐秘心内藏。
　　　　　　　你为什么鸳鸯湖上来寻死？
　　　　　　　你知可白白死了多冤枉？
　　　　　　　年轻轻的正好过，
　　　　　　　咋不怜青春年少好时光？
　　　　　　　渔妈妈追根究底赶着问。
　　　　　　　小姑娘泪汪汪地叫大娘，
　　　　　　　我家就在鸳鸯湖的那边住。

（夹白）　　噢！住湖那边？好远啊？
　　　　　　　住在那松山下靠山庄。

（夹白）　　嗯！离这儿有好几十里呢！
　　　　　　　爹爹姓何叫何忠厚，
　　　　　　　我叫何花，姐叫何芳。

　　　　　　啊！……
　　　　　　　俺庄上有一个木村长。

（夹白）　　怎么样？
　　　　　　　他有个浪荡的小子叫木强，
　　　　　　　塌拉着鼻子一只眼，
　　　　　　　还专好打扮调戏姑娘，
　　　　　　　和流氓小子结成伙，

　　　　　　　讹人作孽最在行。
　　　　　　　他见俺姐人才好，
　　　　　　　要娶俺姐做妻房。

（夹白）　　咳！像这样的人你姐能愿意吗？
　　　　　　　俺姐当然不愿意喽。
　　　　　　　他仗势欺人逞凶狂。
　　　　　　　带着狐朋和狗友，
　　　　　　　硬逼俺爹先搭腔。

（夹白）　　您爹咋说？
　　　　　　　俺爹说儿女的婚事得自做主，
　　　　　　　惹恼了这群小鬼和阎王。
　　　　　　　打俺爹骂俺娘，
　　　　　　　把俺家的东西全砸光。

（夹白）　　真可恶！
　　　　　　　我生气上县去告状。
　　　　　　　又被他们中途截住羞辱一场。

（夹白）　　唉！那又怎么办呢？
　　　　　　　爹娘无法只好带姐出外逃难，
　　　　　　　把我丢在了钱家庄。

（夹白）　　为啥？
　　　　　　　钱家庄有个钱望高。
　　　　　　　俺俩是青梅竹马订的鸳鸯。
　　　　　　　俺小时同路把学上，
　　　　　　　同师同桌同学堂。
　　　　　　　他家穷，俺爹曾把他收养，
　　　　　　　他嘴儿甜，在俺家喊爹又叫娘。

（夹白）　　还不错嘛！

　　　　　　　如今他发家致了富，

　　　　　　　谁知他把过去的恩情全忘光。

（夹白）　　没良心。

　　　　　　　他不敢把木家来得罪，

　　　　　　　说什么钱势结合才能两伸张，

　　　　　　　不仅逼我把婚约解，

　　　　　　　还一心把我让给木家郎。

（夹白）　　真混蛋！

　　　　　　　偷在俺证书上面改了名和姓，

　　　　　　　把我硬往火罐里装。

　　　　　　　还劝我说：

　　　　　　　你没看过《大燕和小燕》那出戏吗？

　　　　　　　姐不愿意嫁妹去填房。

（夹白）　　这是哪对哪呀，真是岂有此理！

　　　　　　　木家想趁着除夕把我抢，

　　　　　　　抢回家去就拜堂。

　　　　　　　等到生米成熟饭，

　　　　　　　我上哪里喊冤枉？

　　　　　　　多亏了好心的邻居送来信，

　　　　　　　我才得顶风冒雪逃外乡。

（夹白）　　你想往哪里去呢，姑娘？

　　　　　　　大风起，雪飘扬。

　　　　　　　湖山一片白茫茫，

　　　　　　　鸳鸯湖连着天和地，

　　　　　　　我到何处去躲藏？

　　　　　　喊爹爹不应，
　　　　　　喊娘不搭腔。
　　　　　　苍天打了盹，
　　　　　　哭死枉断肠。
　　　　　　山路又崎岖，
　　　　　　哪里无虎狼？
　　　　　　我孤身弱女无依靠，
　　　　　　所以才决心跳湖把身藏。

（夹白）　唉！傻孩子，那湖里可藏不得，一去呀，你的小命就完啦！

　　　　　　为人谁不惜生命？
　　　　　　俺知道，
　　　　　　留在阳间我也活不长。
　　　　　　我要叫天作被，
　　　　　　地作床。
　　　　　　洁白的湖水围在我身旁，
　　　　　　留得清白人间在，
　　　　　　誓死也不进污泥塘。
　　　　　　荷花若要再出水。
　　　　　　除非是天河落地、运河倒灌，
　　　　　　这湖里再现鸳鸯。

（白）　"哦！原来是这么回事。孩子，你的命好苦啊！"姑娘说："妈妈，我死的原因你已知道，刚才你救我一死，我感激你的大恩大德，对你误会冒犯，我向你赔礼请罪。现在咱恩情两清，无牵无挂。妈妈，你还是让我死了吧！"渔妈妈说："慢着，你咋还想死啊?""人各有志,妈妈你不要多管。"姑娘说完一扭身,又要往湖里跳,渔妈妈忙上前一把拉住说:"姑娘,你疯啦?""我没疯。""你傻啦?""我没傻。""那你为啥还要死?""我要留得清白在,永不落骂名""嗯!哈哈……"姑娘被渔妈妈笑得丈二和尚摸不着头脑,像小孩儿吃羊角蜜——不知从哪头进糖。忙问:"妈妈你笑啥?"妈妈说:我笑你这么个识文解字的姑娘白念书,不通情理!""我咋不通情理?"妈妈说:"人最宝贵的是生命,蝼蚁尚且贪生,你却不惜性命,岂不是不通情达理?"姑娘说:"我并不是不惜性命,只是当前无路可走,只能图个清白。"渔妈妈说:"看,你又来了,什么清清白白?我说你这样才不清不白。""咋不清不白?"妈妈说:"你今晚跳河死了谁知道原因? 明天如果有人在湖里发现了你的尸体,说你是被辱而死,或说你做了坏事畏罪自杀,你死无招对,谁给你辩白? 也许你怪妈妈我不给你说句公道话。可我又咋说呢? 我说是亲眼看见你死的,死人头上有浆子,钱家和木家都来找我要人,我能受得了吗?""嗯!""这一来不仅人家笑你不清不白,还得骂你呢!""能骂我啥?""骂你糊涂,骂你脆弱,骂你忤逆不孝!""咋还忤逆不孝呢?"渔妈妈说:"你听着。"

(唱)人生中最怕的是子女不孝,

    这样事伤娘心难画难描。

    娘养儿十月怀胎尚未见分晓,

    她就得为儿女日夜把心操。

    缝个帽不知孩大小,

做件衣不知孩子身低高。
最难是生儿生女不知道,
想问人又怕人耻笑脸发烧。
生个男的倒还好,
生个女孩就遭了糕。
公公叹命苦,
婆婆骂命孬。
碰个丈夫不讲理,
能气得一蹦八丈高,
说不得还揍你几巴掌踢几脚。
娘把孩子怀中抱,
日日夜夜苦煎熬。
孩儿小夜在娘身常撒尿,
夜起来换尿布又怕凉着小娇娇。
这边湿了那边放,
那边湿了这边抛。
娘身像个热火罐,
暖得儿身干寒气消。
只要孩子能睡好觉,
娘不顾冷热生死命一条。
天冷抱儿怀中焐,
天热给儿把扇摇。
芭蕉扇子怕风大,
换个小蒲扇把风招。
日日夜夜盼儿长,
天天扎着看长了多高。

几月过后儿会笑,
妈妈心里乐淘淘。
拿花引,
用手儿挠,
喊乖乖,
叫宝宝。
亲亲脸儿逗逗嘴,
哪天不亲儿好几遭。
周岁过后儿长大,妈妈对儿把话来教。
叫爸爸,
叫姥姥。
逗儿喜得嘴像个瓢,
领着孩子学走路。
驮着孩子把饭烧。
抱得多了娘嫌累。
不抱又怕儿摔跤,
买上糖,
买上糕,
买上锣鼓给孩子敲。
爹娘身瘦不算个事,
只要孩子高兴身添膘。
好容易拉把孩子成人了,
送儿学习上学校。
上班送,
下班接,
怕儿在路上车碰着。

成绩好了娘心喜，
成绩不好娘觉孬。
哪次拿回成绩单，
娘不心跳好几遭。
哪个娘不盼孩子有大用？
哪个娘不想儿给祖先争荣耀？
哪个娘不想儿给她争口气？
哪个娘不怕人对孩子说声孬。
且不讲娘得了你的什么济，
且不讲养老送终那一条，
且不讲你本事多大贡献多大，
且不讲你心有多高志有多高，
你的娘总不会让她的女儿死，
你就不该忍心一死把娘抛。
你死一命如蒿草。
你娘下半生怎么熬？
她怎在人的面前站？
她想你能不心里焦？
你忍心让娘日夜哭号啕？
你忍心让娘盼你面憔悴？
你忍心让娘终身恨难消？
你想沉湖底图清净，
叫我看鱼鳖虾蟹也不能把你饶。
你背着娘死就是那忤逆不孝，
人恨你骂你有啥不当，
你把理来说说瞧！

（白）　　"这……""你说呀？""咹"……姑娘沉思不语，渔妈妈停了停又说："丫头，今儿话我说透了，理嘛，你也听清了，要死要活随你的便，你死去吧，我等着！"

"这……"姑娘被渔妈妈一番话说得目瞪口呆，心想妈妈说得对呀，我整天喊着要立大志、做大事，现在刚遇点挫折，咋就想死了呢？不光对不起妈妈，也对不起自己呀！她犹豫了，后悔了，腿也抬不动了，眼泪像打枣似的"唰唰唰"直往下掉。渔妈妈也跟着流了阵眼泪，最后说："孩子，你没家。我也是孤身一人过日子，虽然老头儿在"春城"工作，他也不回家，我长期一人在家生活。看来，咱娘俩苦命相连，你若愿意，就跟我过好不好？人都说女人能顶半边天，我就不信咱娘们合在一起就撑不住它。""哦！……"何花姑娘听了这话，心情激动，悲喜交集，说了声"好"，慌忙上前一步"扑通"跪在渔妈妈的跟前，喊了一声"妈""哎，我的好闺女……"

（唱）小何花跪在地上喊声妈，
　　　渔妈妈心里像开万朵花。
　　　我多半生顶风踏浪受孤苦，
　　　今夜里天把姑娘送到了家。
　　　莫不是我少亡的丫头还阳转，
　　　我觉得你和她一点儿也不差。
　　　闺女呀，你虽不是我亲骨肉，
　　　我疼你，定能胜过你亲妈。
　　　你甭看，我是捞鱼摸虾的渔家女，

我能教你在风里浪里把根扎。
大年午夜这里风雪冷,
你跟妈妈咱快回家。
咱缸里有鱼,
船上有虾。
俺熬猪肉,
把鸡来杀。
家里还存着桂花酒,
咱娘俩喝上两盅把呱啦。
明早晨我包饺子你放炮,
吃罢饭我领你上街买好花。
何花听了浑身暖,
甜甜蜜蜜地又叫妈。
妈妈哎,
有女儿你就把福享吧。
你说干啥我就干啥,
风里浪里我敢走,
鱼鳖蟹虾我能抓,
你要撒鱼我划桨,
你要赶集我跟着妈,
你要饿了我做饭,
你要渴了我送茶,
伺候不到你只打,
我拿你干妈胜亲妈。
哈哈哈哈!哈哈哈……
娘儿俩都觉得开心怪欢喜,

　　　　　　　湖水唱新歌，
　　　　　　　北风吹喇叭。
　　　　　　　"乌哩哇，乌哩哇，乌哩哇哇乌哩哇……"
　　　　　　　小何花正要搀妈把桥下，
　　　　　　　见西北方摩托车灯亮放光华，

（夹白）　　　"呜……得得得……"
　　　　　　　不好了，钱家摩托车出了动，
　　　　　　　准是那带着木家来把我抓。
　　　　　　　妈妈呀，你快快丢下我自个儿走吧！
　　　　　　　免得连累了好妈妈！
　　　　　　　渔妈妈，
　　　　　　　眨巴着她辨风识浪捕鱼的眼，
　　　　　　　低低声音喊何花。
　　　　　　　好闺女，
　　　　　　　你甭怕。
　　　　　　　咱娘俩快快想办法，
　　　　　　　"呼啦啦"
　　　　　　　把何花的鸳鸯围巾来扯下，
　　　　　　　忙着就往桥栏上搭。
　　　　　　　拉着何花侧退着脚步下了桥，
　　　　　　　轻轻地上了小船筏。
　　　　　　　不多时，
　　　　　　　两辆摩托开到桥上。
　　　　　　　车上的人骂骂咧咧叽里呱啦。
　　　　　　　您若问是谁赶来到，
　　　　　　　且听我慢慢对您啦。

（白）　　且说渔妈妈领何花下桥上了渔船，隐于湖礁深处，鸳鸯湖方圆百里，这地方是礁石起伏，港岔纵横，人称"鬼见愁"，离鸳鸯桥下远，桥上的动静，能听得清清楚楚。那来的两辆摩托上的人，一个是瘦猴儿钱望高，一个是独眼龙木强。这两小子原觉密谋得逞，先大喝了一场酒，弄得醉醺醺的，待要带何花时，听说已跑多时了，忙骑上摩托，东闯西撞到处都没找到，这才想起鸳鸯桥这条路。及至上了桥，发现雪地上有纵横足踪，心想何花可能来过这里了，顺着足迹观瞧，见脚印都是往桥上走的。能到哪儿去呢？便一个一个桥栏查。至中间的桥栏，但见一条鸳鸯围巾迎风飘扬，"哦！"钱望高不禁大吃一惊，忙喊："木强哥，坏了！""咋啦？""何花投湖死了！""怎么见得？""这不是何花的围巾吗？""她爹娘都不在，这里无亲无故，一定是走投无路，跳湖自杀啦！你看栏杆上有踩的脚印呢？""哦？"木强往桥下一看，桥下湖水翻滚。他立时眉毛皱成一条杠，歪嘴一撇。哭道："啊……""这是咋哭法？""无词儿啊，哭妻不是，哭娘又不行，只好干憋！"钱望高凑上去想老鼠给猫理胡子——劝上他几句，谁知被木强照面一拳，打得眼里火星直冒。鼻子上立时起了个大疙瘩，还骂骂咧咧地道："你害了我的女人，我得叫你妹子赔！"说着上了嘉陵摩托车开回去了。钱望高失火挨板子——又头疼，一肚子委屈，又不敢跟木强打，只好也乖乖跟着回去。他担心木强到家还不知怎么闹呢！

　　何花躲过了凶险，住在渔妈妈家安安稳稳，欢欢乐乐地过了个春节。何花不仅跟着干妈学会了划船、捕鱼，还学会了很多江湖上的常识，懂得了不少做人处世的道理。娘儿俩生活虽然过得甜蜜，但何花总还是闷闷不乐。一则，这里离仇家虽远，但恐一旦被他们发现又会出事；二则她是个有文化的女子，原就生性刚强，现更人大志高，一心想在社会上争口气、立门户、振家声，在家乡做一番事业。她想像这样老躲在渔村，贪图温饱，何时有出头之日，何时才能和爹娘团聚？她知道眼下要想在社会上站住脚，没点儿本领和技术还是不行的。自己年轻、有文化、干劲足，只要再有点技术就能适应社会需要，不怕事业无成。一天，在跟渔妈妈补网时，她说："妈妈，俺干爹在春城航运公司里做事，能不能求他给女儿找个工作，学点技术，将来我也好在社会上立足"。渔妈妈暗赞闺女有志气，想得对，便点头答应了。她确有个丈夫叫余福善，早年时渔妈妈生了个女娃子，余福善重男轻女不乐意，孩子有病也不经心给治，把孩子活生生地折磨死了，因此夫妻终天浑浑噩噩。"文化大革命"以后，余福善在城里讨了个义子搭伴，从不回家，只有义子余杰常来看她。现在，自己的干女儿要他给找个工作，谅这个老东西也不会不帮忙的。便写了封信给余福善，老头儿回信满口答应，渔妈妈这才给何花整理行装，送到鸳鸯桥上，母女两难分难舍洒泪而别。小何花触景生情不由一阵心酸，又哭起来了。

（唱）小何花为了工作去找干爹，

实难舍慈祥亲爱的渔妈妈。
鸳鸯桥是她生死的阴阳界,
怎忘了妈在风雪中救了她。
忘不了在钱家逃跑的除夕夜,
忘不了温暖如春的渔人家,
忘不了随妈划船顶风浪,
忘不了跟妈织网学摸虾,
忘不了妈整行装的通宵话,
忘不了鸳鸯桥上泪如麻。
下了桥又是孤身的人一个,
好像那水中的浮萍任风刮。
也不知干哥他是怎么样,
干爹可热情对待她。
社会上五光十色也不好处,
也不知工作又能找个啥。
遇冷方知棉衣暖,
遇难就想慈爱的妈。
我明知妈妈不愿让我走,
可为着女儿前途没有法儿。
小何花走到湖边回头望,
可怜妈正站在桥上泪洒洒。
流泪眼对流泪眼,
目不转睛地瞅着她。
眼神中埋藏着多少的辛酸事,
眼神中像是在说知心话,
娘虽有夫无恩爱,

儿虽孤独还有妈。
女走娘掉一块肉，
娘不见女儿心结疙瘩。
何时冰河能解冻。
娘和女儿住一家？
走上长堤又回头望，
见妈白巾手中拿。
上下左右直摇摆，
像打旗语叮嘱何花。
她要我进城事事多留意，
那里不比咱乡下。
人儿多，货色杂，
切莫上当害自家，
女儿出事会疼坏妈。
走过长堤把山岗上。
林深遮眼看不见妈。
小何花恨不得砍倒岗上的树，
让妈再能看看她。
人生最是别离苦，
难辨酸甜与苦辣。
直等到一辆客车面前站。
小何花才迟疑地上车出了发。

（白）　一路无语，何花乘车到了春城，自然是住在干爹和干哥的家里。这个家在春城南关柳林渡旁，原是航运公司的临时小仓库，在绿林丛中，一排三间屋，坐北朝南，东间住着干爹金福善，西间住着干哥余杰，中间留着会客，门前有厨房小院。背靠大运河，空气新鲜。春来时桃红柳绿，倒也别致清幽，只是夜间四下无人，觉得有些阴森可怕。何花来后，干爹安排干哥余杰到航运公司借住，把床铺让给何花，干哥似乎不高兴，他嫌公司里乱。要搬张床放到爹屋里和爹一起住。余福善为这事发了脾气，狠骂了余杰一顿，弄得何花很不好意思。"看，我一来就把人家父子的感情给破坏了，多不应该呀！"但自己又没有别的办法，最后还是余杰让了步，赌气搬走了。临走时还指着行李岔里岔气地对何花说："小妹，你住这床可得小心啊！""哈？""我这铺盖上有虱子咬人。"何花说："有虱子怕啥？我不会洗洗烫烫？"等干哥走后，何花拆洗被子，翻过来一看，嗬！里里外外干干净净，心想，干哥原来是个小气鬼，让我床被子都舍不得，等我找好工作，领到钱，还他个新的。

何花到来之后，余福善对她照顾备至，每天不是买鱼，就是买肉，说何花是个苦孩子，怕过去营养不良，得好好补补身子。逢到公司里包电影，他总笑嘻嘻地拿来票，拉何花一起去看，说怕她一个人在家害怕、闷倦，何花要和干哥同去时。余福善说干哥呆头呆脑不懂事。黑天外出还是得自个儿陪她才放心。何花觉得话里暖乎乎的。正月十五闹花灯那晚，干哥余杰上街舞狮子，约她同去，干爹怎么也不答应，讲灯场混乱，流气人多，他不放心。等干哥走后，他却拉何花上了街。看完花灯又和何花一起吃了元宵，并买回几大筒火花、飞碟，拿回柳林深处放。荷花心里惬意,像孩子似的挽着爹的胳臂,还给爹唱了两段观灯的小曲儿。总之,爹体贴人,事事做得何花满意。对于找工作的事,何花常问干爹,可干爹总说:"不忙,保证给你找个好的。"为这事,干哥和干爹常吵架,越吵越凶,何花不知就里,也没办法插嘴。何花原就是个勤快人,在这里客居,更不愿偷懒。她日间为干爹干哥烧茶办饭、扫地、洗衣,晚上无事便打开电灯,读书看报。

这晚,何花独坐房中,心里忽然发起烦来,为啥?等工作急啦!

(唱)小何花跑来春城找工作,
　　　一转眼时间过了半月多。
　　　心急躁春夜懒把书来读,
　　　闷悠悠独对孤灯暗思索。
　　　干爹他天天都说工作好找,
　　　为什么长时间没着落?
　　　家里边也三朋四友常吃喝,
　　　莫不是领导对他不信任?
　　　还是为俺的条件不够格?
　　　我天天想,
　　　夜夜盼,
　　　闹得夜里睡不着。
　　　每见人骑着车子把班上,
　　　俺心里,急得像茅草搓。
　　　只因那时光易失如流水,
　　　年轻人青春最怕空消磨。

　　　　　　　梦中里我听说工作已找到，
　　　　　　　我高兴得又是踢腿又蹬脚，
　　　　　　　一下子蹬开了热被窝。
　　　　　　　不好了，
　　　　　　　被子被蹬绽了线。
　　　　　　　羞得俺脸红没处搁，
　　　　　　　干哥要问起怎么说。
　　　　　　　小姑娘，想着想着心急躁，
　　　　　　　不由地双眉紧皱把小嘴翘。
　　　　　何花正在心里发烦，忽听门儿"吱扭"一声响，何花惊问道："谁？""是我，哈哈。"……
　　　　　（唱）猛听得门儿"吱扭"一声响，
　　　　　　　干爹他走进门来笑哈哈。
（夹白）　原来是你呀！干爹。
　　　　　　　只见他拎只烧鸡和一瓶酒，
　　　　　　　眉开眼笑还哼着歌。
　　　　　　　看样子准是有啥大喜事，
　　　　　　　小何花忙迎上前把话说。
　　　　　　　"干爹呀。"
　　　　　　　"哎！"
　　　　　　　何事你今晚这样喜？
（夹白）　你猜，你猜。
　　　　　　　爹的事女儿我咋猜着。
（夹白）　你试试看嘛！
　　　　　　　莫不是爹爹月终得了奖？
（夹白）　不是。

　　　　　　　　再不然事出意外你得了财宝？

（夹白）　不对！

　　　　　　　　或许是你给俺干妈感情和（啦）！

（夹白）　哼！你这孩子，怎么越猜越远啦？

　　　　　　　　这不是来那不是，

　　　　　　　　你的谜神秘俺猜不着。

（夹白）　"俺不猜了。""你朝你身上猜猜看。"
　　　　　"我……"

　　　　　　　　我本是湖山飘零的一野草，

　　　　　　　　哪来的喜鹊往我头上落？

（夹白）　有呀！哦……

　　　　　　　　准是你帮我找工作有了门路？

（夹白）　对呀！

　　　　　　　　怪不得你这么高兴心里乐！

（白）　　哈哈哈……余福善一阵大笑说："丫头呀，你真机灵，一下子就猜中了。""是真的吗？""是真的。""好啊，好啊，是个什么工作呀，爹？""这个嘛！甭忙甭忙，你先去把酒菜弄好。咱爷俩喝着喜庆酒，我再跟你啦。""俺不呢！""俺怕你哄俺，你得先给俺说说俺才放心。"余福善喜滋滋地拍拍何花的肩膀说："好好好……就让你先看看吧！"他说着"腾"的一声从上衣口袋抽出一张纸来，姑娘接过一看，"咦"是航运公司的招工表，不错，还是正式工作哩！忙问道"爹，是干啥活的？""哎！……爹疼你，咋能叫你去干活呀？这是坐办公室，抄抄写写，正是你这个高中生干的事。""那太好了！爹，填上这表就能马上上班吗？""当然，当然！""那我现在就填吧！"何花急不可待地抽出钢笔，抽去笔帽，就想填写。可余福善一把又将表抢了回去，说："不行，你还得答应我的要求呢！""你想干什么呀，爹？""这……我想喝酒呀！""那还不容易，你等着。"俗话说，人逢喜事精神爽，何花过去等工作的愁苦，一下子烟消云散了。她手更勤，腿更快，急忙迈动双足，"噔噔噔"跑进了厨房，"乓"的拉亮了电灯，"呲啦"抽开了炉门，用揩布抹了又抹切菜板，把白围裙麻利地朝腰里一系，拎起菜刀，"乓乓乓"一阵儿响，把烧鸡剁好，放在细瓷盘里，又凑了几个干爹喝酒时好吃的凉菜，无非是菠菜粉皮儿、皮蛋、花生米、凉拌海蜇头拼运河里的鲜虾仁儿……忙着放好葱、姜、佐料、烧上甜油醋……端来朝桌上一摆，摆好了盅、筷，叫道："爹，你喝酒，我填表。"余福善说："这哪行，你再拿副盅筷来。""好，你是想等俺干哥回来您爷儿俩一块喝是吧？""不！你干哥我叫他出发运货，今晚不回来了。""这……""你斟上酒，咱爷俩喝。""干爹，你知道的，女儿我可不会喝酒呀。""管你会不会。今晚是喝你的喜酒，你就得陪着。""这……"余福善怕何花再推托，忙提起酒壶把儿，压低壶嘴儿。"咕嘟嘟"满满地斟上一盅洋河大曲烈酒，何花慌了，说："干爹，这……"余福善说："丫头，别这那的，酒桌上不分大小，今夜你喜我也喜。得先敬你一杯。"他说着，双手举杯，送到何花面前。明公，你说何花这下可咋办呀！

（唱）余福善要何花陪着饮酒浆，
　　　弄得她不由得一阵心发慌。
　　　女孩家不会饮酒没有量，
　　　这酒又是高粱烧的烈性强。
　　　有心不喝这杯酒，
　　　干爹端着只是让。
　　　我来春城靠爹帮忙，
　　　扫他的兴致不应当。
　　　小何花无奈喝下一杯酒，
　　　余福善提起酒壶又斟上。

（白）　　何花一杯酒下肚，被辣得直喷嘴，说道："爹，你咋又倒上了？"余福善说："有道理呀。你不知道，人不能一条腿走路，鸟得有两翅才能飞。俗话说：喜酒成双，大吉大利，是这地方的规矩。你虽不是这里人，但是入乡随俗，这杯酒你应该喝。""哦……"何花没有社会经验，哪知道喝酒还有那么多的花哨，她虽不愿喝酒，但对干爹的话又无言以对，怎么办呢？心里可就为难起来了。

（唱）小何花接过二盅犯了难，
　　　心中不由地打算盘。
　　　登山方知自身小，
　　　下海才知天地宽。
　　　我量小若再喝了这杯酒，
　　　五脏会被烧得冒青烟。
　　　若是不喝这杯酒，
　　　爹说的道理我驳回难。

而且他双手捧杯把我敬，

　　闺女闺女又叫得鲜甜。

　　咳！舍命我再饮这杯酒，

　　不能叫干爹说我理不断。

　　小何花勉强又喝了二杯酒，

　　余福善笑着又把酒来添。

（白）　　何花见干爹又倒了第三杯，吓得"哎呀呀"惊叫了起来，说："爹，你把女儿我辣死了，我可不能再喝了啊！"她像只上宰场的羔羊，用乞求的眼光看着余福善。余福善笑微微地说："闺女，你别怕，这杯酒我不派你，你听我把话说完。该喝你就喝，不该喝你就不喝还不行吗？""那行，你说吧！"余福善说："这杯酒不是我敬你，算是你陪我。这些天爹为你求亲托友找工作，跑弯了腿，累伤了腰，没有功劳也算有苦劳，闺女你看该不该赏我个脸呀？""这……"余福善这一军又把何花给将住了。可她怎么喝得下去呀？！何花端起酒杯，被难为得不由落下泪来。

（唱）小何花端杯为难把泪落，

　　心里害怕身哆嗦。

　　如若喝了这杯酒，

　　今晚上怕要醉死不能活。

　　如若不喝这杯酒，

　　爹不会把我放过。

　　拒了他绝情又绝义，

　　叫他的老脸往哪搁。

　　唉！罢罢罢，我拼了吧，

　　　　　　　　醉死了也得叫他无话说。
　　　　　　　　小何花舍命又喝了三杯酒，
　　　　　　　　喜得余福善笑呵呵。
（白）　　何花姑娘是初出山的小鸟，经不住狂风骤雨。是刚露头的嫩笋，受不住脚踩手折，她年轻不懂世故，怎经得老江湖酒鬼余福善三派两派、七哄、八激，"咕噜噜"，连三杯酒下肚，早被酒烧得脸颊绯红，像出水的荷花。头晕脑涨，像飞入了云雾，身子飘飘然了。所好她还知道醋能解酒，便拎起醋瓶，"咕嘟嘟"就喝了一气。余福善又笑嘻嘻地把凳子向何花身边挪了挪，将树桩般的身子往姑娘跟前靠了一靠，眨起黑豆般的一双老鼠眼，咧开大嘴，"嘿嘿"一笑，用鹰爪般指头端起了就酒杯，叫了一声"姑娘呀"。

（唱）余福善端杯喊声小姑娘，
　　　　你的酒量还真不赖。
　　　　一气喝了我三杯酒，
　　　　脸上开出了红海棠。
　　　　这些天我为你的工作奔波苦，
　　　　你可得爽快地答应我事一桩。

（夹白）　"啊！"何花醉醺醺地问道："答应你什么事呀，干爹？"
　　　　　现在是柳林夜深人儿静。
（夹白）　"那，那……你要我做什么呀？"
　　　　　"我要你，我要你……""要我做什么？你，你说呀。"
　　　　　我要你陪我一宿同个床。
（夹白）　"哦！"吐……

小何花闻听此言头脑炸，
惊出了冷汗浑身凉。
哇哇哇……吐了几口酒，
只吓得心里哆嗦身发凉。
神志清醒眼发愣，
心里不由暗思量。
怪不得我来他对我那么好，
原来是他有坏心在肚里装。
想必是干哥知道他人品坏，
所以才终日吵架闹嚷嚷。
说什么床上有虱子把人咬，
分明是嘱我警惕要提防。
我只说他性情温柔比干哥好，
哪知道他是狐狸假装羊。
怪不得他把干哥支使走，
为的是今晚好作案耍花枪。
他甜言蜜语把我灌醉，
想让我由他摆布难提防。
看面前坐着一只吃人的狼，
他脸儿狞笑张血口，
眼似鬼火闪凶光，
嘴甜腹内藏着剑。
酒杯里早把毒药藏，
前几天他老虎还把佛珠挂，
今夜晚凶相毕露撕了伪装。
我不该天真来求他把工作找，

将身儿送入虎口要遭殃。
罢罢罢，索性和他拼一死。
羊死也要叫虎受伤。
小何花暂且按住胸中火，
喊声干爹你听其详。
干爹呀，
你刚才酒醉说吃语，
你忘了你妻她是俺干娘，
干的亲的都一样，
你败坏五伦不应当。
哪有爹把女儿戏？
哪有父女暗同床？
我劝你勒马快收缰。
嘿嘿嘿嘿……
余福善说，丫头你嘴比百灵还巧，
你甭想躲过今晚这一场。
咱并非血亲你充啥近，
我不要你喊爹又喊娘。
你是那自送上门的一块肉，
你是那落入虎口的小羔羊。
你答应自有工作做，
咱暗中恩爱又何妨？
告诉你，大门我已上了锁，
今夜晚你要不从我就用强。
呸！
小姑娘"霍"的一声来站起，

手指着福善骂恶狼。
你甭说姑娘我幼小,
俺可是一块炼过的钢。
对松山也有作恶吃人的虎。
俺也曾扭他的脖子上过法堂。
鸳鸯湖深浪凶险,
俺也曾下去闹过老龙王。
春城是个讲理的地儿,
你不守法,
我一状能把你牢里装。
我还会对俺干哥讲,
把你的罪恶到处扬。
说你假仁假义,
干父欺女不应当。
让这里人人见你把恶心吐,
你到哪里哪里有人戳脊梁。
众帮俺干哥把你揍,
看你个过街的老鼠哪里藏,
活活治死你这野心狼,
小姑娘斗着胆子说硬话。
不好了!
这条疯狗借着酒性发了狂。
哼!
你甭拿大话把我吓,
老实点先让我亲亲嘴儿闻闻香。
何花说,你再上前我就喊叫,

老贼说:四野无人谁搭腔。
他说着说着往前凑,
逼得姑娘没处藏。
余福善一把抓住姑娘的手,
"乓!"
小姑娘甩臂扇他一耳光。
老贼被打发了火,
"嗤啦啦……"
拔出了短刀放毫光。
姑娘被逼得绕桌子转,
"劈里乓啦……"
她抓起了酒壶碟碗打豺狼。
烧鸡飞,
酒儿淌,
砸破盆,
烂了缸,
碟儿碗儿都砸光,
溅得老贼满身的汤,
周身湿得像水母娘。
老贼急了要行凶,
像只癞狗要跳墙。
眼看着姑娘要遭殃,
"哗啦啦……"
门被打开闪在两旁。
风吹落叶一声响。
余杰跳进了屋中央,

他身材魁梧像铁塔。
眼里闪着逼人的光,
伸出拳好像碓头大。
晃晃身像要顶断屋脊梁,
屋子晃荡几晃荡。
他大喝一声像春雷炸,
"乓",只一脚。
贼人的钢刀被踢飞碰了墙。
"哦。"
老贼一见害了怕。
入地无门心发慌。
恶虎装成了小绵羊。
余杰忙把干妹叫,
妹妹呀。
你年轻志气倒坚强,
我夜夜来巡查看门户。
早已防备这一场,
哥哥……
小何花感动地扑在哥怀里,
泪如泉涌心悲伤。
余福善趁儿女不防钻了个空,
他拾起钢刀。
直向余杰的后心撞,
"哎哟……"
只听得"哎哟"一声着了重。
也不知道谁死和谁亡?

唱到此处压住板。

下一回蒙山学艺再接下章。

1985 年 11 月

注：《鸳鸯湖》1985 年 11 月参加徐州市曲艺会演获创作优秀奖。

高子亮 ○ 著
高保华 ○ 整理

高子亮作品选
（下）

中国戏剧出版社
CHINA THEATRE PRESS

古体诗

高 子 亮 作 品 选

引　言

我有些古体诗，多是乘兴抒情口占，不计韵律，难登大雅之堂，只能算是"俚歌""口头文学"罢了，但其中的记事抒情性很强，流露着我的思想感情，因向无存稿，辑集很难。兹从废纸堆中拣到一批，抄录如下，留个踪迹，供阅者一哂。

（一）途中所见

（1978年9月2日从南京开会归来，于滁县车中记旅途所见）

村头柳荫下，群鹅白如雪。
下塘争击水，红掌泛绿波。
青鲦惊跃起，白莲舞婆娑。
更喜牧鹅女，引吭唱恋歌。

（二）初晴

（1979年春节偶成）

一夜冷风雨，园林分外娇。
电缆垂峰乳，柳枝挂银条。
红梅披素铠，青松髯鬓摇。
旭日吻大地，万物放光豪。

（三）赠友人

（1980年冬）

送别不许唱骊歌，心愿得遂喜应多。
廿载风尘留霜鬓，十年浩劫受折磨。
绿竹虽老节犹在，翠柏雪压腰不折。
久慕石城风光好，提笔再绘新山河。

注：此诗系赠曹明同志调返南京而作。

（四）感怀

（1980年冬赋诗，由廷芳书于案头）

日日夜夜劲笔耕，心血耗尽恨难成。
半生始醒文坛梦，留得残年笑醉翁。

（五）南原远眺

早起乘风跨彩虹，烟生足下雾蒙蒙。
南原远眺云如水，北港闪烁长夜灯。
拖轮排排宿两岸，渔船对对立群鹰。
更喜霞飞天破晓，河中穿梭走蛟龙。

（六）颂宪法

（1982年冬人大学习新宪法会上口占）

大法新颁举世殊，党心民意两相符。
原则民主得体现，治国安邦展宏图。

（七）惜阴歌

（1982年冬）

花好岂能百日红，人生不过几十冬。
年老惜阴阴不归，少壮立志志无穷。
大鹏冲天诚可贵，小鸟啄木纵有功。
不骛虚名求富贵，但愿树中万年松。

（八）书怀

（1981年冬参加书画展览学书）

发白心犹壮，笔拙兴更浓。
尧天歌击壤，当代颂国风。
四化山河变，春回万物荣。
合力创大业，迈步新长征。

（九）迎新座谈会即兴

（1980年春节）

迎春座谈今召开，济济一堂聚英才。
个个舒心谈国事，人人放眼看未来。
祖国四化前程远，政策落实暖心怀。
各界同志团结紧，山河锦绣重安排。

（十）文化局春节座谈会上偶成

飞雪辞旧岁，迎春贺新年。
开怀谈形势，刻苦度时艰。
上下团结紧，力量大增添。
鸡年再立功，红花开满园。

（十一）雨夜

（1981年10月）

窗外雨潇潇，室内静悄悄。
灯摇身影动，壁响挂钟敲。
谈史心潮涌，挥笔志气豪。
不觉长夜尽，金鸡唱声高。

（十二）看病友出院

（1981年10月）

医生病人同手足，精心妙手促春回。
匾额一方表情意，临别依依两泪垂。

（十三）送王新才同志出院

（1981年10月）

送君回家叶正红，秋风拂面夕阳明。
卧床半载蒙药效，护理辛勤老伴功。
行走怕摔扶藜杖，语言不爽少作声。
媳贤但愿容暂住，病愈再上新征程。

（十四）赠黄广夫同志

（1981年春送广夫同志去徐州戏校联欢会上口占）

邳城初相识，转眼廿余年。
同舟经风雨，独驾一车辕。
路遥知马壮，日久见心田。
去徐再创业，捷报望频传。

（十五）感怀

（1981年11月）

野菊有世家，久居在道旁。
人嫌野生贱，路过不屑望。
一日逢园丁，移来圃中藏。
栽培勤浇水，修剪换新装。
根深耐寒风，叶厚抗严霜。
花鲜娇欲滴，气清满园香。
骚人赋雅诗，墨客创新章。
名士车盈门，画师写生忙。
奇葩何处得，园丁笑声放。
寄语爱花客，多往是下望。

（十六）悼贾树然医师

医师贾不假，治病真认真。
外科医术好，妙手常回春。
来自旧社会，时思报党恩。

工作三十载，一片赤子心。
遭劫无怨语，待友感情深。
患癌惜陨命，挽歌含泪吟。

（十七）颂包产

晨星眨眼月如钩，挂在乡村树梢头。
嫦娥喜闻包产富，巧织云霞报丰收。

（十八）冬晨所见

（1981 年 12 月 24 日）

昨夜风寒露凝霜，麦毯粉盖闪银光。
晨煦初照远行客，髯结冰须眉更长。

（十九）庆出院

（1981 年 12 月 20 日）

住院不觉两月过，牙关紧咬斗病魔。
早迎霜露勤锻炼，午夜开灯自按摩。
老伴殷勤知冷暖，同仁看望鼓励多。
苍天不负众心愿，重上征途又工作。

（二十）咏谭山

（1982年我因劳累过度，心脏病发，组织安排去苏州谭山①疗养，初上谭山，感而赋此。）

初上谭山望眼伸，风光如画景宜人。
苍苍百里太湖水，茫茫千岗绿梅林。
苗圃赤叶红似火，风帆渔港白如银。
喜闻渔歌幽篁起，村女独唱觅知音。

注：①谭山在苏州吴县太湖边，为江苏省工人疗养院住地。

（二十一）赠殷绍恩拳师

（1982年夏在谭山疗养院，识殷绍恩拳师，彼为沛县人，徐州同乡，和我谈拳艺两月余，相处感情甚笃。共拍小照，留诗志念。）

谭山初相识，疗院几谈心。
讲经见识广，赠字知遇深。
传艺胸坦荡，启蒙育后人。
愿君多教诲，鱼书惠我勤。

（二十二）和苗生凯同志

（1982年苗生凯同志调八集水泥厂，来诗乞和，提笔匆就）

岁月蹉跎两鬓斑，镜中常见白发添。
思乡怀古羡范蠡，读史讴歌赞屈原。
青春已作烟云逝，未来只当戏剧观。
若能康复身健在，再画梅花报君前。

（二十三）赠病友离院

（1982年作于谭山）

玉兰花开同相聚，枇杷结果送君行。
茫茫百里太湖水，不尽故人一片情。

（二十四）悼房洪美同志

（1982年谭山疗养期间，忽闻房洪美同志患败血症骤逝，悲痛欲绝，除电嘱馆里优抚老幼外，并赋挽诗以悼之）

凶信传来余心惊，泪洒南天吊英灵。
廿载艰辛同创业，一朝君逝断飞鸿。
青山忍痛埋忠骨，松涛呜咽断肠声。
梦绕魂牵思故友，回乡难再见尊荣。

（二十五）太湖暮雨

湖边遨游日已暮，心急思归难觅路。
田中小径多曲折，转来转去回原处。
江南水乡不虚传，沟沟渠渠紧相连。
幸得弄舟横水中，方能飞跃至路边。
山区绕道十余里，汗流满身如水洗。
遥见灯火院中明，寻得归宿心中喜。
归来寝室风雨淋，松涛狂呼雨倾盆。
友人相顾笑颜开，天公不负远游人。

（二十六）雨怨

（1982年5月13日）

晨起天低暗，烟雨锁太湖。
路滑行人少，风大一帆无。
林吼谭山动，水滚浪花浮。
临墙客子怨，阻我探司徒①。

注：①司徒庙在吴县光福镇境内，遇雨而难登临。

（二十七）太湖烟雨

太湖烟雨里，谭山雾重重。
水润苗圃绿，雨湿赤树红。
村姑共一伞，学童相挽行。
枝头鸟惊起，阵阵松涛声。

（二十八）游石壁偶得

（1982年5月12日）

日夜连阴雨，今朝忽放晴。
露湿谭山翠，霞抹万树红。
渔港群帆耀，太湖碧波明。
喜得乌饭草，怀古寄幽情。

注：饭后游石壁，得乌饭草。老工人钱柄福讲《黄巢孝母的故事》，传说黄巢起义前侍母极孝，做饭奉母，均被鬼所夺，母不得食，巢于山林中采得乌饭草和糯米煮之，饭皆黑。其香甚浓，鬼又来，认为是孬饭，不敢食用，母乃得

食。本地人感巢之孝，每年农历四月八日以糯米煮黑米食之，纪念巢之孝也。

乌饭草，木质，野生植物，叶似桂花叶，互生，嫩红，食之不苦，有香味，略酸。我得一株存焉。

（二十九）吊司徒庙

（1982年5月15日）

昨游司徒庙，寻胜见古柏。

清奇古怪姿，历劫志不馁。

今人来凭吊，应学松柏志。

风霜保节操，立功来济世。

古柏千年青，人仅百岁终。

创得千秋业，人死鬼众雄。

注：司徒庙松柏，传为东汉司徒邓禹手植，迄今1900余年，经历风霜雷击，姿态蟠曲奇特，据说清雍正皇帝窥之，题"稀、奇、古、怪"四字。乾隆来游时改"稀"为"清"，暗喻大清朝之意。众有云：清者，碧越苍翠，挺拔清秀；奇者，主干折裂，新枝出于枯木，有枯木逢喜之趣；古者，文理萦纡，古朴苍劲；怪者，虽雷劈为两片，卧地三曲，如走地蛟龙也。

（三十）颂国庆

国庆喜逢中秋节，十二大后气象新。

万民称颂中兴路，多条战线捷报频。

注：此系在县国庆座谈会上赋诗。

（三十一）元旦感怀

（1982年1月1日）

张灯结彩又一年，喜看镜中白发添。
勤奋学习党引路，娴熟业务苦钻研。
钝牛不胜驰千里，老骥竭诚重载担。
四化催人增壮志，愿为大厦多加砖。

（三十二）雾清晨

（1982年1月1日）

早起霜雾浓，天地浑如银。
唧啾枝头鸟，碰脸方见人。
柳梢粉丝挂，柏岗变桦林。
山河一片雪，难分水和云。

（三十三）赠苗生凯同志

动乱初识者，相处几经年。
待人热似火，办事不畏难。
工作素勤谨，业务肯钻研。
改行莫消志，常会在文坛。

（三十四）观日本电影《活下去》感怀

（1982年2月16日）

老少易分界，生死划限难。
受尽风尘苦，方知幸福甜。
韶华如逝水，岁月不留连。
珍惜分与秒，把事办周全。
莫怕人说傻，休怪人骂憨。
造得千家福，永留在人间。

（三十五）植树

（1982年2月22日）

其一

冰化雪融大地春，东风送暖好植林。
长堤数里歌如海，尽是栽杉育柳人。

其二

栽得白杨一行行，光秃长堤换新装。
好苗选得勤培养，以后成材绿荫长。

（三十六）参观记事

政协开年会，安排先参观。
驱车翻水站，顿觉天地宽。
电机六十台，列队在塘边。
调动运河水，浇灌万亩田。
旱涝两不怕，人力可胜天。

再登刘山闸，拖轮之下窜。
船行碧波滚，风正白帆悬。
两岸丘陵地，今朝变果园。
车过陶瓷厂，隧道正兴建。
李集排房地，宏图将实现。
停车水泥厂，细看果满山。
烟囱刺天高，厂房真壮观。
人在云里走，机器空中安。
炮声振天响，山开大半边。
再过三十载，高山变平原。
看后心激动，干劲再增添。

（三十七）新浴

（1982年10月）

浴室水清暖气熏，洗涤更觉白发新。
生来深得爱洁净，荡尽污浊不染尘。

（三十八）秋菊

（1982年10月）

秋风起兮严霜来，园内银菊傲霜开。
并非天生多傲骨，只为季节早安排。

（三十九）秋夜

深夜读书兴正浓，新诗正写尚未成。

花猫淘气案头跳，咪呜咪呜放歌声。

（四十）太山行

（1982年10月18日，县人大、政协组织赴泰山一路参观，援笔记其事而备志焉）

早发运河镇，晚宿曲阜城。

驱车三百里，旅伴四十名。

青山拦路接，白杨夹道迎。

遍野禾苗绿，新收地瓜红。

枣庄进午餐，薛城车又停。

吊古思冯骥，烧契懂民情。

孟尝虽名士，不识真英雄。

车病需求医，换车再北行。

邹邑遭雷雨，心急与民同。

暂息曲宾馆，朝圣待天明。

（四十一）游泰岳

久怀泰岳梦，今日得重游。

昔时正少壮，而今已白头。

驱车游泰山，飞上中天门。

盘道回峰转，步步入青云。

走过步云桥，直上五松亭。

遥见望人松，招手把我迎。
漫步对松山，松海乱云渡。
乾隆得赏识，题曰最佳处。
攀登十八盘，上了南天门。
天梯垂足下，昂首把歌吟。
昔吾游泰山，留影摩空阁。
回去受诬陷，折磨实在多。
宏伟碧霞祠，宋代名昭真。
元君受香火，真假不能分。
玉皇为极顶，海拔一千五。
亭中观日出，红日海中吐。
泰山高巍巍，五岳独为尊。
绮丽风光美，吸引游人心。
两次登泰山，相距十七年。
不受当时苦，怎知今日甜。

注：1966年我奉地区和县委之命率队去济南部队联系复制王杰展览事宜，回经泰山，停半日，写了些速写，浏览了一下风光。后我被造反派诬陷非法活动，同行人被株连，深受其苦。

（四十二）书怀

十二大开新局面，文化工作待中兴。
珍惜黄金新时代，奋发图强立功勋。

（四十三）吊鲁壁

曲阜名胜多，我独爱鲁壁。
孔府避秦虐，藏经传后世。
鲁王扩宫室，拆除孔子宅。
宝书得问世，真相天下白。
藏书传至今，儒教得国宝。
批判来继承，好上更加好。

（四十四）述志

（1983年春节联欢会上口占）

生命日苦短，报国心更切。
负重添砖瓦，征途肩不歇。
伏枥骥虽老，高峰望飞月。
愿同有志士，共创千秋业。

（四十五）除夕感怀

（1981除夕）

其一

往昔辞旧岁，禁闭苦孤单。
今日过除夕，儿女满堂欢。
厄运随流水，一去不复还。
但愿筋骨壮，再干三十年。
修竹千竿秀，育苗遍山川。
亲尝四化果，长庆乐尧天。

其二

爆竹声声里，辞岁阖家欢。
祝寿妻劝酒，儿女笑共餐。
老迈惜年去，青春盼岁添。
乘兴留踪迹，挥笔谱新篇。

（四十六）中秋

（1983年中秋节，我写完大戏《步步高》初稿，阖家欢喜，兴会淋漓，乘兴诵诗四首而欢庆之）

其一

中秋未见月当空，只闻爆竹响连声。
阖家欢庆团圆节，何必云开月儿明。

其二

新戏一出初写成，全家欢叙待月明。
中秋共品团圆饼，畅饮桂花酒几盅。

其三

推开云雾月照人，玉面金睛更传神。
嫦娥最解阖家意，庆得团圆方尽心。

其四

喜庆今宵月复圆，西瓜月饼摆堂前。
兴来更尽一壶酒，忘却钟敲半夜天。

（四十七）春节即景

（1983年）

彩旗飘扬千树笑，礼花飞舞万民欢。
欣逢改革遇盛世，喜庆丰收大有年。

（四十八）除夕有感

（1984年）

养性怡情多作画，怕呕心血少吟诗。
济世无才留霜鬓，勉作春蚕吐尽丝。

（四十九）洗耳听惊雷

（1984年县文代会上朗诵）

廿载经风雨，文代会又开，
当年初播种，今日树成材。
新城杰士出，运水群英来。
刮目看奇葩，洗耳听惊雷。

（五十）守岁

（1982年除夕，偶成守岁诗以助兴）

围炉夜话小窗前，煮肉烹鱼美味鲜。
爆竹声响惊午夜，街灯闪耀胜白天。
隔室儿辈传笑语，楼上同僚乐轻弹。
多少夫妻共守岁，喜听鸡唱迎新年。

（五十一）看铁富敬老院偶成

自古无儿苦不堪，铁富又现一重天。
落成广厦万民喜，搬进新居百老安。
护理精心人体壮，茶甘饭暖寿增添。
春风入户传佳话，鳏寡耆宿缔良缘。

注：本诗在县"政协简报"1985年第八期刊出。

（五十二）赠尹荣定同志

（1985年6月12日）

客居三十载，相伴廿八年。
来时君少壮，去已白发添。
助我兴壁画，赖汝育英贤。
同赴京华展，共饮趵突泉。
办事靠勤恳，实干不虚言。
青春献邳土，不计美名传。
曾罹动乱苦，未享安乐甜。
伏枥骥虽老，心存一点丹。
君调江南去，鱼书盼往还。
悠悠运河水，友情永相随。

（五十三）咏石膏矿

（1984年孟冬，余下四户石膏矿，目观采掘战况，书以志年。）

人说四户富，遍地皆白银。
不信井下看，埋藏百尺深。

（五十四）宣誓

（1985年8月）

跻身文化卅六载，申请入党廿八年。
几番考验经风雨，历遭风霜两鬓斑。
革命有志靠信仰，事业忠心意自坚。
今朝宣誓红旗下，吐尽银丝效春蚕。

（五十五）贺绮霞欢度教师节

（1985年9月10日）

韶华易逝发如雪，二十一年受折磨。
往事回思千行泪，今逢喜庆心欢乐。
党风端正师荣耀，园丁辛勤生好学。
桃李芬芳人才出，青春虚度又如何？

（五十六）北国万里游

（1986年7至8月，徐州市艺术馆组织文化馆长、艺术馆辅导干部共13人，去东北参观，行程一万二千五百里，越一月多时间，行路匆匆，无暇著文，赋五古一首，略记行踪）

乘车离徐州，北国万里游。
同行十三人，只吾白了头。
七月天炎热，不住热汗流。
连续两昼夜，一直未合眸。
到达哈尔滨，闲逛太阳岛。

艺馆胡研究①，待客甚友好。
再去牡丹江，悼念杨子荣。
林海雪原里，打虎真英雄。
驱车去虎头，乌苏里江游②。
苏方陈巨舰，窥我旅游舟。
路过北大荒，停车把相照。
十万官兵勇，荒原得改造。
转回图门市，访问朝鲜族。
朝鲜善歌舞，敬老好风俗。
八月老人节，鲜族好热闹。
老人穿花衣，广场把舞跳。
馆长甚好客，招待狗肉席③。
客人坑上舞，不醉不休息。
丰满水电站，壮丽实可观。
坝高七十米，飞瀑在云间。
昌邑北山游，晚看"二人转"。
乡土气息浓，艺术好风范。
畅游镜泊湖，未上长白山。
雨雾迷天池，只好画上观。
沈阳看故宫，冒雨去北陵④。
满皇思享乐，生死一般同。
大连去烟台，买票入散舱。
身囚大海底，不见日月光。
小坐蓬莱阁，遥望海中天。
海天浑一体，飘飘人欲仙。
移舟威海卫，凭吊邓世昌。

壮载刘公岛⑤，烈士姓字香。

形成一万二，完成北国游。

取经十八处，思想大丰收。

注：①胡研究系黑龙江群艺馆辅导部主任，理论家，因研究论文颇多，我们开玩笑称其胡研究。②乌苏里江为中苏边境线，苏对我戒备森严。③狗肉席，系朝鲜的珍贵肴馔，来客杀只狗，是对友人的尊敬。④北陵，为满族皇太极陵墓。⑤刘公岛为中日甲午海战处，邓世昌在此牺牲。

（五十七）迎春俚歌

去岁迎春早，今年迎春迟。
清茶代醇酒，节约又适时。
春来频雨雪，农奠丰收基。
禾苗茁壮长，果树花满枝。
工厂权下放，职工人积极。
优质产品多，处处飘红旗。
开放政策好，市场百业兴。
信息勤交流，经商收入增。
科学攻尖端，教育大普及。
伯乐能识马，人才若云集。
体育身健美，尤需讲卫生。
艺术百花开，质量要求精。
人富生活好，精神需文明。
中华多美德，人人需力行。

（五十八）赠梦白

（1986年教师节）

露荷葡萄黑牡丹，席地命笔趣更添。
墨海浮沉三十载，玄机悟透更觉甜。

（五十九）贺戏剧班结束

（1986年冬座谈会上口占）

冰封大地雪花飘，深夜畅谈兴致高。
再立愚公移山志，创新戏剧掀高潮。

（六十）丹枫颂

（1987年）

枫树无华不争春，霜天红叶可宜人。
壮时装点园林景，老朽尚温火一盆。

（六十一）赠孟庆平老部长

（1987年）

年老德高长者风，谦虚谨慎不称雄。
心血化作甘泉水，育得新花遍地红。

（六十二）抒怀

当选代表年复年，人民嘱托记心田。
参政不违群众意，遵纪守法要从严。
四项原则需坚持，执行政策带头先。
嘶风老骥心犹壮，奋蹄何须多加鞭。

（六十三）题"全家福"小照
（1987年春）

其一

飘泊异乡身孤单，迎来子婿满堂欢。
孙男孙女怀中抱，品味甘蔗节节甜。

其二

红梅结子竹生根，玉树堂前喜弄孙。
济世无才留美德，且将诗书育新人。

（六十四）正气歌
（1987年春）

人贵作风正，事业讲认真。
认真虽美德，难称众人心。
世人有多类，须要仔细分。
有才有德者，授艺可醇醇。
有德无才者，勉其向学勤。
有才德欠缺，劝其多修身。

无才又无德，教诲枉费心。
宪法有准则，法制可强人。
已应心无私，待人忠厚纯。
已应心胸阔，量小会伤神。
万众身力行，世风自刷新。

（六十五）院中吟

（1987年春）

少未习卉艺，老弄半亩园。
疏渠排污水，拣砾堆成山。
避阴植兰蕙，向阳育牡丹。
葡萄当空架，月季满窗前。
雏菊篱边种，古柏虬枝旋。
兴来成诗雅，舞剑在花坛。

（六十六）三八节赋诗

（1987年）

其一，庆"三八"

庆贺"三八"又一年，茶话歌舞喜空前。
女娲炼石把天补，精卫志坚把海填。
武氏治国能匡正，杨门女将胜须男。
历代多少才华女，擎起中原半边天。

其二，勉妇女

巾帼英雄古来多，业绩留供后人学。

木兰替父从军伍，文成为国西域和。

当今女排惊世界，艺坛绝唱女儿歌。

且莫小看农家女，剪绘春色满山河。

其三，忆母亲

"三八"寅夜诵燕诗，常悔今生报母迟。

七十老人临浩劫，异乡游子送母尸。

媳贤孙孝承祖德，气正家和望娘知。

难效叶翁堂前娱，开灯对照寄相思。

注：二十年前，我母因怜子遭劫病逝，仅留小照一张，母亲属鸡，若今健在，已九十有二。

叶翁即叶绍翁，宋中期诗人。

（六十七）书赠丁如浩局长

（1986年冬）

为国奔忙大半生，离休提笔学砚农。

兴来满纸龙蛇舞，犹具当年勇士风。

（六十八）偶成

桑田制改变化多，岁月哪堪再蹉跎。

海阔且凭鱼儿跃，天高任他飞鸟过。

挑灯寅夜研经史，兴至挥毫把墨泼。

笔耕终生勤所好，文章不弃老来学。

（六十九）题玉簪花

（1987年9月5日）

谁给起芳名，号曰碧玉簪。
叶生似莲藕，花放胜水仙。
蕾嫩白如雪，异香上鼻端。
我怜其高洁，移种栽满园。

民间文学

高 子 亮 作 品 选

狗　碑

人死了，后人为了纪念，给他立个碑，这是古来常有的事，可大运河边的黄墩湖畔有人竟然给狗也立了个碑，你说怪不怪？

那是在乾隆年间，黄墩湖连年闹水灾，老百姓一年辛苦种的庄稼，一场大水就淹没了，颗粒难收，可皇粮还是要交。陈集有个陈三公觉得这事很不像话，就和魏拔贡一起写了个报水灾求免粮的呈子，托家乡在京里的一个同学递给了乾隆皇帝。大伙儿觉得这下子准可免粮了，谁知不久乾隆却下了一道圣旨叫总兵余成龙带人血洗了黄墩湖周围四十里内的村子，把人统统杀光。这消息传到了黄墩湖，百姓们都傻眼了，烧香烧到佛屁股，行好没落好！这是咋回事呢？

原来不久前北京的娘娘因感南京道台送的珍宝多，赏了道台夫人一套凤冠霞帔。送赏赐的太监乘船走大运河经黄墩湖畔时被姓周的饥民知道了，他们气朝廷不免皇粮却搞封官送礼，有几个胆大的弄翻了官船，把东西给抢了。这下子可捅了马蜂窝，道台压下灾情不说，只报黄墩湖贼人截了皇杠。乾隆恼了，就下了这道圣旨，接着就在下江南游玩时命余成龙来洗村了。

大伙儿知道乾隆要来，急得像热锅上的蚂蚁，围着陈三公要他出主意。陈三公皱了皱眉头二话没说连夜复写了状纸，拎起个猪尿泡，带着他心爱的小黄狗出去了。

乾隆皇帝出巡，那排场还用说吗？好家伙，前面兵船开道，龙船走在后头，满河筒子旗幡招展，刀枪耀眼。总兵余成龙穿着盔甲，站在龙船头保驾，活像只凶狠的鱼鹰，看样子连一只鸟也甭想飞上龙船。眼看快过猫儿窝河口了，咋办呢？我们的陈三公可真有办法，他伏在芦苇中让过兵船，把猪尿泡拴在小黄狗的尾巴上，拍拍小黄狗的头，就潜水下去了。

总兵余成龙见龙船前的水面上飘着个东西，心里一惊，生怕水贼又来截船，忙拈弓搭箭"嗖"的一声射出去。可是没有用，那东西还是往前飘，一连三箭没射沉，漂浮物已到船头了。余成龙羞得脸红，心里发了毛，及至仔细一看才知是条拖着猪尿泡的狗，气得拔剑要刺，却听船后喊了声冤枉，回头一看，陈三公头顶状纸，已从另一边扒着船帮上来了。原来陈三公用狗尾拉猪尿泡迷惑了余成龙，自己安全地游进龙船。这下可惊动了乾隆爷，着人从陈三公头上取下状纸一看，原来是报水灾求免粮的事。他问陈三公黄墩湖的水有多大，陈三公说："波浪滔天，官船都被浪打沉了，你想想看吧！"乾隆这才不追究劫船的事，也不敢传船进湖查灾了，顺口答应免了皇粮。皇粮虽然免了，可陈三公却被以惊扰圣驾的罪名，发配到数千里外的边疆甘肃充了军。

据说陈三公充军期间，什么都没带，只带着他那只心爱的小黄狗做伴。他刑满回来时已经是风烛残年，家里人告诉他家乡人感激他求免皇粮，救了湖周四十里的生灵，都供着他的牌位。他说："这不公正，我还亏得这条狗呢，得给狗立个碑。"果然，他死后，后人在给他立碑的同时，也立了个狗碑，埋在他的坟旁边。

离休老干部　原公社主任　魏西爵口述
高子亮　搜集整理

华佗拜师

华佗是安徽亳县城北小华庄人,父亲教书,母亲在家养蚕织布,日子还算能对付过去。当时是东汉末年,宦官豪强当道,鱼肉乡里,民不聊生。加上苛捐杂税,徭役频繁,兵荒马乱,瘟疫流行,家家顾命不得,谁还有心思叫孩子上学?以后,生活日益艰难,华佗父亲的书也就教不成了。

一天,华佗的父亲带华佗到城里"斗武营"①看比武,回来父亲忽然得了肚子疼的急症,据说是肠痈②,医治不及死了!华佗娘俩悲痛欲绝,等把父亲葬下地,已家贫如洗,无法营生。那时华佗才七岁。娘把他叫到跟前说:"儿呀!你父已死,我织布也没本钱,今后咱娘俩可怎么生活呀?"华佗说:"娘!不怕,城里药铺的蔡伯伯是父亲的好朋友,我去求他收我做个徒弟,学点本事,既能给人治病,又能养活娘,不行吗?"娘听了很高兴,就给华佗洗洗脸,换了件干净衣服,叫他去了。

华佗来到城里,找到了蔡伯伯,说明了来意。蔡先生眨巴了半天眼睛都没说话。为啥呢?第一,他怕华佗年幼不顶用场,怕光吃饭干不了活。第二,他不知道华佗头脑笨不笨,要是收个笨徒弟,学不成本事,反坏了自己的名声。华佗见蔡伯伯老不说话,心里急了,就说:"蔡伯伯,收不收我你到说话呀?"蔡先生又眨巴眨巴眼睛,心想:全城人谁不知道我和华佗的父亲交好,现在他家孤儿寡母,生活艰难,若不答应,乡邻们会骂我人死交绝,对友不义。答应吧，还不知他够不够学医的材料，得先试试他。怎么试呢？这时他见几个徒弟正在院里采桑叶，最高的枝条够不着，也爬不上去，心想有了，就说："华佗，学医的事好说，你能先把那最高枝条上的桑叶给我采下来吗？"

华佗知道先生是在考他，脑子一转悠，说道："这还不容易。"他随手取了根绳子，栓了块小石头，只一抛，绳子飞过了枝条，树枝被压下来，把桑叶采到了手里。蔡先生高兴地笑啦！抬头又见门口两只羊斗死架，眼都斗红了，大伙在一旁干着急，可谁也拉不开。先生转过脸又说："华佗，你能再把这两只羊拉开吗？"华佗略一打愣，又笑笑说："这也好办。"随手抓了两把鲜桑叶儿，放在羊的两边，羊斗架早就斗饿了，看见身边又鲜又嫩的树叶儿，忙不迭都抢着吃，自然地散开了。

"好聪明的孩子！"蔡先生不由感叹起来。

他站起来，拍了拍华佗的头说："好孩子，你这徒弟我收下了！"

华佗自从拜了师，不管是干杂活、采药草，都很勤快卖力，师父别提多高兴了。

一天，师父把华佗叫到跟前说："你已学了一年，认识了不少药草，往后，就跟你师兄学抓药吧！"华佗当然很乐意，就开始学抓药。谁知师兄欺负华佗年幼，铺子里的一杆戥秤，你用过他用，从不让华佗沾手。华佗有心想把这事告诉师父，又怕师兄们受责怪，会闹得师兄弟不和；可不说这抓药又怎么学法呢？俗话说："天下无难事，只怕有心人。"华佗看着师父开单的数量，将师兄称好的药逐样都用手掂了掂，心里默默记着，等闲下时，再偷偷将自己掂量过的药草用戥秤称称，对证一下。这样，天长日久，手功就练熟了。

有一天，师父来看华佗抓药，见他竟不用戥称，随手抓了就包，不由大惊失色，一时气愤骂华佗说："不知厉害的东西！我看你父亲的份上，收你为徒，诚心教你，你却不长进，竟敢草率从事，你知道药的分量用错了会药死人的！"华佗笑笑说："师父放心，错不了，不信你称称看。"蔡先生夺过华佗的药包，逐味称量，竟丝毫不差！连称几剂，尽都如此。心里好生奇怪，后来反复查问，才知道是华佗勤学苦练得来的。老人家登时热泪满脸，感叹地说："能继承我之医道者，必华佗也。"从此以后，就精心教华佗试脉看病了。

有一回，李寡妇家的儿子因和孩子们在河里洗澡被淹坏了。李氏急得哭天抢地来找蔡先生，蔡先生见孩子双眼紧闭，肚子胀得像鼓一般，已奄奄一息了，叹口气说："孩子难救了！"也就不给开方了。李氏一听，登时哭死过去。华佗过来摸了摸脉，低声对师父说："这孩子还有救啊！"师父不信。华佗就叫人牵了头水牛来，把孩子先伏在水牛身上控出水，然后用双腿压住孩子的腹部，提起孩子的双手，一起一落慢慢活动着，约莫一刻工夫，孩子渐渐缓过了气，睁开了眼。华佗又给开了汤药，孩子治好了，李氏千恩万谢而去。

华佗能"起死回生"的消息，像风一样传遍了谯郡。蔡先生面有愧色，对华佗说："果然是青出于蓝而胜于蓝，你可以出师开业啦！"

华佗出了师，也不开业，却游学徐土③一带，一面寻师访友，一面搜集研究民间治病的验方，继续探求医理。这期间，结合实际治疗又制成了麻沸散，为病人解除切割痛苦，不知救活了多少人。神医华佗的名声也就越传越响了。

据说华佗死后，亳县盖的华佗庵就是李氏为纪念华佗救活自己的孩子倡议捐钱盖的。

根据邓慧清（医师）明宗尧（教师）口述
高子亮整理

注：①斗武营：指当时练武的地方。
②肠痛：肠疽病。
③徐土：指徐州一带地方。

华佗与巫医

古时候的人很多信巫不信医，医生想开个业可难了，可华佗却有办法。

一天，他来到下邳，见这里的病人很多就住了下来，还挨门逐户地访问病人，要给人治病。说也奇怪，任凭他跑酸腿、说干嘴，却没有一家让他给治的。这是咋回事呢？华佗也懵了，就去问一个老汉："老大爷，这里有病的人那么多，咋都不愿看医生呢？"

老大爷眯着眼睛，半天没吭声，最后叹了一口气说："连州官都信巫医的鬼画符，小民谁敢找医生看病？"

华佗心想：看来得先碰碰巫医喽！他就背起青囊、摇着虎刺到城里去。说也凑巧，正赶上官老爷的夫人有病，大巫小巫都来了，在衙门里出出进进，正准备设坛下神呢！华佗也想随大流进去看看，可被小巫拦住了，问道："你是干啥的？"

"来给夫人看病的。"

"去去去，要冲了师父的法坛，不剥你的皮才怪呢！"

"要耽误了夫人的病，看你们能活得了！"

两人在门口这么一嚷嚷，早被州官听到了，叫把华佗放进来，他问华佗："小郎中，你真的能治病吗？"

"不会治病咋敢到这儿来！"

"要是治不好，我可要抓你坐牢的。"

"要是我治好了呢？"

"要多少钱给多少钱还不行吗？"

"我一分钱都不要，只求让医生开业，把巫医赶出去！"

"啊……"

华佗这么一说，可把巫医们惹火了。那个披散着头发、拎着桃木剑的大巫气汹汹地指着华佗说："他捣乱设坛，太爷必须先把他治罪。"

华佗捋着胡子笑着说："火什么呀，有本事就在治病上见高低。"

这时州官也被弄得左右为难了，他本是向着巫医的，可万一巫医治不好夫人的病不就糟了？病重乱投医，试试华佗的能耐也不妨啊！他就叫把夫人抬上来，让他们都先看看再说。

华佗细看那夫人面黄肌瘦，嗷嗷叫地直喊心痛。凭他治病的经验，断定是肚内有虫。而巫医呢，却说是着了魔，州官就叫巫医先治。

巫医赤脚光臂，烧了香，化了符，像牛犊拜四方样先磕了几个响头，然后就跳起神来，桃木剑摔得乒乓响，还往夫人身上直喷凉水。可是不管怎样，夫人还直喊肚子疼。华佗看着巫师装佯，不禁又哈哈大笑起来。谁知道这一笑叫出了事，巫师赖华佗冲走了神灵，夫人的性命难保，要州官立即拿华佗治罪。

衙役真的气汹汹地跑上来要抓华佗，华佗从容不迫地说："我还没动手治病呢！有言在先，说话算数我决不充孬。"

他从青囊里掏出几包药来，一包药吃下，夫人不喊痛了；两包药吃下，夫人吐了一大滩黄水，水中有一条又细又长的大蛔虫。他指着虫说："虫钻了胆，人怎能不疼呢！我叫它退出来，再把它治死，病就好了，哪里是什么妖魔啊！"

州官被说得只是点头，那个被治好的夫人也真行，她扭住州官的耳朵，叫他快下令。州官是怎样下令的呢？还用说吗，巫医坐了牢，医生开了业，百姓们都敢让医生给看病了。至今下邳地方的医生还写着这样的一副对联：

名稽尔雅，谱按辟芳，

理经素问，效奏青囊。

讲述人：刘海俊（老中医，邳州市人大常委会副主任）

高子亮　搜集整理

华佗龛

我们这儿过去有个习惯,每家的墙上都打个小凹坑,里面塑个泥人,既不是大肚弥勒,也不是南海观音,又不是老寿星,而是一个老头子,是啥人呢?据说是华佗,这个坑也叫"华祖龛"。我小的时候各家还都有呢。咋传下来的,可有个故事。

据说古时候汜水岸边有家渔户,姓张,全家三口人,老两口带着个小子,靠打鱼过活,虽然日月过得穷,可全家人身子骨硬梆。特别是这个浑小子,长得五大三粗,一身蟒腱子肉,是个一锤夯不倒的铁汉子,他风里来雨里去,把舵、划桨、撒网、捕鱼,样样活儿都麻利。老两口看着孩子,心里总是甜滋滋的,真像得了一颗珍珠。谁知天不如人愿,这孩子却得了一种奇怪的病,终日胸闷,肚子疼,脸色发红,慢慢的连饭也吃不下了,后来竟卧床不起。老两口可被吓坏啦,东家请先生,西家找土方,就是治不好。老婆子急得抓耳挠腮,到处磕头许愿;老头子天天皱着眉头,吧嗒着烟袋叹息:"天呐,看来俺张家要绝根,无指望喽!"

一天,忽然从汜水上头来了个游方医生,身上背着青囊,手里摇着虎刺,鹤发童颜,银须飘洒。他给孩子摸摸脉,随手抓了点药,叫熬一大碗喝了。不到一顿饭工夫,病人的肚子里咕噜噜作响,吐出了不少虫子和腥物,也就不喊疼了。老两口真比三伏天吃凉西瓜心里还痛快,老头子想给先生点谢礼,忙着去借债。那先生生气地说:"我要是图钱,何用到您这乡旮旯里来呢!"说完起身就走，连顿饭也没吃，连个名姓也没留。

孩子的病一好，老张家的日子就好过了。由于没谢先生，心里总结着小疙瘩。咋办呢？他们摇着小船、边打鱼、边寻找，谁知跑遍了汜水，也没见到那先生的影子。

一次，一家人到汜水岸边的一个小镇子正赶上三月三逢庙会，老汉留老伴看船，带儿子上岸，想到镇上再打听一下那先生的下落。由于庙会人拥挤，天闷热，老汉找个树下的茶棚，喝杯茶，儿子却溜达去了。老汉问卖茶的人说："你知道那个不留名的医生吗？"卖茶人笑说："你老糊涂了，不知名的人怎么好找啊！"老汉自己也随着傻笑起来。

就在这个时候，儿子急匆匆地跑来了，喊道："爹，给我治病的那个不留名的医生被我找到啦！"

"在哪里？"

"在那边。"

老汉一听这话，那股高兴劲儿还用说；他拉着孩子就往人堆里挤，帽子被挤丢了，鞋子被踩掉了，都顾不得拾。可是挤来挤去，仍没见那先生的影子，他怪儿子说："小子，难道你的眼真浑了，怎没见那先生呢？"

孩子往小摊上一指说："那不是吗？"

老汉顺着孩子的手指一瞧，果然不错，摊子的木板上站着一个先生，身背青囊，手摇虎刺，鹤发童颜，银发飘洒，可那却是个泥塑的人儿！

老汉很懊丧，问捏泥人的："他叫什么？"

"神医华佗"。

"你知道他住哪里吗，我要谢谢他救活了我的儿子。"

卖泥人的瞅了老汉一眼，悲痛地说："他已被曹操杀了，不少人都想他，所以我才塑成泥人儿在乡里卖。"

"啊……"

老汉抱起泥塑的华佗，痛哭了一场，还买了一尊放在家中墙上的凹坑里，怕被当时的官家搜了去。

不少人家想念华佗，也都照样办了，于是"华佗龛"就这样兴起来了。

讲述人：明宗尧（亳县小学教师，60多岁）

高子亮　1974年冬记录　1982年7月整理于谭山

麻沸散的来历

传说古时候治病用的麻醉药——麻沸散是华佗发明的。这事已上书了。可华佗怎样想到制麻沸散，又是怎样制成麻沸散的，对此说法不一，我就听到过这样的传说。

有一次，华佗带着他的弟子樊阿、吴普在徐土行医路过一个村子，听见一阵悲切的哭声，师徒仁近前一看，见一个披头散发的女人，抱着个光腚孩子，那孩子的一条腿被毒蛇咬伤了，伤口腐烂，淌着血水。娘疼儿没有容针的空，孩子喊一声疼，娘心里就像刀剜一样难受。华佗也被哭得心里酸溜溜的。他细看孩子的伤口，四周都有些发黑了，知道不把烂肉割净，再烂下去，孩子不光腿要残废，连命也保不住。就对那妇人说："孩子的伤可以治，只是要割掉烂肉，才好上药。"妇人听说孩子有救了，心里的感激的劲儿还用说，忙趴在地上"嘭、嘭、嘭"磕了三个响头。华佗忙不迭扶她起来，就给孩子动手开刀。那晨光麻醉药还没发明呢，钢刀割肉，咋能不疼？孩子又不懂事，死命地嚎叫，小腿儿直蹬，险些把刀都踢飞了。亏得樊阿、吴普帮忙按住，才把烂肉割完，敷上丹药。谁知那妇人，早疼得晕了过去，师徒仁又急忙去抢救。

这件事使华佗心里很不安，他想：当医生的不能为病人解除痛苦咋行呢？得想个法子啊！他细查"黄帝内经"扁鹊的药方和张仲景从南阳传来的"经方"都没有止痛的好法子，心里十分苦闷的。

又过了些日子，华佗上山采药，碰到一个放羊的孩子赶着一群羊上山，两人同路走着。华佗爱跟人啦呱儿，大人、娃子都喜欢他。不用说跟孩子唠叨得挺对劲儿，他还接过羊鞭帮孩子赶起羊来。走到岔路口，华佗见山洼洼里青草茂密，就把羊往山洼里赶去。哪知那孩子却大吃一惊，蓦地从华佗手里夺下了鞭子，气吁吁地把羊赶到一旁乱石堆里去了。华佗不知啥因由，弄得丈二和尚摸不着头脑，连忙问道："小兄弟，那边那么多好草，你咋不让羊去吃呢？"

孩子白了华佗一眼，鼓着腮帮，气恨恨地说："你想坑人呀，赶我的羊去吃醉草！"

"什么醉草呀？"华佗更糊涂了。

原来孩子说的是那边草丛中有一种野棵棵，叫"闹羊花"，不久前孩子的一只羊吃了它，开始时走路东倒西歪，像喝醉酒似的，后来又泻肚子，喘粗气，喘着喘着就死了，所以孩子说是"醉羊草"。华佗知道后心想：莫非这是一种药材？就急急忙忙地往山洼里跑去。他拨开杂草和蓬蒿，找到了这种粗杆、大叶开着黄花的野棵棵儿，仿佛闻到了一股清香。他心里琢磨："它能醉死山羊，能不能给疼痛的病人减少些痛苦呢？"于是就拔下了不少棵，装进了青囊。

过了好些日子，华佗把徒弟樊阿喊到跟前说："我想试验一种药性，你好好地看着我的动静，不要离开。"樊阿很担心，想代师傅试验，可他知道师父的脾气，愈是有危险的事，是愈不让旁人插手的，只好应允了。华佗把一包药和酒吞了下去，马上就不省人事了。约莫大半天光景，樊阿见师父昏迷不醒，晃不觉，喊不应，像死人一般，心想师父准是中毒死了，不禁伤心地大哭起来。

他哭着哭着，忽见师父慢慢地睁开了眼，心里暗暗惊奇，又见师父伸了伸胳膊,像酒醉刚醒的人一样,打了个呵欠,然后翻身坐起,一把拉住樊阿说:"孩子,莫哭,试验成功啦!"说着哈哈地大笑起来。樊阿那高兴劲自不用说,一蹦足有几尺高。

华佗制的这种药就叫麻沸散,后来他用麻沸散先麻醉病人,然后再给开刀,病人就不觉疼了。据说后来他的徒弟吴甫给关公治毒药箭伤,骨头被刮得"嗤嗤"响,关公还只是下棋喝酒不喊疼,人都夸关公坚强,是英雄。关公是英雄当然没说的,哪里知道吴普给他开刀前已用过华佗制的麻沸散了呢!

根据王健民等中医讲述
高子亮　整理

乌鸡治病

华佗不光治病是把好手，还是个孝子呢！由于爹死得早，他孝敬老娘真是没说的，凡是好吃的东西，总要先送给娘吃，好穿的要尽娘先穿，好玩的只要娘喜欢就让她玩个够。

一天，华佗在离家上百里的地方住着看病，买到一只白母鸡。那鸡的羽毛雪白雪白的，皮儿乌黑乌黑，还长着个凤凰头。华佗很喜欢，忙叫徒弟樊阿送回家给娘补补身子。可华佗娘呢，因为疼儿子，自己偏舍不得吃，一定要等华佗回来，就养着了。这只鸡可真甜呼人，下了不少鸡蛋呢！华佗娘一个也舍不得吃。谁知不凑巧官兵来了，那时候天下乱得很，官家争地盘，你打我，我打你，朝廷也管不了。这可苦了种地的人，谁来给谁交粮纳税不说，东西被抢个空，连鸡、鸭也被抓了去。华佗娘心疼那只母鸡把它揣在怀里，总算躲过去了，可家什没法藏，连鸡蛋也都被拿光了，她多么心疼呢！

一天，有一个壮小伙子，用土牛①推着一个老太太来了。这老太太脸色蜡黄，瘦得筋挑头，怪让人疼的。

"您从哪儿来呀？"华佗娘问小伙子。

"推娘找华佗看病的。"

"找到了吗？"

"哼！甭提啦，只号号脉，连方儿都没开，就走了！俺娘又病又饿，哪儿等得了啊！我推回去算啦！"小伙子气哼哼地说。

华佗娘听了这话，心里直抱怨孩子粗心，老人家又饿得怪可怜的，弄什么给她吃呢，索性把这只鸡杀了吧！

华佗娘杀了母鸡，煨好汤交给小伙子，要他慢慢给老人家吃。小伙子千恩万谢，推着娘走了。

第二天华佗匆匆地跑回家，迎头便问娘："娘，那只白母鸡呢？"

"吃啦！"

"还剩下些吗？"

"连汤儿都给找你看病的那个小伙子拿去了。"

"他们在哪里？"

"早走啦！"

"啊！"华佗二话没说，急匆匆地追出去了。

这是咋回事呢？原来华佗号准那妇人是白带过多的妇女病，想用乌鸡试试，可乌鸡呢，一时找不到，便想起给娘送来的那只鸡，匆匆回家来取。现在知道娘已把鸡给那妇人吃了，得追上小伙子看看药效啊！

华佗一口气跑了几十里，赶到那小伙子的庄上，小伙子正耷拉着脑袋在村头打井子②呢！

华佗忙问："小兄弟，你打井子做啥？"

"埋人呗！"

"埋谁？"

"你知道。"

"怎么我知道？"

"你不给俺娘用药，连病加饿，我推回来。昨天只喝了些鸡汤，眼都不睁，不准备后事咋着？"

"不管咋样，你带我去看看吧！好兄弟。"

那小伙子不好再顶撞，气哼哼地领着华佗往家走。推开门一看，却惊呆了，你说怎么着，他娘不光没死，还坐着呢。

华佗忙问："老大娘，你觉得怎样？"

"好啦！"

"怎么会好的呢？"小伙子赶忙问。

华佗把他回家拿乌鸡，谁知娘已杀给他们吃了的事一说，小伙子恍然大悟。

乌鸡果真能治妇女病啊！华佗心里想着便把经验写下来装入了青囊。据说后人把乌鸡制成好多药，用来治妇科病，还真灵验呢！

讲述人：孙甦（丰县文化馆副馆长）

高子亮　1979年11月记录　1982年7月整理

注：①土牛：为苏北山里一带民间用的独轮车。
　　②井子：埋死人挖的坑。

乌饭草的故事

俗话说："十里一兴俗，各地各规矩。"比如吃饭，谁不是吃白米饭啊，可我们家乡每年四月八号却都是吃黑米饭，你说怪不怪？

为啥要吃黑米饭呢？这里面还有个故事呢！

传说唐朝末年有个好汉黄巢，对娘可孝顺了！有饭先给娘吃，有衣先给娘穿，娘可欢喜这个伢子喽！

有一天，黄巢出门有事，他把缸里的水打得满满的，米买足足的，柴儿劈成堆。临走时说："娘啊！我出门多则半月，少则十天就回来了，家里柴多粮足，你自个办饭吃，可别苦着自己，饿坏了身子。"娘说："好，伢子，你放心走吧！"

黄巢在外，过了半个月才回来，进门一看，可不得了啦！米囤空空的，娘饿得筋挑头，皮包骨头。是娘舍不得吃吗？不是！原来大囤的粮食被官家抢走了，小缸里的米，娘刚做成饭就被鬼夺了去，娘怎能不饿坏？黄巢想：官家抢粮，大伙可联合起来对付，可鬼夺饭咋办？他想啊想啊，总是想不出办法来。

一次，他在山上砍柴，见到一种草，叶儿嫩绿，头上泛红，含在嘴里不苦，还香喷喷的。他嚼了嚼，水儿却是黑的，忽然灵机一动，心想："鬼好抢白饭吃，烧上黑饭，看他们还抢不？"回家来他就用这种草和着米煮了一锅黑饭，送给娘，自己躲在旮旯里偷瞧。不多会儿，大鬼小鬼都来了，见了黑饭，都摇了摇头不要吃，跑走了。娘却安安稳稳地吃了个饱。

后来这事传开了，村里的伢儿们都用这种草做饭给老人吃，鬼也不来抢饭了。他们给这种草起了个名儿，叫"乌饭草"。现在家家四月八日吃乌饭，就是跟孝子黄巢学的呢！

讲述人：钱柄福（宜兴陶瓷厂老工人）

高子亮于1982年5月在苏州谭山疗养院搜集整理

流行地区：江南太湖一带

九女墩的故事

大运河岸边有一座梁王城，梁王城不远有九座土山包，人称"九女墩"，说是梁王闺女的坟墓。梁王到底有几个闺女？史书上没有记载，也没有人去考证过。但有一个故事，却在这里老百姓中流传几千年了。

传说很久以前，梁王城中住着个梁王，他的国家很小，鸡打鸣全国都能听得到。你别看他国家才一丁点儿，却是强国呢。为啥？因为梁王军纪严明，勇敢善战，特别他有一支奇兵，叫蜂子兵，打起仗来，英勇无敌，别的国都不敢欺侮他。有些小国，还要靠他帮助呢！

一天，邻国的国王请梁王去喝酒，商量御侮的大事。梁王跨上他的骏马，带着他的将士和宿卫，准备动身。临走前叫出他最心爱的公主——七岁的小女儿嘱咐道："你幼小丧母，我最娇惯你。这次外出，带你不便。你在家里玩耍，任何地方都去得，可不许上楼；任何东西都玩得，可不准擂鼓。你能记住吗？"小公主一歪头，眨巴眨巴水灵灵地一对大眼睛，小嘴一撅说："记住啦！"梁王又抚摸着女儿的头，用他粗壮的大手捏一下女儿像苹果一般红润的小腮帮儿严厉地说："这是我的军令，不能违反啊！"小公主没答话，白了爹一眼儿，一撅小嘴儿，一甩小辫儿，咯咯地笑着跑了。梁王看着这个活泼淘气的小囡，乐滋滋的，觉得没啥再交代了，才催马上路。

再说小公主在宫中玩遍了御花园，爬假山，采花草，拾石子，走遍了后宫前殿，渐渐的玩腻了，心想："父王说不许我上楼，那楼上一定很好玩。"于是她爬呀，爬呀，爬上楼梯，见两边的楼门都紧锁着。她走到一边，机灵地用舌尖舔破窗纸，朝里一看，嗬！一只雕着龙凤的大鼓，多威风呀！那龙像动着似的爬着，那凤像飞了似的扑扇着翅膀；两只红绫裹着的打鼓槌呀，柄上镶金嵌玉亮晶晶，漂亮极了。她嘟哝着说："父王真偏心，那么好玩的东西不给我玩，还说最疼我呢？！"她找来个小槌儿，敲开了楼窗，像小花猫一样，窜进楼去，拎起一对花鼓槌，顽皮地砸起鼓来。

"咚咚咚咚，咚咚咚咚……"

"嗡嗡嗡嗡，嗡嗡嗡嗡……"

蓦地，从蜂房里飞出成千上万的蜂子，这群蜂子细腰长翅，黄澄澄，金光闪闪，一对一对个挨个地飞着，眼睛炯炯有神，钩刺耀眼发光，绸样的翅膀抖动着，像天上飘飘的彩云，像运河滚滚的流水，美极啦。

"多好玩呀！"小公主越看越高兴，把大鼓擂得震天响。蜂子铺天盖地飞个不停。

原来这些蜂子就是梁王的奇兵，每当敌人进攻紧急的时候，梁王就走上钟鼓楼，擂起大鼓，"咚咚咚咚……"蜂子兵听到鼓声就列队起飞，铺天盖地往敌人飞去，又蜇又蛟，敌人的将官、士兵的手被蜇痛了，提不起刀枪；眼被刺伤了，看不清道路；马被蜇瞎了眼，乱蹦乱跳，自相践踏。梁王再指挥三军赶杀，敌人死的死，降的降，梁王就打了大胜仗，然后再撞起金钟，"当当当当……"蜂子闻声就都又飞回蜂房里来。这些蜂子兵是梁王多么可爱的战士啊！

这回蜂子兵听到鼓声，知道这是梁王的进军令，准是又有敌人侵犯国土了。梁王是非在万不得已时不用这支军队的，要听指挥，保卫国家啊！他们围着钟鼓楼、宫殿飞舞，看看没有敌人侵袭王宫，"难道是国家被敌人包围了？"又扇翅向宫外飞去，他们东飞一阵，西飞一阵，南飞一阵，北飞一阵，都没发现敌人，有的蜂将疑惑是梁王操兵吧！但是操练总有停止的时候，鼓声仍不住地敲；他们不敢多想，飞呀，飞呀！时间太长，又没饭吃，实在飞累了，就在王城南面落下来歇一会，又在王城北面落下来歇一会，这两处的村子现在还叫"南落""北落"呢。后来由于听不到钟声，不敢退回，就分四队，往四面八方飞去了。

　　小公主呢？她在楼上玩了半天，打鼓打累了，看看蜂子也没回来，觉得没意思，就把鼓槌一丢回宫睡觉去了。

　　梁王出客回来，不见了蜂房中的蜂子，大吃一惊，他赶忙走上钟鼓楼，见钟鼓楼的窗子大开，鼓槌丢在地上，"这是谁干的呢？"他知道自己的军令森严，没有他的命令，是没有人敢上钟鼓楼的，便立即让人把小公主找来。

　　"你上钟鼓楼玩了吗？"

　　"去了，爸爸！"

　　"你敲鼓了吗？"

　　"敲了，真好玩呢。飞出了很多很多的蜂子。他们随着鼓声起舞，好看极了，可是他们飞出去就没见回来。"

　　"你咋不撞钟呢！"

　　"你没说撞钟好玩，我也没去撞呀！"

　　"唉！"梁王气得瘫坐在地上。

　　小公主从没见过父亲生这么大的气，她见父亲的眼睁得圆圆地盯住自己，露出一闪一闪的凶光，多怕人呢！她不敢哭，也不敢问，只是用羞涩的眼睛，看着父亲，无聊地吸吮着手指头。

梁王把他的将军、大臣、宿卫都喊了来，沉痛地说："我太溺爱女儿了，现在她私敲战鼓，失信于蜂子军，蜂子飞走了，敌人再来侵略，咱们的国家就危险了，我立过军令，违令者杀头，把公主推出去砍了吧！"

公主这才弄清是怎么一回事，吓得没魂儿了，"扑通"跪在地上，"哇"的一声哭了起来。

梁王的心里更沉痛，他想起自己的妻子——那个可爱的皇后，为保卫自己的国家几年前被敌人射死了，留下了这个宝贝疙瘩，他多疼这个小囡呀，放在高处怕摔了，含在嘴里怕化了，朝夕相伴的抚养，从没动过她一指头啊！他把对皇后的爱都倾注在小囡身上了。今天她犯了重罪，姑息嘛，今后谁听他的命令呢？他要亲手杀掉这个犯有重罪而又无知的孩子，割断骨肉之情怎么能不痛心呢！

所有的臣子都想给小公主讲情，一齐跪下求梁王饶公主不死。

"己身不正，何以正人。法纪不立，怎能治国。"梁王喃喃地说着，以袖掩面。挥了一挥手。

"爸爸……"小公主的哭声，撕裂着他的心。

小公主死后，梁王叫埋了九座坟，其中有八个是空的，怕后人盗去女儿的尸首。可不，近年来修水利，挖了两个墩子，里面都没有骨头。

讲述人：孟庆平（67岁，县委原省委宣传部部长，政协副主席）

高子亮1954年搜集，1957年冬整理　次年春修改

故事流传地区：江苏邳州市

注：此民间故事先发表在《中国民间文学》杂志上，后改成连环画由邳州市文化馆美术老师姚兴红和运河中学美术教师董文才绘制发表在《中国连环画报》上。20 世纪 90 年代中期在邳州市梁王城北面的山坡上发现了一座战国墓，出土了很多价值连城的珍宝，据说是真的公主墓。

韩信的传说

（一）宿娘山上的奇迹

邳县的宿山乡，是按山起的名，"宿山"原名"宿娘山"，后人把"娘"字省略了，为啥叫"宿娘山"呢？这里头有个故事。

秦朝末年，天下大乱。韩信原投项伯反秦，项伯死后，就在项羽那里。项羽这个人骄傲跋扈，他见韩信身子瘦弱，很看不起他，仅仅给了他个执戟宿卫的小官儿。韩信觉得这样下去没出息，听说刘邦重视人才，就想偷偷地跑去投奔刘邦。恰巧那天他娘来看他，韩信恐怕项羽知道他跑了难为他娘，就弄了一匹马，驮着娘走了。项羽的谋士范增知道了这件事，忙对项羽说："韩信是个有本领的人，我多次叫你重用他你不用，现在要跑到刘邦那里，不等于咱们放了一只虎又回头来伤咱吗？"项羽虽然看不起韩信，但也不愿让他投奔对手刘邦啊！就叫范增派人把韩信抓回来。

韩信带着娘跑到现在的宿山，天已黑了，就安排娘在山上的小庙里住一夜。第二天一早，韩信对娘说："娘啊，我现在是一个逃犯，若被项羽逮住了，准会杀头的，也会连累你，不如你骑着马回家吧！"娘听说孩子要和自己分手，实在舍不得，但在那世道，又有啥法子？她叫韩信骑着马快跑，不要管她。韩信又劝娘说："我骑马虽然跑得快，可目标大，更不安全，再说你年纪大了，走路艰难,我又怎能忍心呢?"娘想想也在理,但是一旦分离,不知哪时再能相见,只好和儿子抱头大哭一场。

韩信把马牵到一块大青石旁,让娘踩着石头上马。由于娘的身重脚小,石头被踩凹下去一个很深的脚印,仍是上不去。韩信只好把娘抱上马。娘又千叮万嘱方才走了。后来韩信和娘住过的那山就叫"宿娘山",韩信娘踩着上马的那块青石头就叫上马石。不信,你可去看看,那块石头上如今还留着一只小脚印呢。

(二)登高望母

韩信和娘分手后,往北走了一阵子,心里老不是个滋味。他担心娘的年纪大了,路上没人照顾,这次娘来看他项羽是知道的,今后会不会难为她呢?他又想到小时候自己家里穷,亲娘去世,自己无依无靠,受人欺侮;到老亲世谊家连顿饭都吃不上,自己到河边钓鱼,幸亏遇到这位仁慈的洗衣老人,省饭给他吃,鼓励他创家立业,"非亲生而胜亲生"。这么浓厚的母子情,自己怎能忘怀?他把对亡母的心都转到义母身上了。"别时容易见时难",他真想多看娘两眼,他爬上了一座大山,登到最高处,望着娘远去的方向,眼泪"吧嗒吧嗒"地掉……好久好久,他才漫步下山。但母子情深,走到一个山脚不由回身翘首望望,走到另一个山脚又回身翘首望望。实际上,娘早就走远了,哪里还能看到娘的影子呢?后来,韩信登高望母的这座山就叫"望母山",翘首眺望的两个地方的村子,就叫"东翘头"和"西翘头"。

（三）种瓜谢老农

韩信要投刘邦，急急赶路，因怕项羽追赶绕山行走。黄昏时，又走近了一座山。他顺着山路来到一所茅屋房，见一老一少正用黑白两色瓜子下棋。韩信见老人棋艺高明，不一会就把少年的子儿吃个精光，不禁喊了一声："好！"老人发现韩信，忙起子让坐说："壮士既然好棋，不妨玩两局取乐。"韩信再三谦让，只好奉陪。老人把白瓜子给韩信，自己用黑瓜子。两人下起来，真是棋逢对手，胜负难分。韩信不敢大意，聚精会神，有时拿起瓜子，在前额上划着，筹划良策；他见老人棋势凶猛，忙避其锋芒，步步退让，最后来了个十面埋伏，立即转败为胜。老人把棋盘一推，连夸高招。棋势收下后，老人款待韩信，并让铺给韩信住。韩信不愿打扰，再三推让，倚山打坐。次日清晨，老人忙去种瓜，韩信随过来帮忙，他把昨夜下棋用的白瓜子精心地种上。这一年，老人的瓜地里长了几棵特别好的青白瓜，瓜熟之后，切开来为白籽、白瓤、白瓜子的边上还长了道黑边儿，传说是韩信下棋时在头上磨的。这种瓜人称"三白"，吃口鲜甜。老人当作瓜种，世代传种，人称"韩信瓜"，成为名产。为纪念这段故事，山取名为"倚宿山"，茅棚叫"韩信瓜屋"。

（四）智骗追兵

范增派的人，一连两天没找到韩信，忙说给项羽，项羽责怪范增无能，便自带了几匹马追来。这次由于项羽亲自压阵，随从的人哪敢马虎。他们沿山搜查，寻踪问迹，顺着韩信走过的路追赶，遇有可疑的人，立即报给项羽。韩信是步行，哪能跑过马呢！眼见就被追上了，他听到背后的马蹄声，知是项羽的哨马来了，连忙蹲在山脚迎风大便。哨马报给项羽，问抓是不抓？项羽摆摆手说："且歇下来，看他还做什么。"哨马跟踪去了，韩信见有人盯着他，当然不能跑，就在山坡上歇脚；头朝下，脚朝上睡起觉来。哨马又报给项羽，项羽气得"哼"了一声，拨马便回。范坛迎着项羽问道："韩信可捉到吗？"项羽说："他迎风大便，不知香臭；颠倒睡觉，不知上下，这样的人追回来又有啥用？"范增大惊说："大王，你上了韩信的当了！他为人心细，生活谨慎，香臭颠倒怎能不知？准是他见跑不了，故意装佯骗大王的！"项羽一听，气得"哇哇"怪叫。"小小的韩信，敢欺侮起大王我来了！"叫人立即去捉韩信，提头来见。派人再回去，韩信早就躲起来了，哪还能捉得着呢！韩信后来投刘邦，当了元帅，打败项羽，封了楚王，住在咱下邳时才又找到了他的义母。

高子亮收集整理

小 说

高 子 亮 作 品 选

胭　脂

戏曲故事

（一）胭脂钟情鄂秋隼　王氏戏言起风波

说的是济南府东昌县有一家姓卞的牛医，他有一个女儿名叫胭脂。这姑娘生得聪明伶俐，仪表端庄，不仅长得俊俏，做针线茶饭活儿也是一把好手，远近闻名。卞牛医的老伴下世早，父女俩相依为命。老汉把女儿视为掌上明珠。这天，正是清明佳节，卞老汉出门给人家医牛看马去了。"人逢佳节倍思亲。"胭脂想起生母，心思厌倦，连花儿也绣不下去了。适巧，她闺中的伴侣王氏来找她出门踏青散心。二人来到城外的小河边，但见垂柳倒挂，流水潺潺。红男绿女双双对对踏青嬉笑，三五孩童草地追逐放着风筝。蝶绕花径，鸟唱宜人，真是大好风光。王氏穿花拂柳，驱蜂追蝶，玩得很得意，可胭脂总还是闷闷不乐。为啥呢？一方面胭脂思念母亲，另方面见景生情，也触动了她的心事。姑娘家都十七八岁，已到结婚的年龄，看人家双双对对的，可她的婚事儿八字还没有一撇儿，父亲事忙，自己也未选到中意的人，你想她能不愁吗？那王氏很机灵，自己又是过来人，早摸到了姑娘的心事，她故意戏谑打趣，想使胭脂开心，但总是不济于事。适巧柳树枝头有两只鸟叽里呱啦地鸣唱，王氏捡起一块小石头，一语双关地说："鸟呀，鸟呀，您乐就乐是了，何必这样吵闹，惹人讨厌呀！"她边说边把石头扔过去，鸟飞石落，恰巧打在那边游玩的一个书生的臂上。只听"哎呀"一声，那人抚臂呼痛，王氏和胭脂都大吃一惊。

你道那人是谁？那人原是东昌县有名的秀才鄂秋隼。这人好一表人才，他九岁时父亲就驮着他入黉门，中童生，十二岁赴县考中了第一名秀才，正要府试中举时，命运乖舛不幸，父母双亡，坟前守孝三年，误了考期，只好在家攻读。他写得一笔好字，画得一手好画，为人又忠厚和善，亲朋托办啥事只要能办到的都跑在前头，因而他名声与文采齐飞，方圆百里，谁不知晓。王氏见打了鄂秋隼，忙赔笑上前说："真对不起呀，刚才误打了鄂大相公，是俺王氏的不对，我这里赔礼了。"鄂秋隼闻声一转脸："哎哟！原来是王大娘子，算了算了，啊呀！"……他虽然不计较人，可是臂还痛呀！王氏是个风流人物，她早就羡慕鄂秋隼了，忙趁机拉住鄂秋隼的臂，说："鄂公子，我给你揉一揉吧！"谁知鄂秋隼说声"不必"早一抽身把她的手推开。这事被胭脂看在眼里，暗暗佩服鄂公子的品行端庄，忙拉了一把王氏施礼致歉。鄂公子见这位文静的姑娘，心想：这莫非是人们传说的胭脂小姐，真是长得不错，百闻不如一见啊。王氏见他二人互相打量呆呆地看着，知他们心里有意，醋意地打着哈欠说："鄂大相公，天色不早，咱们还是两便吧！"边说边拉着胭脂就要走。"啊！""嗯"！胭脂虽口中答应脚像被磁石吸住似的，总是不动弹。王氏这回可气了，她对胭脂说："姑娘，我知你现在开心了，我不送你回去，你爹爹若是医牛回来不要埋怨我吗？走吧！"

这一说，胭脂也不好意思起来，虽然恋恋不舍，但亦无法，便蓦然转身。冤孽凑巧，她新绣的罗帕从袖中甩落在地上。鄂秋隼拾起罗帕，追上一步喊道："大姐留步。"胭脂一回头，见鄂秋隼捧着自己的罗帕，不禁羞红了脸，忙深深一揖说了一声"谢相公"，欲接罗帕，王氏却早从鄂生手中把罗帕拿过来了。只见那罗帕上面绣的嫣红的牡丹带露含笑，黄色的蜜蜂儿翩翩起舞。

　　回家的路上，胭脂向王氏打听鄂秋隼的情况，王氏总是指南说北，东扯葫芦西拉瓢，不往正路上扯。她又是俏皮嘴，老拿胭脂耍笑开心，胭脂被王氏嘲弄得脸一阵红一阵白，心里又急得像揣头小鹿蹦蹦跳。眼看要到家门口了，胭脂不得已抱住王氏恳求道："好嫂嫂，你别糊弄我了，还是跟我说真话吧！"王氏笑道："小妮子，你爱鄂秋隼吗？当年我们同住樱桃巷，我认得他，他还没有老婆，曾托我为媒帮他找个姑娘，这可巧啦！我看给你保个媒准能成。"胭脂一听这话，心里的一块石头放下了，她羞答答地向王嫂点头致谢。王氏忽然拿出她绣的罗帕道："好妹子，你这罗帕绣得精工，牡丹传神，蜜蜂欲动，就把它送给鄂生作一定情之物，你看可好？"胭脂确实舍不得她精心绣的那块罗帕，又怕人家万一不愿意张扬开去见不得人，欲把罗帕收回，但王氏偏要问她要个信物好让人家相信她这个媒人，又没啥东西可给的，只得硬着头皮应允了。

　　胭脂走后，王氏不禁哈哈大笑，她笑胭脂傻，暗叫道："胭脂呀，胭脂！你到底还是孩子气，拿着棒槌就当针（真）了，你怎知我与鄂秋隼仅是一面之识，他怎会相信我，托我为媒呢？我哪能打得了包票，这手帕嘛我倒是挺喜欢的。我笨手笨脚学做不来。哎，我不如借花献佛把这帕儿送给我的情夫，让他高兴，那该多好！哈哈……"她正在想得出神，不料，一人从她背后一把将罗帕抢去。由于王氏哄胭脂的一句戏言，却起了一场风波，正是：

　　　　不妨墙有耳，
　　　　平地风波生。

（二）得罗帕宿介起歹心　劝秀才胭脂失绣鞋

　　从王氏手中抢去罗帕的人正是王氏的情夫宿介。宿介是个什么人呢？他也是东昌县的秀才。这人和鄂秋隼不一样，虽读诗书却忤背圣教，玷辱儒门，他仗着家里有几个钱，浪荡成性，尤其好串女人行，和人勾勾搭搭。他见王氏有几分姿色，就他趁王氏丈夫出门做生意的机会，把这个娘儿们勾搭上了，常年姘居过夜，打得火热。这天他又来钻半门子，正见王氏赏罗帕自语。他听得明白心急，一把抢过了罗帕。王氏未料到是他，魂儿几乎吓掉了。宿介假正经地说："哎呀呀……你还独自念经呐！把我找得好苦哟！"王氏忙问："我刚才的话你听到了没有？""哎！俺乃圣贤之徒，岂不知非礼勿听哟！""瞧你这酸味儿。"王氏"扑嗤"一笑，信以为真。宿介问罗帕的来历，王氏只说是求人给他绣的。宿介酸不溜秋地说："谢谢娘子的赏赐。只怕我是领的那鄂秋隼的空头情哟！""哦？"王氏一怔说儿"原来我的话你听到了？"宿介狂笑道："你骗得了小鬼甭蒙老家前，胭脂那个丫头还能骗得了老猴我？哈哈……"

　　当天晚上，月色朦胧，宿介欲火难耐。他趁牛医卞老汉未归，就带上罗帕，跳墙到胭脂家。胭脂正对灯独坐，她想起王嫂要找鄂秋隼去给她提亲的事心里怪高兴，又担着心。她想人家是有名的秀才，家里又富有，能看上自己吗？又觉得白天见面鄂秋隼那个忠厚老实样，对自己颇有好感，王嫂又说跟他熟悉，也许有成。想想这，想想那，不觉夜已深了。身上也觉疲劳，刚吹灯要睡，忽听房外有敲门声。她以为是爹爹回来了，可爹爹疼爱女儿从来不愿夜里喊她。是王嫂吗？她晚上是不会来的。说亲也不能那么快，敲门的声音也不像啊！她警惕起来。走到门前问道："你是何人？"外面答道："小生鄂秋隼，为谢姑娘托媒之情，特来与姑娘幽会。""啊！"这突如其来的事，使胭脂惊呆了。她不敢相信自己的耳朵，心想难道我看错了人？鄂生也是个轻狂之徒？这样唐突前来，真是岂有此理？她正色说道："相公差矣！日间奴观相公外貌端庄，故托王氏嫂嫂为媒，愿结百年之好。倘相公不嫌我家贫贱，快托媒人向我父亲提亲，这私约苟合，奴家是万难从命。"门外又苦苦恳求说道："姑娘呀，小生此来，只求与姑娘一会，别无他意，不料反遭姑娘误解，今后何有脸面再活人世！罢罢罢，我就碰死在这里吧！""啊！"胭脂这一下可就没辙了，怎能让人家碰死呢？得再开导他几句，但是来不及了，门被撞得咚咚响。胭脂的心中扑扑乱跳，她想看个究竟，下意识地拨开了门闩。宿介乘势闯入猛地抱起胭脂。胭脂要喊，宿介刚脱下胭脂的一双绣鞋，忽听房外有响声，宿介以为惊动了人急忙跳墙逃去。跑了一段，他觉得后面好像仍有个人影在跟着他，直逃到王氏的门口，心才放下来。他看看手还握着胭脂的罗帕和绣鞋，怕王氏疑心，顺手将罗帕和绣鞋丢在门外墙角，忙着敲门。王氏不耐烦地冲出来一把揪住宿介的耳朵骂道："好冤家，让老娘我等了你半夜，哪里游神去了？"宿介跪倒在地，好说歹说，才把王氏哄好了。这一丢被一个赌鬼拾去，因此几乎闯下杀身大祸。正是：

   狂徒丢情物，
   拾者又害人。

（三）毛大行凶杀牛医　胭脂怒告心上人

那拾去罗帕绣鞋之人名叫毛大。毛大是东昌县里一个万恶的赌徒，这小子块头大，手头狠，日夜泡在赌场里，赢了钱就吃喝浪荡，逛窑子、抽大烟，输了钱就偷，一次把他娘的裤子偷去押大宝，弄得他娘天明下不了床，气得喝点豆腐的卤汁死了。他把家产输光，跑到城隍庙里睡觉。宿介去胭脂家的那天晚上，他正输了钱，两手空空，想偷点东西，碰到宿介从胭脂家出来敲王氏的门丢了绣鞋罗帕。他拾起来心里正不知究竟。适巧浪妇和情夫吵仗，他得知了这两样东西原委，心想若拿这两件情物去找胭脂，对她威胁，不怕这美人儿不从。他越想心里越美滋滋的……睡城隍的大腿上拿出绣鞋罗帕玩赏。谁知正玩得高兴时，罗帕却被他的赌友王癞子抢去。王癞子指着毛大的鼻子说："找你半天怪不得在赌场里找不到你。原来你是玩这一套呀！哈哈……"毛大假装镇静地说："癞子老弟，你莫夺人所好呀！快还给我。"王癞子一瞪眼说："说得倒容易，你怀中揣的那红澄澄的玩意儿，分明也是女人家的，来路不明。快说，不然我告发你！"毛大无奈，只得把昨晚拾得宿介的东西以及自己的打算说了。王癞子哈哈大笑说："你小子艳福还不浅呢，我不往外说，可有一件，得叫那小娘们知道是我的恩典。""那还用说吗？我得手后保证叫她也给你找上一个。"王癞子喜地拍着腚大笑说："今晚就让你们鹊桥相会吧，我也赶场去喽。"毛大再想要罗帕，王癞子已经跑远了。毛大不敢追他庆幸自己怀里还有一双能逼胭脂的绣鞋。

晚上，毛大越墙爬屋来到胭脂家。胭脂因昨晚出了事，又怕羞不敢跟爹讲，推说身子不爽，傍黑就顶上房门，倒在床上哭起来。卞牛医摸不透女儿的心事，只说孩子又想她死去的娘了，也就叹息着上床睡觉。

  毛大是个色鬼，心急路不熟，竟然摸错了门，他拍着卞老汉的门喊："胭脂，胭脂！"卞老汉心一动，他想怪不得女儿哭红了眼，莫非被贼子欺侮了。不由地心里上了火，他轻轻起床，顺手拎起来打马掌切驴蹄用的铁铲子。这铲他磨得锋利比刀还快。他拉开门，就势往前"嗖"地的戳一铲。毛大觉得刀风，往旁边一闪，"嗤"的一声，大褂襟被削去一块。他手疾眼快，跳上去就夺牛医的铲刀。两人打了几个回合，铲被毛大夺过。卞老汉年老力衰，哪能敌得过毛大这个年轻的贼人。他刚想喊，早被毛大一铲刺中喉头应声倒地。毛大见事闹大了，害了怕，慌忙逃跑，绣鞋正落在卞牛医的身旁。胭脂听得外面有响动，喊爹不应，大呼有贼，点灯一照，见爹爹被铲断了喉咙，鲜血直流。她没命儿地伏在爹爹身上痛哭。忽然手中触着个软绵绵的东西，却是自己的绣鞋。她想起昨晚鄂生来拍过自己的门，今天又杀了他的父亲。只气得柳眉直竖，杏眼圆睁，脸色铁色，浑身发抖，大骂道："鄂秋隼呀，好贼子，我要到县衙告状，拿你这个丧尽天良的衣冠禽兽报仇雪恨。"正是：

    凶手逃法外，
    情人变仇人。

（四）鄂生蒙冤东昌县　　窗友联名抱不平

  胭脂一气告鄂生行凶杀人，逼得东昌知县不得不当场验尸。验尸可不是件好事儿，熏得县太爷一身腥臭。实在不惬意，回到县衙即宣布衙役退堂休息。差役奇怪地问道："太爷，你还没升堂理案呀！"县太爷说："人家告的有名有姓，叫师爷问问不就得了吗？"差役说："太爷，这是人命重案，太爷不亲自审问就立案，上边知道了可不得了啊！""啊！……还有这么多道道儿……"县太爷不得已叫唤来了胭脂。胭脂一上堂就号啕大哭，求县太爷做主报仇！知县说："看你这妮，哭得怪疼人的。只要你告得真，咬得准，太爷我就能给你申冤报仇。"他叫胭脂先下去，一拍惊堂木喊："带狂人鄂秋隼。"鄂秋隼被带来了，他一看堂口众衙役那个虎视眈眈的样子，不禁一怔，心想："过去县太爷叫我来总是客客气气的，现在怎么这个样子，又让我披枷带锁，我犯啥法啦？真是'闭门家中坐，祸从天上来'。"他实在是丈二和尚摸不着头脑，乡下人吃"角蜜"——不知往哪头进糖（堂）呢！只见县太爷敲着桌子问道："鄂秋隼，你可知罪？""知啥罪呀！老父台，生员自幼苦读诗书身入黉门，好端端的被你锁拿到公堂，我犯的何罪何法？"鄂生道。"哈哈哈……我的秀才官人哟！咋还装糊涂呀！我来问你，前晚去胭脂家诱奸未遂，你脱去人家姑娘的红绣鞋，可是你干的？"县令喝道。"怎么？"鄂生惊道。"昨晚又进卞家夺刀杀死卞老汉，可是你作的孽？""这……"鄂秋隼越听越莫名其妙道，"这是从哪里说起呀？"县令冷哼道："就从你身上说起，你有胆骗奸杀人，就甭充孬。"呼喊衙役："传胭脂来给他对质。"

鄂秋隼一听说叫胭脂来对证，才想起来了，那胭脂不是前头游春时见的姑娘吗？她看上去好文雅，我还觉得不错呢，怎么忽然诬告起我来了？哦！那天她和王氏一块儿的，王氏是个风流娘儿们！难道她也是那路货？真是知人知面不知心呀！那她又为何要告我呢？我和她无冤无仇的啊！鄂秋隼百思不得其解。只见胭脂上来了，哭得像泪人儿似的，一上堂就贼子长贼子短地骂起自己来了，真是"岂有此理"。鄂秋隼被她骂恼了，他悻悻地问道：

"姑娘，我素日与你互不相识，无仇无恨，你冤我何来？"县官插嘴道："鄂秋隼，我来问你，清明节那天你们在郊外可见过？""见过！""见过咋说互不相识呢？事情很清楚，你看人家丫头长得好，就夜里去骗婚、脱鞋，人家不从你又杀了人家的父亲，不是这样的吗？胭脂姑娘？""嗯""啊？……""鄂秋隼招是不招。""我冤枉。""好狡辩！不动大刑，谅你不招！衙役们，先捶打他四十大板，再用夹棍把他架起来……""是。"这么一打一夹，把鄂秋隼打得鲜血淋漓，夹得多次晕厥。鄂秋隼受刑不过，只得点头招认。东昌县为这次审讯的顺利而高兴。"果然是法不严不立，贼不打不招。""啊！"他松了一口气，叫胭脂回家葬父，把鄂生打入死囚牢，嗣上文下来，秋后处决，为卞牛医抵命。

这一断案奇闻立即传遍了东昌县，有的把胭脂和鄂生的事作为风流韵事传播，有的称赞东昌县断案高明，也有人为鄂生抱屈的。特别是鄂生的一些同窗好友，他们深知鄂的为人，觉得事有蹊跷，用探监的机会问明鄂秋隼的实情，对照卞父死的那晚上，鄂生正在家会友怎能杀人呢？觉得天底下竟然还有这样的混蛋县太爷，主观臆断，草菅人命，使秀才无辜蒙冤。出于义愤，他们探知学台施云山巡视济南，便联名上告。状子先送入济南府知府吴善才的手里。谁知竟又出了一番波折，正是：

仗义救窗友，

又连文士冤。

（五）反逼供重又逼供　救秀才又冤秀才

济南知府吴善才是学台施云山的学生。他年轻有才，但却争强好胜，东昌府秀士联名的状子原是交给施云山的，因事关民诉，不便过问，故交给吴善才复审。吴善才心想：这案子东昌县已初审立案了，复审必须小心，弄好了也可以在恩师面前显显才华，这有利于自己的前程。吴善才连夜将案卷细细查阅一遍，觉得东昌县虽有犯人认罪画押，但却无证人证言，再翻看东昌府秀才联名的状子，更觉得东昌县太过粗漏，所以他特邀东昌县来陪审，东昌县的县太爷可是不乐意。他认为吴善才是有意捉弄自己。

复审的那天，先带来鄂秋隼。鄂秋隼觉得府里既来查了，翻案可能有希望，就大喊冤枉。吴善才说："你既觉冤枉，从前为啥招供呢？"鄂生只好说："那是东昌县台酷刑所逼。"东昌县一听，倒抽了一口凉气，觉得这事麻烦了，等着挨熊吧！吴善才要他拿出冤屈的证据来。鄂秋隼只能将那晚会友之事又供出，但无法提供友人走后他不在现场的证据。鄂生没法找出证人，东昌县大喜。谁知吴善才又追根问底，问胭脂家是几间房，胭脂住在哪间？你杀卞父砍了几刀？鄂生一概不知，对照画押文书，吴知府断定鄂生没去过卞家，所答之言驴唇不对马嘴，漏洞百出。吴善才对证尸格，找出了破绽，诸判断鄂生可能是真冤了。碍于东昌县令在场，他叫退了堂，找一僻静处再盘鄂秋隼，终于得知鄂生与胭脂邂逅时还有一个王氏。又得知王氏与宿介私通。又盘问胭脂。问"鄂秋隼骗婚那晚，你可看清他容貌？""你父被杀，你既未亲见，又咋能断定是鄂秋隼呢？"这一连串的问题问得胭脂无法答对。在得知胭脂钟情鄂生曾托王氏去说媒的关节，他认准此案与王氏有关，便立即令衙役将王氏捕到县衙。拷问王氏时，他让东昌县在场，三拷六问，王氏只得如实讲出宿介骗婚夺鞋之事。案件线索逐渐明朗，东昌县也不得不承认鄂生冤枉。吴善才立即传人抓来了宿介。在和王氏的对质中对骗婚夺鞋之事，宿介供认不讳。只是不承认杀人，吴善才认为宿介刁辩，岂能容他，也将他打了四十大板，夹了一夹棍。这一次可和上次不同，鄂秋隼向来正直又好仗义济贫，誉声载道，衙役中有不少受过他的恩惠的，大家器重他，自然手下留情。而宿介呢？他是个浪荡公子，又好嫖女人，这里孔圣人待过，大家对非礼之事，深恶痛绝，人人恨他。且衙役又是看老爷的眼色行事的，知府大人断案关照，大功将要告成，谁不想助一下威？只要一夹，宿介的腿骨就被折断了。宿介疼得晕了过去。醒来时紧咬牙关。这浪子也真有种死也不认伤人命之事。吴知府嘿嘿大笑说："你不承认二次去卞家，难道你脱人家的绣鞋，能飞去卞牛医身边不成。"宿介强调那绣鞋曾丢落过，请大人查实。吴知府哪里肯信，拍惊堂木道："住口，本府明察秋毫，凭的是人证物证，凭的是情理服人，你既能去卞家一次，就能去二次！既能寅夜骗婚夺鞋，定会色胆包天，夺刀杀人！"宿介想让王氏作证，吴善才认为奸夫淫妇，串通一气，哪有作证的资格。他怒吼道："赌近盗，奸近杀，像这等人命重案，你岂能轻易招供？"叫再把宿介枷起来。

　　宿介实在受不了了。他磕头说："大人别再用刑了，小人愿招。"就这样顺当地落了供，画了押，打进死牢。

　　吴善才洋洋得意。他蔑视东昌知县说："兄台以为如何？"东昌县被弄得脸红过耳，汗流浃背，羞得地下若有个老鼠洞也想钻下去。但又不得不服，连说"大人高见"。知府哈哈大笑，不禁手舞足蹈起来。

　　他叫来胭脂，责备错诬好人，但念其年幼无知，父又惨死，不加追究。又叫来鄂秋隼，告诉他冤已昭雪。鄂生不胜感激，连呼青天。

　　吴善才还以府官的身份训东昌知县说："这桩人命重案，若不是本府心细如发，怎会破得，可见天下无难决之狱。我等当官者，在于多用心思而已，可惜贵县糊里糊涂造成冤狱，如此为官，怎做民之父母？"东昌县无词辩解，只是低头请罪。吴善才叫他立即回衙重整案卷，等待学台大人来查阅。他本以为做得五笔圆满，谁知学台大人来一查，欲另生枝节，再度复叛。正是：

　　强中还有强中手，

　　慎勿骄满笑他人。

（六）学台私访查冤案　王癞行窃露罗帕

　　且说那学台施云山，本是一个老成练达的高官。他让吴善才处理鄂秋隼的冤案能得很快的平复原很高兴，但他又觉得吴善才义气方刚，办事急躁，这桩无头的杀人案牵涉甚广，不大放心，怕万一有差错。他想到百姓中再听听反映。因此，他换上便服，带上书童来到东昌县。适巧天色晚了，便到街亭的高升旅店里住宿。这条街颇热闹，客店前厅又开饭馆，来喝酒的人很多，店小二忙里忙外地应酬，几乎喘不过气来。他在饭店门口刚停下，就听一位顾客正问店主："二相公，刚才你讲鄂相公的事，你给我说清楚啊。"店主人因忙着招揽生意，有点不耐烦了，"哎！你真会打破砂锅问到底，不告诉过你了吗？咱的县太爷严刑逼供冤了鄂秋隼，多亏济南来的知府吴大人找出破绽，拿着真凶宿介。鄂相公的学友在俺店里包了宴席给鄂公子压惊，还商量着给吴知府送清官匾呢。"那顾客说："这我早就知道了，我问的是那个宿介。"店家说："咳！这人虽狡猾，但被知府的夹棍一夹，全都招啦！"顾客还再追问："不是听说宿家不服，还等着学台大人来上告嘛？""嘿嘿……管他呢。"店家甩掉那顾客，忙来招呼施云山住店。施云山和书童住下来后胡乱地吃了点饭，又找店家闲聊，随便问道:"店家,刚才你说的那个宿介不冤呀!"店家笑笑说:"只听说他不承认杀人,冤不冤的,谁知道。"施云山又问:"你猜他上告学台后官司能打赢吗?"店家摇摇头说:"未必,听说学台是吴知府的老师……"他端详着施学台,似乎怕话说多了,忙扯过盆打洗脸水出去了。夜里,施云山琢磨着店家的话疑点重生,他觉得这案子可能还有蹊跷,但症结在哪里呢?他按卷宗对同案人一个个排来排去,还是找不出答案来。渐渐的困倦了,他刚要入睡,觉得门上有撬门声,不禁警觉起来,他拍了拍躺在房边的书童。书童惊醒了,披衣跳起。这时,门竟被拨开了,一个癞痢头探了进来,书童蹑足上前,朝那个人的脖子"呵"地一卡,那人很机灵,一缩头,头上又没辫子,"嗤"的一声书童的手从光头头皮上滑开了。书童大喊一声:"有贼!"那人回身拼命地逃跑,欲翻门外的墙头,无耐心慌墙高,褂儿又被墙上的钉子挂住,上不去墙反而摔了下来。书童虽小但也练过两天三脚猫功夫,气运鸳鸯腿上前"嘣"的一脚,把那人踢到墙边,上去就按。正好店家也被喊声惊醒掌上灯跑过来,店家借着灯光低头一看:"啊!王癞子,是你这个小东西……"

这人确是王癞子,他白天赌钱,手头不济把钱输光了,想捞点外快补上。黄昏的时候恰巧见施学台的书童背个大包袱进店,心想着遇到肥羊了,孬运要转过来走红运了。眼巴巴地等到更深夜静,就翻墙来店里下手。这个店王癞子很熟悉,连床铺在哪,人睡在哪头他都知道。未料到阴沟里竟然翻船,竟被小小的书童擒住。店家押着王癞子见施学台,他却头如捣蒜,只是求饶。店家说:"你这小子赌博,偷人,饶了你还会作孽,影响俺客家的生意,非把你治罪不可。"施学台问明了王癞子的情况,说道:"店家,黑天半夜的,不要惊吓别的客人了。先押到你房里去,不要打他，明天再说。"店家押走王癞子。为安全，又到房处仔细巡视一翻，书童并从逮王癞子的墙角边捡来一个包，笑道："这小子偷鸡不成蚀把米，看自己也丢了东西啦。"他取开包，见里面藏着有赌博用的假牌子、假宝盒儿、假骰子儿，竟然还有一个粉红色的手帕。他笑着嚷道："大人，你看这小子开万金店呢，除了赌具外连女人的东西都有。""啊！"施学台瞥了瞥那些东西，忽然拿起罗帕，罗帕上绣着鲜红的牡丹花，蜜蜂绕着花采蜜煞像活的一样，好精巧的手工呀！这么好的闺中之物怎么会落在这个小偷癞子的手中呢？他感到东昌县的民风真坏，这些东西说不定都与作案有关，得好好地查查。他吩咐书童：天亮立即持帖去调取卞父被杀的全部案卷，并着东昌县和吴知府到外辕见我。正是：

小店见蛛迹，

行辕问案情。

（七）施学台虚心问讯　吴知府负气撞师

施学台刚到行辕不久，东昌县就气喘吁吁地跑来了。这回他既没要衙役鸣锣喝道，连马也未骑，轿也未坐，这真是破天荒的事。为啥呢？第一他知道学台这个上级为官清正最烦人摆架子，他当京官常便服四下私访。这次连信未捎就来到了东昌县，自己这个芝麻粒儿小官儿在他面前还敢发什么威风。第二他知道自己有错误，把案子审差了，幸亏吴知府给他正了过来，不然要错杀了人，学台免不了拿自己问罪，弄不好被削为民不算，说不定大牢里也得坐几天尝尝滋味。现在错纠了虽然好些，但总还有错，不知要受啥惩处呢！还是小心点的好。所以他提心吊胆一声不响地跑来了。他拜见过学台。施云山让他坐下，他局促地怎么也不敢坐，只是低头请罪。施云山笑了，拍着他的肩膀说："只要你接受教训，知过改过，今后办案细心就是了，请啥子罪呢？"这位县太爷这时心才一下落下来。这时，吴知府也到了，他可是骑着高头大马来的。他觉得这次办案顺利，料到恩师会夸奖他，回去再奏明圣上，他准会又得封赏，说不定官椅子还要往上挪挪位儿呢！三人在行辕见了面，少不了寒暄一番。施云山果然夸了他平反鄂生冤狱的事。吴知府洋洋得意，接着施学台又问他案子还有什么不妥之处，不妨提出来共同斟酌斟酌。吴知府想：有什么可斟酌的呢？特别还当着下属的面，忙拍拍胸膛说："无须恩师费神，这案我审得细，问得明，众心悦服，颂声载道。我敢担保出不了事。"施云山一听他那骄气，就有几分不满，为了给他留点面子还是很耐心地说："贤契呀！世间之大无奇不有，沧桑之变瞬息万千，宦海之事仍要多加小心啊！"吴知府不禁暗笑老师太心细胆小，忙说："恩师，弟子虽初入仕途，才疏见短，但慰尚能做到反复详察，力求事确证实，任它千变万化，弟子还能应付得了。""这……"施学台听他越说越不像话了，便质问道："贤契，若凶犯被判不服，越级上告，你看怎处？""哈哈……恩师，鄂秋隼之事我不是已恰当处置了吗？""若那宿介也越级上告呢？""证据确凿，我谅他不敢。"施云山实在听不下去了，他蓦地抽出了宿介的诉状，说："你看这是什么？""啊！"吴知府不禁一愣怔。然后便冷冷地说："这不过是凶徒投机，希图幸免而已，恩师你能相信？"施云山说："虽不能全然相信，却也要慎重查查，咱们办案可有破绽？"吴知府不屑地反问："有何破绽？"施云山道："这一，宿介曾要王氏给他作证你咋不问？这二，宿介声称，卞父被杀之夜他在家未出，你可曾详查？第三，宿介既骗婚夺鞋，已知胭脂住处，为何又错闯了卞父之门呢？""这、这、这……"施云山赶连三问使吴知府一时难以答对。东昌县也连称问得好，吴知府可坐不住了，他想：老头子今天的问话，显然是嫉我之功，在东昌县面前给我下不来，便顶撞道："既然我破绽百出，那就请你一问吧，你能为宿介翻案，我便服你，告辞了。""你……"还未让施云山说话，他连说"岂有此理"拂袖出了门。

把个施老学台只气得心痛欲裂，他当即命令东昌县把那王氏和宿介提出，要亲自传问，正是：

老将怒出马，
定要明冤情。

（八）追罗帕提审毛大　探虚实假提城隍

且说吴知府自那日负气顶撞了施学台，回去心里也觉不安。他承认恩师断案有经验，比他高明，但是又不愿服输，埋怨老头子多事，心想宿介杀人的证据我都落实了，看你还能怎样翻案？他天天差人打探，不见学台的动静。这天，他忽听东昌县说学台要开庭重判了，不禁大吃一惊。

原来施学台断案和东昌县与吴知府不同，他调来了案卷，对照宿介的诉状，反复推敲；他传问了宿介，又问了王氏，弄清了事情的始末。但有一件事使他生疑，即是胭脂托王氏说媒时赠鄂生的那块罗帕，王氏转给了宿介，宿拿它骗婚，后来又丢了。是谁拾去了呢？若是无赖之徒拾去会不会又生风波？这想法又很自然地和赌徒王癞子旅店行窃的那方罗帕联系了起来。罗帕上绣的牡丹、蜜蜂竟然巧合了。那杀人的凶手若不是宿介，会不会是王癞子呢？他提问王癞子。王癞子一见审问他的大人，正是旅店中的那位客官，以为要拿他杀头示众呢，早吓蒙了，连连叩头求饶。

学台说:"你只要说了实话,我就饶了你,这罗帕是你的吗?""是的。""嗯。""那你可曾拿罗帕去卞家行奸杀人?"王癞子一听罗帕的后面还有这么严重的事,只好照实说:"是从毛大手里夺来的。""那毛大又是啥人呢?""毛大是我赌场的朋友,那天我见他玩罗帕和一双绣鞋……""绣鞋?"又与案中的绣鞋合并到一块了。施学台哪能放过,顺藤摸瓜,句句紧逼。王癞子为了减轻自己的罪,也是竹筒倒豆子,平时怎样赌博坑人,寻花问柳,连他现住城隍庙,常抱着城隍老爷的大腿求免灾祸的事都说出来了。学台叫押下王癞子,先着书童拿罗帕和胭脂对证实了,就叫人捉来毛大。

毛大自从入卞家错闯房门杀了卞老汉,知道犯了大法,终日眼跳心惊,神不守舍,常常偷偷烧香求城隍保佑,自我安慰。后听吴知府判了宿介,心里稍安。没料到施学台又找到了他,吓得那个劲还用说吗?可是毛大终是毛大,他手狠嘴尖不管施学台怎样开导他,总是狡猾抵赖。王癞子和他对质,罗帕的事他承认,但杀人的事却推给宿介,不敢认账。老说:"王癞子冤人,王癞子冤人!只有城隍老爷能知道他的心。"施学台沉思再三,忽然一拍大腿站起来说:"好吧!那就让城隍和我同审你的案子。"

吴知府果然接到了学台请帖,说请他到城隍庙共同伴城隍审案。他笑得前仰后合,眼泪鼻涕都笑出来,差点儿笑疯了,他对东昌县说:"施学台真是老糊涂了,哪有泥胎城隍能审理案情的呢?看来,他是黔驴技穷,下不了台啦。咱们全当去看戏,看学台出洋相吧!哈哈……"东昌县也为学台担心,捏着一把汗,他暗叹道:"天呐!这样的荒唐断案,真是古来少有,看咋审吧!"正是:

城隍陪审讯,
千古传奇闻。

（九）明断冤狱服弟子　卞鄂报仇两联姻

"事情就怕怪，怪事传得快。"施学台要在城隍庙同城隍审案一事，虽未张扬，却不胫而走。鄂生的同窗、宿介的好友以及府县衙役都挑灯懒睡，等着五鼓看施学台判案。吴知府和东昌县天刚黑就到了，他们拜见学台问道："大人叫小官前来城隍庙陪审，不知怎样审法？"施学台道："二位贤契不要心急，待会同见分晓。"东昌县还想问，吴知府挤挤眼说："你咋那么多事，反正咱是跟着跑龙套，跑龙套能看上戏就行啦。"施学台不管他们议论啥，吩咐中军打扫好城隍殿堂，壁涂白粉，把窗户堵严，门旁放了盆炭灰水，然后喊道："带毛大、宿介。"二人进来叩见学台齐喊"冤枉"。施学台拍案道："住口，本院和城隍都已知道卞父是你们中的一人所杀，但至今他却拒不认罪。城隍气了，今晚要直接把罪犯点出以分邪正。今命尔等去见城隍，进正殿要先在门房盆中净手然后各分东西面墙而跪，不准乱动。谁是凶手，自有城隍在他的背上点出。"毛大和宿介都心中狐疑，心想：乖乖，这一审厉害，只好默念城隍保佑，凭天断了。施学台叫将二人推进大殿。毛宿果真老实地按吩咐行事。宿介只跪着闭目祷告。大殿灯暗，毛大做贼心虚，不禁毛骨悚然，时时偷瞅背后，见城隍前鬼怪瞪眼攥拳的凶相直发抖。夜越来越深，庙中也愈来愈阴森，鼓敲三下，偶然一阵风声，吓得毛大忙用手捂背倚墙蹲倒，褂子上早印了黑色指纹。鼓打四更，毛大心里忐忑不安实在耐不住了，下意识地抓把香灰想抹宿介。宿介发觉一把将他的手抓住。施学台忽然扯吴知府和东昌知县从神台后出。"哈哈哈……"毛大惊震颤吓得瘫倒在地，倒头如蒜，连呼隍仙饶命。这一着吴知府和东昌县都佩服施学台对凶犯的心里摸得透办法想得好。当即升堂审问时证人备齐，事事对质，毛大更口，只好认罪。

施学台按律法把毛大判斩，重重训了宿介和王氏，按保释放。

胭脂和鄂秋隼齐来谢学台大恩，二人这次见面都觉悔恨羞愧。施云山想到这对青年男女，原各有意，后来好事多磨，现又都孤苦伶仃，有意撮合二人的姻缘，胭脂和鄂生皆大欢喜，

吴知府和东昌县主婚，成为连理，同窗庆贺，父老欢欣，自有一番热闹。正是：

　　　　了结胭脂案，释仇结良缘。
　　　　学台断巧案，口碑万古传。

　　　　　　　　　　　　　1985年6月20日初稿成

注：根据1958年孙甦整理的江苏省梆子老艺人徐艳琴秘藏本《胭脂》改写。

明 天

(连环画脚本)

1. "妈的,今年夏天热疯啦!"我坐在满载西瓜的大解放车上,热得像个长毛狗,直伸舌头。

2. "噗",我手起刀落,切开一个沙瓤的西瓜。我知道吃给果品店拉的西瓜不合适,可我们这些装卸工却从来没那么多讲究。

3. 一半西瓜下了肚,手上剩下个空瓜皮。咦,这玩意多像顶帽子,给那位扫街的姑娘戴上吧!我一甩手,"嗖"的一声,瓜皮便稳稳当当扣在她头上。

4. "流氓,缺德!"那姑娘火了,眼睛瞪得老大,把西瓜皮向我扔回来,可我们车子已经开走了。"你自己打扫吧!哈哈……"我得意地咧开大嗓门唱起《铁臂阿童木之歌》。

5. 那姑娘好厉害,她记下了我的车号(14-277)把我告下了,并登在报纸上。姚队长气得胡茬子都刺棱起来要我停职检查。

6. 我被扣了一个月奖金才重新工作。一天拉扬声器,到无线电厂,我不想搬箱子,来了个自动卸货,先放下后挡板,加大油门往后倒,一个急刹车,几个纸箱便被惯力甩下车来。真行,我正想来第二次,忽听有人喊:"住手。"

7. 你说是谁?又是那个"刀笔吏"——璐璐,她拉着把破扫帚,手卡着腰,像要把我吞了似的,真是管得宽,其实咱们都是半斤八两,真论起来,我们搬运工比你们垃圾匠要高半截子!

8. 没工夫睬她，我还想倒车，璐璐却挡住了道路。“有胆量往我身上轧！”我想再蛮干可不是写检查、扣奖金就能解决问题了，脚从油门上软绵绵地滑下来。

9. “倒霉！”我只好扛箱子了。谁知璐璐却带着伙伴帮我扛起来，她这一手真出人意料，我心里猛地涌上一股热乎乎的感觉。

10. 中午，我替妈妈卖冰棒。璐璐下班走过来，我怕她实话我，忙趴在冰棒箱上装打盹。

11. 璐璐扔过来一块钱，硬要买我的冰棒，请她们扫街的伙伴。她边吃着还问我叫什么名字。我心里又火起来：“叫什么你管得着吗？查户口怎么的！”

12. “厉害什么？不告诉拉倒，不吃啦！俺们共吃你五毛钱的冰棒剩下的五毛也甭找了，算我请你客。”

13. 她是要笑我还是做什么？真莫名其妙，我琢磨着，她好像知道我的心情，走几步又回头说：“是我写批评你稿子的稿费。”说完咯咯笑着走了，空中仿佛响起一串清脆的银铃。

14. “哪壶不开提哪壶，谁要你的臭钱！”我恼羞成怒，恨恨地把钱扔在地上。

15. “国亮，你这是干啥？”偏巧我妈走来，朝我脑门子戳了一指头。

16. 我不敢告诉妈事实和经过，支吾着拾起钱。妈妈只夸璐璐是好姑娘，可能误会璐璐爱我，真乱弹琴。

17. 晚上下了雨，我领来三盒冰棒只卖两盒，回家吧不行，冰棒变成奶水俺小户人家赔不起。我正雨中犹豫，璐璐却穿着雨衣来了。你看她柳叶眉，丹凤眼，樱桃嘴，宫粉脸。嘿，真没想到她还是个演员呢！

18. 璐璐问我还剩多少冰棒，我说十七支，顶我半天的工钱。

璐璐严肃地批评我说:"八毛五分钱的冰棒你要冒雨卖,可你那天卸的一车扬声器少说也要你挣十五年,你竟舍得糟蹋。怎样看待国家的财产,不该好好想想吗?"

19. 我彻底认错了。璐璐带我到工人剧场去卖冰棒,她说说笑笑帮我兜揽生意,一眨眼的工夫便卖完了。

20. 我对璐璐产生好感了。演出开始时,璐璐领着大合唱,她唱得真叫绝,谢了三次幕,观众还鼓掌。我高兴得手也拍疼了,还不过瘾,竟下意识地吹了声刺耳的口哨。

21. 两个执勤的以扰乱秩序又没票看戏罚了我两元款,又把我推出影院,咳!真窝囊,妈的……

22. 璐璐卸完妆出来知道我的情况后笑着说:"改掉吊儿郎当的习惯好不好?别整天'妈的,妈的',得讲究口腔'卫生'。"我顺从地说:"改!不改你打我嘴巴。真打,你有这个权力。"

23. 她没说话,转身往街上走。我默默跟在后面,是送她还是保镖说不清楚,心里乱得很,最后我终于说:"璐璐,我想调到你们清洁队,和你一起扫马路,好吗?"

24. 璐璐怔怔地望着我说:"实话告诉你吧!我已报考了省歌舞团,清洁工的任务快要结束了。哪里需要哪里去,祖国需要的人才太多了。你爱唱歌,嗓音也深厚,市文工团需要声乐演员,你能不能丢掉乱七八糟的流行歌曲,明天到海边跟我练嗓子,争取考上。"

25. 我正在犹豫下不定决心,已到璐璐家门口,一个骑自行车的小伙子闯来了。他亲热地跟璐璐打招呼,还问我是谁。

26. 璐璐莞尔一笑说:"要考上市文工团才告诉你名字呢。"又拉那青年向我介绍说:"他叫梁俊,是我的未婚夫。"然后挽起那小伙子的胳膊。

27. 啊！我充实起来的心，好像被挖去了一块，嫉妒他们了！我暗暗责备自己，不能太自私！璐璐已给了我理想信念，还不该满足吗？

28. 我紧紧握了下璐璐的手辞别了。走出老远又听她在喊："别忘了，明天。"是啊，明天，这是多么富有魅力的字眼啊！

根据《福建文学》10月袁一平同名小说改编

老宗家

(小说)

（一）

暑期后开学的前五天，我就到学校里去上班了。因为我所在的单位是一所船民的幼儿园，今年要招一班新生，五十个名额，可临河镇的船民孩子太多，开始报名的那天，"呼啦"一下子就报了一百多名。学校里房子挤，容纳不下，园长也没办法，规定了几条框框，叫我严格地进行审查。如对户口册子，差一天不够四周岁的孩子不要，先天有点缺陷的不要，超龄的更不要等，就这样，名额还是压不下去。因为临河镇靠县城，船民走江下，社会交际广，特别是有的人有通天的本领，托到某县长来说情，有的是我们的顶头上司，还有是学校所在地的"关系户"，还有不少是由校领导直接开条子来的，叫我这个业务干部可难办了。当时，天气特别热，办公室又没电扇，弄得我终日汗流浃背，头晕脑胀。

约莫下午三点钟，我听门口有人和我们园的小张老师吵起来。小张是去年从师范学校毕业分来的姑娘，还不到二十岁，刚踏入社会，满口的原则政策，又是火燎毛性儿，一点辣面都吃不得，动不动就跟人干仗，有人背后喊她"山刺玫"。只听她在门口嚷道："去去，朝里挤干吗？"

"给孙女报个名儿。"

"这孩子不够四周岁，不行。"

"只差一丁点儿。"

"差一个钟头也不行。"

"人家怎么三周岁都行呢？甭光走后门，小丫头。"

"臭汉子，你把嘴放干净点！"

"嗬，想骂仗呀，四爷我让你仨俩地，臭……"

桌凳"噼里叭拉"响，听声怕是要打起来了，我急忙跑出去，还没等我来得及拉仗，那汉子一把抓住我嚷道："老宗家，您这儿也不讲理呀？"

"老宗家？！"

我一听这声音，怔住了。才打量那汉子，约五十来岁，瘦得像个猴儿，高鼻梁，一双虎眼，稍翘的嘴巴上留一撮小胡子，赤着膊，肋巴骨一根一根地突出来，满腿黄泥巴。他手里领着个扎着条通天小辫儿的天真女孩。我用不着思索就认出他是本地有名的老光棍"冷四。"

心里抱怨"小刺玫"你咋碰这个茬儿，闹翻了他杀人放火都敢干，还有你的好果子吃！我忙赔着笑脸说："老四，你都胡子拉碴的了，咋还是那个脾气？"

"她不讲理嘛。"他像斗红脸的鹌鹑，翘着翅膀还余怒未息。

我进一步解劝道："哪能不讲理呢！先进来喝杯茶吧！"

"这还像话。"老四服软不服硬，这会儿气消了。他没随我进屋，可柔顺地说："老宗家，这孩子咋办呢？"

我端详小女孩，弯弯的眉毛，高高的鼻梁，稍大的嘴巴，水灵灵的一对大眼，确实有些像老四，但据我所知，他是个半辈子光棍汉，既没听说他有儿子媳妇，又哪来的这孙女儿？我笑着问道："这孩子到底是谁家的？你别跟老嫂子我开玩笑。"

他好像有些不自然起来，讷讷地说："哄你是狗。"他的脸涨红着，把户口本往我手里一塞，转向孩子说："这事老宗家奶奶给你办，俺菱子能上学了。"

这小囡也真乖，她竟然喊我一声"老宗家奶奶"，还向我抬了抬手。老四憨笑着，蓦地抱起孩子跑了。

我正想追上他好好问问，可"小刺玫"拦住了我，气哼哼地哭着鼻子说："你给您老宗家办吧，我不干啦！"她捂着脸跑进自己的寝室。我看着他们两个人的背影，心里一阵茫然。

（二）

我怎么认识这位"老宗家"呢？说起来是个奇遇。

那是在史无前例的日子里，我们的园长先进了牛棚。去了头瓜数二瓜，盆盆罐罐都得敲打，我这个搞业务的主任，说是实权派，被夺权后放在群众中监督改造。当时是夏天，我的任务是每天三遍扫校院、下厨房、挑水、烧水，晚上通宵值夜班，看守门户，其余的时间是当活靶子到各校逼迫批斗。大概这些任务我完成得还不错，曾受过一次口头表扬，但在打扫卫生上却经常挨骂，原因是我们校院面积大，树荫多，又在树荫下支了不少水泥桌凳，还有个乒乓球台子，这恰好成了群众乘凉歇脚的地方。瓜皮果屑，一天五次也扫不清。特别头疼的是醉汉"冷四"，没有一天不来这乒乓球台上喝酒的。他每次来都是穿着破灯笼裤子，光脊梁，赤脚，左手提着个四两的小玉瓶儿，右手拎根牛骨头或猪骨头、狗骨头。据说这些东西是他给饭店洗碗干活得来的报酬。他像猴儿似的轻轻一跳就蹦上平台，半蹲半坐，啃口骨头喝口酒，口中还骂骂咧咧地鬼念魔儿，有时也哼两句梆子或"拉魂腔"。不多会就碎了，便大打出手，扔骨头，摔瓶儿，然后四脚朝天往后一躺，打起呼噜来。也有时候说梦话，打梦锤，嘟嘟囔囔闹到黑夜，大家都知道他是有名的青皮光棍，真正的无产阶级，连造反派头儿都奈何他不得。因而常在卫生上、秩序上找我的岔子，说我没尽到管理责任。天呐！我咋敢管他呢？只要他不找事捣乱就行。

秋深了，黄叶飘飘，白露凝霜，人都穿起毛衣来，冷四还是一如既往。一天黄昏，他在水泥台上睡，冻得瑟瑟发抖，怪可怜的。我丢了一顶破蒲草帽子给他，他没吭声，死瞅着我很久，似乎想说什么，但又没说，纳头又睡了。可从此他又多了一件家当，走坐都带着那顶破帽子。

冬天，我很久不见冷四，以为他可能早就冻僵了。一天，我上街买笤帚，经过大众饭店门口，见冷四蹲在椅子上。显然，他比往日阔多了，头上多了顶破毡帽儿，身上穿了件破袄头，脚上还多了双破翻绒皮鞋，更神气的是他手里拿着旧塑料包。一会儿，一个拉野鸡车的小伙子跑来，恭敬地喊道："四爷，有货拉吗？"他瞅了小伙子一眼后，从旧塑料包中"嗖"的一声抽出张条子来，丢给小伙子说："去土产公司拉货去车站。"

"是！"小伙子高兴地拿起条子要走。

"回来要是货少了一两，我剥你的皮！"

"我不能给四爷丢脸。"小伙子拉着板车跑了。

又一个大嫂拉着板车过来问："四爷，我家锅底朝天了，给我点活干买点山芋干吧！"

冷四又看了她一眼，似乎是自语又像是交代说："你重活远活干不了，去供销社转短趟儿吧！可记住要轻装轻卸，别打坏了东西。"说罢又抽条子给她，那大嫂感动得擦着眼泪走了。就这样，他一时抽了几十张条子，安排了几十个人。我简直看呆了，轻声问一位邻居大嫂:"冷四现在干的是啥差使,咋那么大的权?各大公司大商店的条子都从他手里发,这样信得过他?"

大嫂笑笑说:"现在世道乱,搬运站拖东西常被人截了,抢了。冷四是个鬼不缠的光棍儿,可人穷志不短,不光自己不偷不拿,谁要少了他一分货,他就抹光脊梁找人拼命,不少人摸透了他的性子,货就托排给他了。你看他脸上、身上被小偷打的都是伤,这信用是他拿命换来的!"

"那他们每天给他多少钱?"

"分文不取,他还是靠帮人干活吃饭,有时拉车的人挣了钱硬给他送瓶酒来,他脸却一寒说:'你看不起四爷咋的,这样,往后就甭干啦!'因此货主和拉脚的都尊敬他,真的喊他'四爷'了。"

我听后,心里觉得热乎乎的,在这么个世道里,多有几个这样的人,该多好啊!

在大雪纷飞的一个晚上,我接受了一个重要的值勤任务。镇里在俺校办了个展览会,展出了一些打砸抢的东西,衣服、自行车、收音机,五花八门,应有尽有,还有枪炮子弹呢!保卫任务本来是交给一个造反派的临时保卫小组的,可他们晚上要看什么内参电影。头儿们交代我说:"今晚巡夜是对你的一次严峻的考验。我们不时来检查,少一样东西就治你罪。懂吗?"还没容我表示态度,他们就锁上门拿着钥匙走了。我的心一下提到了嗓子眼里,一是我是被监督劳改的人,肩膀头窄,担不了这个责任。二是就我一人值班,出了事没人证明岂不要受冤枉了?三是,我是手无缚鸡之力的年老多病的女人,真要有人偷窃,我也白看着人家偷。基于上述原因,你说我能不怕吗?我想着丈夫还在牛棚劳改,万一出了事,丈夫罪上加罪不说,更连累了孩子们,这些天真的小生命将因他的父母背一生的黑锅,多倒霉呀!我哭了,但哭有啥用？还是壮着胆子去吧，拼着一死。

我披上大衣，换上胶鞋，找了个电筒带着，冒着风雪从前院转到后院，照照各展室的门，都锁得严严实实的，心里略安定了下来。只是院大房多，走到前面生怕后面人偷，走到后面又怕前面人偷。心里"扑通、扑通"地跳，我真盼望如他们所说的不时来检查，不管怎样熊我，总可给我断怕，壮些胆子。当然，这只不过是幻想，半夜了，也没见来一个人的影子。

忽然，我听见后展室有开门声，我急步往后面跑去。果见门儿半开，里面有窸窸窣窣声，我身小力薄，不敢进去，躲在门旁察看。不一会，一个黑影儿像是推辆车子出来了。我下意识地摸了摸衣襟下的钥匙串，才意识到真正的钥匙不在我的手里，我头皮发炸，狠命地大喝一声："谁？"还未等我捏亮电筒，就觉得有阵风朝我头上扑来，我想不管是刀还是棍子我都完蛋了！赶紧闭了眼睛……

"哦！"一声尖叫，"扑通"一声，车子倒下了。这是怎么了？我立即清清头脑，觉得头不疼，脑袋还在脖子上。忙强打精神，捏亮了电筒……我惊呆了，原来推车人是我们那个选反派头儿，分配我代他巡夜的家伙，他拿棍子的手被一个酒瓶击中了，正流着血。他狠狠地骂我说："你这整不死的，竟敢打起我这个查夜的来了，看我不法办你。"他边说边往外跑，我气得浑身发抖，我想跟他辩论，但气得一时说不出话来；我想扭住他，却被他一脚踢倒了，我忍痛爬起来抱住他的腿，他狠命地猛踢我的腰……

蓦地有人一声大笑，我以为他们的人又来了。心想狠狠地瞧一眼，死也得死个明白，我又捏亮了电灯，见却是冷四。他像是又喝醉了，眼睛红红的，已抓住那个造反派的胳膊，冷笑着说："别欺侮人，今晚你送酒给我喝我就料你未安好心。这不，这出戏我全看明白了,要到哪里说?四爷我奉陪!"

"啊你!"那个企图诬陷人的凶犯,像泄了气的皮球,耷拉了脑袋。

我心里一阵激动,真诚地喊了一声"老宗家",眼泪吧嗒吧嗒地落在地上。

(三)

拨乱反正之后我一直未见"老宗家"。我打听过不少人。据说由于社会秩序恢复了,市面上拦截车辆偷拿货物的人少了,"老宗家"在几大公司也不那么吃香了。他丢了揽装卸、包运输的差使,捞鱼摸虾,开荒种地,自己还减了一半酒,凑合着买了辆旧自行车,在苏鲁公路上带人座儿,别看他人瘦小,脚底下还真有工夫,蹬起车子赶汽车有时赶到汽车头里。带行李不多的空身旅客,以及下来调查材料的人员,为了避免在汽车上挤,方便舒适,价钱公道,都喜欢坐他的二等车。这一来他起早贪黑每天能混上块儿八角,够生活的。谁晓得有一天一个说是来调查材料的人说不习惯坐二等车,偏要租他的车子,老四也还细心,留了他一张盖着红方块大印的证明信,把手一摆,就让那人把车子推走了。谁知等了一天、两天、三天,还没回来。开始老四还以为人家是查材料纠纷拖了腿,等到第七天上,他急了,拿出那个证明信给派出所一看,你说怎么着?原来那是封伪造的假信,租他车子的那个人也是个骗子。

终日打雁,叫雁啄了眼,你说老四能不气吗?他一拍大腿,二话没说,撒丫子找去了,据说他跑了几个省,用了两年时间,找没找到骗他车子的人呢?他没说,人们只见他又天天给饭店刷碗、挑水。

这会"老宗家"的突然出现，我真有些高兴，可是他那为孙女报名的事却在我们园内引起了一场小风波；看他拿来的户口本上明明写着寒小菱，他姓冷，冷跟寒意思虽然差不远，但毕竟不是一家人，怎能说是他的孙女呢？这是个疑案。另外，按户口上的出生年月，小菱子到入园的年龄还差一天，按说差一差二不算差，结婚登记碰上这种情况都能通融，岂况是孩子入学？而且，我们园里也有先例，理应是不成问题的。无奈是学生名额紧，"小刺玫"又因受了点委屈老抵着我，说我叙宗家，讲私情，七个狸猫八只眼的真是有口讲不清。为了彻底解决这一问题，我决心调查、走访，找"老宗家"好好谈谈。

我去访问的时间是个中午，我问了不少人，才知道这个流浪汉住在河对岸的一间草棚里，我沿着河堤下的柳荫走着，东风阵阵，蝉鸣噪耳。穿过杨树林，见河岗坡地上一小块一小块种着的山芋、花生、绿豆、芝麻。这些地方过去是荒滩，兔子不拉屎的地方，现在能见缝插针种上庄稼，真是好事。这些庄稼勤劳的主人们要出多少力，流多少汗，用劳动的双手，挖沟添咸，施肥换土，才能把荒地变成沃土，获得好收成啊！

在远远的芦苇荡的一角，我发现一间破茅屋。那是多年前怕河水决堤搭的防汛棚，木柱已沤朽了，房身有些歪斜，但是遮遮风雨还可凑合，草屋门前有一棵桃树，枝干纵横，上面搭着一条草绳做的软梯儿。枝条上、绳梯上都有不少鸡蹲过的痕迹。群众告诉我，冷四近来改好了，很会过日子，开了几十块荒地，大的像席子，小的似巴掌，五谷杂粮都种，还养了几十只鸡。人家养鸡有办法，不搭窝，晚上鸡从绳梯上去就宿在他门口的桃树上，黄昏时满树是鸡，好像长在树上面的，人称"鸡树风光"，给临河镇加了一景。这些话虽包含着嘲讽，却也有几分赞扬。"浪子回头金不换。"冷四能这样干实在是不简单的。可大伙琢磨不透，什么力量使他这个多半辈子不要家的光身汉，竟想到了创家立业呢？

我对照乡亲们说的情况，看看这地方颇对茬儿，料想准是冷四的家了。

我走近茅屋，见秫秸编的门儿挡上了。门口晒着一条破裤子，我想：冷四准在家，就玩笑似的喊了声"老宗家"，但没人答应。我往门缝里一瞅，立即缩了回来，原来冷四正光着屁股酣睡，他在利用晌午的机会晒裤子呢！我想：不惊动他也好，省得他答了话又没法出来，损伤他这位要强者的心灵。

我顺着小路往回走，在大桥上我突然发现了小菱子。她提着个小罐头盒，里面装着逮的蝈蝈儿。

她一见我就卖乖地喊："老宗家奶奶。"这孩子记忆力真强，咋见一面就记住我了。我真喜欢她机灵，忙上前把她抱了起来，亲了亲她的脸蛋儿，问道："小菱子，你哪去？"

"回家！"

"你爸爸妈妈在家？"

"不，他们在船上，很远很远的。"

"家中还有谁呢？"

"奶奶。"

一听说她奶奶在家，我兴趣来了，心想：冷四说菱子是他孙女，这菱子的奶奶该是冷四的什么人呢？是他嫂子、弟媳，还是……可怎么又是两姓人呢？但不管怎样，我去问问她，总会寻个水落石出，了清这桩公案的。我捏捏菱子的小脸蛋说："我送你回家找奶奶去好吗？"

"好"！菱子高兴地笑着，苹果似的小腮帮上，出现了两个酒窝儿。

我要抱她去,可这孩子很要强,偏不要抱。她拉着我的手就跑,像放风筝似的,我只好跟着她,给她提着蝈蝈盒儿。

我们走过桥,沿着堤岸又走了好远,好远,走向河堤上的一排小棚子,这些小棚子是近几年船民们为了自己的孩子在船上无法上学在靠码头的河堤上搭的。凡船上用不着,无劳力的老人就下船来家带孩子念书。这种临时性的措施,体现了船民家长对孩子们读书的迫切心情。

菱子忽然指着一间小屋说:"到啦!"接着她就奔过去推门。

门"呀"的一声开了,菱子的奶奶正在纳鞋底儿。看光景她也有五十多岁,修长的身材,匀称的个儿,白净的脸皮,一双机灵的大眼睛和菱子很相像,只是眉宇间带着忧愁,两鬓边布满了银丝。

她对我这个不速之客开始很惊疑,我只好自我介绍:"我是船民幼儿园的老师,是为菱子上学的事来的。"

她好像很高兴,问我:"能报上名吗?"我说:"有希望。"她让我坐下,热情地忙着给我沏茶。这时菱子调皮地喊了我声"老宗家奶奶"。

"什么老宗家奶奶,你是……"她狐疑地问,等待我的答复。

我点点头说:"我姓冷,你不是叫冷四带菱子去报名的吗?他喊我大嫂。"

"你是他大嫂?"她的脸唰的变了颜色,然后又讷讷地说:"什么冷四、热四地,俺不认识他,你摸错门儿了。"她边说边用冷冷的眼光瞅着我,刚才的那股热情劲儿全没了。仿佛我是头凶猛的野兽,会吃掉她;或是个恶魔,会给她家带来什么重大的灾难似的。她想赶我走,但又很圆滑地说:"对不起,我要带菱子到船上去了,失陪。"她匆忙地抱起菱子就往外跑。

我被这突然的变化弄得很尴尬,连解释也来不及了。我只好随她走出门来。她放下菱子,"乓"的一声关了门,落了锁,再抱起菱子。菱子像对我很留恋,又顺口喊了声"老宗家奶奶",接着就大哭起来。显然,她是不同意菱子这样喊我,偷偷在孩子的屁股蛋上狠扭了一把。

我被愣愣地撇在那里,茫然若失。我说了什么过头话刺痛了她的心?我深思着,迷惑不解。我望着大运河波涛起伏,白帆片片,机声隆隆,拖轮往返,对岸冷四的那间破茅棚,正和这里遥遥相对,他赤身等待的晒在门前的破裤子,在炙热阳光的照晒下,正在迎风颤抖。

(四)

学校开学了,为了解决适龄幼儿的入学问题,我们挤了挤员工宿舍,调调房子,多开了一个班,这样增加了一倍的名额,菱子的入学当然没问题了。我着人给菱子的奶奶捎了信,却不见送菱子来上学,连"老宗家"冷四也没来过,我心里直纳闷儿。

一天,下着瓢泼大雨,各家的孩子家长都来接孩子,个别的由各班的班主任护送回家。学校就要关门了,我忽然发现走廊的角落有一个小囡在哭。

是哪班的,怎那么粗心把孩子丢了一个?我赶快跑过去一看,原来是菱子,已哭成泪人儿了。我忙给她擦干眼泪问道:"你怎么来的?"

"跟小明来的。"

"奶奶没送你来上学?"

"嗯！"

"为啥呢？"

菱子摇摇头表示不知道，然后她又腼腆地轻声问："我天天来行吗，老宗家奶奶？"

菱子轻轻的一句话，好像在我耳边打了一声炸雷。我被震得一惊，接着心里一阵酸楚。多么好、多么可怜的孩子，为什么家中忽然不让她来上学了呢？

为了解开这个谜，我决心再去家访。

我带上菱子家的户口本子，拿件雨衣披在菱子身上，背起她就往河堤跑去。

阴云弥漫，电光闪闪，大雨倾盆。我一口气跑到菱子家门前，但见双扉紧闭，锁着把大锁。"她到哪儿去了呢？"

猛然，我听见远方有哭喊声。那边一个人跌跌撞撞地跑来。一个钩子闪，我发现那人披头散发，一身泥浆。哦！是她。菱子的奶奶，这时菱子也发现了。她甩了雨衣，张开双臂，呼喊着向奶奶扑去。

奶奶愣了一下，她激动地抱起菱子"心肝宝贝"地叫个不停，蓦然间她发现了站在雨地中的我，哆嗦一下，清醒了过来，明白了是怎么一回事儿。

她开开门，好意地让我进屋，又帮我拧衣上的水，还要去做碗姜汤给我驱驱寒。我拉住了她，笑笑说："不必啦，我想跟你闲聊聊好吗？"

她没吭声，但拉开了电灯，灯光下我见她神情很尴尬，有些手足无措，拿起桌上的那双大布鞋上起来。

"你的手工真巧！这鞋给儿子做的？"我搭讪着说，她摇了摇头。

我不敢冒失多嘴再问了，闷了一阵，我拿出菱子的户口本儿，告诉她，要她送孩子去上学。她很感动，点头答应了，但她忽然问我："你真是冷四的嫂子？"

我笑笑说："你看像不？"

她狐疑地呆呆望着我。

为了让她释疑，我把巧遇冷四称起"老宗家"来的经过一五一十地说了一遍。在解说中我还讲了我对冷四的看法，说他是条汉子，骨头硬，是社会上的好人。她听我讲冷四时一阵悲伤，一阵欢笑；最后爽朗地搂住我的脖子说："你也是个好人，好姐姐，我把事儿都告诉你吧！"

这时，菱子打盹要瞌睡了，她拍着菱子，给我讲了如下故事。

原来她姓韩，小名叫荷花儿，自幼跟父母在河中使船过日子。韩老夫妻半生无子有了这个老闺女，视如掌上明珠，含在嘴里怕化了，捧在手里怕飞了。荷花生得皮肤细嫩，身材窈窕，小脸儿像白水鸡蛋剥皮在胭脂缸里滚一下，有红似白的讨人喜爱。加上她聪明伶俐，什么东西一看就懂，一学就会。十多岁时就学得一手好针线，好茶饭。扯篷、把舵、摇橹、打浆她又是门里出身样样在行，真算得文武双全。船上的小伙子人人羡慕，暗叫她"一枝花"。同行的谁不想得这个好媳妇儿，来说媒攀亲的几乎踩烂了跳板。可她爹娘都未答应，因为他们想招个女婿，继承韩门的香火。碰巧那年来了穷父子俩找活干，韩老夫妻见他们人老实，就收留在船上。可不久老头病死了，剩下那个小伙子就是冷四。冷四生得小巧玲珑，精明强悍，蛮标致的，干活又不惜力，风里雨里拉绛摇橹，又能体恤老人，跟荷花处得像兄妹一般，知冷知热的。韩家老两口看中了，亲口许下了招亲的事。谁知天不如人愿，小荷花早被船把头的儿子看上了。那年月是恶人当道，船把头又有大柱撑腰，逼得韩老夫妻实没办法。

一天，韩老头只喝闷酒，荷花问爹啥事，爹怎么也不说。荷花机灵，从娘口中套出了根由，忙去找冷四商量。冷四一听，真像数九天身子掉在冰窟里，急得抓耳挠腮，拼不行，从不愿，怎么办呢？这一对情人，在二老许可之后已如胶似漆，咋舍得分开！两人抱在一起哭了个通宵，最后冷四要跟荷花跑回山东老家，投靠哥嫂。荷花把这事告诉了爹娘，老人哭着说："你们就飞了吧！剩下我们这把老骨头撑着。"

次夜月黑风急，老头儿先扯篷开船，走出二里来路才放下小溜子舢板，冷四、荷花给爹娘磕了个响头，哭着上了小船，往芦苇荡划去。谁知刚上岸他们就被船把头带人给抓住了。他们以拐带妇女的罪名，治冷四蹲了牢，霸占了荷花。

三个月后，这只癞皮狗发现荷花已有了身孕，把她折磨吊打了一顿之后逐出家门，就又寻了新欢，可不久码头上遭了一把火，船把头和他的儿子都陷入火海。

荷花惦念冷四，到处打听，不知下落，她带着身子讨饭到山东，在冷家嫂子的门前跪了三天三夜。嫂子未见她，更不愿收留这个败坏门风丢人现眼的贱货。

多少年的疾风苦雨，她忍辱活了下来，继承了爹娘唯一的破船，走江下淮，把孩子抚养成了家，生了孙女菱子。

她下船落户是为了孙女菱子上学，儿子媳妇都远航了，自己人地生疏，找谁带去报名呢？一天，她正在犹豫，突然一个醉汉闯了进来，狠命地一把抱住了她。她惊着并呼喊，可仔细一看，那人却是冷四。白首重逢，悲感交集，两人抱头大哭起来。

从冷四的口中，她知道冷四越狱出来烧了船把头的家，未找到荷花，以为烧死了人又回狱中投案，欲老死牢中，后经减罪，浪迹江湖。

岁月流逝,人事已非,她怕邻居察觉,孩子们反对,今后该怎么办呢?她又茫然了。她给冷四做了双鞋,千针万线,寄拖着情思……她捧着鞋像疯了似的号啕大哭起来。

菱子被惊醒了,愣愣地瞅着奶奶,奶奶紧紧抱着菱子的身子。

我总算解开冷四这个生活中的怪人的迷。一天,在大桥上我见了冷四,他已穿上了新布鞋。我打趣地说:"老宗家,这鹊桥政府早就给您架好了,你们这对隔河的牛郎织女,咋还不到一起呢?"

冷四憨笑着,一对明亮的眼睛,望着滚动的河水,望着远方。他是在琢磨着远方即将归来的儿子和媳妇的态度。

1982 年 6 月 25 日写于苏州疗养院

石敢当

（小说）

（一）

天高气爽，万里无云，深秋的午后骄阳虽然还有些余威，却不是火辣辣的了。我骑了一辆新买的飞鸽牌自行车，带上个塑料包儿，里面装着自制的十二节轻便鱼竿，以及线、钩、蚯蚓、饲料等什物，出发到女儿河去钩鱼。一路上金风送爽，颇为惬意。今天并不是星期天，我出来消闲也不是无因的，上午开了个演员会，讨论我新写的一个时装戏剧本《老队长》，演员们七嘴八舌，什么人物不高啦，戏不足啦，语言生涩啦，生活气息不浓啦，上座率保不住啦，等等，褒贬来褒贬去，归根结底是不如演搬别人的连台本戏《济公传》好。弄得我心里火辣辣的，很不舒畅。

这些年俺们这个小剧团的演员有个怪脾气，"打生不如恋熟""学新不如仿旧"，唱幕表戏，记个上下场提纲，至多拉拉场，不要背词、定谱、排腔、创造角色。演员自由，文武场省事，领导上怕麻烦，遇事顺着风，一好百好。我是王小盖猪圈——一味门朝南的"犟筋头"，缺乏灵活性，大伙的气儿不冲我冲谁呢？一次再次的不愉快，我也渐渐地学刁了，自叫自的名字说："方明啊，方明，你是何苦来呢？干活不随东，累死往无功，人家团长书记都不管，你个小小的创作组长，不是狗咬耗子多管闲事吗？他们不愿演就不演算了，随个方，就个圆，人家清闲咱清闲。"痛快一阵儿，有啥不好？因而我就势也请了个病假，就这样闲散开了。

女儿河在小山脚下，流入大运河。我选择了一处浮萍草稀、水深八十公分的好地方，装好饲料盒，用鱼竿挑着，在离岸五公尺远下了两个窝子，在锡坠朝天钩上穿了蚯蚓，就钓起鲫鱼来。谁知今天的运气不好，钩上的食，一会被虾子吃了，一会被蟹子啧了。后来有一只鲫鱼吞了钩，我等下去三个浮子又回了线，谁知拉起刚挑出水面就脱了钩去。我看看表，已是五点半钟，白坐了四个钟头，真扫兴。我收起钓竿，准备往回走，瞥见夕照下的山腰，枫叶红似火，娇艳欲滴，与山上的松柏辉映，红绿相间，妩媚迷人，看着下面明镜似的河水，不由想起杜牧的诗句："停车坐爱枫林晚，霜叶红于二月花。"

我转换了兴头，寻胜往山间走去，秋风萧瑟，红叶遍地，丛林下，有谁在扫着落叶，轻快地哼着小曲儿：

青山高哟河水长，
片片红叶映夕阳。
莫嫌丹枫香气少哟，
点缀秋色胜春光。

寻着那熟悉的腔调，我心中一动，急步向扫叶人走去。他好像听到了我的脚步声，蓦然回首，健壮的身材，雪白如丝的头发，铜铃般闪电似的眼睛，用洪钟一样响亮的嗓门嚷道："原来是你，方老兄。"

"你还健在啊，石敢当队长！"我心情激动地抓住了他长满老茧的大手，看着他满脸饱经风霜的皱纹，一件件往事涌上心头。

（二）

我认识石敢当是有一段"奇遇"的。那是在十五年前的一个秋天，由于搞"文化大革命"运动，我这个小小的县剧团编剧竟因发表了几个剧本被当作"封资修"的黑线人物，当了活靶子，被送到临河公社劳动改造。在下去之前，当时的造反派头子又煞有介事地先到公社嘘了一通，我简直成了个红眼绿鼻子满身红毛的妖精。为了这，党委郑书记还单开了一个大小队干部会，议论了一个通宵，选一个避邪之家安顿我，确定我到石敢当家去住，因为石敢当是个活钟馗，能镇住牛鬼蛇神。

石敢当本名石大牛，当时有四十郎当岁，长得五大三粗，身高一米九开外，浓眉大眼，满脸络腮胡子，一身莽腱子肉，拳头一攥有醋钵儿大小；他小时候跟人扛过活、划过船、宰过牛，据说他宰牛时从来不用绳子捆脚，不管再凶的抵人牛，红眼莽疙瘩弄来后，他丢去缰绳，往牛头前一站，牛儿攒上劲去抵他，他拉个兜裆骑马式，身子往前一探，抓住牛的两只角，只一甩，牛便"咣当"被撂倒在地。他然后麻利地从腰间抽出牛耳钢刀，往牛脖子上一截，"哞"一声，牛就蹬了腿。打淮海战役那阵子，他推着土牛支前，不用拉挡就推八百来斤。由于他遇事不怕难，乡亲们送了他个绰号"石敢当"。解放后他当过民兵队长、村长，现在是大队党支部委员、生产队长。他平时不大说话，可谁也不敢惹他，有这个避邪的人物管着我，干部造反派当然也满意了。

石敢当押我去家时是个阴天的下午，乌云压得天很低，暴雨下个不停，北风呼啸着，冷得令人发抖。我和石敢当并排走着。我身材瘦小，头也顶不上他的胸脯。他那两双铜铃般的大眼睛，不时向下瞅着我,一个钩子闪过。我瞥见他那板着的毛胡脸,一只手插在腰里,我下意识地想,他若用毛茸茸的大手抓住我,提起来,再举起他的牛耳泼风刀,便活脱脱地成了一幅钟馗提鬼的画了。想到此我不禁一阵毛骨悚然,但刹那间又觉得很可笑,因为我不是鬼,再凶的钟馗也是难有用武之地的。

(三)

第二天放晴,石敢当喊我起来吃早饭,我这才看清石敢当是住在庄头上,全家五间房子,两间东屋,三间堂屋,圈着土墙,半边翘儿,虎坐门楼,门口一棵丹枫树。院子中有石磨、石碓等家什,东屋冒着烟,想必是伙房了。堂屋东头有个硬间子,昨晚我就和石敢当在那里住的;西头扎着篱笆帐,吊着门帘,是石敢当的家属和孩子们的卧室;中间一间是客厅,墙上贴着毛主席和周总理的画像,下面用泥坯垒了个条几儿,下面放着碗筷等什物,一个破旧的矮饭桌、几个小板凳。从这些摆设,我估计他是响当当的老贫农。

吃饭时,只石敢当和我两人,没见他的家眷和孩子,大概是内外有别吧!我也不好多问,石敢当大口地吃着山芋饭,就着萝卜干儿,给我一张山芋煎饼,像是为我特做的。我当时心乱如麻,想起我是被偷偷押到这儿来的,老婆和孩子都不知地址,娘又患病在床,哪儿能吃得下呀?我勉强嚼了几口煎饼,喝了口汤,就跟石敢当到田里干活去了。

歌声阵阵,红旗如海,路旁田边都竖着"农业学大寨"的宣传牌子,那阵儿干活是怪威风的。

我们来到一个工地,地头上插着"青年突击队"的小红旗儿,男女小伙子有三十多人。男的罗成小队和女的花木兰小队正在比赛，他们抬着大土筐，摆着雁阵儿飞跑。

一个胖牛样的壮小伙子冲着我说："你不是姓方吗？听说你来俺突击队了，欢迎你，来两筐吧。"他说着藦过来根桑木扁担，我瞅瞅筐，啧！有磨盘大小，半囤子高，要上满土少说也有二百来斤，不由地犹豫了一下。但心想，咱来是劳动改造的，被小伙子的"下马威"吓住了多丢人啊！不能充孬。我壮了壮胆子，答应道："行！"忙着接过扁担。姑娘们飞锨上土刚装了半筐儿，石敢当扫了姑娘们一眼说："轻来轻去搬倒山。咱们突击队最懂得以礼待客，对吧！"姑娘们的手停了。虎子对石敢当的话好像很不满意，可他没吭声，蹲下来，猛一抬，我的肩被压得刀割般痛。我咬着牙，抬起筐儿，可脚很不听话，歪歪扭扭，简直像扭秧歌，还"扑哧扑哧"地喘粗气，姑娘们差一点笑出声来。虎子忽然放下筐挑战似的说："抬土不压肩，脚轻会乱宁，你说对吧，我看不如在上点走起来实在。"我知道虎子刁难我，红着脸说："行。"几个小伙子过来上筐，我刚准备拿扁担，谁知扁担却被石敢当夺过了，他说："小虎子，吃'跃进饭'长大了，有出息，我陪你先抬两筐，别看我老了，还要让你七分扛呢！"小虎子咧嘴笑笑，不吭声了。石敢当朝我努努嘴，我会意地接过锨上起土来。谁知天寒地冻，土冻得叮当响，我被关斗几个月，身子软得像棉花条儿，哪来的力气呀！我红着脸，咬着牙，用膝盖骨顶着锨柄，费尽吃奶的力，才把一锨土刨起来。石敢当只静静地瞅着我，一声不响，好容易我装了一筐土，石敢当和小虎子抬走了。许是石敢当故意耍笑小虎子，把小虎子压得东倒西歪的。姑娘们看着我喘着粗气的窘相，一齐咯咯地大笑。假如当时地裂个缝儿，我真能钻了进去。

石敢当抬土回来招呼我说:"先熟悉熟悉情况再干吧,咱到那边看看去。"这才帮我解了围。我跟他转了一圈,回到石敢当家里,腰酸腿疼,坐下就不想动了。

中午吃饭石敢当没回来,他的小女儿囡囡对我说:"爹捎信来,叫你等着他,不要下田了。"

这一夜石敢当都没回来,听说他开了一夜会。

次日上午一个四十多岁的女队长跑来对我说:"石队长把你交给我了,跟我干活去。"我以为又是去突击队,强打起精神,随她走了。她的小队已集合在村头,共七八个人,都是五六十岁的老大娘。她们挎着篮子,拎着铲儿,有的拄着棍儿。妇女队长给了我一个粪耙子说:"拿着去吧!"

这支老奶奶小队缓缓前进,走到麦田里,原来是叫我们补缺苗断垄的麦子。女队长让我下种子,她挖沟。劳动一开始,老大娘们的话匣子就打开了,有的讲媳妇儿,有的啦家常。女队员跟我开玩笑,指着家雀让我分公母,拿起麦粒儿问我几代生,还秀才长秀才短地弄得我很尴尬。这里活儿虽轻快,可我比在突击队里还窘。我才三十多岁啊!在这"大跃进"的生产气氛中随着老奶奶们享清福,像啥样子呀!石队长呀,石队长,你是耍笑我呢,还是怜悯我?这种惩罚,折腾得我好难受啊!我忐忑不安地问女队长说:"怎么能叫我干这个活呢?"妇女队长忽然沉下脸说:"怪不得石队长讲你们知识分子思想问题多,你这个兵难带?脑子中的圈圈咋这么多呀?你懂得纪律吗?现在我命令你,不准想这想那,石队长安排你干啥就干啥!"我挨了批评不敢吭声,她转脸却大声地咯咯笑起来,娘儿们都好奇地望着我,我的脸刷一下又红到耳根子。

（四）

　　这样磨蹭了几天，像只入笼的鸟儿，我渐渐地习惯了，心里轻松，夜里也睡得好。一天，由于睡得早，半夜醒来，听到院子中有响动，我瞥了下石队长的床上空空的，这是咋回事呢？我披衣爬起，轻轻地开门出去，看到院子中几个人影在磨边转着圈子，原来他们是在推磨啊！那个高个儿的妇女——石队长的夫人，一面推磨，一面下粮食，还指挥着丫头们，连最小的囡囡也参加了。这位女指挥员指挥的小队伍，纪律严明，除了"咕噜噜"的磨声之外，别无声息。

　　忽然和小囡囡一根棍儿推磨的大丫头踩了小囡囡的脚，小囡"啊呀"叫了一声，女司令狠狠地在两个丫头身上打了两巴掌，还低声地嚷道："不准吭，吵醒了你大叔，你爸不揍死你！"这下子，我心里忽然明白了，原来石队长为照顾我的身体，怕我起来帮忙，把清早推磨改为下半夜。他们忍着日间干活的疲劳，起早睡晚，关心着我这个被改造的劳改犯，我怎能想到这位面目凶恶的"钟馗"，却有这菩萨一般的善心！他这么个粗壮的汉子，心又比头发丝还细。那天抬筐时的解围，这几天对我劳动的安排，以及今天推磨的现实关注，无可否认地都体现了他的善良。还有他那贤惠的妻子，温顺热情的女儿，多么好的一家人啊！我的眼睛湿润了，心潮翻滚。我待不住了，猛地跑过去，接过小囡囡的棍子。队长夫人突然一惊，黑夜中我看到她明亮深沉的眼睛注视着我，她内疚地说："都是我不好，没教育好孩子，把你惊醒了。"我激动地说："你们不该瞒着我啊！你们收下我，养活我，我已感激不尽了。既然一锅摸勺子，就该让我跟你们一起干！"

队长嫂解释说:"干活的事后面多着呢,你现在是要养好身体。"小囡囡也接着说:"叔叔去睡吧!爸爸不让你干呀!"

"那不行,我不能忍心看着你们劳累,让我分担任务吧!我还是个男子汉呀!"我声音发抖,带着哀求。她们拗不过我,和我一起推起来。

我实在不争气,刚推了几圈,头发晕,眼里直冒金花。忽然我一咧嘴,趴在磨棍上,吐了起来。

"怎么搞的?你……"石敢当捧着在外面斩好的山芋丁回来了,他洪钟般大嗓门吼着,斥责着妻子。妻子委屈地抽泣着,小囡哭起来,我定了定神儿,忙申辩说:"这不怨他们,是我要干的,队长。"

"你没干过,咋行?"

"我得学啊!我不能老吃现成的饭,得亲身体会一下这滋味。"

争来争去,石敢当还是不让我推磨。他接过我的磨棍,一个人推起来,还严厉地说:"听指挥!"

我不敢再争了,良心促使着我,挑起水桶往村头井边走去。石敢当像嘱咐小女儿一样的嘱咐我说:"黑夜挑水,也是你没干过的,要当心啊!"

我答应着,一股暖流涌现在我的心头。几个月来我受到的都是辱骂、批斗、拷打,这种温柔的声音对我是陌生的。他比冬天的太阳还温暖,我冷酷的心被暖热了,觉得步子壮起来。我迈开大步走着,走着,耳边又响起咕噜噜的推磨声,我眼前闪着石敢当一家人的影子,感动得眼泪又扑簌簌地掉下来了。

（五）

由于精神上有了安慰，加上得到适当的休息，我的身体恢复得很快，大伙儿忘我的劳动激情感染着我。我实在在老年队待不下去了。经我再三的要求，并恳请女队员说情，石队长总算答应给我重新分配工作。

那是在一个晴朗的下午，快收工的时候，石敢当在自己门前的老枫树下开了一个会，参加的是全体青年突击队员，姑娘小伙坐满一树底。我认识的有那天给我来下马威的小捣蛋虎子，大块头突击队员，还有石队长的二女儿婉儿。石队长数着他们每个人的名字和绰号儿，什么花木兰、穆桂英、罗成、薛礼、徐茂公，乱七八糟地介绍了一圈儿。他说话很幽默，不时引起小伙子的一阵欢笑。最后石队长指着我对大家说："他是县剧团的编剧老方同志，听说文化水平很高，来咱这里劳动又体验生活，既是大家的同志又是老师，今后就是一家人了，今天算是欢迎新队员入队。"大伙稀稀拉拉地鼓起掌来。其一，我是大伙都耳闻县里大会上批斗过的反动人物，弄在先进的红旗突击队里怕污了名声。其二，我身瘦体弱，那天连一锨土都刨不起来，劳力差，怕拉下他们的工分。还有什么原因，我一时未想出，可这两条是秃子头上的虱子明摆着啊。我鼓起勇气，站起来单刀直入地说："队长刚才介绍时忘了几句话，我是被批斗过的人，送这里来改造的，望大家对我监督……"我还想说下去，石队长摆手制止我说："算啦，算啦！你的情况支部里已去调查清楚，是个好人。真的假不了，假的真不了，大家是会清楚地。"

经他这么一撑腰，大块头队长过去和我握手了，掌声比刚才热烈了许多。

秋风萧瑟，傍晚的斜阳照在丹枫树上，一片血红，阵风吹过，红叶飘飘。石敢当站在枫树下凝思着，他粗壮的身子比枫树干还结实，脸被枫叶映得红红的。他顺手捡起一片枫叶，向大家说："为了给咱们突击队的欢迎会助兴，我唱支歌儿吧！"

"好！"男女青年队员们兴致起来了，石队长放开嗓子洪钟般的歌声响起来：

青山高哟河水长，
片片红叶映夕阳。
莫嫌丹枫香气少哟，
点缀秋色胜春色。

浑厚的歌声乘着风飞遍山村，飞遍原野。我呆呆地看着老队长，他哪儿是唱歌，是借物喻人，做青年人的思想工作啊！小伙子的情绪被激起来了，大家兴奋地拍着巴掌。我心里也暖乎乎的，随着鼓起掌来。

（六）

我随青年突击队活动了，心情很愉快。大伙在一起处得很好，我跟他们学会了多种农活，姑娘们教我怎样锄地换手，挑水换肩；小伙子们教我怎样炸石堆土。特别那个小捣蛋虎子，一次把着手教我学推土牛车子，见我老掌握不住要领，念着一段顺口溜说："推小车，不用学，只要腚锤磨得活。"他边说边表演，活像扭秧歌，引得姑娘们大笑，笑疼了肚子，流出来眼泪。

有一次干活休息，大块头队长坐在我身边抽着自卷的烟卷儿对我说："大伙要你教俺演戏，怕你不答应，叫我跟你说说，你看行不？"我说："我是来劳改的，过去的罪还没搞清，怎好再干？"他笑着说："看你像团儿媳妇似的胆小，怕啥子呢？端哪里的碗属哪里管，在俺们这一亩三分地里，没事儿。"我还想推托，大伙一窝蜂围上来了，姑娘们拉着我的胳膊，小伙子们摇着我的脊梁，七嘴八舌，似开玩笑又带讽刺地说："喏，谁不知道你是个秀才，可就是看不起俺这些土包子，怕俺给你丢人是不？"我被弄得有理说不清，只好答应了。大伙高兴地跳啊，叫啊，笑啊，真像大年夜炒豆子炸了锅似的。

  打那以后，我连夜编写对口词、数来宝、小演唱、小戏曲，有的是真人真事，有的是典型塑造，还移植了"兄妹开荒"用小放牛调"旧瓶装新酒"，填上本队事迹的词，利用早晨、晚间、中午歇响时在地头、在队屋牛棚里或我的草铺上教起来，排起来。一次开社员会，晚上点起汽灯在村口演出，全村的老大爷、老大娘、新媳妇、小伙子、小学生们都来看。他们高兴极了，老太太喜得合不上嘴，说解放二十多年，俺还没见县剧团来俺山区演出过，这会咱自己会演了，亏你这个秀才呀！大家夸不说，还每演一个节目鼓一会儿掌，节目演完了还不愿意散。最后石敢当队长向大伙说："这样吧！大伙儿乐意，咱们就正式成立个剧团吧！现在时兴叫毛泽东宣传队，让老方当个队长兼编剧导演，好不好？"大伙一齐鼓掌欢迎，我呐呐地说："这跟我的身份不相称吧？"石敢当说："别怕，还有我呢！我挂个指导员的名字，要出了事儿，一条绳上拴俩蚂蚱，飞不了你，跑不了我，我给你陪绑换斗还不行吗？"我没话可说了，攒足了劲儿，把宣传队搞得火红。碰巧快过春节，农闲多，外地慕名来请。石敢当每次都跟着挑汽灯，打场子，保护着我。我们演遍了村村队队，还到邻县公社，山河两岸都演遍。我们每次演的第一个节目就是石队长编的"丹枫颂"。

俗话说，"人怕出名猪怕壮""烦恼皆因强出头"。我们演戏的事被报到县里的造反司令部，临河村也一石激起千层浪，引起了一场风波。

（七）

一天，我带宣传队从外地演戏回来，走到石敢当家，见他的大门上贴着一张大字报，标题的大字是"打倒石敢当"，在石敢当的名字上还用红笔打着叉。我心里一惊，觉得出事了，出了啥子事呢？我连忙看大字报的内容，见那里写着石敢当的三大罪状。

"一、包庇坏人方明；

二、大搞反革命宣传；

三、复辟资本主义的黑手。"

第一条，原是我意料中事，县里的那个造反派头头，到处布着爪牙，是不会放过我的。第二条，我就有些不解了，我思量着我们宣传队编演的节目，哪一个不是始终贯穿着一条红线、宣传毛泽东思想啊？就说老节目《兄妹开荒》吧！那是毛主席延安文艺座谈会讲话之后的优秀剧目，它在当时对革命有过巨大的贡献，现实也还起着鼓舞人民斗志的作用，怎能说是搞反革命宣传呢？对第三条，我更莫名其妙了。

我走进家，院里静悄悄的。推开住宅的门，石队长不在，隔壁好像有哭泣声。我推门进去，见大嫂失神地坐在床上，婉儿、囡囡伏在她的膝上哭泣。我轻声地问大嫂："出啥事了？"

大嫂没作声，直愣神儿，良久，才慢慢地说："没什么，他有事不知啥时回来，你吃饭吧！"说着她示意孩子们退出，要去拾掇饭菜。

我发现她哭干泪水的眼，意识到她心中一定有很深的隐痛。我再也忍不住了，我拦住大嫂问道："石队长出了什么事啦？是我连累了你们？那大字报我看了，你别瞒我啦，大嫂！"

大嫂痛心地抽泣着，对我讲了下面的一段事。

"两天前，公社被造反派夺了权，召集队长以上的干部斗争老书记。老书记三八年就在这里抗日，打鬼子，解放后领导我们搞生产。临河公社本是个穷地方，除了捞鱼、摸虾没啥好搞。咋叫社员富起来呢？后来他知道老石过去逃荒在外给人育过苗，就鼓励老石育苗。队里赚不少钱，各队也都来学，社员自留地里也搞起来，大家都富裕了，就为这说老书记搞资本主义，还叫他跑在玻璃碴上向造反派请罪。老石他看不下去了，犯了牛脾气，上台拉起来老书记，指着他的头说：'老书记叫咱有饭吃，咱还去害人家，要说有罪这育苗的事是我领着干的，杀剐冲我来，谁要动老书记他一指头，我石敢当就和他拼命！'这一来会被他冲散了，那班人夹起尾巴溜到县里，晚上来了汽车，把老石绑走了。"

"啊？"我惊愕地愣着。石大嫂又痛哭起来。

我们正在伤心、焦躁，忽然"呀"的一声大门开了，石队长提着两尾鱼走过来。

石大嫂一下扑到他的怀里。

我仔细地端详着石队长，见他满脸的伤痕。我心头一阵酸楚，问道："你受苦了！"

石队长呵呵一笑，轻松地说："没什么。"他推了推妻子说："别哭，我好好的呢！去，把鱼烧了，我跟方兄弟喝一杯。"

灯光下，我和石队长是默默对饮着，不知话从哪头说起。我们对视着，通过各自的目光感情交流，心潮澎湃，酸甜苦辣一齐涌上了心头。

鸡叫头遍的时候，石队长还是大口大口地饮酒，借酒消愁，我夺下了他的杯，呜咽着说："别喝了，谈谈心吧！你的三条罪状我都想不通，我的心快闷炸了！"

石队长笑笑说："没啥要紧，看起来我们怕要分手了，但是你记住，老弟，海水不会倒流，日头还会升起，昧良心的人是长不了的。咱们有一口气，还得为人民做点好事。"

我听着石队长的话，良久地沉思着，沉思着……

（八）

果然不出石队长的所料，他被勒令撤职了。由于他有魁梧的身子，还有把力气，官罢了，人可舍不得废掉，他还有两个作用，一是当活靶子巡回批斗，教育大家顺着造反派儿。二是废物利用，用他的力气创造财富。他的岗位是带一只大船在运河里捞沙子，沙子是建筑材料，挣钱着呢，一吨沙子捞上来就是三四块钱，石敢当力大，一个人每天就能捞七八方，再让他带几个壮小伙子，真是"没本万利"。石敢当可真管，他挨批斗跟没事儿一样，批斗完了就回船干活。当时北风刺骨，他的身子终日湿漉漉的，结着冰碴儿他也不问。没多久，他拿着五百元的现款回来交认。

这个队张、王两家是大户，各有一派宗派势力，互不相让。石队长撤职后，都想叫本族的人当队长，争执不下，公社那个夺了权的头头儿也灵活，搞了个数量对等法，张王两大家的头头儿都是队长，矛盾暂时解决了。石队长拿回一批钱来，张队长要，王队长也要，两人各拉一伙人作后盾，几乎打群架，拼刀子。石敢当又犯牛脾气了，他把大把票子往兜里一装，脚一跺，回家了。大伙嗷嗷叫着追到他家门口，指着石敢当骂贪污，石敢当笑着说：

"大伙来得正好,我问问大家,咱队里机米、轧麸、弹花、编织大量副业收入,你们分配时各得了多少?"

"一分可没有呀!"

"都叫孬种喝酒、赌博,装腰包了。"

石队长说:"对呀!这批钱是我帮大伙挣的,咱们现对现,按咱队的人口,每人分一元,提的公积金,我留着账,大伙推个公道人,叫贫下中农代表管着账行不行呀?"

"行,这样太好了!"大伙高兴起来,票子落到大伙的手里,两个队长气得直咬牙根。

不用说以后石队长被斗得更狠了,他被打折了脊梁骨,上不了船,调动到河堤上看树了。

我呢?当然好不了,三天两头地被拉回去批斗。

一天夜里,忽然有"咚咚"的敲门声。我折身起来,拉开房门,我的大孩子赤着脚跑进来,一腿泥浆,冰凌划破的脚趾上流着血。我心疼地想抱起他,问问他为啥夜中跑来,还未让我动问,孩子猛地跪在我的脚下,口中迸出"奶奶"两字,就大哭起来……我什么都明白了。

我隔墙和石大嫂打了声招呼,就拉起孩子往家里跑去。

天黑路滑,也不知俺爷俩摔了多少跤。赶到妈跟前,妈已断气了,妻子、孩子不敢大声哭泣,我狠抱着妈冰冷的身子,贴着她的脸。

当时没有火葬场,我算着明天领工资决定买个薄匣子,把妈埋起来。

第二天,我找到造反派头头儿领工资,他瞪着眼说:"就你钱紧!"

我告诉妈死的情况,要买棺材。他又瞪了我一眼说:"研究一下再说。"转身打扑克儿去了。

我是外地人，离家几百里路，缺亲少友，靠借无门。那年月，谁又敢借给我钱呢？不靠组织咋办？

我一天两天地等着，天天去问，天天挨骂。我碰到老局长，向他反映。他听说了我的情况，深表同情地摇着头说："我是爱莫能助，造反派当家呀！"

初春，阳气上升，娘要坏尸了，怎么办？我往老家打电报，请叔父告诉大队给做个棺材。又等了两天，叔父带着我的姨兄来了。我好容易借了个平车儿，装上娘的尸首，带着孩子想连夜运回老家。

当时正武斗，深夜里，渡口是不摆渡的。我们爷儿四个傻眼了，都愣坐在河边，流着眼泪。忽然一只小舟飘过来，船上的黑汉子划着桨朝我招手，我走上前去见是石敢当。

"你怎么来的？"

"我什么事都清楚，老朋友，上船吧！"

我感激得流着泪，忙将娘的尸首弄上船。石队长佝偻着身子站着，向娘致哀，然后他安慰我说："今后的日子长着呢，要坚强，党会了解你的。"

我的心激动得像滚滚的运河流水。我擦擦眼泪，见石敢当巍巍地站在船头，他的身体是那般高大，简直顶天立地。

桨声拨弄着"哗哗"的河水往对岸游去。

（九）

不久粉碎了"四人帮"，我得到了彻底平反，恢复了工作。我怀着万分兴奋的心情，去探望石敢当。我熟练地走过我过去劳动过的田野、河渠、河塘、小路，辨认着村中的牛棚、家家的茅舍。我清晰地记得这是当年虎子刁难我的地方，那是他教我推车的地方，我和老奶奶队劳动的地方，跟姑娘小伙子们跳舞演戏的地方。情景历历在目，好像昨日一场梦。远远的我看见了那棵老枫树，我想起石敢当在枫树下开会讲话巍然而又幽默的姿态，这个中流砥柱的铁汉子，心红志坚的硬骨头，现在怎样了啊？我飞跑起来，真想一步跨到他家门前，望望我的老朋友和他那贤惠的妻子、婉儿和天真的囡囡。可当我走近他家门旁不禁愣起来、惊讶，失望！那个虎座门楼已倒塌了半边，院子中一片瓦砾，仅剩三间破屋，双扉紧闭，人去楼空。我到处询问，终于找到了当年带我劳动的妇女队长，她叹息着告诉我："石队长由于运动折磨，伤筋断骨，加上忘我的劳动疲劳，又得了哮喘病。婉儿原和一个干部的儿子订了婚，后来那人被保送上了工农兵大学，嫌她家不对眼，要和婉儿解除婚约。婉儿一气，嫁到边疆去了。为了减轻父母的负担，连囡囡也带去婆家念书，现在石队长看堰，妻子每晚回来做饭送去，兼料理着家务。"我听着她的介绍，心冷下来。这场浩劫，伤了多少好人，破坏了多少温暖的家庭啊！

我辞别了女队长，急急往大堰上走去。

往日光秃秃的大堰，稀稀拉拉的树木，现在已浓荫蔽日，小树成林，上边洋槐，中层桃杏，下层杨柳，布置得井井有条。我知道这又是石队长的功勋。他一心为集体，到哪儿哪儿就兴旺，这是老少有口皆碑的。

我找了好几处小屋，都没见石队长。正在纳闷，忽然背后有人猛地把我抱起，没让我回头，又用双手蒙住了我的眼睛。我先是一惊，后定下神儿，猜想着：这是谁呀？绝不会是石队长。我知道他是不爱跟人开玩笑的，那又会是谁呢？我迷惑不解，喝问道:"你是谁?"身后一声嗤笑。听音那么熟悉,我猜出来了。"小捣蛋虎子。"可不,就是他。他松开了手,亲热地捣了我一拳说:"老方,你真行,还能记得我!"

"我怎么忘得了呢!那次的下马威……"

虎子哈哈又笑了,他端详着我说:"看你阔了,是来找石队长的吗?"

我说:"正是,他在哪里?"

虎子带着我到处喊,没有回声,最后他想起来了,抱歉地向我说:"看我的记性,石队长明明告诉我到镇子上打针去了,先到他屋里坐一会,等等他。"

我们进了石敢当的小屋,这是一间草棚子,里面只放了一张软床,一个小锅,可墙上挂着果树图,还有育林法等书。我问虎子:"这是你看的?"

"不,是石队长买的,他要我念给他听,好琢磨点儿,想当专家呢!"虎子笑着说。

"那石队长的身体恢复啦?"

"没,他的病很重,被折磨的呗!其中也有我一份……"他语气中带着悔恨。

"还有你?"

"是的。"虎子低下头,告诉了一件沉痛的往事。

"咱们的剧团散了之后,队里乱得很,都闲着没事儿,我也改了常,跟两个坏头头儿赌起博来。他俩打通伙赢我,我输了百多块钱。他们天天讨账,说我不想法儿。我急了,偷了堰上两棵树卖了顶账。谁知他们要石队长赔树,石队长冤啊!气得病情加重,把猪、羊、兔子都打给了他们。不几天,这事被俺爹知道了,他骂我没良心,非要砍了我不可。我吓坏了,黑天跑出来,跳到河中的芦苇棵躲着，半夜时我冻成了冰葫芦，死命地爬上岸。谁知石队长正瞅在那里，我想：这下完了，他正在气头上，不像宰小牛一样宰了我才怪呢！我吓得瑟瑟发抖。可石队长看着我没吭一声，忽然丢来一件东西，打在我的头上，我一摸是棉袄，他却光着身子回去了。我抱着棉袄想：石队长从小看着我长大，像儿子般疼爱我，可我却害了他，我没良心呀。我披着棉袄追上石队长，跪在他的脚下，哭着要他揍我，杀我、剐我……你说怎么着？他流着泪把我拉起来说：知道就行了，到屋里睡觉去。打那以后，我就跟石队长一块住在这里，跟他学活儿……"

虎子讲到这儿，心里好像轻松了许多，停了一会他又接下去说："这个石队长呀……"

"又叨咕我什么？"石队长进来了，我猛地上去抱住他。他瞅瞅我说："老方，是你……"我见他手里提着许多小纸包儿，知道是药，忙着去接下来说："啧，一下子吃这么多，是什么药呀？我帮你熬吧？"

石敢当笑笑说："你解开看看。"

我忙着打开包儿，哪里是药啊！都是树种儿，我问他："你弄这做什么？"

"种呗！"

"你家有那么多自留地？"

石敢当哈哈地笑起来，他说："乌云散了，太阳出来了，这里到处是荒山野岭，还不够咱种的吗？小伙子们可等着乘凉呢！"他话不多，却像滔滔的河水，汹涌澎湃。他这个忘我的人，胸怀广阔得能装下五湖四海，眼光远大，能看到共产主义的未来。

(十)

几年来,石敢当的话响在我的耳边。我鼓起了勇气,跑了不少地方,深入生活,采访英雄事迹,写了些剧本,想创造精神财富,为"四化"建设出把力,但由于我的水平所限,成效甚微。我有时高兴,有时懊恼,像大海的水一样,心神不稳,时起时伏。我想这也许就是石敢当向女队长说的,知识分子思想问题多的毛病吧!我时常苦闷,我多么想看看我的老朋友,向他诉说心情,领他教益,但由于工作繁忙,东奔西跑,没多少工夫。我给他写过多次信,没见回音,叫孩子去问,说是全家人都搬走了,搬到哪里去了呢?不知道。

今天,一个偶然的机会,我又见到了石敢当——我的老朋友,我怎能不高兴啊!

我在丹枫树下,紧握着他的手,激动地说:"还好吧!石队长,你的病咋样?"

石队长笑着拍拍胸口说:"老天不负有心人,你看,我还活着,壮着呢!"

我问他怎么搬了家?他说:"姑娘走了,老婆帮闺女看孩子去了。我在家,闲不惯。公社党委觉得我这把老骨头还有用,叫我到这荒山上来了。"

我问他生活和工作情况,他说:"一切都好,先请你看看这里的绿化吧!提提意见,我好改正。"

我跟石敢当走遍了山岭,看了葡萄、苹果、鸭梨、水蜜桃等果园,又看了苗圃,参观了板栗林、柿子林、枣林、枫树林,真是琳琅满目,到处是宝。最后回到石敢当住的丹枫林中的茅屋旁坐下休息，石敢当要我提意见。我提什么意见呢？这个倔强的老人，他把一生献给了家乡，到处都是他血汗换来的成果。我们十亿人口的大国里，正不知有多少石敢当这样的人，他们忘我地工作，为祖国创造着财富，为子孙撒播着幸福。

当他问到我的近况时，我惭愧地低下头，我有什么可说的呢？石敢当是巨人，我是个矮子。过去他押着我回家的那天，我身子顶不到他的胸部，现在他在长，我在缩，似乎连他的膝盖也够不到了。

我如实地向他汇报了我的思想情况。石敢当含笑地望着我说："时代在前进，什么东西都在变化，人也在变化，向好的方面变化，都会变好的。这山不就是个例子啊。年岁不饶人啊，老朋友，我还为你唱那支歌吧！"他拍着枫树干，又轻快地唱起来。

青山高哟河水长，
片片红叶映夕阳。
莫嫌丹枫香气少哟！
点缀秋风胜春光。

"点缀秋色胜春光……"我意味深长沉思着。我应当学习石敢当，尽我最后一点力量把秋色点缀得更美。

临分手的时候。我问石敢当需要什么。他沉思良久，指着我的鱼竿说："把这个送给我吧。因为这里将要开放旅游，不少英雄、劳模们来这里休息钓鱼，问我鱼性我懂，问我钓法我可要试验试验。"

这个石敢当是无时无刻不在为人们着想啊！多美的心灵！多高的风格！想想我自己，我的脸又红了，像枫叶似的。

我把鱼竿送给他，决心回去，提起笔，改好剧本，为"四化"建设做贡献。

下山的时候,我耳畔又响起了石敢当的歌声。这歌声,飞遍山野,响彻天空。

1982年6月17日于苏州谭山疗养院

第一稿

注:①土牛:北方人推的独轮车子。②石敢当:北方农村,群众的家门口立块泰山石,上写"泰山石敢当"五字,以避邪。由于石大牛遇事不畏难,叫他石敢当,是赞扬他勇敢、公正、无邪的意思。

星 火

内容提要

1930年，苏北徐海地原旧州一带闹着严重的灾荒，农民食草根树皮，日无一饱，又加国民党苛捐杂税，交相侵逼，到处怨声载道。恶霸地主笑面虎为防民变，招募乡丁、私加乡丁税，晚交五天者，长五成驴打滚的利。青年农民大牛因抗捐税被笑面虎打死，弃尸大街警众。还逼交不起税的农民给他割麦干活抵税，群众对他恨入骨髓。

当时革命风云已蔓延至旧州城，该地有了共产党的组织。县委领导干部乔正为保护农民利益，积极发动群众成立了短工会，举行罢工，与地主进行斗争。地主被迫接受了撤免捐税、增加短工工资的条件，斗争获得了初步的胜利。此后地主卢文虎暗与顽区区长卢延旺定计威胁利诱软骨头孔二叛变告密，暗中捕去我农民领袖小山，私设公堂刑讯，要其供出党的地下组织。小山誓死不屈，并痛斥叛徒。恶霸无可奈何，将其送囚于区公所。

根据徐海蚌特委的指示精神，为了营救小山，扩大武装斗争，邳县县委书记乔正和暴动行动红军宣传部部长小桑发动了旧州暴动，袭击顽区公所，后因暴动失败英勇救义，但暴动却点燃了邳县反独裁专治、反帝反封建的星星之火。

一、星火

1930年春天，当乔正来峄阳小学教书的第二天晚上，工友小桑就告诉了他这里群众反抗地主卢文虎摊派乡丁税的事。

那是一月前的一个清晨，天空中浓云密布，太阳被乌云遮住了，西北角鏊子底似的天边划着钩子闪，还不时响着沉雷，预照着暴风雨将要来临。

地主卢文虎家门前的大场上，围着一群人，年长的不住唉声叹气，心情焦躁而又难受。青年人咬着牙紧握着拳头眼中迸射出愤怒的火花。

一个老太婆披散着花白的头发，嘶哑的喉咙里喊着："还我的儿子！还我的儿子！大牛，我的儿呀！"她用仇恨的眼光注视着地主卢文虎的大门：大门紧闭着，两旁一对凶恶的石狮子，张牙舞爪。门楼上站着几个乡丁，饿狼似的端着枪注视着下面。

一阵皮鞭声夹杂着惨叫声从门里传出来，老妇人的心碎了，哭干泪水的两眼射着愤怒的光芒。瘦削的两手在空中舞动着："我和你们拼了！我和你们拼了！"

她分开了众人蓦地向大门扑去，被身旁一个年轻的妇人拦腰抱住了。

"婶子，你哭死也没用呀！"少妇喃喃地说。一个青年小伙子提着红缨大刀气喘吁吁地跑来一站，他大声喊道："乡亲们！卢文虎压迫得咱们喘不出气来了，咱们一定要和他拼！"

这位小伙子叫小山，是前村的贫农，老妇人是他的婶娘，拖老妇人的少妇是他的老婆，被卢文虎捕来的大牛是他的堂哥。

卢文虎是旧州城的大地主，因为他奸诈阴险，所以人送他这个绰号"笑面虎"。他的侄子卢延旺当区长,人称"活阎王"。笑面虎有几百顷地,又仗着侄子的官势统治着这周围四十八个村子的百姓。最近他招募了三十多个乡丁,有三个原因:第一,保护自己。第二,镇压贫农的反抗。第三,借此摊派乡丁税好发一笔大财。

乡丁税是按人头算的,每人一年两块洋钱,分春秋两季缴纳,超过缴款期三天加倍罚款,并列入欠款的项目之内,驴打滚的利叫穷人做活来抵账。大牛因不愿缴税和他们顶撞了几句,被保安队长癞皮狗带乡丁抓了来,正在拷打。

又一阵皮鞭声从门内传出来,小山的心中燃起了熊熊怒火。哥哥在受苦,他的心像被鞭子打得一样难受,他想起祖父因抗捐税被逼死在监中,父亲被逼去当兵死在外面,而今笑面虎又找到他们这一辈儿的头上来了,他这口气不能再咽下去了,为了哥哥和被害的乡亲们必须起来反抗。这时仇恨的火焰在他心中扩大,扩大,像火山一样要爆发了,他不顾一切地拎起红缨大刀就向前冲。

背后有人拉了他一下,他回过头一看是胆小鬼孔二……他的老邻居。

孔二吃惊地劝他说:"不行呀!胳膊扭不过大腿,人家侄子是区长有钱有势呀!忍一下吧!"

"笑面虎的刀压在咱们的脖子上了,还能忍受到那儿去?"小山悻悻地说。

"乡丁税咱们户户都摊到谁能拿得起?笑面虎抓大牛就是给咱们的下马威,咱们不能被他吓倒!"说这话的是大海,是小山的好友。

"他招乡丁要咱们拿什么乡丁税?咱得和笑面虎讲理!"乡亲

们纷纷议论起来了。

"对，乡亲们！不怕死的跟我走和笑面虎讲理去！"小山高呼着。

"走啊！走啊！"急愤的人群涌动起来，随着小山向笑面虎的大门涌去。

门"哗"的一声打开了，一队乡丁像饿狼似的扑出来，癞皮狗傲然地站在台阶之上。

"干什么，想造反？你们不要命了！"癞皮狗信口狂吠着。

"谁理你，我们要找笑面虎算账！"

"再吵我枪毙你们！"癞皮狗"嗖"的一声从腰中抽出了手枪。

"你敢杀人呀！有种对我这里打！"

小山抢上一步拍拍胸膛。

"敢！他要开枪咱们拖下他来揍死他！"大海说。

"打呀！打这条疯狗！"群众怒骂起来。

癞皮狗慌了，身子直朝后退。

"啪"的一记耳光，从身后打在癞皮狗的脸上，癞皮狗真怒了，一转身见是笑面虎，连忙夹着尾巴躬身侍立在一旁。"无用的东西，退下！"笑面虎怒喝着。

"是。"癞皮狗又向后退了一步。

"哈哈哈哈……"笑面虎阴险地笑起来，真像一只夜猫子叫。

"哪位找我，请上来谈谈吧！"笑面虎挺着大腹，一对老鼠眼直扑闪，接着又阴险地笑起来。

"我……"小山想闯上去，妻子紧紧抱住他的胳膊。小山看她一眼说："怕什么！"便甩开了她的手，一步踏上了台阶。

"我要问问你，你招乡丁向我们要什么乡丁税？"

"原来是为这件事，招乡丁嘛，嗯！嗯！……为保护咱们一方老百姓啊！"

"县里有保安队，区里有区队，还要乡丁干什么？"

"嗯！嗯！……兵不厌多啊！"

"你为了保护自己家，压迫老百姓，并借此私加捐税发洋财是不是？"

"这……这是区里的命令啊！"

……

"呸！你仗着侄子当区长就胡作非为，私加捐税，逮捕群众！这个捐要免了，逮捕的人要立时放出来！"小山怒斥道。

"免捐税！""把大牛放出来！"群众愤怒地高举着拳头呼喊着。

笑面虎理亏词也穷，像一只受伤的野兽似的发怒了，脸由白变成青色，两只老鼠眼暴露着凶光。他咆哮着："告诉你们，先给你们个样子看看！"

一个血肉模糊、奄奄一息的人被从门里抛出来。

"大牛，我的儿呀！"老妇人扑在大牛身上痛哭着。

泪水从小山的眼里像泉涌般流出，小山抱着哥哥，他喊着："哥哥，哥哥！"但大牛答应他。过了一会大牛才微微睁开眼睛，握着小山的手说："弟弟，我不行了，你要为我为这方被害的父老兄弟们报仇啊！"说完大牛躺在小山的怀中离去了。

小山的泪水干了，眼泪变成仇恨的火焰，熊熊地燃烧着。他的心要爆裂了，一股力量激动着他。他放下哥哥，举起大刀狠狠地向前就劈去了。

大门已经关上了，笑面虎癞皮狗都踪影全无，只有炮楼上的乡丁缩头用枪口瞄准着他。

"打吧！打吧！我不怕死，我要和你们拼！"

群众也高呼着:"杀人偿命,要笑面虎给大牛偿命呀!"这声音比雷鸣还响。多么大的力量啊!

门楼上乡丁的枪响起来,群众被逼得退回场上,孔二早已抱头鼠窜了。

"总还有个讲理的地方啊!和笑面虎打官司,我到县里告他去!"大海说。

空中乌云翻飞,闪电一个连一个,一声沉雷,暴雨倾盆而下。

二、结盟

乔正一夜没有合上眼睛,大牛的死,在地主和封建势力压迫下的乡亲们的影子时时在他的脑中盘旋。

他来这里工作的前夕,徐海蚌特委林杉同志告诉他说:"旧州城也和全国其他地区一样,千百万父老们沉溺于水深火热之中,他们需要党的领导,需要党的援助。那里有的是英雄的人民,只要把他们组织起来,就可成为一种不可战胜的巨大的革命力量。"对,这里的工作要抓紧进行,从群众抗捐斗争着眼,给地主官僚们沉重的打击。虽然这里的党员仅有小桑和自己两人,但群众如干柴,抛下革命的火种就会马上燃起来。

第二天一大早他就和小桑去小山家。小山嫂正烧火煮饭,小山在扫院子,对于这新来的客人不禁有些惊奇。但小桑是熟人,经过他的介绍,知道这位新来的乔先生是为关心他们和笑面虎打官司的事而来的,就慢慢地谈开了。

从小山的口中知哥哥大海去县城告状,已一个多月没音信,他们很怕再出了事。

乔正说:"县里我有个教书的同事,可以托他去问问信儿。"

谈到笑面虎和活阎王在这一方横行霸道的罪恶，不由触起了小山的旧恨新仇。他紧咬着下嘴唇，满腔怨恨地说："我一定要报仇，哪天我碰到了笑面虎，我要叫他白刀进去红刀子出来！"

乔正引导他说："血海深仇一定要报，这里受地主封建势力压迫的不仅你一家，因此不仅是为自己报仇，也要为大伙报仇。"谈到报仇的方法，乔正告诫他不要太莽撞，因为压迫穷人的不仅笑面虎一人，而是地主阶级和官僚们勾结起来的封建堡垒。正如笑面虎后面还有区长卢延旺一样，因此只有大家团结起来，打倒地主阶级和维护封建势力的反动派，咱们穷人才能永远不受欺辱。

他们谈得很投机，直到学堂的上课钟声响了，乔正才离开小山家，匆匆赶到课堂去上课。

乔正走后，小山感到心里亮堂了许多。很奇怪，他觉得有生以来还是第一次遇到这样的人和他谈这样知心的话。这位文质彬彬的先生一点架子也没有，真像自己的兄弟呢！此后，他们成了亲密的朋友。每天他都要找乔正和小桑，仿佛一天不见他就像失去了什么似的。也正因为这样，乔正通过小山交了很多朴实善良的农民朋友，他们在和乔正的交往中，知道了俄国的十月革命、孙中山的三民主义和共产党的主张；懂得了很多革命的道理，正确地认识了"穷人为什么穷富人为什么富，要翻身只有团结起来和地主官僚们斗争"。他们从心底热爱共产党，向往着苏联的幸福生活。小山表现得更进步，不久就由乔正和小桑介绍入了党。

一天晚上乔正和小山谈话，小山嫂来找他们说，大家在家里等他俩人商议一件事，二人便匆匆地到小山家里来。

原来当天卢文虎命乡丁在各村都贴上了布告，限各户的乡丁税在三日内一律缴清，缴不清的便作为欠债，去给他割麦子抵账。

"这又是笑面虎摆的鬼八卦，想叫咱们白替他干一季子活呀！"

小山说。

"哼！想得怪美！要我们白干活，咱们就和他拼命！"大伙愤愤地说。

"光莽干不行，咱们要团结起来和笑面虎讲理。"一位青年插嘴说。"讲理，天底下哪有向咱们穷人的？有理也讲不赢。"这声音是在门外的人喊的。的大家对外一看，大海正跌跌撞撞地闯进来。

"啊！大海！"大家一齐叫起来。

"官司打得怎样了？"一位青年抢着问。

灯光下大海的脸很苍白，瘦削的两颊上颧骨显得更高了，加上许久没理的浓浓的头发，真像刚从牢里出来一样。不知是劳累还是受了伤，他原来那健壮的腿走路很不自然，进了屋，一屁股就坐在床上。

"大海，你怎么啦？"大家一阵骚动。

大海没吭声，小山嫂递过一杯茶来，大海干渴得一饮而尽，才慢慢地说："官家和地主同穿一条兜裆裤子，还有咱的好处？"

原来大海自那天一气跑到了县城告状。起初衙门口嫌他无状纸，他请人写了状纸，又嫌诉词不清，一再刁难。大海把大伙凑的盘费都花光了，才见了司法科的承富。那家伙一见是穷人联名告地主心中就不悦，又见理由是要免捐税，要地主卢文虎给大牛偿命，问都没有问就扣了个想合谋造反的帽子，企图勒索钱财。大海气急了，当然也没钱，他当堂就和承富顶撞起来说："人命关天你们不问，你们是保护老百姓呢？还是祸害老百姓呢？"

承富从来也未碰上过这样硬的汉子，一时弄得闭口无言。他用力地拍着桌子，因用力过猛，鼻子上的金丝眼镜掉在砖地上摔得粉碎，结果以辱骂官府、咆哮公堂的罪名，把大海打了四十大板，关了三天牢房，撵出衙门。

大家听了这一段经过又恨又气，假如离县城衙门近，他们不连夜去杀那个承富才怪。

乔正说："这个社会是官僚和地主勾结在一起欺压老百姓，咱当然打不赢官司，如今之计只有组织起来，和他们拼到底。"

大家一齐说："乔先生，你说怎么干咱们就怎么干。上刀山下油锅我们都愿死不辞！"

小山提议要四十八个村组织一个短工会和笑面虎斗争，大家一齐赞成并推举小山和大海作首领，乔先生做参谋指挥。

乔正说："很好！事不宜迟，有组织才有力量，大伙今晚回村就发动群众，短工会咱们明天就成立，并马上对笑面虎提出，免捐税、加工资和照顾死者家属的三大条件，我自己当夜起草。"

大海霍的跳起来说："好！这算找到和他们干的门路了。"

三、罢工

短工会成立起来后，四十八村同时罢工，不给地主割麦，向笑面虎提出了三个条件：

第一，撤销乡丁税。

第二，增加短工工资，由原来两吊四一天提高到四吊八一天。

第三，拿钱一百元养活死者大牛的家属。

条件提出后笑面虎不安了，他找侄子卢延旺想办法。

卢延旺从区里出了布告，在村市张贴，大意为："乡丁税一定要按期限缴纳，无钱用割麦顶账，否则严加惩处……"

乡亲们看到后可火了，布告刚贴出就被撕下来半边。

乔正召集了短工委员会，研究和分析了当前对敌斗争的形势，做出了两项决定：

第一，坚持罢工到底，笑面虎不接受条件决不复工。

第二，组织武装，把各村会武术、有红缨枪大刀的农户组织起来，成立护村队，以防敌人来武装捕人。

会后各村很快组织起来，小山和大海去各村检查了情况，回来正遇见乔正。

三人在树下谈开了，乔正问大海："你们检查的各村组织得怎么样？"

"都组织起来了。"

"有信心吗？"

"大伙的信心很大，情绪也很高，只有个别的人害怕笑面虎的势力，思想还动摇。"小山接着补充道，"今早我看孔二偷偷地磨镰刀想去上工。"

"这事情怎样处理的？"乔正关切地问。

"我发动大伙夺了他的镰刀，并对他进行了教育。"

"对，这工作是细致复杂的，丝毫不能麻痹，一定要及时加强思想教育。其他还有什么困难吗？"

小山考虑了一下后说："有些家在吃粮上有问题。"

"那可以先调剂解决一下。如果笑面虎仍顽固地不接受条件，最后我们就来个麦收暴动，大家动手割麦子。"

大海说："对呀！不取得最后胜利决不罢休！"

三人正在说话，忽见小桑气喘吁吁地跑来说："笑面虎让癞皮狗带乡丁下乡催捐税来了。"

乔正吩咐说："速传各村做好准备，不要慌张，听信号行动。"

几个人分散开去。

癞皮狗带人进了村。他斜着一双贼眼，左顾右盼，手插在裤子兜内不时地触摸着手枪柄。乡丁们端着枪跟着，看上去趾高气扬的，实际上他们早已如惊弓之鸟，觉得到处草木皆兵了。

癞皮狗一眼就窥见了大海正躺在门口的树下乘凉。他怒冲冲地走到大海的身旁说："起来，起来。"

"干什么？"

"缴乡丁税。"

"什么乡丁税，谁招的乡丁谁养活，怎么要俺拿钱？没有！"

"这是区里的指示，没钱的就算是我家的老爷替你垫上了，去给我家割麦抵账！"

"顶账，顶什么账？说得怪好听，他替我们垫捐款，他还不把我们的血喝干呀！"

"你这个小子敢违抗区里的命令，上工去！"癞皮狗大吼着……

"上什么工？你们不接受条件，没有短工会发话谁也不打短工！"

"什么短工会长工会的，你给我走！"癞皮狗指着大海呵斥道。

"哪里去？"小山走过来问。

"也有你一份，料你也无钱缴捐，一起去跟我割麦顶账去。"癞皮狗对小山说。

"割谁家的麦子？"

"还装呆充傻呀！这方圆数十里都是卢家的田，不给我家老爷割麦还给谁割？"

"忙什么，立了秋再说吧！"

"混账！还有立了秋再割麦的，麦马上要朽头啦！"癞皮狗指着小山骂道。

"我管它！"

"你们随我走！"

"哈哈，少厉害！告诉卢文虎，不接受三个条件，今年也别打算我们给他割麦子！"小山和大海一同说。

"我偏要叫你们干！来人，把这两个小子绑了走！"

癞皮狗像一条疯狗似的发了威。他吆喝着乡丁，乡丁们围上来。

"来，不讲理的，今天我们就先教训教训你！"小山说着给癞皮狗一记耳光。

癞皮狗呀呀地狂吠起来："反了！反了！你们还不快点动手！"他指着乡丁说。

"要打架呀！"大海说着敲起锣来。

轰！村里的人有的拿红缨枪，有拿大砍刀、扫帚、场锨、锄头、镰刀、牛鞭从四面八方一齐奔过来，把癞皮狗和乡丁们围在中间。

好家伙，来势不小。癞皮狗想好汉不吃眼前亏。他也顾不得喝令乡丁绑人了，掉过头来想跑，哪还能跑出去，一时间被你一拳我一脚，打得屎屁直流，滚在地上嗥嗥叫得求饶命。

四个乡丁的枪也被卸下来了，和癞皮狗跪在一起。

小山咬着牙痛斥道："癞皮狗，癞皮狗！笑面虎作威作福，你充当他的爪牙，几年来不知被你们害了多少人！我哥哥是你抓去打死的，今天我要杀你给我哥哥偿命！"

癞皮狗吓得头皮都崩了，连连地上磕着响头说："饶了我吧！饶了我吧！从今后我再也不敢来了。"

大海指着癞皮狗说："你还想像抓大牛哥一样来抓我们，真算瞎了眼！从今后俺这四十八个村的乡亲，你别想再欺侮！"

癞皮狗跪在地上只是喊爹叫娘地求饶命。

最后小山叫大家暂时住手，呵斥癞皮狗："回去告诉笑面虎，答复条件，要来硬的，咱们四十八村的父老在等着他！"

癞皮狗说："是！是！我一定说到，要少说一句，剥了我的皮，割下我的头喂王八！"

癞皮狗爬起来，眼一斜，瞅着有个空子就想溜。小山说道："回来。"

癞皮狗咕咚又跪在地上。

小山说："再告诉笑面虎，他要是想拖时间呀，对不起，我们就要收麦了。"

癞皮狗连说："是！是！"

小山叫大家给癞皮狗让开一条路。

"谢大爷！"癞皮狗和乡丁们夹起尾巴一个个抱头鼠窜。

"今天打得痛快啊！"乔正走过来说。

大家一齐笑起来。

四、阴谋

卢文虎坐在客厅里像一蹲泥菩萨似的眯着眼等着癞皮狗。

他心里盘算着，区里出了恐吓的布告，穷小子一定会畏惧了，癞皮狗带着人再一催，他们没钱缴税，少不得都要来替我割麦子，这样今年收一季子麦，不用拿一个工钱，还要弄几分利。

时间一分一秒地过去了，到天黑还未见癞皮狗和乡丁回来。他着急了，心想莫非出了什么事，又想道这一次如果事情办不成，田里的麦子无人割，熟透的庄稼、到手的财宝要白白抛掉。他想着想着心里不安起来，舒服的椅子坐不住，急得满屋乱走。

门"砰"的一声开了，进来的是卢文虎的侄子卢延旺。他连忙请侄子坐下，笑着说："我心想着人去找你，你可来了。"

卢延旺问："那些布告贴出后怎么样？乡丁税要上来了吗？"

卢文虎说："没有。"

"那他们一定是没有钱，准来给你做工顶账了。"

"哪里，哪里。"笑面虎哭丧着脸连说："布告贴出后这几天沈大海他们信音皆无！"

"你怎没有派乡丁去催讨呢？"

"催倒是催去了，到现在还未回来，我怕是出了事。"

"他们敢？带了枪的乡丁，还对付不了徒手的穷光蛋？"

"这事可说不定呀！前天那些穷小子还送一封信来，提了三个条件。"

"什么条件？"

"信在这里，你看吧！"

卢延旺看了信，气得怪叫起说："反了！反了！他们可真造反了！"

"不反怎么着，看我都叫人揍坏了！"癞皮狗喊着跑了进来。

卢文虎和卢延旺大惊，一看癞皮狗的洋头，被撕掉半边头发，光秃秃的；一对斜眼被打坏了一双，哗哗地淌泪水；刺在唇外的一对门牙掉了。白腐绸小褂子撕得露着胳膊，敞开的胸脯上净是伤痕，两条腿一瘸一拐的。卢延旺忙问："你怎么这熊样了？"

癞皮狗说："我被人揍坏了。"

"那个敢打你？"

"还不是那些穷光蛋！"

"你带的乡丁们呢？"

"和我一样没少挨一下，枪也叫人搞去了。"

"都是些没有用的东西！"卢文虎咆哮着。

癞皮狗说:"老爷别生气,他们还叫给您老捎信来。"

"什么信?"

"说您老接受条件便罢,不然他们要抢收麦子。"

"这还了得!"卢文虎终日眯成一条线的眼猛睁得比鸡蛋还大,向卢延旺说:"延旺,我去集合乡丁,你把区队调来,咱们连夜围上那个村子,把那些穷小子都抓来!"

卢延旺像是想什么,默默的,只是不作声。

"延旺你看怎样啊?"

卢延旺还是不应

"你看到底怎么办呀?"卢文虎急了

卢延旺说:"不能动。这里面有问题。"

"什么问题?"

"有政治问题。"

"啊!"卢文虎惊叫起来。

卢延旺说:"你想想看,头回他们闹到咱家门口来,后来又罢工,提条件要免捐税、增工资,区里下命令他们不听,今天又把乡丁们打成这个样子,没有人主使,他们敢吗?再说最近峄阳小学闹学潮打校长,这问题一定也和这有关系。我想会不会是共产党闹的?"

笑面虎一听说"共产党"三个字可吓死了。他很早就听说江西共产党闹革命,成立什么红军,到处斗地主,分田地,穷人要翻身坐天下,这一下闹到自己面前来了,怎么得了呀?忙说:"大侄子,你还有什么办法吗?要出个主意呀!"

卢延旺道:"剿匪上级早就有指示,不过共产党神出鬼没,打他们不容易,而且想斩草除根,必须要找出他们的头儿,一网打尽才好。"

卢文虎说:"他们做事秘密,谁能知晓?"

卢延旺说:"共产党依靠的是穷人,必须从穷人中间物色对象才能找出根源。"

"咱们世代门阁家大业大,与穷小子无来往,这个人往哪里去找呢?"卢文虎叹道。

二人正在发愁,却见癞皮狗在旁边笑。

"妈的,你傻笑什么!"卢文虎狠狠地骂道。

癞皮狗说:"这个人我能找到。"

"是谁?"卢延旺忙问。

癞皮狗说:"我有一舅子,名叫孔二,为人小心谨慎,胆小如鼠,就住在那村内。因我老婆坐月子,他来探亲现还未走,我去把他找来定知底细。"

卢延旺说:"妙啊!妙啊!快把他请来。"

癞皮狗急忙去了,卢延旺向卢文虎耳语一阵,二人阴阴地笑起来。

正说着癞皮狗把孔二找来了。卢延旺和卢文虎连忙让座,并叫癞皮狗摆上酒菜来。

孔二被这突如其来的殷勤招待吓得丈二的和尚摸不着头脑,心里忐忑不安,心想笑面虎和卢延旺往日专好装腔作势,我走在他跟前他连理睬也不理睬,今天为什么这样待我。

卢文虎见孔二惶恐不安,忙说:"老癞是我的心腹管家,你是他的舅子,咱们都是一家人,不必外气。"说着拉着孔二坐在他的旁边。孔二连忙说不敢当,他端起酒来心想,"夜猫子进宅,反正没好事",但他们究竟想做什么呢?他心里七上八下的。

喝了一会,卢文虎又问道:"孔二你家的粮食、打油、买盐、穿衣服零花钱够不够?有什么困难,你只管张口,随时到我这取。"

孔二心里想：笑面虎是有名的吝啬之鬼，喝干穷人的血还想啃骨头，今天说话为什么这么大方？黄鼠狼给鸡拜年，反正没好事，我要小心别上了他的当，连忙说："没有什么困难，等有困难时再来告帮。我今天偷空来看姐姐，家里有很多事，不能紧耽搁，谢谢区长和老爷的关心。天不早了，我得回去了。"起身想走。卢文虎一把拉住孔二说："忙什么，慢慢谈谈再走。"孔二愈想愈不对头，只急得浑身冒汗，又勉强吃了几杯。卢文虎道："对知己不说瞎话。我想问问你，你们村这几天闹扛捐、罢工，都是谁的主意？"

孔二一听，不由地打了一个冷战，脸顿时红起来，心想莫非我跟着罢工叫他知道了，今天找我来一定没好事，想着不由怨恨起小山来，你们罢工就罢工，偏要拖着人家，我本来磨镰刀要上工的；你们把刀给我夺去了，还批评我一套；现在惹出事来了，怎么办呢？有心说出小山又想短工会是大家成立的，小山是大家选的，而且罢工、抗捐也是为了大伙好，怎能昧着良心说他呢？也罢！我且推一推再说，忙苦着脸道："罢工是大家实在缴不起乡丁税才干的，哪有什么人领导？"

"哈哈哈……"卢文虎大笑起来。孔二觉得这笑声很不吉利像根钢针直刺心头。

"蛇无头不行，鸟无翅不飞。这般大事怎能无主？你是不是害怕不敢说啊？"卢文虎追问道。

孔二连忙解释道："不是不敢说，我实在不知道。"

"不知道？"卢延旺猛地站起来了，一只手扶着桌子，一只手按着腰间的手枪柄，厉声说道："大丈夫做事敢作敢当，既干了为何却不敢承认，我们也不是瞎了眼没有耳朵，那为首的还不就是你？"

"啊？……"孔二不由惊叫起来，脸色由红变青，两排牙齿在一起直打架，像失了魂似的，连称："不是的，不是的。区长你别弄错了人。"

卢延旺咯咯地冷笑起来，粗声地说："一点儿也不会错，在区里有人告你和共匪同谋煽动群众，闹罢工，抗捐加工资。"

孔二的身子几乎要缩到桌子底下，仿佛有个老鼠洞也能钻进去，口中连呼冤枉。

卢文虎插嘴说："私通共匪煽动群众这个罪可不小啊！按法律轻者要判十年监禁，重者要立即杀头。"

孔二心想：这怎么办呀，杀头不用说是做屈死鬼，就是判十年监禁，母亲、老婆、小孩在家里也饿死了，我不能背着这个冤屈。他想说是小山带头闹的，但是又想小山和自己是同村，他做事为大家，没有人不佩服他，说了他，他必然会被活阎王捉来杀头。这样乡亲全骂我，家人也会抱怨我，我还有什么脸见人？两条路摆在面前，到底走那条好啊？

"延旺也说你是冤屈些的，我也知道，但是你不说出那个人来就只有拿你抵罪。你虽然也参加了短工会犯了些罪，但是看在老赖身上也就算了。"卢文虎帮着腔。

"只要你说，我保你无事；另外你真说了实话帮我们做了事，等把共产党剿尽了，我保险给你个保长当，你看怎样？"卢延旺接道。

癞皮狗也跟着说："卢区长这是为你好啊！你要真的不说犯了罪，叫我也受牵连，更没法替你说话，是不是？"

孔二只不作声。卢延旺急了，他招了招手，跑进几个乡丁来。他将桌上的茶碗猛地摔到地上说："拉出去枪毙！"

"我的天哪！"孔二大叫起来，他想到死，多么可怕呀！他大喊着："慢杀我，慢杀我！那是小山，短工会头子是他，领导抗捐罢工的也是他，夺我的镰刀坚持不答复条件不复工的也是他。"

"真的？"

"真的！"

"没撒谎？"

"要撒谎你调查出来再杀我的头。"

"好，相信你。"卢延旺挥了挥手，乡丁们退了下去。

卢延旺冷冷地说"我相信你，你回去如果再听到他们罢工的消息立马给我报信，你可愿意？"

"我……"孔二犹豫着，

"不同意呀？"卢延旺用手去抽手枪。

"我同意，我同意。"

"去吧。"卢延旺挥了挥手，孔二爬起来深深地喘了一口粗气。卢延旺又把癞皮狗喊到跟前在耳边不知说了些什么，最后大声地说："传话给那些穷小子们，他们提的条件一概应允，区里不作追究。"笑面虎还写了一封信，盖上自己的私章，癞皮狗拿着和孔二一起走出了大厅。

夜已经很深了，到处静悄悄的，只有笑面虎和卢延旺的笑声，在空中飘荡。

五、中计

翌日早晨，5月的骄阳早早地爬上了树梢，烤得地面冒出丝丝白烟。

村里的人忙着准备早饭。孔二拿着一封信到大海家，告诉大海笑面虎全部接受条件了,并要同小山谈短工会复工和大牛家补偿的事。大海赶快放下饭碗,拆开信看了一遍,激动得跳了起来。他让孔二将这消息通知各村和护村队,并让大家将岗撤了。他去找小山商量明天复工的事。

大海拿了信向在村头住的小山家跑去。从大海脸上就可以看到他内心的喜悦,他相信这胜利的消息是真的,确信这是大伙团结斗争得来的战果,党领导的胜利!

在小山门前他见到刚在村内巡逻回来的小山,他不由地跳起来像小孩似的喊道:"小山哥,小山哥!我们胜利了!"

"谁说的?"小山被这突然而来的喜讯惊呆了

"孔二。"大海道。

"那未必是真的吧!"小山说。

当他听到是孔二说的时候他犹豫了。孔二这个人的影子浮现在他的眼前,那人是那般的脆弱,几天前咱们还不夺过他的镰刀吗?而且这个人是有名的快嘴,听风就是雨,他说的消息能可靠吗?未必,小山想着并质问大海:"有什么根据?"

"真的刚才孔二在村头站岗,见笑面虎使人送信来了。"

小山问:"有什么根据?"

小山接过信来读道:

四十八村父老,我完全同意你们提出的条件,乡丁税全部撤免,短工工资按每天四吊八付给,并给死者大牛母亲现洋一百元,明日来取。书信为凭,请你们复工。

卢文虎

年 月 日

下边端端正正地盖着笑面虎的私章。

真的！小山的嘴角上流露出了笑容，这是胜利的笑。为了这次斗争父老们忍饥挨饿，是付了不少的代价啊！突然笑面虎的影子在他的面前掠过，他的笑容马上收敛起来了。

笑面虎，这个狡猾的老狐狸，吝啬鬼，他能这么容易地放弃利益、接受条件吗？他侄子卢延旺能就这样平白地算了吗？我们是不是麻痹了？

他慎重地问大海说："兄弟，要冷静些，这件事情还值得怀疑！"

"怀疑什么，癞皮狗昨天叫我们打了，再不敢来催税逼我们上工。满湖的麦子熟得要撒粒了，笑面虎咋会不着急，因此他必然要答应条件，这结果不是很自然的吗！"大海说。

"不会这样简单吧？笑面虎这个地主与一般地主不同。他侄子是区长，背后有官府替他撑腰，不在万不得已的时候，决不肯放弃利益投降的。老乔终日教育我们对敌斗争是尖锐和复杂的，我们不能有丝毫轻敌和麻痹思想，否则我们就会吃亏的！"小山沉思道。

当小山详细分析了形势之后，大海也觉得事太突然，但是消息全村都知道了，怎么办？

"谁传出的？"

"我叫孔二传给乡亲们的。"

"这个家伙，你马上把他找来。"

大海说："群众既知道了这件事，就不能再隐瞒了。我看趁着大家伙高兴的时候，不妨晚上工会再开个群众会，在会上分析一下敌情，教育大家提高警惕，继续坚持斗争。"

"这样也好。"

"我找人去。"

"慢来，还是我同你一起先去找老乔请示一下，然后再去。"

同乔正见面后，老乔基本同意小山的分析，同意他们晚上召开会议，并将卢文虎的回复抄写张贴在各村，以便更好地鼓舞士气。

黄昏，落了山的太阳仅留一丝余光，黑夜要来临了。

小山忙了一天疲惫地进了家，正碰见妻子来喊他吃饭，见了他就埋怨道："事情再多也要吃饭呀！"

小山笑着说："别急躁，别急躁，我有要紧的事。"

"哪天不等你半夜，都是有要紧的事！"小山嫂假装生气好意地白了他一眼。

小山笑着走进了屋里。在灯光下，小山嫂见丈夫光着臂，浑身湿漉漉的，流着汗水，忙道："先洗洗脸吧！"边说边从缸中打了一盆水来。

"我真有事，你给我褂子，我还出去。"小山说

"那也要洗脸呀！"小山嫂把小山的头按在水盆子里，自己拿毛巾一把一把地替他洗起来。

脸和身上都洗干净了，小山笑着说："这行了吧！"

"还没有吃饭呢！"小山嫂生气地说。

小山嫂掀开锅盖，将热腾腾的小米稀饭、烙单饼，还有特为小山炒的鸡蛋摆到桌上。

小山看着妻子，又笑起来了，心中觉得无比的温暖。

小山嫂的娘家和婆家是近壁邻居，他们俩从小就在一起长大，曾一起拾柴火、挖野菜，也一同给地主放过羊。有一次地主的孩子要欺侮她，被小山上去狠狠地揍了一顿，结果为了这件事小山还挨了地主一顿鞭子。穷人和穷人心连心，他们两人的心从小的

时候就交织在一起了。

长大了,他们成了亲,从来没有吵过嘴,红过脸。这些天,她见小山成立短工会,领导穷人罢工,心里很高兴,她想斗倒地主老财,穷人的日子就好过了。

小山常常开会通宵,脸渐渐地消瘦了,她不由地心疼起来,劝他少干些吧,不行,他是为着大家伙啊!她只有想法体贴他。她喂了只老母鸡,生了蛋,自己一个也舍不得吃,除了换油盐之外,都攒着炒给小山吃。今天她又炒了鸡蛋,还分外多加了些葱花和油,心想着让他好好地吃顿饭补补身子。

她把饭菜摆在桌子上,叫小山吃,自己忙着去盛饭。

小山想坐下陪她一起欢欢乐乐、安安心心地吃一顿,但是心里有事,他拿起单饼卷了些鸡蛋,咬了一口说:"我先吃些垫垫,稀饭留我开会回来再喝。"

小山嫂本来是不乐意的,但她回头看丈夫着急的样子,知道真是有重要的事,更不忍心说他了,只好意地白了他一眼说:"看你真像小孩一样,连吃饭也得让人催着。"说着又轻轻地对着小山的额上戳了一指头。小山哈哈地笑起来,小山嫂也笑了,转身忙着替小山找衣服。不知因为急,还是心不在焉,放在手底下的东西找来找去却找不到,就把针线筐里的东西拿来翻腾。

"一件小衣服掉下来。"

"什么?"小山拾起来好奇地问。等他仔细地端详之后心里明白了。

"你有喜了!"小山高兴地说。

小山嫂害羞地低下头去,嘴里小声说着:"你怎么好意思。"小山过来抢那件小衣服,没夺过来。她伏在小山的怀里,两个人畅想着新生的后一代,将来的幸福生活。

小山说:"孩子算是有福气,今后再也不会过穷日子了。"

"但愿这样。"小山嫂喃喃地说。

"一定会,你没看到咱们的罢工初步胜利了?"小山说。

"胜利了,真的?"小山嫂惊喜地问。

"真的!你看这是笑面虎写来的答应罢工条件的信,我要马上去给大伙开大会呢!"

"那太好了,这样笑面虎再也不敢来欺侮咱了,从今后可要过好日子了!"小山嫂激动地说。

小山说:"虽然这封信不一定证明笑面虎是真心的,那也说明了他在害怕我们。只要我们能坚持斗争下去,终究会打倒笑面虎、卢阎王,建立起咱们自己的政权,过像苏联人一样的好日子!"

二人沉浸在幸福之中,感觉到眼前一片光明……

忽然门"哗"的一声被推开了,癞皮狗带着打手持枪闯了进来。

"想得怪美,你们快乐得太早了,今天这一关你们过不去!"癞皮狗冷冷地说。

"啊!"小山和小山嫂呆了,刚才美丽的希望飞逝了,眼前是实降的恐怖。

"不许动,把他捆了!"癞皮狗吆喝着。

什么都明白了,自己受骗了。小山心想着。他恨自己分析过敌情没能及时采取措施,现在晚了,一切都晚了。他推开妻子,把手中握着的信向桌子摔去。

"我知道,你们答应条件不是诚心!"小山怒道。

"看得明白就好,你上了圈套就老实些跟我去一趟吧!"

"走!"小山目视一下妻子,小山嫂懂得了丈夫的意思。在这千钧一发的时候,想摆脱这个困难,只有设法让乔正他们知道来援助。她会意地点了点头，身体向外挪动了一步。

"哪里去，想去送信呀！别做梦，随我一同走！"癞皮狗呵斥道。

乡丁的枪对着小山嫂的胸膛。

"你们想把我怎样。"小山放开了喉咙喊起来。癞皮狗冷笑着说："想喊人来救你呀！别做梦，告诉你，他们早被支使着去开什么庆祝会去了。"

小山心中的怒火在燃烧，他想在敌人面前我不能束手受缚。他上前一步，一脚踢飞了癞皮狗的枪，劈面一拳把癞皮狗击倒在地，一把拉开了身后的窗户，便想穿窗而出。

癞皮狗急了，就地一滚，两只手把小山的脚拖住向下就按。二人扭在一起。

乡丁跑上来被小山嫂没命地拦住，但终因他们人多，小山夫妻被缚了。

癞皮狗拾起了手枪，揉着被打得流泪的一只眼，边呻吟边嚷道："快走，快走！"

小山嫂看了小山一眼。小山说："不要怕，他们不敢把咱们怎样！"

他又环视了一下屋内的一切，桌子上那件小褂还放在那里。他压抑住痛楚的心情，向外走去……

大海和乔正见小山迟迟没到会场，担心出事，就一同来找他，见小山家门开着没点灯，大海边走边喊着："小山哥。"他们走进屋子，见满屋零乱的东西，一切都明白了。乔正说："怎样，我说中了敌人的计了吧！"

"该死，该死！"大海跺起脚来。

"好，我喊人去！"大海说。

"晚了。"时间不容乔正再考虑了,他让大海先通知其他村的短工会领导注意安全,营救小山的事等有了办法再通知大家。

六、斥奸

卢文虎家的客厅中点着数盏煤油灯,灯头的火焰摇晃着,像鬼的眼睛。桌左边坐着卢延旺,紧皱着眉头;卢文虎坐在他对面,捋着嘴角边大黑痣上的一撮毛,表现得很得意。桌子两旁站立着十多个持枪乡丁。

隔壁牢房中传来了鞭子声,癞皮狗的吆喝声和小山的骂声……

不一会癞皮狗走了过来。

"他说出共产党的组织没有?"卢延旺问。

"这小子真是个硬骨头,在老虎凳上死过去八回又被我打了百十鞭子,他连一个人也不说,还只是骂。"癞皮狗回道。

"给我再打。"卢延旺怒吼道。

"是。"癞皮狗刚要下去,卢文虎俯在卢延旺的身边耳语了一下。

"慢。"卢文虎叫道。

"是!"癞皮狗赶快停下来。

"把那女的带上来。"卢延旺命令道。

癞皮狗把小山嫂拖进了客厅。

卢文虎走到跟前说:"你是小山的老婆吗?"

小山嫂狠狠地白了他一眼。她认得这个笑面虎,是杀大牛、捉她和小山压迫这方百姓的仇人,她恨他,恨不得搡他几个耳光子,咬他几口。她不愿意和他说话,只在鼻子里"嗯"了一声。

卢文虎装出一副很关心的样子说："知心莫过夫妻，是哪些人和小山一道煽动罢工的，你说出来我放你回去。"

小山嫂早已看穿了他的心，暗道这个老狐狸向我耍心眼来了，哪有工夫理他。

卢文虎又说："说吧！你不心疼你丈夫挨打吗？"

"少给她啰唆，打！"卢延旺吆喝着。

癞皮狗提起鞭子过去了，传来一阵鞭子声。

小山嫂的心碎了，这阵鞭子，像抽在她的心，恰如刀穿一样难受。她爱小山，也就更为小山痛苦。她脑子里翻腾着，她想你们打我吧！只要能替了小山，就是马上杀我，我也愿意。

"能说出乔正和小桑吗？"她问自己。

她懂得敌人的意图是想把共产党人一网打尽的，他们是想拿她作诱饵。

我不能为丈夫丢人，我有良心，我不能出卖朋友，让他们去做好梦吧！别想在我口中骗出口供来……她紧咬了牙闭上了眼睛。

卢文虎又走了上来。

"怎么样，你考虑好了吗？你替他说了吧！免得你丈夫皮肉受苦。"

"我有什么可说的，我是个妇道人家，男人的事我从不过问。"小山嫂说。

"难道你就不怕死吗？把她拉过去和小山一起打！"卢延旺怒吼道。

小山嫂被拉到了小山跟前。她向小山望了一眼，仿佛说："你放心，我死也不会说的。"

小山钦佩的眼光望着她坐上老虎凳，她晕过去了。小山闭上了眼睛，咬着牙骂道："狗日的，丧尽天良，她怀了孕你们还折磨她?"

卢延旺见从小山夫妻口中逼不出口供,有些黔驴技穷了。卢文虎献计,用最后一手,叫孔二来和他对质,逼他供出组织。

小山被带到卢延旺跟前,卢延旺说:"任凭你嘴硬,但事实俱在,你不说有人说,反正你们逃不过这个关口。"

小山说:"是个有人性的人都不会昧着良心说话。"

孔二来了,他是被拖过来的。听说要见小山,他的心情很沉重。他想我出卖了小山,我昧了良心,我怎么有脸见他,又有什么话可说啊!但是当他瞟见了卢延旺凶恶的脸,他又战栗起来。一副杀头的景象现在他的眼前。他的魂魄吓飞了,呆若木鸡被拖到小山的跟前。

"你认得他吗?"卢延旺问小山。

小山见是孔二,一切都明白了。是这个叛徒帮敌人设套,破坏了大家的利益,出卖了自己。

"我早就认识他是个软骨头"小山恨恨地说。

"认识他就好,你和谁同谋他都说了,还是放明白点,招供吧!"

小山心中想到党的组织是秘密的,他能知道吗?不会,至多他知道农民短工会主席大海罢了。因他是胆小鬼,平常我就很防备他,一般的会议他都没参加过,别给我玩这些伎俩。想到这些小山说:"他既然说了你何必再问我?"

"我叫你死得明白,孔二你说。"卢延旺猛地将孔二拉到小山面前。

"我!"孔二惊恐得说不出话。

小山说:"你也是贫农,终日为地主做牛马,受苦受罪。现在你忘了本,吃里爬外,破坏短工会,害咱们自己人,你,你良心被狗吃了！……"

小山的话一句句刺在孔二的心上。他羞愧地待在哪里。

"说啊！"卢延旺威逼着。

"我说什么啊！"孔二低下了头嘟哝着。

"他不是共产党吗？和他一伙的还有谁？……你说。"卢延旺大声追问道。

"我实在不知道呀！"孔二低声地说。

"无用的东西，提下先二十板子打断他的腿。"卢延旺气恼地命令乡丁。

孔二连滚加爬地被拖了下去，小山用轻蔑的眼光扫了卢延旺一眼。

卢延旺气得离开桌子来回走动着，喝道："小山，你不要嘴硬，就是一句供词没有，你也难免死。"然后同卢文虎气恼地回到客厅。

"那个女的呢？"癞皮狗跟在后面问。

"叫她滚……今晚将男的押到区公所再审。"卢延旺对癞皮狗小声交代到。

小山嫂被推了出来，外边也是无边的黑夜，几颗星星鬼脸似的眨着眼睛。

七、聚众

小山被捕的当天的晚上，乔正躺在床上，怎么也睡不着，便燃了一支烟抽起来。烟雾腾腾地上升，烟圈在空中旋转着。小山的影子又闯进他的脑际。他时时忘不了小山，小山被捕了，对党和短工会反乡丁税来说影响很大。

他反复思考着救出小山的办法。

第二天晚上,他同几个党员开完会回到住处,已半夜多。"嘭嘭嘭",几声敲门声传进了他的耳内,乔正的心情紧张起来。他噗的一口吹灭了灯,一折身爬起来,从床头抽出了手枪,轻轻地上了子弹,翘脚垫步地向门边走来。

"嘭、嘭、嘭",门上又连敲了三下,有人轻轻地喊着:"老乔,老乔。"

从敲门的暗记中他判断是自家人喊门的,是小桑的声音,心里悬着的石头扑通落下来。他拨开门闩,进来的是小桑和徐海蚌特委的林杉同志。乔正高兴得心几乎从胸膛中蹦了出来,他紧紧握着林杉同志的手说:"可把你盼来了!"

小桑在门口警戒着,他们就轻轻地谈了起来。乔正先向林杉汇报了活动的经过和这次事件发生的情况以及个人的看法和打算。林杉边记边考虑着问题。他们把形势做了详细的分析后,林杉对乔正说:"好!我代表徐海蚌特委同意你们这样做,但要把救小山和徐海蚌统一暴动结合在一起。任命你为暴动总指挥,小桑为行动委员会委员红军宣传部部长。暴动时间统一定在7月8日。"

6月28日夜里,在巨山顶上的凤凰窝内他们召开了支部会,参加的有山前、山后、许党、峰阳、占城、邳城和邳县县中、师范和高小等20多个支部的支部书记。

会议上乔正传达了县委关于组织旧城暴动的决议。

组织旧城暴动的目的是为了响应上级指示扩大武装斗争,并救出小山同志。起义后同徐州其他暴动队伍汇合成立新军队。乔正向大家分析形势和在旧城暴动的有利条件时说:

第一旧州城离顽县府90余里,为敌人鞭长莫及的地方;

第二这里有良好的群众基础,短工会组织健全,并进行了罢工，群众已发动起来；

第三旧州是邳县、睢宁两县的分界地，北有芦苇可作掩护，西北有巨山，地形较好，可攻可守。暴动胜利后，可以得枪300余支，便于建立起革命的武装。

通过讨论，大家一致同意定于7月8日（阴历六月十三日）趁着逢集动手。参加暴动的党员、团员和其他人员于7月8日天亮前赶到巨山脚下集合。

为了分散目标，掩蔽敌人的耳目，大家决定分头化妆，扮成推车的、拉车的、挑工的、担担的、赶集的、上店的、卖菜的、卖饭的等人一混进城去；为了易辨认自家人，每人发一块红布为标识。各项事情研究透彻，大伙等候县委分配任务。

暴动的时间终于快要到了，天气却突然大变。7月7日倾盆大雨一天一夜未停，平地水也暴涨了一尺多，大水大雨使很多人未能在规定的时间赶到集合地点。乔正和半夜冒雨从邳县县城赶来的小桑在巨山脚下不时地看着怀表，焦急地等待着前来汇合的同志。暴动时间不能改变，可是原计划近百人的暴动队伍仅到了几十个。乔正向暴动队员布置了任务，然后带着队伍出发了。

八、暴动

在区公所的办公室里，卢延旺拿了一封信着急地走来走去，额头上的汗珠如钢珠般的往下掉。

这封信是县党部来的，内容是县里知道了旧城一带短工会闹罢工的事件，准备派部队前来，要卢延旺在十天内，把在这里活动的共产党组织破获，把共产党人一网打尽。信后也还写要他积极勇敢尽忠党国，超过十天的限期要给他个撤职问罪的处分。

卢延旺愈看愈着急，愈着急也愈生气，心想你们县城里也闹共产党，你们捉了几个？还不是干瞪眼没法子！现在却这样苛刻地要求我！

他生气地把信往地上一摔说："老子干脆给他个不理！"但停了一会，他又自己恭恭敬敬地把信拾起来，心想，不行呀，官大一品压死人，我十天内交不出共产党，县党部要给我戴个私通赤匪的帽子，说不定真能要我的脑袋呀！

但是又有什么法子可想呢？只小山这一条线，可他就是死也不说。

他搔着秃脑袋，像驴推磨似的老在屋里转圈子。

正在急躁，忽然癞皮狗进来了，说："区长二老爷说，穷小子不光不上工，还偷抢了许多麦子。现在连秋庄稼也不帮种了，叫你赶快再想个办法。"

卢延旺正憋着一肚子火没处发泄，这一下更恼了。他说："想个屁，还没有人给我想法子呢？"癞皮狗吓了一跳，心想不对账，区长生气了，但是笑面虎逼着非叫他来他也没办法，只好硬着头皮又说："老爷说麦子没收成，秋季再不种，税收就完蛋啦，要损失几千块呢！"

"几千块！几千块！他就会在钱上想点子！抓不住共产党，我的区长没了，脑袋掉了他也不管。"

癞皮狗被弄得没头没脑，吓得呆呆地站着不敢吭声。

卢延旺转脸一看，他还站在这里不走，大声的喝道："还不给我滚！"

"是！"癞皮狗碰了一个钉子，不敢再在那里，偷偷地溜了出来。

卢延旺刚坐下来，忽然门岗进来说："报告区长，你表弟乔正要见你。"

卢延旺心里正烦，又听说这个远方亲戚要见他，就推说："告诉他我不在。"

门岗说："他已经进来了呢。"

这时乔正已经来到门口，卢延旺看推不开了，只有说："请进！"

乔正进得屋来，卢延旺说："表弟，你来做甚？"

乔正说："近来有个同学在南京国防部给我找了个差使，我辞了学校职务要去任职去了，特来辞行。"

卢延旺一听表弟乔正要到国防部去干事，心想这样我在上面又多了一个熟人，有人在省里说个话，也免受县里的气，马上势利眼一转，笑着说："表弟，你要做官了，我先给你贺喜！"

乔正说："有劳表哥关怀了。"

卢延旺说："咱们是亲戚，我对你不说假话，你到南京之后，抽空也到省里替我活动活动。"

乔正说："那是应当的，不过表兄在地方上当区长也算有钱有势了，何必远图。"

卢延旺说："说什么有钱有势，当这个小区长老受人欺侮！"

乔正说："谁敢？"

卢延旺生气地说："还不是那些王八蛋……"自觉失言又改说："县党部。限我十天期限捕尽领导闹罢工的共产党，办不到就撤职。真他妈的岂有此理！"

正说着话，门岗进来报告说："有个卖瓜的和人打架，一定要进来找你打官司。"

卢延旺："混账，我管这些闲事？！"

正说着，外面打架的人已到院子里了。

原来小桑挑着瓜和大海跟在乔正的身后。乔正进了区公所，他就把瓜挑子歇在区公所的对面瞅着里面的动静，见乔正进了区公所老长时间没出来，就知道得手了，忙看了大海一眼。

大海哪敢怠慢，眼珠子一转，想了个主意，把小桑的瓜筐轻轻地踢了一下，顺手提了一个瓜就走！

"给瓜钱，给瓜钱！"小桑赶上前去。

大海站住脚威风凛凛地瞪着眼睛说："苦瓜还要钱？"说着把半截瓜向地上一掼摔得粉碎。

"你不讲理！"小桑一把抓住大海的破小褂。大海一扭身子，"嗤"的一声小褂被扯下半边来。"好。一个瓜能值多少钱，撕烂我的褂子要赔新的！"大海趁势故意打了小桑一巴掌。小桑抓住大海道："吃瓜不给钱还打人，咱非得见区长讲理不可！"二人扭打着就往区公所闯。

看热闹的有一大堆人，一起说："咱们去作个见证。"两个门岗不让进，他们就在门口吵起来。门岗被缠得没有办法，只得去向卢延旺报告。卢延旺一怒跟了出来，到了院子内，他一眼瞅见了这两个打架的，其中一个目光灼灼威风凛凛的彪形大汉就是他认识的大海。他心中一动，想到莫非有事，习惯地向腰里去摸枪，发觉枪不在身上而挂在屋子里，扭头就想回屋里拿枪。

乔正乘他出去的时候早就把墙上的那只手枪摘下来上了子弹，立在窗口探听着外面的动静。

忽见窗前人影一晃，卢延旺挺着大肚皮匆匆地跑过来。乔正哪敢怠慢，急忙举起枪来，只听"啪"的一声，正中卢延旺的腰部，卢延旺"哎哟"一声，应声而倒。

乔正这一枪没打中他致命的地方，只擦了点皮。卢延旺虽然腰疼，但心里明白了，乔正表弟原来就是和他作对的共产党。院内的乡丁听到枪声赶忙护着卢延旺,从后门逃跑求救兵去了。

院子里大海小桑正和两个岗哨扭在一起。

原来大海听到屋里枪一响就知道乔正动手了,他也就冷不防地向面前的岗哨脸上一拳。这家伙蛮狡猾的,身子往旁边一闪,大海的拳头落在他的肩窝上。他倒退了两步,但没有跌倒,疼得哇哇直叫。这家伙发疯了,端枪对准大海的胸膛就要开火,大海何等机灵,向左跨一步,让过了枪口,一伸手抓住了枪身就夺,那岗哨死命也不撒手,两人像拉锯一样扯来扯去。

这边小桑也揪住了另一个岗哨,一使劲把他摔倒了,上去就抽枪。这家伙死也不放,二人在地上滚来滚去。小桑急了,一翻身骑在他的身上想用手扼他的喉咙,谁知这家伙一口咬住小桑的手。这时乔正提枪已到了跟前,小桑一高兴放开了抓枪的那只手,向这家伙额头上一拳。这家伙口松开了,小桑抽出了手,向旁边一闪身。乔正从上面"嘭"的一枪,这家伙的脑袋开了花。

和大海扭在一起的那个岗哨见这边失利了,吃惊地一松手,枪被大海夺过来,急忙中便举起枪来对准这家伙的脑袋就砸了过去,"扑通"一声,这家伙应声而倒。

区公所内还在进行着夺枪混战,而逃离的敌区长却抓到了时机。他们逃到不远的睢宁县区公所求援,并收集逃散出来的乡丁,这两股反动力量汇合后,就向占领邳县区公所的乔正他们反扑过来,同时又通知在古邳周围各地方的武装乡丁对乔正他们形成了包围。

乔正带大家急忙占领街中心最高的车马号炮楼,对敌战斗。一时枪声四起,旧州城弥漫着一层烟雾。

九、突围

中午，战斗紧张起来，卢延旺带着的区保安队与睢宁区公所的区队联合起来，睢宁区队在东，保安队在西，两面夹攻，把我们原在东街口西头张公祠的勇士们都逼退到中间马车号炮楼。

乔正站在炮楼上观测着地势。旧州是一个约有三里多长的旧土城，南有黄河，北有城河，旧州城像条横带平铺在黄河与城河之间。东西两头被敌人狠狠地咬住，南北都是水，无法施展，当前唯一的办法是坚守阵地，坐待援兵。

他看一看同志们的脸都被烈日晒得红红的，神情很紧张。他相信同志们的勇敢，但自己作为一个战斗指挥员，在战斗最紧张的关头如何使战局好转、化危为安是最主要的任务。他抽了一支烟，心里冷静地在思考……他觉得首先要鼓足同志们战斗的信心，信心是胜利的保证……。

乔正瞥了一眼大海。大海正在挥指着同志们打击敌人的反扑，他流着汗赤着胳膊。小山的身子在狱中被折磨坏了，但仍端枪参加战斗，眼中射着仇恨的火焰，身上的痛苦仿佛全部忘掉了。

他忽然看到大海手中拿着指挥同志们冲锋的红布标识，这是在出发时大海作为一个腰带围在腰间带来的，红布在阳光下闪射着耀眼的光芒。他便想到红旗，它代表着伟大的党，代表着我们一颗赤诚的心和勇敢的斗志。

他过去拍了拍大海的肩膀。大海转过头来，抹了一把额上流下来的汗珠，问道："有什么吩咐吗？"

"把这个给我。"乔正从大海的手中夺下了那块红布，用带子系在红缨枪上，插在炮楼上，红布像红旗随风飘荡起来。

战士们的情绪高了,歌声响起来……

"起来,不愿被压迫的奴隶……"

勇士们还不断地向下面射击,敌人一次次进攻都被击退。

卢延旺着急了,叫癞皮狗带人爬了上来。他们用棉花、草沾着洋油,点着火,往炮楼上扔,炮楼的墙烤得像蒸笼,烟直往鼻子里钻。

"喀!喀……"真是窒息难忍。乔正一只手捂着鼻子,一只手在向下扔手榴弹,嘴里干得淌白沫。

下午旧州城中时疏时密的枪声和手榴弹的爆炸声不时传出。本来因大水受阻来晚的一部分暴动队员也相继赶到,他们到达旧州城外就听到反动乡丁们"活捉共匪"的喊声,知道冲进区公所内的暴动队员被围。傍晚他们组织队员从外围向敌人发起冲锋,一面打着排枪,一面强攻上来,接近了被包围的炮楼,对上预定的暗号。炮楼内的起义人员在乔正和小桑等人的带领下,里应外合,打开了一个缺口,从区公所后门撤退出来。

区公所的后门外的小路已被大水淹没,暴动队员边还击边从小路退却。敌人武器先进,又占据有利地形,很快就赶了上来。队员们只好分两路,一路由大海带着向旧城湖的芦苇塘撤,乔正和小桑带一路向黄河边撤。很快敌人就集中火力向芦苇塘密集扫射,一个个队员倒下了,他们的鲜染红了围塘,沿着古邳城顺流漂去。

十、永生

乔正和小桑躲在围塘深处的水下,用芦苇作呼吸口,子弹如飞蝗骤雨般的在他们身旁飞落。

天色暗下来，他们游到斜对岸的一片浅滩。滩上芦苇丛生，密不见人，小桑和乔正到苇丛深处喘息了一会，听听岸上的枪声稀了，就又往前走。他们走了一阵，心想如何上岸去呢？向左前方有一片树林，上面是遮天蔽日的垂杨，下面是簸箕柳，易于隐蔽，他们决定从这里上去。他们拉开一定距离，用两手分着芦苇往这里走去，看看到岸了，他们伏在地上伸出头向四下观看，觉得静悄悄的寂无一人，心中大喜。小桑正要抬步向上爬，忽然觉得背后苇棵有响声，一转身见一个黑大个的乡丁张着两臂向他扑来，并高呼着："在这里了，捉活的！"那家伙粗大的手腕已要抓着他的胳膊。小桑一急，也顾不得暴露目标了，一翻身对着黑大汉的胸口就是一枪，正中心窝，黑大汉"哎哟"一声来了个狗吃屎向前倒下了。尸体几乎压在小桑的身上。小桑一闪身，放开脚步回头就跑，只见两边有两个乡丁枪口正对他瞄准。小桑不敢怠慢，他把身子一蹲，朝着左边的那个乡丁又是一枪，那人应声倒地。这时右边的乡丁的枪也响了。小桑腿上一阵麻木，他知道自己受了伤。前面是一片深水，过去深水就又是一片苇滩，小桑忍着疼一头扎进深水里，一个猛子窜到芦苇中。岸上的人喊起来："到苇棵里去啦！""嗒、嗒、嗒"一阵枪弹，把身边的芦苇都打断了。

　　小桑想这里不行呀！为了调开敌人的注意力掩护乔正，他向右走了几步，放了两枪，一扭头就向左跑，刚跑了几步，就听得右面他刚才打枪的地方两颗手榴弹爆炸了，冲起一阵烟雾。

　　原来这里是癞皮狗带乡丁把守的。他见对面冲过来一人，进了芦苇就没有了，癞皮狗地形熟。他说："这里是明地，他不敢上，那面树林深处浅滩多，一定会从那里上来。"他就带着几个乡丁到这里来，并着人下去隐蔽在芦苇中。正好和小桑撞见了，这一打打死了两个乡丁。癞皮狗急了，带人拼命地向芦滩里打枪，并着人飞报给卢延旺和保安队。

小桑跑了一阵，觉得腿实在拖不动了，就坐下来，伤口见了水，发作得更厉害了，血从枪眼里向外直流。他撕了一只袖子，用布把伤口包了起来。云渐渐散去，月亮散发出凛凛的寒光，他辨了辨方向，从这里向左前方都是浅水区，上去就是小山的村子，这里群众基础好。

他把枪插在腰里，顺着潜水，拨开卢苇一步一步地往前爬去，刚上到岸边的时候，他的眼前一阵发黑就昏了过去。

小桑醒来的时候发觉自己不在苇地中而在软软的床上，旁边坐着小山嫂。

"嫂子，是你救了我……"小桑的眼睛湿润了。

原来刚才一阵枪声过后，小山嫂心想一定有人过来了，整天她都在关心着城里的勇士们，盼望着将丈夫小山救回来。

她对他们寄托着胜利的希望，听说敌人增兵把他们包围了，她极为很担心，但她却相信有乔正在那里，有党在那里，就一定能胜利。

她的心随着时间的消逝而紧张，一分钟一分钟，多慢的时间啊！胜利的消息怎么还不来呢？

她难过，她不安，像热锅上的蚂蚁似的乱翻腾。刚才的一阵枪声，使她的心情愈加紧张。过来人了，怎么没有动静呢？莫非受伤了，我得去看看去。但他的婶子大牛的妈死也不让她走，怕她受到什么危险。

天黑下来，月亮又升起了，她实在忍不住就和婶子商量装作到河边打水一同往苇棵走去，在河边她发现了已经受伤昏过去的小桑。

她和婶子俩人用尽所有的力气把小桑背回家里，现在小桑醒过来了，她有多么高兴啊！

"嘭嘭嘭"，敲门的声音响了。大牛妈跑过来说："敌人来搜查了。"

小桑坐起来从门缝里往外一望，外面场上一片火海。癞皮狗恶狠狠地带着保安队，把村子围住，砸门声很急，还夹杂着癞皮狗的谩骂声。小桑想起来，腿痛站不起身，他咬了咬牙，仇恨的火焰在燃烧……他看看枪，膛里没子弹了，心想只要还有最后一口气，也要和敌人拼！

"不行呀孩子！你不能这样做，他们会打死你的，快躲到这个草堆里来。"

"大妈，我不去！"

小山嫂和大妈急了："你怎么不听话呀！你划不着搭上性命。"大妈说着硬把他拖到麦草堆下的山芋窖中，用草盖起来，为怕捂住他又故意闪了一点缝儿。刚将小桑安置好，搜查的乡丁就开始砸门了，大妈刚开门，乡丁就冲了进来。

"妈的，你把共产党藏在哪里了？"癞皮狗对着大妈问。

"不知道呀！"

"分明看往你家来了。"癞皮狗瞎诈着。

"别冤枉人，我家里就我们两个人，天未黑就把大门关上了。"

"别装蒜，你开门慢腾腾的，一定被你藏起来了。"

"你不说我毙了你！"一个乡丁用枪托打了大妈一下。

"我知道什么共产党呀！"

"别跟她啰唆！搜！搜出来再杀这个老东西！"

敌人像疯狗似的，到处乱翻，锅被砸了，箱子被打开了，把能拿的东西都抢着装到腰里去。

"什么也没有。"敌人急了,癞皮狗叫乡丁把全村的老百姓都带到场上来,保安队在四周警戒着。

癞皮狗在门前大声嚷道:"刚刚一个共产党从城里逃出来,进了你们这村,藏在谁家里了?快说!"

群众用愤怒的眼光看着他,谁也没有说话。

"说!你们不说我把你们统统枪毙!"

仍没有一个人说话。

癞皮狗疯了,他叫兵士把枪举起来,对准群众的胸口:"限五分钟,再不说我就叫你们统统死掉!"

群众用眼光互看了一下,谁也没有说话,并仇恨地望着癞皮狗……

这情景小桑在草堆里听得清清楚楚,他不想再连累这些善良的乡亲,他咬紧了牙,使出最后的力量从草堆中站了起来,走向麦场。

"共产党在这里。你不要无辜地害他们!"

"啊!"大妈和小山嫂吃惊地看着小桑。敌人的枪口马上转向小桑。小桑大声地说:"乡亲们,你们没有罪,共产党人也没有罪,但是地主反动派却要杀我们,为了有饭吃,为了不再受他们的压迫,我们必须团结起来,跟共产党走,打倒地主,打倒反动派建立新社会,才能过好日子!"

他又拍着胸脯问反动派说:"共产党人你们是杀不完的,革命的火已经烧起来了,你们早晚要被烧死!"

父老们为他这英勇的行为激动着,乡丁们为他这英雄的气概警惧着。癞皮狗急了,他抢上前去喊道:"把他捆起来,押走!"

十一、救义

小桑将敌人引开后，乔正借着夜色稍稍退入深水区顺流向河对岸游去。由于紧张和疲劳，他在湖中迷了路。他涉水游至湖西岸一片高粱地时，敌人的搜捕队也赶到了。他孤身与追捕的敌人搏斗，终因寡不敌众被捕。

乔正挺直身子，站在敌区长卢延旺面前，面无惧色，大义凛然。第二天乔正和小桑被捆着押往县政府。敌县长先是诱降，假惺惺地说："你们是文弱书生，还年纪是易受人利用的，只要交代出共产党的组织，写个坦白自首书，就可以放你回去。"乔正不为所动，不屑听他们满口胡言，根本就不睬这一套。他郑重地说："我是共产党员，暴动是我组织的，没有任何人利用我。我痛恨国民党反动统治，今天落在你们手里，就没打算活着出去！你们要剐要杀自便，但我们的事业会胜利的，因为共产党员是杀不尽的！"敌县长见对乔正和小桑利诱不行，就下令严刑拷打，非要他们供出党的组织不可。

小桑遍体鳞伤，昏死多次，但钢铁般的意志丝毫不为所挫，他除了光明磊落地承认自己是共产党员外，就连自己的真实姓名也没有暴露。敌人没办法只好立即判决他们死刑。当他得知不久就要离开人间的时候，丝毫没有畏惧的神色。他牵挂的是其他同志的安全和暴动前藏在巨山石下的暴动记录怎样能把这些材料交给党组织。

看守他的一个乡丁在抗捐运动中家中也得了实惠，很同情共产党人，钦佩他们的勇敢献身精神，看到他伤痕累累却毫不屈服，面对死亡毫无惧色，就对他说："你还有什么话要告诉家里人吗？"

小桑打量着这个乡丁,觉得这人虽然穿军服却没有邪气,就同他攀谈起来,了解他是目不识丁的穷苦人,无奈才当了乡丁,平时也接触进步的青年。小桑不放过这一工作机会,和他讲起了共产党的事业,讲起了为什么要参加暴动,讲起了反动政府欺压百姓的罪行。这个乡丁受到教育,感动得热泪盈眶,不时竖起大拇指说:"你们共产党都是好样的!都是真正的好汉!"小桑看他有了觉悟,就大胆地向他提出:"你能否送封信给我的妹妹?"乡丁说:"行!只要能为像你这样的汉子送信,俺义不容辞。"小桑利用写自首书的笔墨,很快就写了一封家书交给了乡丁。乡丁小心地将信藏在了怀中,后辗转交给了小桑的妹妹。

1930年7月12日早晨,离暴动仅过去4天,天色昏暗,下着蒙蒙细雨。旧州城外刑场上布满了乡丁,沿途挤满了被赶来的群众。敌人押着乔正、小桑几个参加暴动的队员。他们被铁丝残忍地穿过腕骨,反剪着双手走在通向刑场的旧州西大街上。鲜血流在西大街的石板上,一步一个血印,可他们仍然雄赳赳激昂慷慨地大步前进,面不改色!高呼:"打倒国民党反动派""中国共产党万岁"等口号走向刑场。就义时乔正二十九年,小桑二十一岁。

旧州暴动失败了,那三十多位年青的生命如点点星火,飘荡在邳睢大地上,点燃着邳睢人民反抗压迫争取自由的希望。

散文随笔

高 子 亮 作 品 选

残废人的新生

——记业余戏剧作者刘振清

1985年春,刘振清在县里参加业余戏剧会演,带回来了三个大奖状。今年,他有三个小戏得了奖,连中"三元",实在是他在业余戏剧创作上的一个大丰收。83岁的父亲刘桂月老汉,亲自把儿子的三张奖状端端正正地挂在堂屋后墙上,并从头数着一个、两个、三个、四个……连今天挂的共八个。儿子从1977年学写戏,七年中有八个戏在县得奖,成为县剧坛的先进者。儿子得奖爹也光荣,老汉心里那个喜呀,真不知抓挠哪儿才好。他亲切地瞥了一下残废了一双手、35岁未婚的儿子,往事萦绕,心里又不禁一阵酸楚……

振清是个老实巴交的农民,家住在邳县八路公社院墙大队刘庄村,父亲48岁时才有了他这个宝贝儿子,爹娘终日把他捧在手心里,把做小生意、挑货郎担挣的钱都用来供给他读书,盼望孩子能成为一个有用的人才。然而,世间的事往往与人的心愿相反。振清九岁时忽然得了小儿麻痹症,医治无效,右手萎缩,成了残废,爹娘疼得大哭了一场。俗话说"福无双至,祸不单行",1964年振清读小学五年级时,又发现大腿上皮肤泛红,可别是麻风病吧?爹娘担着心,托住在新沂县的二姐带到马陵山病院检查,果然是结核恙样麻风病。这真像晴天的一声霹雳,把老两口都吓蒙了。为了抢救孩子，只好托人住进了马陵山麻风病院。原先，父母还常来看他，后来，赶上了"文化大革命"，桂月老汉在公社综合厂里受审查，经济来源断绝了。欠账是不能就医的，振清跑回家，地方的造反派以麻风病传染为借口，打得他不能进家门，成为被社会抛弃的流浪儿。他感到孤独无靠，险些走上了轻生的绝路。幸亏县、社政府爱怜，按政策每月给12元生活补助，他才又重新回到病院。

经过一番生死的搏斗，小振清知道了生命的可贵，他上病院里的耕读小学很勤奋，还读了不少课外书。当他读《钢铁是怎样炼成的》这部小说时，他激动得几夜都睡不好觉，心想：保尔双目失明还能写小说为革命出力，我是共产党挽救下来的残疾人，比保尔还多了双眼睛，难道要终身靠国家养活，不能自食其力替国家减少些负担吗？于是，他拼命地学文化，用左手练写字，跟病友学唱歌、演戏，自己用棠梨木做了把二胡跟人学着拉。有人讽刺他说："你一只手要能拉好，真是驴能踢天喽！"振清忍受着讽刺和打击，坚持苦学苦练下去。

1972年5月，刘振清病愈出院，他含泪辞别了教育他八年的老院号，准备回家劳动，做一个自食其力的人。谁知家乡正闹灾荒，父亲又被清队批斗审查，有家归不得。他只好外流到安徽，拉二胡唱歌要饭。后来碰到泗县唱莲花落讨饭的'戚'姓老汉，便学唱莲花落乞讨。他走遍津浦线、潼宁线、淮南线，到过芜湖、繁昌、马鞍山、滁县、蚌埠、南京、宣城、万治、当涂、泾县等地，与江湖上的乞丐，艺人为伍、日靠门扇唱曲，夜宿车站、码头，挨过骂，遭过打，享受过善良人的同情温暖，也遭受过恶人的折磨虐待。在"四人帮"横行的混乱年月里，他饱尝了"乞儿""残疾人"的酸辛。为了做一个真正的人，他没有在社会的邪风浊流中下水。除自编唱段莲花落乞讨外，他也唱过柳琴、吕剧、黄梅戏、沪剧，还帮过民间剧团伴奏。他自己给自己立了个规矩，"卖艺吃饭，不偷不拿，不违反政府的政策，不给家乡的父老丢脸"。

1974年家乡发大水，运河决堤，遍地汪洋。父亲也挑了个补鞋挑子出来和他一起到新沂河工地耍手艺糊口。后来补鞋不能维持生活，他只好又拾起旧生涯，按《烈火金刚》等新书的情节，自编唱词唱起书来，以所得收入养活着父母和弟妹。

1976年粉碎"四人帮"之后，振清回到了老家，使他感触最深的是，社会风气变了，人也变了。总觉得到处热乎乎的，与他上次回来有天壤之别。大队安排他到养猪场宣传队搞宣传，给记了同等劳力的工分。他第一次有了工作，享受到与社员同等的待遇。这个过去神经有些麻木、心硬如铁的流浪汉，讨饭挨饿被打都从未流过泪，现在竟"哇"的一声哭了起来，像多年受委屈乍见父母的孩子，不哭心里不痛快。他为往事伤心，也为今天的幸福流泪。从此他心情开朗，精神振奋。那年公社会演，他为宣传队写了小戏《亲事》《红莲》，并参加了演出。公社文化站发现了他这个人才。文化馆下公社办学习班吸收了他，在县里办创作学习班也抽调了他。通过学习，他懂得了一些写戏的规律，创作的积极性被调动起来了。1978年他写了小戏《老队长上任》，参加了县会演，并在《大运河》内刊上第一次铅印了。拿他的话说，"真比中了秀才还高兴"。后来又写了小戏《这怨谁》《母子怨》等，也参加了县会演并印发。这样一来他对创作发生了浓厚的兴趣，选择了走业余创作的道路。几年来他为公社宣传队写的小材料不下百篇，有五篇曲艺得奖。写戏是他主攻的业务，先后写了14个小戏（与人合作三个），其中《老眼子转运》《卖粮记》《真真假假》《五更鬼》《三闩门》《金凤展翅》《巧说媒》(与赵凤权合作)、《中秋之夜》(与赵凤权合作)八个戏都得了奖，为邳县的戏剧事业做出了突出的贡献。

刘振清是个极普通的残疾人，文化水平又低，他写戏的成就就是用艰苦换来的。振清家里穷，父亲和弟弟又都腿脚不济，劳力少，收入低，不能大小事都向社里伸手。初学写作时没钱买纸，他就找学校里小学生的旧练习本翻过来写。在猪场期间人家中午休息回家吃饭，他家中没吃的，便到湖里拔几棵酸柳子野菜嚼嚼，又赶回猪场来写戏。冬天夜冷，他常把自己关在小屋里熬通宵，脚趾由麻木而至腐烂。创作中遇到了技术上的困难，他就拼命地读剧本杂志或四处拜师请教。文化站长赵凤权算是他的良师益友，不仅千方百计地帮他安排生活门路，而且振清每酝酿一个剧本，他都热情地帮助讨论、推敲、修改。振清说他每件作品的完成、上演，赵站长都付出了大量的心血。

为了提高振清的写戏水平，乡里让他参加了北京的人民文学函授和中国剧视函授，帮他报销学费。光今年去苏州的一次面授就给他报销了六十多元的差旅费。

组织上越关怀他，他的积极性就越高。笔者访问他时他正赶写剧本《觉悟》，参加县的计划生育宣传演出。他说："我的命是政府救下来的，没有党的关怀培养，就没有我这个残废人的新生。我要用写作为党的事业服务，写一辈子戏。"

我相信这个坚强好学的年青人，能看到他更新更好的作品问世。

1986年在《邳州文艺》上发表

有名高地无名炮

——赵万绪舍身炸敌堡

在纪念淮海战役 35 周年的日子里，一位鬓发斑白、精神矍铄的老人，久久站立在碾庄烈士陵园的拱形石桥上，眼含泪花注视着纪念碑上刘少奇同志提的"浩气长存"四个大字。

这位老人叫刘孝义。35 年前淮海大战第一阶段，他是九纵一连的指导员。围歼黄百韬兵团时，他们连担任主攻碾庄南门曹寨子高地的任务。曹寨子是一座地主的庄院，坐落在碾庄南门大桥外百米处，是出入碾庄的咽喉要道。这里地势较高，四周有地主家的围墙，围墙外有护庄河，中间有座炮楼，居高临下。黄百韬一入碾庄，就看中了这个地方。先加固了圩河、四角筑上了地堡群，拉了铁丝网，并驻上一个加强营，实际上是一个团的实力。黄百韬以曹寨子作犄角，进可与东、南各军呼应，退可封锁南门桥，保卫黄百韬的兵团司令部。由于这里地势险要，想要进攻碾庄圩，必须先拔掉这枚刺人的枣核钉。

1948 年 11 月 19 日一更天光景，北风呼啸，寒气逼人。刘孝义带的尖刀排刚摸到圩河边，便被炮楼上的敌人发现了，霎时机枪、步枪、冲锋枪齐发，同时碾庄圩内也往这里炮击，构成了一道密集的火网。前沿有些战士倒下了，大伙被逼得伏在壕沟里，动弹不得。刘孝义急得眼里直冒火，他知道中心炮楼是敌人的眼睛，可以控制全圩，不除掉它要攻进曹寨子是很困难的。他想请求团里调炮火支援，可团长正指挥炮营攻击车站顽敌，不可能派部队前来支援。刘孝义立即召集班排干部会议，分析情况，研究进攻方法。时间紧迫，午夜之前打不下曹寨子，势必影响我大军总攻任务。怎么办？刘孝义在黑暗中仿佛看到大伙焦灼的眼神。忽然，一个战士摸到刘孝义身边来了，他轻轻地喊了声："指导员。"根据声音刘孝义很快辨认出，这是在四平战役中解放过来的新战士赵万绪。他高个儿、红脸膛、黝黑的皮肤，性情豪放，是个苦根子。这次转战淮海他作战勇敢。从猫儿窝过河时，他背着武器和几十斤炸药泅水拉着马尾巴就过来了，大家都说他有点子。这次打曹寨子，他被挑到了尖刀排里。刘孝义问他有啥要说，赵万绪说："眼前威胁我们最大的是中炮楼，我想要你把我当一门炮使。""当一门炮使？"刘孝义的眼睛突然明亮起来，他早就考虑要把中炮楼炸掉，但是怎么进得去呢？要是强攻，得付出多么大的牺牲？现在赵万绪的要求提醒了他，眼前就有几个解放过来的新战士，由于行军仓促，他们都还穿着敌人的服装未换。让他们混进圩去，或许是可以成功的，但是，他们可靠吗？刚参加革命不久，有真正的无产阶级觉悟和牺牲精神吗？形势十分紧迫，时间一秒一秒地过去，此刻不能有任何的犹豫。他把赵万绪的身世和入伍后的表现一一做了回顾，当机立断，决定让这个新战士去完成这项光荣的使命。他把赵万绪叫到身边，紧握着对方的双手，仔细地商量了赵万绪深入敌巢的具体办法和应变措施，深情地帮赵万绪在腰间系好了炸药包，披上了敌军大衣，又细心地从另一战士身上要来了一枚敌人的帽徽给他别上。最后，他问赵万绪还有什么要求。赵万绪沉默了许久才讷讷地说："如果我能活着回来，请考虑我入党的要求。"党，这个神圣又令人向往的字眼，今天从一个新解放过来不久的战士口中提出来。他深信赵万绪不是用生命来换取政治资本,而是出于纯朴的阶级感情和对人民解放事业的坚强的信念。他坚定地点了点头……

赵万绪迅速从桥下的河边爬过去,绕到圩子的东北角。圩后传来敌人的口令声,此后在中炮楼前传来一阵对话喧扰声,刘孝义猜想准是赵万绪混近了中炮楼,最后,惊天动地一声巨响,中炮楼被炸腾了空。赵万绪爆破成功了!刘孝义含着泪水,指挥尖刀排乘敌人混乱之机,飞越护庄河,强攻庄圩,经过多次轮番的肉搏争夺战,终于从西南角打开了缺口,冲进了曹寨子。

黎明前我大军攻克碾庄,很快地歼灭了黄百韬兵团。接着解放大军很快又占领了徐州,并取得了淮海战役的伟大胜利。

刘孝义连退出火线时,全连仅剩18人,他出来后的第一件大事就是办全连烈士抚恤报表,为赵万绪请功并自愿当赵万绪的入党介绍人,请求上级组织追认他为共产党员。

碾庄战役烈士纪念碑上虽然没有赵万绪同志的名字,但是那"浩气长存"四个镌金大字,却默默地告诉人们,这里曾经有一个这样的战士,他以自己的血肉之躯做成了一发克敌制胜的炮弹,将壮丽的青春献给了中国人民的解放事业。

原载于《大运河》1983年10月5日,第十期,总第二十四期
《徐州日报》1983年11月19日,第三版《舍身炸敌堡》

老树新花别样红

在县选举出席市人民代表的大会上，我又见到了邳城农科站技术员、我们的土专家丁国汉同志。这个 1958 年以画壁画闻名、现在农业战线上又以小麦连年亩产超千斤夺魁的老人，已经 65 岁了。他胖墩墩的身材，稍疏的头发，穿着半旧的蓝制服，一双新鞋看来是特为参加这次大会买的。我说："老丁，没想到你这棵老树又开了新花。"他腼腆地笑了笑说："刚算结了个蕾，开花还远着呢！"

我认识丁国汉是在 1958 年，那时他是农民画家的一员，在邳城、官湖、祁家整天画壁画。他的作品最大的特点是：画中有诗，诗中有画，诗画配合，幅幅给人以很深的印象。我记得他有一幅《大南瓜》的画上写道："我种一棵大南瓜，个子长得比我大，南瓜好吃甜又面，瓜子还可献国家。"在一幅《五谷丰登》的画上写着："天下最好是咱乡，出产小麦和高粱，玉米、山芋样样有，今年又有大米尝。"在另一幅《学文化》的画上写着："妈妈劳动山坡下，我抱弟弟找妈妈，妈妈休息喂弟奶，我教妈妈学文化。"这些画，画面简单，配诗朴实，反映出自己对农业的热爱和群众对丰收的渴望。中央《美术》杂志的总编王朝闻、美术局局长徐灵以及美术出版社的几位编辑，一眼就看上了。光《邳县农民壁画集》中就发表了他好多作品。封面上的孩子抱玉米，就是丁国汉画的。丁国汉说，那时他对粮食高产还只是理想，直到1972年他当了小队农业技术员以后，才认真钻研起农业高产技术。是的，1973年他的小麦亩产只有300斤，1976年改农科站也只有500斤，以后通过实验，逐年上升。1981年超过千斤关，1982年221.77亩小麦平均亩产达到了1046.5斤，今年虽经旱涝自然灾害，试验的120.5亩小麦也平均亩产1046.4斤，实现了高产稳产。

丁国汉是一个普通的农民，只读过几天私塾、两年初中，文化并不高，但是有志者事竟成，他之所以能掌握科学技术，一是靠勤奋读书，二是靠刻苦实验。群众说得好："俺们的试验田里，哪寸土上没有这老头子的脚印！"近两年我曾三次去农科站参观，每次都见他背着个大席夹子，赤着脚在田里走动。他从深耕、施肥，讲到选育良种，从掌握叶龄出生规律，讲到麦熟前如何灌三遍水。他的日记本上记满了经验和教训，对"百泉41号"的优缺点、"济南13号"的株数苗情、田间小气候，天天都有记载；对追肥数量、病虫防治得失，段段都有小结。不管再大的风雪、暴雨，他从无间断。他是花了多大的心血才摸索出了这些经验啊！功夫不负有心人，他的这些经验得到了县科协和省农业专家们的高度重视和肯定，经验在全县得到了推广。他给邳县人民创造了宝贵的财富，在省农业科研上做出了贡献。他今天被吸收为县政协委员、选为市人民代表是当之无愧的。

目前，丁国汉的农技组有14个青年跟他学习，他的三个女儿中学毕业后也都当了他的助手。后继有人，丁国汉对农业科技的前途更充满了信心。他觉得土地的潜力还大得很，产量会年年高上去。难怪他说："开花还远着呢！""老树新花别样红。"丁国汉不仅在艺术上开过花，农技上开了花，他还要在培育青年上开更大的花。我相信今后他会培养出更多的花蕾，会绽放出鲜艳的朵朵红花。

《大运河》1983年12月15日刊

玄机悟透倍觉甜

——记冯梦白画展

在欢庆教师节的日子里，冯梦白画展开幕了，没有鸣炮奏乐，没用挂红剪彩，文化馆的展览室中就挤满了人。大家用惊奇的眼光看着画上悬挂的一百零七件花鸟作品，议论着这些画怎能是出自一个退休的小学教师之手。人们的议论并不奇怪，梦白既不是什么大专艺术院校的毕业生，又不是闻名画坛的风云人物，看，那迎着晨曦的露荷、泼墨染出的牡丹、娇艳欲滴的葡萄，作者用笔纯熟，着墨明快，真可和大手笔的画家媲美。人们在欣赏之余怎能不引起对作者的惊叹和遐想呢？

梦白是邳县白埠乡夹河村人，1954年毕业于临沂师范学校，跟山东省名画家王小古学过画，但他的天资不高，未能青年成名，熟悉梦白的人都知道他的成就全是靠勤学苦练得来的。1958年邳县大搞农民画，梦白很想为家乡的美术事业出把力，他要求从郯城调回邳县教书，课余和农民画家一起钻研艺术技巧。他家在农村，孩子多，负担重，作画条件差。工作之余，在家中仅六平方米的草房卧室中，面对一盏油灯，在一块三合板搭成的画案上进行创作，一些大的作品则是在这院中的席地上完成的。他平日节衣缩食，甚至外出写生也从不坐车。把省下来的钱买美术参考书和纸笔颜料。如今他床头堆放的《芥子园画谱》和各名家的画集就约值上千元。他的格言是，"宁叫身受苦，不让画受穷"。

梦白学画先从工笔入手，又长期进行写生锻炼，然后才转入写意创作，因而功底踏实，在笔墨技法上他遵古而不拘泥于古，师法自然造化又着意艺术创新，因而具有自己特殊的风格。他的画曾六次参加省美展，《高粱红》《水仙》《马蹄兰》《烟雨图》《葡萄》《牡丹》等作品深得省、市美术界的好评，曾获省、市奖励。市国画院还聘他为兼职创作员。近年来农村改革的大好形势使梦白受到很大的鼓舞，因而他退休后作画更勤奋，光1985年至1986年一年中他创作的作品就有四百幅之多。

"功夫不负有心人。"梦白的这次画展获得了意外的成功，半月来观众云集，誉满全县。县、市政府、人大、政协的负责人都专程来向他祝贺，并决定把他的画展安排到市和各县展出。人们敬佩这位自学成才的画家，欢迎他别具田园风味的花鸟作品，更喜爱他艰苦奋斗锲而不舍的治学精神。我曾题赠他这样一首诗作纪念：

> 露荷葡萄黑牡丹，
> 席地命笔趣更添。
> 墨海浮沉三十载，
> 玄机悟透倍觉甜。

《邳州文艺》1986年10月第1期

沐浴光辉写新篇

——纪念《延安文艺座谈会上的讲话》发表 45 周年

今年 5 月，是毛泽东同志《在延安文艺座谈会上的讲话》发表 45 周年。45 年前，毛泽东同志根据当时文艺界存在的缺点和问题，提出了"为谁服务"和"如何服务"的问题，开展了文艺整风运动，从而搞明了文艺工作者的方向，开拓了文艺作品的题材范围，加强了作家的思想改造，鼓励作者深入生活、深入群众，使文艺界出现了新面貌，产生了不少密切与群众思想感情相结合，为群众喜闻乐见的好作品，如 1943 年出现的秧歌剧《兄妹开荒》、小说《小二黑结婚》，1945 年出现的歌剧《白毛女》等。这些优秀的作品，当时轰动一时，现在仍脍炙人口。这与《讲话》的思想指导作用当然也是分不开的。《讲话》这篇光辉著作的发表，至今虽已时隔半个世纪，但仍具有很重要的现实指导意义。

我是一个业余文艺作者，从 20 世纪 50 年代起，由于文化辅导工作的需要，开始学习创作。通过创作实践，也才真正地领会到《讲话》的实质精神。开始时，写报道、唱词、曲艺，后来才写民间文学和地方戏剧。1957 年发表了小戏《抢娃娃》、(《小剧本》月刊)；1958 年发表了《相女婿》(收入《中国地方戏曲集成·江苏卷》)；1964 年与李昆同志合写了柳琴大戏《志群接鞭》，参加了地、省两级的会演；1966 年发表了小歌剧《一心为革命》

(《小剧本》月刊）；1981年与李新銮同志合写的大型柳琴戏《红桃图》参加省会演后，发表于《江苏戏剧》，并获省创作三等奖；1984年我综合个人做文化工作多年的体会写了柳琴大戏《步步高》，参加市、省会演，并获创作、演出等三项奖，并在《江苏戏剧》发表。近年来，又致力于历史题材戏剧创作的探讨，正在进行捻军故事剧的创作，想通过连续剧（四集）塑造捻军领袖张宗禹的英雄形象。已完成了第一集《闹捻营》，还有二、三、四集正在继续写作中。

新中国成立三十多年来，文艺战线经历了不少风风雨雨。回顾过去，能不随波逐流，没给被辅导的工农业余作者以不良影响，则是可以告慰的。

我既不是个专家，也没经过长期的专业技术训练，所能依靠的只有三条：一靠党的文艺政策和《讲话》的原则精神引路，二靠个人刻苦钻研，三靠与同志群众一起通力合作。每当我思想方向上迷惑的时候，就多想想党的方针政策，多温习《讲话》的论述；当学术上遇到困难的时候，就多学学名人名著的经验；当生活上感到不足的时候，就多深入下去，向社会学习，向基层的群众和朋友请教。

通过三十多年的创作实践，使我从理论到实践更加深刻地认识到《讲话》所阐明的一些根本性问题，如：文艺为什么人和怎样服务的问题，生活是文学艺术取之不尽、用之不竭的唯一源泉问题，了解人熟悉人的工作是第一位的工作问题，以及学习马克思主义和学习社会问题等。这些都是我们文艺工作者必须始终不渝地遵循的原则。离开了这些根本问题，我们的文艺就不可能有丰富的内容和正确的方向。

我认为，一个人既有幸生长于这个时代，就应当为这个时代的前进而服务；既生活在社会主义国家的这块土地上，就应当热爱自己生活的这块土地，并为繁荣它的事业尽心尽力。要对得起时代，也对得起群众。一个人的贡献大小，是受个人的能力和各方面的条件所限制的，不能要求划一，但总的倾向应当是尽其所能，促进自己的国家、民族和人民前进！

我们的国家现在正面临着改革开放的大好形势，在经济领域，"双增双节"运动正在广泛开展；在政治思想领域，坚持四项基本原则和坚决反对资产阶级自由化的宣传教育，正在深入进行。作为一个共产党员，一个老文艺工作者，要担负起这光荣而伟大的使命，首先要在思想上明确应坚持什么，反对什么，还要在具体的工作岗位上知道应当怎样做。目前文化艺术工作者应积极投入当前反对资产阶级自由化的斗争，重新学习、认真领会《讲话》，坚持"二为"方向，把社会效益放在首位，遵循"双百"方针，努力繁荣创作，活跃舞台，丰富文化生活，造福人民。

不久前我曾写过这样的一首诗，以表达我的心愿：

生命日苦短，报国心更切。

伏枥骥虽老，高峰望飞越。

愿同有志士，共建千秋业。

《文艺界》1987年5月（总第26期）

学习研究

高子亮作品选

邳县的群众美术活动

中共邳县县委宣传部

从历史概况上来看,邳县是一个一穷二白的地方,群众文化水平低。1954年农村合作化高潮到来时,各地建立农业社。岔河四户等乡有的村连找一个高小毕业生当会计都找不到,更谈不上有绘画的人了。合作化运动促进了农村的扫盲运动,农民有了文化之后日益增长了对文化生活的要求,因而农村俱乐部就有了歌呀、舞呀、画呀的活动,并且在俱乐部的辅导下开始生根。农村美术活动也就这样逐步地成长壮大,开花结果。

群众的美术活动,从1955年春天开始至1957年夏天,大体上可称为农村美术活动萌芽时期。这一时期农村中运用了俱乐部,俱乐部骨干由画黑板报宣传牌进入到画宣传招贴画。陈楼乡新胜一社在党的培养下出现了以党员张开祥为首的六人美术小组。针对社员思想情况通过绘画表扬先进批评落后,树立了美术活动的旗帜。

从1957年夏天到1958年夏季是大发展的时期,全县各乡建立了800多个农村美术组,团结了2000多个农村美术骨干。他们懂得掌握美术武器,配合生产,进行宣传,做到生产到哪里美术活动到哪里。

1958年6月以后我县农村美术活动进入新高潮。这一时期主要是壁画活动。江苏省艺术馆在我县办美术训练班时建立的，是我县农民由张贴画到壁画的转折点。这一时期还可以分为两个阶段：6月底到7月初，农民的壁画是临摹的多；7月中旬以后，江苏省农村业余美术作品展览会发表了我县农民的美术作品，对群众创作起了鼓舞和推动作用，农民们才彻底解放思想投入创作活动。在"八一"前成了村村有壁画，户户有壁画的壁画县。

群众热爱壁画的情绪也空前高涨，车夫乡有一社员程祥金，家里养鸡生蛋，每天吃蛋助膳已成习惯。有几天，程祥金摸不到鸡蛋。后来一问，原来他的老婆拿鸡蛋到供销社换颜料，请美术组画壁画去了。

壁画能为群众喜爱，在群众中生根开花，正是因为始终遵照着上级党委和县委的贯彻群众路线、为生产服务、为政治服务的正确指示，才有了今天的成就。

萌芽时期

1955年我县各乡在文化馆站的辅导下建立了一批农村俱乐部，俱乐部在各社党支部的领导下，团结广大群众，利用黑板报等宣传工具，配合党的中心工作进行宣传。陈楼乡新胜一社为了加强宣传效果，党支部要求在黑板报上加些插图。但是没人会画，王支书说："不会画就学嘛，听党的话没有克服不了的困难。"俱乐部主任张开祥（当时是团员，后经党的培养入了党）是一个初小毕业生，劲头被鼓起来了。他找了生产队会计（中年农民）张有荣和几个青年小伙子共六人，组织了一个美术组，开始学画。

俱乐部没有活动经费，纸笔都成了问题，他们就用树枝在沙地上画以作练习。搞了一个时期，又用粉笔在黑板上画，有时也向当地完小（新营完小）找些旧卷子纸，翻过来用铅笔画。他们每天干活一休息下来就画，晚上碰头，把自己在干活休息时画的草稿拿出来大家修改研究。但是画来画去除了在黑板上照葫芦画瓢搞过几个插图外，谁也没有勇气正式创作一幅画贴出来给群众看。

有一次，他们发现了十四队饲养员扣牛料，大家创作了一幅"老牛告状"的讽刺画，画了一头老牛跪在社办公室门口，向社长诉苦，写着几句顺口溜：

老牛泪汪汪，找社长去告状。
发我的饲料，饲养员全扣光。
饲养员呀饲养员，你多么狠的心肠。

这幅画被社里王支书看见了，就鼓励他们贴出去。他们把画贴在社办公室门口。大家看了对饲养员的偷盗行为感到很愤怒，社里立即召开社员会，饲养员当场做了检讨，提高了大家的认识，以后再没有这样的事情发生了，推动了护畜工作的开展。

麦季，个别妇女不干活，下湖（即田里，我县称为湖）去拾麦，偷偷把社里的麦子背回家，破坏集体利益。乡党支书解秀兰找美术组谈了情况，鼓励他们作画。第二天他们就画了三幅画，画着偷麦人被发现后的狼狈情况。上面写着"偷麦为自己，合理不合理"，叫宣传员抬着在地头场边社员大会上进行宣传，各队纷纷进行讨论，把自私自利、不顾社里集体利益的思想搞臭了。七十多岁的杨大娘说："社是咱们大家的，社办好了咱们才有好日子过，偷社里的东西为自己，真不凭良心！"

这样一来，麦收秩序很好，收割的质量也高了。第四生产队的妇女收割组干得特别起劲，又快又好，区委书记刘开胜告诉他们说："画批评画需要，画表扬模范人物的画更需要。"美术组就画了几幅漫画表扬她们，漫画下面还写着快板：

> 第四队，妇女组，个个干活像老虎，
> 又有质，又有量，给全社做出好榜样，
> 情绪高，积极干，割麦赛过男子汉。

通过一表扬，她们干劲更高了，连夜写了挑战书，向全社的生产队挑战。各队纷纷应战，掀起了轰轰烈烈的抢收高潮。在党员积极分子的带动下，全社原来十天的收割任务，缩短在七天中就完成了。1957年秋天，全县将进行全民整风运动，展开大规模的社会主义宣传，提高群众觉悟，为大辩论打下基础。新胜一社美术组根据党的要求，先后组织了52个老农专题座谈会，了解了解放前后群众的生产生活情况，绘制了18幅漫画，组织了小型流动展览会，帮农民算了政治翻身、生活改善、文化提高三笔账，叫宣传队抬着漫画，队队到村村到，向群众反复进行宣传教育。五保户韩西友看了漫画后感动地说："我跟地主拉了二十多年长工，连个小棉袄都没有混上，年老了地主把我赶出门，终天逃荒要饭。若不是共产党，我这个苦老头子早就喂狗了，现在政府把我包下来，吃不愁，穿不愁。说共产党不好，真是忘恩负义不要良心！"

党员刘茂英泣不成声地说："俺小孩爷在1947年被地主活埋后，我带孩子到山东逃荒，无法生活，两个孩子卖给人家了，解放后党才帮助我把两个孩子要回来。要不是共产党哪还有俺这家。"

温怀斌等四人看过图片后还帮尹从章算了翻身账，温怀斌说："尹从章你整天说合作化不好，解放前你连个打鸡坷垃都没有，我问你解放后的三亩地是哪里来的，你父亲死了社里给买棺材，又给你265斤粮食37块钱。要不是合作社谁对你照顾？"事实摆在面前，尹从章低头无话可说了。

新胜一社美术组就是这样在党的扶植培养下，不断成长起来，找到了为生产服务、为中心工作服务的方向，开展了群众性的创作活动。

在新胜一社的美术活动逐步开展的同时，碾庄、土山、八集、合沟、铁佛寺、马店等地也在乡党委的领导下开始美术组的活动，形成了全县不很平衡的壁画、纸画宣传活动的萌芽时期。

发展时期

1957年冬天，全县开展了轰轰烈烈的"水利、积肥、绿化"三大运动。各地俱乐部担负了光荣而艰巨的宣传任务。为了使宣传形象生动、教育深刻，各乡纷纷扩大了美术队伍，在俱乐部里普遍建立了美术组。光陈楼一个乡在12个农业社中就建立了美术小组137个。至1958年春天，全县已有美术小组800个，2000个农民业余美术骨干。

美术组建立起来之后，积极投入了战斗。他们在各乡党支部的领导下，用生动的笔刻画着生产战线上的英雄人物，有力地鼓舞了群众的生产热情。

新胜一社美术组根据乡里的要求，把全乡"水利、积肥、绿化"规划制成229幅漫画，举办了"三大运动"展览会，使广大社员干部对社的整个规划远景有了明确的认识。11月该社动工扒一道大型的灌溉渠，有些群众思想不通。十二队生产队长孙敬昌说："天这样冷怎么干，还得下水，我看不如过年春天再干吧！"这些话在群众中起着消极的影响。社支部指示美术组及时绘画了图表，说明灌溉渠修成后的好处：全社6860亩土地，全年要完成950亩的稻改任务，如果没有水源怎么能行，修好了灌溉渠可使亩产由100多斤提高到900多斤，全社群众收入可提高30%。

另一套连环画表扬了带头破冰下水挖河土的女社员温传英。社里动员会就以这些图片作例子对社员进行教育，社员干劲被鼓舞起来了，十二小队长孙敬昌原认为修渠糟蹋地，北方收不了稻子，每天支配了五六个半劳动力去应付差事。后来思想很快转变了，发动全部整半劳力上工地，要求稻改任务由原来的100亩增加到160亩。共青团员温传举积极创造了挖土的最高纪录。别人一天只挖七八方，他挖16方。他所带领的青年突击队48人每天每人合16方上，使5.99万方土的任务，由10天提早到6天就完成了。

麦收时邳城乡建设三社的美术组根据社里要求画了4幅漫画，全社生产秩序良好；邳城乡还召开了13个社14个美术组50人的现场观摩会议，回去后普遍推开。109个生产队每队画了四幅，进行"四防"教育，提高社员的警惕性。整个麦收中未出一点事故。

麦收后蝗虫成灾，全县农民投入扑蝗保收运动。官湖镇幸福二社美术组创造了大画廊，用十多块门板竖起来排在场边树荫下。随着扑蝗任务的进展，他们创作了70多幅漫画，及时鼓舞群众干劲。如一幅漫画画着扑蝗大军扛着工具上战场的情况，上面写着：

太阳爬上小山冈，扑蝗大军上战场。
不灭蝗灾不收兵，我们意志坚如钢。

扑蝗中出现了英雄人物，他们用漫画及时地进行了表扬，有一幅表扬着七十多岁的老汉魏思于在扑蝗中积极挑茶的事情，上面写着：

魏思于老英雄，干劲好像年轻轻，
扑蝗工作跑在前，两肩担茶状如风。
社员喝了心欢喜，哪个不喊老黄忠。

当扑蝗工作取得胜利时,他们画了传捷报的漫画。一幅上画着成千上万的扑蝗英雄欢呼着胜利,上面题着:

歌声响,红旗飘,四面八方传捷报,

消灭害虫庆丰收,生产步入新高潮。

他们就这样一步跟一步一环套一环地配合了扑蝗运动,把运动推向了高潮。

秋天,邳城乡发动社员在城山上挖鱼鳞坑,扩大种麦面积,民主五社个别社员感觉"土地难刨,刨得不合标准"。党委书记叫农民张凤伦画出许多农民在山上刨鱼鳞坑的漫画,写着"多刨一个坑,多收一斤粮"的口号。大家看了画,听过党委的报告,体会到刨鱼鳞坑的好处,劲头大了,刨的坑都在一公尺以上,符合乡里的要求。这样带动了其他社,四天中群众在党的领导下,日夜刨鱼鳞坑四万多个,做到了保质保量。

铁佛寺俱乐部运用墙上画画,配合实物的"八比"展览会,把新旧社会做了形象化的对比,教育了观众9000多人。

合沟乡进行社会主义宣传教育时,俱乐部组织贫农张仲元(不识字的扎彩匠)画出当地地主窦康甫在解放前欺压农民的罪状,如"王仲民翻身故事",就是描写王仲民在窦家牧牛,窦吃饭,王吃糠,因为打碎一只碗,窦就把王仲民撵走,连王的父亲也被逼走,他们父子二人只得在外要饭度日。解放后,王仲民参了军,后来转业回来,在本乡从事农业生产,过着幸福的生活。这些画和王仲民本人的现场说明,对群众的影响很大,扭转了对党不满、身在福中不知福的歪风。这个展览会移到县里后,对提高群众的阶级觉悟起了更大的教育作用。

1958年春天,合沟乡开展治安安全月运动,农民把巫婆"马到好"用香灰治病的罪恶画了37张纸画,贴上木牌,在街上游行，宣传破除迷信，激发群众觉悟。同时还召开大会，群众要求"马到好"检讨。通过这些活动，使群众对巫婆、道会门有了正确的认识。

车夫乡农民在冬春之间有赌博的坏风气。青年农民梁为忠把赌博的害处和赌博时的丑恶形象画在街上，配合查赌进行了思想教育工作。

八路俱乐部也搞了绿化、积肥、水利等图片展览。

全县各地都是这样，乡支部亲自挂帅，指挥美术组，做什么，画什么，生产到哪里活动到哪里，充分发挥美术组应有的作用。各社农民美术活动真是风起云涌，遍地花开。

总路线掀起壁画高潮

今年党中央颁布了"鼓足干劲、力争上游、多快好省地建设社会主义"的总路线，我县在各地党委的领导下，掀起了宣传总路线的高潮。20万人的宣传大军，战斗在农村各地。美术组起了先锋作用，壁画、招贴画像一面战鼓，激动着人心；像一支号角鼓舞着斗志。很多地方的农民画家挑灯夜战，配合生产中心任务通宵画画。

八集乡新星社美术组，看到积肥中社员认识不足，认为肥源少。社支部书记指示农民曹玖林画了许多粪筐，堆起叠成聚宝盆，粪筐中装着污泥、青草等各种肥料，告诉社员肥料到处有，有力地批判了个别社员强调困难的落后思想，提高了群众的积肥信心。全社光扒破墙、搞墙土积的肥料就有五百万担。

工业建设高潮中党提出："全民动手办工厂"。对于化肥厂，一些社被化肥名字迷住了，认为搞化肥是一些洋专家的事，乡下人办不出来。乡党委发动美术组的一百个骨干，在户户门口上画着"四合一肥厂"，用图解的方式说明"四合一"的制法。所谓"四合一"，即是草木灰鸡粪等四种东西混合起来搞的土化肥料。画上附着各种原料的比重数字。农民看了画，搞化肥的办法就学会了，党委号召大家户户办厂，一夜办起980个土化肥厂。该乡先进四社美术组，画土农药的制法，用榆叶、桃叶等泡水治青虫。群众先有了印象，又经过学习，方法学会了，消灭了6000亩豆地的害虫，为秋季大丰收打下了基础。

官湖镇提出了亩产双千斤玉米的丰产指标，个别农民思想没解放，认为玉米不能收那么多。乡党委书记刘兆启同志指导美术组画着一个老农民在丰收的玉米堆前抱着几穗大玉米，画旁边写着，"谁说玉米不能增产"，通过绘画来坚定大家对完成指标的信心。这幅画给农民以很大的鼓舞，他们不断地加工追肥，加强田间管理，幸福二社一棵玉米长出了6个穗子，并且粒粒饱满，目前正收玉米，亩产3000斤。

幸福一社墙上面画着一个妇女拿着锹正在积肥，上面写着：

今日花木兰，不用巧打扮。

扫帚一把锹一把，积出肥料万万担。

车夫乡青年农民刘兆全，画了一幅水稻丰收的漫画。画面只是几个农民喜气洋洋地在割稻子，上面题着：

俺社水稻每亩产量一万五，吓死美帝纸老虎。

邳城乡卫星四营郁全人画了一幅田头设粪缸的漫画，上面题着：

黄粪土地效力壮，块块田头设粪缸。

节约运费效力快，首先行动数我乡。

车夫乡青年农民梁传奎，画了老年夫妻俩歌唱总路线的画，画面是老夫妻俩在跳舞，上面题着：

总路线像灯塔，照得人民心开花。

人人歌唱总路线，老年夫妻成为舞蹈家。

在总路线的光辉照耀下，农民绘画在我县已经形成了全民性的运动，农村中千军万马的美术队伍，日夜苦战，"八一"前已基本实现了壁画县目标。至9月5日，群众美术活动接连地掀起三个高潮，计完成壁画30万幅（达到每户有壁画3-5幅，每村有壁画一百幅以上），宣传张贴画12万幅，其中工农自己创作的画占90%，美术组由800个发展到2247个，农民画家由2000人壮大到20000人。这一队伍和这些壁画在各个不同角度上，发挥了解放思想、推进生产的巨大作用，正如官湖镇群众说："看了壁画，干劲加大，指标戳天，困难不怕。"

8月中旬，北京美术月刊社同志到我县官湖镇去参观，称官湖镇是一个大的"美术画廊"。该镇是一个拥有23000多人口的农村集镇，当时就有壁画25000多幅，无怪说到处都是画了。官湖是这样，其他乡也是这样，壁画与壁画连接起来，显示了新农村的新气象。

我县没有一个专业美术干部，有的是党从农村生产队伍中培养出来的红色画家。他们政治上翻了身，掌握了文化，又破除了迷信解放了思想之后，由不敢画变得大胆地作画了。官湖镇农民曾一夜完成了500幅张贴画，八集乡农民9至11号三天中完成了20000幅壁画。

几点经验

第一，我县的群众美术活动之所以能够发展壮大起来，首先就是党对这一工作的重视，加强了领导。是在书记亲自抓思想、抓方向，具体支持培养下逐步成长起来的。贯彻总路线后，各种事业都在突飞猛进，县委指示，美术是一种形象化的生动的宣传工具，应把它充分使用起来。大力的支持、组织、发动、掌握及引导运动飞速发展。

官湖镇在群众搞壁画的时候，文化干部对搞壁画还没有信心。镇委书记刘兆启同志找了一个农民和一个大学生各搞一幅壁面，学生画的一幅画中，人的裤脚还不及人的腿粗。刘书记说："这就看出来了吧，大学生不一定比我们农民画得好，大家不要迷信。"当发动各社排队找能写会画的人才时，各社排来排去说找不到人。他说："咱们的眼睛要向下看，你们要想找一个专家，当然找不到，但是找一个能会画道道儿的，总会找出许多来。就会画道道儿的就行，慢慢的咱会把他培养成专家。"这样全乡第一批就排出了70余人，现在已有200多人能画了。在绘画中八集乡党委丁如光书记看了农民模仿画本上画的壁画说："这幅画是好的，但是放在我们这个地方，就不如画我们地方事的效果大了。八集乡生产、积肥、绿化、工业各方面都很好，怎么不去画呢？"大家觉得很对，以后他们都以社里的真人真事搞创作，不再复制了。全乡20000多幅壁画，创作的达到80%以上。邳城乡党委徐顺芳书记，为壁画问题亲自开广播会发动，自己到社里检查工作。他先看壁画搞得怎样、宣传得怎样，更促进了社支部对美术活动的重视。

合沟乡党委书记公兰厚、宣传委员任锡钦为推动壁画工作，二个人亲自抬着汽灯给农民照着画壁画，一直到夜里12点钟。这一行动轰动了全乡。第二天，乡长孙桂杰也跟农民画家拿画具，晚上抬汽灯。红光九社社长王连级对壁画不重视，认为可有可无，生产这样忙，不必当大事做，后来看到乡党委书记、乡长都亲自给农民画字抬汽灯，就改变了态度，当天就组织了13个人，连夜突击了50多幅壁画。

各级党委就是这样的关心群众美术活动。书记亲自动手来领导群众美术工作，因而我县的群众美术活动能在萌芽后就逐步巩固，在短短的两个月中，接连掀起了三次高潮。

第二，壁画运动自开始到发展，一直在党的领导下走着为生产服务、为中心工作服务的正确路线。新胜一社的"老牛告状"就推动了护畜工作，接着为了破冰修渠、刨鱼鳞坑、灭蝗、"四防"、积肥丰产绿化、全民办工厂，以至社会主义和资本主义两条道路的对比辩论、提高阶级觉悟等，都是大量运用壁画、张贴画，紧密结合实际，发挥着形象教育的战斗作用。它及时地表扬好人好事，树立榜样，鼓舞干劲，同时也有的放矢地批评坏人坏事，进行教育批评，提高群众觉悟。从方针贯彻、思想启发到行动指导，壁画都担负了促进生产的重要任务。所以壁画的题材丰富，效果好，群众喜爱，发展迅速。

岔河乡的壁画原来不多，发动不全面，乡党委骆副书记亲自召开骨干会议。他以马店壁画推进生产为例说："模范人物上壁画，可以使好的人更好，一般的跟上去，这不是可以推动生产吗？"经过他的号召，半个月就搞了900多幅壁画，鼓舞了干部群众的生产干劲，终于把原来的"黑旗社"（第三类社）跃而为"红旗社"（第一类社）。在这发展的过程中，干部群众无不承认壁画为生产服务所起的作用。

第三，坚决贯彻群众路线，发扬群众智慧，解放思想，敢想敢做，扩大群众性的壁画创作运动，并采用各种方法，贯彻在具体工作中：

1. 首先连根拔除保守思想

群众美术活动开始时并不是一帆风顺的，中间有个艰难的思想斗争过程。

5月份江苏省群众艺术馆在我县办了美术训练班,6月中旬结束,结业前学生要进行壁画实习,打算在运河镇搞二十几幅壁画。这个建议引起了我们搞壁画的兴趣。美训班走后,我们组织了文化馆、运师、运中的师生又搞了一批,使运河镇基本成为壁画镇。接着召开全县34个乡镇的公办民办文化馆站长会议,进行现场观摩,并提出7月份实现"壁画县"的指标。个别干部思想不通,他们认为壁画只适合城市,不适合在农村推广,他们的论点是:农村中没有画壁画的人才,即使有几个,技术水平也很低,搞起来不像样。

对于这一问题,我们组织了专题辩论,找出了三点根据:

一是农村中有的是绘画人才,全县34个乡镇,当时就有800个美术小组2000个美术骨干。

二是农村美术作者画出来的画质量不差。当时我县为参加江苏省农村业余美术作品展览会,已搜集了一批农民的画。这些画很泼辣大胆,生动活泼,质量不是差,而是好得很。同时强调我们衡量一幅作品的好坏,应首先从政治着眼,不能光看技术。

三是邳县有悠久的画壁画的习惯,每年春节农民在门口的墙壁上画春牛、画犁耙,把这内容改画高产作物、丰收故事一定会更受群众欢迎。

铁的事实使保守派无话可说了。大家解放思想,定计划,立擂打擂,挑战应战,表示坚决在"八一"前实现壁画县。

2. 母鸡领小鸡师傅带徒弟

县第一次现场会议结束后,各乡抓紧进行了画家培训,先进行了一下排队,木匠、扎彩匠、民间剪纸的老太太、参加农业生产的初中高小毕业生、新农民都排了进来。有了人要进行画画,大家在墙上没画过，需要训练。为了节约时间，官湖镇采取了师傅带徒弟的轮训方法。官湖镇文化站长韩昭贤自己不会画，他找来了参加过省美术训练班学习的青年农民顾林祥做老师，在全镇六个农业社中，每社先抽一个美术骨干，组成壁画突击队，在官湖镇试搞起来。三天以后，骨干熟手了，就另换一批新人来学，让他们回去当老师，再扩大培训。这样的培训方法很实际，边工作边训练，像滚雪球一样越滚越大，培训了70多人，使他们由不敢画到敢画，由不会画到会画，由一般的美术骨干到能创作的农民画家。

八集、邳城、合沟、铁佛寺等几个乡则又是一种培训办法。他们以文化站为主，组织了一批中、小学师生，下去辅导训练农村美术组。这样来得更快，当天就全面开花。车大乡开始以农民梁传奎为主作画吸收几个青年骨干做助手，学了几天，骨干们学会了，再扩大培养助手，十天培训170人，他们很幽默地说："母鸡带小鸡十天一百七"。

其他各乡也都采用了以上的三种办法，很快把骨干培训起来，由800个美术组扩大到1800个美术组，由2000个农民画家扩大到15000人。

在培训过程中，个别骨干思想上也出现了一些问题，如邳城乡培训时民主四社卫星营美术骨干王广生说："多快好省不能兼顾，要多快就不能好省，要好省就不能多快。"他搞壁画一天平均不到一幅。民主五社张凤伦等挑灯夜战，自己一夜就搞十余幅，文化站抓住了这一事例，组织四社美术骨干到五社去参观，在事实的教育下，王广生的思想解放了，胆子大，信心强，工作效率自然也得到了提高。

3. 群众克服画具、颜料问题

壁画工作一开始，首先要解决的问题就是颜料问题，八集乡开始走了弯路。他们画画，最初是用漆面的，每幅约合两块钱，画的速度也太慢。做试验的三个美术教师，一天只能画3幅。这样全乡20000多幅要40000多块钱，一年的时间也画不了，使农村普及受到了很大的限制。在此时各地也有类似情况，我们发动大家想点子，找窍门，用对办法。车夫乡靠山，他们挖山红土炒了当红色。合沟乡不靠山，没有这个条件，他们把窑内烧的红土碎成面子炒了作红色用，把染坊缸内青腚角子（即渣子）当蓝色，用黑矾与石灰化合作黄色。八集乡还用灶房烟囱中的煤烟当黑色，用石灰当白色，用树叶打出青的叶绿素当绿色，各种土颜料用水胶调起来使用，色彩鲜明。

画画工具也是这样，合沟乡到食品采购站找些猪鬃，用碱煮过放在子弹壳里砸扁了，就成鸭嘴笔可以用来勾线。刷子用苘扎，这样连工具算起来几分或一角钱就能画出一幅画来，符合多快好省的精神，又可以全面推开。壁画活动给农村带来了新气象，各地进展很快。官湖镇到"八一"完成了壁画3000幅，至8月15日即完成壁画25000幅，八集乡也完成了20000幅以上。

4. 老少齐动手，户户有壁画

壁画要搞得多搞得快，除了在物质上节约想办法外，就是要发动群众人人动手。

车夫乡搞壁画时，开始规划15幅，文化站就吵着经费没办法。后来他们召开了驻地机关、商业等部门会议，和群众一商量，问题就很快解决了。供销社拿出了5斤红土，石灰窑拿了200斤石灰，商店也纷纷送颜料、送工具，五六十幅壁画，很快搞起来了。

该乡靠山，多是鹅卵石垒的墙壁，不能画，通过发动群众，户户动手泥起墙来。官湖、八集也是这样，群众说："往日春节画一个春牛，不知费多少难为。今天送上门来给咱画，上哪里找这个机会。"大家都争着要美术组给他们先画，人人动手，户户有壁画的任务很快地就搞起来了。

在人力上也是这样，邳城乡建城社乡里要报绘画人时，他们只报了一个。后来发动群众自己搞，他们社就派出了15人搞壁画，而且质量很好。车夫乡72岁的梁大娘（贫农）平时会剪花，宣传总路线时大家画壁画，她说："总路线宣传，人人有责，画画也该有我一份。"她在自己的门口自己动手画了一个六节火车拖的大玉米，大家都说好，鼓起了她的勇气。她画了大幅壁画，六幅张贴画。在她的帮助下，40岁的妇女陈桂秋（贫农）也动了笔，和梁大娘合作了一幅《农忙托儿所》。青年刘兆全固生病导致身体残废了，这次壁画运动中他要求参加，因他不能站，群众用椅子抬着他画，晚上他趴在床上起画稿，因对生产不熟悉，就找个人在面前做着样子画。

车夫乡11岁的小学生鲍丰在这次运动中也动手作画，而且成为绘画的能手。这都说明群众的力量是无穷的，只要把群众发动起来，人人动手，什么事都能办好。

5. 现场观摩，推广全面

现场观摩是促进美术活动提高业务最有效的好方法。我们一贯是采用这种形式。当陈楼乡新胜一社发现了农民画家之后，文化馆及时地帮助他们总结经验，研究工作。4月份，组织了全县文化馆站干部参观他们工地的流动展览。那时该社正集中突击修水库，搞稻改，数十幅连环画画着十二小队长孙敬昌解放思想，将稻改任务由100亩增加到160亩的故事，以及张符兴、女社员温全英带头破冰下水挖土方的事迹。这些画贴在布上，一时插到这个工地上,一时插到那个工地上。每到一处都有广播员广播,讲解员讲解,群众干劲很高,工地出现了"飞虎车""飞虎队",每人一天搞二十多方,大家看了后认为以往农民不能画画、不易组织的思想顾虑消除了,美术组得到了大力的发展。

8月6日县委在官湖镇召开了现场会议,参观了官湖镇的壁画工作。当时该乡有壁画3000多幅,有三个社达到户户有壁画。通过介绍经验,开展学先进赶先进超先进的运动,大家劲头高了。八集乡回去后,十天完成壁画两万幅,原定15号的任务他们12号即向县委报了喜,其他各乡也是这样,全县只用15天的时间,就超过7月份一个月工作的5倍。

总之,我县的群众美术活动全面开展起来了。总路线宣传把群众美术工作带进了新的阶段。在整个发展过程中,党委一直加强对这一工作的领导和扶植,培养出大批的农民画家,给今后的美术活动打下了良好的基础。

9月2日我们组织了县文联设美术协会,把农民画家吸收进来创办艺术学校,设美术班不断地培养巩固农民画家,以适应农民画家的迫切要求,提高艺术质量,更好地为生产服务,实现促进生产的愿望。

我县群众美术活动是摸索出了一些经验的,因限于时间,还没能把它都总结起来,这是很遗憾的,但是我们有信心、有决心在党的领导下由胜利走向胜利,把群众的美术活动再推进一步,掀起更大的高潮!

此文由高子亮于1958年10月执笔撰写
发表在《江苏邳县农民画文集》
上海人民美术出版社1958年11月出版

我们组织了农民画壁画

邳县文化馆

邳县已经基本上成了壁画县。在组织农民画壁画的活动中,我们是这样做的。

"乘卫星,驾火箭,'八一'实现壁画县。"这是县委"七一"向全县文化馆站干部提出的战斗口号。完成这个任务,首先要有一支画壁画的队伍。我们要各乡排队挖潜力,木匠,民间剪纸的老太太,参加农业生产的初中、高小毕业生、新农民都排出来了,人力很充足。问题是要训练。方法有两种,官湖镇是从各社抽了六个美术骨干,先在镇上画,边训练、边实习,搞了三天,各人回社组织骨干,扩大训练;镇上再换新人。车大乡和八集等乡干脆组织了一批中小学教师到社里去划片包干,组织训练农村美术小组,定人、定时间、定任务,全面推开。其他各乡也都使用了以上两种方法,层层培训骨干。这样很快建立1800个美术组,一支拥有6000人的美术大军。

绘画工作一开始,群众就利用早晨、中午、晚饭后的休息时间搞。一切工具和器材,乡社党委都人力支持,要什么给什么。官湖镇委刘书记亲自帮美术组想题材,并抽出宣传委员具体领导这一工作。

8月3日，县委宣传部在官湖镇开了现场会议，肯定了农民画的作用，指示今后要大力推广。这样，全县的壁画活动就展开了。

(原载1958年8月27日《江苏文化》)

邳县捻踪初探

捻军，是我国近代历史上很有名的一支农民起义、抗清的军队。约在清康熙年间，起于山东，比太平天国金田起义的时间还早。后发展到皖北、河南、鲁苏交界处，徐、淮之间。因以一聚（一伙）为一捻，故称捻子。捻子军以反抗豪绅地富的剥削压迫和"满清"的统治为宗旨。洪秀全领导的太平天国1853年定居南京后，出师北伐，路经河南、安徽，捻众受其影响，爆发了革命。咸丰五年（1855）各地捻军首领在安徽雉河集（今安徽省涡阳县）会盟，推举张乐行为盟主，组织捻军与太平军余部汇合，在长江以北、黄河以南诸省展开了纵横千里的大运动战，给清王朝以沉重的打击。捻军起义前后经历十八年之久，人数扩展到一百余万，最后虽因遭到反革命武装湘、淮军的疯狂镇压而失败，却在我国农民运动史上写下了光辉的一页。

（一）

邳县地处淮海平原，正是捻军出没之地。按史实记载，自咸丰八年至同治六年（1858—1866），十年间，捻军来邳县共十次。

第一次是咸丰八年（1858）三月，捻军任乾部由灵璧县经双沟来邳县，走睢宁的官山、大李集回去。

第二次是捻军首领任添福，由山东来，咸丰八年（1858）九月至萧、铜、丰、沛、睢、邳各县，走宿迁东去。

第三次是咸丰九年（1859）四月，捻军由山东南来打邳县旧城，走官湖、窑湾及宿迁的皂河，杀死了清巡检官费樾。

第四次是咸丰十年（1860）二月，捻军从宿迁来邳县、睢宁，打下了旧邳县城。

第五次是咸丰十一年（1861）三月，捻军由峄县来邳县，去铜山利国、汴塘。

第六次是咸丰十一年五月，捻军由宿迁来到邳县的滩上集，还杀了加口的汛把总武占魁。

第七次是同治元年（1862）六月，捻军首领任费科等打邳州巨山，回时走睢宁、旧邳城。

第八次是同治元年十一月，从睢宁、双沟至窑湾入邳县、铜山，并在庄家寨杀了都司张致富。

第九次是同治四年（1865）正月，科尔沁亲王僧格林沁来邳县追剿捻军，捻军从官湖回击于新安镇，走郯城回山东。

第十次是同治五年（1866）四月，捻军首领任柱（字化邦，太平天国封鲁王）、赖文光（原太平天国遵王）等来邳县、睢宁，并攻破宿迁县城。

（二）

捻军来邳县的目的，大体上有三个。

1. 扩大地盘

捻军集结的中心点（所谓老巢）是雉河集（今安徽涡阳县）。他们要北联山东、东趋海隅，必然要经过徐属各县。邳县奋勇当先，为打通交通线、扩大地盘，来邳县是无疑的。而且邳县的首府徐州又是满清御用剿捻的湘勇、淮勇的大本营。以杀害太平天国而闻名显贵的曾国藩和为清朝操办洋务、杀捻军起家的李鸿章，督师驻过徐州，两军对垒，百姓遭殃。兵灾民乱交织，兵灾比民乱更甚。

2. 打捎掠粮

捻军原来就是饥民组织起来的。"咸丰坐殿，天下大乱。"当时灾害频多，清王朝对百姓的赋税加重。官绅豪富又乘机掠夺，不问百姓疾苦。捻军盟主张乐行就是因犯私盐，并援救十八位难兄难弟出狱，劫永城牢，拒官兵捕，而带饥民造起反来的。他们既造反，就要装旗聚众。咸丰三年（1853）初，造反时就分五旗十八铺，有数万之众。兵多了自然需要的粮多，涡阳供应不了，就必须四处打捎。（当时捻军赴远地掠粮叫"打捎"，就地向官绅借贷叫"磨湾"）捻军之来邳县，多数是属打捎掠粮性质的。

3. 与清军战斗周旋，歼灭清军

捻军崛起迅速，声势浩大，直接威胁了清廷。特别是捻军与太平军联合之后，清朝更视为大敌。据史料记载，为了剿捻，经皇帝派遣，位在总兵以上的领兵大臣就有二十四个，其中除蒙古亲王僧格林沁外，光钦差大臣就有曾国藩、李鸿章、胜保、袁三甲、周天爵五人。他们除了直接指挥的亲军和各州、府、县、道的兵员外，还到处办团练，利用豪绅地主武装剿捻。捻军面对这样强大的敌人，不得不采取灵活的运动战术，千里驰骋，避敌锋芒，歼其精锐。同治四年（1865）捻军过邳即是为此。这种"圈圈战术"牵着敌人的鼻子走，成效很大。僧格林沁就是被捻军牵引至曹州杀掉的，歼灭了当时清军剿捻的一支主力。

既然是战争，就不能不死人。捻军十次来邳县，也确实是杀了一些人，经与清朝官方剿捻的文件记载查对，重要如下：

①咸丰九年（1859）四月（即上述捻军第三次来邳时），在旧州城杀了清朝的巡查费樾，捻破石埠时剿捻阵亡五十八人，又捻破程家庄时，剿捻阵亡九十六人。

②咸丰十年（1860）二月（既捻军第四次来邳时），捻破良壁，剿捻阵亡七十四人。

③咸丰十一年（1861）五月（即捻军第六次来邳县时），捻破滩上，杀死加口汛把总武占魁，剿捻阵亡九十四人。又捻破官湖时，剿捻阵亡三十九人。同年九月，捻复来，杀了参将于殿甲，清军阵亡千余人，团丁阵亡九十二人。

4. 同治元年（1862）十一月（即捻军第八次来邳时）捻古邳在庄家砦杀了都司张致富

这样总计，为阻截和追剿灭捻军，清廷共死亡一千四百五十多人。其中清朝官员共四人。除去外来的清兵，地方豪绅组织民团死亡约四百人。无辜的群众可能是很少很少的。当然，民团中也可能有无辜者，他们是受清朝官吏和地方豪绅的利用，为他们保家护院而充当了替死鬼。

按当时的实际情况，捻、清武器悬殊，守寨易避锋芒，攻坚易遭矢石。当时地方按官府的要求都筑有村寨、墙壕，捻军又地形生疏，伤亡是不可避免的，但究竟死了多少人，官方的史料上没有提，可能不屑一提。也许所报的死亡人数就包括战死的捻军在内，因为他们既会谎报邀功，亦会冒报求赏。这样的例子，在清军各地的报告中是屡见不鲜的。

（三）

20世纪60年代中期，我在一个偶然的机会中，看到了一本碑帖。内容是《窦节母宋太夫人墓道节行表》，义宁陈三立撰，古兰陵王思衍书丹。按窦节母，是邳县庄、马、窦、戴四大家族中窦氏望族窦鸿年的母亲。王思衍是窦家的书吏，当时在这一带有名的书法家，隶书、行草均工。我为了欣赏这位已故的名书法家的书法艺术，慎重读了碑帖的全文。在窦鸿年为其母立的碑文中，提到宋太夫人是窦元灏的继室，"元灏，辛亥举人，刑部员外郎，保用知府，以剿捻阵亡，赠太仆寺卿"。这段话引起了我对捻军在邳县活动情况的注意。后翻了窦鸿年编的《窦氏族谱》查到咸丰十一年（1861）窦鸿年的父亲窦元灏在大滩剿捻阵亡的情况。当时窦氏一家子侄在那次战役中死亡的就有九人，现序列如下：

1. 窦元灏：（窦鸿年的父亲）字少梁，号鹤楼，咸丰元年（1851）科举人，刑部直隶司员外郎，安徽司行走，保用知府。咸丰十一年（1861）在大滩剿捻阵亡，赠太仆寺卿，给云骑尉世职。并建立专祠，追赠中议大夫，晋赠资政大夫。

2. 窦守善：风仪子，咸丰十一年（1861）在大滩剿捻阵亡，无子。亡后。

3. 窦万柏：守谦子，咸丰十一年（1861）在大滩剿捻阵亡，无子。

4. 窦守成：风耀子，咸丰十一年（1861）在大滩剿捻阵亡，无子。

5. 窦万祥：守义长子，咸丰十一年（1861）在大滩剿捻阵亡，亡后。

6. 窦守庭：风池四子，咸丰十一年（1861）在大滩剿捻阵亡，无子。

7. 窦鸿书：元平长子，字麟堂，号麟阁，工书善骑射、技击。咸丰十一年（1861）随堂叔太仆公在大滩剿捻阵亡，时年三十六，赠教谕衔,并给云骑尉世职。附礼太仆公专祠,诰封武骑都尉。

8. 窦鸿谟:元浑次子,字画亭,布政司理问衔,五品军功。咸丰十一年(1861)从堂叔太仆公在大滩剿捻阵亡,赠通判衔。并给云骑尉世职,附礼太仆公专祠。

9. 窦庆祥:元盛子,六品军功,咸丰十一年(1861)在大滩剿捻阵亡。

以上九人,可谓窦家的精华。经过这次剿捻,大多少壮绝嗣,窦家的损失是相当严重的,付出的代价不小。窦鸿年编家谱,显然是要追溯其父的功勋以传世。但是再看窦鸿年编写的《邳志补》剿捻章中,却只字未提窦元灏的事。按窦鸿年原为光绪十一年(1885)科拔贡,内阁汉票中书,改湖北知府,署理襄阳府,三品衔,并因父亲的军功,兼袭云骑尉,诰授资政大夫。无论是他当时的地位,或他父亲的军功官爵,都是能提得上的,各府县均有先例。可他未提,是何原因呢?是窦鸿年对剿捻战功有不同的看法,不愿载入史册,或是县里情况复杂,不能多写,不好妄为推断。但据我所知,当时其他望族亦有死于剿捻的。如官湖刘姓称大将军者即是,那么庄、马、戴各大家中有没有名人剿捻阵亡的呢?这是一条很好的线索,如广泛搜集一下,很可能对捻军在邳县的活动情况会有大量的发现。

(四)

还有一点值得着重研究探讨的问题,就是邳县有没有人在捻?由于我读的资料少,目前尚无发现。但是邻近的却不少,如山东的刘狗,沭阳的陈玉标,灵璧的张逢科,萧县的吕秀盘、左渊,沛县的湖团等,有的是知名的捻首,有的是类捻的组织。邳县连续闹捻十年，难道就不受捻军的影响吗？从历史上看，每一次农民革命的爆发，都波及邳县，黄巢的"造反"，红袄军的来邳，都不是无因的。何况捻军活动是太平天国革命的继续，他们的政策对贫苦农民又是有利的。我曾访问过一些老农民，他们把捻子也喊作长毛，说他们只杀贪官、吃大户，穷人是不怕的。政协原副主席李觉民同志回忆："幼时见捻子来，富户均集中于巨山上的圩寨内，执长矛，备火炮守墙。捻子在山下盘旋不得进。我家当时未避入寨内。"即使当时有钱的人、老知识分子，对捻子的看法也是各异的，有的说捻子是"红胡子""魔鬼"，有的赞为"游侠"。蒋子湘先生在"七经楼文钞"中说："捻子，其汉代之游侠耶？当时闻难则排，见纷则解，不顾其身以殉人之急，合于太史公所谓救危振赡有仁义行者。"

邳县当时之所以未出现公开的捻子，可能是因为：第一，捻虽常来但盘踞之日少，未能生根。第二，邳县的豪绅武装力量较强，镇压得厉害，饥民不敢公开反抗，但无论如何受捻军的影响是排斥不了的。据邳城农民介绍，民国年间还有所谓胡都督者在艾山上树大旗写着"替天行道，杀富济贫"。

我为没探得捻邳的存在而深感遗憾。

政协文史资料编者要我介绍一些历史上的捻军情况，信笔写来，挂一漏万，谬误很多，仅供有志研究者参考。

1985 年 11 月《邳县文史资料》第三辑

邳县京剧团史略

邳县京剧团成立于1949年，解散于1959年，前后活动十一年时间，是邳县三大职业剧团（京剧、柳琴、梆子）中成立最早的一个。

一、京剧团建立前的概况

京剧是流行全国的剧种，解放前在邳县的群众中有广泛深远的影响，被称为大戏。据原京剧团业务团长、现年81岁的老艺人李富之讲：邳县京剧流行约在清末的同治光绪（1874—1875）年间，距今已一百多年，在辛亥革命后尤为盛行。当时的邳县、宿迁、睢宁、东海、郯城、马头、苍山、临沂等地有钱的地主家多打科班，娱乐挣钱。这一带地方的科班，多达二三十个，如山东新屯的桂字科、郯城的全字科、宿迁板桥富字科、邳县龙池的连字科、东海的后字科等。邳县邢楼乡的老京剧艺人王万秋（回民）就教过六个科班。李富之是宿迁板桥富字科的，系王万秋的学生。李入科时仅14岁，王当时已60岁。郯城的全字科也是王教的，早已出科了，按年限上推距今一百二三十年是不成问题的。

板桥科当时的教师中除王万秋外，还有徐全秀（老家山东郯城马头，在邳县官湖寓居很久）、鲍盛海（郯城人）、赵子章（京角）、孙寿全（京角）、郭全增（邳县）等人。箱主（老板）是板桥的地主马其衍（字健飞），他们是按北京的"富连城"的字起的。富字科共50人（都是男生），当时科班为五年制，箱主供吃穿，对老师的供奉颇丰盛，薪水也高。班中供唐明皇李隆基像，两侧对联为，"金枝玉叶梨园主，龙生凤养帝王家"；左右挂"五昌兵马司"和"水式三官"图像，每餐前都要烧香磕头。学员经老师考试选中入学后，吃饭、穿衣、铺盖均由箱主包下来。教学上是边练基本功边排戏，文武皆学，班规很严，一人违纪通堂都要挨棍子的。教师排戏也是包干的办法，对一出戏中每个角色的唱、做、台词、对白、音乐、锣鼓及武打场面都各由一个教师教，以保持流派特色，直排至能登台演出为止。科班演出的收入，全归箱主。约在出科前一年，对演出好的学员才给些补贴。出科后留在班中的方能划分拿钱。

富字科结束后在邳县的龙池（现属新沂）曾又开过连字科（50人）。当时的箱主（老板）有张广祥（后张圈子人）、袁宗凯（邳县袁湾子人）、杨启昌（国民党龙池区长）等人。教师有李富之（新沂棋盘人）、孔广礼（山东杨集人）、陈多凤（山东人）、范玉振（邳县大范家人）、张福文等。连字科之后，即没有续办。

在旧社会，全、富、桂、连几科的一些人员，是邳县京剧活动的骨干力量，流动在城镇农村中的班社，多有这些人员参加。富字科活动突出的人员有王富兴（后改名王桂廷，官湖人）、孔富金（邳城人）、李富之（棋盘人现属新沂）、马富生（原名马福增，官湖人）、徐泽民（老家马头二庙，跟其父徐全秀在板桥科跟班学戏，寓居过官湖）。连字科有郑连寿（郯城人）、李连全（新沂人）、王连美（官湖人）、吴连生（徐塘人）、王连昌（徐塘人）以及杨全才（官湖人）、徐全贵、徐全秀、范桂玉、张巨银、马桂生等。

当时较有名望的演员数王桂廷（王富兴），长于武丑，出科后跟王胜保（徐州人）活动于云龙舞台，善唱《杨香武》《铁公鸡》等武戏，上台先翻10余个小翻，然后漫子上3张半桌，空翻落地连40个旋子，功底很深。后和昆旦金艳芬结婚，夫妻合演《大英节烈》等戏很拿手。使包银（金艳芬每日15元，王桂廷每日8元）在南京、武汉、青岛、上海等地都很响。王桂廷在上海滩曾挂"第二勐斗武生"的招牌，平常走路带五斤重的沙袋，上台前去掉沙袋，身轻如燕，在嘉兴演戏时，10个小翻加漫子升高踢灭了舞台顶棚的汽灯，获得全堂喝彩。解放前曾在沭阳等地演出过，夫妻俩每月包银720元。金艳芬曾改名"翠明霞"，解放后和王桂廷住西安，官湖尚有他的姐姐和义女。

另外是徐泽民（徐全秀之子），长武行，演孙悟空或关公红净戏出名，在邳县、临沂、山海关外名望较高。现在临沂京剧团退休。

解放前邳县京剧艺人玩的班子多是共和班，有长年包班和分账班子两种，包班班主负担大，要有一定的资金基础，演职员有固定工资，演出的一切收入归班主，长年不散。分账班子盈亏是大家分担的，一般在秋季大忙后领班人即通知集中营业，衣箱是租的，如邳县授贤村的冯俊明、冯俊光，邳城的罗坛兰（罗明山的父亲）都有戏箱出租，每演一天戏3元租金，领班人不需要资金。李富之等人玩的"高升班"就是这种性质，他们刻有公章和批戏人订合同，当时批的戏多是愿戏（还愿）、会戏（逢会）、集戏（赶集），一批便是三台四座（即演三天正戏踩台不算），一台的批价百多元数十元不等，演出时点戏需另加钱，火彩、加官另加钱，另外还有报单钱、支锅钱、胭脂钱等。戏演完后不能秃尾巴，要续戏，价目照批戏算。班主将这些收入综合起来，去掉生活开支，然后请十大行（生、旦、净、丑、老旦、鼓老、老生、花脸、青衣、彩旦）按厘划账，每人顶高8厘。以此类推及一般职员杂役。亏空大家赔。营业一般冬春最红火，秋夏较差，农忙不能演出了就分散回去，来年秋再组合。这实际上是半农半艺的性质。每年的中秋节和年终除夕，班中要过大节，席为十大碗。除班中人外，台下的黑棚主也要参加，藉以联络江湖，遇事好互相帮助。如有外侮，黑棚下的弟兄们都受团领班的指挥。旧社会的京剧艺人能在七十二行中占一席地位，又能在复杂的环境中保护自己，生存下来，这算是很重要的一个环节。

除职业班社外，业余的京戏活动当时在群众中也有广泛的基础。闲时，票友清唱之风大行，富户家更爱好这种娱乐，有时也让用人学唱，供他们享受。大多数的农民是喜爱而玩不起来的，因而草台班就应运而生了。

二、邳县京剧团的建立

邳县在抗日战争和解放战争时期，因革命工作的需要，行政区划上分为邳南和邳北两部分，邳南属江苏，为邳睢县；邳北属山东，为邳县；因而京剧团也分为邳睢县京剧团和邳县京剧团两个。邳睢京剧团1950年成立于邳睢县政府所在地的土山镇。演出在县医院左侧约400个座位的简易戏园内，当时是以土山镇的业余票友为基础，招收了一批外地京剧艺人组成的。团长韩桂全系苍山县人，为新村桂字科出来的，能演《三岔口》《芦花荡》《白水滩》一类的武戏。演员有当地的票友刘竞生、王瑞祥和冯秀琴，展君符（徐州人）等人，班底较弱，主角靠向外地延聘，至1953年6月份聘外地来演出的角色有黄曼秋，周曼云、边风琴、王瑶华等女角和刁吉良等男角。邳睢县京剧团的性质属自负盈亏的大集体，当时也叫共和班，经邳睢县文教科批准，由邳睢县文化馆领导。演出多为京剧传统剧目如《红娘》《红楼二尤》《锁麟囊》《八宝公主》《五花洞》《法门寺》《盘丝洞》《失空斩》之类。1951年冬曾排过新戏《九件衣》《小仓山》是当时观众反映较强烈的革命剧目。该剧团在经济上为分红制，收入由角儿提成（一般二至三成）后再去掉开支，以人划分，按分分配。班底最高的不超过十分，生活上基本可以自给，有时在角色接不上时，也请票友打炮，如当时土山小学的女教师茅文华（现为邳县政协副主席）就炮过《驾后骂殿》等戏，打炮时剧团向机关商店散红票，实际上是社会救济性质。另外政府给以少量的生活补贴，服装等则全系政府支持的。

邳县京剧团系1949年8月成立，初演于邳城三官庙和官湖的简易露天戏园，由邳县文教科批准，属邳县文化馆领导。第一任团长为罗曾兰。后为周富义（1951年）、罗玉山、纪富明（1952年）、王守田、罗明山（1953年），由王桂成负责业务。演员有孔富金、马富增、王连美、刘百山、纪福云、李俊培、孔凤龄、李连安、张连成、范桂玉、王彦君等人，亦是靠接角售票演出，常接的角色有周曼云、王瑶华、王素芳等人。多演传统戏，大体上和邳睢京剧团的剧目一样。也是自负盈亏的大集体共和班，收入上角儿提成，班底按分分红，生活不足部分靠政府及文化馆补贴。

1953年6月，行政区调整，邳睢县撤消，其文化馆与邳县合并，邳睢京剧团解散，这时邳县的京剧团已因经济困难而放假，至1954年春，才又由文化馆把二者组织起来正式建立新的邳县京剧团。

三、邳县京剧团的发展和变迁

邳县京剧团重新建立起来之后，文化馆安排刘渭涛同志管理剧团，仍以王守田、罗明山、纪富明为团长，又把邳睢县京剧团的部分人员如刘竞生、王瑞祥等收回充实进去。1954年冬又按照国家进行职业艺人登记的要求，派李耀荣配合文教科员白益德进行了艺人的登记和整顿，落实固定班底共四十余人。1956年邳县文教科先派进了转业军人袁启楼为行政团长，继又派进了共产党员刘秉显为剧团指导员，并开始了整团，弄清了演职人员中的成分和历史问题。大家又推选了科班出身、业务熟悉的李富之为业务团长，并配备了会计，业务组长、青年学员如石天民等也逐步能演戏了；又吸收了李广凤等女学员，业务上大有起色。1956年徐州地区举行职业剧团会演，由王瑞祥等演员挖掘整理的传统戏《二度梅》，通过认真排练搬上了舞台，参加了地区会演，深受群众欢迎。

邳县京剧团的演出活动，主要靠外地流动的名角，据统计外来的名角有周曼云、周曼生、王素芳、王玉侠、王惠君、刘海涛、九步红、徐泽民、杨博生、赵桂华、周安英、赵淑云、赵霄虹、刘胜仁、徐忠祥、李君芳、陈汉鹏、孟少青、李玲芳等。外地剧团来邳县演出的名角有许翰英、单玉良、吴惠秋、周云亮、周云霞、宋长荣、梁惠超等。他们也给县京剧团带来了良好的影响。

1957年原流动名角赵霄虹认为邳县京剧团有前途，要求取消角儿提成（原二成提）留团固定下来，经邳县文教局领导研究批准，接收了她，并重用为团长，由此班底加强，不用请名角亦可正常演出了。这一段可以说是邳县京剧团的鼎盛时期，人马多、行当全，人员通过整顿，思想觉悟也有所提高。他们除在邳县城和各公社剧场巡回演出外，还去徐州各县演出，并到山东的郯、马、十字路一带演出，大受群众欢迎，收入颇佳。

当时邳县京剧团上演过的剧目有：《火烧广太庄》《让徐州》《鱼肠剑》《碰碑》《棒打无情郎》《拾玉镯》《穆柯寨》《法门寺》《霸王别姬》《汾河湾》《打渔杀家》《红霓关》《人面桃花》《甘露寺》《借东风》《三岔口》《白水滩》《雁荡山》《逼上梁山》《小刀会》《雏凤凌空》《四进士》《全本王宝钏》《四郎探母》《定军山》《选白袍》《斩经堂》《收子都》《红娘》《玉堂春》《白蛇传》《二堂放子》《二进宫》《骂阎罗》《秦琼卖马》《南阳关》《滚钉板》《坐楼刺妻》《下河南》《盘丝洞》《闹天宫》《文昭关》《水帘洞》《走麦城》《凤还巢》《锁麟囊》《二度梅》《长坂坡》《挑滑车》《战宛城》《铁弓缘》等五十余出戏。

四、邳县京剧团的衰落和解散

进入 1958 年，由于浮夸风盛行，公社中脱产的文工团破土而出。至下半年，因大锅饭和"左"倾思想路线的影响，农民生活贫困，演出的售票率大大降低。当时邳县有三个职业剧团，柳琴、梆子都是地方剧种，收入尚可维持。京剧这个古老的剧种则有些招架不住了。由于群众反映京剧的唱词、吐字听不太懂，因而失掉了大批的青年观众，收入难以维系。领导上虽曾采取措施，把剧团留在文化馆半年进行整顿（这时指导员刘秉显支边去新疆，文教局派干部聂岐山进团任团长整顿剧团）。但是组织调整易，而"戏改"并不是一朝一夕可奏效的，况且邳县的条件差，新的文艺工作者少，创作、整理人员、导演、音乐人才都缺，无法完成这一任务。至1959年夏，只好按徐州地区关于精减文艺团体保证一县一团的精神，先把京剧团砍掉。处理的方法是把住团干部调回原单位，把赵霄虹等主角由地区介绍入东海县京剧团（因那个县是保持京剧团的），把业务团长李富之转入人民剧场当职工，把武行吴连生、张巨银等演员转入柳琴剧团当武功教师。其他班底就地解散（解散后也有不少人自谋职业参加外地京剧团或业余京剧团的），服装道具分给柳琴、梆子剧团使用。就这样，活动了十年的邳县京剧团宣告结束了。

县京剧团撤消之后，一些京剧爱好者仍在公社坚持活动，如合沟公社的曹庄业余京剧团，历年来常演京剧，并曾一度在本村招收青少年30人练武功，且排节目，自我娱乐。其他公社的业余京剧团（为运河、土山、白埠、授贤等）的活动也此伏彼起，不断涌现，春节文娱活动时期特多。这说明邳县人民对京剧的爱好很深，未因职业京剧的衰亡而消失。相信只要重视扶持，这朵京剧艺术之花还会迎春开放的。

邳州文史资料（第四期）
1986年10月

柳琴戏的革新和发展刍议

据史料记载：柳琴戏原名"拉魂腔"，是从地方民歌溜山腔汇合了花鼓谱、锣鼓统子等形式发展起来的。在山东临沂又与周骨子融合，逐步丰富，得以成型。而后流转迁徙，入乡随俗形成流派，因而名称也不统一，如安徽叫泗州戏，江苏徐州因其伴奏主乐器为柳叶琴而名之曰柳琴戏；山东、河南原仍称拉魂腔，后也改称柳琴戏了。这个剧种从形成到发展，上推至乾隆年间，也只有二百余年的历史，由于它以说唱形式"跑坡"的时间长，真正登上舞台的时间短，因此和其他的古老的戏曲，可算是一个年轻的剧种。幸运的是这个年轻的剧种羽翼刚丰满就进入了新社会，受到了党和政府的重视、关怀和扶持，得以健康地发展和顺利地成长。

一、柳琴戏今昔

拉魂腔是群众对这个剧种的爱称，"拉魂"者，誉其唱腔优美迷人也。据老年人说它在辛亥革命前后曾盛极一时。解放后，仍是魅力迷人。

我接触拉魂腔是在20世纪30年代初。我们村江苏睢宁县双沟乡史庄村（原属安徽灵璧）。一个和我同姓的长辈，家有百十亩地，因喜爱拉魂腔，包班子连续为村民义务演唱三年，把地全贴光了。夏季农忙，村人无暇看戏，他便拉我们这些小孩子去帮场，去一次还要给两条麻花和一把糖果吃。晚间在麦场上唱《鱼篮记》，他去各家喊妇女老人看，忙着搬板凳，抱孩子，热情到了极点。这个家庭破落后，村里冬春两季仍不断戏。春唱"青苗"（清明节前后唱），戏后立约不准散放牲畜，是为"青苗"戏；冬拉"响唱局"（赌博者），延请班子唱戏，招人入局。特别是"青苗"戏，各村轮着唱，我们跟着听，远的能跑几十里。家里人怕出事，骂说："小东西，叫拉魂腔拉去魂了。"其他为"愿戏""会戏""赶集戏"等，名目繁多，都是延请班唱戏的借口，间或也有请梆子班的，但那需要搭戏台，群众嫌麻烦。京戏是只唱集镇不下乡的。这种情况一直延续到解放。

群众为什么这样爱听拉魂腔呢？一是拉魂腔的曲调确实迷人，唱旦角的演员花腔多，唱得脆，高八度的尾子拉起来味儿很好听。二是有故事情节，古代、前朝和眼前的事都有，故事有头有尾，情节动人。"东西回龙、二·五反、点兵、四告、大花园，"艺人的这些金子玩意（指剧目），走到哪里响到哪里。三是有程式化的表演动作，如骑马、跑驴、划船、推车、抬轿、扑蝶等都有一套很好看的动作，唱旦的踩跷子更有特点，走起路来如风摆柳，在群众中很叫好。四是丑角捣杂，插科打诨，捣得很热闹，很风趣。五是语言通俗，符合群众口味，吐字清晰，字字句句都能够听得懂。

解放以后，党和人民政府很重视这些民间的戏剧班社，把它们改造成剧团，进行了装备，整理了剧目，艺人们的地位也提高了。特别是1954年华东地区会演之后，柳琴戏地位提高了，由小戏发展成大戏，流动班社通过登记，稳定在城市里安了家。后经不断充实家当，添置灯光布影，吸收姊妹剧种一些表演技艺，丰富了自身的演出能力，遂以崭新的姿态，活跃于中小城市的舞台。

柳琴戏进城之后，演出情况仍然是很好的。首先它以浓郁的乡土气息吸引了大批的观众；第二，剧目和表演艺术的提高，使人耳目一新，可和其他剧种抗衡；第三，能发挥自己的特长，以演出本身的优秀传统剧目和应时的现代戏，受到群众的欢迎和上级的重视；第四，有广大的农村观众作后盾，可进可退，排一出戏，演完城市演农村，到处受欢迎，因而票房价值高，演出也顺利。艺人们常说："解放后三十多年的日子最舒心好过。"这确实是肺腑之言。

20世纪80年代，是艺术上大竞争、大发展的时代。国家拨乱反正之后，大搞物质文明和精神文明建设。随着物质生活的提高，人民迫切要求丰富多彩的文化生活，于是电影、电视、话剧、戏曲、录相、流行歌曲、时代舞蹈、杂技等艺术都在围绕着满足人民的文化生活需要这个前提而竞相开展起来。舞台上也出现了百花争艳的新局面。同时，由于竞争的胜负决定着具体艺术门类的兴衰，因而大家无不拿出浑身解数以期战胜对手，争取观众，谋求自己的生存和发展。柳琴戏当然也不能例外。目前与柳琴戏相竞争的对手仍在增多，而且以各自的艺术渗透力和吸引力，使观众开阔了眼界，不断提高艺术欣赏水平。俗话说"朝吃朝馋"，最基层的农民观众过去吃"煎饼卷盐豆"已觉得很好，现在常吃肉还弃肥拣瘦，很难满足，这就出现了艺术质量和群众的要求不相适应的矛盾。柳琴戏也出现了以下的情况。

1. 内容陈旧，形式单调，落后于群众日益提高的欣赏要求

比如在剧目方面，柳琴的传统剧目大小近二百出，但整理出来的很少。有些戏精华和糟粕并存，不经认真整理，群众不满意。

好的新编剧目不多，靠搬演外地的，又往往不合地方的口味，因而产生了"剧本荒"。在表演上，限于导演的素质，创新也很困难。用旧瓶装新酒、以不变应万变或生搬硬套的办法排出来的新剧目，形式和内容不能有机融合，也难使观众满意。

2. 时代发展，观众换代，柳琴戏在争取中青年方面，已失去过去的魅力

中青年观众是柳琴戏的主要支柱，20世纪三四十年代，老人喜爱正宗的京戏而轻视地方戏，控制子女，禁止妇女看戏。中青年因柳琴戏的通俗化语言与自己的文化素养合拍，又因它优美的唱腔、有刺激性的魅力而着迷。他们不仅爱听，更爱学着唱，如"西北风、阵阵寒，我劝丈夫别赌钱……"这样的八句子在我们那一时代几乎人人都会哼。人的感情是束缚不住的，有时则束缚越大反抗越大；有的禁得越严，爱之越深。现在观众发生了变化，原有的中年观众成为现在的老一代，他们对柳琴怀有旧情。青年人就不同了，他们对艺术的欣赏不仅要求广、目光新，也追求内在的哲理性，因此原有的剧目或演出已很难满足其需要。目前剧场里的柳琴戏观众中老年人占60%以上，中年占20%到30%，青年观众甚少。在县城剧场，歌舞晚会和录像放映中，比例却恰恰相反，青年占80%以上，中年占10%—20%，老年人则是寥寥可数。当然形成这种局面的原因是多方面的，不能全归咎于艺术质量，但有一点可以肯定，柳琴戏在吸引中青年观众方面已失去当年那种迷人的魅力了。

3. 票房价值降低，活动阵地缩小

举几个明显的例子：徐州市的彭城剧场原是柳琴戏演出的专用场所，是上演柳琴戏最红火的地方。前些年，无论上演古装戏，还是上演时装戏，都是场场爆满，观众进城想随时买张票很困难。

现在情况不同了，观众冷落，剧场已成为以放映电影为主的影剧院了。再以县城为例，邳县是徐东的水旱码头，往日县柳琴剧团在人民剧场可连演两三个月，《孟丽君》一剧就能连演二十余场。七月七演《恩仇记》，各乡来看戏的农民买不上票，铺上蓑衣睡在街头的马路上等。剧团在白天即可加演两三场，卖黑票的市民能发个小财。现在剧团排一出新戏演不过三场就得换戏。剧场接来流行歌曲音乐会或时代歌舞，票价高至壹元伍角，而柳琴剧团一张票三角伍分还很难卖出。再从农村的情况看，邳县过去是"柳琴之乡"（或称"柳琴窝子"），铁佛寺的卞湖、戴庄的山窝以及四户、合沟等地过去几乎家家唱柳琴戏。每年种完麦，二把手车子一推，便上山东、下淮南到处演唱，直到次年麦收才回家。现在副业门路广阔，艺人家庭的子女也不唱柳琴戏了。邳县三十多个乡，唱柳琴戏的宣传队或民营剧团过去乡乡有，现在民营剧团很少，常年宣传队也只剩三五个，仅能在节日配合宣传演出。有的群众说："县里剧团大了下不来，乡里的剧团也撤了，连柳琴窝的人都看不到柳琴戏，再过几年，柳琴要绝种了。"这个批评很中肯，从某种意义来说，也反映了柳琴戏阵地的缩小、境况的萧条，值得我们深思。

笔者以亲身见闻反映了以上情况，目的在于说明：柳琴戏要生存、发展并在竞争中取胜，就必须按照时代的要求、人民的需要，不断地革新创造，使柳琴戏艺术与人民的思想感情、审美观念相吻合，同社会发展中的时代精神同步前进，才能永葆青春，立于不败之地。

二、革新断想

毫无疑问，柳琴戏要革新，这是大势所趋。问题是怎么革新？

目前戏剧理论界对戏曲艺术的革新问题，争论不休。一种意见认为，戏曲艺术产生于旧时代，从内容到形式都不适应新时代的审美要求，要大胆彻底地改，要产生第三代的全新艺术；另一种意见认为要根据多种艺术的特点，纵向继承，横向借鉴，提高质量，来逐步满足人民的需要。两种意见都是从关心戏曲的发展出发的，探讨有利于提高戏曲革新者的认识。我赞同后者的意见。因为一种艺术的形成往往要经几代或几十代人的努力，其生命力也非一日可泯灭。改革者应深入研究其艺术构成的内在机制，以便扬长避短，革新创造。戏曲艺术的竞争是长期存在的，宋、元、明、清已历时数百年，竞争的成败，决定着剧种的兴衰，但并不意味着常青或消亡。唐代的梨园戏、明清的昆曲，今天仍见存遗，即可为佐证。我们的国家有十多亿人，是幅员辽阔的大国，各地人民需要多种艺术，需要百花齐放。改革会赋予剧种以新的生命力，人民不愿抛弃自己喜闻乐见的艺术。

柳琴戏的艺术之花要开得好，需进行多方面的改革。我认为当前迫切的是。

1. 丰富柳琴戏的上演剧目，并使其在内容上与时代的脉搏相适应

从徐州来说，解放后经加工上演的柳琴戏传统曲目有《喝面叶》《拦马》《草建游宫》《小书馆》《张郎与丁香》《状元打更》《灵堂花烛》等；新编上演的剧目有《宝山相亲》《追谷种》《小燕和大燕》《相女婿》《红桃图》《志群接鞭》《步步高》《喜秀》《三赐御匾》等。全市四个柳琴剧团，每团都有三五个。其中以《小燕和大燕》影响较大。至于从外地移植过来的剧目，只是为补一时不足。但总的说，我们经常上演的剧目还是不够丰富，这不仅表现在数量上，更表现在质量上，真正能久演不衰的剧目太少了。特别是缺少能震动全国的拳头产品，而这种拳头产品，又是为振兴柳琴戏所特别需要的。昆剧团一出《十五贯》而救活了一个剧种，豫剧、川剧，多年来连出好戏，全国仰慕，身价倍增。这些众所周知的例子，不需多举。

柳琴戏要提高剧目质量，首先要提高编剧队伍的质量，要在提高剧作者文化艺术素养的基础上，认真研究柳琴戏的内在基础规律，深入生活，探寻时代风貌，才能写出好戏来。现在柳琴戏的编剧队伍小，且人员不固定，有的剧团还没有专职编剧，这也就难以定向培养。再者，柳琴戏的编剧，必须熟悉本剧种的特色，知道演员的特长和表演能力，以便发挥其最佳艺术效能。一般来说：柳琴戏善于表现乡土情趣，以粗犷豪放、诙谐幽默见长。这一特色在它的传统小戏形式"压花场"中即表现突出，有不少可学的地方；运用歇后语多，词牌中的"娃子""羊子"在规格要求上也特别严。它们的句式虽同于梆子戏，但用法却迥然不同，用不好就很别扭。其对口语言也别具风格。"点兵""观灯"等唱段中的大板赶口唱也有其特色，观众说"能供上耳朵"，青衣靠它卖口叫座。这些精华都值得吸取。当然，剧本新在立意上，但还应当先以塑造人物着手。一个剧本如写不出几个生动的人物来，立意再新也无从体现。近年来，由于受"左"的思潮影响，我们惯于主题先行，未动笔便想到如何教育人，把剧中的人物作为图解主题的工具。而实际中，主题是靠人物的行动体现出来的。关汉卿先生笔下的窦娥，鲁迅先生笔下的阿Q、祥林嫂等人物之所以不朽，关键是真正塑造了那个时代的典型人物。我们说剧本要有时代精神，首先是人物要有时代感。古装、时装无不如此。要写出人物的复杂性，形象才能丰满，才能体现出剧本应有的意义和巨大的感染力。这些虽属编剧共性的东西，也是应当认真注意的。

2. 发挥柳琴戏唱腔迷人的优势，丰富曲调，大胆创新

唱腔，是一个剧种的灵魂。当拉魂腔还在说唱阶段时，表演不多，是专靠唱腔取胜的。拉魂腔即喻其唱腔魅力之大。艺人们也以此自豪地说："拉魂腔，拉魂腔，不怕你不来，就怕我不唱。""拉魂腔"是广泛吸取地方的民歌曲艺及兄弟剧种的优秀声腔而形成的，调门柔和婉转，优美动听，自成旋律，具有一种热烈的感情和特殊的风味，应该说先辈艺人们创造出这一声腔，是付出了很大的努力的。

一个事物形成之后，还要继续发展。艺术更要随着时代的进步、人民的需要而不断创新。清代戏剧家李渔在《闲情偶寄》中说："变调者，变古调为新调也。此事甚难，非其人不行，存此说以俟作者。才人所撰诗赋古文与佳人所制锦绣花样，无不随时更变。变则新，不变则腐；变则活，不变则板。至于传奇一道，尤是新人耳目之事，与玩花赏月，同一致也。"李渔的这一段话，精辟地说明了戏剧唱腔改革的重要。新中国成立以来，柳琴戏的艺人和音乐工作者很注意柳琴唱腔的改革，也做出了巨大的努力。当然，在唱腔改革中，碰到的困难还是不少的：一个是改后老观众不满意，觉得不是柳琴味了；二是如果不改，新观众有意见。这两种现象的并存也曾使音乐改革者为难过，犹豫过。深入分析，持这两种态度的观众，其共同要求是要自己喜好的柳琴戏。关键的问题是处理好继承与改革的关系。马彦伯同志今年4月在江苏省戏剧创作会议上说："继承和革新是辩证的统一，没有革新，就不可能真正的继承。同样，没有继承也不可能真正的革新。一个民族的审美趣味和欣赏习惯是在长期的审美实践中形成的，它具有很大的稳定性和持续性。当然，它不是一成不变的，它会随着民族的生活变化而变化，但是这种变化还是离不开原来的基础，离不开民族的特殊性，否则，它就不能为人民群众所理解和接受。"这段话可以解决我们对柳琴戏唱腔改革的认识问题。

柳琴戏的原有唱腔、板式约有二十多种，流派很多，各具特色。各流派的代表人物都知道利用本身的优越条件，扬长避短，进行创造。观众议论说：王素琴的唱腔浑厚，姚秀云的唱腔清脆，王玉凤的花腔多变而动人，张金兰的唱腔朴实而优雅。认为泗州戏艺人李宝琴的唱腔有刚有柔，别具风味。凡此群众议论虽不尽精确，却反映出群众对他们艺术特长的看重。

在唱腔改革中，我们不仅要向本剧种卓有成效的老艺人学习，而且还可以横向借鉴，以丰富自己。如厉仁清的唱腔曾借用梆子调，后形成了自己的特点，观众也已经很习惯了。对男唱腔，观众和艺人都感不足；特别是演大戏，更感不敷应用。这些都有待与艺人和音乐工作者一起创造。总之，我们只要在尊重传统的基础上进行唱腔改革，艺人和观众都会欢迎的，只要是美的，一时的不习惯，也会为忘情的欣赏所取代。

3. 吸收姊妹剧种的舞台艺术，加强自身的营养

如上所说，柳琴戏是一个年轻的剧种，上舞台的时间短，运用戏曲表演程式还不太纯熟，急需向其他剧种学习并进行创造。然而柳琴戏有其自己的表演特色，因而在学习和借鉴中仍需发扬自身特长。

柳琴戏长于演喜剧、闹剧，看一看"压花场"就可知其表演上的特色了。"压花场"分"单压"和"双压"两种,"单压"是一男一女,"双压"是一男两女对舞对唱。"压花场"先由一个花旦随着音乐节奏舞蹈上场,做出各不相同的身段,走出各不相同的步法。唱"八句子"后引出下面的角色,然后共同起舞,对唱表演。我觉得它与东北流行的二人转有异曲同工之妙。二人转的舞扇子、手绢很高明,扇子如紫燕翻飞,手绢旋飞出去能自动飞回。而柳琴和泗州戏女演员走"四角旋风式"时,形似风摆杨柳,状如出水芙蓉。每次突然回旋,能把裙子旋开像蓬大伞,婀娜窈窕,极为美观,令人拍手叫绝。喜爱二人转的观众如果能看到柳琴的小戏"压花场"也定会惊叹赞美的。

柳琴戏的身形和步法同于泗州戏,已形成程式的有"整鬓拔鞋""提领""顿袖""四台角""旋风式""剪子股""门外窝""蛇脱壳""百马大战""燕子拔泥""鸭子和泥""怀中抱月""苏秦背剑""白鹅亮翅""浪子踢球""凤凰单展翅""凤凰双展翅""懒婆娘簸簸箕"等。其他如行船、推车、骑马、跑驴、抬轿等也都有一定的规范。由于艺人多来自农村,吸收民间歌舞的东西也特别多,表演乡土生活的剧目,更容易找到其思想情感的载体。

我们说的继承和借鉴,都是为本剧种的创新服务的,并不意味着厚古薄今或生搬硬套。如柳琴戏的打击乐,除原始地吸收了"周姑子"的艺术之外,基本上都是学京剧的,但仍要融会贯通,用得恰当,使其变成自己的东西。这样使用起来,才能得心应手。

我觉得还要立个志,要面向全国,放眼世界,向最优秀的剧种看齐,使柳琴戏的舞台艺术逐步达到更加完美的艺术境地。

三、发展刍议

柳琴戏的发展前景是光明的，但是要取得长足的进步，除剧团本身的努力外，还应有多方得力的措施。我想从三个方面提出个人的看法。

1. 培养"尖子演员"，扩大剧种影响

剧种的发展及其艺术成就的标志体现在"尖子演员"身上。"尖子演员"是一个剧种的历史结晶和发展支柱。如果京剧中不出现"四大名旦""四大须生"等知名表演艺术家，不出现梅兰芳这样的艺术大师，京剧在全国乃至全世界就没有这么大的影响。豫剧没有常香玉、马金凤、崔兰田、陈素真等名角，其面向全国发展也不能如此迅猛。其他剧种当然也一样。

柳琴戏是个小剧种，出现的名人不多，影响不大。一方面是受自身条件限制而没能推广开；另一方面是有些领导有些犯"嫌贫爱富"症，越大越强的剧种越要锦上添花，越小越弱的剧种越不雪中送炭。"尖子演员"在旧社会靠个人奋斗，在新社会除了个人努力外，还要靠培养、扶植。现在全国各大剧种都有培养人才的剧院，柳琴戏则根本没有（泗州戏在这一点上要比柳琴戏做得好）。不仅全国没挂上号，在本省也没有得到足够的重视。试问省戏校培养过几届、几个柳琴戏学员？演员不培养又怎能迅速提高？苏鲁豫皖边区虽曾出现过像王素琴、王玉凤、姚秀云、李宝琴、霍桂霞、张金兰这样的地方知名演员，可现在他们年事已高，后继人又出了几个？要想发展柳琴戏，必须果断地采取培养演员的措施。徐州市现有个综合戏校，是培养初中级艺术人才的，省戏校也应当设柳琴专业，培养更高一级的人才。

另外,对优秀演员的宣传也应跟上。诚然,演员不能光靠捧,而要靠自己在艺术上的拼搏去争取社会承认,但也不能忽略宣扬的作用。现在省、市两三年一次会演,一次难得上一台戏,好演员得到全社会重视机会太少了,要多创造机会。

2. 巩固阵地,扩大阵地

柳琴戏原有的根据地是农村,由于现剧团固定在县市(这当然也是好事),更由于编制所限,剧团少,已顾及不了广大的农村。农村中的阵地是靠半农半艺的剧团或业余宣传队来维持的。现在农村经济发展,不愁衣食,有些人便改了行。有些人想演戏又受到各种限制,如艺人自由组合的班子,前些年叫"黑剧团",在取缔之列;近年来不取缔了,但收费偏高,他们无利可图,也不愿干了。有些地方,柳琴戏的活动几乎成了空白。空白了,又从何培养新一代观众对柳琴戏的欣赏兴趣?

我觉得应当坚持"专业和业余两条腿走路"的方针。在农村,可对业余剧团或半农半艺剧团放宽一些尺度。国家能三年不收营业所得税,咱们的管理费也可以少收一些,以调动他们的积极性,先把农村的局面搞活。对县职业剧团可鼓励其跑码头,有条件的多串串大城市,以扩大影响;条件不足的则多下农村。相信农民对柳琴戏的感情还是很深的。县剧团就怕是上不上,下不下,向上无能,向下又不情愿。下去了能增加收入,对巩固阵地也有好处。

3. 加强人才流动

过去艺人是自由职业者,剧团请角演员走留自便,现在演员是剧团的固定成员,受行政制约,如流走了,对本剧团不利,也就无法流动。

按正常的行政管理,演员还是固定好。但从艺术上看,流动也不无益处。因为演员到了一个新环境必须使力气，拿出自己的看家戏、看家本领来争取观众。这既可以丰富剧团的上演剧目，又可以扩大影响。在表演艺术上也可以说是一次有益的交流，这对柳琴戏的发展很有好处，因而我主张演员流动。

这种流动符合时代的要求，近年来，科技人员已公开交流了；电影、电视演员也可以按合同拍片，而不受团和厂的限制；戏曲演员，又为何不能交流呢？当然，这种流动和过去不同，不是自由化的，而应纳入主管部门的计划安排。比如市剧团的人马多，力量强，就可以拿出剩余力量来和外地交流或定期安排到县剧团，使其发挥作用。团与团之间也可以交换。甚至可以和同种剧的外省、市交换，山东、安徽都无不可。这样既可以使演员有更多演出锻炼的机会，又可为柳琴戏的全面发展做出更多的贡献，实为两全其美之策。

1986 年 10 月 19 日于邳县

文化馆站工作的历史经验及发展规律

〔在徐州市文化馆站长学习班上的讲课稿〕

文化馆站是国家兴办的开展群众文化工作的事业机构，是群众文化活动的组织者、指导者。正式成立于新中国成立之后，至今也不过三十多年时间，可以说是一个新兴的事业单位。由于它建立的时间短，不像教育工作那样有现成规律可循，然而它毕竟有数十年的实践经验。在全国大张旗鼓建设精神文明的今天，研究一下它的发展历史及活动规律，对指导今后工作的开展为现代化精神文明建设服务，应有其重要的现实意义和作用。

我是新中国成立初期就参加文化馆工作的，是过来人，在实践上可做些见证。但由于个人的理论水平有限，很难理清其规律，加上一直工作在一个县级单位，站得不高，看得不远，有局限性，因而研究问题可能会失之偏颇。这是首先要声明并请领导和同志们谅解的。

下面我想从文化馆站工作的发展、个人的体会、今后文化馆的建设和工作的开展三个方面谈谈一些看法。好在我们都是同行、战友、自家人，不对的地方，请多批评指正。

一、文化馆站工作的发展

(一)启蒙阶段(1949年到1956年)

我国的文化馆大都建立在1949年之后,是为适应人民政治文化翻身的需要和社会主义新文化开展而设立的。来源有两个方面:一是由旧社会的通俗教育馆和解放区的民众教育馆改建而来。解放前旧政府有通俗教育馆,成立于1915年(据《第一次中国教育年鉴》记载),后逐步推广开,南京、镇江、常州、徐州及各县相继建立,邳县也曾在邳城镇建立了一所。旧教育馆的工作主要是扫除文盲,办点讲座,搞点陈列标本,宣传些传统的伦理道德。解放区建立的民众教育馆则是人民政权领导的群众文化事业机构,业务是开展扫除文盲,宣传政治常识,普及科学常识,提倡卫生,破除迷信,组织与提高群众文化娱乐工作。二是新中国成立之后新建的一批文化馆,是学苏联的。至1952年全国才统一了这个名称,并把文化馆的"馆"字由"舍"字旁改成"食"字旁,确定了"文化精神食粮"的含义。

1954年7月,江苏省文化事业管理局发出《关于执行中央文化部关于整顿和加强文化馆站工作的指示和意见》的文件,明确提出了文化馆站的性质是国家兴办的、开展群众文化工作的事业机构,是群众文化活动组织者、指导者。经费由国家补助和群众自筹相结合。同时规定文化馆站的基本任务是通过各种群众性的文化活动、满足当地群众特别是工农群众的文化生活需要,并以爱国主义和社会主义的精神教育群众。文化馆站在各级党委和政府的统一领导下,充分利用各种社会力量,向广大人民群众进行时事政策宣传,组织和辅导群众文化学习,组织和辅导群众业余艺术活动，普及与群众日常生活和工农业生产有关的科学技术知识、卫生知识。（即当时所讲的"时政宣传""文化教育""文娱活动""科普知识"四大任务）

当时文化馆的规模很小，编制上，七十万以上人口的县为甲等县，设乙等馆，编制9人，五十万以上人口的县为乙等县，设丙等馆，编制6人；五十万以下人口的县为丙等县，设丁等馆，编制仅有4人；重点镇设文化站，人员1-3人。由于人员少，一般的馆仅能设"阵地"和"辅导"两个组（或股）。阵地组管图书阅览、民校和馆内的宣传活动。辅导组管各乡的俱乐部和业余剧团的辅导。在活动方式上主要搞直接服务。有三种惯用的形式。

1. 组织文化挑下乡

文化挑又称"三机一挑"，即是把留声机、收音机、幻灯机和宣传展览图片、装在一个挑子上，由馆里人员挑着下乡宣传，兼搞俱乐部、剧团的辅导。文化挑每到一个集头或村庄，先挂图片，摆图书，开留声机、收音机，以吸引观众；后则讲解图片，进行宣传，晚上则放幻灯。那时群众称幻灯为土电影，很有号召力。我们第一次放幻灯观众有八九千人，汽灯泡子被挤坏过两次。有时为满足群众的要求，还配合当地俱乐部宣传队的演出。

这种把文化送上门的活动，深受群众欢迎。后来由文化挑改为用脚踏车带或用平车拉。从20世纪50年代活动到20世纪60年代，它不仅密切联系了文化干部与群众，对锻炼干部的吃苦精神、树立为人民服务的思想也起了很大的作用。

2. 配合政治运动搞的戏剧宣传队

新中国成立初期，政治运动很多，每个运动都要造宣传声势，于是组织戏曲宣传队下去巡回演出就非常必要了。开始组织教师和机关的文娱人才，后来则集中组织业余剧团骨干。内容结合运动、剧目选用剧本，如配合土改演《白毛女》《赤叶河》，配合抗美援朝演《鸭绿江上》《血仇要报》，配合反霸斗争演《王九诉苦》《杨立贝》，配合生产演《好军属》《光荣灯》《兄妹开荒》《王秀鸾》，配合婚姻法宣传演《小女婿》《小二黑结婚》等。这种宣传深得各级党委的重视和广大干部群众的欢迎，因而大大提高了文化馆的威信。

3. 利用当地群众传统的节日

春季庙会搞传统的文艺节目会演，如春节后跑会，各乡村的花车、旱船、狮子、高跷、落子、竹马、花鼓、花篮等各种民间歌舞齐出动，从初一一直到元宵节，这是群众的习惯。文化馆利用这些传统的旧形式，加进了新内容宣传党的政策，并组织会演比赛。至于观摩提高活动质量，当时馆几乎年年都搞民间歌舞和剧团会演，地、市、省也搞，睢宁的落子、徐州市唢呐1955年被省挑选参加了北京全国观摩演出，对民间艺术的挖掘有很大促进。又如各农村春季的会场（香火会）从正月可以连续到五月，馆则组织业余剧团在春会上演出，既丰富了春会的内容，也开展了宣传。再如代写春联，改造旧年画、灶画、门神等，都很受群众的欢迎和拥护。

通过这一时期的文化启蒙运动，一是内容创新，二是文艺活动蓬勃兴起，三是业余队伍的初步形成，为群众文化工作奠定了基础，为第二阶段艺术活动的开展创造了条件，但艺术辅导上的矛盾也突出暴露了。

为解决这一问题，江苏省于1956年成立了艺术馆，加强了对文化馆艺术活动方面的辅导。这个措施很英明，机构建立得很及时。文化馆觉得有了业务上的倚靠，欢欣鼓舞。这样，从艺术馆到文化馆站到农村俱乐部、业余剧团，系统的群众文化事业机构形成了。文化辅导网的建立，则必然带来了艺术活动的振兴。

（二）艺术的兴起阶段（1957年到1966年）

从1957年到1966年，可以说是文化馆站工作的兴盛时期。这一时期我国的第一个五年计划和社会主义所有制改造已基本完成，转入了全面的大规模的社会主义建设时期。在群众文化活动方面也感受到原有的服务方式已不能满足群众的需求。他们既要观赏，也要进行创造，于是新民歌、农民画、戏曲等创作活动也就兴起了。

文化馆真正的创作活动，是从1956年开始的。那年暑期江苏省文化局在南京办了一期创作讲习班，是一周时间。吴白匋教授（后任省文化局副局长）对文化创作讲了课。侧重点是戏剧、曲艺、各种演唱材料的编写。以后各馆陆续办起了俱乐部活动材料，发表俱乐部创作组的作品，培养人才。农村的创作队伍便逐渐形成了。这支队伍由小到大，从写一般的新闻报道，到写唱词、各种曲艺、戏剧，从向俱乐部投稿，到向县报，"徐州大众"，"江苏文化报"和《江苏文艺》《雨花》等刊物投稿，造就了不少人才。邳县的"快板诗人李学明"就是由翻身贫苦农民、扫盲的夜校学员培养起来的。

那一时期的群众美术创作活动也蓬勃开展，丰县和邳县的农民画，是比较活跃的。邳县于1955年树立了陈楼乡张友荣美术组的典型，产生了第一幅农民画《老黄牛告状》，得到了乡区县三级的重视。1958年5月省艺术馆在邳县办了徐淮两个地区的美术学习班，参观了张友荣美术组的"麦收画展"（70多幅作品），对农民活动给予了高度的赞扬和肯定。暑期在省的农民画创作评奖中，一等奖三个，邳县得了两个；二等奖八个，邳县得了四个；三等奖十个，邳县得了六个，从此奠定了基础。中央组织古元等画家下放束鹿（今河北省辛集市），帮农民画壁画，邳县闻风而动，组织农民自己画了大批的壁画，《美术》杂志主编王朝闻来邳县。9月份，美术杂志出专辑，介绍邳县农民画的活动，美术出版社出版了《邳县农民壁画集》《邳县农民张贴画集》《合壁集》等画册，从此在全国轰动。省文化局来邳县开了流动现场会，李进同志有一首诗，概括了当时的概况：

古运河边景色新，
新城王冕藐唐寅。
邳县无数生花手，
伯乐常存识马心。
八十大娘提画笔，
六旬老妇放歌声。
敦煌不如此间好，
新事新人新感情。

1959年在太原召开的全国美术工作会议、1960年在山西召开的全国文化工作会议，都推广了"邳县群众美术活动"的经验。1960年8月，全国的文教群英会，邳县农民画家梁传魁受到毛主席在中南海的接见。在人民大会堂梁传魁向周总理祝酒时，周总理说："你们邳县壁画搞得好，要坚持生产，坚持业余，扩大队伍。"这三点指示，一直是邳县农民美术活动遵守的准则。

那一时期，戏曲和各种文艺活动也都是很活跃的，民歌风靡一时，民舞遍地开花，沛县的"花鼓"、铜山的"叮叮腔"，邳县的民歌"小五更"等在徐州地区和全省都有相当的影响。业余作者的小戏如《大喜事小风波》《清明时节》《钟媒记》《相女婿》《董红良》等都深得专家们的好评。

那一段群众艺术由启蒙到普及并在普及的基础上提高，主要的原因有三条：

一是领导上支持艺术的发展。

二是艺术辅导干部（艺术馆和文化馆站干部）能团结一心为群众艺术的发展而卖力。

三是群众的热情高。

以邳县搞农民画为例。当时县委能派一个年轻的副书记郑普坐在文化馆和馆里的干部一起抓美术活动。画农民画、壁画时，不少公社的党委书记都给农民扶梯子。省艺术馆从吴俊发、徐天敏到朱克可、李畹等同志，哪个未给农民改过作品？文化馆的美工和一部分热爱美术工作的教师，终日和农民美术骨干一起摸爬滚打，共相借鉴、帮助、提高。团结生产的局面和专业、业余美术工作者团结融洽的气氛以及广大群众的热情形成了那一时期工作的特点，是令人不能忘怀的。

另一方面，在那种形势下"左"的干扰又特别重，使人感觉很头疼。首先是各项事业发展冒进与国民经济的发展不相适应，一时上马，一时下马，常使群众文化工作者处于尴尬的境地。如各乡社建立的脱产文工团，就是当时冒进的产物。其次是一些领导头脑发热，夸大了主观意志的作用，违反了艺术的发展规律，如浮夸风的滋长和"人人作画、人人唱歌"等不适当口号的提出。

1959年到1961年，国家经济比例失调，又加上自然灾害严重，史称"三年困难时期"。为纠正冒进和"左"的偏向，各乡的脱产文工团下马了，一些民办文化馆站撤销了，省艺术馆也被撤销。直至20世纪80年代才恢复起来。

1962年到1963年，文化工作中贯彻"调整、巩固、充实、提高"的八字方针，文化馆站工作才又抬了头。1964年群众文化工作基本上恢复了正常，但是全国的社教运动开始了。特别是

"以阶级斗争为纲"的口号提出后，1961年贯彻"文艺十条"被批判。"文化大革命"期间，文艺战线首当其冲，文化馆站也蒙受了巨大的灾难。

（三）恢复和发展阶段（1976年到1986年）

粉碎"四人帮"前的十年，是群众文化工作遭受浩劫的十年，损失是相当严重的。在文化馆中，首先以人划线，行政干部成了走资派，业务干部成了反动学术权威；又联成了"三家村""四家店"，文化站成了文化馆的黑线，工农文艺骨干也成了"黑爪牙"。主持工作的馆长普遍被夺权，部分文化站也被夺了权，甚至民办站长也未能幸免。骨干蹲牢受审查的也不少，有些人被整死了，有些人被整疯了，家属子女受株连。在活动上，民间传统的艺术成了"四旧"被清除，剩下的无非是"样板戏""小靳庄"经验，装门面地大演大唱，也基本上是形式主义，破坏了农时季节规律。如果说还有值得一提的，那就是群众文化工作者和骨干们的"良心"。他们忍着痛苦，保存下来了群众文化的遗产，偷偷地练着基本功，做着文化复兴的准备。

1976年10月粉碎了"四人帮"，群众文化工作者以火一般的革命热情，批判声讨"四人帮"的罪行，进行恢复和发展工作。

1978年12月召开的党的十一届三中全会，是新中国成立以来我们党历史上具有深远意义的伟大转折。经过拨乱反正、纠正冤假错案、清除"左"的思想影响，换来了群众文化的春天。

1980年以后，贯彻了中央一号文件、三十一号文件、三十四号文件，群众文化工作才又走上了健康发展的轨道。

邳县文化史在文化馆站工作部分中写道：从1977年至1986年馆（站）的主要成绩有四点：

第一，农民画再度振兴，培训出一批新人，重新赴南京、济南等地展出。

第二，戏剧作品再度在地区、市、省入选。

第三，民间舞蹈的挖掘和整理，部分节目入选《中国舞蹈集成·江苏卷》。

第四，辅导培训民间剪纸艺人，有四百多件作品进省和中央美院展出，并出剪纸专辑。

各馆站的侧重点虽有不同，但成绩肯定是辉煌显著的。

恢复和发展时期的主要特点，是从小文化向大文化过渡，其中涌现了很多新事物。

第一，文化中心的发展，使农村集镇文化生活面貌大大改观。文化中心汇集文化娱乐、时政宣传、科学普及、业余教育和群众体育于一体，在农村精神文明的建设中，取得了很大成效。铜山县文化中心建设的速度、规模和质量都是很突出的，如柳新公社文化中心1981年年底成为全国先进集体。各县也有各自的重点，是当前群众文化发展的重要标志。

第二，艺术尖端的出现，给文化馆站提供了学习的榜样。如睢宁的儿童画不断在国际得奖；丰县与沛县的小说，新沂的诗歌，都在省和全国具有重大的影响。

第三，是群众文化队伍的壮大。当前各馆的人员成倍增加。公民办文化站已遍及各乡。各种艺术骨干更是蓬勃发展。人是群众文化工作最宝贵的财富。这些新人不少有文化专业知识，年轻有为，是群众文化工作繁荣发展的主要骨干力量，希望寄托在他们身上。

第四，是文化工作的改革。如"以工养文""以商养文""以文补文"等措施，以及新的文化专业户的出现，使群众文化工作出现了新格局，在经济上也开拓了新的道路。

二、个人的几点体会

三十多年来群众文化工作发展的历史,是群众文化工作者的奋斗史。这里面有欢乐也有苦恼,有笑声也有眼泪,酸甜苦辣,五味俱全。经验与教训混合在一起,很难截然分开。文化工作者的体会也是各式各样的,要靠各个站从各人不同的角度去总结,去探讨,是任何人都不能取而代之的。我今天作为个人的发言,想先谈谈个人的体会,以便抛砖引玉。

我个人的体会可以归纳为四点。

1. 政策是群众文化工作的生命

毛泽东同志说过:"政策和策略是党的生命。"群众文化事业,是党的工作的一部分。党的政策,当然也决定着群众文化工作的命运。实践经验告诉我们,正确执行党的政策,群众文化事业就发展;违背了党的政策,文化事业上就要受挫折,甚至导致失败。

20世纪50年代,文化馆站工作是按中央文化部《关于整顿和加强文化馆站工作的指示》进行的。指示中对馆站的性质、任务、工作、方针等要求得都很具体,很适合当时的经济发展规律,因而工作起来很顺利。20世纪50年代末和60年代,政策就不够稳定,出现了冒进、浮夸等偏向。特别是"社教"运动开展,强调"以阶级斗争为纲"之后,馆站人员中人与人的关系被破坏了,工作中的形式主义抬了头,实事求是的光荣传统被淹没了,以致发展到"文化大革命"十年动乱的局面。十年的破坏,经过了十年的修复,才又出现了现在的形势,这是大家都能体会到的。

我想重点说一下周总理的三点指示。

上节说到,1960年8月周总理在人民大会堂欢宴文教群英会代表时对邳县农民画家梁传魁同志曾说过"要坚持生产、坚持业余、扩大队伍"。后来我们研究周总理当时为什么要说这些话，其指导意义又是什么。

第一，周总理说这段话时正是国家三年困难的时期。由于1958年的"大跃进"和人民公社化，在经济工作的指挥思想上犯了"左"倾错误，又加上自然灾害，经济困难，引起了国民经济比例的全面失调；而在文化工作领域，却开展反"右倾"，继续强调"统一规划，全面发动，大力普及，积极提高"发展文化工作的方针，这是与当时的形势不大吻合的。要把骨干的思想、热情引到生产自救的轨道上来。

第二，群众文化是业余的，骨干不能脱离生产岗位。这是党一贯的方针，但当时全国脱产之风很严重，业余向专业上看齐和发展，因而坚持业余方向是非常必要的。

第三，扩大队伍是搞好群众文化工作的主要环节，队伍是财富、是精髓，队伍的大小是事业发展的标志。

周总理简短的三句话，说明了当时的形势和文化工作的方针和发展的方向，也体现了党对群众文化艺术事业的关怀。这不仅适应于群众美术工作的开展，也适应于其他艺术活动的开展。多年来我馆的同志常学总理的这三点指示，把它作为座右铭，经常对照，保持头脑的清醒。

2. 骨干是文化馆站工作宝贵的财富

文化馆站的服务对象是广大的人民群众，在工作上如果只靠本身的几个专职干部，是不可能开展好工作的，必须要发动和依靠群众，才能广泛地把活动开展起来。在发动群众中，馆站主要是培养骨干，通过骨干去推动广大群众进行文化活动。这样馆站才能起到组织辅导作用。

骨干对馆站工作的重要性、当然是无可置疑的，但是要真正认识骨干、理解骨干、培养骨干、使用骨干，这里面就大有文章，这和带兵打仗一样，带不好兵的人，打起仗来非得吃亏不可。

20世纪50年代初期，我们邳睢县在土山镇排了一出《小二黑结婚》的大戏，宣传婚姻法。当时演该戏小芹的是一个女孩子，戏要开演时县委书记、县长、部队战士和群众几千人坐在台下，可这个演员却没了。我们到处搜索，好不容易找到她，但她怎么也不愿上台。我们急得简直要给她磕头，后来才弄清戏台正搭在她家门前，她的父母和未婚夫都坐在台下，她是怎么也不敢上台的。后来我们做了她母亲和爱人的工作，让他们帮助动员，才完成了这场任务。这使我体会到使用骨干首先必须了解骨干的心理。

对骨干的关心是更重要的，特别是在关键的时刻。1960年春，春荒严重，我们发现创作和美术骨干很少给馆里来稿了。便重点调查了一下骨干们的生活情况，请文教局丁局长批准，拿出了三百元钱发给了三十多个作者渡春荒。最多的十元，最少的三元，亲自送到骨干的家里去，说是政府派来慰问的。骨干李学明家六口人，贫病交加已经断炊，全家感动得跪在床上痛哭。事后他说："共产党救活了我们全家，我活一天就要为文化出一天力。"他是老实巴交的农民，翻身后上民校脱盲，会编快板，唱快板，当了村里的俱乐部主任，下雪天赤着脚带着宣传队演唱。后来我们整理他的快板，印了专辑，出版社和江苏文艺发表过他的一些作品，并做了专题介绍，还参加过省的文教群英会。

群众文化上的骨干，都是些无名英雄，是得不到社会上的理解的。我们应当理解他们、宣传他们、珍视他们、培养他们。邳县有一个陈秋珍老大娘，今年已83岁了。她1958年唱民歌参加过地区和省会演《学文化》《小五更》，就是她传开的。现在还唱民歌，新中国成立前后已唱了四十多年。八路文化站有一个从小患过"马蜂病"的残疾人刘振清,唱过莲花落,讨过饭,与江湖上的乞丐为伍。文化站用了他,培养他搞曲艺小戏创作,现已连续七年有八个小戏在县里得奖。其他如业余功勋演员,寡妇胡月英,一辈子为农民画出力的张友荣、谢振锋等,我可以一气说上几十个。他们是农民,吃自己的饭,穿自己衣,都一生为群众文化卖力。各县要都摆起来,何止百人千人。他们为的是什么呢?我们干部条件比他们优越多了,有时还闹地位,闹工资待遇,闹住房。艺术上讲形象,拿骨干们的形象和我们比一比,我觉得就能够想开了。

正是由于有了这些宝贵的骨干,才使我们的群众文化发展起来,兴旺起来。骨干是我们最宝贵的财富,骨干们的功勋应记在我们史料上,永垂不朽。

3. 尊重民俗和艺术传统是发展文化艺术工作的前提

文化馆站在新中国成立三十多年来做了很多的工作,但主要是宣传和艺术普及工作两项,对艺术的普及和发展又必须弄清两条,那就是艺术活动的时机和艺术发展的规律。

艺术活动的时机,是早为大家所熟知的,比如春节前后是艺术活动的旺季,这一时期各种民间艺术活动都争相媲美,利用群众贴春联、年画的习惯,可以开展美术书法活动。邳县农民的壁画就是从农民春节在门口画春牛、犁耙而得到的启发。我在粉碎"四人帮"之后去户县观摩学习,他们讲他们自己的农民画也是从炕头画受到启发的。利用群众春节聚会,闹元宵的习惯,可以开展民间歌舞、文艺演出和灯会的活动。春节前后的市场很活跃,各种年货杂耍、民间剪纸、刻纸、民间儿童的玩具都上市了,这更利于民间艺术的搜集和研究。文化馆站的同志要做有心人。只要抓住一点不放,深入探讨,就会取得艺术成果。

春节之后至农忙前的5月，各地都有传统的庙会。这也是搞民间艺术活动比较集中的时机，可以大量研究民间民俗。

五一、五四、七一、八一、十一、元旦以及六一儿童节、教师节、八月十五、九九重阳和新中国成立后规定的活动节日，亦可以根据不同的要求开展各种艺术活动。这样过去叫掌握"四时八节"，开展文艺活动。事实上何止"四时八节"，机会多得很，关键在于运用。山东潍坊利用清明节搞了风筝节。招来了很多友人，两湖两广的端阳节闹龙舟成为全国瞩目的群众体育运动。延边地区利用尊敬老人的传统，每年的八五为"老人节"开展各项文体活动，深得朝族人民的拥护。再如新疆的赛马、哈尔滨的冰灯，各地的节日活动真是丰富多彩。另外还有许多名人的纪念日，都是开展活动和研究文化艺术的好机会。每年我们只要抓住其中的几个，认真办好就卓有成效了，问题是我们往往忽略了它。一是限于本身的条件，放弃了机会未抓，二是抓了又未深入，往往纠缠在事务的圈子里忙于应付，三是做了，又不善于总结研究其规律指导今后的实践。

在各项艺术的发展上，则更是千差万别的，文学、美术、音乐、戏剧，各有其一套完整的体系。不需赘言，文化馆站所要掌握的仅是其初级阶段的辅导，侧重点又在艺术的普及上。对各项艺术的普及，应当是有条件的。

一是群众的基础。

二是辅导人员条件。

三是领导上的支持和专业人员的帮助。

这期间辅导人员往往是很关键的，他们不仅要有艺术专长，还要忠诚于事业密切联系人民群众。馆里一向把这些同志称之为台柱子，很尊重他们，当然能出些尖端有影响的人物更好，他们能起很大的作用，如：丰沛有赵本夫、刘本夫，则带动一批小说作者；新沂有王辽生，则带动诗歌创作；睢宁有李训哲等老师，就发展培养起了儿童画；邳县有颜廷芳，民间剪纸也就有了新的发展。这些事实说明了文化馆、站配备坚强有力的业务人员的重要。

但是文化馆站毕竟是业务单位，这是要靠行政主管部门的支持才有效。而且普及和提高是互相联系的，要在普及的基础上提高，又要在提高中再普及，这又涉及专家们的帮助问题。当前最有效的是市、省级艺术馆的专业人员，要和文化馆站人员协力做好工作；艺术馆的专业人员对文化馆站来说既是老师又是朋友。下面的艺术成就也包含着艺术馆人员的心血，这是早被历史所证明了的。黑龙江和牡丹江艺术馆的同志说过："我们都是穷哥儿们，有着同一的命运，要在群众文化艺术的发展上携起手来，共同奋斗。"

4. 树立对事业的忠心，是做好馆站工作的保证

任何事业的开展都需要人，文化干部最宝贵的是对事业的一片忠心。树立对事业的忠心，口头好说，做起来很不易，文化干部"官不入品，财不兴旺，艺不入三教九流。""家不入正统，求名也不易。"这是一个极平凡的岗位，没有决心和毅力，是巩固不下来的。黑龙江省群艺馆辅导部主任胡新化同志在《群众文化干部队伍纵横谈》这篇文章中说得好：

> 重任在肩，是一支十分光荣的队伍；
> 干劲十足，是一支可敬可爱的队伍；
> 条件太苦，是一支令人同情的队伍；
> 待遇过低，是一支不易巩固的队伍；
> 量质都差，是一支亟待整顿的队伍。

就是在这种情况下，我们的队伍却不断壮大、巩固，做出了惊人的成就。这究竟是为了什么呢？我觉得他们一是有真正的共产主义理想信仰；二是热爱群众文化工作，有全心全意为人民服务的精神；三是真正懂得做人的价值。

人的条件不同，能力有大小，人的价值不能以地位、职业、金钱定大小，标志是看他对人民的贡献。任何事业，任何单位的工作人员都是如此。

解放战争年代大家曾读过苏联作家奥斯特罗斯基的小说《钢铁是怎样炼成的》，其中有这样的一段话，大意是：人生最宝贵的就是生命，生命对于人生只有一次，当你回忆往事的时候，能不为虚度年华而悔恨，碌碌无为而羞愧，你就可以庄严地告诉人们，我的青春已贡献给壮丽地人民解放事业了。这段话就是作者对人生价值的认识和评价。

我国老一代无产阶级革命家，他们生活在战争的年代，爬雪山、过草地，不惜献出自己的生命。他们是为了人民的解放，新中国的建立。

当代站在中越边陲的战士抛舍家园亲人，餐风饮露，坚守岗位，不怕流血牺牲，他们为的是祖国的安全，人民的幸福。

王杰同志在邳县的张楼教民兵埋雷牺牲后，部队来调查，我是陪同的。当时为算失职事故还是算英雄行为争论不休，最后以他为掩护12个阶级兄弟而牺牲，肯定了他的生命价值。

在我们小小的群众文化战线上，虽没出现惊天地、泣鬼神的英雄，但是愿默默无闻而为事业献身的也不乏人在。随便说几个我熟悉的人物。如丰县已故的文化馆长孙甦同志。在"旧社会"他的哥哥是国民党的少将军官。他不投靠他的哥哥却参加了共产党，他的哥哥回家时气得几乎要枪毙了他。新中国成立后他在1956年就整理了徐艳琴的演出本《胭脂》出版。"文化大革命"中造反派说：胭脂中的杀人犯毛大是影射毛主席。（实际上《胭脂》来源于蒲松龄的聊斋，毛大是聊斋故事中原有的人物）把他斗成了神经病。拨乱反正后，他既做文化馆行政工作，又写了很多剧本。我与他和马家科同志合写的《华佗与曹操》一戏，他磨了一年多时间。戏还未得到上演，他就患癌症去世了。我当时在苏州疗养，他去世时我连看他一眼也未能够。像这样的同志，把一生都献给了文化事业，难道不值得我们敬佩和怀念？再如新沂县文化馆长王兴亚同志，20世纪50年代就做文化馆工作，数十年如一日。今年由于青光眼病，拿去了一只眼，现仍坚持着工作。这种精神，就很值得敬佩。我县已故的岔河文化站房洪美同志，原在小乡里当文书，共产党员，1958年转入文化站。他在车夫山文化站时抓农民画在全国有一定的影响，调到岔河文化站搞"以工养文"搞得很好，宣传队的艺术质量一直是全县的红旗。他不仅做好一个站的工作，还辅导了临近三个站的文化工作成为片长。1982年忽患白血病逝世，临终前仍念叨着文化站的建设和发展，他为全县文化站站长树立了光辉的榜样。

　　正是由于很多忠心耿耿、优秀的文化干部能正确地对待工作，我们的群众文化事业才得到顺利的发掘，我们应当承认并肯定这一条铁的事实。

三、对文化馆站今后工作发展的意见

　　20世纪80年代的文化馆站工作，处于新的发展阶段。

　　一方面，是由于国民经济的发展迅速。从党的十一届三中全会到党的十二届六中全会，党对农村的生产体制和工业体制进行

了改革，实行了土地承包，农民富裕了。加上搞活经济、对外开放等政策的实施，工业发展，市场繁荣，这给群众文化工作的开展奠定了基础。

另一方面，随着人民物质生活的提高也带来了提高文化生活水平的要求。随着教育的普及、人民文化素养和欣赏水平的提高，人们不仅要求文艺活动的形式丰富多样，对艺术质量也要求更高。不仅追求艺术的教育性、娱乐性，更追求其哲理性，这就迫使文化馆站必须改革，才能适应当前的形势。

文化馆站的改革，现正处于摸索探讨阶段，各地的条件不同，民族的风俗习惯不同，因而不能划一，不能统一规定。但有一个共通的东西，就是要先走具有中国特色和地方特色的发展道路，建设具有中国特色的社会主义群众文化事业。

怎样建设具有中国特色的群众文化呢？全国在理论探讨上众说不一，基本上认为：一要适应中国的国情；二要适应经济体制的改革，完成从小文化向大文化的转变；三要坚持社会主义内容和民族形式的完美结合。

这一问题涉及的面很广，我只想从当前文化馆站工作和发展上谈一谈我个人的看法。

我想谈三个问题即：一是文化站的干部素质要和人民日益增长的文化要求相适应。二是事业的发展要与经济基础相适应。三是体制、设施要与当前的形势相适应。

现在分头做一些探讨。

（一）文化馆站干部的素质要和人民日益增多的文化要求相适应

文化干部是做文化工作的，文化事业的发展，必然要求提高干部素质。

20世纪50年代，文化馆站工作处于启蒙阶段，对文化干部的要求也低些，一般有一定的文化水平、热爱文化工作、懂得些艺术常识、有组织发动群众的能力也就能凑手。像我们这样的一代人，多是些"万金油"干部，看着像味药，实际上不能治大病。到了艺术活动的发展阶段，就已经落伍了。所以1957年6月江苏省文化局传达贯彻文化部召开的城市文化馆座谈会精神，当时的周扬和张致祥副部长就要求文化馆站干部在业务上要专、要博，把提高群众文化干部素质的问题，提到了重要的位置。后来有些人被淘汰了，有些人艰苦自学，由"万金油"成了"半瓶醋"，也有些成为专家的。

进入艺术的大发展阶段，特别是20世纪80年代，对文化馆站的任务要求高了，就更感到不适应了。现在的文化馆要求成为当地群众文化艺术活动中心和辅导中心，艺术馆还加了个理论研究中心，活动内容有五个方面：①理论研究和实践指导。②群众文化艺术活动的辅导。③组织活动和培训文化干部（骨干）。④编纂刊物，繁荣群众创作。⑤搜集整理民族民间文化艺术遗产。

对文化干部的素质要求有三个方面：①具有一定的政治理论和思想道德的修养。②具有一定的文化水准和一专多能的修养。③具有一定的组织能力和联系群众的好作风。

1981年中央文化部525号文件《文化馆工作试行条例》第八章第十九条中又规定，文化馆干部经过考核、评议，授予以下职称：特级群众文化艺术指导（相当于教授）、高级群众文化艺术指导（相当于副教授）、群众文化艺术指导（相当于讲师）；群众文化艺术助理指导（相当于助教）、群众文化艺术辅导（相当于助教以下人员）。

这样一来，上有明文规定，下有业务的需要，素养不提高就更不行了。"万金油""半瓶醋"都不适应当前时代的要求和发展，因而加强提高基层文化干部的自身业务建设和工作成效，就成为亟待解决的问题，实现群文干部队伍的革命化，年轻化、知识化、专业化已成为当务之急。

提高干部业务素质的方法：①脱产进修。②函授学习。③坚持业余自修。

脱产进修，进专业学校，要靠行政上的安排支持。参加函授和业余自修，自身是可以办到的，特别是自学。全国已有不少文化馆站干部做出了成绩。有的自修理论发表了不少论文，有的坚持文学、美术创作发表了不少作品，有的着重民间文化的挖掘整理，做出了可喜的成就。只要根据本身的条件，发奋努力，我看是可以逐步达到要求的。辛显令也是文化馆的干部，他写的《喜盈门》也能和专家的作品媲美。不能成专家，成个作家也好，管他上面给评什么职称。我们要立足于自己的学习，努力做自己的贡献。

（二）事业的发展要与经济基础相适应

文化是上层建筑，经济是事业发展的基础。群众文化事业的发展要与经济基础相适应。这应当是条定律，我们在实践中也有不少历史的教训。如1958年"大跃进"中群众文化工作看上去是空前发展了，但是好景不长，由于国家的经济比例失调，三年困难时期来了，文化工作也下马了。不仅乡里搞的脱产文工团下了马，我们上层的省艺术馆也散了。因此事业的发展，不可能完全以人们的意志为转移，不按经济发展的规律办事不行。

党的十一届三中全会以来，国民经济有了很大的发展，现在日子就好过多了，但是仍需要按经济发展的规律办事。

当前在文化工作的发展上出现了三种形式：①国营的文化馆站，经费来源主要靠国家投资；②集体经营的文化事业，主要是靠社办工业的集体经济；③私人办的文化事业，如一些文化专业户，全靠个体的经济力量。

由于社办工副业的发展，集体经济占优势，因而发展较快，很多的文化中心都比文化馆站设备的条件好很多，这是很可喜的现象。

国营的文化馆站当前在发展上仍有困难。据说当前国家用在文化事业上的经费，每年人均只有七角八分，江苏省每年人均三角九分，我们县人均还不足一角。就是这样微少的经费，用在群众文化上的又是极少极少，这当然是不行的。这应当怎么办呢？一方面，我们希望上级领导能摆平文化和各种事业的关系位置，按国民经济的比例进行调整，增加些经费。另一方面则靠单位同志的努力，从"以文补文"中增加些收入，做活动的补充。从当前的情况说也仅能是个补充，因为我们的条件差，又不会挣钱。

但在认识上，我们却要更新我们的观念，即是除事业观念之外，也需要有经济观念。最近《中国文化报》1986年12月3日报道了一个消息，标题是"确立文化商品观念，发挥市场的机制作用"。报道中说，"在厦门召开的全国文化事业发展战略问题研讨会上，对文化事业的发展与商品关系问题，大家最感兴趣。与会者一致认为，建设社会主义精神文明，首先要更新观念。确立文化产品的商品观念，发挥文化市场机制的作用就是牵动全局观念的更新。这一观点的提出不仅是对我国长期存在的保守、封闭、安贫乐道、不思进取等陈腐观念的有力冲击，而且有助于文化事业求生存、求发展。

我们过去很保守，一向不承认文化产品也是商品，更反对文化产品的商品化。然而在事实上，文化产品既然进入市场，从某种意义上说则已成为商品了。所以文化事业的发展与商品已有了密切的关系，不研究也是不行的。看来搞文化的事业家，也应该是经济专家。文化馆站的干部的条件也应当加一条懂得经营管理。

群众文化事业的发展要适应于经济基础，这是肯定的，但是如何补充经济、发展经济，这是一个很复杂的问题，各地的情况不同，人的才智也不同，千差万别，这要靠各自努力。注意将经济效益和社会效益统一在自己的岗位上，在可能的社会环境里，导演出有声有色的戏剧来。应当看到，文化事业单位逐渐走向企业化管理，这是历史发展的新趋势。

（三）体制、设施要与当前的形势相适应。

群众文化既然从小文化向大文化发展，必然会引起体制、设施上一系列的变化。

体制的变化主要是管理体制的变化。中共中央（1981）31号和（1983）34号文件中指出，各级党委宣传部门、政府文化部门、工会和共青团组织，要在党委的统一领导下，和民政、妇联、体育、卫生、广播、出版、教育、科协等各方面力量密切配合，分别对所属的群众文化事业机构和群众文化活动切实加强领导和管理。为了协调这些部门的工作，中央设群众文化事业管理局，各市设城市群众文化工作委员会（分市、县两级）。委员会由市（区、县）人民政府牵头，由一主管文教的副市（区、县）长负责，其成员有政府、文化、教育、城建、园林、卫生等部门和体委、工会、共青团、妇联、科协等组织的负责同志。每年开几次会，扎扎实实地解决一些问题，不流于形式，这样一来对"大文化"的活动管理是很有利的。

在设施上，更是要急于解决文化馆站，当前是80年代的工作，50年代的装备，早就该鸟枪换炮啦。20世纪50年代初期县一级馆首先具有"三机"（收音机、留声、幻灯三机）。我记得当时县宣传部都没收音机，一个干事把馆的收音机倒腾坏了，除自身赔偿外，还受到全省通报批评。各站第一批配备的脚踏车，也是带自磨电的。铜山馆配备了吉普车，后来县里占用，省里下令收回了。当时我们虽然土，但觉得很神气，装备给人壮了胆。

现在事业发展了，文化部在1981年"文化馆条例"中规定，馆要有录音机、电视机、电影机、幻灯机、照相机、录像机等现代化宣传工具和必要的交通工具，并规定文化馆是独立的单位，要建立和健全预决算制度，文化馆的经费应当列入各级财政预算，专款专用，由政府财政和文化部门予以保证。

群众文化设施，是开展文化艺术活动，促进精神文明建设的物质基础和必要条件，也是广大群众的要求，是社会主义事业的需要。如没有小剧场、展览厅、音乐厅、图书室、电视室、运动场、乐器、服装、音响设备、录音、录像、摄影设备，开展活动就有很大的困难，要馆站成为当地群众文化活动的中心，就成了一句空话。

解决的办法，还是得靠国家支持、社会帮助和本身的经济收入，这就得大家共同努力。光靠馆、站自身、是不能圆满解决的。我曾两次去苏南学习，一次去东北学习。他们先由国家支持，馆抓个拳头工业（小工厂），然后把活计分到文化站组织骨干完成。这样大家都有利，颇是一个好方法，是值得学习的。

总之要上靠领导，下靠咱们馆站穷兄弟哥们儿想办法。

拉拉杂杂地说了一遍，不一定能解决多少问题，仅供大家参考。我开始就声明了，我只是谈个人的三十多年体会。其中有不当之处，敬请大家批评指正。

1986年12月19日下午讲

附 录

新华日报

一九六四年七月十四日 第二版

XINHUA RIBAO

这根牛鞭接得好！

——评柳琴戏《志群接鞭》

凌竞亚

在这次戏曲现代戏观摩演出中，徐州专区代表团演出的柳琴戏《志群接鞭》，是描写知识青年回乡参加农业生产，克服家庭和社会上的阻挠，在农业战线上生根立足的故事。这出戏没有惊心动魄的事件，也没有离奇曲折的情节，但是，颇能引人入胜。

剧作者选择了一个具有现实意义的题材，描绘了在党的教育下成长起来的、具有远大理想和勇于当好革命接班人的青年一代，阐明了在社会主义社会中，到处都需要文化知识，到处都为有志青年开辟了广阔的道路。这样的题材和主题思想，不但为广大青年所关心，也是学生家长、学校教师以及一切关心下一代的人所共同关注的问题。《志群接鞭》在两个关键性问题上体现了这一主题，一是杨志群怎样回乡立志务农，一是杨老福怎样由反对转于赞成儿子务农。

杨志群在高考期间，因救火负伤而误了最后一堂考试。由于他对升学和参加劳动有了正确的认识，懂得"一颗红心，多种准备"的道理，再加上他不愿宣扬自己救火的功绩，便自觉地带看大队党支部书记的介绍信，决心献身于社会主义新农村的建设事业。戏一开始，就体现义清楚地看出我国革命青年的精神面貌。剧中把个人的理想、志愿同国家的需要这地结合在一起，自觉地落在不同的岗位上做革命的接班人，绝毫不计较个人得失，这是党的"教育与生产劳动相结合"方针的胜利。

如像青年志群这么勤劳动，绝不会一帆风顺的。如果事先对困难估计不足，困难来了又不敢正视它，就有可能走回头路。志群同志幼他投下了重重困难，让他在困难

隔绝旧思想影响的一面。如像儿子志群厂务农，他是不满意的，在他看来，"晚书、种田自古就是两回事"、"高中生用不着学牛鞭"，这种把体力劳动和脑力劳动分了家的思想，无疑不是劳动人民所固有的，而是受了"万般皆下品，唯有读书高"的封建思想影响。这种思想又是相当根深蒂固的，解放十几年来，杨老福在党的教育下，经历了各种政治运动，思想觉悟有了很大提高，他热爱劳动、热爱集体、仇恨旧社会、感激党、热爱新社会。但是，在这个具体问题上，他却未能完全摆脱旧社会的思想影响。这使我们深刻地体会到，的确是"严重的问题在于教育农民"。很显然，作者对杨老福这个人物的塑造，是费了一番功夫的。如果把他的缺点再稍稍扩大一点，就可能歪曲贫农的阶级本色，但一不由得陷于过火，变灼于农民教育的成果，如果把他的特殊性质再缩小一点，就可能写不出农民受的旧思想影响的一面，也不会有这样真实可信的思想冲突。

这个戏，只出现了八个人物，在艺术加工上，有利于对刻划人物的性格，有利于把主题表现得更加明显。《志群接鞭》的作者，这种把演地在情节和舞台气氛上下功夫，而着力于刻划人物性格，这是值得肯定的，在这同时，作者也没有忽略剧中情节的处理，如末尾一场杨老福在志群于中夺下牛鞭之后的情景，与其说杨老福是抢夺手把鞭子文给志群，还不如说，在情节上与到了一波未平，一波又起，不少加工都留下了悬念和为后来的情节伏下了伏笔。

《志群接鞭》的演员同志们大都来自农村，还常接近农民，比较熟悉农民的思想感情，虽然他们的年纪还很轻，但在扮演农民时，大都具有农民朴实的气质，这是很可喜的。

当然，这出戏在人物形象的塑造上，在主题思想的高度上，都还有潜力可挖，语言也还比较粗糙，有待于进一步加工细致。

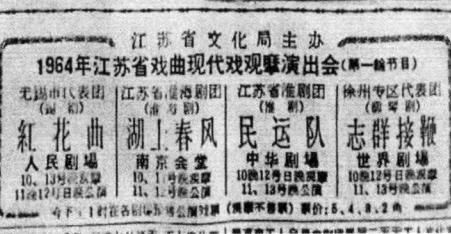

江苏省文化局主办
1964年江苏省戏曲现代戏观摩演出会（第一轮节目）

无锡市代表团	江苏省淮海剧团	江苏省淮剧团	徐州专区代表团
（锡剧）	（淮海剧）	（淮剧）	（柳琴剧）
红花曲	湖上春风	民运队	志群接鞭
人民剧场	南京会堂	中华剧场	世界剧场
10、13号日夜场	10、1号日夜场	10、12号日夜场	10至13号日夜场
11、12号夜场	11、2号夜场	11、13号夜场	11、13号夜场

这根牛鞭接得好

——评柳琴戏《志群接鞭》

凌竞亚

在这次戏曲现代戏观摩演出中,徐州专区代表团演出的柳琴戏《志群接鞭》,是描写知识青年回乡参加农业生产,克服家庭和社会上的障碍,在农业战线上生根立足的故事。这出戏没有惊心动魄的事件,也没有离奇曲折的情节,但是颇能引人入胜。

作者选择了一个具有现实意义的题材,颂扬了在党的教育下成长起来的、具有远大理想和勇于当好革命接班人的青年一代;阐明了在社会主义社会中,到处都需要文化知识,到处都为有志青年开辟了广阔的道路。这样的题材和主题思想,不但为广大青年所关心,也是学生家长、学校教师以及一切关心下一代的人所共同重视的问题。《志群接鞭》在两个关键性问题上体现了这一主题,一是杨志群怎样回乡立志务农,二是杨老福怎样由反对转变为赞成儿子务农。

杨志群在高考期间,因救火负伤而误了最后一场考试。由于他对升学和参加劳动有了正确的认识,懂得"一颗红心,多种准备"的道理,再加上他不愿意显露自己救火的功绩,便自觉地回家务农,决心献身于社会主义新农村的建设事业。戏一开始,就使观众清楚地看出我国革命青年的精神面貌。他们把个人的理想、态度和国家的需要紧密地结合在一起,自觉地在各个不同的岗位上做革命的接班人,丝毫也不计较个人得失。这是党的"教育与生产劳动相结合"方针的胜利。

知识青年志愿回乡参加劳动,不会一帆风顺的。如果事先对困难估计不足,困难来了又不敢正视它,就有可能走回头路。志群回乡后,现实已经给他设下了重重困难,让他在困难中不断成长。志群与杨老福和三喜等群众的矛盾有的因志群而起,如经验不足将牛饮伤了;也有因观念不同而产生的,如牛因吃药草而生病,别人误以为是志群给牛打防疫针造成的。一个个困难压过来,直到杨志群被父亲赶出了牛棚,但是由于杨志群有了正确的思想指导和克服困难的动力,终于越过了重重障碍。通过对困难的斗争,杨志群的觉悟更加提高了,舞台形象也更可爱了。而在杨志群成长的过程中,又处处体现着党的领导和支持。当志群遇到困难时,党的领导就及时地给予支持鼓励,引导志群找克服困难的办法。在这些情节上,是富有思想性的。

作者对杨老福反对儿子务农的处理,也是比较有分寸的。描写杨老福具有劳动人员纯朴的一面,又指出他受剥削阶级旧思想影响的一面。如儿子志群下乡务农,他是不满意的。在他看来,"念书、种田自古就是两回事""高中生用不着守牛槽",这种把体力劳动和脑力劳动分了家的思想,无疑不是劳动人民所固有的,而是受了"万般皆下品,唯有读书高"的封建思想影响。这种思想又是相当根深蒂固的。解放十几年来,杨老福在党的教育下,经历了各种政治运动,思想觉悟有了很大提高。他热爱劳动,热爱集体,仇恨旧社会,感谢党,热爱新社会,但是,在这个具体问题上,他还不能完全摆脱旧社会的思想影响。这使我们深刻地体会到,"严重的问题在于教育农民"。很显然,作者对杨老福这个人物的塑造，是费了一番功夫的。如果把他的缺点再稍微扩大一些，就可能歪曲贫雇农的阶级本色，也显不出解放以来党对农民教育的成果，如果把他的错误思想再缩小一点，就可能写不出农民受的旧思想影响的一面，也不会有这样真实可信的戏剧冲突。

这个戏，只出现了八个人物，在艺术创作上，有利于规划人物的性格，有利于把主题体现得更鲜明些。《志群接鞭》的作者，没有片面地在情节和舞台气氛上下功夫，而是努力规划人物性格，这是值得肯定的。在这同时，作者也没有忽视对情节的安排。剧本从第一场张老福在志群手中夺下他心爱的鞭子起，到最后一场亲手把鞭子交给志群止，在情节上一波未平，一波又起，不少地方都留下了悬念，为后来的情节设下了伏笔。

《志群接鞭》的演员长期生活在农村，经常接近农民，比较熟悉农民的思想感情。虽然他们的年纪都很轻，但在扮演农民时，大都具有农民朴实的气质，这是很可贵的。

当然，这出戏在人物形象的塑造上，在主题思想的高度上，都还有潜力可挖，语言也还比较粗糙，有待于进一步加工锤炼。

注：该评论发生在1964年7月17日《新华日报》，由时任江苏省戏剧协会秘书长凌竞亚撰文。

纯朴可爱的"山虎"

邳县柳琴剧团演员朱化岭同志,以精湛的表演艺术,塑造了一个憨厚、正直、纯朴、可爱的农民——山虎的形象。

朱化岭从小酷爱艺术,家在农村,原先是业余宣传队的演员。1958年进团后,他刻苦钻研、虚心好学,很快成了柳琴戏的后起之秀。

在《红桃图》中,朱华岭为了塑造好山虎这个角色,曾多次回农村找幼年时的朋友谈心,细致分析老实农民的言谈、举止和为人等方面的性格表现。他为了掌握赶马车技术,注意模仿赶车人的架势、举动,又和车把式交了朋友,跟社员苦练打鞭技术。在第七场鞭挞依仗权势、作恶多端的郭文成的一场戏中,朱华岭成功地扬鞭抽打,打得鞭鞭精彩、大快人心。朱华岭在舞台上的一招一式、一腔一调,充满着朴实忠厚的农民气质,把山虎这个角色给演活了。

(原载《新华日报》1980年12月25日第3版)

洋溢着乡土气息的农村喜剧

柯彤文

柳琴戏《步步高》是一出题材新颖、洋溢着浓郁的乡土气息的喜剧。这出现代戏曾参加了今年元月举行的江苏省青年演员新剧目调演，获得了好评和奖励。到目前为止，已经由邳县柳琴剧团演出了近七十场，广大观众反映比较强烈，认为这出戏对丰富农村文化生活，对宣传与推动农村精神文明的建设起到了一定作用。目前发表的这个剧本，是作者高子亮同志通过演出实践，广泛听取意见后加工修改的新稿本。

党的十一届三中全会以来，农村经济的迅速发展，社会政治生活的安定与经济繁荣，从根本上改变了农民过去整天为温饱而奔忙的状况，广大农民迫切要求满足他们丰富多彩的文化生活。"粮满仓，油满缸，穿新衣，盖瓦房，读书要有好学堂，看戏要有好剧场。"一些乡镇的农民，在"温饱之后思文娱"的思想影响下，自觉地提出了建设和发展农村文化中心的要求。农村俱乐部和业余文艺宣传队如雨后春笋般涌现出来。剧作者高子亮是一位从新中国成立初期就从事农村群众文化工作的老同志、邳县文化馆馆长。他在现实生活中目睹了这一崭新的变化，亲身感受了广大农民对农村文化建设的迫切需要，经过了较长时间的酝酿和构思，逐步形成了《步步高》的主题思想和鲜明的人物形象，从而创作了这出题材新颖、具有浓郁乡土气息的现代戏。

这出戏的情节并不复杂，主要写了地处北方偏僻山区的大山乡，在实行联产承包责任制以后，"土地承包粮丰收，家家户户喜悠悠"，山乡农民在喜庆丰收的时候，要求请剧团来演出。但是，全县唯一的县剧团十几年没有到过这里演出，居然将邀请排到了明年。"到外地磕头，不如自己动手。"失望的山乡农民，在几位知识青年的带动下，在没有房屋和资金的条件下，同心协力，白手起家，战胜了小生产者习惯势力和歪风邪气的种种干扰和破坏，终于办起了农村俱乐部，开展了丰富多彩的文化活动，促进了山乡的农业生产，使山乡农民处在"包产年年好，生活乐淘淘，人心关不住，歌声涌如潮；山乡锣鼓响，齐唱'步步高'"的欢乐景象中生活。

这出戏在创作上有一个特点，作者注意从一个侧面表现变革后的农村现实生活的变化，表现手法比较新颖别致。

一个时期以来，创作表现农村现实生活的戏剧作品，大多是从正面反映农村生活，通过农村实行联产承包责任制后，家庭经济生活、干部思想作风、伦理道德观念等方面的崭新变化，讴歌农村的社会主义建设。但是，《步步高》却从另一个侧面，选取了不同的题材，歌颂了农村的新人物和新生活。

用社会主义思想占领农村的思想文化阵地，以戏剧的形式去表现农村的文化建设，这样的表现方法，还是比较少见的，如果写不好，就会形成概念。所以这是个有一定难度的题材。作者出于长期从事群众文化工作的高度责任感，不是畏难不写，而是迎难而上。他从现实生活出发，注意选取具有戏剧冲突的生动情节来塑造人物，深化主题，这样就较好地驾驭了这类难写的题材，避免空洞的说教或者流于概念化。

没有矛盾冲突，就没有戏剧。作者在整个戏中并不是着意于生硬地编织戏剧情节，而是注意把握现实生活中的社会矛盾，在矛盾冲突中塑造人物，因此，人物形象比较鲜明。

文一忠是这出戏的主要人物。这位回乡知识青年，为了白手起家开创山乡的文化中心，他代课教师工作被辞退，又舍弃了招工进城的机会，遭受了爱人、家庭不理解等各种严重挫折。但是这一系列的社会矛盾，并没有把他吓倒。他以献身农村群众文化事业的叔叔为学习榜样，始终坚持自己的信念，团结一些知识青年，共同奋斗，终于实现了自己的愿望。文一忠的形象刻画得比较细腻，具有农村知识青年的某些特点，为了追求理想和事业，宁可舍弃工作和爱情。这一形象能够鼓舞广大农村青年积极进取，奋发向上。

吉大哥和吉大嫂是一对具有山乡农民淳朴憨厚性格的农民夫妻。吉大哥热情、风趣，吉大嫂勤劳、善良，他俩和文一忠围绕着借房办农村俱乐部，开展文娱活动的问题，在戏里展开了矛盾冲突。"丢鸡赔鸡"和"飞来横祸"两场戏，情节生动，突出了人物性格。特别是吉大哥饶有风趣的自弹自唱，吉大嫂淳朴幽默的"算鸡"，唱词生动而又具有情趣，使整出戏洋溢着乡土气息。

公社孙主任是作者注意把握的一个人物，在塑造人物形象时处理得比较有分寸。他工作认真，但有些官僚主义。他从思想上只注意抓农业生产，不重视抓思想工作和文化建设，总认为"唱唱跳跳是搞不出粮食的"，因此对文一忠向他请求贷款修建俱乐部坚决不同意。他认为两千元贷款能买十来吨化肥，增产几万斤粮食，用来办宣传队和俱乐部，能解决什么实际问题。"不搞文化啥要紧，产量照旧往上翻！"像孙主任这样的农村基层干部并不少见，因此，这一艺术形象具有深刻的现实意义。难道不搞文化就不要紧吗？事实正教育了孙主任。他的儿子孙有才，一个农村的浪荡公子，就因为不重视思想教育，被坏人钱永富和歪风邪气腐蚀，以至犯了错误。正因为这一事件，才使孙主任面对现实猛然悔悟，表示一定要认真抓好文化工作。这出戏在各地公演时，许多农村基层干部观看演出后，普遍认为孙主任的形象具有现实教育意义。作者这样把握人物性格，刻画形象掌握分寸，是可信的。

钱永富是这出戏里的反面人物，形象刻画得也比较鲜明。他因为暗中聚众赌博而发了财，想把农村搞得乌烟瘴气，才好浑水摸鱼。因此他对文一忠等知识青年举办俱乐部恨之入骨，千方百计进行挠，甚至教唆孙有才陷害文一忠。这一形象在戏里得到了真实的反映。再加上演员具有个性特色的生动表演，给人留下了难忘的印象，也为这出戏增添了喜剧的色彩。

这出戏的另外一个特点，则是在艺术处理上，注意运用中国传统的民间歌舞艺术，与戏曲表演艺术的相结合，使整个戏更进一步洋溢着浓郁的民间色彩。

柳琴戏是一个比较年轻的剧种，扎根于农村，特点是唱腔优美动听，乡土气息浓，适合演出农村题材的现代戏。作者在这出戏中，把柳琴戏的"拉魂腔"和民间歌舞"跑驴"等风趣地结合起来，使广大观众更感到分外亲切。

《步步高》是北方唢呐的一个曲名，作者以这个曲子贯穿全剧，是有着深刻含义的。它意喻农村经济生活富裕了，必然要求开展文化活动，使生活丰富多彩，这样相互促进，终于会使农民的生活"步步高"起来。

这也就形成了全剧的主题，作者用它作为剧名，也就意味深长，耐人寻味。

《步步高》这出戏还有什么不足呢？我以为，主要是这类题材比较难写，作者即使比较熟悉生活，但在创作构思和塑造人物性格方面，对思想意义的要求大于生活本身，而艺术技巧的本领又跟不上人物形象的塑造，因此个别地方还难免有概念化的情况。主要人物文一忠的形象，就不如吉大哥的形象写得鲜明、深刻，给人留下难忘的印象。还有个别的场景，在思想大于形象的要求下构思，存在着人为矛盾的痕迹。这出戏的喜剧色彩还可以加强。这些不足之处，我们相信会在演出实践中，进一步加以弥补。

我们在初步评论了这出戏之后，特别还要提到与这出戏有关的戏外之"戏"，可以帮助广大读者了解这出戏是怎样抓出来的。

高子亮同志是一位长期奋战在业余创作道路上的老作者。他从20世纪50年代中期就开始了业余创作。1958年创作了《相女婿》，该戏还参加了1959年的江苏省地方戏曲调演，被评为优秀剧目。1964年创作了《志群接鞭》（与李昆合作），曾参加省的戏剧调演，又被评为优秀剧目。1980年创作了柳琴戏《红桃图》（与李新銮合作），参加了省的戏剧调演，并被评为剧本创作奖。1984年又创作了《步步高》，也参加了全省青年演员新剧目调演，获得了奖励。由此，可以看到，高子亮同志坚持业余创作的精神是可贵的，创作是勤奋的，取得这样的成绩，确实很不容易。

《步步高》的初稿写出以后，很快就得到原任县委宣传部部长朱广生同志的大力支持。这位当过公社书记的部长，看中了这个好题材，认为这个戏舞台上没见过，对农村干部群众有教育意义。他因为自己有亲身体会，就多次帮助提意见，修改剧本，亲自动员县柳琴剧团排演。当时剧团因为经费紧张，对排演这出现代戏有思想顾虑。他又做思想工作，积极帮助解决困难，亲自到外单位借款，说就是摔锅卖铁也要筹钱坚持排练。在这样一位部长的支持下，又请来了江苏省梆子剧团有经验的导演刘志林同志。于是作者、剧团、领导拧成了一股绳,同心协力,在较短的时间内就排练出来,首次在全县的一次干部大会上做了汇报演出,得到了广大干部群众的初步好评,更坚定了作者和剧团全体同志的信心。以后他们又边演边改,边改边演,到现在已演出了近七十场。

《步步离》创作演出的实践,使我们又一次认识到领导支持和帮助现代戏的创作和演出,是发展和繁荣戏剧事业的一个重要经验。

注:该文发表在《江苏戏剧》1984年9月号上,由江苏省文化处处长、江苏戏剧副主编何彤文撰写。

绚丽多姿　各具神韵
——谈《步步高》的人物塑造

肖　笙

社会主义四个现代化建设的春风吹遍祖国大地，人们不仅在物质文明建设的道路上迈出了坚实的步伐，而且在精神文明建设上正在打着厚实的基础。我市参加江苏省1983年青年演员新剧目调演中获奖的七场现代柳琴戏《步步高》，就是一朵反映精神文明建设的新花。

《步步高》主要描写苏北某县一个偏僻山乡中文一忠等几个青年在理想、前途、生活、爱情等方面的抉择和奋争，生动揭示出新时期的青年人立志山乡，为建设社会主义新农村而奋斗的主题，真实地反映了新的生活，塑造了一群鲜明生动、栩栩如生的社会主义新人形象。

高尔基说："文学是人学。"一部艺术作品成功与否，关键是能不能要写好人物。人物写得传神，才能给观众留下深刻的印象。《步步高》的成功不但在于它的思想和社会意义，而且在于它以紧凑合理、层次分明的矛盾冲突，丰满深刻的典型性格，真实可信的人物关系，浓厚的时代气息和生活气息，加上导演的喜剧手法的运用和处理，塑造了一群有血有肉、真实可信、绚丽多姿、各具神韵的社会主义新人的艺术形象。

在矛盾冲突中塑造人物

戏剧是动作的艺术，没有矛盾冲突就不会有行动，即没有戏。《步步高》的矛盾冲突紧凑地贯穿于全剧之中。

剧情一开始，作者就把主要人物文一忠推到矛盾冲突的焦点。他高考落榜，由此招致婚姻危机、旁人冷眼、父母埋怨等各种矛盾一齐压来，使他有"孤舟断蓬江心转，雾中雏雁展翅难"之感。这时文一忠在意志冲突上是强烈的，所以剧情一开头就能抓住观众的心而使之入戏。高考落榜，这个突转是极重要的，它是全剧情节向深度和广度发展的一个很大铺垫，也是人物性格初步展示的场面。应该说，这个戏的头开得好，是个"凤"头。

从这个场面铺开，接着我们可以看到一组组冲突纷纷纠葛在文一忠身上，使他的性格特征从多方面展示出来。文一忠自身有着前途、理想、事业、生活、爱情等的抉择和思想斗争；他与父母有着远大与短浅、公与私的矛盾纠葛；与吉大嫂有着思想境界的差异而造成的矛盾；与琴琴纯真坚定的志同道合的奋斗，从而牵涉到与百灵的误会；与钱永富、孙有才在政治思想等方面的尖锐冲突；与孙主任在进步与保守、新与旧等方面的思想斗争。在这些矛盾冲突的交织中，我们看到了一个有觉悟的、有志向的、目光远大的、刚强果敢、正直磊落、一心为公的新时期的社会主义新人的光辉形象。

除了文一忠身上集中地展现了成一系列矛盾冲突之外，作者还注意反映了生活的复杂性和多样性，使剧情反映生活达到一定的深度和广度。文大娘、文老汉与钱永富有儿女婚姻的矛盾，琴琴与百灵有同文一忠关系上的误会，百灵与父亲在思想政治道路上的分歧，琴琴与有才之间在封建礼教上持对立态度，吉大嫂与吉大哥有公与私的矛盾等。使人物艺术形象的塑造，绚丽多态，各具神韵，一个个活在舞台上，给人以深刻的印象。

值得赞许的是，作者在组织许多矛盾冲突时，并未因其多而杂乱无绪，而是自然合理，符合生活逻辑。每一个具体矛盾的冲突都是环绕以文一忠为代表的进步青年为建设社会主义新山村努力奋斗与钱永富、孙有才一伙落后、破坏和阻挠建设新山村这一主要矛盾开展。众多的矛盾冲突，依情节的发展而渐次发展，每一场戏都有一组矛盾冲突，通过一组组矛盾冲突的交织、撞击，构成了戏剧冲突的丰富性，同时推动主要矛盾的发展，酿成主要矛盾的尖锐冲突，造成戏剧高潮，从而深刻地揭示了人物性格的各方面。

《步步高》从第二场开始，剧情的发展就紧紧扣住如何改变农村落后的精神面貌的主题，把一系列矛盾冲突有层次地开展。办俱乐部构成与吉大嫂的矛盾冲突，在这个具体矛盾中，又安排吉大嫂与吉大哥夫妻间为鸡子而引起的一场冲突，为塑造吉大哥、吉大嫂人物形象增加了光彩。没有办部地点，只好向领导求援，于是又酿成与孙主任的矛盾；求援无着，筹款办俱乐部，于是文一忠与文老汉又构成冲突。在这里，作者安排琴琴与文老汉在献款和要钱上的对比，突出地塑造了琴琴的大公无私、一心为群众的高贵品质。由于琴琴支持文一忠办文化车，又使得百灵对文一忠、琴琴的误会加深，办起文化车，用社会主义占领文化阵地，当然冲击了钱永富的"来钱路"，也就形成了文一忠等进步青年同旧文化的代表钱永富等人的尖锐对立和冲突，从而形成了戏剧的高潮，完成了戏剧所要揭示的主题。剧情一环扣一环，矛盾一个接一个，紧凑合理，层次分明，顺理成章，一气呵成。值得一提的是："追根"这一场，琴琴主动找百灵解开疙瘩，消除了误会，似乎一切问题可以迎刃而解了，作者又安排钱永富，孙有才对百灵进行一次软硬兼施的"进攻"。在特定环境之下，由于父女之情，进一步展示了百灵的性格冲突，不但丰富了百灵的性格，而且构成了新的戏剧悬念，使观众对这个关键人物又揪紧了心。直到矛盾的最后解决，才使观众松了一口气。如果作者在"追根"这场中没有安排父女之间的这场冲突，后面就无戏可看了，恐怕观众坐不住，要开始"抽签"了。

总之，《步步高》把人物放到错综复杂的社会矛盾冲突中去描写和表现，让他们生活在真实可信的各种矛盾、冲突和斗争中，以显示人物的时代精神和现实感。这是《步步高》在塑造社会主义新人方面取得成功的重要原因之一。

写好"这一个"

恩格斯说：在真正的艺术家笔下，每个人都是典型，但同时又是一定的单个人。就是说，成功的艺术形象是共性与个性的矛盾统一。《步步高》塑造了文一忠、琴琴、吉大哥、百灵、吉大嫂等一组社会主义新人的群象。他们有着时代的共性，是建设社会主义精神文明的促进派，同时，他们又各有着鲜明的个性，即如恩格斯说的"这一个"。如文一忠志向高尚，目光远大，敢想敢干，朝气蓬勃，刚强果断、光明磊落；琴琴勤劳朴实，疾恶如仇，公而无私；吉大嫂泼辣，善良；吉大哥幽默风趣，热爱集体；百灵心胸狭窄，对爱情的忠贞等。拿剧中同时代的两个女性来说，琴琴与百灵年龄相当，又是同乡同学，都是新时代的新青年。她们都有一定的思想觉悟，敢把山乡建设好。琴琴为办山乡文化事业勇于打先锋，不畏险阻，目光远大；百灵敢于同旧势力进行斗争，对自己父亲的错误毫不留情，检举揭发，旗帜鲜明。但两人的性格又有许多不同，琴琴胸襟宽阔，刚毅深沉，对同志光明磊落，品德高洁无瑕，工作主动热情，疾恶如仇，勇于斗争；而百灵觉悟不如琴琴高，她对文一忠的爱情真挚坚定，但容易受世俗观念影响，好赶时髦，对务农有错误看法，她心胸狭窄，轻听谗言，在钱永富软硬兼施面前犹豫动摇，也揭示了她性格中软弱的一面。

成功的艺术作品，不仅表现出人物"做什么"，而且要揭示出人物在"怎样做"。琴琴同百灵是生长在同时代的，同学同乡，接受同样教育，但琴琴在逆境中长大，父母早逝，是党培育她成长，她的觉悟高；跟年迈的爷爷一起生活，从小承担了生活的担子，形成了她坚定刚毅的性格；而百灵家境富裕，独立性差，生性懦弱，目光短浅，又受其父亲的坏影响，在思想上不免沾染一些不健康的微尘。作者通过揭示她们个性中的"为什么"，就完成了"这一个"形象塑造，使观众对不同人物有着信服的真实感。

人物鲜明的个性不是孤立地形成的。他必须在特定的社会背景下表现，在人与人相互关系中得到体现。《步步高》主要人物文一忠，是剧中要塑造的理想人物。作者并没有把他当"神"来塑造，而是把他放在复杂的社会生活中、放在自然真实的人与人相互关系中来表现，深深扎根群众中来表现。文一忠作为理想人物，他比一般人高，但也有个人利益与国家前途矛盾冲突造成的烦恼，有工作处于逆境中的烦闷，有被人误解诽谤时的痛苦。如果没有琴琴、吉大哥、文大娘等人的关怀、支持和帮助，是"英雄难造时世"的。所以作为戏剧，角色可以说有主要人物和次要人物之分，但作为反映现实生活的人的每一个典型，则不应有主次之别。要着力写好主要人物，也要写好次要人物以至反面人物。《步步高》中的钱永富可以说是与文一忠直接对立的反面人物。作者并没有对他进行肆意丑化，而是依着"这一个"人物的性格特征尽可能让他表演，让观众清楚地看到他是一个自私、狡诈、冷酷、狠毒的社会主义精神文明破坏者的形象。如果没有他与文一忠的尖锐对立和冲突，文一忠性格中的疾恶如仇、勇于斗争的一面就不会那么熠熠闪光，而缺乏丰富、深刻的形象塑造，是不能鲜明深刻地揭示作品的主题的。

所以一个好的作品中，栩栩如生的艺术形象的塑造，不仅要刻画典型性格，还要细致准确地展示人物性格的多方面；不仅要刻画好主要人物艺术形象，还要让次要人物充分活动起来，使他们各自在相应地位发生关系，这样才能塑造出丰满、深刻的艺术形象来。当然，这些都依赖作者深厚的生活基础和对生活的理解程度。缺乏生活的作者，是创造不出活生生的人物形象来的。

要进一步塑造好文一忠的形象

《步步高》是出好戏，但也并非完美无缺。这个戏的思想性还不够深刻。文一忠形象塑造基本是成功的、合理的，但戏中对他内在的矛盾冲突揭示不够，性格发展不明显。无论是落榜后的婚姻危机、别人的恶语讽刺，还是砸车被陷、在家被关，他毫无思想斗争，总是说些标语口号式的话，似乎立场坚定、成竹在胸，这就写得过分简单。作为现实生活中的人，这是不真实的。要多给他些戏，表现他思想深处的斗争，这就会更深刻、细致地表现人物的性格，这对主题无疑会起到深化的作用。另外，文一忠与琴琴似觉离开了特定的人物关系，琴琴是团支书，有时是起领导作用，有时又是作为一般群众出现。还有，他俩之间有恋人之嫌，例如《筹款》一场，文一忠向父亲求款不得，琴琴拿出自己的钱办文化车，这本很好的。但琴琴唱道："你求援无助回家又把钉子碰，我资助无力暗心疼"，文一忠唱道："人生能有几知己，同舟共济见忠诚"，如果不看下去，必认为两人终成眷属了。他们两人密切，外人都有看法，偏偏文大娘家里毫无反应，这也不够合理。如果文大娘提出要文一忠同琴琴结合，文一忠会怎么样？文一忠的形象是不是更丰满一点？因此，我认为文一忠这人物如果刻画更细一点、更自然一点，他的形象会更真切动人的。

注：该文由原徐州地区文化局剧目办公室主任肖笙写，发表在《徐州戏剧》1984年第1期。

邳州文化事业的开拓者
——高子亮先生印象记

陈宜英

从事文艺创作和地方历史文化研究三十年来,一个身着灰色中山装、一脸严肃、嘴中始终不离一根"火炬"或"联盟"(烟),来也匆匆、去也匆匆地奔走在邳州文坛上的身影始终伴随着我。如其说他是我巧遇的朋友,倒不如更确切地说他是我业余创作道路上的一位先生,一位教我务实求真、惜字如金的导师。

我忘不了他,高子亮先生!

一、高子亮先生传略

高子亮,笔名天风,党员。1927年5月14日生于江苏省睢宁县双沟镇史庄村。抗战时期就读于皖北太和战时中学,即国立二十一中,后随流亡学生辗转于河南镇平、陕西蓝田等地。抗战胜利后,随校迁回省立宿县中学读书,1947年毕业。1948年春参加工作,在铜山县房山村小学任教;1950年夏抽调到邳睢县土改宣传队及八集新兵接待站工作;1951年入邳睢县教育馆(县政府及教育馆办公在土山小街);1952年教育馆改文化馆,任文化馆副馆长;1953年邳睢县化销,高子亮随邳县县政府迁往运河镇,任邳县文化馆副馆长，主持馆务工作，后晋任文化馆馆长；1954年后历任戏剧家协会江苏分会会员、江苏美术家协会会员、江苏民间艺术家协会会员、江苏"群文"协会会员、徐州市戏剧曲艺家协会副主席、邳县文联副主席、邳县戏剧协会主席。邳县人民代表大会历届代表、邳县政协常委。1988年12月26日因积劳成疾，心脏病突发，病逝在工作岗位上。

高子亮先生一生从事文化艺术工作，他多才多艺，在戏剧、美术、书法、文学、体育诸方面都有较深的造诣。1958年创作的戏剧《相女婿》参加全国会演，享誉全国，后被收入《地方戏曲集成》和《江苏建国三十年小戏集》。1957年创作的小戏《抢娃娃》发表于北京《小剧本》月刊。1963年和李坤同志共同创作的大戏《志群接鞭》在省会演引起轰动，《新华日报》等多家报纸杂志纷纷发表评论，赞扬声不绝于耳。后应长春电影制片厂要求改写为电影剧本，因"文化大革命"开始中途停拍。1965年创作歌剧《一心为革命》，发表在北京《小剧本》月刊及北京农村读物出版社出版的《王杰》一书，并推广至全国。1981年和李新銮共同创作的《红桃图》参加"文化大革命"后江苏省第一次现代戏会演，获剧本创作二等奖，作品发表于《江苏戏剧》。1984年创作的戏剧《步步高》参加省汇演获优秀创作奖，作品发表于《江苏戏剧》；1985年创作戏剧《闹捻营》《华佗与曹操》，发表于《徐州戏剧》。另有戏剧、小说、民间故事、诗词、散文、专论文章二百余篇，分别发表在国家和省市报刊、杂志上。

高子亮先生从事文化工作四十年，为发展邳州群众文化事业竭忠尽智，笔耕纵横，历艰辛而不渝，经百折而不辍，成绩斐然而不骄，华章荟萃而不止。1955年他组织领导了全国农民画创作，培养了一大批农民画家。农民画作先后在北京、上海、南京等地及国外展出。他先后编辑出版文集、画集数十部,有数万幅作品在国家以及省市级刊物上发表,并在不同级别的展会上展出、获奖。令邳县荣获国家"第一壁画县"的殊誉,受到周恩来总理的赞扬。著名美术理论家、画家王朝闻、力群、华君武、左海、傅抱石等多次来邳县参观、考察、指导,多次召开现场会,向全国推广。

高子亮先生既是创作员,又是创作辅导员,他不仅用辛勤的一生笔耕了大量优秀的大众文学作品,还在有生之年培养了一大批文学(戏剧、诗歌、民间故事、绘画)创作、文艺演出工作者……他无愧于新第一代邳县大众文化泰斗。

二、开创邳睢县大众文化新时代的先行官

1946年8月(《古邳志》载:1944年区划邳睢县,县政府所在地先在古邳,后迁土山)至1953年4月,土山镇曾是邳睢县县委、县政府所在地(县委故址在土山小街,现保存完好)。2017年起充实为红色展馆,是邳睢县名正言顺的政治、经济、文化中心。在这新旧交汇的历史时期,邳睢县县委、邳睢县人民政府从这里发出无数改天换地、废旧立新的信号,无数史无前例的新迹在这里萌生,生机勃勃的大众文化事业就是众多新生事物的一翼,而启动新生大众文化的先行官就是时任邳睢县文化馆副馆长的高子亮先生。

大众文化,顾名思义,是大众创造、大众享用的通俗文化,大众即是毛主席《在延安文艺座谈会上的讲话》中所说的"下里巴人"。大众文化与时俱进,贴近生活,通俗易懂,为广大群众所喜闻乐见。

高子亮先生在土山主持文化馆工作期间(1951—1953),充分发挥了他的天赋和聪明才干,满腔热情地启动大众文化工程,为

扫除文盲，土地改革，抗美援朝，"三反""五反"等重大政治举措提供了巨大的舆论支持，为巩固邳睢县新政权、开拓邳地新文化做出了不朽的贡献。

1952年，高子亮先生为配合轰轰烈烈的土地改革运动亲自执导了歌剧《白毛女》的排演。歌剧的主角白毛女由运河乡师（是时，运河乡师校址在土山关公巷南）土山籍女学生张凤琴扮演，剧中的其他角色杨白劳、大春、黄世仁等皆由高子亮先生从运河乡师师生中遴选。在长达两个月的排练过程中，高子亮先生一边井井有条地处理文化馆的日常事务，一边抓紧学生课余时间坐镇执导，一边亲组乐队，改进音乐效果。此剧一经公演便如春雷贯耳，轰动苏北大地，后相继在邳、睢、铜、新各地巡回演出三十余场，受教育者数十万众。同年，为配合宣传新婚姻法，高子亮先生又在土山小学执导了话剧《小女婿》，二年级小学生胡某成饰演小女婿，六年级女学生林荫民饰演小女婿之妻香草，女学生陈芝芳饰演香草的恋人田喜……此剧以"十八大姐嫁七岁郎"为主要情节，深刻批判了封建婚姻制度对青年男女的毒害，在社会上引起了强烈的反响。次年，为庆祝淮海战役胜利四周年，高子亮馆长亲自编导了活报剧《烧包连长》。国军"烧包连长"由当时的民兵队长沈庆平（离休干部，今已去世）扮演，由于扮相极真，当几名解放军要将沈庆平扔进河里喂鱼时，他的新婚妻子竟吓得哭了起来。

高子亮先生为全面复兴大众文化，还在全县范围内创建了乡村黑板报，开设了田头地边识字板，翻印了数千份识字课本，村村办起了识字班……

当时的土山，识字班书声琅琅，田间地头歌声飞扬，剧院、广场看新戏，老老少少识字忙。

三、我和高子亮先生的创作之缘

人生总会不时和许多陌路人相逢，相逢是一种机遇，也是一种缘分。不管是机遇还是缘分，都会随着时光的磨损，渐渐变得淡漠乃至泯灭，只有那刻骨铭心的记忆才会让人永不忘怀……

那是1966年春天，邳县文化馆要组编一期学习王杰的文艺宣传材料，我应约写一篇曲艺节目。一番运筹之后，我将一篇像快书不像快书、像数来宝不像数来宝的"四不像"文章寄发到文化馆。三天后，学校领导通知我："县文化馆高馆长要你到县文化馆去一趟。"不用问，是约稿的事。虽然我踏上工作岗位已五六年，文章也投递过不少，可应邀同"长官"见面还是头一次。我很忐忑，生怕遭其冷眼，但我还是秉承自己永不负人的原则，迈动双脚赶到了县文化馆。

也许是天遂人愿吧！我刚踏入院门，一个正在院内徘徊的瘦高个中年人向我走了过来："我是高子亮。你是陈老师吧！请跟我来！"我跟着他默默地走到大厅东边的一间办公室，他看了看手表说："开十一号（指两条腿）小轿车来的？"他没等我回答，用手指了一下座位示意我坐下，然后转身走了出去……

十分钟后他折了回来，一手拿着两个粗面馒头，一手端着一碗菠菜汤，歉意地说："对不起，我们只能这样凑合了。"

我立马站起身，局促地回答："馆长，我不饿。"

"这是我的私人招待，不收粮票的。"他望着我，淡淡地说。

我们匆匆地吃完午饭，开始了别开生面的论道。

高馆长铺开稿页说："你的作品取材很好，通过王杰同志自己补袜子、替身边的同志缝补衬衣这些小事例的叙述，彰显王杰同志不忘艰苦朴素这一根本的高尚品质。这种小中见大的表现手法难能可贵。作品的后半部又通过自己不拘小节的浪费现象很自然地和王杰精神做一个鲜明的对照，突出了'王杰帮我补思想'这一主题……"

"馆长，我的这个小节目根本没你评价的那么好。我知道馆长是个很谦虚的人，但也没必要担心我会是爱遮丑的小媳妇。文章是在不断打磨中提高的，'玉不琢不成器'嘛！老实说，我是前来求教的，看来馆长是不想教我了。"高馆长没有言笑，他反问为答地说："你说说你的这篇文章存在哪些问题？"

"馆长，我是头一次写这种文体的文章，我也不知道它是快板、是琴书，还是数来宝？"

"对了！"他高兴地说，"这就是你这篇说唱节目问题的所在……"接着他条分缕析地给我讲述了快板、山东快书、数来宝几类文体的共性、各自的特点以及如何运用宽韵和窄韵字节。我听得入了迷，不觉太阳已经躲进了地平线，离别时他很抱歉地说："你看，我一见到有才的人，就说个没完没了，这不，让你走黑路了！"接着，他郑重其事地把稿件交到我的手里说："你的稿件，我没征求你的意见，按照自己的浅知做了改动，不对的地方希望你能提出批评，用你的说法'互相切磋'嘛！"我接过稿件，瞥见那密密麻麻的修改文字，惶恐之情肃然间置换成了温暖和崇敬。

我和高子亮先生第二次见面是1975年初冬。

一天，铁富乡文化站孙站长带着铁富大队青年书记汤小兰找到我，说是邳县文化馆要举行"文化大革命"后的第一次文艺调演，馆长指定我为铁富公社编写一出小戏，思想内容是紧紧围绕关于农村工作的指示精神……

两周后，我将写好的小剧本送去铁富乡文化站，恰巧在那里见到了前来索稿的高子亮馆长。他高兴地对孙站长说:"怎么样,我给你推荐的才人不错吧!你们的宣传队可以请他当导演呀。"我把自己的苦衷向他陈述了一番,他苦笑着说:"你应当到文化部门来工作,如果你愿意的话,我可以做做工作……"我婉言谢绝了他的好意,只把我当时的处境简单地告诉他一二。他有些沮丧,默默地和我挥手告别。

一个星期后,孙站长再次光顾了我的寒舍,让我意想不到的是他身后跟着高馆长和一个我不认识的男同志。没等我开口,高馆长发话了:"陈老师,这是文教局的丁局长,上级已和你的单位打了招呼,决定让你去文化馆修改你创作的剧本。"我踟蹰片刻答应了他们。他们很高兴地和我握了握手,便风风火火地走了。

两天后我交接了手头上的工作,骑车赶到县文化馆。高馆长照例在他的办公室里待见了我。他开门见山地说:"你是怎么想起选择养猪这个题材的?灵感从哪里来?艺术源于现实生活嘛!"我爽快地回答:"我的灵感开启在你给我任务之前的一个多月。我到郯城南北港上去探望我的表弟,他是淄博市的知识青年,响应毛主席'知识青年到农村去,接受贫下中农再教育,很有必要'的号召到那里插队锻炼的,他们十多个知识青年住在村外的一个小院里,他们在那里种田、养鸡、养鸭,还办了个小型养猪场……他(她)们一同劳动,一同享受他们创造的劳动成果,那里完全像一个小'乌托邦'。午后,表弟(时任所在生产大队党支部书记)带我去参观该队的试验田和养猪场,一路上随处可见'肥是农家宝,种田少不了''一头猪就是一座小型化肥厂'之类务实性的标语,这就是我选择养猪题材的灵感之源。"

我讲这段话时,高馆长一直在静静地听着,他一会儿眉头紧皱,一会儿神采飞扬……听完我的开场白,他突然眼睛一亮,急切地说:

"你可以再陪我去一趟港上吗？文学艺术来源于生活嘛！总要亲自尝一尝'梨子'的滋味呀！"我答应了他。

我们是骑着自行车一大早出发的，来回二百多里地，直到下午七点半钟才赶回文化馆。好在食堂为我们每人留了三两粮票的饭才没有让我俩饿肚子。

晚饭一结束，馆长立即带着我回办公室拉亮了电灯。他对我说："拉个夜战怎么样？趁热打铁才能成功嘛！"于是我们开始讨论剧本的主题、人物的定型、剧本的谋篇布局、剧情的高潮与结局、中心唱段的安排以及布景和道具的使用等问题。经过半宿的讨论，终于敲定剧本的名字为"哨声嘹亮"。剧中主人物为城里来的知识青年小何，主要情节为：漂亮、温柔、贤淑、儒弱、爱干净的小荷经过反复近乎痛绝的思想斗争，在同学们的鼓励下接受了生产队长交给的养猪任务，母猪生崽，她亲自接生，日夜守护；生猪炸栏，她用哨声"收官"；膘猪病死，她痛不欲生……她终于在艰难地学习和打拼中获得了成功。全剧只使用一件中心道具——哨子。

我被他敏捷的思维和高深的文学素养感染了。我的拙作被他重新打造了骨架，像陶坯上了一层釉，光彩夺目。于是，我在他的指导下开始重打草稿，二稿结了，我没有交卷；三稿完了，我按照馆长的要求改了又改；四稿好了，我又咬文嚼字几番，然后交到他的手中。此剧虽然公演了数场，终没有达到理想的轰动效果，然而我却从高子亮先生身上学到了尊重知识、尊重科学、严谨治学的学者风范，懂得了"一字一句寸金寸银"的道理，让我在自己的创作生涯中高高举起策己的鞭子。

注：陈宜英，中学教师，邳州市文化研究会顾问，在国家、省、市、县级刊物发表各类文章300余万字。

您是我戏剧创作道路上的一盏灯
——怀念高子亮馆长

刘夫胜

高子亮馆长离开我们已经三十五周年了。每当回忆起他当年为指导我们这些对于戏剧创作一窍不通的"白眼瞎"而呕心沥血、不辞辛劳的场景，心里总是酸酸的。

1979年国庆节刚过，我正在社办工厂上班，文化站的孟站长找我聊天时愁眉不展地说："县里一年一度的文艺会演又要到了，今年县里要求最好是自编自演的节目，我也找不到人写。老刘，你看你能给编个剧本不？"我说："我不会写啊！"孟站长说："文化馆要办戏剧创作学习班，只要有剧本就可以参加，到时有老师辅导。学习期间每天还有八毛钱的补助。"禁不住孟站长的循循善诱，我竟答应了他："可以试试。"就这样我踏上了戏剧创作的道路。

说得容易，可提起笔却犯了难。写什么？怎么写？我挖空心思想了几天也没写一个字。可既然已经答应人家了不写又不是事，最后决定还是写自己熟悉的农村赡养老人这方面的事吧！

到了通稿会那天，我怀着忐忑的心情参加了在文化馆举办的戏剧创作学习班。因必须要有自编的剧本才能参加通稿会，所以参加这次学习班的人并不多，只有不到十人。通稿会是在文化馆小礼堂东侧的办公室举办的。首先是每人先把自己的作品从头到尾读一遍，然后再由各位老师点评，提出修改意见。首先读的是岔河公社的老解，他写的戏曲名字叫"转亲"。听完他声情并茂的朗读，简直叫我羡慕死，那情节、那唱词、那人物把我听得都入迷了，整个剧本得到了各位老师的一致好评。之后又有两位作者读了他们的作品，基本上没有什么反响。主持人陈老师只是说，这样的剧本根本没法演，作者心中没有舞台，要尊重创作规律，总之还得下功夫，使故事穿成串，争取下次学习班上能有一个提高。也就是说基本上把这两个剧本给毙了。

轮到我读了，我竟不好意思读了。和老解的《转亲》那是没法比，和前几位作者相比，我也觉得还不如他们。心想这回丢人丢大了。所以我就赖着不读说："我写得不行，就不读了，太丢人了！"

"读读吧，互相学习。这算什么丢人？初次写作能有勇气写就不错。"一位个头不算太高、头发花白、身着洗的有些褪色的中山装、眼睛炯炯有神、一直在抽着烟、没有说话、面容慈祥的老者说。

"对。高馆长说得对，读给大家听听，帮着修改。"啊，刚才说话的老者竟然是我仰慕已久的高馆长。

"我写的题目是'俩媳妇'。"我坑坑吃吃开始读剧本。

故事讲的是两个儿媳妇对婆婆不同的态度，一个贤惠温柔、善解人意；一个性格泼辣、刁钻刻薄。待我读完剧本，竟紧张得头上直冒汗，几个老师竟然都沉默了。

"大家谈谈看法。"高馆长率先开口。

"我来谈谈我的看法。"陈老师说，"从题材上看这个本子没有新意，内容也简单，根本构不成一个完整的故事。"

"是啊，以孝敬公婆这方面题材的戏剧作品太多了，再怎么写也超越不了《墙头记》。"另一位老师附和道。

"也没有新点子、奇招，内容雷同。"大家你一言我一语地议论着，我的心也越来越沉，恨不得找个地缝儿钻进去。

"不过唱词写得还算比较顺溜。"终于有一句让我稍微好受的话。之后再也没人发表任何意见，看来只有被毙一条路了，我心里想。

"我谈谈我的看法。"高馆长掏出一包烟，分别给了几个会抽烟的一人一支说，"咱们办戏剧创作培训班的目的就是培养新人，今天来参加培训的作者都不错，初次接触剧本创作是需要勇气的，你们能拿起笔进行戏剧创作，单凭这一点我就要为你们喝彩！"不知谁带的头一片掌声响了起来。

"内容雷同不要紧，我们要把它赋予新时代的内涵去弘扬正气，鞭挞社会上丑陋的一面。"接下来，高馆长就以《俩媳妇》为例，先谈了初次创作的通病，然后对戏剧语言的运用、人物的设置、情节安排、唱段韵律和整个剧情的起承转合都进行了由浅入深、谆谆诱导、完整的讲解，还对写作技巧进行细致的传授，给我们这些初学创作的人实打实地上了一课，手把手地把我们领进了戏剧创作的殿堂。高馆长顿了顿又说："'俩媳妇'这个剧名总觉得不太满意。一个好的剧本必须有一个好的剧名，剧名不仅要贴近剧情，还要起到画龙点睛的作用。"他思考了片刻接着说："'俩媳妇'不如改叫'接婆婆'更为贴切，小刘，你认为呢？"高馆长在征求我的意见，我激动地语无伦次忙不迭地回答："好！好！好！"随即他就安排陈老师和冯导两位老师跟进，辅导小戏"接婆婆"的创作、修改和排练。经过冯、陈两位老师的反复修改和润色，《接婆婆》终于排出来了。彩排时，那个刁钻的大儿媳一蹦三尺高的泼劲被冯召银老师给导得入木三分，引得现场观众笑得前仰后合；演婆婆孙子的小石头一句吐词不清的唱词被人学唱了很久。1980年在全县春节文艺会汇演中，《接婆婆》获得创作一等奖、演出二等奖。该小戏在全乡及周边乡镇巡回演出近百场，受到群众的普遍赞扬。县广播电台专门到邹庄文化站进行录音在全县播放，还被《大运河》收录印发。

从那开始，我好像有瘾似的，每到春节前夕，总有创作的欲望，也不断有新的作品问世。每写一个作品，我都会想到高馆长的教诲，都第一个请高馆长指导和点评。每当高馆长微笑着对我说"有进步了、要出师了"时，自豪感和成就感就油然而生。从处女作《接婆婆》开始直到退休，我先后创作了小戏《接婆婆》《土地爷相亲》《瓜棚遗恨》《九女悲歌》、小品《卖鳖》《有惊无险》《改名》《再过一把瘾》《请把你的微笑留下》《妈妈》《姓啥名谁》《俘房》《忘忧水》等五十多个文艺作品。其中小品《再过一把瘾》还获得"青岛青协联谊杯全国百优小品大赛"入围奖、曹禺戏剧文学奖小戏小品奖三等奖，参加了在江西鹰潭举行的颁奖仪式并在《小剧本》发表，1996年还被中国剧协邀请参加在北京举办的全国小戏小品创作研讨会，并和全国各地的专家学者进行学习交流。

回想我在戏剧创作的道路上所取得的每一点成绩，都离不开高馆长的教诲和指导。虽然高馆长已经逝去三十五年了，他的栽培、教诲始终像一盏灯，照亮我戏剧创作前进的步伐！

——谨以此文献给敬爱的高子亮馆长！

注：刘夫胜，邳州市文化研究会理事，代表作小品《再过一把瘾》曾获全国百优小品大赛三等奖，曹禺戏剧文学奖。

永远的怀念

张希远

那是1975年寒冷的冬天，邳县文化馆一行三人来到我的家乡响水溜村看村宣传队演出。在演出的节目中有我编写的一个小戏《武河水》引起了他们的注意。演出结束后，一个头发花白、人称高馆长的领导握着我的手说："小伙子，刚才演出的小戏是你创作的？很好。"

我说："那是瞎编，我不会创作小戏。"

高馆长说："基础很好，要抓住'纲举目张'这个关键，好好改一改，参加县里文艺会演。"

我说："我不知怎么改呀。"

他说："我来教你。"

当天，他把我带到公社文化站。在文化站，他语重心长地说："小张，搞文艺创作这一行，首先你要学会吃苦耐劳，要安下心，坐得住。你生活在农村，有一定的生活基础，你就按你的思路大胆地写，写完交给我，我给你提出修改意见，你再按我的意见和要求再修改，慢慢来，我奉陪到底。"

就这样，在文化站的图书阅览室里，我们开始了工作。

回想起当时的情景，在那寒冷的冬夜，高馆长披着件旧大衣，手不离香烟，烟不离口，瘦削的脸上，两眼布满血丝。每当我写完一稿，把稿件交到他的手上，他都给我一个鼓励的眼神，伏案批改，彻夜不眠，直到天亮，再把写满修改意见的稿件交给我，我再按他的意见和要求修改。就这样，我们写了一稿又一稿，从小戏的结构到人物性格的塑造，从每一句道白到每一段唱词的设计，甚至每一个标点符号，他都细心地指导。五天五夜，心贴心，手把手，五易其稿，一个有现实教育意义的小戏《武河激浪》诞生了。当年由我们村宣传队排练代表铁富公社参加了县业余文艺会演，受到一致好评。

通过这短暂的五天五夜，高馆长言传身教把我引领到文艺创作的大道上，使我终身受益。

1976年，我又创作了小戏《养猪场上》，参加了文化馆举办的小戏创作学习班。高馆长特意安排邳县柳琴剧团徐安义老师帮我修改剧本，并亲自给小戏命名为"哨声嘹亮"。当年由县剧团排练，参加了徐州市专业剧团文艺会演并获创作演出奖。

1977年，公社把我安排到文化馆当图书管理员。当年我创作了小戏《夫妻会》，由公社宣传队排练，参加县农村业余文艺会演并获创作一等奖，奖励"红梅牌"收音机一台，又参加了徐州市文艺会演，获创作一等奖。

在创作小戏《夫妻会》剧本的时候，高馆长生病住院了。当时全县几个重点作者正在文化馆参加创作学习班，他打电话让我们几个来到他的病房，一个个询问创作情况，有本子就交给他看。我把《夫妻会》剧本初稿交给他，他看后提了几点意见，并鼓励我说："这个戏写得很好，要作为这次学习班的重点剧目来搞。你要认真修改，多听听其他老师的意见和建议。我生病住院了，不能和他们一起讨论剧本，请多多原谅吧。"

当时，我感动得流下热泪，握着他的手说：

"老馆长，你放心养病，我坚决把剧本搞好，绝不辜负您老的期望。"

1978年，文化馆招聘我为铁富文化馆工作人员。

1980年又聘我为民办文化站副站长。后原文化站站长调走后，聘我为站长。

自我参加文化站工作后，真是如鱼得水，我戏剧创作的积极性被充分调动起来了。从1981年起，我先后创作了《豆腐缘》《小拳王》《钟声响了》《绣花嫂》《妻管严外传》《请神仙》等作品，都参加了县文化会演并获创作演出奖。小戏《小拳王》参加徐州市文艺会演获奖，我还参加了江苏省举办的小戏创作改稿班，《夫妻会》《豆腐缘》《绣花嫂》等小戏分别发表在邳县《大运河》和徐州彭城"文苑小戏"专号刊物上。

我的每一件作品都倾注了高馆长的心血。

我今年七十多岁了，在高馆长一步一步地引领下，从一个面朝黄土背朝天的农民走上了戏剧创作这条大路，在此基础上，参加了群众文化工作，从文化馆工作人员到副站长、站长，1984年被江苏省人民政府授予"江苏省群众文化先进个人"光荣称号，1993年加入了中国共产党，先后两次被邳州市委评委优秀共产党员。

每当我看到那些各种各样的奖状、获奖证书和金光闪闪的奖章时，我就想起高馆长费尽心血教我创作剧本的日日夜夜，我终生难忘。

高馆长，我永远怀念您。

2022年3月2日

注：张希远原铁富文化馆馆长、邳州市戏剧协会会员，曾在省、市、县报刊发表戏曲作品数十篇。

邳县群众文化的奠基人
——纪念原邳县文化馆馆长高子亮老师

屈绍金

高子亮老师是1953年任邳县文化馆馆长的。他自幼好学多艺、能写会画、能歌善舞。那个年代邳县是地大人穷，虽然文化历史悠久，但群众文化较落后，艺术发展也较慢。高馆长长期深入到各个乡村，特别是春节期间他亲身到有关乡村调研群众春节演出各类乡会，并现场指导，使演员演出技艺不断提高。1956年，在高馆长的推荐下，滩上乡的跑竹马参加徐州地区首次春节后农村春会调演，受到领导和观众的欢迎。

在1958年，他组织领导了全县农民画创作，并且培养了一大批农民画家。邳县出名了。邳县的农民画先后在北京、上海、南京等地展出。中央文化部命名邳县为第一个"壁画县"，后来邳县农民画家在北京开会，受到党中央周总理的接待。

高馆长长期致力于文化艺术工作，为邳县的文化事业做出了突出的贡献。在戏剧、美术、书法诸方面都有较深的造诣，创作了大量优秀作品。他在20世纪50年代创作的柳琴戏《相女婿》参加华东局调演并获奖，被编入《中国地方戏剧集成》，20世纪60年代创作的大型柳琴戏《志群接鞭》参加江苏省现代戏曲调演并获大奖，当时轰动了南京城。20世纪80年代创作大型现代柳琴戏《红桃图》参加江苏省调演并获奖，省电台录音播放。1983年高馆长编写的大型现代戏《步步高》参加省剧调演，这个戏很受领导和观众的欢迎，剧团有五名演员获奖。1984年在徐州，各县巡回演出达100多场次。高馆长深有体会的说："戏剧创作只有不断地编写反映农村现代生活的新剧目，才能积累艺术实践经验，适应时代发展的要求，才能有更广泛的观众。"

自从高馆长在20世纪60年代编写现代戏起，邳县群众戏剧创作高潮便普及繁荣起来，业余创作人员到20世纪90年代就有100多人。邳县的戏剧创作出现了历史未有的繁荣景象。各个乡村都成立了创作组，全县36个乡镇，乡乡建立起文化站，并且每年都有2/3以上乡镇长年搞宣传活动，邳县文化馆每年春节前后都要搞全县文艺会演，每个乡镇都组织文艺宣传队参加演出，并且评出优秀节目向上级汇报演出。徐州市文化局领导称赞邳县是"戏剧之乡"。当时文化馆在活动经费紧张的条件下，高馆长拿出经费来补助各乡的演出队伍。每个乡镇演出节目都有高馆长帮助修改剧本，并且每年举办剧本创作学习班和表导学习班，以提高剧本创作质量和演出质量。他对各乡参加创作的业务作者无不关心爱护，千方百计提高剧本质量，打开自己素材仓库，把一串串闪光的珍珠亲手奉献，点缀作者的一篇篇华章。

高馆长长期致力于邳县群众文化工作，为邳县文化事业做出了突出贡献，为党的文化艺术事业奋斗了终生。他是党的优秀文艺工作者，他的一生是顽强拼搏、积极创造、自强不息、为民奉献的一生。他的去世，使我们文化战线失去了一位好领导、好同志，是我市文化事业的重大损失，人民不会忘记他的！高馆长将同他的作品一样永世长存！

2022年3月3日

注：屈绍金，文化站站长，国家级非物质文化（竹马）传承人。

怀念高子亮馆长

张玉迎

1977年3月，我在徐塘教初中，校长又催我去公社做文化站工作。我还是不愿去，说："我还在徐州师范学院进修学习，没毕业怎么去？请你回话让别人去吧！"校长急了，忙说："公社已来人三次了，这次是刘书记（刘国斌）亲自来请你的，我实在抗不住了。下午上完课，去公社找宣传委员报到，课安排别人顶替了！"无奈之中，我和朝夕相处的学生们洒泪而别，走向新的工作岗位。

第二天，我骑着借来的破旧自行车，冒着小雨，一气骑了五十多里路，赶到了铁佛寺公社粮管所去报到，参加恢复邳县壁画县的现场交流会。大雨中一进门，有个五十多岁的中年人问："哪个公社的？"我急忙回答："徐塘公社的！"他说："快把车子扔在院中，进屋来烤火、烤衣服！"在和别人的交谈中，我才得知刚才招呼我的人是邳县文化馆的高子亮馆长。从那开始，我认识了高馆长。在我以后的群众文化工作中和高馆长结下了不解之缘。

1979年3月，公社成立了文艺宣传队，为了第一年

高子亮馆长在阅读材料

公社宣传队能在全县农村业余会演中打响第一炮，我将在教学业余时间写的剧本《法律不容情》的小戏进行修改后，拿给高馆长看。高馆长是写剧本的行家里手、出名的剧作家，他看后提出了几点意见。我回去修改二稿后，高馆长说："剧本给我。"三天后，高馆长又写了几条意见，再让我修改。经过反复修改后，高馆长将剧本名称改为"儿女情"，更为符合剧情。公社决定以此剧作为1980年县农村业余文艺会演的剧目参加会演。我请来了邳县文化馆的冯召银导演（部队文艺兵转业）来执导。导演按舞台调度等将剧本升华。我们二人关在宣传队的厨房间研究修改了一夜的剧本。天明开门时，大雪将门埋了半截。经过一周的排练，在公社"三干"会上演出，请来高馆长和文化馆周唯一、陈登琴老师看演出。三天后接到通知让我们参加县里的文艺调演。

春节中的大年初六，全县农村业余文艺调演，在文化馆礼堂举行。全县精挑细选的各公社文艺宣传队集中住在县第二招待所。轮到徐塘公社演出时，高馆长坐在前排，仔细认真地看着我们的演出，非常关心我们的演出效果。演出时，从演员的表演剧情到口中道白都很到位，水灵灵的唱腔伴着优美动听的音乐，熟练自如的动作引人入戏，全场几百名观众鸦雀无声，神情全集中在舞台上。54分钟的戏结束了，观众才回过神来，全场报以热烈且长时间的掌声。"成功了！"我参加伴奏时将二胡放在一边站起来大声说。接着，高馆长大声招呼我说："中饭后你集合演员到邳县广播站去录音，向全县播放！"下午在文化局李玉侠局长的带领下，去广播站录音后，全县各家各户的小喇叭里都能听到徐塘公社文艺宣传队演出的《儿女情》。高馆长的鼓励和鞭策，更增强了我对剧本创作的信心，给我增添了无穷的力量。

"剧本、剧本，一剧之本。"一个剧团要想演出好的剧目，必须要有好的剧本。文化馆每年在春秋两季举办全县戏剧创作学习班，主要是为来年春节全县文艺会演创作新戏。每年的会（调）演必须是创作出来的新节目，要求文艺工作者是多面手，必须是自己新编的文艺节目。戏剧是文艺会演的重头戏，年年出新剧本，这可忙坏了高馆长。他常在夜深人静时，自己创作新剧本。白天忙着辅导全县的业余创作班和接待来访求教的业余作者，接受上级新的中心任务、开会等事，同时挤出时间走基层去体验生活，深入创作源泉地，丰富创作营养。20世纪50年代他创作的《相女婿》曾参加华东地区戏剧会演获奖，并且被编入《中国戏曲集成·江苏卷》中。1963年创作的大戏《志群接鞭》在1964年江苏省文艺会演中，荣获编剧一等奖、邳县柳琴剧团演出一等奖。剧本被《新华日报》整版转载。精排后准备进京为中央领导人汇报演出时，不幸

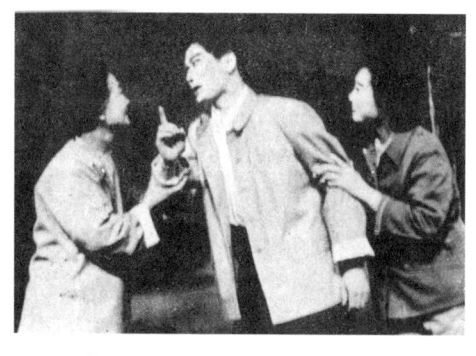

《红桃图》在省会演时剧照

"文化大革命"开始了。20世纪七八十年代他写的《红桃图》剧本经刘志林导演精心细致的排练,在邳县柳琴剧团克服重重困难的努力下,于1982年参加江苏省文艺会演,又夺得江苏省编剧演出大奖。戏剧是集文学艺术综合性的艺术作品,可想而知,创作编写剧本,比起写散文小说、诗歌评论等文章难了多少倍。

老馆长创作了二十多个剧本,有大戏、小戏、古装戏、现代戏,一生呕心沥血,为繁荣社会主义的文艺事业肝脑涂地。他说:"我是挤时间来创作的。白天行政事务和琐事太多,夜晚是我创作的天地。"老馆长习惯挑灯夜战,夜深人静时,开动大脑灵感,推敲剧情中每句道白的含义是否符合这个人物的形象和表情,斟酌唱词的每个字词是否合辙押韵,该用什么韵调比较适合这个人物的性格。他坐在微弱的电灯下,一句句地反复揣摩,一次次地反复修改。酷暑天肩搭毛巾擦把汗水,三九天里脚穿棉鞋披着旧大衣伏案写作,夜梦中灵感来了想起剧中白口或唱词时,急忙拉灯摸笔记下,唯恐脑海中记忆的词句跑掉。创作剧本是剧作家最辛苦最累的活,为了提高大脑的思维能力,只要他坐下来创作剧本或修改别人的剧本,就烟不离手。廉价低劣的香烟,一颗接着一颗地吸着,有时烟燃到尽头烧到手指上才觉得疼,将烟头掐掉。手指早已被香烟熏得黄中带黑,脑海中还在思考着戏中的唱词用什么韵调合适,这句唱词用什么语言来表达能打动人。老馆长在给我们讲课时,经常挂在嘴边的是:创作剧本要出新意,就是别人意想不到的事情、事件在情理之中可以写,剧本才能出新,胜人一筹。在剧本出新时还得深挖剧本,就得用情来写,把剧中的人物写活,人物在舞台上的一举一动、一言一行必须用贴切的语言信服人,用适合特定人物的动作写得惟妙惟肖打动人,使观众心悦诚服可信。这需要创作者挖脑壳,动心思,剧本才能挖得深。

《胡金花》会演时剧照

剧本出新了，剧情挖深了，这才是好剧本。交给剧团排成戏，最后彩排一遍再进行试演。在排练中不断地修改剧本，直到汇报演出时，剧本基本定型。

1985年春节中，邳县农村业余文艺会演在县文化馆礼堂举行，徐塘乡代表队演出的是由邱维玲老师执导的七场古装柳琴戏《胡金花》。在排练前，我又修改了两遍剧本，还是不出新意。老馆长就和我谈心："大家都能猜到戏发展的内容，戏不用再演了。"怎么办？我苦思冥想，大胆地将戏反过来写。我大胆地调整为诰命夫人花园埋尸，丫鬟引巡案大人花园观花出新，巡案大人看到花朵枯萎，找到疑点一层层揭开诰命夫人所犯命案事实，直到诰命夫人伏法，达到了预期的效果，迎合了观众的心里，演出非常成功，获得了县政府颁发的创作二等奖、演出大戏一等奖。在老馆长的谈心、引导、耐心细致的开导下，《胡金花》剧本终于出新了。虽时隔近四十年，在以后我所写的《灵堂风波》《拆房记》《爱的奉献》《芝麻官审案》《机声隆隆》等大、小戏中，都能按老馆长授课时讲的戏剧创作的规律和戏曲跌宕起伏的要求去编剧，出了不少成果。这与老馆长、恩师的谆谆教导是分不开的。

老馆长已离开我们三十五周年了，他那儒雅可亲的音容笑貌，平易近人的和蔼形象，使我终生难忘。

怀念你，恩师——高子亮馆长！

注：张玉迎，文化站站长，徐州市作家协会会员。代表作《运河两岸话春秋》、散文《麦收时节访故乡》获全国现代文学征文二等奖。

永恒的怀念

曹云启

近日,在"邳州文化网"看到陈宜英老师撰写的《邳州文化事业的开拓者——高子亮先生印象记》的文章,很受启发,同时也勾起了我对高馆长深情的回忆。

在我没当文化站长之前就认识了高馆长。1967年4月,我在徐州地委社教工作团当工作队员,由于"文化大革命"进入高潮,社教运动被迫终止,社教队员全部回原籍参加地方的"文化大革命"。

我回到家乡后,正赶上"大演大唱大批判"运动掀起高潮。我家是戴庄公社李圩大队,是徐州军分区树立的民兵工作试点单位,也是徐州地委"抓革命、促生产、促工作、促战备"的先进典型。因我是从社交队回来的,被安排在大队负责宣传工作,后来成立李圩大队革命领导小组,我被选为小组成员。

除徐州地委、徐州军分区派人常驻李圩大队帮助指导工作外,邳县县委副书记王宗耀带领文化馆高馆长、尹荣定等人也住在李圩大队,他们的主要任务有两项。

第一,筹办李圩大队阶级教育展览馆。

为了加强对贫下中农进行阶级教育,李圩大队学习四川省大邑阶级教育展览馆泥塑《收租院》的经验,也办起了泥塑阶级教育展览馆。

泥塑是一门艺术，必须有一定的专业知识才行，全县只有文化馆有这方面的人才，所以这个任务就落在高子亮馆长身上。

仅用几个月的时间，阶级教育展览馆就办成了。除了几组泥塑外，还有十多块展板。展板内容详细介绍了李圩大队解放前地主压榨穷苦人的案例。为了展览的顺利开展，还培训了三名讲解员。

展览馆建成后对外开放，首先是本大队社员群众轮流参观，接受教育。参观后，贫下中农和社员群众深受教育，大家一致认为现在的幸福生活来之不易，是共产党、毛主席给的，我们要更加热爱我们的党，热爱毛主席。

随后徐州专区各县都组织人来李圩参观，还有附近的山东省台儿庄区也来人参观学习。

李圩大队阶级教育展览馆的建成，在徐州专区八个县引起了很大的轰动，同时提高了李圩大队的知名度。它倾注着文化馆工作人员的心血，高子亮馆长功不可没。

也就在这个时候，邳县文教局要求戴庄公社配备一个文化站长（民办），经公社党委研究决定并争取高馆长同意，让我担任。先由公社党委吴凤管副书记跟我谈话，接着高馆长说："云启同志，你很年轻，要在干中学，学中干，要掌握几样技能才能当好文化站长，我相信你一定会干好的！"

我认真按照高馆长的要求去做，严格要求自己，虚心学习文艺创作知识。先从文艺创作入手，练习写三句半、表演唱、曲艺节目，后来又写小品、小戏、诗歌等。虽说没有什么精品，但也有在报刊上发表的，也有在省、市获奖的。它首先解决了自己宣传队演出材料的需求，历次"邳州之春"文艺会演，戴庄从不空白。我是在高馆长的引领下走上了文学创作之路，成了一个合格的文化站长。

第二，办好李圩大队毛泽东思想宣传队。

李圩大队毛泽东思想宣传队组建于1964年6月，宣传队成立后积极配合党的中心工作开展宣传活动。大唱革命歌曲，如《学习雷锋好榜样》《南京路上好八连》《三大纪律八项注意》和《打靶归来》，还有毛主席语录歌等。

1968年，《毛泽东选集》四卷本出版发行，李圩大队户户都有忠字台，忠字台上都有一尊毛主席石膏像，还有一套毛泽东选集。为了配合宣传，宣传队创作了柳琴戏《请宝书》。高馆长看完剧本后认真进行修改。高馆长除了改剧本，还当导演，对演员的动作、表情、唱腔认真进行排练。节目排成后进行公演，获得了观众的一致好评。

在高馆长的精心培育下，李圩大队毛泽东思想宣传队的演出水平不断提高。

1968年夏天，来李圩参观阶级教育展览馆的人络绎不绝，大队宣传队每天都接待上千人，演出好几场。同年秋天，徐州军分区又在李圩召开一次"抓革命、促生产"现场会。会后来李圩参观、学习的人越来越多。

1969年10月1日，是建国二十周年大庆，邳县革委会举行盛大的庆祝活动，李圩大队毛泽东思想宣传队被抽调参加游行活动。同时大队党支部书记房继伦作为徐州专区唯一的农民代表应邀登上天安门城楼，登上二十年大庆观礼台。

1970年月，徐州专区"首届活学活用毛主席著作积极分子代表大会"召开。徐州专区革委会指定李圩大队毛泽东思想宣传队为大会演出一场节目，宣传队深感演出任务光荣和艰巨，积极进行筹备赴徐州演出。演出非常成功，受到与会代表的热烈欢迎。

以上成绩的取得，离不开高馆长倾注的心血。

高馆长是一个有高深文学素养的人。他待人真诚、平易近人，对同志关心备至，受到同志们的爱戴。

1982年秋天，岔河文化站站长房洪美同志因病去世。当时高馆长正在潭山疗养院，听到消息悲痛欲绝，遂赋诗一首：

　　传来凶信余心惊，
　　泪洒南天吊英灵。
　　廿载艰辛同创业，
　　一朝君逝断飞鸿。
　　青山忍痛埋忠骨，
　　松涛呜咽断肠声，
　　梦绕魂牵思故友，
　　回乡难觅见尊荣。

诗中表达了高馆长对待同志的兄弟情义。

1988年12月，高馆长因积劳成疾，心脏病突发，病逝在工作岗位上，实在让人痛心。

高馆长不光是我们的领导，还是我们的恩师。2006年4月5日清明节，值高馆长逝世十八周年之际，为了缅怀老馆长，我们义化站老站长一行十三人前去墓前祭扫，寄托我们的哀思。

注：曹云启，中国民间文艺家协会会员。江苏省民间艺术家协会会员，邳州市文化研究会常务理事。

是您帮我圆了童年的梦

马其发

那是一个全民大演大唱的年代，每个生产队都有一支毛泽东思想宣传队，田头、地边、树荫下、小河旁，凡是能聚集人群的地方都是大舞台。每当看到社员们围在一起中间留出一片空地作舞台，那些被挑选出来的演员们舞动着红绸彩带及其他简单的道具翩翩起舞放声歌唱的时候，我多想自己也和他们一样，能登台演出。音调高亢、声音悦耳的笛子最让我痴迷，那是我最快乐、最难忘的童年。

有一天，听说张楼公社小埝生产队毛泽东思想宣传队排了一个碟子舞，是上边来接受改造的文化馆馆长编导的，因形式新颖、表演精彩而引起周边生产队的羡慕和轰动，都想去学习和排练。像我这样的"小戏迷"更是急不可耐，想一睹为快。

我清楚地记得，那天是腊月十六，天空飘着雪花。在征得母亲同意后，我脚上穿着不太跟脚的毛翁（芦花编织的暖鞋），带着自制的"笛子"（取一段芦苇在上面烙几个孔）跑了六里多路来到了小埝生产队的排练现场（三间牛屋）前去观看排练，但人太多，根本挤不进去，急得在外抓耳挠腮，跷脚提臀还是未能如愿。好不容易等到排练休息的间隙，围观的人稍微松了些，我瞅准机会从人缝中钻到那个吹笛子的旁边。这时，我看到一位慈眉善目、气质优雅的男子不断地给演员们讲解并做着示范：他用左手拇指和食指捏着碟子的一边，中指上夹一根筷子高高举起打着节拍，双腿交叉微蹲，右手捏着另一根筷子，分别在碟子上下用筷子两端竖着敲击两下，然后用筷子在碟子的边缘扫击数下，形成了"叮、当、叮叮叮……"悦耳的声音。只见碟子在他手中不断上下左右飞舞，身体倾斜旋转（鹞子翻身），配上"伊的呀儿幺幺幺，叮尔响叮当呀……"唱词和拖腔，直叫人看得眼花缭乱、美不胜收。

"高馆长，午饭都快凉了，吃过饭再练吧。"一位年纪稍大一些的男子催促道。

啊，这位就是传说中的高馆长！我心里默默地重复着"高馆长，这位就是高馆长。"

回到家之后，我绘声绘色地向母亲介绍着："我见到高馆长了，高馆长真来劲，给人排节目那个腰都能弯成这样。"我模仿着高馆长的舞蹈动作，差点摔倒，引得母亲哈哈大笑说："那就跟人学着点，别乱皮。""知道。"

随后的时间里，我也就成了这里的忠实观众，每天早早就来到排练现场，直到排练结束。那个吹笛子的说我比他们还准时。除了高馆长之外，那里的人我都混熟了，如大个子宋爱华、漂亮的潘秀坽、朱立兰等。最让我着迷的是吹笛子的手中那把笛子，趁着没人的时候我总是偷偷地摸过来看看，把真笛子的吹孔、膜孔和音孔的排列和间隔距离，认真揣摩、量好尺寸，然后默默地记在心里。

回到家，我丢掉了原来用芦苇做的笛子，因芦苇容易变形不结实不说，还吹不出来音。我把春节前买的插在磨眼里当作摇钱树的竹子给截了两节，再根据记忆照着真笛子上孔的大小、孔与孔的距离、排列等样子，用铁丝烧红烙出音孔，再用小刀慢慢地修整，直到自己满意为止。

第二天，我又来到小埝生产队的排练现场，忙着把自己的大作给那个吹笛子的人试吹，他吹了两个音符说，能吹响但音准不行。这时，高馆长走了过来，拿起我的笛子仔细端详起来，微笑着，然后拍了拍我的头说："不错。"然后把我拉到一旁坐下问我："你喜欢吹笛子？""嗯！做梦都想。"我使劲地点点头。"吹一段给我们听听行吧？""行。"我就像模像样地吹了一段《大海航行靠舵手》。虽然声音不准甚至有些怪异，但待我吹完以后，高馆长还是带头给我鼓起掌来："好啊，小小年纪就有这种志向，难能可贵啊！"然后又问我姓什么叫什么，我都一一做了回答。这一天我过得非常充实，以至于夜里还做了一个梦。我梦见自己已成为剧团的一员，我用自制的笛子吹奏了一曲《东方红》，还为碟子舞做了伴奏。演出结束时，众人把我高高地举起，更有高馆长不住地夸赞："小马真棒！"

这天，我再次来到小埝生产队，想把自己修改后的的笛子向高馆长展示，却不见了高馆长。我心里犯了嘀咕：那位给予自己鼓励的、使自己信心满满的高馆长怎么没来呢？于是忍不住就悄悄地问吹笛子的人："高馆长去哪了？""请假回家了。""哦。"我的心情一下子失落了下来。

正在我闷闷不乐的时候，高馆长从外面风尘仆仆地走来。众人不解：高馆长不是请假了吗，怎么这么快就回来了？之后高馆长从包里拿出一支崭新的笛子对我说："小马，这是送你的。""啊？"我简直不敢相信自己的耳朵和眼睛，万万没有想到，高馆长还送我这么贵重的礼物！他拍着我的肩膀说："小马，你要好好学习刻苦训练，不断提高笛子演奏技巧，争取登上更大的舞台。"从那以后这把笛子几乎成了我形影不离的伙伴和前进的动力。

1974年,我被推荐到张楼公社毛泽东思想文艺宣传队。同年在张楼文化站武文生站长的带领下,代表王杰同志英勇献身地方的张楼人民,前往王杰同志生前部队徐州73801部队及徐州军分区进行慰问演出,并演奏了笛子独奏《大海航行靠舵手》《我是一个兵》,受到官兵们的热烈欢迎。大家齐呼:"再来一个!再来一个!"在观众的强烈要求下,我又吹了《扬鞭催马运粮忙》和《心中的歌儿献给解放军》后才作罢。

1983年,通过考核,我被邳县文化局招聘为张楼文化站任站长。从一个文艺爱好者变成了一个集组织、策划、编(剧本)演、吹、打、弹、拉都能摸(虽然不精)的多面手。在此期间高馆长为我付出了大量心血。因为我知道自己在文艺创作上是门外汉,所以每创作一个作品,总是第一个请高馆长过目审核。从剧本的构思到情节设置,从对白到唱腔设计,从唱词到韵律,他都是不厌其烦地给予指导和讲解,有时为了一句唱词而煞费苦心。在我创作歌曲《美丽的庙山湖》时,他还和我一起哼唱……几年来我编写小戏,小品、舞蹈、表演唱等形式的节目数十个,如小戏《借钱风坡》《婆媳之间》《除夕宴》《将心比心》《未了情缘》,小品《乐在鱼塘》,歌曲《美丽的庙山湖》《农家新曲》,笛子独奏《献给家乡一支歌》等,并在省市县各级文艺会演中获奖,宣传了党的方针、政策,丰富活跃了群众文化生活。

如今,高馆长离开我们三十五周年了。每想起高馆长对我的谆谆教诲、热切关怀和厚望,我都不尽潸然泪下。高馆长,是您教我如何做事,怎样做人;是您帮我圆了童年的梦,您是我的良师,益我终身。

敬爱的高馆长,您高尚的品德永远激励我前行。

三次流泪因亲情，一生无悔为事业

——忆父亲高子亮先生

高保华

父亲离开我们已三十五年了。三十五年来，每到父亲的祭日，总想写点什么，但又不知从何写起，那种忐忑和悸动总会伴随着对父亲的无尽思念。直到近日整理他的作品时，我才将断续而破碎的流年勾连起来。

对父亲的记忆是从1966年秋天的一个早晨开始的。那年我不满六岁，早晨天刚亮，一阵敲门声和嘈杂的叫喊声将我从梦中惊醒。我偷偷地将被子掀开一条缝，从缝隙里我看见有十多个戴着红袖章的青年手里拿着纸糊的比我还高、尖尖的花帽子和很大写着字的木牌子挤站在我家仅有的不足十平方米的饭厅里。其中还有几个十二三岁并经常到我们家玩的哥哥的同学。奶奶坐在床上一脸茫然地看着，母亲抱着弟弟，姐姐拉着母亲的衣角像只惊恐的羔羊躲在母亲身后，哥哥紧咬着嘴唇呆呆地站在床边。母亲低声哀求着说："同学们，让他吃点饭再同你们走行吗？"他们没人理会，将高高的帽子按在父亲头上，铁丝穿着的木牌挂在父亲的脖子上，然后用一根指头粗细的绳又套在脖子上。一个人牵着，几个人在后面推搡着，还有几个抱着从家里翻到的书跟在后面。从那天起奶奶再也没有下过床，以后一段日子每天都会看到他们敲着锣牵着父亲在我家旁边经过。每到这时我同哥哥、姐姐都会躲在家中静静地等他们过去很久才敢怯怯地出门。

时光像被寒冷的北风冻缩似的在慢慢地爬行，全家人都在煎熬着，兄妹间没有争吵，更没有嬉笑和打闹。父亲被带走后很久，我们都没有见到他。一天晚上，睡梦中的我被一滴凉凉的水滴惊醒，在微弱的灯光下，我看到父亲抹着泪从我和哥哥的床前走向奶奶床边，那是我见到父亲第一次流泪。

奶奶坐在床上，扳过父亲的头抚摸着父亲的脖子问："打得重吗？"父亲说："不重，骨头没伤着，只是有点皮外伤，您也看到了，不用担心！"父亲是当天晚上走的还是第二天早晨走的，我睡着了，就不知道了。自那以后直至腊月二十九晚上才见到父亲。父亲比以前消瘦了许多，背微微有点驼，但精神不错，说话时常常带着苦涩而慈祥的笑。那几天一连下着雪，母亲将炉子引了起来，炉子在奶奶床边，父亲坐在炉旁一边烤着猪头，一边同奶奶说着话。奶奶靠在被子上，身体愈来愈弱，但见到父亲地精神明显比以往好了许多。听父亲说这个猪头是父亲下放在张楼小匽村劳动的那家房东帮买的，房东是生产队长，全家对父亲都很好，而且公社发挥父亲特长，还让他帮助公社组建了宣传队，这样他就不用下地干农活了！清静温暖的小屋被满天的飞雪包裹得严严实实。我们每天依偎在父亲身旁听他给我们讲《水浒传》《西游记》的故事，这种宁静温馨的日子持续到正月初二的早上，父亲离开家门。

初三雪霁，别人家的孩子都在打雪仗，哥哥带着我和姐姐躲在院子的一个角落里认真地堆着雪人，因为很少有孩子同我们玩。母亲不放心父亲，初六让哥哥到张楼去探望。我缠着母亲和哥哥非要同往。雪很厚，哥哥背着给房东带的点心，领着我沿运河大堤"嚓吱嚓吱"踏着厚厚的积雪，顶着呼啸的寒风向张楼走。太阳照在皑皑的路上反射出耀眼的光芒，在没有窥视和鄙夷目光的雪地上，我像只出笼的小鸟在雪地上奔跑飞翔，时不时会抓起路边的雪团砸向树上的麻雀。很快我就累了，一步也不愿走。哥哥很生气，但又没办法，只好背着我走一段。乌鸦在河堤下的老槐树上不时地"呱呱"叫上两声。见到父亲时，他们刚吃完饭，那时我才知道为了节省粮食乡下人每天只吃两顿饭。父亲很高兴，房东全家都很热情，炒了碗豆芽给我们吃。吃完饭怕母亲担心，哥哥带着我就返回了。其实当时看着父亲那慈祥而忧郁的目光，我很想留下来同父亲过一段时间，但父亲却始终没开口挽留！

　　1967年的春天，奶奶的身体一天不如一天，母亲天天不是被批斗就是下地劳动改造，每天都是日出而去，夜深才归。那天早上，哥哥端着饭到奶奶床前叫奶奶吃饭，叫了几声奶奶都没有应，我们几个哭成一片。哥哥叫我和姐姐到田里去找母亲，我们两个一边哭一边跑，回来时，奶奶已经带着对儿孙们的担忧、眷恋和无尽的恐惧和遗憾永远离开了我们。哥哥到张楼给爸爸报信，同父亲天黑才到家。父亲跪在床前一把把抓着那零乱花白的头发哽咽地哭泣着，那低沉而压抑的抽泣同母亲和我们的哭嚎声交织在一起，犹如悲壮的交响乐锤打和撕裂我们的心。这是我第二次见到父亲流泪。

　　奶奶的尸体在家里放了五天，本来父亲想买口薄棺材将奶奶安葬在邳县。当时一口薄棺材要七十二元钱，父亲算了下自己当月的工资基本够安葬奶奶的，但还差十多天才能发工资。父亲找当时的造反派头头商量想提前将工资借支出来，造反派研究了三天最后仅同意借四十元给他。春天的气温一天天升高，房内的尸臭一天天浓烈，父亲只好向老家亲友求助，将奶奶送回睢宁双沟老家安葬。

年底造反派又将父亲揪了回来，因为张楼的群众对父亲太好。父亲被关在文化馆的宿舍里没日没夜地写检查，我们只有每周给父亲送换洗衣服时才能和父亲见面。这样的生活一直持续到1968年年底武斗开始前，父亲被揪到县文教局在食堂专为造反派烧火做饭。也是这一年弟弟因病早早地离开了人世，因为父母都被抓去批斗，弟弟感冒转肺炎没能及时医治，这些我们三个孩子谁又懂呢！父亲晚上回来抱着弟弟的尸体痛苦地捶打着墙壁，这是我见到父亲第三次流泪。父亲用一床小被包裹着弟弟，同哥哥一起将他葬在了县城边上的树林里。

武斗过后，对父亲的批斗少了很多，但对母亲的批斗和管治愈来愈紧，母亲的臂上每天都要带着写着"四类分子"的白袖章，天不亮就要起来打扫院子和街道，然后草草地吃点东西就下地干活，风雨无阻。我们家每个人只要出门总是沿着路的边上低着头走路，生怕碰着别人引来麻烦和辱骂！

复课了，我和哥哥姐姐都上了学，母亲常偷偷地给我们说，我们家都是读书人，你们一定要好好学习。父亲对此有他的想法，他鼓励哥哥学画画，他说画画是一门手艺，而且与政治无关，今后会少很多是非，受他的影响后来我也学了几年画。有时放学我会先到文化馆等父亲下班后一起回家。我们家离文化馆不远，大概不到半里地。父亲走路很快，跟在他的旁边我总是要不时地跑上两步才能跟上。那时学校的班干部都是由同学民主选的，我虽然票数排在前面，但因父母的关系最后只能当副班长。黄军装风靡的年月，我始终穿着由母亲衣服改的打着很多补丁洗得发白的大襟小蓝褂。学校排练《收租院》，同学们就是借这件衣服演出的，我的心里很受伤，但父亲却严肃地对我说："衣服是外表，只要缝补整齐，洗干净就好。"母亲后来不知从哪里搞的布票买了布给我做了一件黄绿色的外衣，为此哥哥姐姐都妒忌了很长时间，但父亲教育我们不要爱慕虚荣的话却时常在我们的耳畔回响。

运河大桥建的时候，上边要父亲写一个反映建桥的剧本，父亲兴奋地忙碌起来，家里到处弥漫着"联盟"烟的味道。父亲烟抽得很多，一根接着一根，每天点烟用的火柴很少超过四根，为了省钱，他也经常买些烟叶或将烟蒂收集来自己卷烟，偶尔也抽烟斗，高兴时也会让我拿烟票去帮他买一包一角四分钱的"大铁桥"牌香烟。《彩虹飞架》剧本完成后一直没上演，后来听说一个建桥的工程师找到县革委会领导，说剧本里那位思想保守的工程师是写他的，他哭闹了很多次，最后领导就放弃了这个剧本。后来一段时间父亲不用天天写检查，就买了些木工工具，晚上或周日在家自制二胡和琵琶之类的乐器，那悠扬、悲伤的二胡声从他的指尖迸出，在寂静的夜空，带着父亲对奶奶的无限怀念和愧疚飘向远方。

时光流转，家里的来人逐渐多起来，有说书艺人，也有年轻的作者。父亲总是认真地面带微笑听他们谈创作思路并不时地同他们交谈，为他们修改剧本常常通宵达旦。吃饭时父亲会留他们在家吃饭，那个年月粮食很紧张，我们自己都吃不饱，但母亲依然会按父亲的吩咐为来人做些吃的，并让他们吃饱，而我们家却经常吃菜拌饭，有时一锅饭也难见到多少米，每每看到我坐在桌旁看着碗发呆时，母亲就会将碗底中剩下的一点米倒在我的碗里。记得土山公社有位姓沈的盲人艺人就是我们家的常客。

"文化大革命"后期，邳县最热闹的地方是文化馆和"大鼓场"，每天晚上说完书以后，李保权、沈银太、秦德林等老艺人都会到父亲的宿舍将他们新编的段子说给父亲听，父亲记下来后会认真地给他们提意见加以修改。那时我常睡在父亲的床上听他们讲旧社会艺人的一些奇闻轶事。

"文化大革命"结束后，特别是母亲平反后，家里的生活好了起来，我们家搬到了文化馆宿舍。父亲更忙碌了，作者、演员、艺人、农民画爱好者经常会到我们家，父亲坐在法梧桐下，同他们侃侃而谈，朗朗的笑声充满院内每个角落。在他的艺术世界里，人没有贵贱，每位青年作者在他们的作品中只要能有微小的发光点，父亲都会发现，并细心地呵护和培养。邳县的文化事业在他的带动下重新充满生机并走向辉煌。大批美术和文艺创作骨干脱颖而出，农民画继1958年后再次走向省内外，1977年在南京省美术馆专门举办了邳县农民画展，文化部副部长、著名美术评论家王朝闻，雕塑家刘开渠，省委书记许家纯，省长彭冲，省美术馆馆长吴俊发，省国画院院长亚明都分别参观了展览。那天我也到南京参观了展览，并见到了一些领导。省文化厅还专门指派江苏油画雕塑院院长、雕塑家叶宗镐，南京艺术学院教授雕塑家张雨祥来邳县开办雕塑培训班。邳县戏曲作品和节目年年在徐州和省会演中获奖。每年有数十篇文艺作品在省、市、县刊物上发表。从1977年到1987年10年间，父亲创作的小说、民间文学，文史传记、评论和戏曲作品屡屡在国家、省、市、县各级报纸杂志上发表。他的剧本无论是20世纪五六十年代创作的《相女婿》《志群接鞭》《一心为革命》，还是"文化大革命"后期创作的《画乡回春》《春雷》《闹捻营》《步步高》，还是与他人合作的《三请老石匠》《华佗与曹操》《红桃图》，无不折射出他对生活的热爱和艺术的追求。

父亲的戏曲作品多以轻喜剧为主。他的现代戏每篇都能把握住时代的脉搏，紧贴生活，宣传社会倡导的新时尚和新风气。以悲剧形式出现的作品《华佗与曹操》对人物刻画细致入微，栩栩如生。这不仅反映了父亲与人为善、乐观向上的生活态度，而且也体现了他对新社会的热爱和对共产党的无限忠诚。他虽然离我们而去了，但他对所爱事业无怨无悔永不放弃的精神始终激励着我们。

后 记

　　家父自1988年12月26日离世已35年，父亲生前一直想将自己一生创作的作品分类收集成册出版，后因身体和经济等诸多原因未能如愿。

　　父亲一生酷爱文学艺术，尤其戏剧艺术。他对诗歌、民间文学、小说、曲艺、评论、美术、书法等也颇有研究，在国家、省、县（市）等不同级别主办的报刊、杂志上发表的作品有近百篇之多。为完成他的夙愿，仅依他的自传为线索，将家中存放的他的部分零散戏曲作品和古体诗、民间文学、学习研究等作品分别收集成册，以防年久破损和遗失，不便后人查阅。

　　本次整理的《高子亮作品选》分为上、中、下三册，约80万字。由于年代久远，许多发表作品的杂志难以查找，自传中提到的40余件戏曲作品仅搜寻到14篇；作品选中收录古体诗、民间文学、文史杂记、散文、小说、书法等作品97件。在作品整理过程中，因手稿及刻印稿中许多张页丢失、破损、字迹褪落，无形中增大了整理工作中的难度，虽经反复核对推敲仍难保有遗漏和失之作品原意之处。

　　父亲的一生是平凡的一生。他淡泊名利，热爱艺术，对青年作者惜才如己，与人为善。整理其作品的过程更像是探寻他人生历程的回放。无论社会如何动荡，在他的作品中无不体现出他对党的忠诚和对祖国的热爱；他所刻画的人物形象总能代表和引领中华民族传统美德和昂扬向上的时代风尚。他视艺术和事业如生命，面对挫折永不气馁和乐观执着的人生观，将永远激励和伴随我们今后的人生旅程。

在父亲作品整理、出版发行的过程中得到了邳州市委、市政府、邳州市委宣传部、邳州市文体广电和旅游局、邳州市文化馆，父亲生前同事、好友、学生（吴敢、刘克宁、朱廷久、周伯之、张士伦、徐景洲、王树强、丁尚谦、丁飞、程增勤、程卫、王黎明、余浩嘉）等同志的指导和大力支持。作品中出现的八位合作者有的已仙逝，有的年事已高，他们及他们的后人大多已不在邳州而移居他地，为表示对他们的敬重，我经过多方查询，最终多已取得联系（仅马家科先生的后人没联系上），并得到附录中作品的作者、合作作品的作者及已故作者的子女的许可和大力支持，在此表示衷心的感谢。

高保华

2022 年 10 月